K. J. Howe
Das falsche Spiel

PIPER

Zu diesem Buch

Thea Paris fühlte sich, als wäre sie in einem riesigen Cocktailshaker eingesperrt. Hoch, runter, hin und her – die Turbulenzen schüttelten die 737 heftig durch. Ein Schweißfilm benetzte ihre Stirn, sie sah alles nur noch verschwommen, die Welt fühlte sich an, als wäre sie aus dem Lot. Moderne Passagierflugzeuge waren stabil genug, um selbst heftige Turbulenzen zu überstehen, ohne auseinanderzubrechen oder vom Himmel zu stürzen, aber dieses Wissen trug keinesfalls dazu bei, dass sie sich besser fühlte. Sie hasste es zu fliegen. Sie biss die Zähne zusammen und versuchte, sich gegenüber den beiden Jungen, die neben ihr saßen und für die es der erste Flug ihres Lebens war, gelassen zu zeigen. Die Cockpit-Tür ging auf, und der Co-Pilot trat hinaus in die Kabine. Er wechselte ein paar Worte mit den Flugbegleitern. Als er ein paar Minuten später ins Cockpit zurückkehren wollte, blieb die Tür verschlossen. Er kam auf Thea zu, senkte die Stimme und sagte: »Wir haben da ein kleines Problem.«

K. J. Howe wurde im kanadischen Toronto geboren. Ihr Fernweh trieb sie bald fort, und sie bereiste die ganze Welt. Neben ihrer Leidenschaft für das Reisen begeisterte sie sich schon früh für das Lesen und Schreiben. Sie studierte zunächst Betriebswirtschaft und im Zweitstudium dann Kreatives Schreiben. Nach »Die falsche Geisel« ist »Das falsche Spiel« ihr zweiter Roman.

K. J. Howe

DAS FALSCHE SPIEL

Thriller

Aus dem kanadischen Englisch
von Bärbel und Velten Arnold

PIPER

Mehr über unsere Autoren und Bücher:
www.piper.de

Wenn Ihnen dieser Thriller gefallen hat, schreiben Sie uns unter Nennung des Titels »Das falsche Spiel« an *empfehlungen@piper.de*, und wir empfehlen Ihnen gerne vergleichbare Bücher.

Von K. J. Howe liegen im Piper Verlag vor:
Die falsche Geisel
Das falsche Spiel

MIX
Papier aus verantwortungsvollen Quellen
FSC® C083411
FSC
www.fsc.org

Deutsche Erstausgabe
ISBN 978-3-492-31462-6
Januar 2020

Titel der englischen Originalausgabe:
»Skyjack«, Headline, London 2018

Redaktion: Barbara Raschig
Umschlaggestaltung: zero-media.net, München
Umschlagabbildung: FinePic®, München
Satz: Kösel Media GmbH, Krugzell
Gesetzt aus der Quadraat
Druck und Bindung: CPI books GmbH, Leck
Printed in the EU

*Für David Morrell, den Erschaffer von Rambo,
meinen mich inspirierenden Mentor und Freund*

Es muss immer einen Kampf zwischen Vater und Sohn geben, während einer die Macht und der andere die Unabhängigkeit anstrebt.

Samuel Johnson

PROLOG

10. MÄRZ 1956
11 275 METER ÜBER DEM MITTELMEER

Bomberpilot Earl Johnson hatte sich noch nie so hellwach gefühlt.

Die B-47 war schnell wie der Blitz und verfügte über eine unvergleichliche Manövrierfähigkeit. All seine Sinne waren bis aufs Äußerste geschärft. Doch nicht einmal die sechs Triebwerke des strategischen Bombers konnten seine Besatzung an diesem Tag warm halten. Die niedrige Außentemperatur umhüllte das Flugzeug wie ein Eispanzer. Earl war voll konzentriert, seine eisigen Finger hielten den Schubhebel umklammert in dem Versuch, das Flugzeug mit den anderen drei Stratojets in Formation zu halten.

Er verlagerte sein Gewicht in dem engen Cockpit, sein Atem entwich ihm in kristallisierenden Wölkchen. Das dicke Flugzeughandbuch lag unter seinen Füßen, damit ihm die Zehen nicht abfroren. Sein Co-Pilot und sein Bordingenieur klapperten mit den Zähnen, beschwerten sich jedoch mit keinem Wort. Ihnen war eiskalt, sie waren steif, und es war beinahe unerträglich – aber sie freuten sich alle drei wie die Schneekönige. Earl konnte sich keinen perfekteren Moment vorstellen. Sie jagten in einer Höhe von 11 275 Metern durch die Luft. In dieser Höhe war ihr Treibstoffverbrauch optimal, aber dort betrug der Unterschied zwischen der Mindestgeschwindigkeit und einem Überschreiten der Höchstgeschwindigkeit nur wenige Stundenkilometer. Wenn Earl in diesem engen Geschwindigkeitsbereich auch nur ein bisschen zu schnell flog, riskierte er eine Schockwelle, die dazu führen konnte, dass der Luftstrom auf den Flügeln abriss und das Flugzeug in einen unumkehrbaren Sturzflug geriet. Wenn er ein wenig zu langsam flog, konnte dies zu einem Strömungsabriss führen, und das Flugzeug würde wie ein Stein vom Himmel fallen. Eine leichte Turbulenz konnte eines dieser beiden Szenarien verursachen. Somit war diese Flughöhe unter Effizienzgesichtspunkten optimal, aber eben auch gefährlich, ein Bereich, der unter Piloten als »coffin corner« – Sargecke – bekannt war und in dem Earl sich wie zu Hause fühlte. Der Ritt auf der Rasierklinge sorgte dafür, dass er voll konzentriert blieb, und lenkte ihn von den eisigen Temperaturen und den finanziellen Sorgen ab, die das neue Baby, das unterwegs war, ihm bereitete.

Sie waren vor acht Stunden von der MacDill Air Force Base in Florida gestartet, ihr Ziel war der Luftwaffenstützpunkt Ben Guerier in Marokko. Die vier Flugzeuge schossen am Himmel entlang dem Treffpunkt mit den Betankungsflugzeugen entgegen, um für den Nonstop-Flug zum zweiten Mal neuen Treibstoff aufzunehmen. Jede B-47 hatte zwei Zylinder mit Uran-235 an Bord, ausreichend spaltbares Material, um zwei Atombomben zu bauen, jede potenziell mit der hundertfachen Sprengkraft der Atombombe, die Hiroshima in Schutt und Asche gelegt hatte.

Earls Funkgerät meldete sich auf der verschlüsselten Frequenz.

»Bluebird Drei, schlechte Sicht von 8700 bis 4400 Meter. Wir müssen zum Betanken bis auf 4260 Meter runtergehen. Kommen.« Earls bester Freund Joe, dem spaßeshalber der Spitzname Slow Joe verpasst worden war, weil er auf hohe Geschwindigkeiten stand, flog die vierte B-47.

»Verstanden.« Earl beschleunigte auf 275 Knoten, 896 Stundenkilometer über Grund, der sich 11 275 Meter unter ihnen befand, und ließ die Triebwerke noch einmal einige Sekunden lang aufheulen, bevor sie in den Sinkflug gehen und tief in die Wolken hinabtauchen würden, um den Treffpunkt mit dem Betankungsflugzeug ansteuern zu können. Bestimmt würde es Joe in den Fingern jucken, da Earl sich mit seinem Bomber vor ihn gesetzt hatte.

»Deine Maschine ist siebenundvierzig Mal lauter als deine Frau nach einem fünftägigen Zwischenstopp von dir bei ihr«, krächzte Slow Joes Stimme neckisch aus dem Funkgerät. »Jawollja, sie hat dem Geschwaderkommandeur gesagt, dass sie dich nicht mal drei Stunden ertragen kann, geschweige denn fünf Tage.«

Earls Co-Pilot und sein Bordingenieur lachten über Joes Scherz. Sie waren es gewohnt, dass die beiden einander aufzogen. In dem engen Cockpit unter der Vollsichthaube gab es keine Privatsphäre.

»Du hältst dich vielleicht für lustig«, entgegnete Earl, »aber dafür bereitet dir zu Hause niemand jemals Maisgrütze zu.« Die alleinstehenden Männer hielten nicht damit hinterm Berg, dass sie ihn um seinen Status als Ehemann beneideten. Er ließ die Hänseleien mit einem Hauch von Demut über sich ergehen – bis sie es übertrieben und er sie zurechtstutzen musste.

Er warf einen Blick auf die Uhr und drückte auf den Sendeknopf des Funkgeräts. Die Betankungsflugzeuge mussten unter den Wolken auf sie warten. »Flugzeuge in Trail Formation runtergehen«, sagte er, womit er die Piloten der anderen Bomber anwies, in einer Reihe hintereinanderher zu fliegen. »Diese Suppe ist ja heute dicker als Maissirup, Joe. Pass auf, dass du dich da drinnen nicht verirrst.« Na gut, er strotzte vielleicht nicht gerade vor Demut, aber jeder Pilot, der etwas auf sich hielt, konnte es sich ruhig mal leisten, den Mund ein bisschen voll zu nehmen.

»Verstanden. Aber du zahlst das Bier, wenn wir in Marokko landen. Das ist das Mindeste, wenn ich schon wegen dir als Letzter auftanken kann.« Slow Joe mochte ein ziemlich loses Mundwerk haben, aber es gab keinen zuverlässigeren Piloten.

»Ich habe schon das letzte Mal gezahlt. Trotzdem, netter Versuch. Ende.« Earl sank durch die dichten Wolken und behielt den Höhenmesser im Auge. Durch die Wolkendecke war absolut nichts zu sehen. Es war, als ob direkt vor der Cockpitscheibe ein riesiger Wasserkessel Dampfschwaden ausstieß.

Er folgte Bluebird Zwei wie geplant in Trail Formation. Seine Blicke schossen hin und her, seine Knie zitterten – ob wegen der Kälte oder aufgrund des Luftdrucks, wusste er nicht. Verdammt, er konnte das Heck des Bombers vor ihm kaum sehen. Zum Glück machten die präzisen Geräte das Fliegen in Formation relativ einfach.

Er ließ sich durch nichts mehr ablenken, seine Welt verengte sich auf die Aufgabe, die er zu bewältigen hatte. Er war absolut konzentriert. Ausgefranste, dünne Wolkenfetzen rasten an der Vollsichthaube des Cockpits vorbei, verschwanden schlagartig, und im nächsten Augenblick schoss die B-47 unter der Wolkendecke hervor in den klaren Himmel. Ein schneller Blick auf den Höhenmesser. Alles klar, 4265 Meter, und er hatte die Suppe hinter sich gelassen, genau so, wie die Wetterfritzen es vorhergesagt hatten. Earl zog am Steuerhorn, um den Sinkflug zu beenden, und erhöhte den Schub, um das Flugzeug abzufangen und die Höhe zu halten. Dann atmete er lange und gleichmäßig aus.

Unter ihm hingen drei Tankflugzeuge in der Luft. Die Piloten von Bluebird Eins und Bluebird Zwei waren bereits dabei, ihre Bomber mit zweien der Tankflugzeuge zu verbinden. Hinter jedem Tankflugzeug gab es eine imaginäre kegelförmige, in der Fliegersprache »envelope« genannte Zone. Innerhalb dieses Arbeitsbereichs konnte der Treibstoff über den Ausleger zu dem zu betankenden Flugzeug geleitet werden.

Das dritte Tankflugzeug rückte vor ihm in sein Blickfeld, ein riesiger Koloss. Die Verbindung zu einer dicken KC-97 herzustellen, war immer eine Herausforderung. Zwei Flugzeuge mitten in der Luft miteinander zu verbinden, um leicht brennbaren Treibstoff von einem zum anderen zu leiten – was konnte da alles schieflaufen?

Earl schärfte seine Aufmerksamkeit und drosselte das Tempo auf gemächliche dreihundertsiebzig Stundenkilometer, um sich der Geschwindigkeit des langsam vor ihm fliegenden Tankflugzeugs anzupassen. Slow Joe hatte eine phänomenale Trefferquote, was die Herstellung einer Verbindung beim ersten Versuch anging. Er war ein Luftbetankungsass. Earl wollte nicht, dass etwas schieflief, sonst konnte er sich darauf gefasst machen, beim Bier am Abend noch mehr von Joe aufgezogen zu werden. Unterm Strich konnten der Wind, das Wetter und nahezu alles den Auftankungsprozess vermasseln.

Er öffnete die kleine Betankungsöffnung am Bug und steuerte die B-47 etwas nach oben und ein Stück weit nach links. Der Bordoperator des Tankflugzeugs steuerte den Ausleger zur Tanköffnung, und im nächsten Moment war der Bomber mit der KC-97 verbunden.

»Einmal volltanken und Scheibe wischen, Sir?«, fragte der Bordoperator der KC-97.

Earl schüttelte den Kopf und lächelte. »Warum gibt heute jeder den Komiker? Bringen wir es einfach hinter uns.« Er hatte schon einen langen, anstrengenden Flug hinter sich.

Das »Verbunden«-Lämpchen leuchtete auf, und der Operator begann mit der Betankung. Eine durstige B-47 konnte während der Betankung knapp zweitausenddreihundert Liter pro

Minute aufnehmen und übertraf damit sogar Slow Joes Bieraufnahme an einem guten Abend.

Earl konzentrierte sich darauf, die B-47 in dem Luftstrudel, der dem Bomber hinter der KC-97 entgegenschlug und an ihm rüttelte, in stabiler Lage zu halten. Auf einmal klatschte Treibstoff gegen die Cockpitscheibe. Das erschreckte ihn. Verdammt. Offenbar war der Aufleger nicht dicht angeschlossen. Slow Joe würde ihn deshalb runtermachen. Es sah aus, als würde ein Elefant auf sie pinkeln. Er schaltete den Scheibenwischer an und strengte die Augen an, um durch den öligen Film und die Spritzer hindurch etwas sehen zu können.

Das Tankflugzeug wurde ein wenig schneller, da dessen Treibstoffladung zusehends geringer wurde. Dankbar erhöhte Earl die Geschwindigkeit ebenfalls, um sich dem schnelleren Tempo der KC-97 anzupassen. Die B-47 lechzte danach, schneller zu werden, wie ein gezügeltes Rennpferd.

Es kostete ihn einige Mühe, die Position zu halten, das Steuerrad war ständig in Bewegung, während er leichte Korrekturen vornahm, doch der Ölfilm auf der Cockpitscheibe sorgte dafür, dass er das Tankflugzeug nur verschwommen sehen konnte.

Schließlich beendete der Bordoperator die Betankung und teilte ihm per Funk mit: »Ihr Tank ist voll, Sir. Freigegeben zur Trennung.«

»Verstanden. Ende.« Earl lächelte. Alles war erfolgreich verlaufen, trotz des undichten Anschlusses. Mal sehen, ob Joe das auch so gut hinbekam.

»Wir sind getrennt«, informierte ihn sein Bordingenieur.

Earl setzte seine B-47 neben das Tankflugzeug, damit dessen Besatzung die Nummer seines Bombers lesen konnte. Er wollte so schnell wie möglich wieder in die Sphären mit dünnerer Luft zurückkehren, in denen die B-47 eher zu Hause war.

»Slow Joe, du bist dran. Mal sehen, ob du es schaffst, schneller zu sein als ich.« Er wartete auf eine klugscheißerische Antwort.

Doch ihm schlug Stille entgegen.

Das war ungewöhnlich. Sein Kamerad war nie um eine Antwort verlegen.

»Na los, Bluebird Vier. Kommen.« Er wartete.

Nichts.

»Haben Sie ihn gesehen?«, fragte Earl seinen Co-Piloten.

»Nein, Sir.«

Earl funkte ihn erneut an.

Keine Antwort.

»Bluebird Eins und Bluebird Zwei, hat einer von Ihnen Sichtkontakt zu Bluebird Vier?«, fragte Earl.

»Nein, Sir.«

»Ich kann ihn nicht sehen.«

Einen Moment lang dachte Earl, dass Slow Joe ihm vielleicht einen Streich spielte. Er hoffte es sogar. Doch er wusste, dass das nicht sein konnte. Joe würde nie einen Einsatz gefährden und schon gar nicht diesen.

Er versuchte es immer wieder, doch es war, als wäre Joes Flugzeug spurlos verschwunden. Trotz der eisigen Temperaturen lief es Earl heiß den Rücken herunter. Er war auf einmal in Schweiß gebadet.

Dann setzte er sich mit dem Hauptquartier des Strategischen Luftkommandos auf der MacDill Air Force Base in Verbindung.

»Was ist los, Captain Johnson?« Der diensthabende Offizier in der Kommandozentrale klang so, als wäre er gerade aufgewacht. Aber in Florida war es ja auch mitten in der Nacht.

»Sir, es sieht so aus, als hätten wir einen Broken Arrow. Ich wiederhole: Broken Arrow.« Broken Arrow war das Codewort für einen Zwischenfall, in den Nuklearwaffen involviert waren.

»Bleiben Sie in Bereitschaft.« Die Stimme des Offiziers, die gerade noch verschlafen gewirkt hatte, klang auf einmal hellwach.

Broken Arrow. Der Verlust von zwei Zylindern mit spaltbarem Material mit einer Halbwertszeit von siebenhundertvier Millionen Jahren mitsamt einer B-47 und ihrer Besatzung bedeutete, dass in dieser Nacht im Hauptquartier des Strategischen Luftkommandos niemand mehr schlafen würde.

1

Thea Paris fühlte sich, als wäre sie in einem riesigen Cocktailshaker eingesperrt. Hoch, runter, hin und her – die Turbulenzen schüttelten die 737 heftig durch. Ein Schweißfilm benetzte ihre Stirn, sie sah alles nur noch verschwommen, die Welt fühlte sich an, als wäre sie leicht aus dem Lot. War ihr Blutzuckerspiegel aus dem Gleichgewicht geraten? Sie warf schnell einen Blick auf die App auf ihrem Handy: 110. Alles unter Kontrolle. Also nur ihre Nerven, mehr nicht. Moderne Passagierflugzeuge waren stabil genug, um selbst heftige Turbulenzen zu überstehen, ohne auseinanderzubrechen oder vom Himmel zu stürzen, aber dieses Wissen trug keinesfalls dazu bei, dass sie sich besser fühlte.

Sie hasste es zu fliegen.

Vielleicht war es der Mangel an Kontrolle, der sie verrückt machte. Rif Asker, ihr Kollege und langjähriger Freund, der ein hervorragender Pilot war, sagte ihr manchmal, dass es ihm unbegreiflich sei, wie sie in ihrem Job unter extremem Stress die Ruhe bewahren, jedoch jedes Mal, wenn die Triebwerke eines Flugzeugs angelassen wurden, völlig aus der Fassung geraten konnte. Tja, Rif war an diesem Tag nicht dabei, und zu fliegen war nun mal wesentlicher Bestandteil des Jobs einer »Reaktionsberaterin«, dem Insiderbegriff für eine Verhandlerin bei Geiselnahmen.

Meistens konnte sie sich beim Fliegen ablenken, indem sie sich mit ihrem aktuellen Fall befasste, doch das funktionierte nicht immer. Sie biss die Zähne zusammen und versuchte, sich gegenüber den beiden Jungen, die neben ihr saßen und für die es der erste Flug ihres Lebens war, gelassen zu zeigen. Die afrikanische Wohltätigkeitsorganisation, die ihr verstorbener Bruder Nikos gegründet hatte und die sich um ehemalige Kindersoldaten kümmerte und ihnen dabei half, über ihre schlimmen Erlebnisse hinwegzukommen, hatte ein Adoptionsprogramm aufgelegt, und die beiden Brüder waren auf dem Weg zu ihrem neuen Zuhause in London, wo sie von der Familie Waverton aufgenommen werden würden. Jabari Kuria war zwölf, Ayan neun. Nachdem sie hatten mit ansehen müssen, wie ihre Eltern von Kämpfern der islamistischen Terrormiliz Boko Haram enthauptet worden waren, waren sie gezwungen worden, Nachbardörfer zu überfallen und andere Kinder zu entführen. Man hatte ihnen keine Wahl gelassen, Soldaten in einem Krieg zu sein, den sie nicht verstanden.

Plötzlich sackte das Flugzeug ab, und sie waren einen Moment lang, der sich anfühlte wie eine Ewigkeit, schwerelos. Dann wurde der stählerne Vogel von einem Aufwind nach oben gestoßen, und ihre Hintern wurden mit voller Wucht wieder auf die Sitze gedrückt. Theas Magen rebellierte. Wenn das Anschnallzeichen nicht aufgeleuchtet hätte, wäre sie versucht gewesen, aufzustehen und sich eine Lorazepam aus ihrem taktischen Überlebenssicherungsbeutel zu nehmen, der sich im Gepäckfach über ihren Köpfen befand. Der Beutel enthielt alles außer einer Küchenspüle, unter anderem einen stählernen Kompass, eine Taschenlampe, einen Verstärker, Erste-Hilfe-Utensilien, ihre Diabetes-Medikamente und andere nützliche Dinge, die, wenn sie an der Sicherheitskontrolle eines Flughafens entdeckt werden würden, mit Sicherheit zur Folge hätten, dass sie von einem der Sicherheitsbediensteten in einen fensterlosen Raum geführt werden würde, um einer Befragung unterzogen zu werden. Als Geiselbefreiungsexpertin reiste sie undercover an alle möglichen Krisenherde auf der Welt und wusste nie, was sie vielleicht benötigen würde. Ihren taktischen Überlebenssicherungsbeutel nahm sie überall mit hin.

Jabari lächelte und stupste sie am Arm. »Das macht ja mehr Spaß, als auf einem Vogel Strauß zu reiten.«

Nur ein Kind konnte so einen Flug, bei dem man total durchgeschüttelt wurde, als etwas Spaßiges empfinden. Thea verkrallte die Finger in den Armlehnen. Sie prüfte zum vierten Mal, ob die beiden Jungen auch angeschnallt waren. »Natürlich macht das mehr Spaß.« Sie rang sich ein Lächeln ab. »Und jeder Flug ist anders. Manchmal ruckelt es gar nicht.«

Sie sollte sich über die turbulenten Wetterbedingungen nicht beschweren. Das Einzige, was zählte, war, die Jungen zu ihren Adoptiveltern und ihrem neuen Zuhause zu bringen. Sie hatten in Nairobi ihren Anschlussflug verpasst, sich jedoch mit Rifs Hilfe drei Plätze in einem Boing Business Jet gesichert und flogen nun mit Stil. Die Wavertons und ihr Vater würden sie am Flughafen Heathrow abholen und auch Aegis mitbringen, den Hund der Familie Paris, der hoffentlich dazu beitragen würde, den Jungen die Befangenheit in der neuen Umgebung zu nehmen. Das letzte Mal, als sie und ihr Vater sich gesehen hatten, hatten sie sich über Nikos Grabstein in die Haare gekriegt. Sie hatte dafür plädiert, ihn neben das Grab ihrer Mutter zu stellen, das sich auf ihrem Grundstück auf Martha's Vineyard befand, aber das hatte ihr Vater strikt abgelehnt. Weitere Nachwehen, die nach dem Tod ihres Bruders für Zwietracht gesorgt hatten. In London würden sie vielleicht ein wenig Zeit finden, um ihre zerrüttete Beziehung wieder in Ordnung zu bringen.

Ayan, der sich auf seinem Fensterplatz zusammengerollt hatte, zeigte nach draußen. »Warum schlagen die Flügel nicht?«

»Das ist doch kein Vogel, du Dummkopf. Das ist ein Flugzeug, ein Düsenjet.« Jabari genoss es, sein überlegenes Wissen gegenüber seinem kleinen Bruder herauszukehren, aber wenn jemand versuchte, ihn zu ärgern, wäre Jabari der Erste, der ihm zur Seite springen würde. Sie wusste, durch welche Hölle die beiden gegangen waren, und hoffte, dass ihr neues Leben für sie ein Neubeginn sein würde, eine Chance, ihre verlorene Kindheit nachzuholen. Die Geschichte der beiden Jungen traf bei ihr auch einen sehr persönlichen Nerv, da Nikos im Alter von zwölf Jahren ebenfalls von einem afrikanischen Warlord entführt und gezwungen worden war, unbeschreibliche Dinge zu tun. Er hatte sich von dem Trauma nie ganz erholt. Das Waisenhaus war sein Vermächtnis, und seit Thea nach seinem Tod die Verantwortung für die Wohltätigkeitsorganisation innehatte, fühlte sie sich dazu berufen, sein Vermächtnis weiterzuführen.

Ayans Zeigefinger tippte auf den Fernsehmonitor an der Rücklehne des Sitzes vor ihm. »Guck mal, Jabari, eine Geschichte über einen Löwen.«

Trotz ihres Unbehagens gelang Thea ein Lächeln. *Der König der Löwen* war einer der Filme, die während des Fluges gezeigt wurden.

»Was ist, wenn ich was anderes sehen will?« Jabari schob seine Unterlippe nach vorne.

»Dann kannst du auf deinem eigenen Monitor einen anderen Film sehen«, sagte sie. »Du kannst dir aussuchen, was du sehen willst. Wir haben großes Glück, wir können alle möglichen Filme wählen.«

Thea sah sich in dem Flugzeug um und scannte die anderen Passagiere – eine Berufskrankheit. Eine umwerfend aussehende, schwarz gekleidete Asiatin mittleren Alters. Ein alter Mann mit einem Filzhut auf dem Kopf. Ein blonder wie eine Bohnenstange gebauter Typ mit Drahtgestellbrille und Fliege, der seine Computertasche umklammerte. Ein gaunerhaft wirkender Kerl in einem Versace-Anzug. Ein kräftiger Mann mit einem Zwirbelbart. Ein Dandy, der eine Seersucker-Hose trug und einen Panamahut auf dem Kopf hatte. Sie verspürte ein Unbehagen, das sich nicht unterdrücken ließ und nichts mit den Turbulenzen zu tun hatte.

Das Flugzeug wurde erneut durchgeschüttelt, in den Gepäckfächern über den Sitzen rappelte es. Ein älterer Gentleman mit einem fassartigen Oberkörper, der am Notausgang saß, drehte sich um und blickte in ihre Richtung. Seine Stirn war in Schweiß gebadet, er schlug abwechselnd die Beine übereinander und stellte sie wieder nebeneinander. Vielleicht war er wegen der Turbulenzen nervös, oder ihm war schlecht, und er konnte nicht auf die Toilette gehen, weil die Anschnallzeichen leuchteten.

Sie konnte das nachempfinden.

»Gibt es in London viele Tiere?«, fragte Jabari.

»Du wirst ein paar Hunde, Katzen und sogar Pferde sehen, aber das Vereinigte Königreich ist ganz anders als Afrika.« Vermutlich würde der Londoner Zoo entweder ihr Lieblingsausflugsziel werden, oder sie würden ihn als ein zutiefst deprimierendes Spektakel empfinden. Auf jeden Fall würden sie in London einen Kulturschock erleiden, aber sie waren intelligent und anpassungsfähig, und ihre Adoptivfamilie würde ihnen Möglichkeiten bieten, die sie im Waisenhaus nie gehabt hätten.

Das Flugzeug sackte erneut plötzlich ab.

»Yippie!« Ayan lachte und riss seine schlanken Arme hoch.

Thea fluchte leise in sich hinein. Sie wollte die Jungen auf keinen Fall davon abbringen, diese Achterbahnfahrt in der Luft für einen Riesenspaß zu halten. Es fühlte sich so an, als ob sie in zwei Sekunden 900 Meter in die Tiefe sackten, dabei hatte das Flugzeug in Wahrheit wahrscheinlich nur drei bis sechs

Meter an Höhe verloren. Doch die Turbulenzen warfen die 737 hin und her und ließen sie schlingern wie ein Ruderboot in einem Taifun.

In der Hoffnung, ihre Flugangst zu lindern, hatte sie sich alle Informationen reingezogen, die es über Flugzeuge und Flugsicherheit gab. Doch es hatte nichts genützt.

Sie checkte erneut ihren Blutzuckerwert. Ein bisschen niedrig. Sie hoffte, dass das Geschüttel bald aufhörte, damit die Flugbegleiter Speisen und Getränke austeilen konnten. Sie musste etwas essen, und die beiden Jungen würden alles, was es gab, in dem Moment herunterschlingen, in dem es ihnen hingestellt wurde – eine Angewohnheit, die sie sich während ihrer Gefangenschaft angeeignet hatten und die sich im Waisenhaus bestimmt noch verfestigt hatte.

Nach einigen Minuten ließen die Turbulenzen ein wenig nach. Hatten sie ruhigere Gefilde erreicht, oder war es wie bei einem Erdbeben, bei dem die Nachbeben die Erde genau dann erneut erschütterten, wenn man sich in Sicherheit wähnte und dachte, dass es vorbei war?

Eine Bewegung vorne im Flugzeug erregte ihre Aufmerksamkeit. Die Cockpit-Tür ging auf, und der Co-Pilot trat hinaus in die Kabine. Galt das Anschnallzeichen für ihn nicht? Zwei Piloten im Cockpit waren besser als einer, erst recht bei diesen Wetterbedingungen.

Der Co-Pilot wechselte kurz ein paar Worte mit den Flugbegleitern und verschwand dann auf der vorderen Toilette. Musste er dringend mal, war ihm schlecht, oder was war mit ihm los?

Thea starrte die Toilettentür an und wartete darauf, dass er wieder herauskam.

Einundzwanzig, zweiundzwanzig, dreiundzwanzig.

Ein lauter Rums schreckte sie auf. Der korpulente ältere Mann, der zwei Reihen vor ihr geschwitzt hatte, war seitlich über die Armlehne seines Sitzes gesackt und hing in den Gang hinein. Sie wartete zwei Sekunden, um zu sehen, ob er sich bewegte.

Er bewegte sich nicht.

Sie hielt Jabari und Ayan den kleinen Finger hin. »Ihr bleibt hier. Angeschnallt. Kleiner-Finger-Schwur.« Dieses Ritual hatte sie ihnen während eines ihrer Besuche im Waisenhaus beigebracht.

Das Flugzeug wurde zur linken Seite gerissen und sackte erneut ab.

Die Jungen krümmten jeweils ihren kleinen Finger um ihren.

»Danke, Jungs.« Sie löste ihren Sicherheitsgurt und stand auf. Sich an den Gepäckfächern über den Sitzen abstützend, ging sie nach vorne zu dem Sitz, auf dem der Mann zusammengesunken war. Einer der Flugbegleiter war bereits bei ihm.

Sie legte zwei Finger auf den Hals des stämmigen Mannes. »Kein Puls.«

Das Flugzeug wurde erneut durchgeschüttelt.

Der Flugbegleiter umfasste das Handgelenk des Mannes. »Ich ertaste auch keinen.«

Einige Passagiere beugten sich vor, um besser sehen zu können. Thea löste den Sicherheitsgurt des Mannes, schob ihre Arme unter seine Schultern und zog ihn von dem Sitz. Das Flugzeug sackte abrupt ab, und er wäre ihr beinahe aus den Armen gerutscht. Sie fand wieder Halt, zog ihn in den Gang und legte ihn auf den Boden. Das war alles andere als einfach. Er war unförmig und schwer wie eine vollgeladene Waschmaschine.

Der Flugbegleiter kniete sich neben sie und strich sich sein rotes Haar aus der Stirn. Auf seinem Namensschild stand »Bernard«.

»Sind Sie Ärztin?«, fragte er.

»Eher eine Art Feldsanitäterin.« Schusswunden, Stichwunden und andere Folgen extremer Gewalt waren ihr Spezialgebiet. In Anbetracht des Alters des Mannes, seiner Blässe und seiner körperlichen Verfassung vermutete sie spontan, dass er einen Herzinfarkt erlitten hatte. Er brauchte Sauerstoff. Vier bis fünf Minuten ohne Sauerstoff, und er wäre hirntot. »Defibrillator«, sagte sie.

Bernard eilte davon, um das Gerät zu holen.

Sie legte den Handballen ihrer linken Hand auf die Mitte seiner Brust und die rechte Hand obendrauf. Dann verschränkte sie die Finger, machte die Ellbogen gerade und drückte kräftig nach unten. *Another One bites the Dust* von Queen ging ihr durch den Kopf. Während des Trainings hatten sie den bekannten Song immer wieder gespielt, da er hundert Beats pro Minute hat, der ideale Rhythmus für eine Herzdruckmassage. Sie drückte schnell hintereinander dreißig Mal zu, um seinen Kreislauf aufrechtzuerhalten.

Dann umfasste sie seinen Nacken, hob ihn an, überstreckte den Kopf leicht, um die Atemwege zu befreien, und lauschte, ob sie irgendein Atemgeräusch hörte. Er roch stark nach Zwiebeln, aber es gab keinen Hinweis darauf, dass er atmete. Eine erneute Turbulenz warf sie gegen die nächsten Sitze. Sie suchte wieder Halt, drückte ihm die Nasenlöcher zu, legte seinen Kopf leicht nach hinten, blies dem Mann Luft in den Mund und begann mit der künstlichen Beatmung. Seine Brust hob sich. *O.k., die Atemwege sind nicht verstopft.* Sie beatmete ihn ein zweites Mal und drückte wieder dreißig Mal den Brustkorb nach unten.

Bernard kehrte mit dem Defibrillator zurück, den Co-Piloten im Schlepptau. »Machen Sie weiter, bis ich das Gerät einsatzbereit habe.«

»Sieht nicht gut aus, oder?«, fragte der Co-Pilot. In seinen Augen zeichnete sich Besorgnis ab.

»Ich würde eine Notlandung empfehlen.«

»Okay.« Er eilte den Gang zurück zum Cockpit.

Nachdem sie fünf Mal hintereinander jeweils dreißig Mal gedrückt und zwei Mal beatmet hatte, rann ihr Schweiß den Rücken hinunter. Sie hörte irgendwo vorne in der Kabine ein Klopfen, aber darüber konnte sie sich jetzt keine Gedanken machen. Sie warf kurz einen Blick zu den beiden Jungen. Sie saßen wie versprochen auf ihren Sitzen, verrenkten sich jedoch wie alle anderen Passagiere den Hals, um sehen zu können, was sie da machte. Sie lächelte Ayan und Jabari beruhigend zu. Die beiden würden ihren ersten Flug mit Sicherheit nie vergessen.

Bernard hatte den automatisierten externen Defibrillator einsatzbereit gemacht. Er riss das Hemd des Mannes auf und brachte die Klebeelektroden oben rechts und unten links an der Brust an.

»Analyse des Herzrhythmus beginnt«, sagte Bernard.

Sie rückte zur Seite und wartete, dass das Gerät die Analyse beendete.

»Elektroschock empfohlen. Nicht berühren.«

»Verstanden.«

Bernard drückte die Schocktaste.

Und wartete.

Das Gerät empfahl einen weiteren Schock.

Und noch einen.

Verdammt. Das Herz des Mannes reagierte nicht. Sie begann erneut mit der Herzmassage und spielte in ihrem Kopf wieder die hämmernden Beats von *Another One Bites the Dust* ab.

Na los, Freddie, hilf mir.

Bernard tastete wieder nach dem Puls. Er schüttelte den Kopf.

Sie würde nicht aufgeben.

Thea machte erneut dreißig Druckbewegungen. Dann blickte sie auf und sah, dass der Co-Pilot aus dem vorderen Bereich der Kabine zurückgekommen war. »Landen wir bald irgendwo?«, fragte sie. »Dieser Mann muss sofort in ärztliche Behandlung.«

Der Co-Pilot senkte die Stimme. »Wir haben ein kleines Problem. Der Pilot hat von innen die Tür zum Cockpit zugeschlossen und lässt mich nicht wieder rein.«

SIZILIEN, ITALIEN

2

Der stechende Chlorgeruch haftete immer noch an Prospero Salvatores Haut, dabei hatte er seine hundertfünfzig Bahnen im Schwimmbecken schon vor zwei Stunden beendet. Schwimmen war nicht gerade seine Lieblingsdisziplin, um in Kampfform zu bleiben, aber im Moment blieb ihm nichts anderes übrig. Er stieg die Treppen zur Kirche hoch und versuchte, nicht zusammenzuzucken. Seine linke Hüfte tat ihm bei jedem Schritt weh. Der Schmerz war so unerträglich, dass er in zehn Tagen nach New York fliegen würde, um dort einen auf Hüftleiden spezialisierten Orthopäden aufzusuchen. Auf diese Weise würden seine Kontaktleute auf Sizilien nichts davon mitbekommen.

Prospero würde gegenüber den Haien, die für ihn arbeiteten, niemals ein Zeichen der Schwäche zeigen. Mit seinen vierundfünfzig Jahren war er nicht alt, aber er hatte seinem Körper ziemlich hart zugesetzt, und schließlich hatte die Hüfte ihm ein beherztes *Du kannst mich mal!* entgegengeschleudert. Nicht mal eine Handvoll Schmerztabletten und einige akrobatisch versierte Geliebte hatten sein Leiden lindern können. Jeden Morgen weckte der Schmerz, den er bei seinen ersten Schritten verspürte, Erinnerungen an seinen Vater, der langsam und qualvoll an Knochenkrebs zugrunde gegangen war. Stefano Salvatore hatte wie ein Teufelskerl um jede einzelne Minute gekämpft, die ihm noch blieb, und Prospero nahm sich die Entschlossenheit und das Durchhaltevermögen dieses Mannes zum Vorbild.

Doch als sein dreiundzwanzigjähriger Neffe Luciano Baggio die Treppen hochjoggte und ihm die Tür aufhielt, durchschoss ihn kurz ein stechender Neid.

»Bi… Bi… Bitte, *signore.*«

Prospero zuckte jedes Mal innerlich zusammen, wenn er das Stottern hörte. Aber Familie war nun mal Familie, und so hatte er Luciano unter seine Fittiche genommen. Der Junge sorgte für gute Einkünfte – angesichts seines Handicaps sogar für deutlich bessere als erwartet. Doch sein Neffe hatte auch eine dunkle Seite. Prospero hatte mit ansehen müssen, wie Luciano bei Zwangseintreibungen mit einem ungehemmten Eifer zur Sache ging und sich keinerlei Zurückhaltung auferlegte. Das war inakzeptabel. Die Anwendung von Gewalt sollte mit Bedacht und wohl bemessen zum Einsatz kommen und nicht aus Genuss.

Er betrat die Kirche. Die Kühle trocknete den Schweiß auf seiner Stirn. Die muffige Luft weckte in ihm längst vergessene Erinnerungen an die Zeit, in der er Messdiener gewesen war. Doch dann hatten die Lockrufe der *famiglia* dafür gesorgt, dass er einen anderen Lebensweg eingeschlagen hatte.

Seine Schritte hallten in dem riesigen Gebäude, der Schmerz in seiner linken Hüfte sorgte dafür, dass das Echo bei jedem zweiten Schritt ein kleines bisschen länger dauerte. In einem der Seitenaltare zündete eine alte Frau eine Kerze an. Die Decken der Kathedrale, das gedämpfte Licht und die aufwendigen Wandbemalungen hatten eine wohltuende Wirkung auf ihn. Die Buntglasfenster, auf denen die Heiligen abgebildet waren, versprachen Trost und Zuspruch. Der Kirchenraum bot eine perfekte Mischung aus Geschichte, Religion und Kultur – allesamt entscheidende Pfeiler seines Lebens.

»Warte hier«, wies er Luciano an.

Sein Neffe ging in die letzte Kirchenbankreihe, kniete sich

hin und betete. Prospero zuckte mit den Schultern. Zumindest hatte seine Schwester dem Jungen die Bedeutung des Glaubens beigebracht.

Während er das Mittelschiff entlang auf den vorderen Altar zuging, konnte er nur an das Flugzeug denken. *Hatten sie es?* Die Zeit drängte. Er strich sich über seinen nachmittäglichen Anflug von Bartstoppeln und stellte sich an, um zu beichten. Vor ihm warteten drei Gläubige. Dem ewigen Stau der Beichtwilligen in der Kirche St. Ignazio nach zu urteilen, mussten in diesem Winkel Siziliens jede Menge Sünden begangen werden.

Eine verhutzelte Frau mit einem Kopftuch trat aus der Seitennische des Beichtstuhls. Prospero begrüßte sie mit einem Nicken. Sie war die Großtante eines Freundes. Er wartete geduldig. Als Nächster war ein Mann an der Reihe, der über achtzig sein musste, doch er begrüßte Prospero, indem er kurz seinen Hut antippte, und trat zur Seite. Die beiden älteren Frauen, die hinter dem Mann warteten, wedelten mit den Händen und bedeuteten Prospero, dass sie ihn vorließen.

Respekt. Daran mangelte es der heutigen Jugend leider, doch bei den älteren Mitbürgern seiner Heimatstadt galt er noch etwas.

Grazie. Er ging zum Beichtstuhl. Das grüne Lämpchen leuchtete, was bedeutete, dass der Priester für das nächste Schäfchen seiner Gemeinde bereit war. Prospero zog den Vorhang zur Seite, betrat die Seitennische und ließ sich langsam hinab auf die Kniebank.

Er verlagerte den größten Teil seines Gewichts auf sein rechtes Knie und fuhr mit den Fingern über das Kreuz, das an dem Gitter angebracht war, das ihn von dem Priester trennte. An einer Seite der Nische prangte der Akt der Reue.

»Saluti, sacerdote«, sagte Prospero. *»Sono io.«*

Ein vernehmbares Einatmen auf der anderen Seite sagte ihm,

dass Pater Anthony realisiert hatte, dass es nicht der übliche Handlanger war, der gekommen war, um im Beichtstuhl Kontakt zu ihm aufzunehmen. Nein, an diesem Tag war der *Capo* persönlich erschienen.

»Es ist mir eine Ehre, Signore«, flüsterte der Priester. »Ich freue mich über Ihren Besuch.«

Das Stocken in Pater Anthonys Stimme verriet Prospero, dass der Priester nervös war. Gut.

Da er nun sowieso schon mal da war, konnte er auch ein paar Dinge loswerden. »Vergib mir, Vater, denn ich habe gesündigt. Ich bin drei Wochen lang nicht zur Beichte gegangen. Ich bezichtige mich der folgenden Sünden. Ich habe seit meiner letzten Beichte siebenmal Ehebruch begangen.« Seine Reue war aufrichtig. Aber was sollte ein Mann wie er in Anbetracht dessen, dass seine Frau, Violetta, dieser Tage weniger als gar kein Interesse mehr an Sex hatte, tun? Er hatte noch Appetit, wohingegen sie sich schon vor langer Zeit vom Esstisch verabschiedet hatte. Doch er ließ sich nie emotional auf seine Mätressen ein. Dafür liebte er seine Frau zu sehr.

»Außerdem musste ich einem meiner Männer eine Lektion erteilen, weil er mich bestohlen hat.« Der fragliche junge Mann lag gegenwärtig im Krankenhaus, aber er würde es überleben, und das war mehr, als er verdient hatte. »Ich bereue diese Sünden und alle weiteren Sünden, die ich in meinem Leben begangen habe, insbesondere die Todsünde, andere Menschen ermordet zu haben.« Was gewisse Morde anging, bereute er sie nicht wirklich, aber in der Kirche war Besonnenheit geboten.

Pater Anthonys heisere Stimme kam durch das Gitter gehaucht. »Erinnere dich an Isaiah 1:18. ›So kommt denn und lasst uns miteinander rechten, spricht der Herr. Wenn eure Sünde gleich blutrot ist, soll sie doch schneeweiß werden; und wenn sie gleich ist wie Scharlach, soll sie doch wie Wolle werden.‹« Eine lange Pause. »Du musst dich selbst von diesen Sünden lossprechen.«

Blutrot, das konnte man wohl sagen. Er starrte hinab auf seine Hände und erwartete beinahe, Blut auf ihnen zu sehen. Dann vertrieb er das Bild. »Ja, Vater.« Er rezitierte den Akt der Reue. »Mein Gott, aus ganzem Herzen bereue ich all meine Sünden.« Er hoffte, dass *Dio* an diesem Tag in der Stimmung war zu vergeben, weil er jegliche Gunst benötigte, damit seine Pläne von Erfolg gekrönt wurden.

Prospero beendete das Gebet.

»Sonst noch was, mein Sohn?«, fragte Pater Anthony.

Er war nicht nur in die Kirche gekommen, um sein Gewissen zu befreien. »Drei Millionen Euro für wohltätige Zwecke.«

Pater Anthony räusperte sich. »Aber die letzte Zuwendung gab es doch erst vor einer Woche.«

»Die Sachzwänge haben sich als teuer erwiesen.« Seine Antwort war kurz und bündig, seine Worte abgehackt. Gewaschenes Geld war entscheidend für das Gelingen des Plans.

»Selbstverständlich. Es wird in Kürze eine Lieferung eintreffen.«

»Denken Sie an die Zukunft, Vater. Und daran, wie Sie Ihre Schäfchen schützen.« *Und denken Sie an Ihre eigene Gesundheit.*

»Es wäre schwer, an unsere Zukunft zu denken, wenn diese Mission scheitert.«

»Das stimmt, Vater.« Aber Prospero hielt es mit dem Credo von Marcus Aurelius: *Jeder von uns lebt nur jetzt, in diesem kurzen Augenblick. Der Rest wurde bereits gelebt oder ist nicht vorherzusehen.* Er verlagerte sein Gewicht, um den Schmerz in seiner Hüfte zu lindern. »Und da ist noch was, eine Komplikation.« Eine Herausforderung bereitete ihm eigentlich Vergnügen, doch diese neue Entwicklung gab selbst ihm zu denken. Aber er konnte es sich nicht verkneifen, ein bisschen Spaß dabei zu empfinden, den hochnervösen Priester auf die Folter zu spannen.

»Was denn?« Pater Anthonys Stimme bebte leicht vor Beklommenheit. Der Geistliche wollte nicht noch mehr in das Ganze verwickelt werden, als er es ohnehin schon war. Über die Vatikanbank Geld zu waschen, setzte den Frieden seiner unsterblichen Seele bereits genug aufs Spiel, ganz zu schweigen von der langjährigen Haftstrafe – oder Schlimmerem –, die seinem irdischen Dasein drohte, wenn er je dabei ertappt werden sollte.

»*Liberata.* Sie ist in dem Flugzeug.« Prospero spürte, wie die Temperatur im Beichtstuhl um einige Grade fiel.

»Die Geiselbefreiungsexpertin?«

»*Si.*«

Ein langes Schweigen. »Dann sollten wir beten.«

Da hatte er recht.

3

Theas Schultern und Arme ermüdeten allmählich von der Herzmassage an dem bewusstlosen Passagier. Immer noch kein Puls. Sie war von der Anstrengung leicht benommen, und die Worte des Co-Piloten trugen nicht gerade dazu bei, dass es ihr leichter fiel, ihre Gedanken zu ordnen.

Was, zur Hölle, war da im Cockpit los?

Bernard, der sich kurz mit seiner Kollegin, Madeira, besprochen hatte, kam zurück und legte ihr eine Hand auf die Schulter. »Lassen Sie mich übernehmen.«

Sie beendete den Herzmassage-Zyklus, rückte zur Seite und ließ ihn weitermachen. Madeira ging durch den Gang, beruhigte die Passagiere und bat sie, sitzen zu bleiben. Sie verrenkten sich alle den Hals, um zu sehen, was da vorne in der Kabine los war. Inzwischen versuchten sie schon seit zehn Minuten, den Mann wiederzubeleben. Nicht mal der Defibrillator hatte sein Herz wieder zum Schlagen gebracht. Es sah nicht gut aus.

Thea stand auf und reichte dem Co-Piloten die Hand. »Thea Paris. Ich bin Sicherheitsexpertin. Können wir miteinander reden? Vorne?«

»William Laverdeen. Gerne.«

Sie warf erneut einen Blick zu den Jungen. Jabari hatte seinen Arm um seinen kleinen Bruder gelegt. Der Anblick machte ihr bewusst, wie sehr sie Nikos vermisste. Sie ging den Gang entlang und war sich dessen bewusst, dass die Blicke der Passagiere auf ihren Rücken geheftet waren. Seitdem der ältere Mann zusammengebrochen war, herrschte im ganzen Flugzeug Stille. Der Notfall hatte alle in den Bann gezogen. Nur die schwarz gekleidete Asiatin schien von dem Chaos völlig unbeeindruckt und blätterte beiläufig durch eine Modezeitschrift. Als Thea an ihr vorbeiging, blickte sie kurz auf, wandte sich aber sofort wieder ihrer Lektüre zu.

Thea eilte zum vorderen Bereich des Flugzeugs. Zumindest schienen die Turbulenzen nachgelassen zu haben.

Vor der Cockpit-Tür wartete Laverdeen auf sie. In seinem Gesicht zeichneten sich Verärgerung, aber auch ein Anflug von Panik ab.

»Der Pilot hat Sie ausgesperrt?«

»Ich habe es übers Interphone versucht und an die Tür geklopft, aber Captain Rivers reagiert nicht.«

»Haben Sie den Notfall-Code eingegeben?«, fragte sie.

»Ja. Ich versuche es noch mal.« Er tippte auf der Tastatur einen Code ein. Wenn alles ordnungsgemäß funktionierte, würde im Cockpit ein Warnhinweis ertönen und dem Piloten mitteilen, dass die Tür sich innerhalb von dreißig Sekunden automatisch öffnen würde, wenn er nicht aufmachte.

Das Kontrolllämpchen sprang auf Gelb und dann wieder auf Rot. »Scheiße. Rivers hat den Zugangsmechanismus wieder auf ›locked‹ gestellt. Wir können es frühestens in fünf Minuten erneut versuchen.«

»Und der ›Geschlossen‹-Modus kann bis zu zwanzig Minuten aufrechterhalten werden, richtig?«

»So ist es. Er kann den Zugang immer wieder blockieren und uns aussperren, so lange, wie er will.«

Diese Sicherheitsfunktion diente dem Zweck, potenzielle Flugzeugentführer daran zu hindern, das Cockpit zu stürmen. Aber was schützte die Passagiere vor einem unberechenbaren Piloten? Thea musste an den Germanwings-Flug 9525 denken, während dem der Co-Pilot Andreas Lubitz den Piloten ausgesperrt, das Passagierflugzeug in den französischen Alpen gezielt zum Absturz gebracht und alle hundertfünfzig Menschen an Bord mit in den Tod gerissen hatte. Sie zwang sich, nicht weiter daran zu denken.

Sie mussten ins Cockpit gelangen. Doch nach den Anschlägen vom 11. September 2001 waren Cockpit-Türen mit einem massiven Stahlriegel verstärkt worden, der quer vor der Tür angebracht war und an beiden Seiten in Schließkästen einrastete. Außerdem waren die verstärkten Türen kugelsicher und mussten sogar einer explodierenden Granate standhalten. Das Cockpit verfügte zwar über eine Luke, doch die ließ sich nur von innen öffnen.

Sie warf einen Blick auf ihr Handy, um zu sehen, ob das Bord-WLAN noch funktionierte. Fehlanzeige. Rivers hatte es ausgeschaltet. »Wie war der Captain denn drauf?«

»Normal. Na ja, der Kerl ist ein ziemliches Arschloch.« Laverdeen tippte den Code erneut ein. Das rote Licht leuchtete wieder auf. Zugang blockiert. »Ich musste dringend auf die Toilette. Ich weiß, es klingt verrückt, aber ich glaube, er hat mir was in meinen Kaffee getan.«

Ist vielleicht gar nicht so verrückt. Sie versuchte, selber über das Interphone mit dem Piloten Kontakt aufzunehmen – für den Fall, dass Laverdeen nicht die Wahrheit sagte. Vielleicht hatten die beiden Piloten sich gestritten oder irgendein persönliches Problem miteinander. Doch das Telefon klingelte und klingelte, ohne dass der Pilot dranging.

Laverdeen klopfte erneut an die Tür, diesmal laut. Mehrere Passagiere reckten den Hals und versuchten herauszufinden, was los war. Eigentlich sollten Piloten sich schließlich im Cockpit befinden. Die Asiatin blätterte weiter beiläufig durch ihre Zeitschrift.

Laverdeen klopfte erneut laut an die Tür.

Plötzlich kippte die Welt nach oben. Die Nase des Flugzeugs richtete sich gen Himmel, die Turbinen heulten wütend auf. Thea flog nach hinten gegen die erste Sitzreihe. Sie hielt sich an einer Rückenlehne fest und versuchte, das Gleichgewicht zu halten.

Zu spät. Das Flugzeug kippte auf die Seite, der rechte Flügel schwenkte gen Himmel, der linke Richtung Boden. Der Pilot vollzog ein Kunstflugmanöver, eine sogenannte gerissene Rolle. Es fühlte sich an, als befände sich das Flugzeug in einem Neunzig-Grad-Rollwinkel, doch Thea wusste, dass das nicht möglich war. Eine derart steile Querlage würde so starke g-Kräfte verursachen, dass das Flugzeug mitten in der Luft auseinandergerissen werden würde.

Eine stählerne Kaffeekanne flog durch die Bordküche und krachte gegen die Tür der Toilette. Schreie hallten durch die Kabine. Thea tastete nach dem Staufach über ihr. Ihre Finger fanden den Schnappriegel und umklammerten ihn, doch durch ihr Gewicht sprang die Klappe auf. Thea flog nach hinten. Sie beugte sich vor, öffnete die Tür des Fachs mit dem Abfallbehälter und hielt sich mit beiden Händen an der Innenlippe der Tür fest. Angesichts der zunehmenden g-Kräfte schmerzten ihre Unterarme von der Anstrengung, und ihr Körper fühlte sich schwerer an als normal. Sie schwang hin und her wie ein Kletterer, der über einem gefährlichen Abgrund an einem Felsen hängt.

Die Lichter an Bord gingen ständig an und aus, sodass die Welt um Thea herum so erschien, als handelte es sich um eine rasche Folge von Schnappschüssen. Laverdeen krachte gegen den Notausgang. Blut sickerte aus einer Schnittwunde an seinem Kopf. Er klammerte sich mit vor Schmerz verzerrtem Gesicht an der Ecke der Bordküche fest. Thea blickte sich um und hielt nach den Jungen Ausschau, doch aus ihrer Position war ihr der Blick zu ihnen versperrt.

Eine Bewegung erregte ihre Aufmerksamkeit. Die Leiche des Herzinfarkt-Opfers krachte gegen das Gepäckfach über den Sitzen und schwebte einen Augenblick lang in der Luft. Die Arme und Beine waren schlaff und flatterten wie die Glieder einer Vogelscheuche bei starkem Wind. Im nächsten Moment fiel die Leiche herunter und landete auf dem Schoß des Mannes mit dem Filzhut. Er befreite sich panisch von dem toten Körper und stieß ihn in den Gang.

Die Maschine flog immer noch in Seitenlage. Thea, die ihr gesamtes Gewicht nur mit den Fingerspitzen hielt, hatte keine Ahnung, wie lange sie noch in dieser Position ausharren konnte. Sie warf einen kurzen Blick auf den Fernsehmonitor eines Sitzes in der Nähe. Die Flughöhe wurde immer noch mit 11 277 Metern angezeigt. Dann blickte sie durch das Fenster direkt unter ihr und wünschte, sie hätte es nicht getan. Die Erde starrte zu ihr zurück. Sie fühlte sich desorientiert, und ihr wurde übel.

Bevor sie versuchen konnte, sich besser festzuhalten, rollte der Pilot die Maschine nach rechts und riss die Nase wieder hoch. Beide Triebwerke heulten auf. Ein Getränkewagen prallte von der Trennwand ab und krachte ihr schmerzhaft gegen die Beine. Ihre linke Hand rutschte von der Innenlippe des Abfallfachs über ihr.

Im nächsten Moment riss der Pilot das Flugzeug um hundertachtzig Grad nach rechts, sodass jetzt der linke Flügel nach oben zeigte. Das abrupte Manöver sorgte dafür, dass panische, schreiende Passagiere gegen ihre Sitznachbarn geschleudert wurden. Alles, was gerade noch aufrecht gestanden hatte, fiel jetzt herunter, Reisetaschen, Jacken und alle möglichen anderen Gegenstände flogen durch die Kabine. Thea konnte sich nicht mehr festhalten und krachte erneut gegen die erste Sitzreihe. Eine Armlehne schlug ihr mit voller Wucht gegen den Solarplexus. Jegliche Luft entwich aus ihrer Lunge. Sie klammerte sich an der Armlehne fest, betete, dass die Kunstflugmanöver aufhörten, und japste nach Luft.

Dann schwenkte das Flugzeug plötzlich wieder zurück in die waagerechte Position. Thea atmete ein paarmal flach ein und fand das Gleichgewicht wieder. Sie wartete auf das nächste Manöver, die verstreichenden Sekunden fühlten sich an wie Stunden. Doch das Flugzeug blieb stabil. Sie stützte sich auf dem Sitz am Gang ab. Laverdeen taumelte zu ihr. Er drückte sich ein Handtuch aus der Bordküche gegen seine blutende Schläfe.

»Alles klar mit Ihnen?«, fragte sie.

»Nur ein bisschen schwindelig.«

»Wir müssen uns Zutritt zum Cockpit verschaffen und rausfinden, was zum Teufel mit dem Piloten los ist. Ich bin gleich wieder da.«

Sie ging nach hinten und sah nach den Jungen, die zum Glück unversehrt auf ihren Plätzen saßen. Bernard und Madeira schnallten die übel zugerichtete Leiche des Herzinfarkt-Opfers auf einem freien Platz in der letzten Reihe fest. Für ihn war es zu spät, aber vielleicht gab es eine Möglichkeit, alle anderen aus dieser irrsinnigen Situation zu befreien.

Ayan und Jabari saßen Arm in Arm da und schmiegten sich aneinander. Davon, dass ihr erster Flug ereignislos verlief, konnte keine Rede sein. Thea durchwühlte ihren taktischen Überlebenssicherungsbeutel und suchte nach ihrem Satellitentelefon.

»Ganz schön aufregender Flug, was?« Sie rang sich ein Lächeln ab.

»Das Flugzeug ist so geflogen.« Jabari streckte die Hand aus und drehte sie so, dass der Daumen nach oben zeigte und der kleine Finger nach unten.

»Du hast ausgesehen wie ein Affe, der an einem Baum hängt.« Ayans Augen waren groß und rund wie Untertassen.

Sie lächelte und nahm die beiden etwas genauer in Augenschein. Zum Glück wiesen sie keine Blessuren auf. »Ich bin stolz auf euch beide. Ihr seid wirklich tapfer.«

Sie ging zurück zum Cockpit.

Auf dem Weg packte der Mann mit der Drahtgestellbrille und der Fliege sie am Arm. »Was geht hier vor? Wurde das Flugzeug entführt?«

»Wir bekommen die Situation in den Griff. Bleiben Sie angeschnallt.«

Als sie wieder bei Laverdeen war, warf sie einen Blick auf ihre Uhr und schätzte ab, wo sie sich ungefähr befanden. Die Entfernung von Nairobi nach London betrug mehr als 6400 Kilometer. »Wir überfliegen gerade den Sudan, richtig?«

Der Co-Pilot nickte und zuckte zusammen. Sie hoffte, dass er keine Gehirnerschütterung hatte. Wenn sie es irgendwie ins Cockpit schafften, musste er das Flugzeug fliegen.

Sie wählte auf ihrem Satellitentelefon die vertraute Nummer. Es klingelte einige Male, dann sprang die Voicemail an. Mist. »Hallo, Rif, wir haben eine schwierige Lage an Bord. Möglicherweise ein 7500«, sagte sie, den Code für eine Flugzeugentführung verwendend. »Wir befinden uns über dem Sudan. Ruf mich an.« Sie beendete die Verbindung und wünschte, Rif wäre bei ihr. Er konnte so ziemlich jedes Flugzeug fliegen.

Karthum musste für die Luftraumüberwachung zuständig sein. Sie wählte die Vermittlung an und bat darum, mit dem nächsten Tower verbunden zu werden. Nach weniger als dreißig Sekunden meldete sich ein Mann mit einem britischen Akzent.

»Hier spricht Thea Paris von der Firma Quantum International Security. Ich rufe aus einem BBJ 737 an, Flugnummer 855.« Dem Monitor des nächsten Sitzes entnahm sie die Flugdaten und gab sie weiter. »Bei mir ist der Co-Pilot, William Laverdeen. Er wurde aus dem Cockpit ausgesperrt. Captain Rivers reagiert nicht. Es könnte sich um einen 7500 handeln. Könnten Sie uns auf Guard stellen?« So nannte sich die Notfallfrequenz, über die die meisten Flugzeuge als zweiten Funkkanal verfügten.

»Einen Moment, bitte.«

Während die Luftverkehrskontrolle den Standort ihres Flugzeugs lokalisierte, legte sie eine Hand auf das Mikrofon des Telefons. »Was wissen Sie über Rivers?«

Laverdeen zuckte mit den Schultern. »Geschieden, begeisterter Fußballfan, kippt literweise Kaffee in sich rein und ist nicht besonders gesprächig.«

»Hat er Kinder?«

»Weiß ich nicht.«

»Politische Einstellung?«

»Tut mir leid, so gut kenne ich ihn nicht. Wir sitzen zwar stundenlang nebeneinander, aber wir reden nicht viel.«

»Jedenfalls steht er auf gewagte Flugmanöver«, stellte Thea fest.

Der Operator der Luftraumüberwachung meldete sich wieder. »Ich stelle Sie jetzt auf Guard und werde die zuständigen Stellen über den möglichen 7500 informieren und in Alarmbereitschaft versetzen.«

In Anbetracht ihrer Position war sie nicht gerade optimistisch, dass sie viel Unterstützung erhalten würden. Aber genau darauf hatten die Entführer wahrscheinlich gesetzt. Sie war nicht mal sicher, ob die sudanesischen Behörden überhaupt über einen Notfallplan für Flugzeugentführungen verfügten.

Es klickte mehrmals. »So, Ms Paris, Sie sind jetzt auf Guard gestellt und mit Flug 855 verbunden.«

»Captain Rivers, hier spricht Thea Paris, eine Ihrer Passagierinnen. Können Sie mir bitte sagen, ob es Ihnen gut geht?«

Keine Antwort.

»Wir haben hier hinten einen medizinischen Notfall. Einer der Passagiere hat einen Herzinfarkt.« Der Pilot brauchte nicht zu wissen, dass der Mann bereits tot war. Vielleicht konnte sie an seine Menschlichkeit appellieren. »Wir müssen auf dem nächsten Flughafen notlanden, damit der Mann medizinische Hilfe bekommen kann.«

Sie wartete. Immer noch keine Antwort.

Zeit für eine direktere Herangehensweise. Sie bedeckte erneut das Mikrofon des Satellitentelefons und stieß es dem Co-Piloten hin. »Versuchen Sie es weiter. Aber bleiben Sie ruhig. Wir brauchen keine weiteren Kunstflugmanöver.«

Sie drückte Laverdeen das Telefon in die Hand, steuerte den hinteren Bereich des Flugzeugs an und winkte den Jungen im Vorbeigehen zu.

Als sie die hintere Bordküche erreichte, war Madeira gerade dabei, das Chaos zu beseitigen, das die Flugmanöver des Piloten verursacht hatten. »Haben Sie einen Infusionsbeutel und einen Feuerlöscher?«, fragte Thea sie und unterbrach sie bei der Arbeit. Ihre Ohren taten weh. Sie sanken.

»Ja, ist beides hier hinten.« Maderia langte in den Schrank. »Was hat Captain Rivers vor?« Ihre Maske der Professionalität bekam erste Risse.

»Das versuche ich gerade herauszufinden.«

»Sagen Sie mir, wie ich helfen kann.« Sie reichte Thea den Infusionsbeutel und den Feuerlöscher.

»Halten Sie die Sauerstoffmasken für die Besatzung griffbereit. Das Flugzeug sinkt. Schwer zu sagen, was er als Nächstes tun wird.«

»Ich hoffe, Sie wissen, was Sie tun.«

»Haben Sie Handschuhe?«

»Nur Topfhandschuhe.«

»Die sind perfekt.«

Thea ging wieder nach vorne, Madeira folgte ihr. Als Thea ihren Platz erreichte, öffnete sie das Gepäckfach über den Sitzen, nahm ihren taktischen Überlebenssicherungsbeutel heraus und ging weiter. Laverdeen lehnte an der Trennwand und sprach immer noch am Telefon mit Rivers. »Reden wir über die Erste Liga.« Seine Stimme war ruhig und gleichmäßig, was angesichts der Umstände beeindruckend war. Sie sah ihn fragend an. Er schüttelte den Kopf.

Die Flugdaten auf dem nächsten Monitor zeigten eine Flughöhe von 7315 Metern an. Warum sank Rivers? Hatte er vor, irgendwo zu landen?

Sie beugte sich nach hinten und flüsterte Madeira zu: »Versuchen Sie, den Captain in ein Gespräch zu verwickeln. Bleiben Sie einfach ruhig und gelassen. Machen Sie ihm keine Vorwürfe. Und gehen Sie mit dem Telefon nach hinten.«

Sie zuckte mit den Schultern. »Ich versuche es.«

Laverdeen reichte Madeira das Satellitentelefon. Die Stewardess verließ die vordere Bordküche.

»Wir müssen da rein, und zwar sofort«, stellte Thea an Laverdeen gewandt klar. Sie öffnete ihren taktischen Überlebenssicherungsbeutel und nahm den Zünder heraus, den sie in einer ihrer Insulinampullen versteckt hatte, und den kleinen, zylindrisch geformten Explosionsverstärker, der unter einigen Tampons verborgen war. Ihre Finger umfassten den Zündschlauch, der aussah wie der leuchtend farbige Kopfhörer, den sie in einer Apple-Hülle aufbewahrte. In dem dreilagigen hohlen Kunststoffschlauch befand sich eine innere Schicht aus einer reaktiven explosiven Verbindung, die einen Zündimpuls an den Zünder übertragen konnte.

Der Co-Pilot musterte die Utensilien, die sie aus dem Beutel genommen hatte. »Was haben Sie vor?«

»Ich will uns einen alternativen Zutritt zum Cockpit verschaffen.« Die Tür zum Cockpit war verstärkt, jedoch nicht die Wand zwischen der Toilette und dem Cockpit.

»Sie könnten ein Loch in den Flugzeugrumpf sprengen.« Laverdeens Stimme war angespannt.

»Oder dafür sorgen, dass Rivers das Bewusstsein verliert. Wir haben keine andere Wahl. Seien Sie bereit, ins Cockpit zu stürmen und die Kontrolle über das Flugzeug zu übernehmen.«

Sie klebte den Explosionsverstärker und den Zünder mit Klebeband an die Wand zwischen Toilette und Cockpit und platzierte den Infusionsbeutel darüber. Wasser eignete sich hervorragend zur Dämpfung von Explosionen. Somit würde der Infusionsbeutel die Passagiere schützen und die Sprengkraft in Richtung Cockpit leiten. Um die Außenwand des Flugzeugs zu schützen, stellte sie neben der Toilette zwei Reisetaschen aufeinander vor die Wand.

Zufrieden mit ihrem Werk sah sie zu Laverdeen auf.

Er sah panisch aus. »Sollen wir es nicht lieber noch mal über das Telefon versuchen?«, fragte er.

Ihre Ohren schmerzten erneut. »Wir haben keine Zeit mehr.« Sie verband den Zündschlauch mit dem Zünder, rollte ihn aus, brachte den Auslöser an dem Zündschlauch an und ging hinter der robusten Trennwand in Position. Der Feuerlöscher stand neben ihr. Sie hoffte, ihn nicht einsetzen zu müssen.

Sie blickte sich um und sah, dass die meisten der Passagiere sie anstarrten. Der Mann mit der Seersucker-Hose und dem Panamahut saß in der dritten Reihe auf dem Platz am Gang. Das war zu nah, um ihn nicht zu gefährden.

»Ich muss Sie bitten, sich ein paar Reihen weiter nach hinten zu setzen, Sir«, sagte sie.

Er sah sie entrüstet an. »Ich habe einen Haufen Geld für mein Ticket bezahlt. Ich kann also sitzen, wo ich will.«

»Wie Sie wollen. Dann betrachten Sie das Feuerwerk, das gleich kommt, als Teil des Vergnügungsprogramms an Bord.«

Der Mann öffnete seinen Sicherheitsgurt und eilte nach hinten.

Sie wandte sich Laverdeen zu. »Gehen Sie auch nach hinten. Wir können nicht riskieren, dass Sie verletzt werden.«

»Sind Sie sicher, dass das funktioniert?«

»Wenn Sie eine bessere Idee haben …«

»Ich bin dann auf der anderen Toilette.« Laverdeen bedachte sie mit einem matten Lächeln und ging nach hinten.

Das Flugzeug sank sehr schnell. Sie waren bereits auf 4500 Metern.

Thea suchte hinter der Trennwand Schutz und atmete tief ein. Dann betätigte sie den Auslöser und hielt sich die Ohren zu.

Mikrosekunden verstrichen wie in Zeitlupe.

Dann ertönte im Cockpitbereich ein ohrenbetäubender Knall. Die Detonationswelle rauschte über sie hinweg und der Länge nach die ganze Kabine entlang. Schreie zerrissen die Luft. Thea schüttelte die Nachwehen der Explosion ab und stürmte auf das Cockpit zu. Laverdeen kam hinter ihr den Gang entlanggeeilt. Teile der Cockpitwand waren auf dem Boden verstreut. Splitter hatten sich in die Glasfasertrennwand gebohrt. Staub rieselte durch die Luft und setzte sich.

Die improvisierte Bombe hatte ihren Zweck erfüllt, und der Rumpf war noch intakt.

Mit angezogenen Topfhandschuhen, um ihre Hände zu schützen, schob Thea sich durch die Überreste der Toilettentür. Durch das gezackte Loch in der Wand konnte sie ins Cockpit sehen. Captain Rivers war bei Bewusstsein und hatte die volle Kontrolle über das sinkende Flugzeug. Ein kleines Trümmerteil hatte sich in seine rechte Schulter gebohrt. Die Wunde blutete, aber ansonsten schien er weitgehend unversehrt zu sein. Während er mit der einen Hand die Kontrollinstrumente bediente, tastete er mit der anderen nach dem Splitter in seiner Schulter.

Das erste und einzige Mal, dass eine Flugzeugentführung noch in der Luft vereitelt worden war, hatte sich im Jahr 1996 zugetragen. Bei jener Entführung hatten Beamte einer österreichischen Antiterroreinheit – unter dem Namen EKO Cobra bekannt –, die zufällig an Bord gewesen waren, um den Transport abgeschobener Häftlinge nach Lagos zu begleiten, einen mit einem Fallmesser bewaffneten Nigerianer überwältigt, der die Cockpit-Crew hatte zwingen wollen, einen anderen Flughafen anzufliegen.

Mit ein bisschen Glück, dachte Thea, würde dies vielleicht die zweite Flugzeugentführung werden, die in der Luft vereitelt wurde.

INNSBRUCK, ÖSTERREICH

4

Die schlaksigen Beine von Johann Dietrich bewegten sich wie Kolben auf und ab, die Knie schnellten nach oben auf sein Gesicht zu und rasten wieder in Richtung Boden, die Skier hüpften über die Buckel. Das Sonnenlicht tanzte mit beinahe blendender Intensität auf der weißen Schneedecke. Ein weißer Nebel aus aufgewirbeltem Pulverschnee rauschte an seiner Skibrille vorbei, der Wind kreischte in seinen Ohren wie das Pfeifen einer Lokomotive. Flach, aber scharf atmend, bretterte er den Berg hinunter und richtete seine ganze Konzentration auf die Schneebuckel. Er legte es darauf an, mit Karacho über die besten Minischanzen zu hüpfen, wieder und immer wieder.

Nichts beflügelte ihn mehr, als im Slalom waghalsig den steilen Berg hinunterzubrettern. Das berauschende Gefühl half ihm dabei, sein Marfan-Syndrom und dessen Auswirkungen auf sein Leben zu verdrängen: eine leichte Skoliose, eine Trichterbrust, schlechtes Sehvermögen und einen Körperbau, der ihn so lang und dünn sein ließ, dass er überall jedermanns Aufmerksamkeit erregte. Heute, an seinem Geburtstag, wollte er sich normal fühlen und all das vorübergehend vergessen. Und er konnte sich nichts Schöneres vorstellen, als seinen Geburtstag auf Skiern zu feiern. Er hatte das Skifahren schon immer geliebt. Der einzige Wermutstropfen war, dass seine Klassenkameraden auch alle auf den Pisten waren.

Er setzte gekonnt seine Skistöcke ein und flog regelrecht den Abhang hinunter. Sensationell. Jegliche Sorgen wegen seiner körperlichen Beeinträchtigungen und seiner sozialen Befangenheit verschwanden aus seinem Kopf. Alle Gedanken konzentrierten sich auf die extrem schwierige, mit der doppelten schwarzen Raute markierte Abfahrt – bis er unten mit einem letzten Schwung scharf bremste und in einem Sprühnebel aus aufgewirbeltem Schneepulver direkt vor einigen seiner Klassenkameraden zum Stehen kam.

»Guckt mal, Leute, da ist Slender Man«, sagte David Taddington. Auf seinem fein geschnittenen Gesicht zeichnete sich ein süffisantes Grinsen ab. »Passt auf, Kinder, ihr lauft Gefahr, dass er euch mitnimmt.«

Seine Klassenkameraden lachten. David, der Sohn eines US-amerikanischen Pharma-Tycoons, hatte großen Spaß daran, ihn bei jeder sich bietenden Gelegenheit aufzuziehen. Johann lernte eifrig, bekam gute Noten und versuchte ansonsten, unsichtbar zu bleiben.

Was bei einer Größe von zwei Metern und nur dreiundsiebzig Kilogramm Körpergewicht leichter gesagt als getan war.

Vater hatte ihn in das gelbe historische Gebäude aus der Zeit der Habsburger an der Moosstraße geschickt, in dem sich die American International School befand, die offiziell Salzburg International Preparatory School hieß. Johann war zwar von Geburt Österreicher, doch sein Vater war ein eingefleischter Fan der USA und glaubte, dass es seinem einzigen Sohn nur guttun konnte, mit den Kindern wohlhabender Familien aus dem Land der Burger und Fritten zusammen zur Schule zu gehen. Das, so meinte er, würde ihm dabei helfen, gute Kontakte zu knüpfen.

Bisher hatte Johann sich allerdings noch mit niemandem angefreundet.

Er stach wortlos seine Stöcke in den Schnee, stieß sich ab, steuerte den Sessellift an und schüttelte den Schnee und das süffisante Grinsen Davids und seiner Freunde ab. Normalerweise hätte er sich irgendwie gewehrt und seinen Mann gestanden – Vater hätte darauf bestanden –, aber angesichts der jüngsten Ereignisse war ihm die Streitlust vergangen.

Die Tage nach dem Terroranschlag im Schloss Schönbrunn, einem Weltkulturerbe der UNESCO, waren für alle Österreicher aufwühlend gewesen. Das Land hatte noch keinen schlimmeren Terroranschlag erlebt. Vor zehn Tagen waren fünf Selbstmordattentäter mit automatischen Waffen in das Schloss gestürmt und hatten im Inneren des Schlossgebäudes die an ihnen befestigten Sprengsätze gezündet. Die Explosionen hatten einen großen Teil des Schlosses zerstört und 842 Menschen getötet, unter anderem einen der engsten Angestellten seines Vaters. Sie hatten an der Beerdigung des Mannes teilgenommen und gesehen, wie sehr seine Witwe und seine beiden Söhne unter seinem Tod litten. Die Polizei suchte in einer groß angelegten Fahndung nach einem sechsten Attentäter, dem es gelungen war, durch den berühmten Irrgarten und das Labyrinth des Schlosses zu entkommen.

All diese Toten und all dieser Hass machten Johann traurig. Und es bereitete ihm Sorgen, dass es Momente gab, in denen er sich wünschte, er wäre eines der Opfer gewesen.

Er stellte sich an dem superschnellen Vierersessellift an und wartete geduldig darauf, an die Reihe zu kommen und eine weitere Gelegenheit zu erhalten, der Hölle des Schulausflugs zu entkommen. Er wünschte, er hätte den Mumm, David zu einem Rennen auf dieser Piste herauszufordern.

Als er fast an der Reihe war, stolperte vor ihm eine schlanke junge Frau über ihre Skier. Sie war von Kopf bis Fuß in einen weißen Schneeanzug gehüllt und sah aus wie der Michelin-Mann. Bestimmt eine Anfängerin. Sie stakste unbeholfen zu der roten Linie, die den Einstieg markierte, und fiel beinahe hin. Zwei andere Skifahrer, die vor ihm standen, machten keine Anstalten, sich in Bewegung zu setzen, weshalb der Skilifthelfer ihn heranwinkte und barsch sagte: »Na los, beeil dich. Sonst fährt der Sessel ohne dich.«

Er glitt zu der roten Linie und half der jungen Frau. Einen Moment später schwang der nächste Sessel auch schon hinter ihnen herum. Sie ließ sich nach hinten fallen und plumpste auf den Sitz. Er stieg ebenfalls ein und ließ die Stange vor ihnen herunter. Dann warf er seiner Begleiterin einen kurzen Blick zu und sah, dass sie unter der Kapuze ihres Schneeanzugs einen blauen Hidschab trug.

Fatima Abboud aus seinem Mathekurs. Im ersten Moment hatte er sie nicht erkannt. Fatima stammte aus den Vereinigten Arabischen Emiraten. Ihre großen schokoladenfarbenen Augen waren von langen, schwarzen Wimpern umgeben. Da ihm Mathe leichtfiel, hatte er im Unterricht jede Menge Zeit, sie anzustarren, während der Lehrer seine endlosen Vorträge über Elementarmathematik hielt.

Aber er hatte sie noch nie angesprochen.

Sie lächelte. »Du bist Johann, oder?«

Er nickte nur, da er sich nicht traute, etwas zu sagen.

»Du fährst super Ski. Hast du ein paar Tipps für mich? Da, wo ich herkomme, gibt es nicht viel Schnee.«

»Danke. Ich stehe seit meinem vierten Lebensjahr auf Brettern.«

»Bei dir sieht es so leicht aus. Ich werde immer zu schnell und falle hin.«

»Du musst einfach im Schneepflug fahren, um abzubremsen. So.« Er richtete seine Skier so aus, dass sie ein umgedrehtes V bildeten. Inzwischen fühlte er sich schon etwas unbefangener.

»Der Sessellift macht mir Angst. Ich konnte gestern Nacht

nicht schlafen, weil ich immerzu an den Ski-Ausflug denken musste.«

Da warst du nicht der einzige Mensch, der nicht schlafen konnte. »Du wirst es schon hinkriegen. Ich zeige es dir.« Die Worte waren draußen, bevor er sie zurückhalten konnte. Die Offenheit, mit der sie über ihre Angst redete, überraschte ihn. Vater bläute ihm immer ein, niemals irgendeine Schwäche zu zeigen. So etwas wurde in der Familie Dietrich nicht toleriert.

»Das wäre super. Vielleicht fahr ich noch mal runter. Dann muss ich ein ruhiges Plätzchen für mein Nachmittagsgebet finden.«

»Betest du zu Allah?«

Sie lächelte breit. »Bist du mit dem Islam vertraut?«

»Ein bisschen.« Er errötete. Er respektierte seinen Vater, teilte jedoch nicht dessen Ansichten über den Islam. Das war ein Thema, über das er zu Hause nicht offen reden konnte.

Der Sessel ruckelte leicht, als sie sich dem Ausstieg oben auf dem Berg näherten. Sie rückte etwas vor. Er klappte die Stange hoch und bot ihr einen Arm an. »Keine Sorge. Halt dich einfach an mir fest.«

Sie wandte sich ihm zu, lächelte und nahm die Hilfe dankend an.

Das sorgte dafür, dass er sich komisch fühlte, aber in einer angenehmen Weise.

Also war es am Ende gar kein so schlechter Geburtstag.

5

Thea stieg durch das Loch, das die Explosion in die Wand gerissen hatte, ins Cockpit. Laverdeen folgte ihr. Der Boden befand sich nur 150 Meter unter ihnen. Vor der Windschutzscheibe raste eine buckelige unbefestigte Landepiste auf sie zu.

Rivers bedachte sie mit einem kurzen Blick. »Raus hier! Ich lande!« Er schrie. Der Knall der Explosion in dem kleinen Raum hatte ihn vorübergehend taub gemacht.

»Übernehmen Sie!«, rief Thea Laverdeen zu.

Ein dreieckiges Trümmerstück hatte sich in Captain Rivers' Schulter gebohrt, aber er schaffte es immer noch, das Flugzeug in stabiler Position zu halten. Blut rann seinen Arm hinunter.

Laverdeen schnallte sich auf dem Co-Pilotensitz an, überprüfte die Anzeigen und veränderte ein paar Einstellungen.

Das Flugzeug flog waagerecht, was bestätigte, dass Rivers tatsächlich vorhatte zu landen und nicht plante, die Maschine abstürzen zu lassen. Aber Thea wollte es lieber nicht darauf ankommen lassen. »Sorgen Sie dafür, dass er keine weiteren Kunstflugmanöver hinlegt, Laverdeen.«

»Ich muss genau diese Koordinaten ansteuern und dort landen. Sonst töten sie meine Töchter.« Rivers' Stimme bebte.

»Moment mal. Jemand hat Ihre Töchter?«, fragte Thea und schnallte sich auf dem Notsitz an.

Der Pilot sah sie kurz an, dann wandte er sich wieder der Windschutzscheibe zu und schüttelte den Kopf. »Holen Sie dieses verdammte Teil aus meiner Schulter.«

»Tut mir leid, aber es muss stecken bleiben, bis wir gelandet sind.« Paradoxerweise war ein im Fleisch steckender Splitter manchmal das Einzige, was bei einer Verletzung eine massive Blutung unterband.

Der Boden raste auf sie zu, die Räder der 737 setzten auf dem unebenen Grund auf, erst eins, dann das andere, dann beide. Laverdeen zog die Zusatzhebel hoch, um die Schubumkehr zu aktivieren, und riss sie nach hinten. Gleichzeitig trat er auf die Bremse. Das Flugzeug hüpfte und schlingerte, die Triebwerke heulten bei voller Schubumkehr.

Angesichts der Umstände war es durchaus eine sanfte Landung. Im nächsten Moment verlangsamte sich das Tempo, und sie rollten die unbefestigte Landepiste entlang.

»Sagen Sie mir, was los ist«, forderte Thea Rivers auf.

Der Pilot langte in seine Hemdtasche, nahm sein Handy heraus und stieß es ihr entgegen. Auf dem Display war ein Foto von zwei kleinen Mädchen zu sehen. Sie waren mit roten Halstüchern geknebelt, ihre Augen waren weit aufgerissen.

Theas Puls beschleunigte sich. Wer auch immer für die Entführung der Mädchen verantwortlich war, hatte ihm keine Wahl gelassen.

»Warum, zum Teufel, haben Sie mir das nicht gesagt?« Laverdeen errötete.

»Weil Sie versucht hätten, einzugreifen.«

Thea sah aus dem Fenster und musterte die unmittelbare Umgebung. Vor ihnen befand sich ein großer Hangar. Die breiten Tore waren geöffnet. Daneben standen Männer, die mit AK-47-Sturmgewehren bewaffnet waren.

Sie wandte sich Rivers zu. »Wo sind wir?«

Der Captain wischte sich mit dem Handrücken das Gesicht ab. »Mitten in der Libyschen Wüste.«

Das ergab Sinn. Angesichts des politischen Vakuums, das

nach dem Bürgerkrieg und der Ermordung Muammar al-Gaddafis im Jahr 2011 in dem Land herrschte, war Libyen wieder einmal eine Brutstätte von Stammeskriegen und einer der Orte auf der Welt, an dem die Wahrscheinlichkeit, Opfer einer Entführung zu werden, höher war als irgendwo sonst. »Erzählen Sie mir von den Leuten, die Sie erpresst haben.«

»Das Flugzeug muss in den Hangar. So lautet die Anweisung.«

Thea wandte sich Laverdeen zu. »Lassen Sie die Maschine hier draußen stehen. Wir können nicht wieder abheben, weil sie uns bei dem Versuch die Reifen zerschießen würden. Aber wir werden es ihnen nicht leicht machen. Starten Sie das Hilfstriebwerk. Wir müssen den Kabinendruck wieder erhöhen.«

Sie sah Rivers an, während Laverdeen die Haupttriebwerke herunterfuhr und das Hilfstriebwerk anstellte, das lediglich dazu diente, die pneumatischen, elektrischen und hydraulischen Systeme des Flugzeugs mit Strom zu versorgen. »Was haben diese Leute Ihnen gesagt?«

»Sie haben mich angewiesen, Laverdeen heimlich ein harntreibendes Mittel in den Kaffee zu mischen.« Er hielt eine Ampulle mit einem weißen Pulver darin hoch. »Dann sollte ich ihn aus dem Cockpit aussperren, auf direktem Wege hierhin fliegen und mit niemandem reden.«

»Wie viele waren es? Und welcher Nationalität waren sie?«

»Zwei Typen, vielleicht auch drei. Sie hatten keinen Akzent. Sie haben mich auf dem Parkplatz des Flughafens überwältigt, mir eine Haube über den Kopf gezogen und mich in den Laderaum eines Lieferwagens gezerrt. Dort haben sie mir gedroht, meine Töchter umzubringen, wenn ich ihre Anweisungen nicht exakt befolge.«

Das erklärte, warum Captain Rivers sie ausgesperrt und jeden Kontakt hartnäckig verweigert hatte, aber viel mehr auch nicht. Thea studierte die GPS-Koordinaten ihres Standorts und blickte hinaus zu dem trockenen, trostlosen Horizont. Libyen. Sie langte nach der rechteckigen Pilotentasche aus Segeltuch, nahm die darin steckenden Flugkarten heraus, faltete sie auseinander und bedeckte damit die Windschutzscheibe, damit von draußen niemand hereinblicken konnte. Dann versuchte sie erneut, ob ihr Satellitentelefon funktionierte, doch sie hatte keinen Empfang.

»Haben sie gesagt, was sie wollen?«

Er schüttelte den Kopf. »Nur dass ich das Flugzeug in den Hangar fahren und dort die Türen öffnen soll.« Tiefe Sorgenfalten hatten sich in Rivers' Stirn gegraben. Er rückte auf seinem Sitz vor, als ob er im Begriff wäre aufzustehen. Thea schnappte sich ein Headset-Kabel, beugte sich vor und schlang das Kabel blitzschnell um den Stuhl und seinen Oberkörper.

»Was soll das, verdammt?« Rivers wand sich in seinem Sitz, während sie das Kabel zusammenband und sicherstellte, dass er nicht abhauen konnte. Dann fesselte sie mit Klebeband, das sie aus ihrem taktischen Überlebenssicherungsbeutel nahm, auch noch seine Hände hinter seinem Rücken.

»Tut mir leid, aber Sie sind derjenige, gegen den die Entführer ein Druckmittel in der Hand haben.«

»Aber meine Kinder.«

»Sie haben nichts davon, wenn sie Ihren Kindern jetzt etwas antun.« Da sie sah, dass seine Wunde an der Schulter immer noch blutete, nahm sie ein paar Paracetamol-Tabletten aus ihrem Beutel, steckte sie ihm in den Mund und half ihm dabei, sie mit etwas Wasser herunterzuschlucken. »Die werden die Schmerzen lindern, bis wir den Splitter rausziehen können. Und jetzt erzählen Sie mir alles, woran Sie sich erinnern.«

Er sank in sich zusammen. »Sie haben nur immer wiederholt, was ich Ihnen bereits gesagt habe. Es klang so, als hätten sie es abgelesen. Mein Gott, sie haben meine Mädchen in ihrer Gewalt. Ich wollte sie auf keinen Fall provozieren.«

Thea hielt einen Moment inne. Dann wandte sie sich Laverdeen zu. »Haben Sie einen Filzstift?«

»Da drinnen.« Er zeigte auf ein Gepäckfach.

Ihre Ohren taten weh, weil das Hilfstriebwerk den Druck im Flugzeug wieder erhöhte. Sie fand einen schwarzen Permanentmarker, nahm eine der großen Karten, faltete sie auseinander und schrieb in großen Lettern auf die Rückseite:

FLUGZEUG STEHT UNTER DRUCK. NICHT VERSUCHEN,
DIE TÜREN ZU ÖFFNEN UND NICHT SCHIEßEN.
KONTAKT AUF VHF 121.24.

Sie wiederholte die Botschaft auf Arabisch und schrieb diesmal von rechts nach links. Schließlich befanden sie sich in Libyen, und sie wollte sicherstellen, dass die Kommunikation funktionierte.

Sie platzierte die Karte mit der Schrift nach außen auf der Windschutzscheibe. »Decken Sie sämtliche Fenster mit diesen Karten ab, und lassen Sie die Klimaanlage eingeschaltet«, wies sie Laverdeen an. »Und wenn sie über Funk Kontakt mit Ihnen aufnehmen, sagen Sie mir Bescheid.«

Sie ging zurück in die Kabine. Die Passagiere starrten aus dem Fenster. Taschen, Decken und Kissen waren auf dem Boden verstreut. Sie schaltete die elektrochromatische Fensterverdunkelung ein und nahm den Hörer des Interphones in die Hand.

Die Passagiere wandten sich ihr zu. »Ich bin sicher, dass diese unerwartete, harte Landung Ihnen allen Sorgen bereitet hat.« *Das war auf jeden Fall eine Untertreibung.* »Könnten Sie bitte alle zu mir nach vorne kommen? Und achten Sie darauf, dass Sie nicht stolpern.«

Im Flugzeug war es fürs Erste sicher. Die Entführer würden nicht riskieren, die Person, hinter der sie her waren, zu verletzen, oder das, worauf sie es abgesehen hatten, zu beschädigen, indem sie die Türen aufsprengten, ohne vorher zu versuchen, mit ihnen zu reden. Zumindest hoffte sie das.

Während die Passagiere eilig ihr verstreutes Gepäck zusammensuchten, ging sie zu den Jungen. Sie sahen total verstört aus, doch als sie sie sahen, hellten sich ihre Mienen auf. Der arme Ayan hatte sich auf sein Hemd erbrochen und war ganz grün im Gesicht. Thea nahm eine Serviette, wischte ihm das Gesicht sauber, hob ihn aus seinem Sitz und nahm ihn in die Arme. »Alles wird gut, mein Junge. Wie geht es dir?«

»Ich habe Bauchschmerzen.«

»Das war ja auch alles ziemlich aufregend für deinen ersten Flug.«

Er blickte auf sein Hemd hinunter und zuckte mit den Schultern.

»Mach dir keine Sorgen. Mir ist schon bei vielen Flügen schlecht geworden. Das kann jedem passieren.« Dafür, dass die Jungen diese Höllenqualen durchstehen mussten, hätte sie diejenigen, die hinter dieser Entführung steckten, erwürgen können.

Sie schlang sich den Riemen von Ayans Rucksack über die rechte Schulter und führte den kleinen Jungen nach hinten zur Toilette, wobei sie darauf achtete, den noch auf dem Boden liegenden Gepäckstücken und sonstigen verstreuten Utensilien auszuweichen. Im hinteren Bereich des Flugzeugs bat sie ihn, sich hinzusetzen, und suchte in seinem Rucksack nach dem sauberen Hemd, das sie eingepackt hatte. »Mach mal das Touch-down-Signal, damit wir dir das Hemd ausziehen können.« Sie hatte den Jungen American Football nähergebracht, und sie sahen sich gerne Spiele an.

Ayan hob seine dünnen Ärmchen hoch und wackelte hin und her, während sie ihm half, das schmutzige Hemd auszuziehen. »So, dann wollen wir dich mal abwaschen.« Das Schloss der Toilettentür stand auf »VACANT«. Sie drückte die Klinke herunter und schob die Tür auf.

Doch die Toilette war nicht frei. In dem engen Raum stand der Typ im Versace-Anzug, in der rechten Hand hielt er eine Glock. Ihre Blicke trafen sich über die Türschwelle hinweg. Er hob die Waffe und richtete sie auf sie.

»Lauf weg, Ayan.« Sie rammte die Handfläche ihrer rechten Hand mit voller Wucht vor die Mündung, wodurch der Schlitten nach hinten glitt.

Der rechte Zeigefinger des Manns im Versace-Anzug drückte den Abzug, doch nichts passierte. Durch ihren Schlag war der Schlitten gut einen Zentimeter nach hinten geglitten, weit genug, um zu verhindern, dass mit der Pistole ein Schuss abgegeben werden konnte. Sie umfasste mit der linken Hand sein Handgelenk, verdrehte es und drängte ihn an die hintere Wand.

Er ließ die Waffe fallen, damit sie ihm das Handgelenk nicht brach.

Sie zwängte sich ebenfalls in die Toilette. Hinter ihr fiel die Tür zu. Der winzige Raum war beengend und mit ihnen beiden ziemlich überfüllt, die Luft war stickig. Sie hob den rechten Unterarm, presste ihn ihm gegen die Kehle und spürte seinen heißen Atem auf ihrer Wange.

Sie hatten beide keinen Platz, um sich groß zu bewegen und Kampfmanöver durchzuführen.

Er verpasste ihr mit der linken Hand einen Schlag gegen die Rippen, konnte jedoch nicht weit genug ausholen, sodass der Schmerz erträglich war. Sie hob ein Bein und rammte ihm ihren Stiefel auf seinen Lederschuh. Ein schnappendes Geräusch. Dann ein Ächzen. Der Kerl legte ihr seinen linken Arm um den Hals und drehte sie um. Er war nicht besonders groß, aber sehr stark. Ihr Kopf war nun gegen die Seite des Spiegels gedrückt. Sie ließ seine rechte Hand los und versuchte, sich zu befreien, schaffte es jedoch nicht. Er drückte noch fester zu.

Sie rammte ihm den Ellbogen in den Magen. Mit voller Wucht. Sein Griff lockerte sich, und es gelang ihr, sich ihm zu entwinden. Sie wandte ihm das Gesicht wieder zu und verpasste ihm einen Kopfstoß auf die Nase. Blut spritzte auf sein Hemd.

Sie schob ihre rechte Hand unter seinem linken Arm her, umfasste seinen Hals, presste ihren Daumen gegen seine Halsschlagader und drückte ihm die Blutzufuhr zum Gehirn ab. Er wand sich und versuchte, ihre Hand zu fassen zu bekommen. Doch die Zeit spielte gegen ihn.

Sekunden später sackte er auf ihr zusammen.

Die Tür ging auf, und das plötzlich hereinfallende Licht ließ sie blinzeln. Sie reckte den Hals.

Vor der Tür stand Ayan. Er hatte einen wilden Blick und einen großen Regenschirm in der Hand, mit dem er dem Mann im Versace-Anzug so heftig, wie er konnte, auf den Rücken schlug. Dann holte er erneut aus und schlug noch mal zu.

»Es ist gut, du kannst aufhören, Ayan.«

Der Junge machte Anstalten, ein weiteres Mal zuzuschlagen.

»Hör auf, Ayan. Das reicht. Es ist alles gut.«

Thea stieß den Mann im Versace-Anzug aus der Toilette. Er sackte halb drinnen, halb draußen auf den Boden. Zum Glück war er nicht groß, ansonsten hätte sie ein Problem gehabt. Sie trat auf ihn, verließ die Toilette, hob die Glock auf und steckte sie sich in die Gesäßtasche ihrer Hose.

»Wo hast du den denn gefunden?«, fragte sie und zeigte auf den Regenschirm.

»Da.« Ayan zeigte hinter sich auf den Boden.

»Danke für deine Hilfe.« Mutig und kampfbereit. Dabei hatte sie gehofft, dass der Abschnitt seines Lebens, in dem es auf diese Eigenschaften ankam, hinter ihm lag.

Sie hörte Schritte. Bernard musste den Tumult gehört haben.

»Können Sie mir helfen, den Kerl zu fesseln?«, fragte Thea ihn.

»Was, zum Teufel, war hier los?« Der Steward zog die Augenbrauen hoch.

»Ich nehme an, er ist einer ihrer Leute an Bord.«

Bernard sah sie an. Dann langte er in einen der Schränke und nahm zwei Kabelbinder aus dem Kästchen mit den Sicherheitsutensilien. »Bitte. Und was jetzt?«

»Schnallen wir ihn auf einem der Sitze fest.«

Bernard umfasste den Oberkörper des Mannes, sie packte ihn an den Beinen. Sie schnallten ihn auf einem Platz in der letzten Reihe an und fesselten ihm mit den Kabelbindern die Handgelenke und die Fußknöchel. Sein Kopf fiel zur Seite und hing schlaff herunter.

Als Nächstes nahm sie Ayan den Regenschirm ab und reichte ihn Bernard. »Könnten Sie den bitte seinem rechtmäßigen Besitzer zurückgeben?«

Sie langte nach unten, hob Ayan hoch und trug ihn nach vorne. Aus Zuneigung zu dem Jungen wurde ihr ganz warm ums Herz. Im Gehen schnappte sie sich zwei Decken und legte eine um Ayan. Die beiden Jungen waren zutiefst verschreckt, doch sosehr es sie auch danach drängte, sie zu beruhigen – sie musste einen Weg aus diesem Schlamassel finden.

»Kümmere dich bitte um deinen Bruder, okay?«, bat sie Jabari und reichte ihm die andere Decke.

Der ältere Junge legte beide Arme um Ayan.

Etliche der anderen Passagiere hatten sich in die vorderen Reihen begeben. Im hinteren Bereich des Flugzeugs befanden sich nur noch zwei Personen: der bewusstlose Mann im Versace-Anzug und der Tote. Während Thea nach vorne ging, um sich an die Passagiere zu wenden, fingen auf einmal alle an durcheinanderzureden.

»Was, zum Teufel, ist hier los?«, grummelte der Texaner mit dem beeindruckenden Zwirbelbart. »Wo sind wir? Ich habe da draußen bewaffnete Männer gesehen.«

»Mein Handy funktioniert nicht. Haben Sie Hilfe angefordert?«, fragte der Mann im Seersucker-Anzug. Er war sichtlich aufgeregt.

»Bitte immer nur eine Frage nach der anderen. Ich versuche mein Bestes, um zu helfen. Ich bin Thea Paris und arbeite für eine Firma, die Quantum International Security heißt. Die Firma ist auf Risikomanagement und Verhandlungen bei Geiselnahmen spezialisiert.«

»Mein Name ist Mike Dillman«, sagte der Texaner und strich sich über seinen Bart. »Haben wir es hier mit einer Flugzeugentführung zu tun?«

»Das ist eine gute Frage. Der Pilot wurde von Unbekannten erpresst, diesen Ort mitten in der Libyschen Wüste anzusteuern und hier zu landen, aber viel mehr wissen wir bisher nicht. Arbeitet irgendeiner von Ihnen in einem Sicherheitsberuf?«

Ihr schlug Schweigen entgegen.

Sie war ganz auf sich allein gestellt.

6

Johann rückte seinen Rucksack zurecht und eilte nach Hause. Er war sehr zufrieden mit dem Verlauf seines Geburtstags. Er hatte auf der Rückfahrt von ihrem Skiausflug nach Innsbruck im Bus neben Fatima gesessen. Sie hatte ihn mit Geschichten über ihre verrückten Schwestern und das Leben in den Vereinigten Arabischen Emiraten unterhalten, und er hatte fasziniert zugehört. Ihre Erzählungen hatten ihm die Augen für ein ganz anderes Universum geöffnet, für eine Welt und ein Dasein, das komplett anders war als sein europäischer Lebensstil.

Als er ihr von seinem Geburtstag erzählt hatte, hatte sie ihm als Geschenk schnell eine Zeichnung von ihm auf Skiern angefertigt. Sie war talentiert und hatte es irgendwie hinbekommen, mit ein paar wenigen Bleistiftstrichen dieses Gefühl von Freiheit auszudrücken, das er auf der Piste verspürte. Im Gegenzug hatte er seine Stange Toblerone mit ihr geteilt. Daran gewöhnt, dass ihn alle damit aufzogen, dass er aussah wie eine Bohnenstange, verspürte er schon Erleichterung, wenn er sich in jemandes Gegenwart einfach nur ganz normal fühlte.

Während er beschwingten Schrittes die schmale Straße entlangging, die zu ihm nach Hause führte, stellte er sich vor, sie bei dem bevorstehenden Schulball zum Tanzen aufzufordern, und sein Körper wurde von kribbelnder Vorfreude erfasst. Es gab da nur ein großes Hindernis: Fatima war Muslimin. Sein Vater würde nie billigen, dass er sich näher mit ihr befreundete.

Aber egal, Vater musste ja nicht alles über sein Leben wissen.

Er legte noch einen Zahn zu. Vielleicht hatte Vater sich an diesem Abend freigenommen, um den Geburtstag mit seinem einzigen Kind zu feiern. Sein Vater war ein erfolgreicher Waffenproduzent und hatte auf der ganzen Welt Kunden. Deshalb hing er immer am Telefon oder vor seinem Laptop. Johann wusste, dass er sich, auch wenn es sein Geburtstag war, lieber keine allzu großen Hoffnungen machen sollte. Vater hatte sich dramatisch verändert, seitdem Johanns Mutter vor fünf Jahren bei einem Verkehrsunfall ums Leben gekommen war. Der Mann, der ihn früher zu unzähligen Sportveranstaltungen und Musicals mitgenommen und in alle möglichen Museen geführt hatte, umgab sich in letzter Zeit immer häufiger nur noch mit seinen Kumpanen und verbrachte immer weniger Zeit mit seinem Sohn.

Johann wusste, dass sein Vater ihn liebte, und es war ja auch nicht so, als würden sie gar keine Zeit miteinander verbringen. Nahezu jeden Morgen absolvierten sie um Punkt sechs Uhr ein intensives Fitness- und Schießtraining. Das war extrem anstrengend, insbesondere in Anbetracht seiner Krankheit, aber Johann schätzte es trotzdem sehr. Es war die einzige Zeit des Tages, zu der alle elektronischen Geräte ausgeschaltet waren. In diesen Minuten des Tages waren einfach nur Vater und Sohn zusammen und arbeiteten auf ein gemeinsames Ziel hin.

Einmal hatte Johann seinen Vater spät in der Nacht weinend vor dem Schrein vorgefunden, den er seiner geliebten Frau im Schlafzimmer errichtet hatte. Seine Trauer war echt, hatte sich jedoch im Laufe der Zeit in Islamhass und eine extrem feindselige Haltung gegenüber Muslimen verwandelt. Der Fahrer des Wagens, der den Unfall verursacht hatte, bei dem seine Mutter gestorben war, war aus Dubai gewesen, und seitdem hatten sich Vaters Ansichten über Ausländer zu etwas Hässlichem verhärtet, das Johann nicht verstehen konnte.

Johann bog um die Ecke und musterte die Festung, die sein Zuhause war. Das 2800 Quadratmeter große österreichische Schloss befand sich schon seit sieben Generationen im Besitz ihrer Familie. Auf jedem der Türmchen flatterte stolz eine Flagge mit dem Dietrich-Wappen. Die alten Mauern waren mit Moos überzogen, das aussah wie der zottelige Bart eines alten Mannes.

Als Johann die Reihe geparkter Autos in der langen Zufahrt sah, verflüchtigte sich sein Enthusiasmus. Vater hatte wieder mal die Männer aus seinem Dunstkreis um sich geschart, unter anderem seinen besten Freund, Leopold Mueller, einen angeblich brillanten Biochemiker, vor dem es Johann gruselte. Onkel Karl hatte ihm erzählt, dass Leopold an einer bahnbrechenden Gentherapie arbeitete, bevor die Universität, an der er beschäftigt war, herausfand, dass es sich bei entscheidenden Teilen seiner Arbeit um Plagiate handelte. Er wurde aus dem wissenschaftlichen Betrieb verbannt und arbeitete seither in einem Biopharmaka-Unternehmen, das über Labore in Europa, Indien und Afrika verfügte.

Vater und seine Freunde hatten sich wahrscheinlich wie immer im Keller verbarrikadiert und redeten übers Geschäft. Johann fragte sich, ob sein Vater überhaupt an seinen Geburtstag gedacht hatte. Er vermisste den Mann, der früher einmal den Körper seines Vaters bewohnt hatte.

Er schob seinen Schlüssel in die Tür des Nebeneingangs und wusste bereits, dass es wahrscheinlich kein ruhiges Abendessen alleine mit seinem Vater geben würde. Er hatte ihn um Rat bitten wollen, was man zu beachten hatte, wenn man ein Mädchen bitten wollte, mit einem auszugehen, aber wie sollte er das anstellen, ohne zu enthüllen, wer sie war – oder was sie war? Er verspürte ein vertrautes Gefühl. Ihm rutschte mal wieder das Herz in die Hose. Warum spielte Religion oder Kultur so eine große Rolle? War das denn wichtiger als die Frage, was für ein Mensch Fatima war?

Er hängte seinen Rucksack an die antike Garderobe, steuerte die Küche an und hoffte, dass Rudy, der Koch, Salzburger Nockerln gemacht hatte, sein Lieblingsdessert. Das luftige Soufflé symbolisierte die umliegenden Berge, und Rudy bestrich die Spitzen normalerweise dick mit Himbeersoße. *Köstlich.* Johanns Magen knurrte. Als er in den hinteren Bereich des Gebäudes eilte, hörte er vertraute Schritte über den Marmorboden stapfen.

Im nächsten Moment stand er seinem Vater gegenüber, Gernot Dietrich. Er war im Gegensatz zu Johann dick mit Muskeln bepackt, hatte breite Schultern und war mit seinen eins siebenundneunzig von beeindruckender, einschüchternder Statur. Seine tiefblauen Augen strahlten Intelligenz aus. »Ah, da bist du ja. Herzlichen Glückwunsch zum Geburtstag, mein Sohn.«

Er hatte daran gedacht.

»Komm mit nach unten. Ich habe eine Überraschung für dich.«

In Anbetracht all der Autos, die draußen standen, hoffte Johann, dass es sich bei der Überraschung nicht um eine alberne Geburtstagsparty handelte. Wer konnte schon da sein, außer den Freunden seines Vaters? Er selber hatte schließlich kaum welche.

Vater packte ihn am Arm, sein Gesicht ließ erkennen, dass er angespannt war. »Heute hast du nicht nur Geburtstag, du bist im Begriff, Teil von etwas zu werden, das größer ist als all das hier.« Er beschrieb mit der Hand einen Bogen und zeigte auf das sie umgebende Gebäude.

»Von was denn?«

»Das wirst du gleich sehen. Komm mit.«

Verwirrt folgte Johann seinem Vater die Wendeltreppe nach unten. Etwas Größeres? Wovon redete Vater?

Johann hoffte, dass Onkel Karl auch da sein würde. Karl Wagner war nicht wirklich ein Verwandter, sondern eher ein langjähriger Freund seines Vaters, ein netter Mann, der sich wirklich für Johann interessierte. Sie spielten fast jede Woche Schach, und in letzter Zeit gewann Johann die meisten Partien.

In dem geräumigen Untergeschoss befanden sich ein beeindruckender Weinkeller und die Waffensammlung seines Vaters. Die Familie Dietrich stellte schon seit Generationen Waffen her. Johann ging seit seinem siebten Geburtstag regelmäßig auf den Schießstand und konnte von einer Walther PKK bis hin zu einem schweren Maschinengewehr im Kaliber .50 so ziemlich mit jeder Waffe schießen.

Als Johann den Vorraum betrat, wurde das Licht gedimmt. Der Keller war wie ein Bunker gebaut, die Wände waren aus dickem Beton. Ansonsten gab es altmodische Öllampen. Zwölf Männer saßen um den prachtvollen Mahagonitisch im Weinkeller, jeder hatte einen metallenen Bierkrug oder einen Weinkelch aus Zinn in der Hand. Die gusseisernen Kronleuchter und die dunkle Holzvertäfelung sorgten dafür, dass man sich in dem Keller in eine andere Zeit zurückversetzt fühlte. Außerdem war es da unten etwas kühl. Johann lief ein leichter kalter Schauer über den Rücken.

»Wir möchten dir alle ganz herzlich zum Geburtstag gratulieren.« Sein Vater reichte ihm einen Kelch Wein.

Johann sah sich um, blickte in die erwartungsvollen Gesichter der Männer und rang sich ein Lächeln ab. Er hätte Bier bevorzugt, wagte es aber nicht, seinen Vater zu unterbrechen.

Vater hob seinen Bierkrug. »Prost. Darauf, dass du zu einem Mann wirst.« Die versammelten Männer erhoben ihre Trinkgefäße und wiederholten den Trinkspruch.

»Wo ist Onkel Karl?« Der einzige Mensch, auf dessen Anwesenheit er auf seiner Geburtstagsfeier wirklich Wert legte, war nicht da.

Sein Vater nippte an seinem Bier. »Karl musste die Stadt verlassen. Irgendjemand aus seiner Familie ist krank. Er wusste nicht, ob er es heute Abend noch schaffen würde zurückzukommen.«

Merkwürdig, dachte Johann. So etwas hätte sein Onkel ihm doch mitgeteilt. Er würde ihm später eine WhatsApp schicken, um in Erfahrung zu bringen, was los war. Doch fürs Erste hing er bei Vaters Leuten fest.

Auf dem Rand des Tischs lag eine kleine Schachtel mit einer schwarzen Schleife. Ein Geschenk?

»Wir hätten ihm eine Frau mitbringen sollen«, sagte Leopold. »Das ist es wahrscheinlich, was er wirklich will.« Dröhnendes Gelächter erfüllte den Raum. Johann versuchte, keine Miene zu verziehen.

»Setz dich, mein Sohn.« Sein Vater zog einen freien Stuhl unter dem Tisch hervor.

Johann ließ sich auf den hölzernen Stuhl fallen, seine Finger verkrallten sich in den mit Schnitzereien verzierten Lehnen. Er wünschte, er könnte in sein Zimmer gehen und Fatima eine WhatsApp schicken. Stattdessen waren alle Augen auf ihn gerichtet.

»Du bist jetzt siebzehn, und damit ist es an der Zeit, dass du dir voll und ganz deiner Verantwortung bewusst wirst. Als dein Urgroßvater, Otto Dietrich, aus dem Zweiten Weltkrieg zurückgekehrt ist, wurde ihm klar, dass die Kommunisten für unser Land – und die ganze Welt – eine Bedrohung darstellten.«

»Bravo! Erheben wir die Gläser auf die Weitsicht der Familie Dietrich. *Prost.*« Leopold erhob seinen Kelch. In seinem blonden Bart hing ein blasser Weinfleck.

»Dein Urgroßvater war entscheidend daran beteiligt, eine geheime Organisation zu gründen, die dem Zweck dienen sollte, unser Land und die Welt vor dem Kommunismus zu beschützen.« Vater straffte seine Schultern. »Otto hat die Waffen zur Verfügung gestellt. Die Kommunisten waren überall, und wir mussten uns vor einer Invasion schützen.«

»Die CIA und der britische Geheimdienst haben die Organisation damals unterstützt«, sagte Falco Kerner, ein wohlhabender Industrieller. Er sprach nicht viel, aber wenn er etwas sagte, erregte er mit seiner dröhnenden Baritonstimme Aufmerksamkeit. »Die Organisation hat damals in ganz Europa im Verborgenen gearbeitet.«

Johann versuchte, all das aufzunehmen. Wovon redeten sie? Geheime Armeen und Waffen? Waren die Kommunisten nicht Schnee von vorgestern?

Vater legte ihm fest eine Hand auf die Schulter. »Selbst die höchsten Beamten der österreichischen Regierung wussten nichts von der Existenz dieser Organisation, aber dein Urgroßvater hielt es für seine patriotische Pflicht, ihr beizutreten und sie zu unterstützen. Und er hat feste Partnerschaften zu gleichartigen Organisationen in anderen europäischen Ländern und in den USA aufgebaut, indem er ihnen Munition zu ermäßigten Preisen verkaufte. Die Beziehungen haben sich in Form von profitablen Verträgen mit Partnern in den USA ausgezahlt.« Er lächelte. »Genau das hat es uns ermöglicht, so zu leben, wie wir leben.«

Johann rutschte auf seinem Stuhl hin und her. Er wollte dies so schnell wie möglich hinter sich bringen. Toller Geburtstag.

»Selbst diejenigen, denen die Existenz von Organisationen wie der unseren bekannt war, glauben, dass sie schon seit Jahren aufgelöst wurden. Doch in Wahrheit sind wir stärker denn je. Und wir würden dich gerne aufnehmen.«

Etliche der versammelten Männer klopften mit der Faust auf den Tisch und erhoben erneut ihre Krüge und Kelche. »Jawohl!«

Johann versuchte, die Information zu verarbeiten. Sein Vater war Mitglied einer geheimen Organisation, und jetzt sollte er auch aufgenommen werden? Dabei hatte ihn niemand gefragt, ob er überhaupt daran interessiert war, dieser Organisation beizutreten.

Vater reichte ihm die kleine Schachtel. Johann holte tief Luft, löste die schwarze Schleife und bemühte sich darum, das Geschenk ruhig in den Händen zu halten. Er spürte, dass dieser Moment seinem Vater wichtig war, und er wollte ihn nicht enttäuschen.

In der Schachtel befand sich ein goldenes Medaillon, das an einer schlichten Kette hing. Es kam ihm irgendwie bekannt vor und rührte an einer Erinnerung, die er nicht ganz heraufbeschwören konnte. Er betastete den Anhänger und drehte ihn um. Auf der einen Seite des Medaillons war das Wappen der Habsburger eingeprägt, auf der anderen das Wort »Freiheitswächter« eingraviert.

Vater legte Johann die Kette mit dem Medaillon um den Hals. »Ich erinnere mich noch genau an den Moment, als mein Vater mir mein Medaillon überreicht hat. Wir tragen es bei jedem Einsatz.«

Einsatz?

Am Tisch wurde feierlich genickt. Es fühlte sich merkwürdig an, beinahe absurd, über geheime Armeen und »Einsätze« zu reden, aber wenn es das war, was ihn seinem Vater wieder näherbringen würde, würde er versuchen zu verstehen, was es genau bedeutete, ein Freiheitswächter zu sein.

»Wirst du unserer Organisation beitreten?«

»Es wäre mir eine Ehre.« Was sollte er sonst sagen?

»Ich könnte nicht stolzer sein«, sagte Vater.

Johann errötete, und er spürte ein Engegefühl in der Brust. Solche Worte hatte er aus dem Mund seines Vaters noch nie gehört.

»Du musst heute Abend einen Eid schwören. Normalerweise würdest du nach und nach in die Organisation eingeführt werden, aber wir befinden uns gerade kurz vor einem historischen Durchbruch.« Vaters Ton veränderte sich. »Ich muss dir etwas sehr Wichtiges zeigen. Folge mir.«

Anstatt die Treppe hinaufzugehen, ging sein Vater zu dem kunstvoll verzierten hölzernen Kaminsims und bedeutete Johann, zu ihm zu kommen. Vater drückte eine Reihe zuvor verborgener Knöpfe. Johann war komplett verwirrt und fühlte sich unfähig, sich dem Gang der Ereignisse zu widersetzen.

Die Regale, auf denen viele der hochgeschätzten Jagdtrophäen seines Vaters ausgestellt waren, glitten auseinander. Dahinter befand sich ein Tunnel, von dessen Existenz Johann bisher nichts gewusst hatte.

»Komm«, sagte Vater. In seinen Augen leuchtete eine merkwürdige, irgendwie wilde Leidenschaft.

Panik kroch an Johanns Hals hoch, als ob der dunkle Tunnel an einen Ort führte, von dem er nie mehr zurückkehren würde.

7

Rif Asker ging in London im Lagezentrum der Zentrale von Quantum International Security auf und ab. Er hatte gerade ein längeres Telefonat mit ihrem wichtigsten »Reaktionsberater« in Südamerika geführt. Paco Martínez hatte die Freilassung von drei Frauen ausgehandelt, die in Argentinien 254 Tage lang als Geiseln festgehalten worden waren. Paco war ein strategischer Denker, der mit mehr Geduld ausgestattet war, als Rif sie je würde aufbringen können. Während seines Berichts über die Einzelheiten der Lösegeldzahlung und der Freilassung hatte Paco zugleich enthusiastisch und erschöpft geklungen.

Solche Nachbesprechungen nach einer Operation waren sehr wichtig. Man konnte aus jedem abgeschlossenen Fall etwas lernen, und der Austausch der Erfahrungen und der Erkenntnisse ermöglichte es jedem Mitglied des Teams, noch besser zu werden. Wenn es – wie häufig – nicht möglich war, dass das komplette Team persönlich anwesend war, nahm an der Nachbesprechung zumindest ein leitendes Mitglied der Quantum-International-Security-Truppe wie Rif oder Thea teil. Und dieser Fall hatte es wieder mal in sich gehabt. Er hatte sich so lange hingezogen, dass es auf des Messer Schneide gestanden hatte, ob die Verhandlungen fortgesetzt werden sollten oder eine Befreiung der Geiseln versucht werden würde. Wenn eine Befreiungsaktion in Angriff genommen worden wäre, wäre Rif in seiner Funktion als Leiter bei Quantum International Security in Aktion getreten. Eine Befreiung der Geiseln wurde nur in zehn Prozent der Entführungen, bei denen die Firma eingeschaltet wurde, versucht, da das Risiko sehr hoch war, dass die Geiseln während einer solchen Operation verletzt oder gar getötet wurden. Erst wenn absolut alle Verhandlungsmöglichkeiten ausgeschöpft waren und das Leben der Geiseln auf dem Spiel stand, flog Rif mit einer Spezialeinheit vor Ort ein und leitete die Befreiungsoperation. Doch dank seiner guten Verbindungen zur lokalen Polizei und zum Drogenkartell, die beide Interesse daran hatten, den Frieden in der Region aufrechtzuerhalten, war es Paco gelungen, die Entführer unter Druck zu setzen und dazu zu bringen, das letzte Lösegeldangebot zu akzeptieren.

Im Gegenzug für die Hilfe der korrupten Polizisten und der Drogenhändler, die Entführer an den Verhandlungstisch zu bringen, hatte Paco angeboten, die Policía Federal Argentina, die argentinische Bundespolizei, über gewisse Schmuggelgeschäfte über den Altiplano nach Südbolivien im Dunkeln zu lassen. Dank Pacos Cleverness und Beharrlichkeit und, nicht zu vergessen, dem hochmodernen Satelliten und der Drohnenaufklärung, über die Quantum verfügte, waren wieder einmal drei Geiseln auf dem Weg nach Hause, ohne dass auch nur ein einziger Schuss abgefeuert worden war.

Es war also eine Geschichte mit gutem Ausgang, und Rif sollte eigentlich zufrieden sein, doch in seiner Magengrube machte sich ein ungutes Gefühl breit. Irgendetwas stimmte nicht. Sein Handy summte erneut in seiner Tasche und teilte ihm mit, dass er eine Nachricht erhalten hatte. Vor zwanzig Minuten, als er auf der anderen Leitung telefoniert hatte, hatte es schon mal vibriert.

Er tippte auf das entsprechende Symbol, um die Nachricht abzuhören. Als er Theas Stimme hörte, hellte sich seine Stimmung kurz auf, doch im nächsten Moment sank sie in den Keller. *Ein möglicher* 7500. Als erfahrener Pilot kannte er den Code: Flugzeugentführung. Der Raum fühlte sich auf einmal eiskalt an.

Er tippte auf »Anrufen« und wählte die Nummer ihres Satellitentelefons. Keine Antwort.

Er versuchte es auf ihrem Handy. Nichts.

Rif dachte an sein letztes Gespräch mit Thea. Es lag nur einige Stunden zurück. Thea, Jabari und Ayan hatten ihren Anschlussflug in Nairobi verpasst, und er hatte den Eigentümer von Transatlantic Airlines angerufen, einen ihrer Kunden, und Thea und den beiden Jungen Plätze in einem Boeing-Business-Jet nach London reserviert.

Aber wo waren sie jetzt?

Das Zischen des hydraulischen Mechanismus, der die Tür zum Lagezentrum aufgleiten ließ, erregte seine Aufmerksamkeit. Haskan Asker, der Inhaber und Chef von Quantum International Security – und Rifs Vater –, betrat den Raum. »Wie ist es Paco ergangen?«

»Der charmante Mistkerl hat die Entführer um den kleinen Finger gewickelt. Die Geiseln sind auf dem Weg nach Hause. Aber was anderes: Möglicherweise wurde das Flugzeug, mit dem Thea herkommt, entführt. Ich kann sie nicht erreichen.«

»Was genau weißt du?«

Rif sah auf seine Uhr. »Sie hat mir vor einundzwanzig Minuten eine Nachricht hinterlassen und von einem möglichen 7500 gesprochen.«

»Hast du ihre Flugnummer? Ich rufe die Behörden an.«

Rif bewunderte die Art und Weise, in der sein Vater während einer Krise sofort zur Sache kam. Ohne sich aus der Fassung bringen zu lassen, absolut konzentriert.

»Transatlantic 855, ein Business-Charterjet.« Die Tatsache, dass es sich um einen Boeing-Business-Jet handelte, bedeutete, dass sich in dem Flieger weniger Passagiere befanden als in einem normalen kommerziellen Verkehrsflugzeug, und das wiederum erleichterte es ihnen womöglich herauszufinden, was hinter der Entführung steckte.

Vater und Sohn hängten sich eine halbe Stunde lang an ihre Telefone. Wenn man wusste, wen man anrufen musste, konnte man schnell an Informationen kommen. In Anbetracht dessen, dass es weltweit jeden Tag mehr als achtzig Entführungen gab, hatte Quantum, was die globale Sicherheitslage anging, stets das Ohr am Puls der Zeit und verfügte in den meisten Ländern über gute Kontakte.

Hakan beendete sein letztes Handygespräch und legte seine linke Hand auf den Tisch, den Blick nach unten gerichtet. »Die sudanesischen Behörden hatten zum letzten Mal um 4 Uhr Kontakt zu Flug Nummer 855, und der Transponder übermittelt keine Daten mehr. Einer der Lotsen hat mit Thea gesprochen. Der Pilot hat den Co-Piloten aus dem Cockpit ausgesperrt und anschließend auf nichts mehr reagiert.«

Auf nichts mehr reagiert? Ein Pilotensuizid? Aber warum sollte der Pilot den Transponder abstellen, wenn er das Flugzeug einfach nur abstürzen lassen wollte? Transponder übermittelten den Fluglotsen durch Sekundärradar Daten über die Position, die Höhe, die Geschwindigkeit und den Typ des Flugzeugs auf ihren Bildschirm.

»Was ist mit ACARS?«, fragte Rif. Das *Aircraft Communications Addressing and Reporting System* war das unsichtbare Rückgrat der Kommunikation zwischen einem Flugzeug und den Bodenstationen. Über dieses System wurden digitale Daten hin- und hergesendet. Oft wussten die Ingenieure am Boden bereits über einen technischen Defekt an Bord eines Flugzeugs Bescheid, bevor die Piloten auch nur eine Ahnung davon hatten.

»Ist abgestellt oder funktioniert nicht.«

Jemand wollte sicherstellen, dass das Flugzeug nicht zu lokalisieren war. Natürlich konnte die nicht vorhandene Kommunikation auch bedeuten, dass das Flugzeug abgestürzt war, doch Rif weigerte sich, die Hoffnung aufzugeben. Irgendetwas Ungewöhnliches war passiert. Thea und die beiden Kuria-Brüder waren irgendwo da draußen, und wenn sie noch lebten, würde er sie finden.

»Ich rufe Inmarsat an«, sagte Rif. Inmarsat war ein Satellitenkommunikations-Unternehmen, das seinerzeit die Route des vermissten Flugzeugs des Malaysia-Airline-Flugs 370 hatte nachzeichnen können, das 2014 irgendwo über dem Südchinesischen Meer verschwunden war. Bei Inmarsat hatte man Möglichkeiten, ein Flugzeug selbst dann zu lokalisieren, wenn dessen Transponder abgeschaltet war, und Rif hatte schon öfter mit der Firma zusammengearbeitet.

»Ich setze mich mit unseren Leuten im Sudan in Verbindung«, sagte Hakan.

Rifs Handy summte erneut. Er hatte eine weitere Textnachricht erhalten. Der Flug 855 war soeben als DETRESFA eingestuft worden, eine Alarmstufe, die bedeutete, dass eine reale Gefahr für Passagiere und Besatzung bestand. Auf der Passagierliste waren einige US-Bürger aufgeführt. Das ließ ihn an Gabrielle Farrah von der Hostage Recovery Fusion Cell, kurz HRFC, denken, einer dienstübergreifenden Spezialeinheit zur Bewältigung von Geiselnahmen. Während Christos Paris' Entführung hatten Thea und Rif mit der äußerst fähigen libanesisch-US-amerikanischen Agentin zusammengearbeitet. Als ehemalige CIA-Agentin verfügte Gabrielle auf beiden Seiten des Atlantiks über beste Kontakte. Er suchte in seiner Kontaktliste nach ihrem Namen und rief sie an.

Gabrielle meldete sich mit einem Lachen. Ihre rauchige Stimme klang so, als wäre sie gleich nebenan und nicht einmal um die halbe Welt weit entfernt. »Rif Asker. Mhm. Muss schon eine ziemlich vertrackte Situation sein, wenn Sie die Amis um Hilfe bitten.«

Er wünschte, sie könnten ein wenig herumscherzen und sich gegenseitig auf den neuesten Stand bringen, aber Rif hatte keine Zeit zu verlieren. »Unsere gemeinsame Freundin steckt in Schwierigkeiten.«

»Thea? Was kann ich tun?« Ihr Ton änderte sich schlagartig. Sie klang jetzt professionell und ernst, bereit zu helfen.

»Sie befindet sich an Bord eines Boeing-Business-Jets, der entführt wurde. Auf der Passagierliste stehen US-Amerikaner. Sie werden also mit Sicherheit auch mit dem Fall zu tun bekommen. Ich dachte, je früher Sie Bescheid wissen, umso besser. Könnten Sie mich bitte auf dem Laufenden halten, wenn Sie irgendwas erfahren?«

»Selbstverständlich. Schicken Sie mir alle Infos. Und machen Sie sich keine Sorgen: Thea kann auf sich aufpassen.«

»Bei ihr sind zwei Jungen aus dem Waisenhaus.«

»Verstanden. Die Löwenmama wird auf ihre Jungen aufpassen. Ich melde mich, wenn ich was weiß.«

Rif beendete die Verbindung, erleichtert, dass die HRFC-Agentin sie mit Informationen speisen würde. Jegliche Hintergrundinformation über die Passagiere würde ihnen dabei helfen herauszufinden, ob die Entführer es womöglich auf einen von ihnen abgesehen hatten oder ob es einen anderen Grund gab, aus dem sie dieses spezielle Flugzeug in ihre Gewalt gebracht hatten.

Als Rif seine E-Mails checkte, um zu sehen, ob es etwas Neues gab, zischte der hydraulische Mechanismus erneut. Die Tür zum Lagezentrum ging wieder auf, und Aegis, der Familienhund der Familie Paris, stürmte auf Rif zu und wedelte heftig mit dem Schwanz. Rif liebte den Ridgeback, als wäre es sein eigener Hund. Er langte hinunter und kraulte ihm ausgiebig den Kopf. Theas Vater, Christos, folgte dem Hund, allerdings ging er deutlich langsamer. Er hatte in Zimbabwe einen Teil eines Beines verloren und Glück gehabt, dass er überhaupt noch lebte.

Christos war ein langjähriger Freund von Hakan, Rifs Patenonkel und einer der weltweit prominentesten Ölunternehmer. »Ich bin auf dem Weg zum Flughafen, um Thea und die Jungen abzuholen. Da dachte ich, ich schau mal kurz vorbei.«

Die kurze Freude, die Rif beim Anblick von Aegis verspürt hatte, verflüchtigte sich schlagartig.

Er sah seinen Vater an. In Hakans Gesicht zeichnete sich ebenfalls Bestürzung ab.

»Warum setzt ihr solche Trauermienen auf? Ich hatte gehofft, dass wir alle gemeinsam in ein Restaurant gehen würden, um Ayan und Jabari willkommen zu heißen. Damit das gute alte London ihnen einen heiteren Empfang bereitet. Ich habe ihnen Jacken und Handschuhe gekauft. Sie sind dieses kalte Wetter ja nicht gewohnt.« Christos strich sich etwas Schnee von den Ärmeln.

Rif schluckte schwer. »Wir müssen reden.«

8

Johann folgte seinem Vater und Leopold durch den nur schwach beleuchteten Tunnel. Die kalte Luft im Keller war feucht und modrig. Das leise Schmatzen seiner Gummisohlen hallte in dem Gang. Es war ein surreales Erlebnis, in seinem eigenen Zuhause zusammen mit seinem Vater und den anderen Freiheitswächtern, von denen die meisten ihm fremd waren, diesen Geheimgang entlangzugehen.

Waren die Freiheitswächter eine Art Bürgerwehr?

Der Gang endete vor einer verputzten Wand, und sie blieben stehen. Sein Vater hob eine Platte an und tippte einen langen Zahlencode in die darunter befindliche Tastatur ein. Johann sah zu. Die Wand glitt zur Seite, und es entstand eine Öffnung.

Grelles Licht blendete ihn. Er starrte in den vor ihm liegenden Raum und musste blinzeln. Hinter einer Glaswand beleuchteten starke Glühbirnen eine Kammer, die aussah wie ein voll ausgestattetes Labor. Alle Oberflächen waren aus glänzendem Edelstahl. An einer Wand hingen gelbe Bioschutzanzüge. Aus der Kammer hinter der Glaswand winkten ihnen zwei Männer in solchen Anzügen zu. Sie sahen in ihnen aus wie Käfer. Ob Onkel Karl diesen Teil des Hauses kannte? Falls ja – warum hatte er ihn nie erwähnt?

Sein Vater stand aufrecht da und sagte mit gebieterischer Stimme: »Wie du siehst, verfügen wir über Druckluftschutzanzüge, eine eigene Frischluftversorgung, zahlreiche Duschen und alle möglichen weiteren Sicherheitsvorkehrungen. Ich habe sämtliche Vorsichtsmaßnahmen ergriffen, um uns zu schützen.«

Um uns wovor zu schützen?

»Wir sind immer noch die Wächter vor dem Kommunismus, aber gegenwärtig wird unsere Demokratie und unser Land von einer anderen Art von Blasphemie bedroht.« Sein Vater tippte an die Glaswand, gab den beiden in den Schutzanzügen steckenden Gestalten in dem hermetisch abgeschlossenen Raum ein Zeichen und wandte sich wieder Johann zu. »Was ist heute die größte Bedrohung des Weltfriedens?«

Johanns Gedanken waren durch diese rasch aufeinanderfolgenden Enthüllungen wie gelähmt. Die Sekunden verstrichen quälend langsam. *Wie lautete die richtige Antwort?*

»Araber«, sagte Leopold. »Du hast ja gesehen, was in Paris, Brüssel, Orlando und Barcelona passiert ist und was mit all diesen Dschihads überall auf der Welt los ist. Und letzte Woche nun also auch in Wien, hier bei uns, mitten in Österreich. Diese Leute müssen gestoppt werden.«

»Araber?« Das Wort über die Lippen zu bringen, war Johann unangenehm.

»Genau. Verteidiger der Muslime behaupten, dass der Koran Frieden predigt, aber die Taten dieser Leute erzählen eine andere Geschichte«, stellte Vater klar.

Einige der Freiheitswächter nickten. *Araber.* Ihm kam ein Gesicht in den Sinn. Das von Fatima. Wie, um alles in der Welt, sollte sie ein Feind sein?

»Aber in der Schule kenne ich ein paar nette Araber«, sagte Johann. »Und einer von ihnen ist nicht mal ein Muslim.«

»Die Führer der Welt versuchen, den Dschihad auf herkömmliche Weise zu bekämpfen, aber diese Herangehensweise wird niemals funktionieren. Einsame Krieger und kleine Terrorzellen sind die Zukunft des Dschihad, und es ist unmöglich, sie zu enttarnen, bevor sie losschlagen«, fuhr Vater fort, Johanns Einwand ignorierend. »Die Länder des freien Westens befinden sich in großer Gefahr und sind unfähig, den ausgefeilten Propagandavideos und den Netzwerken der Kämpfer etwas entgegenzusetzen, die ihre Anhänger ermuntern, sich selbst zu radikalisieren. Aber wir haben eine Lösung gefunden.«

Johann war auch der Meinung, dass der Terrorismus gestoppt werden musste, aber tief in seinem Inneren machte sich Beklemmung breit, als er darüber nachdachte, wohin all das womöglich führte.

Die beiden Gestalten in den gelben Schutzanzügen verließen das hermetisch abgeriegelte Labor. Er fragte sich, wie lange diese unterirdische Anlage wohl schon existierte. Er würde Onkel Karl fragen. Der musste etwas darüber wissen.

»Falco, es ist so weit.« Sein Vater öffnete die Schleuse zur ersten Kammer, die in den verglasten Raum führte.

Falco legte Johann eine Hand auf die Schulter. »Ich bin stolz auf dich, Junge.«

Warum fühlte es sich so an, als ob er sich verabschieden würde?

Falco nahm seine Hand von Johanns Schulter, betrat die Vorkammer und schloss die Tür hinter sich.

»Was soll das alles?«, fragte Johann.

»Guck einfach zu.« Vater bedeutete allen, sich vor der Glaswand zu versammeln.

Die beiden Gestalten in den Schutzanzügen kamen zurück, doch diesmal waren sie nicht allein. Sie führten einen Mann, der nur eine schmutzige weiße Unterhose trug und mit Handschellen und Fußketten gefesselt war, in die Laborkammer. Der Mann schwitzte, seine Haut war geschwollen und an einigen Stellen verfärbt. Die Gestalten in den gelben Schutzanzügen fesselten den Mann mit den Handschellen an einer Stange auf der rechten Seite der geräumigen Laborkammer und verließen den Raum durch die Schleuse.

Irgendetwas an dem entstellten Gesicht des Mannes kam Johann bekannt vor. Er versuchte, es einzuordnen. *Das Fernsehen. Die Nachrichten. Die Fahndung.* Das war der überlebende Terrorist, der für das Attentat auf Schloss Schönbrunn in Wien verantwortlich war.

Omar Kaleb.

9

Theas Tag verlief ganz und gar nicht wie geplant. Anstatt von ihrem Vater in Heathrow am Flughafen abgeholt zu werden und Ayan und Jabari mit ihrer neuen Adoptivfamilie bekannt zu machen, saß sie in einem entführten Flugzeug in der Libyschen Wüste fest, das von bewaffneten Männern umringt war. Einer der Passagiere war tot, einer war bewusstlos, und das Wohlbefinden von elf Geiseln hing davon ab, dass sie die richtigen Entscheidungen traf, um sie lebend aus dieser Situation zu befreien.

Sie nahmen sich einige Minuten, um sich einander vorzustellen. Nach dem zu urteilen, was sie von sich erzählten und preisgaben, schien es sich bei den meisten Passagieren um Geschäftsleute zu handeln, die zwischen Nairobi und Europa pendelten. In Kenia, das über reichhaltige Bodenschätze, Edelsteine und sonstige natürliche Ressourcen verfügte, ließen sich gute Geschäfte machen. Ihr Vater hätte einer von ihnen sein können, auf der Rückkehr von irgendwelchen Verhandlungen über Ölbohrrechte.

Während die Passagiere von sich erzählten, achtete Thea auf ihre Körpersprache und auf mögliche Hinweise, ob der Typ im Versace-Anzug der Einzige an Bord war, der mit den Entführern unter einer Decke zu stecken schien. Doch es war schwer zu erkennen, ob sie logen oder Informationen zurückhielten, da der Stress aufgrund der Zwangslage, in der sie sich befanden, es Thea erschwerte, ihre Mikroexpressionen zu deuten.

Die Asiatin, deren Ausdruck merkwürdig gleichgültig schien,

wäre unter keinen Umständen zu durchschauen gewesen. Thea war beeindruckt, wie ruhig sie war, als sie sich vorstellte.

»Ocean.« Ihre Stimme war sanft.

»Stimmt nicht ganz, meine Verehrteste, wir sind an Land«, sagte der Texaner, der sich als Mike Dillman vorgestellt hatte, aber der Witz kam nicht an. »Wie heißen Sie denn mit Nachnamen?« Wieder Dillman. Der Texaner legte es wirklich darauf an, sich bei jeder sich bietenden Gelegenheit in die Unterhaltung einzubringen.

»Einfach nur Ocean«, stellte die Frau klar.

»Das ist doch kein richtiger Name«, belehrte Dillman sie.

»Warum nicht?«, fragte Nick Karlsson. »Madonna, Cher, Sting – das sind alles richtige Namen.«

Ayan hörte genau zu. »Wir haben unsere Eltern verloren, deshalb kann jetzt jemand anderes unseren Nachnamen haben. Sie können unseren Namen verwenden – Kuria.« Ayan streckte den Arm aus und berührte die Hand der Frau.

Sie sah den Jungen an, und zum ersten Mal zeichnete sich auf ihrem Gesicht der Anflug einer Emotion ab. »Ich habe auch meine Familie verloren.«

Thea hatte das Gefühl, dass sich unter der ruhigen Oberfläche eine bewegte Geschichte verbarg – so, wie es unter der Oberfläche jedes Ozeans unergründliche Tiefen gab. Sie wandte sich den Flugbegleitern zu. »Wäre es möglich, jedem eine Kleinigkeit zu essen und etwas zu trinken zu geben? Aber gehen Sie sparsam mit den Vorräten um. Wir wissen nicht, wie lange wir hier ausharren müssen.« Sie hatte auf ihrer App, die fortlaufend ihre Blutzuckerwerte kontrollierte, besorgniserregende Ziffern gesehen. Ihr Zuckerwert war gefallen, und sie brauchte bald etwas zu essen, um ihre biologischen Funktionen im Gleichgewicht zu halten und bei klarem Verstand zu bleiben.

»Wenn irgendjemand über sensible Informationen verfügt, die hilfreich sein könnten, bin ich jederzeit für Sie da.« Genauer wollte sie nicht werden, denn wenn den Passagieren klar wurde, dass die Entführer es auf einen von ihnen abgesehen hatten, konnte dies zu Konflikten unter den Geiseln führen. Irgendjemand hatte gewaltigen Aufwand betrieben, um dieses Flugzeug zu entführen. Welchen Passagier wollten sie in ihre Gewalt bringen? Und warum?«

»Meine Ex-Frau könnte dahinterstecken«, sagte Dillman. »Sie hat jede Menge Geld und noch ein Hühnchen mit mir zu rupfen.«

Thea bedachte ihn mit einem matten Lächeln. *Wenn er nicht seinen verdammten Mund hielt, würde er nach hinten zu Mr Versace und dem toten Mann verfrachtet werden müssen.*

Matthias Houndsworth schob sich seine Drahtgestellbrille auf der Nase hoch. Er umklammerte immer noch seine Kuriertasche, als handelte es sich um die einzige Rettungsboje in einem Unwetter.

»Können Sie mal kurz mitkommen?« Sie nahm sich einen Müsliriegel von dem Tablett mit den Snacks, die Bernard anbot, und bedeutete Matthias, mit ihr in den hinteren Bereich der Kabine zu gehen.

Er folgte ihr, seine dichten blonden Locken klebten an seinem Kopf, was ihm ein lausbubenhaftes Aussehen verlieh. »Worum geht's?«

»Würden Sie mir sagen, was sich in dieser Tasche befindet?«

Er errötete.

»Ich habe das Gefühl, dass es etwas Wichtiges sein muss. Immerhin haben Sie die Tasche keinen Augenblick aus den Augen gelassen. Haben Sie etwas zu verbergen?«

»Ich habe eine außergewöhnliche Verschlüsselungssoftware entwickelt. Es ist denkbar, dass Terroristen diese Technologie in ihren Besitz bringen wollen.«

»Was macht Ihr Produkt so besonders?«

»Es ermöglicht in großem Umfang Datenübertragungen und den Tausch von Währungen, ohne dass die Möglichkeit besteht, die Verschlüsselung mithilfe von Berechnungen durch Quantencomputer zu knacken.«

Thea konnte sich ziemlich viele Länder und Organisationen vorstellen, die so etwas gerne in die Finger bekommen würden. »Und diese Software befindet sich auf Ihrem Computer?«

»Ja.«

»Danke, dass Sie so offen zu mir waren. Sehen wir mal, was passiert, wenn die Entführer Kontakt zu uns aufnehmen.«

Sie ging wieder nach vorne und nahm sich erneut ihren taktischen Überlebenssicherungsbeutel. Die Jungen standen in der Nähe und aßen Brownies.

»Unsere neuen Eltern wollten uns heute kennenlernen. Du glaubst doch nicht, dass sie zwei andere Jungen adoptieren, wenn wir nicht da sind, oder?« Jabari sah ernst und besorgt aus.

»Auf keinen Fall. Du und Ayan seid ganz besonders, unersetzbar.« Sie umarmte die beiden.

Ayans Miene hellte sich auf. »Und du fährst mit uns im London Eye, ja?«

»Wenn es euch nichts ausmacht, 135 Meter über der Stadt in der Luft zu schweben.« Das Riesenrad würde nur eines der Highlights sein, die sie entdecken würden, wenn sie in London lebten.

»Ja, ja, ja!«

»Okay, dann behaltet den Gedanken im Kopf. Ich muss mal gerade auf die Toilette.« Sie musste ihre Insulinpumpe checken. Wie es aussah, würde es ein langer Tag werden, und sie wollte auf alle Eventualitäten vorbereitet sein.

10

Johann trat von der Glaswand des Labors zurück. Es war ein Versuch, sich von dem mit den Handschellen gefesselten Mann zu entfernen. Der dichte, verfilzte Bart, die eingesunkenen Augen. Johann dachte an das Foto, das in der vergangenen Woche immerzu im Fernsehen gezeigt worden war. Es gab keinen Zweifel. Dieser Mann war der gesuchte Terrorist.

Wie war Omar Kaleb im Keller ihres Hauses gelandet?

Sein Vater bedachte ihn mit einem dünnen Lächeln. »Wie ich sehe, erkennst du ihn. Omar Kaleb und seine Landsleute haben das Attentat im Schloss Schönbrunn begangen und sind für die Ermordung von mehr als achthundert Österreichern verantwortlich.«

»Wie habt ihr ihn gefunden?«

»Einer unserer Freiheitswächter hat ihn hier in der Scheune eines Bauern entdeckt, in der er sich versteckt hatte.«

Leopold wischte sich den Schweiß von der Stirn. »Wir sind bereit, Gernot.«

»Bereit wofür?«, fragte Johann.

Falco war jetzt bei Kaleb in der Kammer hinter der Glaswand. War er im Begriff, den gefangenen Terroristen zu foltern, um Informationen aus ihm herauszubekommen?

»Der US-amerikanische Geheimdienst folgt dem Präsidenten der USA auf Schritt und Tritt und sammelt alles ein, was er angefasst oder benutzt hat, wie zum Beispiel Trinkbecher oder Papiertaschentücher. Weißt du, warum?«, fragte Vater.

Weitere Tratschgeschichten aus den USA. Vater war davon besessen.

»Weil sie nicht wollen, dass seine DNA im Umlauf ist. Die Wissenschaft hat rasante Fortschritte gemacht, und wer sich auskennt, kann eine biologische Waffe entwickeln, die gegen eine spezielle Person gerichtet ist. Ein Erreger, der sich bei der Allgemeinbevölkerung in Form einer leichten Grippe äußern kann, kann bei einem einzelnen Menschen die Wirkung eines tödlichen Virus entfalten.«

Während die Worte seines Vaters in seinem Kopf herumgeisterten, machte sich in Johanns Magen kalte Angst breit.

Leopold lehnte sich gegen die Glaswand. »Im Rahmen des Saudi Human Genome Program wird untersucht, warum so viele Araber unter genetisch bedingten Krankheiten leiden, unter anderem unter Typ-2-Diabetes und Herzerkrankungen.«

Vaters Augen strahlten euphorisch. »Wissenschaftler haben das Erbgut von 20 000 Arabern untersucht, um herauszufinden, welche Gene und Genvarianten diese Erkrankungen bei dieser Bevölkerungsgruppe verursachen. Wir haben ihre Datenbank gehackt.«

Obwohl er die Antwort fürchtete, fragte Johann: »Aber warum?«

Sein Vater beugte sich näher zu ihm heran. »Um unsere Nation und unsere Leute zu schützen. Genau das versuchen wir zu tun.«

Die beiden Gestalten in den Schutzanzügen verließen die Kammer. Als die Tür der Luftschleuse hinter ihnen zufiel, ertönte ein leises Zischen. Falco saß neben dem Terroristen auf einem Stuhl. Das Gesicht des Österreichers war völlig teilnahmslos.

Eine Bewegung erregte Johanns Aufmerksamkeit. Kaleb rüttelte an seinen Handschellen und den Fußfesseln. Er spuckte in die Richtung der Beobachter, Speichel rann an der Innenseite der Glaswand herunter.

»Warum sieht er so krank aus?«, fragte Johann mit bebender Stimme.

»Er wurde vor etwa vierundzwanzig Stunden Erregern einer Art von Lungenpest ausgesetzt, die noch mit einem Beschleuniger aufgepeppt wurden.« Leopolds Gesicht war ein Muster an Konzentration, seine Augen gebannt auf die Szenerie vor ihnen gerichtet. »Normalerweise vergehen von der Ansteckung bis zum Tod drei Tage, aber dieser Erregerstamm vermehrt sich schnell und befällt bevorzugt die größeren Organe.«

In Johanns Kopf schwirrten Erinnerungen an Geschichtsunterrichtsstunden über das Mittelalter herum – Erinnerungen an Horrorgeschichten, um genau zu sein.

»Vater, lass Falco nicht sterben.« Er redete mit einer Fistelstimme. »Warum ist er überhaupt da drinnen?«

»Er hat sich freiwillig gemeldet, da reinzugehen«, stellte Gernot klar. »Um den Beweis anzutreten, dass Nicht-Araber von der säubernden Kraft dieser Seuche nicht betroffen sind.«

»Solltet ihr den Terroristen nicht den Behörden übergeben, damit er von der Polizei verhört werden kann?«

Schweiß rann Kalebs Arme und Beine herunter, er wurde von Krämpfen geschüttelt. Sein Kopf hing herunter, seine Haare baumelten im Einklang mit seinem zuckenden Körper vor seinem Gesicht hin und her.

»Dafür ist es zu spät«, erwiderte Gernot. »Außerdem haben wir alle Antworten, die wir brauchen. Dies ist die einzige Art und Weise, in der wir uns schützen können.«

»Aber …«

Seine Worte wurden von dem Schrei des Terroristen übertönt. *»Allahu Akbar!«*

Kalebs Oberkörper hatte sich leuchtend rot verfärbt. Blut

sickerte aus allen Poren und strömte an seinem in Schweiß gebadeten Körper herunter, die Rinnsale bildeten ein gewundenes Labyrinth. Seine spindeldürren Arme und Beine rüttelten an den Handschellen und an den Ketten, sein Kopf zuckte hin und her. Johann wollte den Blick abwenden, konnte jedoch nicht wegsehen.

»In'a'al mayteen ehlak!«

Im nächsten Moment ertönte ein grausiges lautes Würgen. Erbrochenes schoss aus dem Mund des Mannes, klatschte von innen gegen die Trennwand und landete, vermischt mit Blut, in einer Lache auf dem Boden. Johann wich instinktiv zurück, obwohl die Glaswand ihn schützte.

Er dachte an all die unschuldigen Menschen, darunter auch Kinder, die bei dem Attentat in Schloss Schönbrunn ermordet worden waren. Die dunkelsten Abgründe seiner Seele sagten ihm, dass der Gerechtigkeit Genüge getan wurde, doch seine vernünftigere Seite verwarf den Gedanken sofort wieder. Das war inhuman, abartig.

Eine bräunliche Flüssigkeit rann schwallartig an den Oberschenkeln des Terroristen herunter. Kalebs Körper zitterte, seine Zähne klapperten, als ob es in dem Raum schlagartig zwanzig Grad kälter geworden wäre.

Der furchtbare Zustand, in dem sich der Mann in der Kammer befand, sorgte dafür, dass es Johann übel wurde.

»Allahu Akbar!« Kalebs Stimme verblasste. Er wurde noch von einem letzten Krampf durchgeschüttelt, dann sank sein Körper nach vorne, und er sagte nichts mehr.

Johann nahm seinen Mut zusammen und sah Falco an. Er saß bequem auf seinem Stuhl und hatte seinen ganz normalen Gesichtsausdruck aufgesetzt. Ein Lächeln auf seinem schlanken Gesicht kündete davon, dass er keinen Zweifel daran hatte, dass ihm trotz des Horrors, der sich gerade nur wenige Zentimeter neben ihm zugetragen hatte, nichts passieren würde. Johanns Beine fühlten sich an wie Gummi – aus Erleichterung darüber, dass es Falco gut ging, aber auch aus Abscheu über das Spektakel, dessen Zeuge er gerade geworden war.

»Du bleibst für zwei Tage unter ärztlicher Beobachtung, Falco«, stellte Leopold klar und klatschte in die Hände. »Aber nur sicherheitshalber. Ich habe keinen Zweifel, dass unsere Operation ein Erfolg wird.«

Die versammelten Männer jubelten.

Johann ließ seinen Blick zwischen Kaleb und Falco hin- und herwandern und begriff: Beide Männer waren den Erregern der Seuche ausgesetzt gewesen. Aber nur einer von ihnen war dazu verdammt zu sterben.

Vater wandte sich ihm zu. »Eine Krankheit kann als eine präzise biologische Waffe eingesetzt werden. Vor vielen Jahrhunderten hat die Tiefebene des Terai dem Volk der Tharu in Nepal als natürliche Barriere zum Schutz vor Eindringlingen aus der Gangesebene gedient. Die Terai-Tiefebene war malariaverseucht, und die Tharu waren im Gegensatz zu potenziellen Eindringlingen genetisch davor geschützt, an Malaria zu erkranken. Dank Leopolds bahnbrechender Arbeit, der präzise Schwachstellen im Genom von Arabern ausgemacht hat, ist es uns gelungen, einen Krankheitserreger zu erzeugen, der genetisch so designt ist, dass er nur Menschen arabischer Abstammung schaden kann.«

Johann starrte Kalebs blutüberströmte Leiche an. Er dachte darüber nach, was das alles zu bedeuten hatte. Scham stieg in ihm auf und überflutete ihn. Wenn er und Fatima in der Laborkammer gewesen wären, würde er noch leben, wohingegen Fatima einen furchtbaren Tod gestorben wäre.

Johann erinnerte sich daran, was sein Vater ihm vor zwei Monaten beim Abendessen erzählt hatte. Während der fünf

Jahre seit dem Tod seiner Mutter hatte er geglaubt, dass seine Mutter bei einem Unfall ums Leben gekommen war, den ein betrunkener Fahrer verursacht hatte, der zufällig Muslim gewesen war. Ein furchtbares Unglück, ein niederschmetternder Verlust, der nicht in Worte zu fassen war.

Doch dann hatte sein Vater ihn mit einem einzigen Satz zutiefst erschüttert. »Der Tod deiner Mutter war kein Unfall.«

»Was redest du denn da? Der andere Fahrer wurde dafür verurteilt, dass er betrunken Auto gefahren ist. Er ist ins Gefängnis gekommen.«

»Sie ist bei einem Autounfall gestorben, aber es war kein Unfall. Es war ein Mord. Du warst noch zu jung, um das zu verstehen, aber inzwischen bist du siebzehn. Du hast ein Recht darauf, die Wahrheit zu erfahren.«

Johann hatte versucht, die Neuigkeit zu verarbeiten. Was für ein mögliches Motiv konnte jemand haben, um es auf Mama abzusehen? Sie war eine wunderbare Frau gewesen, nett, generös. Alle hatten sie gemocht. »Warum?«

Sein Vater war leicht erblasst. »Ich habe Waffen an Israel verkauft. Deshalb habe ich viele Drohungen erhalten. Beim Waffenhandel gibt es immer düstere Seiten. Ich habe Vorsichtsmaßnahmen ergriffen, aber ich konnte dich und deine Mutter schließlich nicht einsperren und wie Gefangene behandeln, um euch zu schützen.«

»Mama musste wegen deiner Geschäfte sterben?«

»Nein«, hatte Vater wütend klargestellt. »Sie ist gestorben, weil das Leben anderer Menschen den Dschihadisten nichts bedeutet. Sie bringen diejenigen, die dir etwas bedeuten, um, ohne auch nur mit der Wimper zu zucken. Sie bringen sich sogar gegenseitig um, um ihre Feinde zu treffen. Das Leben bedeutet ihnen nichts.« Sein Vater hatte mit der Faust auf den Tisch geschlagen, aufgebrachter, als Johann ihn je gesehen hatte.

Johann hatte nicht gewusst, was er sagen sollte. Er hatte einfach immer nur an den passenden Stellen genickt, während sein Vater seine Hasstirade gegen die Araber fortgesetzt hatte. Doch an jenem Abend hatte sich auch noch eine andere Stimme in seinem Kopf gemeldet, eine Stimme, die ihm zugeflüstert hatte, dass Vater der wahre Verantwortliche für den Tod seiner Mutter war. Es war Vater gewesen, der seine hässliche Welt zu ihnen ins Haus geholt hatte.

11

Thea eilte nach vorne zum Cockpit. Eine unbekannte Stimme, die aus dem Funkgerät drang, hatte ihre Aufmerksamkeit erregt. Sie hatte Laverdeen gebeten, über Guard immer wieder ein Notfallsignal zu senden, in der Hoffnung, dass es vielleicht von einem anderen Flugzeug empfangen werden würde. Nur so konnten sie mit der Außenwelt kommunizieren, abgesehen von den Entführern natürlich, die das Flugzeug umstellt hatten. Doch das Funkgerät war still geblieben – bis jetzt.

Enttäuschung überkam sie, als ihr klar wurde, dass es die Entführer waren, die Kontakt zu ihnen aufnahmen, und kein Rettungsteam. Captain Rivers saß immer noch gefesselt auf dem linken Sitz. Er starrte sie finster an, als sie ihm den Mund mit einem Streifen des Klebebands aus ihrem taktischen Überlebenssicherungsbeutel zuklebte.

»Bitte.« Laverdeen reichte ihr das Funkgerät.

»Öffnen Sie die Türen«, krächzte die Stimme aus dem Funkgerät. Der Entführer sprach Englisch, jedoch mit einem leichten libyschen Akzent. Thea war versucht, auf Arabisch zu antworten, beschloss jedoch, fürs Erste für sich zu behalten, dass sie fließend Arabisch sprach. Vielleicht würde er nachlässig sein und mit seinen Landsleuten reden, während das Funkgerät eingeschaltet war, und damit seine Pläne enthüllen.

»Wer spricht da?«, fragte sie.

»Öffnen Sie die Türen, oder die Töchter des Captains werden sterben.«

Rivers' Augen traten hervor, er wand sich auf seinem Sitz.

»Es ist immer leichter, sich mit jemandem zu unterhalten, wenn man weiß, mit wem man redet.«

Schweigen.

Sie wartete.

»Nennen Sie mich Bassam.«

Sein Name bedeutete »der, der lächelt«. *Heute allerdings nicht.*

»Ich bin Thea Paris.«

»Öffnen Sie die Tür.«

»Warum wurden wir gezwungen, hier zu landen, Bassam?«

»Lassen Sie mich mit dem Captain reden.«

»Er hat nicht mehr das Kommando. Sie können stattdessen mit mir reden.«

Rivers kämpfte gegen die Fesseln an, jedoch vergeblich. Sie hatte Mitgefühl mit ihm, aber auch nicht gerade übermäßig viel. Der Mistkerl hätte sie alle umbringen können, und ihm das Kommando entzogen zu haben, hatte die Situation für ihn entspannt, auch wenn sie nicht davon ausging, dass er das ebenfalls so sah. Im Moment hatte Bassam nichts davon, Rivers' Töchtern etwas anzutun. Aber das garantierte nicht ihre Sicherheit.

»Letzte Chance. Wir haben einen Granatwerfer auf das Flugzeug gerichtet.«

Sie zog die Karte, mit der sie die Windschutzscheibe verdeckt hatte, ein Stück zur Seite. Einer der Männer zielte tatsächlich mit einem Granatwerfer auf das Flugzeug, seine Silhouette zeichnete sich vor der untergehenden Sonne ab. Der Mann neben ihm hielt ein Walkie-Talkie in der Hand. *Bassam.* Er war groß, schlank und hatte ein Shemagh um den Kopf gebunden. Sein Gesichtsausdruck war hinter einer Pilotensonnenbrille verborgen.

»Sofort«, stellte Bassam klar.

»Tut mir leid, aber vorher brauche ich gewisse Zusicherungen«, sagte sie.

Laverdeen zog die Augenbrauen hoch.

»Sie haben genau fünfzehn Sekunden, um die Türen zu öffnen.«

Thea sah auf ihre Uhr. Die Sekunden verstrichen langsam. Es war, als würden sie dem Ticken einer Standuhr zuhören.

»Soll ich den Druck runterfahren?«, fragte Laverdeen.

Rivers trat um sich und wand sich auf seinem Sitz.

»Sie klingen so, als würden sie es ernst meinen.« Der Adamsapfel des Co-Piloten hüpfte auf und ab.

Drei.

Zwei.

Eins.

Rivers kniff die Augen zu.

Sie zog die Karte wieder ein Stück weit vom Fenster weg und linste nach draußen. Der Mann mit dem Granatwerfer stand immer noch in unveränderter Position da und wartete auf ein Kommando. Bassam stand direkt neben ihm.

Thea drückte die Sendetaste auf dem Funkgerät. »Okay, Bassam, reden wir.«

12

Prospero entnahm der gut bestückten Bar in seinem Arbeitszimmer eine Flasche Glendronach 18, schenkte seinem Gast vier Finger breit davon ein und mixte sich selber einen Rusty Nail. Er hoffte, dass der Cocktail das Unbehagen, das sich in seinem Körper breitmachte, und die Verachtung, die er Enzo Spruilli entgegenbrachte, linderte. Den Vater des Mannes hatte er auch nicht gemocht.

Er wandte sich Enzo zu, einem leidgeprüften, ausgemergelten CIA-Agenten. Die beiden blickten auf eine lange gemeinsame Geschichte zurück. Tatsächlich hatten schon ihre Väter vor vielen Jahren miteinander gearbeitet, bis Enzos Vater verschwunden war.

»Der Plan ist angelaufen«, sagte er. Enzo nippte an seinem Whisky wie ein Kolibri, der seinen winzigen Schnabel in das lauwarme Wasser einer Vogeltränke taucht.

»Ist von deiner Seite alles abgedeckt?« Prospero hatte Enzo den Plan ursprünglich vorgeschlagen. Er wusste, dass Enzo sich bei der CIA unbedingt profilieren wollte.

Sie waren beide Italiener, arbeiteten beide im Verborgenen – wenn auch auf unterschiedlichen Seiten des Gesetzes – und hatten seinerzeit als Mitglieder der geheimen Organisation Gladio zueinandergefunden. Seitdem hatten sie Kontakt gehalten, was sich für sie beide sowohl in finanzieller Hinsicht als auch im Hinblick auf einen regen Austausch an Informationen als sehr nutzbringend erwiesen hatte. Prospero fand es etwas kurios, dass er zwar der Gangster in diesem Duo war, jedoch nahezu sicher einen stärker ausgeprägten Moralkodex hatte als sein Komplize.

Doch das Risiko bei dieser Flugzeugentführung trug allein er. Wenn der Plan aufging, würde er der Welt einen Dienst erwiesen und zugleich einen guten Deal mit der CIA unter Dach und Fach gebracht haben, der seinen Reichtum mehren und ihn vor Strafverfolgung schützen würde. Aber wenn sein Plan in die Hose ging, tja, daran wollte er im Moment lieber gar nicht denken. Aber wie auch immer, Gernot Dietrich musste auf jeden Fall gestoppt werden. Der *pazzo austriaco*, der verrückte Österreicher, hielt sich für einen neuen Hitler, der jedoch diesmal nicht darauf aus war, die Juden auszulöschen, sondern die Araber.

Nach dem Zweiten Weltkrieg waren zum Schutz vor einer imaginären befürchteten Invasion der Sowjetunion überall in Europa geheime sogenannte Stay-behind-Einheiten stationiert worden. In Anlehnung an Churchills geheime Spezialeinheit »Special Operations Executive« waren diese paramilitärischen Organisationen im Geheimen finanziert worden und hatten unter der Aufsicht der NATO und mit der Unterstützung der CIA und des MI6 den Auftrag gehabt, während des Kalten Krieges im Verborgenen als ein Bollwerk gegen die Ausbreitung des Kommunismus zu operieren.

In den 1980er-Jahren waren die meisten der Gruppen zu quasi terroristischen paramilitärischen Organisationen mutiert oder in Vergessenheit geraten. Ihre Mitglieder hatten sich verstreut, die geheimen Waffenlager waren aufgelöst worden. In den 1990er-Jahren war der italienische Zweig dieser paramilitärischen Geheimorganisationen, der unter dem Decknamen »Gladio« firmiert hatte, der Erste gewesen, der öffentlich enthüllt worden war, doch selbst nachdem die Organisation ins

Visier geraten war, konnte sie nie komplett aufgelöst werden. Prospero und Enzo hatten beide für Gladio gearbeitet und gegen die Linke gerichtete Operationen durchgeführt, angeblich unter der Kontrolle der CIA, jedoch in den meisten Fällen auf eigene Rechnung und zu ihrem eigenen Nutzen.

Der österreichische Zweig, der Österreichische Wander-, Sport- und Geselligkeitsverein, kurz OWSVG, hatte im Laufe der Jahre eine Reihe von Umwandlungen durchgemacht, jedoch ebenfalls überlebt und war in den 1990er- und 2000er-Jahren von diversen US-Präsidenten geschützt worden. Doch nun, unter der Führung von Gernot Dietrich, war die Truppe *completamente pazzo* – total verrückt.

»Du hast das Flugzeug? Und die Zielperson ist an Bord?« Enzo tippte mit seinem kleinen Finger gegen das Kristallglas.

»Si. Wir haben den BBJ in unserer Gewalt.« Es war nicht erforderlich, ihm die Komplikationen unter die Nase zu reiben, die sich ergeben hatten. Irgendwann würde Thea Paris aufgeben und seine Männer an Bord lassen müssen.

»*Bene, bene.* Übrigens habe ich Rudolph Krimm in Verdacht, die Österreicher mit Informationen zu versorgen.«

Krimm war ein ehemaliger CIA-Agent, mit dem Enzo normalerweise zusammenarbeitete. Der Kerl wähnte sich in einem Kreuzzug gegen den Nahen Osten, deshalb überraschte es Prospero nicht zu hören, dass er diese mörderischen Neonazis mit Informationen versorgte. »Du glaubst, dass Krimm Dietrichs Plan möglicherweise unterstützt?«

»Schwer zu sagen.«

Was war denn nur los mit Spruilli? Hatte er die Nerven verloren? Normalerweise war er nicht so uneindeutig. Oder wusste er etwas, das er für sich behielt? »Ich kümmere mich um die Lage in Libyen und sorge dafür, dass unsere Zielperson in sichere Hände kommt.«

»Und der Lastwagen?« Enzo ging auf und ab, schwebte quasi mit seinem feingliedrigen Körperbau über den Hartholzboden.

»Den suchen wir noch.« Der verdammte Lkw voller syrischer Flüchtlinge musste aufgehalten werden.

»Irgendwelche Neuigkeiten von deinem Informanten in Österreich?«

»Leider hat er nichts mehr von sich hören lassen.« Prospero war besorgter, als er zu erkennen gab. Der Maulwurf war ein lebenslanger Freund, den sein Vater in Dietrichs Organisation eingeschleust hatte.

»Ich hoffe, er ist nicht aufgeflogen.«

»Er weiß, was er tut.«

»Hast du versucht, ihn über den toten Briefkasten zu kontaktieren?«, fragte Enzo.

»Natürlich.« Prospero verspürte einen Anflug von Ärger. Als ob man ihm bis ins kleinste Detail sagen müsste, was er zu tun hatte. »Sonst noch was?«

»Nur, dass meine Kontaktleute in Salzburg von ungewöhnlich intensiven Aktivitäten auf Dietrichs Anwesen berichten.«

Prospero fluchte leise und starrte den Drink in seiner Hand an, der ihn auf einmal nicht mehr so reizte wie noch vor fünf Minuten. Angesichts der intensivierten Aktivitäten in Österreich war es noch wichtiger, den Lkw aufzuspüren, bevor Dietrich ihn fand. Doch allein in diesem Jahr waren über eine Million Flüchtlinge aus dem Nahen Osten und aus Afrika nach Europa geströmt. Einen einzelnen Lastwagen voller Asylsuchender aufzuspüren, erwies sich als schwieriger, als Prospero je zugeben würde.

»Wir brauchen weitere Informationen«, stellte Spruilli klar. »Und zwar schnell.«

Prospero stellte den nicht ausgetrunkenen Rest seines

Drinks auf den Mahagonischreibtisch. »Dann legen wir lieber mal los. Klapper alle deine Kontakte ab. Und halt die Augen auf. Beten wir, dass wir nicht zu spät sind.«

13

Johann rieb sich die Augen und hatte alle Mühe, während des Matheunterrichts wach zu bleiben. Die Stimme des Lehrers dröhnte monoton in der Ferne vor sich hin. Nach dem grausigen Spektakel, das ihn die halbe Nacht wach gehalten hatte, fühlte er sich, als würde er außerhalb seines Körpers schweben. Es war, als ob die Realität ihre eigenen Grenzen überschritten hätte.

Er hatte Onkel Karl erneut eine WhatsApp geschrieben und gehofft, dass sie zumindest miteinander telefonieren könnten. Er wollte über das, was am vergangenen Abend passiert war, mit jemandem reden, dem er vertraute, um darin irgendeinen Sinn erkennen zu können. Aber von Onkel Karl war nichts zu hören. In Johanns Magen machte sich ein flaues Gefühl breit. Karl hatte ihm jedes Jahr etwas zum Geburtstag geschenkt. Dass er ihm in diesem Jahr nicht einmal eine WhatsApp geschickt hatte, um ihm zu gratulieren, war enttäuschend. Und es war beunruhigend, was noch schlimmer war.

Sein Erzfeind, David Taddington, saß hinten in der Klasse, umgeben von seiner Anhängerschar von Speichelleckern. Johann gähnte, vielleicht ein bisschen zu laut. David bedachte ihn mit einem verächtlichen Blick. Trotz seines Bauchgefühls, das ihm etwas anderes sagte, dachte Johann an das Freiheitswächter-Medaillon in seiner Tasche, und es verlieh ihm ein Gefühl von Stärke. Wenn der US-amerikanische Junge auch nur einen Schimmer davon hätte, was im Haus der Dietrichs am vergangenen Abend passiert war, würde er es nicht wagen, Johann so abfällig zu behandeln.

Fatima lächelte ihn an, und er erwiderte das Lächeln. Doch dann stellte er sich plötzlich lebhaft vor, wie ihre anmutige Schönheit von den grausigen Auswirkungen der zu einer Waffe umfunktionierten Seuche entstellt wurde. Diese Vorstellung sorgte dafür, dass ihm übel wurde, und sein Lächeln verblasste. Angesichts ihrer DNA würde sie so einen grausigen Tod sterben wie Omar Kaleb. Auf einmal fühlte sich das Medaillon an wie eine entsetzliche Last.

Die Klingel riss ihn aus seinen Gedanken. Er packte seine Papiere und seine Bücher zusammen und schob sie in seinen Rucksack. Dann trödelte er noch ein wenig herum und wartete, bis David und sein Tross den Klassenraum verlassen hatten. Fatima tippte immer noch Notizen in ihren Laptop.

Schließlich klappte sie das Notebook zu, blickte auf und sah, dass er noch dastand. Ihre Augen strahlten Wärme aus. »Hast du auch eine Freistunde?«, fragte Johann, obwohl er bereits wusste, dass sie laut ihren Stundenplänen beide eine unterrichtsfreie Stunde hatten.

»Lass uns nach draußen gehen.« Die immer noch in seinem Kopf herumspukenden Gedanken an das tödliche Gas in der unterirdischen Kammer schnürten ihm die Brust zu. Es drängte ihn, rauszugehen an die frische Luft, um wieder einen klaren Kopf zu bekommen.

Sie verließen das Schulgebäude durch die Hintertür, traten auf den großen Hof, gingen an einem Lagerschuppen vorbei und wurden von einem spektakulären Blick auf die Berge in der Umgebung begrüßt.

Die Luft war frisch, belebend. In der leichten Brise lag ein Hauch von Lavendel. Johann sehnte sich danach, die gleiche Verbundenheit zu Fatima zu verspüren wie am Vortag im Bus auf der Rückfahrt von ihrem Skiausflug. Ob sie es wohl auch so empfunden hatte?

»Du siehst müde aus. Du bist wohl gestern zu lange aufgeblieben und hast deinen Geburtstag gefeiert«, rügte sie ihn scherzhaft.

»Ich musste ständig über das Attentat in Schloss Schönbrunn nachdenken«, entgegnete er. Natürlich konnte er ihr kein Sterbenswörtchen darüber verraten, was sich am vergangenen Abend zugetragen hatte, aber irgendwie musste er die Gefühle verarbeiten, die ihn so aufwühlten. Obwohl er Fatima kaum kannte, hatte er keinerlei Hemmungen, ihr seine Gedanken anzuvertrauen.

»Das hat mich so traurig gemacht. Meine ganze Familie. Wir haben für die Opfer gebetet, für ihre Familien – und für die Männer, die dieses furchtbare Attentat begangen haben.«

Angesichts ihrer letzten Worte machte sich ein leichtes Gefühl der Überraschung in seinem Kopf breit. Im ersten Moment befürchtete er, dass sie womöglich Verständnis für die Taten der Terroristen aufbrachte, doch als er in ihr freundliches Gesicht blickte, wusste er, dass das nicht der Fall war. Sie war einfach nur ein mitfühlender Mensch.

»Was glaubst du, wie der Terrorist bestraft werden sollte, der davongekommen ist?«, fragte er. »Wenn er geschnappt würde, meine ich.«

»Sein Schicksal liegt in Allahs Händen, nicht in meinen«, erwiderte sie.

»Glaubst du, dass er den Tod verdient?«

Sie zögerte und sah zu Boden. »Ich verabscheue zutiefst, was diese Männer getan haben. Was sie unschuldigen Menschen weggenommen haben, Kindern.«

»Und wenn du etwas tun könntest, um den nächsten Anschlag zu verhindern – wie weit würdest du gehen?«

Sie blickte ihm in die Augen. Vielleicht spürte sie, dass unter der Oberfläche auch noch eine verborgene Unterhaltung stattfand. »Ich würde mein eigenes Leben opfern, wenn ich müsste.«

Er spürte ihre Entschlossenheit. Sie war viel mutiger als er. »Wie gehst du mit Geheimnissen um?«

»Ich habe keine Ahnung, wovon du redest«, entgegnete sie.

Er sah sie verständnislos an.

Sie lächelte. »Genau das würde ich sagen, wenn mich jemand auffordern würde, eins preiszugeben.«

»Ah, verstehe.« Er rang sich ein Lachen ab, seine Finger betasteten das Medaillon in seiner Tasche. Konnte er ihr sein Geheimnis anvertrauen? Er hatte seinem Vater und den anderen Männern gegenüber einen Eid geschworen, aber sein Wissen fühlte sich zu gewaltig an, um es alleine mit sich herumzutragen.

Fatima richtete ruckartig den Kopf auf und blickte an seiner Schulter vorbei. Er drehte sich um und folgte ihrem Blick. David und seine Gruppe waren auf dem Weg zu ihnen und tuschelten miteinander wie ein Schwarm wütender Bienen.

Johann trat vor Fatima. »Keine Sorge, ich kriege das schon hin.« Aber er machte sich Sorgen. Die Luft summte vor negativer Energie.

Die Gruppe blieb einige Meter vor ihnen stehen. David reckte das Kinn vor und nahm Fatima ins Visier. »Liam sagt, er ist gestern Abend an eurem Haus vorbeigegangen und hat einen Fremden reingehen gesehen. Bietet deine Familie etwa dem Terroristen Unterschlupf, der bei dem Schönbrunn-Attentat entkommen ist?«

Fatima wich zurück, als hätte man sie physisch angegriffen. »Mein Cousin aus den Vereinigten Arabischen Emiraten ist bei uns zu Besuch.«

David sah an ihr herab. »Du hast meine Frage nicht beantwortet.«

Johann straffte die Schultern. »Lass sie in Ruhe. Sie hat nichts mit dem Attentat zu tun.«

»Woher willst du das denn wissen? Treibst du es während der Gebetszeiten mit ihr, anstatt in der Familiengruft zu schlafen?«

Seine Freunde lachten. Fatima wurde leichenblass. In Johann stieg rasende Wut auf. »Verschwindet! Und zwar sofort.«

»Ich muss rausfinden, was in diesem Turbanträgerhaus vor sich geht.« Davids Hand schoss nach vorne und langte nach Fatimas Hidschab.

Johanns während unzähliger 6-Uhr-Trainingseinheiten geschärfte Instinkte schalteten sich ein. Er trat vor, blockierte mit dem linken Arm Davids Hand und rammte dem fiesen Mobber von unten die rechte Faust gegen die Nase. Ein pinkfarbener Blutnebel sprühte in die Luft. Mit einer raschen Bewegung trat er David die Beine weg. Der Fiesling krachte mit voller Wucht auf den Hintern.

Die Gruppe wurde still.

Die Luft knisterte regelrecht vor Spannung.

David bedeckte sein Gesicht mit seinen Händen und gab leise tierartige Laute von sich. Dann sah er sich desorientiert um.

Johann packte Fatima bei der Hand und zog sie in Richtung Schuleingang.

»Dafür wirst du zahlen!«, rief David hinter ihm her und rappelte sich hoch.

»Wir zahlen alle für unsere Sünden«, murmelte Johann leise in sich hinein.

Irgendetwas war in ihm eingerastet. Er hatte noch nie jemanden geschlagen, aber er war es leid, Angst zu haben und sich einschüchtern zu lassen. Und er war jetzt ein Freiheitswächter. Niemand würde ihn oder seine Freunde jemals wieder schikanieren.

14

Rif knallte den Hörer des Festnetztelefons auf die Gabel. »Sie lebt!« Hakan und Christos sahen ihn fragend an. »Ich habe mit einem Piloten gesprochen, der über Guard einen Funkruf aus dem Flugzeug erhalten hat, in dem Thea sich befindet. Sie sind mitten in der Libyschen Wüste auf einer alten, nicht mehr genutzten Flugzeugpiste gelandet.«

»Und die Jungen?«, fragte Christos.

»Tut mir leid, keine Ahnung. Die Kommunikation war einseitig und enthielt keine Informationen über die Passagiere.«

»Das ist einer der unwirtlichsten Teile der Sahara. Warum sollte man ausgerechnet da landen?« Christos ging im Raum auf und ab.

»Gerade weil es so entlegen ist«, entgegnete Rif. »Ein idealer Ort, um ein entführtes Flugzeug dorthin zu bringen.«

»Was hat der Pilot noch gesagt?«, fragte Hakan.

»Thea hat zusammen mit ihrem Notruf ihre GPS-Koordinaten übermittelt. Außerdem hat sie von bewaffneten Männern berichtet, die das Flugzeug umstellt haben. Aber sie hat dafür gesorgt, dass der Kabinendruck erhöht wurde, sodass sie die Türen nicht öffnen können. Ich nehme an, sie versucht, die Entführer hinzuhalten.«

»Gibt es irgendeine Möglichkeit, sie zu erreichen?«

»Wenn sie könnte, hätte sie sich längst mit uns in Verbindung gesetzt. Die Satellitentelefone wurden blockiert, und in der Gegend gibt es mit Sicherheit keinen Handyempfang.«

»Es ist nie gut, mitten im Nichts zu sein«, stellte Hakan fest.

Das stimmte. Rif rief sich die traurige Geschichte des B-24-Bombers *Lady Be Good* aus dem Zweiten Weltkrieg in Erinnerung, dessen Wrack zweihundert Kilometer nördlich von Kufra gefunden worden war, nachdem das Flugzeug fünfzehn Jahre lang vermisst worden war. Es war der erste Kampfeinsatz gewesen; die *Lady Be Good* hatte die Luftbasis im Sandsturm unbemerkt überflogen, und als der Treibstoff ausgegangen war, war die Besatzung mit dem Fallschirm abgesprungen. Vermutlich hatte sie geglaubt, sich über dem Meer zu befinden und vom Seenotrettungsdienst gerettet zu werden. Doch stattdessen waren die Männer sechshundert Kilometer landeinwärts gelandet und hatten in der Hoffnung, auf Beduinen oder eine Oase zu stoßen, die trockene Wüste durchquert. Doch die Gegend war so unwirtlich gewesen, dass sie nicht einmal von Beduinen aufgesucht worden war, und so waren die Männer schließlich langsam verdurstet.

Rif schüttelte die düsteren Gedanken ab. Wie es klang, war Wassermangel im Moment gerade eine der geringsten von Theas Sorgen.

»Haben wir irgendwelche Leute in der Gegend?«, fragte Hakan.

»Niemanden, der schneller hinkommen könnte als wir«, erwiderte Rif. Sie würden vier Flugstunden brauchen, um zu dem Ort mit den durchgegebenen GPS-Koordinaten zu gelangen. »Die schnelle Eingreiftruppe trifft sich mit mir am Flughafen. In einer Stunde geht es los.« Einige Mitglieder ihrer operativen Teams waren immer in Notfallbereitschaft.

»Springt ihr mit Fallschirmen ab?«

»Ja. Wir landen in der Nähe und schlagen in der Dunkelheit zu.«

»Ich versuche, euch von hier aus zu unterstützen. Mal sehen, ob ich bei der örtlichen Polizei was bewegen oder Unterstützung von Tuareg- oder Tebu-Stämmen organisieren kann, die sich in der Gegend aufhalten.«

»Wenn du Thea erreichst, sag ihr, sie soll die Entführer weiter hinhalten«, sagte Rif.

»Pass auf dich auf, mein Sohn.« Hakan drückte seine Schulter.

»Bring Thea und die Jungen nach Hause.« Christos kniff die Lippen zusammen.

Rif schüttelte seinem Patenonkel die Hand. Er konnte ein Stück weit verstehen, was für Qualen der Ölunternehmer durchlitt. Was seine eigenen Kinder anging, hatte Christos ein paar furchtbare Entscheidungen getroffen. Entscheidungen, die ihn das Leben seines Sohnes und das Vertrauen seiner Tochter gekostet hatten.

»Sobald ich mehr weiß, melde ich mich bei dir.«

15

Johann und Fatima saßen im St.-Peter-Stiftskeller, dem ältesten Restaurant Europas, dessen Wurzeln bis in die Zeit Karls des Großen zurückreichten, an einem Tisch in der Ecke. Die Familie Dietrich hatte sich schon vor vielen Generationen in der Gegend um Salzburg angesiedelt, und Vater hatte ein eigenes Kundenkonto, auf das Johann immer zurückgreifen konnte, wenn er im Stiftskeller aß.

Er wollte der Schule, David und der Realität einfach eine Zeit lang entfliehen, und dies war genau der richtige Ort dafür. Die vertraute Kathedralendecke und die dunklen holzgetäfelten Wände sorgten für eine beruhigende Atmosphäre. Johann und Fatima genossen ihre Gerichte: knuspriges Wiener Schnitzel und zarten Tafelspitz, beides mit weiteren köstlichen Delikatessen serviert. Er hatte gar nicht gemerkt, wie hungrig er war, aber er hatte am Abend zuvor nichts gegessen und am Morgen auch auf das Frühstück verzichtet. Da sein Vater Stammkunde war, behandelte der Oberkellner ihn mit Respekt, und das verschaffte ihm ein gutes Gefühl. Um ehrlich zu sein, wollte er Fatima beeindrucken, und es gab keinen besseren Ort, um das altehrwürdige Österreich zur Schau zu stellen, als dieses Restaurant.

»Ich bin zum Platzen satt«, sagte Fatima und lachte. Nach allem, was er in den vergangenen vierundzwanzig Stunden durchgemacht hatte, tat ihm ihr leises Lachen sehr gut.

»Wenn du dein Wiener Schnitzel nicht aufisst, kriegst du

keine Salzburger Nockerln.« Er hatte das Dessert vorab bestellt. Wenn er diesen Moment doch bloß einfrieren könnte, damit er für alle Zeiten anhielte.

Fatima sprühte vor Begeisterung. »Salzburg ist so schön. Ich hoffe, dass meine Familie für immer hierbleiben kann.«

»Wie lange läuft der Vertrag deines Vaters?«, fragte er. Sie hatte ihm erzählt, dass sie mit ihrer Familie nach Österreich gekommen war, weil ihr Vater eine Stelle in einem Unternehmen hatte, in dem Kunststoff verarbeitet wurde.

»Wenn sein Vertrag nicht verlängert wird, kehren wir in zwei Monaten zurück.«

Sie darf nicht weggehen. Die Worte kamen ihm ungebeten in den Sinn. Er fragte sich, ob sein Vater seine Beziehungen spielen lassen konnte, damit der Vertrag ihres Vaters verlängert wurde, doch ihm wurde schnell klar, dass dieser Wunsch aussichtslos war. Er schlug sich den Gedanken aus dem Kopf und versuchte, den Moment zu genießen.

»Ich habe dir alles über meine Familie erzählt«, sagte Fatima. »Jetzt bist du dran. Erzähl du mir von deiner.«

»Meine Mutter ist vor fünf Jahren bei einem Autounfall ums Leben gekommen.« Die näheren Umstände des Unfalls behielt er für sich.

Sie streckte den Arm aus und berührte seine Hand. »Das tut mir so leid.«

Er wünschte, sie würde seine Hand nie mehr loslassen. »Ich vermisse sie jeden Tag, aber für meinen Vater ist es noch schlimmer. Er war nie einer dieser Väter, die ihren Nachwuchs abgöttisch lieben, oder ein Mann, dem man bereitwillig sein Herz ausschütten würde, aber seit dem Unfall ist er irgendwie unnahbar.« Johann verspürte ein leicht schlechtes Gewissen, seinen Vater so zu beschreiben, aber es war nun mal die Wahrheit, selbst wenn es wie ein Verrat anmuten mochte, diese

Wahrheit jemandem anzuvertrauen, den er noch nicht lange kannte.

»Das trifft auf meinen Vater auch zu. Auch wenn er gelegentlich meine Mutter um Rat fragt, wenn er glaubt, dass es niemand mitbekommt.« Sie lächelte, zog ihre Hand zurück und nahm ihr Glas Wasser.

»Frauen sind einfach die Klügeren.« Er erwiderte ihr Lächeln. »Ich vermisse meine Mutter. Mein Vater ist ein besessener Perfektionist, und meine Krankheit, das Marfan-Syndrom, kommt ausgerechnet von seiner Familienseite.«

Sie nickte verständnisvoll. »Also fühlt er sich verantwortlich.«

»Ich erinnere ihn ständig daran, dass seine Gene *nicht* perfekt sind.«

»Aber er sollte stolz auf dich sein. Jeder Vater wäre das. Du bist intelligent, humorvoll, nett und ein großartiger Skifahrer. Du fährst viel besser, als ich je werde fahren können.« Sie lachte erneut.

Er lachte ebenfalls, einfach nur froh, in ihrer Gesellschaft zu sein.

Ihr Blick wurde wieder ernst. »Wirst du von der Schule verwiesen, weil du David geschlagen hast?«

Er schnaubte und schüttelte den Kopf. »Mein Vater spendet der Schule so viel Geld, dass ich mir noch alles Mögliche andere erlauben könnte, ohne rauszufliegen.« Vor seinem inneren Auge erschien das Bild des blutenden Omar Kaleb, und er schauderte.

»Alles in Ordnung?«, fragte Fatima. Ihr dunklen Augen drückten Mitgefühl aus.

»Vielleicht habe ich zu viel gegessen. Aber keine Sorge, ich lasse immer noch ein Plätzchen für den Nachtisch.«

Wie aufs Stichwort schob der Oberkellner einen vergoldeten

Servierwagen in ihre Richtung, auf dem sich das Soufflé mit den Pyramiden befand.

Nachdem ihnen serviert worden war, lehnte Johann sich auf seinem Stuhl zurück. Er wollte zusehen, wie Fatima das Dessert zum ersten Mal in ihrem Leben kostete.

Sie schob sich den ersten Löffelvoll in den Mund und dann noch einen und noch einen. »Unglaublich. Es ist so leicht. Als ob man flauschige Wolken im Mund hätte.«

»Genau.«

»Ich werde aufgehen wie ein Hefekloß, wenn ich das Rezept lerne.«

»Quatsch. Du bist absolut perfekt und wirst immer perfekt sein«, platzte er heraus.

Sie wurde rot und lächelte ihn an. Er wollte den Arm ausstrecken und sie berühren, doch in dem Augenblick sah er seinen Vater mit einem Geschäftspartner das Restaurant betreten. Der Moment war zerstört. Johann war sicher, dass Vater erwähnt hatte, an diesem Tag geschäftlich in Lausanne zu tun zu haben. Er schluckte schwer, doch der Kloß in seinem Hals löste sich nicht auf. Es war ein großes Restaurant. Ob sie verschwinden konnten, ohne von seinem Vater gesehen zu werden?

Nein, der Oberkellner hatte bereits in ihre Richtung gezeigt und seinen Vater freudig auf sie hingewiesen. Als er auf ihren Tisch zumarschierte, wirkte er noch größer, als er mit seinen eins siebenundneunzig ohnehin schon war. Für einen Außenstehenden mochte Vaters Gesicht völlig ungerührt wirken, doch Johann konnte das Unwetter sehen, das sich hinter seinen tief liegenden Augen zusammenbraute.

»Guten Tag. Ich wusste gar nicht, dass heute schulfrei ist.« Vater ließ die Worte in der Luft hängen. In Momenten wie diesen war er am bedrohlichsten.

»Äh, ist es auch eigentlich nicht. Ich bin in der Schule in eine kleine Rangelei verwickelt worden und dachte, es wäre vielleicht ratsam, mich eine Weile rarzumachen. Das ist Fatima Abboud, sie geht in meine Klasse.«

Sein Vater musterte sie mit eisigem Blick und nahm ihren Hidschab und ihre ansonsten normale Kleidung in Augenschein.

Fatima straffte sich auf ihrem Stuhl und schien sich trotz des eingehenden prüfenden Blicks seines Vaters erstaunlich wohlzufühlen. »Ich freue mich, Sie kennenzulernen, Herr Dietrich. Johann ist wirklich ein Gentleman. Er hat nicht erwähnt, dass er in die Rangelei verwickelt wurde, weil er mich vor ein paar Mitschülern beschützt hat, die mich schikaniert haben. Sie können sehr stolz auf Ihren Sohn sein.«

»Manchmal treibt er die Dinge ein bisschen zu weit.«

»Es war wirklich nicht seine Schuld. Dieser Amerikaner, David Taddington, war ziemlich aggressiv.«

Oje. Sie hatte gerade eine Grundregel verletzt: Kritisiere niemals einen Bürger der großartigen Vereinigten Staaten von Amerika, dieses gesegneten Landes von Waffenkäufern, die genau das Essen finanzierten, das vor ihnen auf dem Tisch stand. Johann wappnete sich für eine Tirade.

»Könnte ich dich bitte mal kurz unter vier Augen sprechen, Johann?«

Noch schlimmer. Je kontrollierter er sich gab, desto wütender war Vater.

»Bitte entschuldige mich einen Moment«, sagte Johann an Fatima gewandt.

»Natürlich. Aber erwarte nicht, dass von dem Dessert noch was da ist, wenn du zu lange wegbleibst.« Fatima lachte.

Johann erhob sich langsam von seinem Stuhl und folgte seinem Vater in den Empfangsbereich. »Tut mir leid, dass ich die Schule schwänze«, begann er hoffnungsvoll.

»Sie ist eine hübsche junge Frau«, entgegnete Vater kühl. »Aber denk an die Geschichte von dem Trojanischen Pferd.« Er hielt inne und sah seinen Sohn finster an. »Ich gehe davon aus, dich nicht noch einmal mit ihr zusammen zu sehen, wenn ihr euer Mittagessen beendet habt. Nie wieder.« Die absolute Kälte in seiner Stimme erschütterte Johann bis ins Mark.

Mit diesen Worten stapfte sein Vater davon und steuerte seinen Stammtisch in einer der hinteren Ecken des Restaurants an, einen Platz, an dem er ungestört seine Waffendeals besprechen konnte – und vielleicht auch die Pläne der Freiheitswächter. *Araber töten.* Johann taumelte auf die Herrentoilette und erbrach in der erstbesten Kabine sein Mittagessen.

16

Nachdem die Drohung mit dem Granatwerfer verpufft war, hatte Thea mehrfach versucht, zu Bassam Kontakt aufzunehmen, doch sie hatte absolut nichts mehr von den Entführern gehört. Die Zeit schien immer langsamer zu vergehen. Mit jeder Stunde, die verstrich, zehrte das Hilfskraftwerk langsam ihre Treibstoffreserven auf. Der Betrieb des dritten Triebwerks sorgte dafür, dass es in der Kabine trotz der erbarmungslosen Hitze der Libyschen Wüste kühl blieb und der Druck so gehalten werden konnte, dass die Entführer nicht eindringen konnten, doch die bittere Wahrheit war, dass sie nur so lange durchhalten konnten, bis der Treibstoff aufgebraucht war.

Sie hatte Laverdeen angewiesen, regelmäßig nach draußen zu blicken, um zu sehen, ob sich etwas tat oder sich etwas veränderte, doch die bewaffneten Männer, die das Flugzeug umstellt hatten, verharrten auf ihren Positionen, wachsam, aber nicht aggressiv. Sie spürte, dass Bassam nicht der Oberboss war und die Männer draußen auf die Ankunft von jemandem warteten, bevor sie etwas unternahmen. Das war höchstwahrscheinlich die Erklärung für das Ausbleiben jeglicher Kontaktaufnahme.

Sie hatte drei der Passagiere gebeten – unter anderem Mike Dillman, der überraschend hilfsbereit war –, das Flugzeug nach allem zu durchsuchen, was sich als nützlich erweisen könnte. Waffen, Nahrung, Erste-Hilfe-Utensilien, Bargeld, Handys, Taschenlampen, Decken und dergleichen. Sie hatte auch mehrfach versucht, mit ihrem Handy oder ihrem Satellitentelefon durchzukommen, doch bis auf die Frequenz, die die Entführer verwendeten, waren alle Kommunikationsmöglichkeiten stillgelegt.

Der Mann im Versace-Anzug war immer noch bewusstlos und auf seinem Sitz angeschnallt und gefesselt. Sie nahm seinen Anzug näher in Augenschein. Reines Kaschmir, maßgeschneidert. Allein das Jackett musste ihn mehr als drei Riesen gekostet haben. Sie durchsuchte seine Sachen und fand einen italienischen Reisepass auf den Namen Ciaro Borolo. Geboren auf Sizilien. Siebenunddreißig Jahre alt. Das Foto schmeichelte ihm nicht gerade.

In der oberen linken Jacketttasche fand sie ein zusammengefaltetes Blatt Papier. Die Passagierliste. Aber keine Markierung oder sonst irgendein Hinweis darauf, welcher Passagier von Interesse war. Das wäre auch zu einfach gewesen. Außerdem hatte er ein Päckchen Zigaretten, ein Bündel Bargeld und drei Kreditkarten bei sich, die auf seinen Namen ausgestellt waren.

Keine Antworten also von ihm, zumindest nicht, bis er aufwachte. Sie schob sich seinen Pass in ihre Hosentasche und ging wieder nach vorne. Alle Passagiere hatten sich in die ersten Reihen begeben. Einige dösten, Matthias arbeitete an seinem Laptop, Karlsson las den neuesten Thriller von Lee Child und blätterte nervös die Seiten um. Zu dumm aber auch, dass Jack Reacher nicht da war, um ihnen zu helfen.

Oder Rif.

Inzwischen würden Rif, Hakan und Papa wissen, dass ihr Flugzeug vermisst wurde. Sie würden daran arbeiten, ihre Flugroute nachzuverfolgen, doch Captain Rivers hatte ziemlich früh die Transponder ausgestellt, weshalb es nahezu unmöglich sein dürfte, das Flugzeug zu lokalisieren. Sie hatten Funkkontakt mit der Flugsicherung in Khartum gehabt, doch das war eine ganze Weile vor ihrer Landung gewesen. Vielleicht konnte das Quantum-Team auf militärische Mittel zurückgreifen und Skin Paint, einen speziellen Radarmodus, verwenden, um sie zu finden.

»Wie lange müssen wir denn noch warten, Thea?«, fragte Jabari und gähnte. Ayan sah auf dem kleinen Monitor wieder *Der König der Löwen*.

Sie nahm Jabaris Hand. »Ich weiß es nicht.« Sie hatte die Jungen nie angelogen und würde es auch jetzt nicht tun. »Es könnte eine lange Nacht werden. Wie wär's, wenn du und Ayan euch in ein paar Decken kuschelt und ein bisschen schlaft?«

»Okay. Ich will nach London.«

»Ich auch. Am liebsten so schnell wie möglich.«

Als sie das letzte Mal aus dem Cockpitfenster geschaut hatte, hatte die Sonne auf dem Horizont aufgesetzt und das Ende dieses nervenaufreibenden Tages eingeleitet. Inzwischen war das Flugzeug in die Dunkelheit der Wüste gehüllt, und die Männer mit den AK-47-Sturmgewehren stellten ein paar Scheinwerfer auf, um sie im Auge behalten zu können.

Der Mann in der ersten Reihe auf dem Sitz am Gang sprach sie an. »Können wir kurz reden?«

Sie erinnerte sich an den Filzhut, den er getragen hatte. »Natürlich. Hammond, richtig? Was gibt's?«

»Ich bin der Leiter des Hedgefonds Herringford Trust, der über Milliarden Dollar an Beteiligungen und Finanzpapieren verfügt. Normalerweise reise ich immer in Begleitung eines Leibwächters, aber der, der für diese Reise vorgesehen war, ist im letzten Moment krank geworden, und ich konnte nicht auf den Ersatz warten, weil ich auf der diesjährigen Weltbanktagung als Redner vorgesehen bin.«

»Haben Sie in letzter Zeit Drohungen erhalten?«

»Normalerweise erhalte ich mehrere am Tag. Deshalb der Rund-um-die-Uhr-Schutz.«

Und sie hatte gedacht, *ihr* Job wäre riskant. Warum erzählte er ihr das jetzt?

Bevor sie Hammond drängen konnte, ihr mehr zu erzählen, erregten laute Stimmen und das Schlagen von Türen draußen auf dem Rollfeld ihre Aufmerksamkeit. Auf dieser entlegenen Landepiste waren es bestimmt keine Besucher, die zufällig vorbeischauten. Sie ging besser ins Cockpit und sah nach, wer da gekommen war.

»Wir reden später weiter.«

17

Johann ließ sich in einer Ecke des Kellers auf eine Couch fallen und versuchte, möglichst nicht von den dort versammelten Freiheitswächtern beachtet zu werden. Nachdem sein Vater ihn in Fatimas Begleitung in dem Restaurant ertappt hatte, hatte Johann sie noch nach Hause begleitet und dabei den längstmöglichen Weg genommen, um jede Minute mit ihr auszukosten. Ein überwältigendes Gefühl von tiefer Traurigkeit hatte ihn erfasst. Endlich hatte er jemanden gefunden, mit dem er reden konnte, und jetzt hatte sein Vater ihn mit Fatima gesehen und ihm jeglichen weiteren Kontakt zu seinem magischen Mädchen verboten.

Er vermisste seine Mutter so sehr. Sie würde seine Gefühle verstanden haben, sein Bedürfnis nach Liebe und Anerkennung. Und was sie wohl von den Freiheitswächtern gehalten hätte?

Als er sich in dem Raum umblickte und die dort versammelten harten Männer sah, mit denen sein Vater sich umgab, wünschte er, er könnte mit seiner Xbox spielen, Fatima Textnachrichten schicken oder sogar Hausaufgaben machen. Alles wäre besser, als in diesem Keller zu sein. Warum scherte er sich so darum, was sein Vater dachte und wollte?

Vater zeigte mit einem Laserpointer auf eine Weltkarte. Der rote Punkt huschte über Europa, während er auf verschiedene Flüchtlingscamps deutete. »Unter anderem schlagen wir in diesen Lagern zu.«

Johann hatte vor Kurzem eine Dokumentation über die

Flüchtlingscamps und die dort herrschenden furchtbaren Bedingungen gesehen. Der Reporter hatte die Umstände in dem Lager in Idomeni in Griechenland mit dem Grauen des Konzentrationslagers Dachau während des Zweiten Weltkriegs verglichen. Die armen Menschen in den Lagern litten auch so schon genug. War es da wirklich erforderlich, sie auch noch mit einer biologischen Waffe anzugreifen? Zudem hatte er in der vergangenen Nacht ein paar Recherchen angestellt. Die zu einer Waffe umfunktionierte Seuche konnte Hunderttausende, wenn nicht sogar Millionen Menschen infizieren.

Sein Vater machte weiter mit seiner Präsentation, die anderen Männer beugten sich vor und hingen ihm gebannt an den Lippen. Wenn er nicht über Tod und Zerstörung geredet hätte, so hätte Johann die einnehmende Präsenz seines Vaters vielleicht sogar mit Stolz erfüllt. Aber die anwesenden Männer planten die Ermordung Tausender Menschen. Unschuldiger Menschen. Menschen, die einfach nur das Pech hatten, mit einem bestimmten Erbgut geboren worden zu sein.

»Der Erreger wird über die Duschen des Camps verbreitet, und bis die Inkubationszeit vorbei ist, wird niemand etwas von seiner Existenz bemerken. Nach drei Tagen wird die Ausbreitung der Krankheit nicht mehr aufzuhalten sein.«

Ein lautes Summen dröhnte auf Johann ein, die Welt um ihn herum schien sich merkwürdig zu neigen. Er hielt sich die Ohren zu und versuchte, das Geräusch abzuschirmen, das außer ihm niemand zu hören schien. Dann verblasste es allmählich wieder. Johann fragte sich, ob es sich um ein weiteres eigenartiges Symptom des Marfan-Syndroms handelte. Aber vielleicht war es auch einfach nur der Schock angesichts der offensichtlichen Parallele zum Holocaust. *Duschen?* Sein Vater redete so beiläufig über einen Völkermord, als ob er in einem Supermarkt ein paar Lebensmittel bestellte.

»Wenn sich die ersten Symptome zeigen, werden die Todesfälle zunächst auf die schlechten hygienischen Bedingungen in den Lagern geschoben werden. Das ermöglicht es der Seuche, sich weiter auszubreiten. Überlebende Araber in ganz Europa werden unseren Kontinent panikartig in Massen verlassen und nicht nur die aus den Flüchtlingscamps. Wir werden unsere Länder zurückgewinnen.«

»Was ist, wenn unsere Männer dabei erwischt werden, die Duschen zu manipulieren?«, fragte ein bärtiger Mann.

»Wir befinden uns im Krieg, meine Herren. Soldaten müssen Risiken eingehen.«

Johanns Hände zitterten. Sollte er sich an die örtliche Polizei wenden und sie einweihen, was sein Vater vorhatte, um ihn irgendwie aufzuhalten? Aber wer würde ihm schon glauben? Vater verfügte in Salzburg über einen gewaltigen Einfluss. Er galt als eine Säule der Gesellschaft, er war unantastbar.

Und wenn sie ihm doch glaubten und sein Vater ins Gefängnis käme? Johann konnte den Gedanken nicht ertragen, den einzigen ihm noch verbliebenen Angehörigen zu verlieren.

18

Thea spähte aus dem Cockpitfenster. Es waren dreißig Minuten vergangen, seitdem auf der Flugpiste zwei Land Cruiser eingetroffen waren. Sie hatte immer mal wieder verstohlen nach draußen geblickt, doch in der zunehmenden Dunkelheit war es schwer, irgendetwas zu erkennen. Hier und da leuchtete ein Scheinwerfer, in dem Licht sah man, dass das Flugzeug immer noch von bewaffneten Männern umstellt war. Sie vermutete, dass der Boss eingetroffen war und Bassam und seine Männer zusammengestaucht wurden, weil es ihnen nicht gelungen war, die Situation in den Griff zu bekommen.

»Ich sehe mal nach den Passagieren. Behalten Sie die Lage draußen im Blick«, wies sie Laverdeen an.

Der Co-Pilot hatte dunkle Schatten unter seinen grauen Augen. Captain Rivers schlief. Er war immer noch auf seinem Platz gefesselt. »Glauben Sie, dass uns jemand über Guard gehört hat?«, fragte Laverdeen.

»Ich kann es nur hoffen.« Aber es war eher unwahrscheinlich. Sie befanden sich mitten in der Libyschen Wüste, umgeben von mehr als einer Million Quadratkilometern Sand, und die knochentrockene Ödnis war nicht gerade ein beliebtes Flugziel. In einigen Gegenden dieses Teils der Welt hatte es seit über zehn Jahren nicht mehr geregnet.

»Das Hilfstriebwerk kann den Druck im Flugzeug zweiundsiebzig Stunden lang aufrechterhalten, aber das hängt von den Treibstoffvorräten ab. Danach …«

»Jede Minute, die wir diese Typen draußen halten können, verschafft den Behörden und meinem Team Zeit, uns zu finden.« Thea streifte sich eine Haarsträhne hinter die Ohren.

»Sie sind erstaunlich ruhig.«

Sie lächelte. »Wir beide wissen, dass Panik nur im Desaster endet.«

»Ja, das stimmt natürlich. Wir können uns glücklich schätzen, dass Sie eine Geiselbefreiungsexpertin sind«, sagte Laverdeen.

»Mag sein, aber normalerweise werde ich nicht selber gefangen gehalten, wenn ich versuche, eine Freilassung auszuhandeln.« Sie musterte zum millionsten Mal die Instrumente, nur um irgendetwas zu tun.

»Als ich heute Morgen aufgewacht bin, dachte ich, dass mir mal wieder ein ganz normaler langweiliger Routineflug bevorsteht, und habe mir tatsächlich gesagt: ›Hoffentlich passiert heute mal was Außergewöhnliches‹«, sagte Laverdeen.

»Sie sollten, was Ihre Wünsche angeht, lieber Vorsicht walten lassen.«

Er lächelte sie gequält an. »Ich bin jedenfalls froh, dass Sie hier sind.«

»Ich nicht.« Sie erwiderte das Lächeln und ging nach hinten in die Kabine.

Ayan und Jabara saßen inzwischen jeweils an einer Seite neben Ocean. Irgendwie hatten die Jungen sie dazu gebracht, mit ihnen das Kartenspiel Go Fish zu spielen. Vielleicht irrte Thea sich ja, aber für sie sah es so aus, als ob es der geheimnisvollen Frau Spaß machte. Jedenfalls war sie dankbar, dass die Kinder abgelenkt waren.

Karlsson bedeutete ihr, zu ihm zu kommen. Sie folgte der Aufforderung.

»Lassen Sie uns kurz nach hinten gehen«, flüsterte er.

Sie folgte ihm und fragte sich: *Was gibt das denn jetzt?*

»Kann ich Ihnen vertrauen?«

Das fing ja nicht gerade gut an. »Das müssen Sie selber entscheiden.« Zu versuchen, andere zu beeinflussen, erwies sich meistens als kontraproduktiv. Die Leute glaubten gerne, sie würden eigene Entscheidungen treffen, doch meistens wollten sie nur loswerden, was ihnen gerade durch den Kopf ging.

»Ich war früher mal beim MI6.« Sein Gesicht zuckte.

Als sie gefragt hatte, ob irgendjemand Erfahrungen im Bereich Sicherheit hatte, hatte er sich nicht gemeldet. »Und was war Ihr Spezialgebiet?« Sie studierte seine Gesichtszüge. Wie die meisten Spione und Geheimdienstler sah er ziemlich durchschnittlich aus, was es ihm ermöglichte, sich unauffällig unters Volk zu mischen.

»Terrorismusbekämpfung. Ich bin schon seit sechs Jahren pensioniert, aber hier drinnen sind immer noch viele geheime Informationen gespeichert.« Er zeigte auf seine Schläfe.

»Irgendwelche speziellen Informationen, die all den Aufwand hier wert sein könnten?« Sie wedelte mit der Hand.

»Auf diese Frage könnte ich leichter antworten, wenn ich wüsste, mit wem wir es zu tun haben. Ich habe jede Menge Feinde.«

»Da haben Sie natürlich recht.« Die Paranoia war offensichtlich. Aber womöglich war er auch verrückt.

Laverdeens Stimme drang über den Gang. »Thea, Sie werden am Funkgerät verlangt.«

Sie wandte sich Karlsson zu. »Da muss ich drangehen. Aber lassen Sie uns über die Operationen in Afrika und im Nahen Osten reden, an denen Sie beteiligt waren, sobald ich fertig bin.«

19

Johann schlich mitten in der Nacht im Schlafanzug hinunter in den Keller. Die Steinplatten unter seinen nackten Füßen waren kalt, er sah nur verschwommen. Eine weitere Folge seiner Krankheit, die manchmal das Bindegewebe seiner Augen beeinträchtigte. *Warum kann ich nicht einfach normal sein?* Er blieb kurz stehen und blinzelte einige Male, um seine Augen wieder dazu zu bringen, normal zu funktionieren. Er wollte auf keinen Fall in der Dunkelheit stolpern.

Sein Vater war auf einer Besprechung und würde erst spät nach Hause kommen, der Butler, die Haushälterin und der Koch hatten an diesem Abend frei. Er war alleine in der Festung, die einmal ein Zufluchtsort gewesen und jetzt zu einem Haus des Schreckens geworden war, einem Ort voller grausiger Geheimnisse.

Sein Handy summte in seiner Hand.

Bist du noch wach?

Fatima. Er musste eine Möglichkeit finden, sich von ihr zu distanzieren. Wenn nicht um seinetwillen, dann um ihretwillen. Doch er konnte nichts gegen das Glücksgefühl tun, das ihn erfasste, als ihr Name auf dem Display aufleuchtete. Warum war sie so spät noch wach?

Ja.

Können wir uns morgen treffen? Ich glaube, dass jemand unser Haus beobachtet.

Er sollte Nein sagen, aber das konnte er nicht. Er fühlte sich mitverantwortlich: Sein mangelndes Urteilsvermögen, das ihn dazu verleitet hatte, sie ausgerechnet in das Lieblingsrestaurant seines Vaters auszuführen, konnte durchaus zur Folge gehabt haben, dass das Haus ihrer Familie unter Beobachtung gestellt worden war. Nach allem, was er in den vergangenen Tagen erfahren hatte, würde ihn nichts mehr überraschen. Wenn er sie treffen wollte, würde er vorsichtig sein müssen. Der einzige sichere Ort war die Schule. Vater würde ihn nie von der großartigen US-amerikanischen Bildungseinrichtung nehmen, ganz egal, wer auch immer seine Klassenkameraden und -kameradinnen waren.

Um 7 Uhr. An dem Schuppen hinter der Schule. Und jetzt schlaf und ruh dich noch ein bisschen aus.

Als Antwort schickte sie ihm ein Herz-Emoji. Er lächelte breit und konnte nicht widerstehen, ihr auch eins zu schicken.

Er musste unbedingt mit jemandem über dieses ganze Desaster reden, dem er vertraute. Wo war Onkel Karl? Er schickte ihm eine weitere WhatsApp und bat ihn, ihn umgehend anzurufen.

Im Keller herrschte gespenstische Stille. Er schob das Handy zurück in seine Schlafanzugtasche und ging zu der Wand, die sein Vater am Abend zuvor geöffnet hatte. Er hatte keine Ahnung, wann Vater nach Hause kommen würde, deshalb musste er sich beeilen. Die Tastatur zum Betätigen des Öffnungsmechanismus war hinter einem alten Buch verborgen, und er erinnerte sich problemlos an den Code, den sein Vater eingetippt hatte. Er tippte mit zitternden Fingern die Zahlenfolge ein.

Nichts passierte.

Hatte Vater den Sicherheitscode geändert?

Er tippte den Code erneut ein.

Es ertönte ein Knarren, und die Regale glitten auseinander.

Er sah sich noch einmal kurz um, betrat den düsteren Tunnel und eilte zu dem geheimen Bereich unter dem Gewächshaus. Das Labor. Seine Hände fühlten sich klamm an, kalt. Das Bild des blutüberströmten Omar Kaleb blitzte vor seinem inneren Auge auf. Ob die Leiche des Terroristen noch da sein würde? Falls ja, wollte er Fotos machen.

Unsicher, was er tun konnte, um die geplanten Attentate auf die Flüchtlingscamps zu verhindern, hatte er sich überlegt, dass es ein guter erster Schritt sein könnte, handfeste Beweise zu sammeln. Doch in seine Angst mischte sich die Liebe zu seinem Vater, und das ließ ihn zögern. Er hatte seinen Vater noch nie wirklich herausgefordert, und jetzt war er im Begriff, einen massiven Verrat zu begehen. Er schauderte bei dem Gedanken, was passieren würde, wenn er ertappt werden würde.

Er eilte den dunklen Tunnel entlang, bis er schließlich die Wand erreichte, hinter der das Labor verborgen war. Dort gab er erneut den Code ein und hielt die Luft an.

Die Wand glitt auf. Er betrat den Bereich hinter der Wand, schaltete das Licht an und wappnete sich für das Grauen, das ihn hinter der Glaswand erwartete. Doch das Labor war leer. Die gelben Schutzanzüge hingen an den Wänden, die Oberflächen aus rostfreiem Stahl glänzten, der Bereich der inneren Glaswand, der mit Kalebs Erbrochenem und Blut vollgespritzt worden war, war sauber. Johann stand da und hielt Ausschau nach irgendeinem Hinweis darauf, was am Abend zuvor in dem Labor passiert war.

Keine Spur von dem Araber, kein Hinweis auf seine Ermordung.

Er schüttelte den Kopf und blinzelte erneut.

Nichts.

Er war beinahe versucht, sich zu fragen, ob er sich den furchtbaren Zwischenfall nur eingebildet hatte.

Aber das war natürlich Wunschdenken.

Er ging langsam zu der Schleuse, durch die Falco die Hochsicherheitszone betreten hatte, und drückte mit der Handfläche gegen den großen roten Knopf. Die Luftschleuse öffnete sich mit einem Zischen. Johann betrat den Raum auf der anderen Seite und suchte den Boden nach Blutflecken oder irgendwelchen anderen Spuren ab. Doch das Labor war blitzsauber, steril. Irgendjemand musste den ganzen Tag damit verbracht haben, es zu reinigen.

An der anderen Seite der Kammer befanden sich zwei Türen. Johann warf einen Blick auf die Uhr und eilte dann zu den Türen, um zu erkunden, was sich dahinter verbarg. Hinter der ersten befand sich ein Büro. Auf einem Tisch mit einer weißen Melaminharztischplatte standen drei Computer. Er hielt Ausschau nach Papieren, Informationen, nach irgendetwas, das beweisen konnte, was sein Vater plante. Aber der Tisch war leer.

Johann setzte sich vor den ersten Computer und schaltete ihn an. Vater mochte kontrollieren, was an den Computern passierte, doch in Anbetracht dessen, dass sie an so einem abgeschirmten Ort standen, hatte er sich vielleicht nicht die Mühe gemacht, auf ihnen eine Überwachungssoftware zu installieren, wie er es auf dem Laptop getan hatte, den Johann für die Schule verwendete. Allerdings war Johann, was Computer anging, viel bewanderter als sein Vater, und so war es ihm gelungen, die Berichtsfunktion des Überwachungsprogramms auf seinem Laptop auszuschalten. Somit konnte er nach Belieben durchs Internet surfen, ohne dabei kontrolliert zu werden. Eine heimliche Rebellion, die ihm ein wenig Befriedigung verschaffte.

In einem der Ordner entdeckte er eine Karte, auf der sämtliche Flüchtlingslager verzeichnet waren, einschließlich der Anzahl der Flüchtlinge, die sich in jedem Lager befanden. Diejenigen mit einer niedrigen Anzahl von Bewohnern waren mit einem X markiert. Wahrscheinlich hatte Vater befunden, dass in ihnen zu wenige Menschen lebten, die verseucht werden konnten. Abscheu erfüllte ihn.

Als Nächstes entdeckte er eine Art Radarkarte, auf die live Signale übertragen wurden. *Merkwürdig.* Eines der blinkenden Lämpchen befand sich direkt über ihrem Haus. Er klickte noch einige andere der Ordner an, die sich auf dem Computer befanden. Bei den meisten Dateien schien es sich um Aufzeichnungen von Labortests und anderen wissenschaftlichen Kram zu handeln. Nichts Nützliches. Er würde die Computer fürs Erste vernachlässigen und nachsehen, was sich in dem anderen Raum befand. Er ging zu der Tür – einer schweren Stahltür – und öffnete sie. Ein Schwall kalter Luft strömte ihm entgegen. Er betrat den Raum und bekam eine Gänsehaut an den Armen. Dann knipste er das Licht an.

Auf einem Rollwagen aus rostfreiem Stahl sah er medizinische Instrumente. Auf der hinteren Arbeitsfläche lag eine merkwürdig aussehende Säge. In zwei einander gegenüberliegenden Ecken des Raums standen Rollbahren. Eine war leer, auf der anderen lag ein Leichensack aus schwarzem Segeltuch.

Sein Puls beschleunigte sich.

Der Terrorist. Johann ging zu der Bahre mit dem Leichensack. Er atmete schnell, kurze Atemzüge, rasselnd.

Dann blieb er stehen.

Würde er sich mit der Seuche anstecken, die Kaleb hingerafft hatte? Nein. Falco war im gleichen Raum gewesen und hatte sich nicht angesteckt, nicht einmal, nachdem er dem Erreger tagelang ausgesetzt gewesen war. Der Erreger infizierte nur Menschen arabischer Abstammung. Aber es war dennoch eine übertragbare Krankheit. *Konnte er Fatima anstecken?* Sein Blick war starr auf den schwarzen Leichensack gerichtet. *Nein, wenn die Leiche noch ansteckend wäre, hätten sie sie entsorgt.* Er musste ein Foto von dem toten Omar Kaleb machen, um beweisen zu können, dass er sich das alles nicht nur einbildete, wenn er sich zu einer Anzeige durchringen würde.

Er legte die rechte Hand auf den Reißverschluss und hielt inne. Er zögerte eine ganze Minute lang, atmete tief ein, hielt die Luft an und wappnete sich für den furchtbaren Anblick des entstellten Gesichts und Körpers des Terroristen. Dann gab er sich einen Ruck, zog den Reißverschluss auf, klappte den schwarzen Stoff zur Seite und enthüllte die Leiche.

Aber es war nicht Kaleb.

Der Tote war Onkel Karl.

20

Prosperos Gulfstream war ohne Zwischenfall auf der Landepiste mitten in der Libyschen Wüste gelandet. Sie hatten auf einer Piste in der Nähe landen müssen, weil der Boeing-Business-Jet, an dessen Bord sich die Zielperson befand, nicht wie befohlen in den Hangar gerollt war, sondern auf der einzigen vorhandenen Landebahn stehen geblieben war und diese blockierte. Das hatten sie zweifellos Thea zu verdanken. Nachdem sie während ihrer Fahrt in einem offenen Land Cruiser haufenweise Wüstenstaub geschluckt hatten, hatten Prospero und Luciano die Landebahn schließlich erreicht.

Prospero hatte Bassam Fakroun, der eine Truppe durch den Bürgerkrieg kampferprobter Tebu-Söldner angeführt hatte, zum ersten Mal vor zwei Jahren angeheuert. Wie viele ehemalige Soldaten, die an der Seite des Nationalen Übergangsrats gekämpft hatten, waren Bassam und seine Männer während der Jagd nach Muammar al-Gaddafi durch die Hölle gegangen, jedoch von der NATO links liegen gelassen worden, nachdem der Oberst gefunden und getötet worden war. Fortan hatten Bassam und seine Männer sich mit Entführungen, Schmuggel und Erpressungen durchs Leben geschlagen und waren somit perfekt für den Job geeignet gewesen. Ein ehemaliger Komplize Prosperos hatte Probleme damit gehabt, den Anteil an seinen Gewinnen, den er Prospero schuldete, richtig zu berechnen, und war während einer Geschäftsreise nach Tripolis leider Opfer eines schlimmen Unfalls geworden. In Italien war der

Unfall als reines Pech abgehakt worden, so etwas konnte einem nun mal widerfahren, wenn man in Nordafrika unterwegs war, erst recht in Libyen nach dem Tod Gaddafis. *Diese verrückten Wüstenaraber bringen sich alle gegenseitig um – man weiß ja, wie gefährlich es in der Gegend ist.* Aber in Wahrheit war es natürlich alles andere als reines Pech gewesen.

Bei dem Anblick, der sich ihm bot, schüttelte Prospero den Kopf. Ein nagelneuer 737 Boeing-Business-Jet stand auf dem rissigen Asphalt eines aufgegebenen Rollfelds, das zunehmend verfiel. Vor dem Sturz Gaddafis hatte auf diesen Wüstenflughäfen reger Betrieb geherrscht. Sie waren von den Mitarbeitern internationaler Ölfirmen genutzt worden, die sie angeflogen hatten, um entlegene Ölfelder zu erreichen. Doch all das war dem Chaos zum Opfer gefallen, das der Revolution gefolgt war. Inzwischen wurden diese Gebiete von Horden wie Bassam und seinen bewaffneten Männern regiert, die derzeit gerade den Geschäftsflieger umstellt hatten.

»Diese Thea Paris – sie weigert sich, uns an Bord zu lassen.« Bassams Italienisch war sehr gut, noch eine Folge der kolonialen Verbindungen zwischen dem afrikanischen Land und der europäischen Nation. Im Schein der Taschenlampe konnte Prospero sehen, dass das Gesicht des Söldners in Schweiß gebadet war. Er wirkte angespannt, und das aus gutem Grund. Er hatte einen Auftrag erhalten – einen relativ leicht zu bewältigenden – und war gescheitert.

Luciano legte Bassam seine Hand auf die Brust und drängte ihn zurück. »Sie lassen sich von einer Frau bezwingen?«

»Lass ihn, Luciano. Du beweist damit nur, wie ahnungslos du bist. Diese spezielle Frau ist eine ebenbürtige Gegnerin.« Er wandte sich Bassam zu. »Ist der Mechaniker eingetroffen?«

»Es ist alles bereit«, erwiderte Bassam.

»Lassen Sie mich als Erstes mit Ms Paris reden.«

»Sie hat die Fenster von innen verdeckt, dafür gesorgt, dass wir nicht ins Cockpit blicken können, und den Kabinendruck hochgefahren.« Bassam wischte sich Schweiß von der Stirn.

Sehr schlau. Prospero fragte sich, wer bei dem Ganzen die wahren Geiseln waren. Thea und die Passagiere oder Bassam und seine Männer. »Ich werde trotzdem mit ihr reden. Ms Paris und ich hatten schon mal miteinander zu tun«, sagte er.

»Genau, und damals ist es nicht gerade gut ausgegangen.« Luciano starrte seinen Onkel herausfordernd an.

»Es ist genau so ausgegangen, wie ich wollte.« Prospero redete weiter mit ruhiger Stimme.

»Che cosa? Non è quello che ho.«

»Später.« In einem ruhigen Moment würde Prospero mit Luciano über seine Manieren reden müssen. »Jetzt müssen wir erst mal in dieses Flugzeug kommen, bevor *Libertas* Verbündete hier eintreffen.«

21

Johann starrte die Leiche von Onkel Karl an und wünschte sich, er könnte ihn wieder lebendig machen. Dieser Mann hatte ihm so viel Zeit und Aufmerksamkeit geschenkt. Er war für ihn fast so etwas wie ein zweiter Vater geworden. Ein herzlicher, freundlicher, aufbauender zweiter Vater. Und jetzt war er tot. Johann hatte das Gefühl, als würde seine Seele entzweigerissen.

Kalte Schauer liefen seinen Körper herunter, die kühle Luft kroch ihm unter das Oberteil seines Schlafanzugs. Ein Geräusch schreckte ihn auf. Kam etwa jemand in das Labor? Er zog den Reißverschluss des Leichensacks wieder zu und huschte aus der Tür. Auf dem Steinboden waren seine nackten Füße lautlos.

Als er an der gesicherten Laborkammer vorbeiging, sah er auf den Arbeitsflächen aus rostfreiem Stahl ein schwaches Licht glänzen. Er blieb stehen und lauschte. Nervös, wie er war, fragte er sich, ob er sich das Geräusch womöglich nur eingebildet hatte, nahm die Kammer in Augenschein und sah in einer Nische einen kleinen Kühlschrank. Er vermutete, dass der Erreger dort gelagert wurde. Er hatte im Internet darüber gelesen, was erforderlich war, um Bakterien am Leben zu halten.

Er schauderte. Wenn Vater die Erreger in Salzburg freilassen würde, würden Fatima und ihre Familie sterben, und mit ihnen Tausende andere. Eine furchtbare Vorstellung. Was hatten sie getan, um so ein Schicksal zu verdienen? Er verstand ja den Wunsch, Terroristen aufzuhalten, aber Krankheitserreger konnten nicht zwischen guten und bösen Menschen unterscheiden. Tödliche Krankheiten rafften ausnahmslos jeden dahin.

Er verspürte plötzlich das dringende Bedürfnis, aus dem Labor rauszukommen.

Schritte. Ein Schlurfen. Ihm summten die Ohren. War Vater auf dem Weg ins Labor? Er sah sich um. Es gab keine Möglichkeit, sich zu verstecken.

Im nächsten Moment sah er sich dem Mann gegenüber, der ihm eine Gänsehaut bereitete: Leopold, dem Erschaffer des albtraumhaften Erregers.

Der Wissenschaftler musterte ihn durch seine Brille. »Was machst du denn hier?«

Johann straffte sich zu voller Größe. »Das Gleiche könnte ich Sie fragen. Immerhin ist das hier mein Zuhause.«

Der Wissenschaftler ging näher an ihn heran, von seinen Händen stieg der üble Geruch nach Bleiche auf. »Gernot weiß, dass ich am liebsten nachts arbeite. Ich kann mir kaum vorstellen, dass du die Erlaubnis hast, hier zu sein.«

»Ich bin jetzt ein Freiheitswächter. Ich will helfen.«

»Das ist kein Spiel, junger Mann. Wir befinden uns im Krieg.«

»Dann brauchen Sie Soldaten.«

Leopold musterte ihn intensiv. »Ich habe deinem Vater gesagt, dass du noch zu jung bist, um mitzumachen, aber er hat darauf bestanden, dich aufzunehmen.«

»Omar Kaleb hat Hunderte unschuldiger Menschen umgebracht. Der Terrorist hatte es verdient zu sterben.« Was den Anschlag im Schloss Schönbrunn anging, brauchte er seine Gefühle nicht zu verstellen, doch er war ein Gegner der Todesstrafe, und das Spektakel des vergangenen Abends war vielleicht die Todesstrafe in ihrer furchtbarsten Form gewesen.

Leopold wirkte skeptisch, deshalb redete Johann rasch weiter. »Wir müssen diese Leute auslöschen. Bringen Sie mir bei, was ich wissen muss, um helfen zu können.«

»Dein Vater würde nie und nimmer erlauben, dass ich dein Leben im Labor aufs Spiel setze.«

Johann musste dieser Unterhaltung eine andere Wendung geben. »*Yersinia pestis*. Ich habe den Namen des Bakteriums recherchiert.«

Leopold zog die Augenbrauen hoch.

»Unbehandelt liegt die Todesrate beinahe bei hundert Prozent, und der Erreger befällt die Opfer über die Lunge«, fuhr Johann fort.

»Das ist korrekt.«

»Achtundneunzig Prozent der Fälle in der heutigen Zeit treten in Afrika auf.«

Leopold verschränkte die Arme über seiner fassartigen Brust. »Du bist definitiv ein schlaues Köpfchen, und du lernst schnell.«

»Diese Sache liegt mir mindestens so am Herzen wie Ihnen.«

Leopold zögerte, doch schließlich fasste er einen Entschluss und nickte. »Ich könnte tatsächlich einen Laborassistenten gebrauchen, der ein bisschen Grips im Kopf hat. Aber wenn dein Vater dahinterkommt, sagen wir ihm, dass du nur Schreibkram erledigt hast, und sonst nichts.«

»Einverstanden. Danke, Leopold. Wann legen wir los?«

22

Thea konnte es nicht fassen, wessen Stimme sich am anderen Ende der Funkverbindung meldete.

»*Liberata*, unsere Wege kreuzen sich also erneut.« Die tiefe Männerstimme mit dem starken Akzent, die aus dem Funkgerät des Flugzeugs drang, ließ die Vergangenheit wieder aufleben und erinnerte sie an den Fall, dem sie diesen Spitznamen zu verdanken hatte. Sie würde den Mann nie vergessen. Stimmen brannten sich in ihr Gedächtnis ein, und Prospero Salvatore war einer der faszinierendsten Verbrecher, dem sie je begegnet war: gnadenlos, aber ein geborener Philosoph.

Sie stellte ihr Handy auf Aufnahme und redete in das Funkgerät: »Don Prospero Salvatore.« Laverdeen sah sie überrascht an. Rivers war inzwischen wach, sein Mund immer noch zugeklebt. Er starrte sie wütend an.

»Ah, Sie erinnern sich also.« Er war hörbar geschmeichelt.

»Eine ungewöhnliche Art und Weise, wieder miteinander in Verbindung zu treten. Als alte Freunde können wir auf die Förmlichkeiten verzichten und direkt zur Sache kommen. Warum sind wir hier, Prospero?«

»Brauchen Sie weitere Lebensmittel?«, fragte er.

»Wir haben alles, was wir brauchen.« *Guter Versuch.*

»Wie wär's, wenn wir uns im Hangar auf einen Espresso treffen?«, schlug Salvatore vor. »Soweit ich mich erinnere, haben Sie für guten Kaffee immer etwas übrig.«

Er hatte sich keinen Deut verändert. »Weisen Sie Ihre Männer an, sich zurückziehen und uns starten zu lassen. Dann können wir uns auf Sizilien auf einen Grappa treffen.«

»Aber wir sind doch beide gerade hier.« Er schaffte es tatsächlich, gekränkt zu klingen.

»Ich muss Ihre freundliche Einladung leider ausschlagen«, stellte Thea klar.

»Sie sind aber wirklich stur.«

»Eine weiser Mann sagte mal: ›Das ist nun mein Weg, wo ist der eure?‹ *Mein* Ziel ist, dieses Flugzeug sicher an seinen Bestimmungsort zu bringen. Was wollen *Sie*, Prospero?«

Ein herzhaftes Lachen. »Nietzsche! Ach, wie ich unsere netten kleinen Gespräche vermisst habe, Thea.«

»Sagen Sie mir einfach nur, hinter was Sie her sind. Dann können wir uns bestimmt irgendwie einigen.« Ihr schlug Schweigen entgegen. Sie wartete geduldig. Es dauerte nicht lange, bis er seine Stimme wiederfand, doch sein Ton hatte sich verändert. Er klang ernster.

»Ich habe es vor einigen Monaten in den Nachrichten gesehen. Mein Beileid zum Verlust Ihres Bruders.«

Die Worte taten immer noch weh. Es war ein stechender, intensiver Schmerz, als ob er ihr einen Schlag mit einem Eispickel verpasst hätte. Sie vermisste Nikos jeden Tag, auch wenn ihre Erinnerungen an ihn dadurch getrübt waren, dass er vor seinem Tod zu einem Monster geworden war. »Bleiben wir bei dem Thema, um das es hier geht.«

»Aber genau darum geht es doch: um die *famiglia*. Sie wollen zurück zu Ihrer, ich will zurück zu meiner. Und für die anderen Passagiere gilt bestimmt das Gleiche.«

»Aber was wollen *Sie*?«

»Ein Gespräch mit Ihnen unter vier Augen.«

»Wir wissen beide, dass Sie es nicht auf mich abgesehen haben. Ich bin als Last-Minute-Passagierin in dieses Flugzeug gestiegen, und so eine Entführung erfordert Zeit und Planung.«

»Stellen Sie Ihr Licht nicht unter den Scheffel. Kommen Sie raus, dann können wir uns in Ruhe miteinander unterhalten.«

»Ich könnte die Piloten bitten, das Cockpit zu verlassen, dann können wir unter vier Augen reden.« Er brauchte nicht zu wissen, dass einer der beiden gefesselt und geknebelt war.

»Leider lässt sich so ein Gespräch nicht über Funk führen.«

»Was Besseres habe ich nicht anzubieten.« Sie würde die Türen unter keinen Umständen öffnen. Prospero Salvatores Männer würden das Flugzeug stürmen, und jeder Verhandlungsvorteil, den sie hatte, würde sich in Luft auflösen.

»Wollen Sie nicht, dass diese Jungen ihre neue Familie kennenlernen?«

Verdammt! Er wusste von Ayan und Jabari. »Wollen Sie Ihren Mann nicht zurückhaben?«

»Diesen *bastardo?* Den können Sie behalten. Er ist bei Ihnen in sichereren Händen als hier draußen.« Sie zweifelte nicht daran, dass er es ernst meinte. Prospero konnte sehr charmant sein, aber er hatte nicht wegen seines Mitgefühls für *soldati*, die ihren Job vermasselten, zwanzig Jahre lang als Capo überlebt.

»Thea, Thea, Thea. Wenn Sie nicht bald auf einen *caffè* mit mir rauskommen, komme ich rein. Das muss Ihnen doch klar sein.«

»Können Sie nicht. Im Flugzeug herrscht Überdruck.«

»Ich räume Ihnen mehr Spielraum ein, als ich sonst jemandem zugestehen würde. Und das nur, weil ich Sie wirklich mag. Aber selbst meine Geduld ist bald am Ende. Kommen Sie sofort raus – im Interesse aller.«

»Wir haben es hier gemütlich.«

Funkstille.

Sie musste die Verhandlungen so lange wie möglich hinauszögern und hoffen, dass Hilfe eintraf, und zwar bald. Ein kalter Schauer lief ihr den Rücken herunter. Sie würde es Prospero durchaus zutrauen, sie alle umzubringen, wenn das, wofür er den ganzen Aufwand betrieben hatte, nicht *irgendjemand* war, der sich in diesem Flugzeug befand, sondern *irgendetwas.* Und der Verdacht, dass es sich genau so verhielt, beschlich sie immer stärker.

23

Johann bog um die Ecke des gelben Gebäudes und steuerte auf direktem Weg den Schuppen hinter der Schule an. Er hatte verschlafen und kam nun zwanzig Minuten zu spät zu seinem Treffen mit Fatima. In der Nacht war er etliche Stunden mit Leopold im Labor gewesen und hatte sich danach im Bett hin- und hergewälzt, erst in den frühen Morgenstunden war er in einen unruhigen Schlaf gefallen. Und dann hatte er auch noch einen Albtraum gehabt, in dem Männer in Laborkitteln ihn durch endlose Flure verfolgten.

Onkel Karl war tot – stranguliert, wie es aussah. Johann konnte es immer noch nicht glauben. Seine Hand wanderte zu seinem Adamsapfel, vor seinem inneren Auge sah er den dicken roten Striemen um Karls Hals. Vielleicht hatte sein eigener Vater ihn erdrosselt. Aber warum? Karl war ein Guter gewesen, Johanns größter Unterstützer und ein treuer Freund seines Vaters. Hatten sie sich wegen des geplanten Einsatzes des Erregers miteinander überworfen?

Johann war es schleierhaft, warum sein Vater auf einmal in so einer verrückten Welt lebte. Für seine Mutter wäre es ein Gräuel gewesen, das Gegenteil von allem, wofür sie gestanden hatte: *Mama* hatte ihm beigebracht, dass alle Menschen gleich waren und jeder etwas Besonderes. Sie hätte die Freiheitswächter verabscheut. Er verstand ja, dass sein Vater Terroristen hasste, aber wie konnte er es rechtfertigen, wahllos unschuldige Menschen zu ermorden? Wären nicht alle in Gefahr, in deren Adern auch nur eine Spur arabischen Blutes floss? Das schloss womöglich auch viele Juden und andere Europäer ein.

Er eilte den Pfad entlang, der zu dem Schuppen führte, und bog um die Ecke. Fatima saß im Schneidersitz auf dem Boden und war über ihr Mathebuch gebeugt. Sie wirkte klein und verletzlich, doch als sie zu ihm aufblickte, zeichnete sich in ihren großen braunen Augen Hoffnung ab – Hoffnung, die zu zerstören er im Begriff war.

Sie rappelte sich hoch. »Gott sei Dank, ich dachte schon, du kommst nicht.«

»Tut mir leid, ich hatte eine harte Nacht.«

»Alles okay mit dir?« Sie berührte seinen Unterarm.

Er wollte sie umarmen und ihr am liebsten sagen, dass alles gut werden würde, aber er konnte sie nicht anlügen. »Du bist diejenige, um die ich mir Sorgen mache. Dir folgt jemand?«

»Der gleiche Typ, den ich vor unserem Haus gesehen habe, war heute Morgen an meiner Bushaltestelle. Ich habe Angst.«

Dafür gab es nur eine mögliche Erklärung. Sein Vater wollte sicherstellen, dass Johann sich nicht mehr in die Nähe von Fatima begab. Er wollte nur zu gerne glauben, dass sein Vater ihr niemals etwas antun würde, sondern sie nur voneinander fernhalten wollte, aber Onkel Karls Leiche war ein Beweis dafür, dass er sich da nicht mehr so sicher sein konnte.

Er holte tief Luft. »Wir dürfen keine Zeit mehr zusammen verbringen, Fatima.«

Sie schreckte zurück, als ob sie gestochen worden wäre. Doch dann dämmerte es ihr. »Dein Vater mag mich nicht.«

»Er mag niemanden.«

»Weil ich Muslimin bin?« Als sie seinen gequälten Blick sah, sagte sie: »Keine Sorge, du kränkst mich nicht. Meine Familie und ich begegnen nicht zum ersten Mal Menschen mit beschränkten Ansichten.«

Aber nicht solchen. »Wenn der Mann, der dich verfolgt, uns ein paar Tage nicht zusammen sieht, wird Vater seinen Aufpasser bestimmt zurückpfeifen. Es tut mir leid.«

Fatima blickte zu ihm auf. »Bedeute ich dir etwas?«

»Natürlich.«

»Dann sag deinem Vater, dass du dich treffen kannst, mit wem du willst.«

Er dachte an Onkel Karls starre Augen. »Tut mir leid, aber das kann ich nicht.«

»Du hast David die Stirn geboten.« Ihre Stimme bebte.

»Es ist besser so.« Er fühlte sich innerlich jämmerlich.

»Besser für wen?« Die Bitterkeit in ihrer Stimme traf ihn wie ein Stich. »Ich dachte, du wärst anders, etwas Besonderes.«

Es klingelte zum ersten Mal. »Lass uns lieber gehen. Nach der Schule warte ich noch fünfzehn Minuten, dann kannst du zuerst gehen.«

»Vielleicht sage ich meinem Stalker, was ich von ihm halte.«

»Bitte tu das nicht. Es ist gefährlich.« Die Worte waren aus seinem Mund, bevor er sich bremsen konnte.

»Gefährlich? Was verschweigst du mir?«

»Ignorier ihn einfach und tu so, als wäre alles bestens.«

Es klingelte zum zweiten Mal. Die Schülerinnen und Schüler strömten in das Gebäude.

»Wir sollten jetzt reingehen«, sagte Johann.

»Wir sind noch nicht fertig.« Ihre Augen funkelten vor Empörung.

Sein Inneres fühlte sich taub an. Er war unsicher, was er tun sollte. Sein Kopf war von den entsetzlichen Dingen, die er erlebt hatte, völlig überlastet. Es gab keinen Weg zurück in die Normalität.

24

Thea warf die Plastikverpackung eines Tortilla-Wraps mit Hühnchenfleisch in den Müllbehälter der Bordküche. Es war wichtig, dass ihr Blutzuckerwert in einem gesunden Bereich blieb. Sie musste geistig wach bleiben, vor allem in Anbetracht dessen, dass Prospero Salvatore in den aktuellen Fall involviert war. Normalerweise übte der sizilianische Mafioso seine Überzeugungskraft näher an seinem Zuhause aus. Was hatte er in Libyen zu suchen?

Mike Dillman verließ die Toilette im hinteren Teil des Flugzeugs und kam zu ihr in die Bordküche. »Wie lange können wir sie noch hinhalten?«

»Hoffen wir, dass jemand das Notsignal gehört hat. Meine Firma wird nach uns suchen, die Fluggesellschaft auch.«

»Ich nehme an, sie haben es auf jemanden abgesehen, der in diesem Flugzeug sitzt.«

»Könnten *Sie* derjenige sein?«, fragte sie ihn, auf den Scherz anspielend, den er zuvor gemacht hatte.

»Nicht auszuschließen. Ich bin steinreich und geschäftsmäßig viel im Ausland unterwegs. Deshalb habe ich eine saftige Entführungs- und Lösegeldversicherung.« Er lächelte. »Aber ich bezweifle es.«

Thea nickte. Bei dieser Entführung ging es nicht um Geld. Sie hatte die Passagiere gefragt, wann sie ihre Flugtickets gekauft hatten, denn alle, die kurzfristig gebucht hatten, kamen als Zielperson der Entführer eher nicht infrage. Prospero hatte

Rivers' Kinder als Geiseln genommen, um den Piloten zur Kooperation zu zwingen, und das bedeutete, dass Prospero seine Hausaufgaben gemacht und Insiderinformationen darüber hatte, wer das Flugzeug an diesem Tag fliegen würde. »Sie sagten, dass Sie Eigentümer einer Rohstoffförderungsfirma sind?«

»Ja, Ma'am. Aber im Gegensatz zu den meisten Texanern bin ich nicht in der Ölindustrie tätig. Und trotz meines Namens, der dies nahelegen könnte, stelle ich auch keine Gurken her.« Dillman lachte. »Ich besitze verschiedene Patente und habe einige Niederlassungen, so was in der Richtung.«

»Gibt es irgendwas, das all diesen Aufwand wert wäre?«

»Schwer zu sagen. Des einen Schund ist des anderen Schatz.«

Ayan kam in die Bordküche gestürmt und zupfte an Theas Bluse. »Der böse Mann ist aufgewacht.«

Prosperos Insider. Vielleicht hatte er Informationen.

»Danke, Ayan. Wie wär's, wenn du Ocean fragst, ob sie Lust hat, eine Runde zu pokern?«

»Texas Stud Poker.« Ayan reckte den Hals, um zu dem stämmigen Texaner aufblicken zu können. »Möchten Sie mitspielen, Mr Schnurrbart?«

»Klar, mein Junge, warum nicht? Ich habe Zeit und Geld wie Heu.«

Ayan grinste. Der Texaner sollte sein Portemonnaie lieber im Auge behalten. Die Jungen waren ziemlich versiert und hatten im Waisenhaus oft gepokert.

Thea überließ sie ihrem Kartenspiel und steuerte den hinteren Teil des Flugzeugs an. Die Augen von Prosperos Brutalo waren auf sie gerichtet, als sie sich ihm näherte. Die Tatsache, dass er von einer Frau zur Strecke gebracht worden war, hatte dem Ego des Macho-Gangsters wahrscheinlich eine größere Verletzung zugefügt als ihre Stirn seiner zerschmetterten Nase.

Sie riss ihm das Klebeband vom Mund.

»Das werden Sie bereuen«, stellte er mit näselnder Stimme auf Englisch klar.

»Von mir aus. Warum kommen wir nicht direkt zur Sache, und Sie erzählen mir alles.«

Er saß stumm da.

»Okay.« Sie holte ihr Handy hervor und spielte ihm die Aufnahme ihres Gesprächs mit Prospero vor. »*Diesen bastardo? Er ist bei Ihnen in sichereren Händen als hier draußen.*«

Sein Gesicht wurde bleich.

»Ich empfehle Ihnen, mit mir zu kooperieren, wenn Sie eine Chance haben wollen, das Ganze lebend zu überstehen.«

Er schwieg weiter.

»Wer ist die Zielperson?«

Nichts.

»Wir wissen beide, dass der Capo nicht gut auf Männer zu sprechen ist, die versagen.«

Versace musterte sie.

»Ich frage Sie zum letzten Mal, dann klebe ich Ihnen den Mund wieder zu. Auf wen haben sie es abgesehen?«

Er seufzte. »Ich weiß es nicht. Ich sollte nur dafür sorgen, dass das Flugzeug diese Koordinaten erreicht.«

Sie studierte seinen berechnenden Blick und kam zu dem Schluss, dass er die Wahrheit sagte. Er schien genau die Art Verräter zu sein, der die Loyalitäten wechselte, wenn es darum ging, die eigene Haut zu retten.

»Geben Sie mir was Besseres, oder ich übergebe Sie an Ihren Boss.«

»Gladio«, platzte er heraus. »Wir sind Gladio.«

»Was zum Teufel ist Gladio?«

Die Lichter im Flugzeug flackerten. Sie konnte das Gesicht des Mannes noch einen Augenblick lang sehen, dann wurde es im Innenraum des Flugzeugs dunkel. Das beruhigende Dröhnen des Hilfstriebwerks war verstummt. Es herrschte Stille. Die blau schimmernden Lämpchen der Notbeleuchtung im Gang sorgten für schwaches Licht. Die Passagiere verfielen in Schweigen.

Das Kerosin konnte noch nicht ausgegangen sein. Prospero hatte den ersten Zug getan.

25

Prospero sah auf die Uhr. Den Informationen zufolge, die er über die Pläne der Freiheitswächter eingeholt hatte, drängte die Zeit. Er konnte es sich nicht erlauben, länger zu warten – erst recht nicht, da Thea Paris sich für ihn als nützlich erweisen konnte. Bassam hatte die Mobilfunkdienste und das Satellitennetz blockiert, aber *Liberata* hatte auf Zeit gespielt und zweifellos über die Funkfrequenz Guard einen Hilferuf abgesetzt.

Er lächelte in sich hinein. Es waren etliche Jahre vergangen, seitdem sich seine Wege und die der Geiselbefreiungsexpertin gekreuzt hatten, aber er hatte schon immer geahnt, dass sie sich irgendwann erneut begegnen würden. Er hatte stets eine *donna forte* bevorzugt, obwohl sein Vater ihn davor gewarnt hatte, dass Frauen einen immer überraschen konnten, wohingegen es sich bei Männern um einfach gestrickte Geschöpfe handelte, deren Tun und Denken leicht vorherzusehen waren. Da stimmte Prospero ihm voll und ganz zu.

Auf ihre clevere, listige und furchtlose Art hatte *Liberata* einen seiner Komplizen dazu gebracht, eine Geisel herauszugeben, ohne dass ein einziger Cent Lösegeld den Besitzer gewechselt hatte. Er hätte damals einschreiten können, hatte sich aber dagegen entschieden, da das Endergebnis ihm gut in den Kram passte. Und nun trafen sie sich also wieder, diesmal als direkte Gegner in einem gefährlichen Spiel.

Er hielt sich das Funkgerät vor den Mund. »Falls es Sie interessiert – hier draußen haben wir dreißig Grad.« Sein Leinenhemd war völlig durchgeschwitzt und klebte an seiner Brust.

»Super. Hier drinnen ist es zu kalt. Ich musste mir eine Jacke überziehen.« Ihre Stimme war kräftig, energiegeladen.

Normalerweise würde er nicht mit ihr pokern wollen, aber in diesem Fall hielt er das Gewinnerblatt in der Hand. Mit abgeschaltetem Hilfstriebwerk würde sich das Flugzeug innerhalb einer halben Stunde in ein türkisches Bad verwandeln, und wenn die Sonne aufging, würde die Hitze tödlich werden. Doch schon lange vorher liefen die Passagiere Gefahr, Hitzschläge zu erleiden. Die Stimmung würde sich ebenfalls aufheizen, und Thea sähe sich mit einer Meuterei konfrontiert.

Er hob eine Hand und wischte sich den Schweiß von der Stirn. »Der Kaffee im Flugzeug schmeckt furchtbar. Kommen Sie raus, ich bereite Ihnen einen richtigen Espresso zu, *ragazza*.«

»Ich versuche gerade, meinen Koffeinkonsum zurückzuschrauben, aber danke für das Angebot, *ragazzo*.«

Er lächelte. »Ich werde nicht noch mal höflich fragen. Teilen Sie Captain Rivers mit, dass seine Jüngste im Begriff ist, einen Finger zu verlieren.«

Am anderen Ende hörte er jemanden zappeln, dann einen erstickten Schrei. Im nächsten Moment musste jemand auf stumm gestellt haben. Wie erwartet, hatte sie den Kapitän außer Gefecht gesetzt.

Es vergingen mindestens fünfzehn Sekunden, bis sie sich wieder meldete. »Das Mädchen zu verstümmeln, bringt niemandem etwas. Stellen Sie sich vor, Sie müssten diese Sünde Pater Francisco beichten. Nicht mal alle Ave-Marias der Welt reichen aus, um die kaltblütige Verletzung eines Kindes zu sühnen, Prospero.«

Ihr Gedächtnis war spektakulär. Sie brachte den Namen des Priesters ins Spiel, der vor all den Jahren in die Entführung involviert gewesen war. Und sie hatte ihn durchschaut. Frauen und Kinder waren gute Druckmittel bei Verhandlungen, aber Thea wusste, dass er weder eine Frau noch ein Kind jemals verstümmeln oder umbringen würde. »Früher oder später werden Sie rauskommen. Für jede Minute, die Sie mich warten lassen, werden Sie einen Preis bezahlen.« Diesmal bluffte er nicht.

»Was bedeutet *Gladio?*«, fragte sie.

»Keine Ahnung, wovon Sie reden.« Dieser *inutile bastardo* tratschte also wie ein Waschweib. Gut, dass er nicht viel wusste. Trotzdem wollte Prospero Thea keine weitere Zeit geben, ihn auszufragen.

Er nickte dem Mechaniker mit Nachdruck zu.

26

Einen Moment lang konnte Thea noch etwas sehen, dann war das Flugzeug in absolute Finsternis getaucht. Sogar die blaue Notbeleuchtung war erloschen und wurde durch keine andere Lichtquelle ersetzt. Prospero oder einer seiner Männer musste sich Zugang zum »Höllenheck« verschafft haben, jenem Raum unter dem Seitenleitwerk, in dem sich die hydraulischen Akkumulatoren und andere entscheidende Instrumente des Flugzeugs befanden, und die Batterien deaktiviert und somit die gesamte Stromversorgung ausgestellt haben.

Den Passagieren stockte der Atem. Einige schrien auf. Ohne Licht war die Angst in der Kabine greifbar.

»Bleiben Sie alle sitzen, und bewahren Sie die Ruhe.« Sie langte in ihre Hosentasche und fand die 5.11-Mini-LED-Taschenlampe, die sie immer an ihrem Schlüsselanhänger hatte. Sie knipste sie schnell an, und ein Lichtstrahl durchschnitt die Dunkelheit. Sie ging den Gang entlang bis zu dem Gepäckfach, in dem sich ihr taktischer Überlebenssicherungsbeutel befand, und nahm zwei kleine LED-Leuchten und eine größere Taschenlampe heraus. Eine der Leuchten gab sie Dillman, die andere Matthias. Das sanfte Licht sorgte dafür, dass die anfängliche Panik nachließ.

Ayan und Jabari saßen ruhig neben Ocean und Dillman, ihre Spielkarten lagen auf einem der heruntergeklappten Tische. Im Schein der Taschenlampen wirkten die Jungen nicht panisch, sondern eher aufmerksam und wachsam. Als ehemalige Kindersoldaten wussten sie, dass die Nacht der ideale Zeitpunkt zum Angriff war und dass es eine gute Überlebensstrategie war, die Ruhe zu bewahren.

»Was ist los?«, fragte Hammond.

»Die Entführer wollen uns zwingen, das Flugzeug zu verlassen. Ich versuche, Zeit zu gewinnen – in der Hoffnung, dass die Flugsicherung oder ein anderes Flugzeug unser Notsignal gehört hat und Hilfe auf dem Weg ist.« Sie wollte nicht zu erkennen geben, dass sie allmählich Zweifel hatte, ob rechtzeitig Hilfe einträfe. Hoffnung war Balsam für die Seele. »Die Zeit ist auf unserer Seite, nicht auf ihrer.«

»Aber ist der erhöhte Kabinendruck jetzt nicht weg? Wir haben doch keinen Strom mehr.« Hammond rückte seinen Filzhut zurecht.

»Noch nicht ganz, aber der Druck sinkt. Noch haben sie uns nicht bezwungen. Wir müssen Ruhe bewahren.«

»Vielleicht sollten wir sie reinlassen und von Angesicht zu Angesicht mit ihnen verhandeln«, schlug Matthias vor.

»Diese Typen verhandeln mit AK-47-Sturmgewehren in der Hand. An Bord dieses Flugzeugs gibt es nichts, das wir dem entgegensetzen könnten.« Sie nickte den Jungen zu und steuerte das Cockpit an.

Laverdeen hatte Rivers das Klebeband vom Mund abgenommen und reichte ihm etwas Wasser. Sie gab dem Co-Piloten die große Taschenlampe. »Benutzen Sie sie nach Bedarf.«

Sie richtete den Lichtstrahl ihrer Taschenlampe auf das Cockpitfenster und versuchte, es mit dem Drehgriff zu entriegeln. Aber es tat sich nichts. Das Flugzeug stand noch unter Druck. Doch sie würde das Fenster schon bald öffnen können.

»Ich muss mal pinkeln«, sagte Rivers.

»Machen Sie ihm die Hose auf, und halten Sie ihm einen Becher hin«, wies Thea Laverdeen an.

»Das ist ja wohl lächerlich. Lassen Sie mich auf die Toilette«, brachte Rivers haspelnd hervor und versprühte Speichel.

»Sie erinnern sich noch, wer das Flugzeug entführt hat, oder?«

»Weil sie meine Kinder haben. Ich hatte keine andere Wahl.«

»Wir haben immer eine Wahl.«

»Ich bestehe auf meiner Intimsphäre!«, schrie Rivers mit schriller Stimme.

»Tut mir leid. Mehr als den Becher kriegen Sie nicht. Wenn Ihnen wirklich so an Ihrer Intimsphäre gelegen ist, müssen Sie sich eben in die Hose machen.« Sie würde unter keinen Umständen das Risiko eingehen, Rivers' Fesseln zu lösen.

»Holen Sie mich sofort aus diesem Sitz!«

Sie schnappte sich das Klebeband, klatschte es Rivers auf den Mund und erstickte sein Geschrei. Piloten wurden trainiert, jederzeit die Ruhe zu bewahren, aber Rivers war völlig von der Rolle.

»Ich will den Becher nicht halten«, sagte Laverdeen.

»Tun Sie es einfach!« Sie drückte die Sprechtaste des Funkgeräts. Wie sie befürchtet hatte, tat sich nichts. Prosperos Männer hatten die Batterien abgeklemmt. Sie hatten kein Licht, keine Funkverbindung und keine Klimatisierung mehr, wobei der Ausfall der Klimaanlage der kritischste Faktor war.

Cleverer Mistkerl.

Obwohl es draußen stockdunkel war, war es auf dem Rollfeld immer noch heiß, genau wie Prospero gesagt hatte. Sie spürte bereits, wie abgestanden die Luft war. Bald würde sich die Kabine in eine Sauna verwandeln, was für die Passagiere mit Gesundheitsproblemen besonders gefährlich wäre, sie selber eingeschlossen. Diabetiker konnten Wärme nicht so effektiv nach außen abtransportieren, und das konnte eine Kettenreaktion von Problemen auslösen.

Sie ging alle Möglichkeiten durch, die ihr noch blieben, und musste feststellen, dass keine besonders vielversprechend war.

Also zog sie die Karte weg, mit der sie die Windschutzscheibe des Cockpits von innen verdeckt hatten, und versuchte noch einmal, das kleine Fenster zu öffnen. Diesmal gab die Kurbel nach, was bedeutete, dass in der Kabine inzwischen Atmosphärendruck erreicht war. Sie schob das Fenster auf, heiße Luft strömte ins Cockpit. Bald würden in der ganzen Kabine Sahara-Temperaturen herrschen.

Sie sprach durch das geöffnete Fenster. »Sind Sie da?«

Prosperos tiefe Stimme drang irgendwo aus der Dunkelheit zu ihr hinauf. »*Buona sera, Liberata!*«

»Stellen Sie das Hilfstriebwerk wieder an. Dann komme ich raus.«

»Sie erhöhen nicht wieder den Druck.«

Sie zögerte kurz, wurde sich aber dessen bewusst, dass sie keine Optionen mehr hatte. »Einverstanden.«

»Ich gebe Ihnen drei Minuten.«

Die Lichter gingen wieder an. Frische Luft durchflutete das Cockpit.

»Sie verlassen uns?«, fragte Laverdeen.

»Ich habe keine andere Wahl.« Sie langte nach der Glock, die unter ihrem Hosenbund klemmte. »Können Sie damit umgehen?«

»Ich war ein paarmal auf einem Schießstand.«

»Verstecken Sie sie, und seien Sie vorsichtig. Wenn es einen Weg gibt, dieses Desaster durch Verhandlungen zu beenden, finde ich ihn.« Sie gab ihm die Glock. »Kommen Sie mit.«

Sie eilte in die Kabine, der Co-Pilot folgte ihr.

Die Blicke der Passagiere waren auf sie gerichtet, während die Lichter wieder angingen und wieder kühle Luft in die Kabine strömte.

»Was ist los?«, fragte Matthias.

»Ich habe so lange, wie ich konnte, auf Zeit gespielt, aber inzwischen herrscht in der Kabine wieder Atmosphärendruck. Wir müssen die Taktik also ändern. Ich gehe raus und treffe mich mit den Entführern. Laverdeen versucht weiter, Funksprüche abzusetzen.« Sie legte dem Co-Piloten die Hand auf die Schulter. »Er hat ab jetzt das Kommando. Tun Sie, was er sagt, bis ich wieder da bin.«

Ayan rannte auf sie zu und umklammerte ihre Beine. »Geh nicht weg.«

Jabari presste die Lippen zusammen, sagte aber nichts.

Von den beiden Jungen getrennt zu werden, war das Letzte, was sie wollte.

Sie hob Ayan hoch und drückte ihn an sich. »Tut mir leid, mein Junge. Ich muss alles tun, was ich kann, um dich und Jabari in Sicherheit zu bringen. Ich bin bald wieder da.«

Jabari stiegen Tränen in die Augen. Die Jungen hatten furchtbare Dinge erlebt, aber in ihren Herzen waren sie immer noch Kinder. Sie setzte Ayan wieder auf dem Boden ab, hockte sich hin und richtete ihren rechten kleinen Finger auf. »Versprecht mir, dass ihr brav seid.«

Jabari beugte sich vor, und die beiden Jungen verhakten ihre kleinen Finger mit ihrem. »Versprochen.«

Sie richtete sich auf und wandte sich an die übrigen Passagiere. »Bitte behandeln Sie die beiden, als wären es Ihre eigenen Kinder.«

Dillman nickte. »Ich kümmere mich um sie.«

Thea vertraute ihm. Er war zuerst wie ein Wichtigtuer rübergekommen, hatte sich aber als solider Typ erwiesen, auch wenn er einen speziellen Sinn für Humor hatte.

Ein schneller Blick auf die Uhr erinnerte sie, dass sie nicht mal mehr eine Minute hatte, um sich draußen blicken zu lassen. Sie zwang sich, sich umzudrehen, und steuerte wieder das Cockpit an. Laverdeen folgte ihr.

»Versuchen Sie nicht, den Helden zu spielen«, warnte Thea ihn. »Der Kerl, mit dem wir es zu tun haben, ist ein Profi.«

»Alles klar. Passen Sie da draußen auf sich auf.«

Rivers bedachte sie mit einem finsteren Blick, aber sie ignorierte ihn. Während Laverdeen sich wieder auf seinem Co-Piloten-Stuhl niederließ, überprüfte sie ihren Blutzuckerwert. Er befand sich im normalen Bereich. Sie würde eine Weile klarkommen, und das Pfefferminzbonbon, das sie immer in der Tasche hatte, würde sie notfalls noch ein wenig länger auf den Beinen halten. Es gefiel ihr gar nicht, ihre Ausrüstung zurückzulassen, aber sie würden sie ihr sowieso abnehmen. Als sie die letzten Vorbereitungen abgeschlossen hatte, stieg sie über die Instrumente hinweg und schwang sich aus dem Cockpitfenster.

Ihre Finger umklammerten den Fenstervorsprung, ihre Beine baumelten unter ihr. Als sie sich voll ausgestreckt hatte, ließ sie los und fiel viereinhalb Meter in die Tiefe. Ihre Knie absorbierten den Aufprall, und sie rollte über die rechte Schulter ab, um die Landung abzupuffern.

Dann ging sie in die Hocke und strich sich das Haar aus den Augen. Nicht weit von ihr stand Prospero Salvatore. In seinem schweißdurchtränkten schwarzen Leinenhemd sah er aus wie ein reicher Gangster im Urlaub. Er breitete die Arme aus und bedachte sie mit einem breiten Lächeln.

»Liberata, bienvenuto a Jufra.«

27

Thea rappelte sich hoch und wischte sich den roten Staub von den Händen. Prospero kam auf sie zu. Sein Gesicht hatte seit ihrer letzten Begegnung ein paar zusätzliche Falten bekommen, doch ansonsten war er unverändert. Neben ihm stand ein jüngerer Mann mit gegeltem Haar, der einen dreiteiligen Anzug trug. Eine interessante Kleiderwahl bei dieser Hitze. Hinter den beiden standen drei Libyer in Wüstenkleidung und richteten ihre Kalaschnikows auf sie.

»Ich dachte, wir würden nett einen Kaffee zusammen trinken. Nur wir beide, Prospero.« Thea zählte zwanzig Männer, die das Flugzeug umstellt hatten. Im Hangar konnten noch weitere sein.

»Es ist immer besser, einen oder zwei Anstandswauwaus dabeizuhaben, die darauf achten, dass ich mich benehme.« Ein kurzes Lächeln. »Meinen Neffen Luciano haben Sie, glaube ich, noch nicht kennengelernt«, sagte er und deutete auf den jungen Mann im Anzug.

»W-w-wurde auch Zeit, dass Sie rauskommen.« Der böse Blick des Neffen behagte ihr gar nicht. Sie hatte das Gefühl, nur eine falsche Bemerkung machen zu müssen, um eins mit einem Pistolenknauf übergebraten zu bekommen.

»Entschuldigen Sie bitte, aber ich muss Sie abtasten.« Prospero ging auf sie zu.

Sie stand breitbeinig da, die Finger hinter dem Kopf verschränkt, während seine Hände zuerst ihren Rücken abtasteten und dann vorne an ihr hinunterfuhren. Ihr Gesicht war nur wenige Zentimeter von seinem entfernt, doch sie blieb entspannt. Während er die Spalte zwischen ihren Brüsten ausließ, sah sie ihn herausfordernd an. Er war ziemlich gründlich, doch irgendeine überholte Sichtweise, die ihn anhielt, sich gentlemanlike zu verhalten, sorgte dafür, dass er ihre Insulinpumpe nicht entdeckte. Besser so.

»Okay, Zeit für den Kaffee.« Prospero steuerte den Hangar an.

Die libyschen Wachen eskortierten sie über das Rollfeld. Sie gingen den Weg, den Rivers eigentlich hätte nehmen sollen, um das Flugzeug in Parkposition zu bringen. Das stetige Summen des Hilfstriebwerks der 737 beruhigte sie ein wenig. Zumindest hatten es die Passagiere bis zu ihrer Rückkehr einigermaßen angenehm im Flugzeug.

Dafür, dass sie mitten im Nichts gelandet waren, war der Hangar überraschend groß. Ein Produkt sprudelnder Öleinnahmen, aber das Gebäude machte einen vernachlässigten, verlassenen Eindruck. Dunkelblaugraues Stahlblech ragte hoch über ihr auf. Im oberen Bereich klafften Löcher, Teile der Stahlbleche waren verrostet – eine Folge des Zahns der Zeit und der regelmäßigen Sandstürme. Hoch über dem Boden führte ein Laufsteg um den gesamten Innenraum herum, doch die Leiter, die nach oben führte, war kaum mehr als ein verdrehtes Wrack aus kaputten Seitenholmen und fehlenden Sprossen. In dem Hangar war es drückend heiß, die Luft war abgestanden und schlecht. Thea stand der Sinn eher nach einem Glas kaltem Wasser als nach einem Espresso.

Sie folgte Prospero in die Küche, die definitiv schon bessere Zeiten gesehen hatte. Die Plastikstühle waren mit schwarzen Schmutzflecken übersät, die melaminbeschichtete Theke war an allen möglichen Stellen beschädigt und voller Flecke.

Aber in einer Ecke stand eine alte Espressomaschine auf einem Regalbrett.

Während die Libyer draußen Wache standen, setzten sich die drei an den Tisch, der in der Mitte des Raums stand. Auf dem Tisch lagen eine Packung filterlose Zigaretten und ein Feuerzeug. Zu Theas Überraschung stand ein Topf voller Speiseöl auf einer elektrischen Kochplatte neben einem Teller mit *Sfinz*, libyschen Donuts, die mit Honig oder anderen süßen Garnierungen gegessen wurden.

Frische Snacks, und das in einem Hangar mitten in der Wüste. Ihr Magen knurrte.

Prospero nickte Luciano zu, woraufhin der jüngere Mann mit der Zubereitung der Espressi begann.

»Haben Sie Zimt?«, fragte sie ihn.

Der Capo zog die Augenbrauen hoch. »An etwas Perfektem sollte man nicht herumpfuschen.«

»Probieren Sie's, bevor Sie Ihr Urteil fällen.«

Er zuckte mit den Achseln. »Wenn es welchen gibt, streu auf meinen auch ein bisschen drauf«, wies er Luciano an. Die Espressomaschine gurgelte, ein herrlicher Duft verbreitete sich in der Küche.

Prospero senkte die Stimme und beugte sich vor. »Verzeihen Sie mir, Thea, aber wir haben nicht viel Zeit. Die Sache ist die: Ich möchte, dass Sie etwas für mich erledigen. Wenn Sie damit fertig sind, gehören die Passagiere Ihnen.«

»Aber dieser Auftrag wird mir nicht gefallen, stimmt's?«

»Es geht um einen Lastwagen voller syrischer Flüchtlinge, der auf dem Weg nach Budapest ist. Sie und Ihr Team müssen den Lkw in Ihre Gewalt bringen. Die Flüchtlinge interessieren mich nicht. Wenn Sie ihn haben, nehmen Sie die M5 nach Serbien, wechseln auf die A1, passieren Novi Sad und Belgrad und fahren dann weiter nach Sofia in Bulgarien. Von dort geht es auf der E80 weiter in die Türkei bis zu der Stadt Edirne. Dort übernimmt mein Team den Wagen.«

Sie musterte sein Gesicht. »Was genau befindet sich in dem Lkw?«

»Das ist nicht wichtig.«

Luciano knallte einen Teller Donuts und zwei Espressi auf den Tisch, die beide lieblos mit Zimt besprenkelt waren.

»Und dann?«, fragte Thea.

»Nehmen wir den Austausch vor: der Lkw gegen das Flugzeug, minus einen der Passagiere, den ich will.«

»Und wer ist das?«

»Das ist auch unwichtig.«

»Ich willige nur ein, wenn die beiden Jungen sofort freigelassen werden.«

»Das ist ausgeschlossen«, stellte Prospero klar.

»Dann mache ich es nicht.«

Er lächelte, runzelte die Stirn und setzte einen Ausdruck des Bedauerns auf. »Sie sind nicht in einer Position, in der Sie verhandeln können.«

Sie holte tief Luft. Sie würde die Jungen unter keinen Umständen zurücklassen. »Warum können das nicht Ihre Männer erledigen?«

»Ihr Team verfügt über, sagen wir, besondere Fähigkeiten.« Prospero klopfte mit dem rechten Zeigefinger auf den Tisch.

»Und Sie vermeiden es, Ihre eigenen Männer in Gefahr zu bringen.« Natürlich hatte er bereits einen fertigen Plan gehabt, bevor er entdeckt hatte, dass sie sich unter den Passagieren des entführten Flugzeugs befand, dazu kannte sie den Mafioso gut genug. Und darüber hinaus hatte er bestimmt auch Alternativpläne ausgearbeitet, aber ihre Anwesenheit in dem Flugzeug war eine zu gute Gelegenheit, als dass er sie sich entgehen lassen konnte.

Er schaffte es, ihrer Unterstellung, seine eigenen Männer schonen zu wollen, mit einem leicht pikierten Blick zu begegnen. »Meine Männer werden ein wachsames Auge auf Sie haben, das verspreche ich.« Er kippte sich seinen Espresso herunter.

»Wo kommt dieser Lkw her? Und wie sollen wir ihn finden?«

»Wir wissen nicht, auf welchem Weg er nach Budapest kommt, aber sobald wir über weitere Informationen verfügen, teilen wir Ihnen mit, wie Sie ihn identifizieren können.« Er zuckte mit den Achseln.

»Was ist an diesem Lastwagen so wichtig?«

»Espresso mit Zimt schmeckt gar nicht so schlecht, wie es klingt.« Er stellte die Tasse ab, nahm einen Umschlag aus seiner Innentasche und schob ihn über den Tisch.

»Was ist das?«, fragte Thea.

»Informationen.« Er stand auf. »Bitte entschuldigen Sie uns einen Moment.«

Prospero steuerte die Küchentür an, Luciano folgte ihm wie ein gehorsamer Wachhund auf den Fersen. Sie wollte den beiden hinterhergehen, doch die drei libyschen Wachen vor der Tür versperrten ihr den Weg, die AK-47-Sturmgewehre auf sie gerichtet.

»Sie warten hier«, sagte Prospero über seine Schulter.

»Ich mache das nur unter der Bedingung, dass Sie die Jungen freilassen!«, rief sie den beiden über die Wachen hinweg hinterher.

»Die Zukunft der Jungen liegt in Ihren Händen.« Er bedachte sie mit einem Abschiedslächeln und marschierte auf den Ausgang des Hangars zu.

Die Tür wurde ihr vor der Nase zugeknallt. Vor Frustration innerlich brodelnd, riss sie den Briefumschlag auf, den Prospero ihr hinterlassen hatte, und überflog den Text.

Meine Männer bringen Sie nach Budapest. Stellen Sie ein Team zusammen. Und rufen Sie mich jeden Tag um exakt 15 Uhr an. Verspäten Sie sich nicht.

Es folgte eine Telefonnummer.

Was zum Teufel war das? Sie stürmte zu dem Fenster, das auf das Rollfeld hinausging. Ein vertrautes schrilles Aufheulen ging ihr durch Mark und Bein. Die Triebwerkschaufeln des Boeing-Business-Jets begannen, sich zu drehen.

Die Libyer mussten sich während ihrer Unterhaltung mit Prospero Zutritt zu der 737 verschafft haben. Sie erkannte zwei Gestalten, die die mobile Treppe hinaufstiegen, die an das Flugzeug herangefahren worden war. Prosperos muskulöser Umriss humpelte leicht, Lucianos drahtige Statur war unverkennbar.

Verdammte Höllenscheiße!

Sie hämmerte gegen das Fenster, aber die Scheiben waren aus Drahtglas.

Das Flugzeug flog ohne sie ab, mit den Jungen und den Entführern an Bord.

28

Prospero stieg zusammen mit Luciano die Treppe zu dem Boeing-Business-Jet hinauf, die Triebwerke liefen bereits. Er wünschte, er hätte mehr Zeit mit Thea verbringen können. Wenn er je selber gekidnappt werden sollte, würde er sich *Liberata* als seine Verhandlerin wünschen. *Oder vielleicht auch lieber doch nicht. Nach der heutigen Nacht würde sie die Entführer wahrscheinlich dafür bezahlen, ihn nicht freizulassen.*

Während er mit Thea geredet hatte, hatten seine libyschen Komplizen ein Flugzeug-Trolley an die 737 gerollt und es geschafft, die Tür zu öffnen, ohne dass die Notrutsche aktiviert worden war. Genau so, wie er es geplant hatte. Da Thea aus dem Weg geräumt war, hatte der Co-Pilot keine andere Wahl gehabt, als die schwer bewaffneten Männer an Bord willkommen zu heißen.

Prospero betrat das Flugzeug und sah, dass Bassam, wie instruiert, das Cockpit bewachte.

»Startbereit machen!«, wies er den Piloten an. Bassam hatte Rivers' Fesseln gelöst und es dem Kapitän erlaubt, wieder die Kontrolle über das Flugzeug zu übernehmen.

»Ohne einen kompletten Sicherheitscheck können wir nicht starten«, stellte Laverdeen klar. »Das Cockpit ist aufgesprengt worden. Nach der Explosion könnte das Flugzeug gravierende technische Probleme haben.«

»Dann sorgen Sie dafür, dass alles funktioniert«, entgegnete Prospero.

»Wir können langsam und tief fliegen«, sagte Rivers. Das Gesicht des Piloten war schweißüberströmt, seine Schulter war mit einer blutigen Bandage verbunden. Der Co-Pilot hatte den Splitter auf Drängen des Kapitäns entfernt und die Wunde notdürftig versorgt.

Prospero überließ es Bassam, die Vorbereitungen für einen sofortigen Start und das Wegrollen der Treppe zu überwachen. Er selber ging in die Kabine, wo Luciano und zwei von Bassams Männern ihre AK-47-Sturmgewehre auf die Passagiere gerichtet hatten, die mit weit aufgerissenen Augen dasaßen. Er inspizierte die Kabine kurz und entdeckte seinen eingeschleusten Mann ziemlich weit hinten. Er war verschnürt wie ein gestopfter Truthahn. Prospero setzte ein halbes Lächeln auf. Der Mann neben ihm hatte eine bläuliche Gesichtsfärbung. Er war offenkundig tot. Bisher war der Flug also ziemlich ereignisreich verlaufen.

»Wo ist Thea?«, fragte der jüngere der beiden Jungen.

»Wie heißt du, junger Mann?«

»Ayan. Und Sie?«

»Prospero.«

»Ich will zu Thea.«

»Sie tut mir einen Gefallen.«

»Dann helfen wir ihr. Komm, Jabari.« Ayan griff nach der Hand seines Bruders und stapfte den Gang entlang auf Prospero und Luciano zu.

»Sie hat mich gebeten, euch hier in Sicherheit zu behalten.« Prospero blockierte den Gang, sodass sie nicht weiterkamen. Die Kinder waren sein bestes Druckmittel.

»Sie lügen.« Jabari, der Ältere der beiden, sah ihn finster an.

Prospero bewunderte den Mut der Jungen. »Setzt euch. Ihr werdet sie bald wiedersehen.«

»Wir wollen sie jetzt sehen«, stellte Ayan klar.

»Tut mir leid, aber das geht nicht.«

Die Jungen taxierten ihn mit wachsamen Blicken. *Konnten sie sich womöglich an ihm vorbeidrängen und wegrennen?* Bevor er dazu kam, es ihnen auszureden, stürmte Luciano an ihm vorbei, packte die beiden Jungen hinten an ihren Kragen und zerrte sie den Gang entlang. Ayan trat nach Luciano, Jabari schlug auf ihn ein. Ihren Protest ignorierend, schleuderte Prosperos Neffe die Jungen wie Kartoffelsäcke auf ihre Sitze.

»A-anschnallen!«, befahl er.

»Das reicht.« Prospero wollte seinen Neffen nicht vor den Passagieren zurechtweisen, aber was dachte er sich bloß dabei, die Kinder derart grob zu behandeln?

Ein großer Mann mit einem Zwirbelbart erhob sich und ging zu den Brüdern. Prospero erkannte den Mann, weil er das Passbild gesehen hatte. Michael Dillman.

»Beruhigt euch, Jungs. Thea will, dass ihr in Sicherheit seid.« Der Texaner bedachte Luciano mit einem scharfen Blick und legte jeweils einen langen Arm um die Jungen. Ayan und Jabari beruhigten sich. Bei dem Mann fühlten sie sich sichtlich wohl.

»Halt dich an den Plan«, wies Prospero seinen Neffen an.

Luciano bedachte ihn mit einem finsteren Blick, dann steuerte er den hinteren Bereich der Kabine an, wo Prosperos Mann in Handschellen saß. Sein Neffe löste den Sicherheitsgurt des Mannes, packte ihn am Kragen und führte ihn in den vorderen Teil des Flugzeugs. Die Augen des Mannes flehten um Gnade, als er in seinen teuren Schuhen an Prospero vorbeischlurfte.

Prospero schüttelte einmal kurz den Kopf. Es machte keinen Sinn, ihm falsche Hoffnungen zu machen.

Luciano drängte den Gangster zur geöffneten Tür, hob seine Glock und feuerte dem Verräter zwei Kugeln in den Hinterkopf. Die Leiche fiel auf das Rollfeld unter der Tür.

»Schaff den Toten dahinten auch raus«, wies Prospero seinen Neffen an. »Ich will nicht, dass es in dem Flieger stinkt wie in einem Fleischkühlraum.«

Luciano ging zurück in den hinteren Bereich der Kabine, zerrte das Herzinfarktopfer aus dem Sitz auf den Boden, zog die Leiche vor die Türöffnung und stieß sie nach draußen. Das Team am Boden räumte das Rollfeld frei.

Prospero blieb vor dem Mann mit dem Filzhut stehen. »Kommen Sie mit.«

Der ältere Mann wurde bleich, öffnete jedoch seinen Sicherheitsgurt und folgte Prospero den Gang entlang. Sie betraten das Cockpit, wo Bassam die Piloten überwachte.

»Geben Sie mir die Glock«, sagte Prospero zu Laverdeen.

»Wovon reden Sie?« Der Co-Pilot zuckte mit den Achseln. Er schauspielerte gar nicht schlecht.

»Sofort.«

»Ich habe keine Waffe.«

Prospero nickte Bassam zu. Der Libyer richtete sein AK-47 auf den Kopf des Mannes mit dem Filzhut. »Sie haben drei Sekunden.«

Der ältere Mann zitterte am ganzen Leib. »Bitte nicht.«

Prospero sah Laverdeen fest in die Augen. Der Co-Pilot musste wissen, dass er es ernst meinte. »Eins, zwei …«

»Warten Sie!« Laverdeen öffnete ein Fach, holte die Waffe heraus und händigte sie ihm aus.

»Sie können sich wieder setzen«, sagte Prospero an Hammond gewandt.

Der Mann mit dem Filzhut stürmte aus dem Cockpit und stolperte in seiner Eile.

Rivers drückte auf diverse Knöpfe an der Konsole, woraufhin das Surren des zweiten Triebwerks ertönte.

»Wir sind startbereit, Gentlemen.«

29

Thea hatte nicht viel Zeit, bevor die 737 abheben würde. Sie durchsuchte die Küche des Hangars und riss Schränke auf, bis sie Utensilien fand, die sie verwenden konnte, um zu fliehen: ein Feuerzeug und eine Dose Kochspray. Sie kippte etwas von dem heißen Öl aus dem Topf auf eine der Kochflächen des Gasherds und stellte den Topf mit dem Öl und die Dose Kochspray auf einen Tisch neben der Tür. Das Feuerzeug legte sie daneben.

Draußen grollte ein Donner. Ein Gewitter musste im Anmarsch sein, was in diesem Teil der Welt ungewöhnlich war. Im nächsten Moment hörte sie noch etwas anderes – diesmal kein Wettergeräusch, sondern das zweite hochfahrende Triebwerk des Flugzeugs. Das trieb sie zur Eile an.

Mit so großem Abstand zum Herd wie möglich betätigte sie den elektrischen Zünder der Kochfläche, auf die sie das Öl gekippt hatte. Es klickte leise, im nächsten Moment schoss zischend die Flamme hoch und verwandelte das Öl in einen fauchenden Feuerball. Ein durchdringender Gestank erfüllte die Küche, von der Kochfläche stieg dichter Qualm auf.

Sie hämmerte an die Tür. »Hilfe! Es brennt!«

Im nächsten Moment stürmten zwei Wachen herein. Sie richteten ihre ganze Aufmerksamkeit auf den qualmenden Herd. Thea schleuderte ihnen den Topf entgegen, das kochend heiße Öl ergoss sich über sie. Während die Männer panisch versuchten, sich das Öl aus ihren Gesichtern zu schlagen, schnappte sie sich das Feuerzeug und die Dose Kochspray. Sie knipste das Feuerzeug an, drückte auf die Sprühdüse und hielt die Flamme vor den ausgesprühten Strahl. Eine bogenförmige Flamme schoss durch die Küche und verwandelte die Männer in lebende Fackeln.

Urschreie zerrissen die Luft.

Der dritte Wächter kam hereingestürmt, das Sturmgewehr vor sich ausgerichtet. Sie griff ihn von der Seite an, verpasste ihm mit voller Wucht einen Tritt in die Nieren und drängte ihn gegen die Wand. Er drehte sich um. Sie packte das AK-47 und drückte es nach rechts. Sein Zeigefinger, der um den Abzug gelegt war, knackte. Zwei Schüsse lösten sich, eine Kugel traf einen der brennenden Wächter. Sie sprang dem Neuankömmling von hinten auf den Rücken, legte den Arm um seinen Hals und nahm ihn in den Schwitzkasten. Er rammte sich rückwärts gegen die Wand, sodass ihr Rücken dagegen krachte, und versuchte, sie abzuschütteln, doch sie drückte einfach nur noch fester zu.

Die Sekunden verstrichen, und schließlich sank er auf den Boden. Sie vergewisserte sich, dass er bewusstlos war. Der Mann, der von der Kugel getroffen worden war, war tot, der andere lag zusammengerollt und stöhnend auf dem Boden und umklammerte mit beiden Händen sein Gesicht. Thea schnappte sich zwei der Sturmgewehre, Ersatzmagazine und ein paar Granaten, stürmte durch den Hangar und schloss und verriegelte die riesigen Türen.

Der Aufruhr in der Küche und die Schreie der Männer hatten den Lärm des Jets übertönt. Er jagte die Piste entlang und beschleunigte. Durch eins der kleinen Fenster der Hangartüren sah sie, wie die Räder des Boeing-Business-Jets vom Boden abhoben.

Sie ließ sich an der stählernen Tür hinabsinken und dachte

an Ayan, Jabari und die anderen Passagiere, die in einem möglicherweise beschädigten Flugzeug, das unter dem Kommando von Salvatore stand, einem unbekannten Ziel entgegenflogen.

30

An Bord der Lockheed C-130 nahm Rif über der Libyschen Wüste die letzten Sicherheitschecks vor. Das Team bereitete sich auf einen HAHO-Absprung vor, einen Fallschirmabsprung aus großer Höhe, bei dem der Schirm schon kurz nach dem Verlassen des Flugzeugs geöffnet wird. Sie flogen in einer Höhe von 10 650 Metern und hatten während des Flugs die Taktik diskutiert. Es war entscheidend, möglichst schnell am Ziel anzukommen, aber sie mussten zugleich für den Gegner unsichtbar bleiben und die Verletzungsgefahr so gering wie möglich halten. Genau für Momente wie diese trainierte das Quantum-Team so unermüdlich. Während eines Einsatzes konnte schon die geringste Komplikation dafür sorgen, dass die ganze Operation in einem Desaster endete. Jeder Fallschirmsprung war eine physische Herausforderung, doch in solcher Höhe war die Sauerstoffkonzentration in der Atmosphäre so niedrig, dass Sauerstoffmangel ein zusätzliches Problem war, das berücksichtigt werden musste.

Rif nickte seinen Teamkollegen zu, rückte sein Nachtsichtgerät zurecht und ging zu der geöffneten Tür. Er hatte eine Sauerstoffmaske aufgesetzt. Da in der Gegend unerwartet Gewitterwolken aufgezogen waren, hatten sie wertvolle Zeit mit der Suche nach einer geeigneten Absprungstelle verloren. Er beschwor seinen inneren Charles »Nish« Bruce herauf, jenen britischen Soldaten des Special Air Service, der bei der Entwicklung der HAHO-Absprungmethode zum Eindringen auf feindliches Territorium eine entscheidende Rolle gespielt hatte, und kontrollierte noch einmal dreifach seine Ausrüstung.

»Noch fünf Kilometer«, verkündete die Stimme des Piloten in seinem Kopfhörer.

Rif hatte einen rechteckigen Gleitfallschirm, den er manövrierfähiger fand als die üblichen runden oder ellipsenförmigen Fallschirme. Zwischen seinen Beinen befand sich ein Rucksack, der die Waffen und weitere Utensilien enthielt, die sie benötigen würden. Er war mit einer Leine an ihm festgeschnallt. Rif gab seinen Teamkollegen ein Zeichen: Johannson, Jean-Luc, Brown und die beiden Schotten, Neil und Stewart. Er würde als Erster springen, die Route vorgeben und den anderen als Orientierungspunkt dienen.

»Dreißig Sekunden.«

Sie befanden sich in der Nähe des Munizips al-Dschufra über feindlichem Gebiet und wollten nicht Gefahr laufen, durch das Geräusch sich entfaltender Fallschirme in niedriger Höhe Aufmerksamkeit zu erregen. HAHO-Sprünge gestatteten es ihnen zudem, weitere Strecken zwischen der Absprungstelle und ihrem Ziel zurückzulegen, da der Fallschirm so früh geöffnet wurde und sich dadurch die Zeit verlängerte, die sie in der Luft verbrachten.

»Fünf Sekunden.«

Er dachte an Thea und die beiden Jungen in der entführten 737 unter ihnen. Er hatte keine Ahnung, wer die Kontrolle über den Boeing-Business-Jet übernommen hatte, aber wer auch immer es war – er erwartete nicht, herzlich willkommen geheißen zu werden.

»Absprung.«

Rif sprang aus dem Flugzeug in die schwarze Tiefe, die eisige Luft umhüllte ihn und drang durch seinen Fliegeroverall. Die Temperatur betrug minus fünfundvierzig Grad, doch seine Polypropylen-Unterwäsche, sein Gesichtsschutz und seine Handschuhe würden ihn vor Erfrierungen bewahren. Trotz der Eiseskälte und der Gefahr hatten Nachtsprünge etwas Magisches. Dunkelheit bedeckte die Erde, die in völliger Ruhe dalag, die verstreuten Lichter unter ihm funkelten wie Sterne am Himmel.

Wenige Augenblicke später folgten ihm seine Teamkollegen. Sie sahen aus wie am Himmel übereinandergestapelt. Es vergingen zehn oder fünfzehn Sekunden. Als sie bis auf eine Höhe von etwa 8200 Metern gefallen waren, zog Rif die Reißleine. Das Rascheln und das FLUPP des sich öffnenden Fallschirms waren beruhigende Geräusche. Sein Gurtzeug zerrte ruckartig an ihm. Sie waren vierundzwanzig Kilometer weit von ihrem Ziel entfernt gegen den Wind abgesprungen und würden dorthin gleiten.

Er warf einen Blick auf sein GPS-Navigationsgerät an seinem Handgelenk und dirigierte die Gruppe in die richtige Richtung. Sie hatten vor, in einem Wadi zu landen, das sich ein Stück weit nördlich von dem Rollfeld befand. Es war eine ideale Stelle – weit genug von dem Flugzeug entfernt, um nicht entdeckt zu werden, jedoch nahe genug, um Thea und die anderen Passagiere schnell zu Fuß erreichen zu können.

Das Team schwebte in der nächtlichen Brise auf das Tal zu. In der Ferne zuckten zickzackartig Blitze, einer verzweigte sich und schoss am schwarzen Himmel entlang. Es war dunkel und lautlos. Rif genoss diesen Teil des Sprungs, die absolute Stille, bis auf das leise Flattern seiner Kleidung im Wind. Aber wenn sie erst einmal gelandet waren, würde es laut werden. Er zog an der rechten Steuerleine und korrigierte den Kurs ein wenig.

Er warf erneut einen Blick auf sein GPS-Navigationsgerät. Er wollte unbedingt vermeiden, dass bei diesem Einsatz irgendetwas schieflief. Unter den Entführten befanden sich Kinder – und jemand von ihren eigenen Leuten.

Rif und Thea kannten sich schon, seitdem sie Kinder gewesen waren, ihre Väter verband eine lebenslange Freundschaft. Während Christos' Entführung hatten sie, was ihre mitunter etwas komplizierte Beziehung zueinander anging, Fortschritte gemacht. Doch der Verlust ihres Bruders Nikos hatte dazu geführt, dass Thea emotional abgeschaltet hatte. Was er durchaus verstehen konnte. Sowohl ihr Vater als auch ihr Bruder hatten ihr Vertrauen missbraucht. Im Ergebnis verbiss sie sich noch mehr in ihren Job, entführte Geiseln nach Hause zu bringen. Das ließ in ihm die Sorge aufkeimen, wie weit sie gehen würde, um die entführten Passagiere unter ihnen zu befreien.

Es hatte angefangen zu regnen, in der Ferne donnerte es. Verdammt. Das hatte ihnen gerade noch gefehlt.

Als das Team auf den anvisierten Landeplatz zuglitt, erregte das Dröhnen von Flugzeugtriebwerken seine Aufmerksamkeit. Er blickte nach Süden und sah, wie der Boeing-Business-Jet auf der Piste beschleunigte und abhob.

Was zur Hölle …? Sie würden die Landebahn und die Umgebung absuchen müssen, um sich zu vergewissern, dass Thea und die Passagiere noch an Bord waren.

Er drückte den Sendeknopf seines Funkgeräts. »Der Adler hat sich aus dem Staub gemacht. Verfolgt seinen Kurs.« Der Pilot der C-130 würde die Nachricht ins Hauptquartier an Hakan weiterleiten. Sie würden alle nur erdenklichen Mittel einsetzen, um die Flugroute der 737 zu verfolgen. Was nicht gerade einfach sein würde. Sie befanden sich mitten im Niemandsland, und die Transponder des Flugzeugs waren ausgeschaltet.

Waren die Geiseln ausgestiegen, oder befanden sie sich noch an Bord dieses Flugzeugs?

Das Dröhnen der Triebwerke verblasste einige Hundert Meter

über dem Wadi in der Ferne und wurde durch ein anderes verstörendes Geräusch ersetzt: Schüsse.

Vermutlich ist mindestens noch ein Passagier da unten, oder genauer gesagt, eine Passagierin.

Rif änderte erneut den Kurs, diesmal so, dass sie direkt das Rollfeld anflogen.

31

Prospero saß auf dem Notsitz hinter den Piloten und behielt sie genau im Auge, während das Flugzeug durch starken Regen flog, mit dem in diesem Teil der Welt niemand gerechnet hatte. Noch eine Komplikation in einer sowieso schon komplizierten Situation. Die leuchtenden Lämpchen im Cockpit erinnerten ihn an jene Nacht, in der er im Krankenhaus am Bett seines Vaters gesessen und die Füße eines sterbenden Mannes angestarrt hatte. Stefano hatte ihm beigebracht, dass Selbstachtung wichtiger war, als sich darum zu scheren, was andere von einem hielten. Bevor Prospero eine Entscheidung traf, blendete er alle Meinungen von anderen aus und kam mit sich selber überein, dass er das Richtige tat, anstatt nur zu versuchen, es anderen recht zu machen. Das Leben war kein Beliebtheitswettbewerb.

Er betrachtete die beiden Männer an den Kontrollinstrumenten, und es war Laverdeen, der ihm Sorgen bereitete. Er schien ein Typ zu sein, der gerne den Helden spielte, jemand, der die Sicherheit der anderen über seine eigene stellte, wie er bewiesen hatte, indem er diese Pistole versteckt hatte. Prospero würde auf Rivers setzen. Der Pilot wollte seine Kinder wiederhaben, deshalb würde er tun, was man ihm sagte.

Prospero hatte Thea unter Bewachung gestellt, damit die 737 ungestört wieder abheben konnte. Jetzt, da er die beiden Jungen und ein Flugzeug voller Geiseln in seiner Gewalt hatte, würde sie ihm helfen müssen. Er würde seine Männer anfunken und sie anweisen, Thea freizulassen.

Auf einmal ertönte im Cockpit ein durchdringendes Alarmsignal.

»Was ist das?«, fragte Prospero.

»Eine Warnung, dass mit dem Kabinendruck etwas nicht stimmt«, sagte Rivers. »Ich vermute, es gibt irgendwo ein kleines Leck. Wir haben den Kabinendruck am Boden zu stark erhöht.«

»Wir müssen auf einer Höhe von dreitausend Metern bleiben«, stellte Laverdeen klar, während er an den Bedienelementen hantierte. »Sonst fallen die Sauerstoffmasken herunter.«

»Wenn wir so tief fliegen, verbrauchen wir mehr Treibstoff«, sagte Rivers. »Wie weit fliegen wir?«

»Sind die Transponder und die Kommunikationssysteme noch ausgeschaltet?«, fragte Prospero. Er wollte keine Überraschungen erleben.

»Ich habe beide Systeme, wie angewiesen, vor der Landung ausgeschaltet. Aber tief zu fliegen bedeutet, dass wir nicht weit kommen.« Rivers warf einen Blick auf die Treibstoffanzeige. »Nur noch knapp sechstausend Kilogramm. Bei unserer gegenwärtigen Flughöhe kommen wir damit maximal noch etwa 230 Kilometer weit.«

»Fliegen Sie dahin.« Prospero reichte Rivers die Koordinaten der Landebahn, auf der sein Gulfstream stand. Nachdem er und Luciano abgesetzt worden waren, war der Pilot auf einen noch abgelegeneren Flugplatz geflogen, der etwa 210 Kilometer entfernt lag. Das war der Treffpunkt.

Es würde ziemlich knapp werden.

Prospero wandte sich Bassam zu, der mit seinem Gewehr in der Hand im Eingang zum Cockpit stand. »Behalten Sie die beiden im Auge. Ich sehe mal nach den Passagieren.«

Er ging in die Kabine. Luciano hatte alle angewiesen, sich in die ersten Reihen zu setzen.

Bernard und Madeira verteilten Wasser an die Passagiere. Sie wirkten ziemlich unterwürfig, was zweifellos auf die Exekution zurückzuführen war, die sie hatten mit ansehen müssen. Was das Einschüchtern von Geiseln anging, wirkten Taten immer besser als Worte.

Matthias zeigte auf seinen Laptop. »He, ich weiß nicht, hinter was Sie her sind, aber ich könnte Ihnen für meine Freilassung online Lösegeld überweisen. Ich bräuchte nur eine WLAN-Verbindung.«

»Was kostet es mich, damit ich mich von diesem Albtraumflug verabschieden kann?«, fragte Karlsson.

»Ich gebe Ihnen, was immer Sie wollen, wenn Sie mich und die beiden Jungen freilassen«, sagte Dillman.

Die Asiatin verharrte stumm und schätzte die Situation mit ihren intelligenten Augen ab.

»Setzen Sie sich, und halten Sie den Mund. Niemand verlässt dieses Flugzeug, bevor ich es erlaube.« Prospero verlagerte sein Gewicht auf seine gute Hüfte.

In den Blicken der Passagiere verflüchtigte sich jede Hoffnung auf eine schnelle Befreiung. *Verdammt, vielleicht bin ich im falschen Geschäft tätig*. Es schien ziemlich einfach zu sein, Menschen zu entführen – und als besondere Prämie boten die Geiseln einem auch noch jeder eine eigene Lösegeldzahlung an. Aber diese Operation war natürlich ziemlich kostspielig, also würden sie einen Haufen Kohle springen lassen müssen, wenn sich das Ganze finanziell lohnen sollte.

Doch ihm blieb keine Zeit, sich von solchen Gedanken ablenken zu lassen. Er hatte, was er brauchte. Der Zielperson ging es gut, und sie hatte keine Ahnung, was sie erwartete.

Weißes Licht zuckte durch die Fenster. Blitze, rasch gefolgt vom Donner. *Sehr kurz hintereinander*. Er ging zurück ins Cockpit.

32

Prosperos Plan sah vor, dass sie sich in Begleitung der Männer, die er zurückgelassen hatte, auf den Weg nach Budapest machen sollte, das war Thea klar. Doch sie hatte nicht die Absicht, einem Drehbuch zu folgen, das jemand anders für sie geschrieben hatte. Möglicherweise reichte die Zeit noch aus, um herauszufinden, wohin der entführte Boeing-Business-Jet geflogen war. Wenn sie sich gewaltsam Zutritt zu dem Flugzeug verschafft hatten, würden Prospero und seine Männer nicht weit kommen. Die Dichtungen des Jets waren wahrscheinlich nicht mehr voll funktionsfähig, und sie hatten bei der Landung und während der Zeit, die sie auf der Piste gestanden hatten, jede Menge Treibstoff verbraucht. Sie schlang die beiden Sturmgewehre, die sie ihren Aufpassern in der Küche abgenommen hatte, über die Schulter und nahm dem toten Wächter noch ein paar weitere Ersatzmagazine und Handgranaten ab.

Draußen feuerten die verbliebenen Männer, die Prospero zurückgelassen hatte, ein paarmal in die Luft und hämmerten gegen die Hangartüren. Sie hatte sie von innen verriegelt, doch es war nur eine Frage der Zeit, bis sie sie gewaltsam aufbekommen würden. Thea brauchte einen Plan. In einer Ecke stand eine alte Cessna neben einem Stapel Reifen. In einer anderen Ecke lagen verstreut Ersatzteile herum. Sie durchstöberte den herumliegenden Kram und fand einen Schraubenschlüssel und ein altes ausgefranstes Seil. Sie zog das Seil auseinander, um zu testen, wie stabil es war. Für eine Klettertour war es sicher nicht mehr geeignet, aber für ihre Zwecke würde es reichen.

Sie band den Schraubenschlüssel an einem Ende des Seils fest und warf ihn über einen der quer verlaufenden Dachsparren. Das Ende mit dem Schraubenschlüssel fiel neben ihr wieder herunter. Sie machte schnell einen Laufknoten, und schon war das Seil an dem Balken festgebunden. Als Nächstes band sie die Gewehre am unteren Ende des Seils fest, damit sie sie beim Hochklettern nicht tragen musste. Sie hangelte sich gewandt hoch, indem sie sich mit den Händen hochzog und ihr Gewicht mit den Füßen abstützte. Das ausgefranste Nylon schnitt ihr in die Finger, aber sie ignorierte den Schmerz.

Oben angekommen, umfasste sie mit beiden Händen den Sparren und schwang sich über einen anderen, noch höher angebrachten Stahlträger, der der Breite nach quer durch den ganzen Hangar verlief. Sie packte das Seil, zog die Gewehre hoch und hängte sie sich wieder über die Schulter. Abschließend legte sie das Seil zusammengerollt oben auf den Sparren. Dann krabbelte sie auf dem Stahlträger zu dem etwas bequemeren einen Meter achtzig breiten Laufsteg, der oben um den ganzen Hangar herumführte.

Der Lärm des abhebenden Jets war längst verstummt. Zu hören waren nur noch das Trommeln des Regens auf dem Stahldach des Hangars, das Rauschen der Funkgeräte der Soldaten in der Nachtluft der Wüste und das Hämmern gegen die Tür unter ihr. Sie eilte über den Laufsteg zu dem Fenster über dem Eingang des Hangars, kniete sich hin, stieß das Fenster auf und sah, dass drei der Soldaten die Tür mit einer improvisierten Ramme bearbeiteten. Sie würde nicht mehr lange standhalten.

Sie stellte eins der AK-47-Gewehre auf den Halbautomatik-Modus, richtete den Lauf nach unten, nahm einen der Männer ins Visier und feuerte. Er fiel zu Boden. Die beiden anderen

Männer blickten entsetzt nach oben. Bevor sie reagieren konnten, feuerte sie zwei weitere Schüsse ab, doch der Schusswinkel war schlecht. Aber egal, die beiden ließen die Ramme fallen und stürmten davon, um Deckung zu suchen.

Somit hatte sie, die Männer in der Küche mitgezählt, vier Gegner ausgeschaltet, doch damit hatte sie nur eine kleine Lücke in die Reihen ihrer Widersacher gerissen. Es musste noch mindestens zwölf weitere Soldaten geben. Ihre einzige Hoffnung war, weiter auf den taktischen Vorteil zu setzen, den sie sich dadurch verschafft hatte, dass sie das Gebäude kontrollierte. Sie musste geduldig sein, ihre Gegner in Schach halten und sie einen nach dem anderen ausschalten, wenn sie versuchten, sie zu erwischen.

Sie neigte den Kopf. Hinter dem Hangar war das Stapfen von Schritten zu hören. Und laute Stimmen, die auf Arabisch etwas riefen.

Sie schnappte sich das AK-47 und rannte über den Laufsteg nach hinten. Zwei Männer kletterten eine Leiter hoch, die sie gegen die äußere Stahlwand gelehnt hatten. Sie schlug das Fenster ein, das die beiden zu erreichen versuchten, und feuerte zwei Schüsse ab. Der erste Mann schrie und stürzte auf den Boden. Der Mann, der hinter ihm gewesen war, feuerte eine Salve in ihre Richtung. Sie zog sich zurück, wartete, bis der Kugelhagel endete, steckte den Kopf wieder aus dem Fenster und feuerte zwei weitere Kugeln ab. Der Soldat fiel rückwärts von einer der mittleren Sprossen und landete in dem Matsch unter ihm. Sie versuchte, die Leiter von dem Hangar wegzustoßen, um weitere Eindringlinge daran zu hindern, sie zu benutzen, aber das verdammte Ding hatte sich verkeilt und ließ sich nicht bewegen.

Ein lautes Geräusch auf der anderen Seite erregte ihre Aufmerksamkeit. Sie rannte zurück und sah, dass zwei der libyschen Soldaten dabei waren, mit einem Schweißbrenner ein Loch in die Stahlwand zu schneiden. Sie rammte ein neues Magazin rein und feuerte ein paar Schüsse durch das Fenster über der Tür, doch der Winkel passte nicht. Die Männer waren direkt unter ihr. Sie stellte den vollautomatischen Modus ein, schob den Arm aus dem Fenster, richtete das AK-47 nach unten und drückte den Abzug. Das Sturmgewehr wackelte in ihrer Hand hin und her und klapperte gegen die Wand, ihre Schulter bekam die Hauptlast der Rückstöße ab.

Feindliche Kugeln hagelten gegen die Stahlwand, die ihren aus dem Fenster gestreckten Arm umgab. Dann verspürte sie einen stechenden Schmerz. Sie konnte das Gewehr nicht mehr halten, ließ es fallen und zog den Arm wieder nach drinnen. Direkt unter ihrem Ellbogen war der Ärmel ihrer Bluse mit Blut durchtränkt. Ein kurzer Blick unter den Ärmel enthüllte eine Fleischwunde. Sie riss den Ärmel ab und verwendete ihn als behelfsmäßigen Verband.

Der Motor eines Autos wurde gestartet. Sie blickte aus dem Fenster. Vier Soldaten waren in einen offenen Land Cruiser gestiegen und richteten ihn so aus, dass die Vorderseite in die Richtung der großen Hangartüren zeigte. Der vordere Teil des robusten Geländewagens war verstärkt und verfügte über einen massiven Kühlergrill. Sie wollten mit dem Wagen durch die Türen brechen.

Sie nahm zwei Handgranaten aus ihrer Tasche, zog die Stifte heraus und warf sie hintereinander auf das sich nähernde Auto. Dann stürmte sie den Laufsteg entlang, duckte sich in einer Ecke und hielt sich die Ohren zu.

Zwei Explosionen hallten laut von den Metallwänden wider. Dann folgte eine dritte Explosion. Der Benzintank des Autos. Das vordere Fenster des Hangars wurde kurz von einem orangen Schein erleuchtet, als die Flammen des brennenden Benzins in die Luft schossen. Die Wucht der Explosion erschütterte das ganze Gebäude. Schrille Schreie drangen durch die Nacht. Sie schob sich langsam zurück zur Vorderseite, um die Schäden in Augenschein zu nehmen. Neben den Hangartüren klaffte ein großes Loch in der Stahlwand, eine Ecke der Tür war nach innen gebogen.

Als sie das vordere Fenster erreichte, ging sie auf die Knie und warf schnell einen Blick nach draußen. Etliche Männer rannten schreiend auf die klaffende Öffnung in der Wand unter ihr zu. Sie zielte mit ihrem verbliebenen AK-47 aus dem Fenster und schoss. Zwei Soldaten stürzten zu Boden, bevor sie den Hangar erreichten, die anderen verstreuten sich und suchten Deckung. Sie langte in ihre Tasche und nahm ein weiteres Magazin heraus. Es war das letzte. Sie würde die dreißig Kugeln sparsam einsetzen müssen.

Zwei Soldaten, die hinter dem qualmenden Wrack des Land Cruisers in Deckung gegangen waren, nahmen sie unter Beschuss. Sie legte sich flach auf den Laufsteg. Ein Hagel Kugeln schlug in die Wände ein, die Scheibenreste des Fensters flogen nach innen. Dann hörte sie ein anderes Geräusch hinter sich. Sie drehte sich um. Einer der Männer war die Leiter hochgestiegen, die an der Rückseite des Hangars lehnte, und stieg gerade durch das hintere Fenster.

Er hatte sie noch nicht gesehen, aber es war nur eine Frage der Zeit. Sie würde aus ihrer Position schießen müssen, auf dem Laufsteg liegend. Aber erst musste sie noch warten, bis er näher gekommen war. Das war riskant, aber sie hatte keine andere Wahl.

Drei, zwei, eins …

Sie legte sich das AK-47 an die Schulter und richtete das Visier aus.

Der Kopf des Soldaten war von dem eingeschlagenen Fenster umrahmt. Ihre plötzliche Bewegung hatte seine Aufmerksamkeit erregt. Ihre Blicke trafen sich. Er richtete sein Gewehr auf sie, doch bevor er schießen konnte, taumelte er nach vorne und krachte mit dem Gesicht zuerst auf den Laufsteg. Sie sah sich zu allen Seiten im Hangar um und hielt nach dem Schützen Ausschau, der ihn ausgeschaltet hatte. War er aus Versehen von den eigenen Leuten getroffen worden?

Sie wartete einen Augenblick, um sich zu vergewissern, dass nicht noch jemand die Leiter hochkam, und spähte wieder aus dem Fenster. Genau in dem Moment gingen vor dem Hangar zwei weitere Männer zu Boden. Ein anderer stürmte auf das Gebäude zu, doch bevor er auch nur zehn Schritte geschafft hatte, wurde er von einem nicht zu sehenden Schützen mit einem Hagel Kugeln eingedeckt und stürzte zuckend zu Boden. Sie holte tief Luft und versuchte zu ergründen, was zum Teufel da los war. Weitere Schüsse. Dann auf einmal eine gespenstische Stille, die die Nacht durchdrang.

Sie wartete und lauschte, ob sich irgendetwas regte.

Nichts.

»Befreundete Einheiten! Ist drinnen alles sauber?«

Die vertraute Stimme beflügelte ihre Stimmung. Rif.

»Alles sauber! Willkommen in al-Dschufra.«

»Ein ziemliches Drecksnest, meinst du nicht auch?« Rif bückte sich und zwängte sich durch das gezackte Loch in der Wand des Hangars. Bei ihm waren drei weitere Quantum-Soldaten. Ihr Team war eingetroffen.

»Eigentlich hatte ich vor, meinen nächsten Urlaub hier zu verbringen, aber die Unterkünfte lassen ein bisschen zu wünschen übrig.«

»Das sehe ich. Wo ist der Jet denn hingeflogen?«, fragte Rif.

»Keine Ahnung«, erwiderte sie. »Hat sich unentschuldigt von der Truppe entfernt. Uns steht eine lange Nacht bevor.«

33

Prospero schob sich an Bassam vorbei ins Cockpit und ließ sich auf den Notsitz fallen. Beide Piloten studierten die Radarkarte, die Spannung war mit Händen zu greifen. Blitze zuckten am Himmel entlang und tauchten die Wolken immer wieder kurz in blendendes lavendelfarbenes Licht. Grollende Donner folgten. Die 737 wurde heftig durchgeschüttelt. Dicke, schwere Regentropfen klatschten gegen die Windschutzscheibe. Selbst Prosperos Nerven lagen blank.

»Können wir das Gewitter umfliegen?«, fragte er.

»Dafür reicht unser Treibstoff nicht.« Rivers blickte von der Treibstoffanzeige auf.

»Ich würde umkehren«, stellte Laverdeen klar. »Das Risiko ist zu groß.«

Eine plötzliche Turbulenz warf das Flugzeug hin und her. Prospero umklammerte den Notsitz. »Was sagen Sie, Rivers?«

»Wir sollten versuchen, zwischen den beiden Wolkenbänken hindurchzufliegen.« Der Captain schob den Schubhebel nach vorne und beschleunigte.

Laverdeen lief rot an. »Haben Sie den Verstand verloren?«

»Ist schneller nicht besser, damit wir eher aus dem Unwetter rauskommen?«, fragte Prospero.

Blut sickerte aus Rivers' rechter Schulter. »Unwetterdurchfluggeschwindigkeit. Wir müssen fünfhundert bis fünfhundertsechzig Stundenkilometer fliegen, um so glatt wie möglich da durchzukommen.«

»Wir verbrauchen zu viel Treibstoff«, wandte Laverdeen ein. »Unsere Reserven reichen nicht, um durch die Unwetterfront zu kommen.« Das Flugzeug wurde von Seitenwinden erfasst und machte erneut einen Satz.

In der Kabine ertönten Schreie. Die Lichter flackerten.

»Es wird knapp, aber wir können es schaffen.« Rivers studierte die Kontrollanzeigen. »Schnallen Sie sich an.«

Der Flugzeugrumpf wurde durchgeschüttelt.

»Das Flugzeug ist bereits beschädigt. Wenn es so weitergeht, springen die Nieten raus. Das Heck könnte abgerissen werden.« Laverdeens Stimme war angespannt und leicht schrill.

Prospero wandte sich Bassam zu, der Schwierigkeiten hatte, sich auf den Beinen zu halten. »Setzen Sie sich.« Er schnallte sich seinen eigenen Gurt an.

Rat-a-tat-tat. Riesige Hagelkörner prasselten gegen die Windschutzscheibe. Es klang wie Maschinengewehrfeuer. In der Windschutzscheibe bildeten sich spinnennetzartige Risse. Der Hagel trommelte gegen den Flugzeugrumpf. Es hörte sich an wie das Getrommel einer außer Rand und Band geratenen Steelband. Bestimmt wären sie bald aus dem Schlimmsten heraus. Er dachte an Violetta. Sie hatte immer Angst, dass er eines Tages in einem Sarg von der Arbeit nach Hause kommen würde, mit einer Kugel im Herz. Wegen seiner Fliegerei hatte sie sich nie Sorgen gemacht.

Lilafarbene und grüne elektrische Wellen zuckten wie Miniblitze über die Windschutzscheibe. Das neonfarbene Leuchten, das überall am Nachthimmel aufzuckte, war beängstigend. »Was zum Teufel ist das?«

»Elmsfeuer!«, rief Rivers laut, um sich über den trommelnden Hagelschlag hinweg verständlich zu machen.

Scheiße. Es brauchte schon einiges, um ihn aus der Ruhe zu bringen, aber was er da erlebte, war ein Albtraum. Die Hagelkörner wurden immer größer, das Trommeln immer lauter, alles übertönend. Prospero konnte kaum noch denken.

An der Instrumententafel ertönte ein Piepen. Ein rotes Lämpchen leuchtete auf, und das Flugzeug wurde noch heftiger durchgeschüttelt als zuvor. »Was ist denn jetzt los?«

»Das linke Triebwerk ist ausgefallen«, sagte Laverdeen.

34

Johann saß seinem Vater gegenüber am Küchentisch. Ihr Koch, Rudy, hatte an einem Abend in der Woche frei, und an diesen Tagen kochten Vater und Sohn gemeinsam etwas. Heute hatten sie sich eine Riesenportion Spätzle und gebratenes Hähnchen mit einer dicken Soße zubereitet. Sie hatten große Teller vor sich, ließen sich die Hausmannskost schmecken und aßen das Hähnchen mit den Händen. Johann empfand das Ritual trotz der verstörenden Umstände als angenehm. Er wünschte, er könnte die Zeit zurückdrehen und jegliches Wissen über die Freiheitswächter und das Labor im Keller auslöschen, um das gemeinsame Abendessen, das in letzter Zeit einer der wenigen Gelegenheiten gewesen war, an denen er Zeit mit seinem Vater verbringen konnte, wirklich genießen zu können.

»Wie war es denn heute in der Schule?«

Vater fragte immer, wie er im Unterricht klarkam, aber Johann wusste, dass die Frage an diesem Abend auf etwas anderes zielte.

Augenblicklich verschwand sein Appetit.

»Ich werde mich von Fatima fernhalten. Aber versprich mir, dass du ihr oder ihrer Familie nichts antust.«

Sein Vater musterte ihn einen Moment lang schweigend. »Ich versuche nur, dich zu beschützen«, sagte er schließlich. »Du bist jetzt ein Mann. Und Männer haben gewisse Schwächen.«

»Liebe ist keine Schwäche.«

»Liebe? Was weißt du schon über Liebe? In deinem Fall geht es bestenfalls um Verliebtheit. Im Übrigen ist Liebe sehr wohl eine Schwäche, wenn man sie an den falschen Menschen verschwendet.«

»Aber Fatima ist herzensgut und nett.«

Sein Vater starrte ihn einen langen Moment an. »Vor zwei Jahren war ich in Afghanistan, um den Amerikanern dort Waffen zu verkaufen. Im Hotel habe ich eine Frau kennengelernt. Sie hieß Latifa und war die Schwester des Besitzers des Hotels. Während meines mehrwöchigen Aufenthalts dort haben wir viel Zeit miteinander verbracht.«

»Hast du sie geliebt?«

»Die einzige Frau, die ich je geliebt habe, war deine Mutter. Aber Latifa war hübsch, intelligent und gebildet. Doch sie hat mich behutsam nach Informationen über die Waffen angezapft, die ich verkaufen wollte. Ich war so einsam und dankbar für ihre Zuwendung, dass ich gar nicht richtig mitgekriegt habe, was sie da getrieben hat. Und dann habe ich am Tag vor der geplanten Lieferung einen Anruf erhalten und erfahren, dass du dich einer Notoperation unterziehen musstest.«

Johann erinnerte sich daran, wie furchtbar krank er gewesen war. Er hatte unter einer entsetzlichen Kurzatmigkeit und totaler Erschöpfung gelitten. Im Krankenhaus hatte man ein Aorten-Aneurysma diagnostiziert, das auf sein Marfan-Syndrom zurückzuführen gewesen war. Onkel Karl hatte ihn in die Notaufnahme gebracht.

»Ich bin auf schnellstem Weg nach Hause geflogen.« Sein Vater holte tief Luft. »Du hast mir das Leben gerettet. Auf den Konvoi, der die Waffen geliefert hat, wurde auf einem entlegenen Teil der Straße ein Anschlag verübt. Die meisten Wagen wurden mit selbst gebauten Sprengsätzen in die Luft gejagt. Der Tod deiner Mutter war schon ein deutliches Signal, aber dieser Anschlag hat mir klargemacht, wie gefährlich diese Leute sein können.«

»Und du bist sicher, dass Latifa dahintersteckte?«

»Absolut.«

»Und …«

Sein Vater verzog den Mund. »Ich habe mich in einem Moment der Schwäche wie ein Vollidiot benommen.«

»Das tut mir leid.« Es tat Johann weh, seinen Vater so leiden zu sehen.

»Wie soll man Menschen bekämpfen, die Schlange stehen, um für ihre Sache zu sterben? Ihr Glaube, ihre Überzeugungen – es ist ein organisiertes Übel, das so in der Geschichte noch nie da war. Und inzwischen ist der Islam die sich am schnellsten ausbreitende Religion auf der Welt.«

Es stimmte, dass einige islamistische Terrorgruppen gegenüber dem menschlichen Leben eine erschreckende Geringschätzung an den Tag gelegt hatten, aber nur eine verschwindend kleine Minderheit der Muslime schien so zu denken. Johann hatte über zahllose Imame, islamische Gelehrte und bedeutende islamische Politiker gelesen, die es strikt verurteilten, im Namen Allahs Gewalt zu begehen.

»Fatima ist nicht so.« Er hielt die Luft an und wappnete sich für die Zurechtweisung.

Aber sein Vater wirkte eher zweifelnd als aufgebracht. »Du weißt nie, wem irgendjemandes Loyalität gehört, bis sie auf die Probe gestellt wird.«

»Du und Mama habt mir beigebracht, jedem mit Respekt zu begegnen.«

»Das sollst du auch. Aber das Böse existiert. Millionen von Flüchtlingen aus arabischen Ländern strömen nach Europa. Und mit ihnen kommt die Gewalt, befeuert durch ihre Religion. In Paris, Brüssel, Nizza, Berlin und Barcelona wurden bereits

Blutbäder angerichtet. Und jetzt auch in Wien. Und die Liste wird noch länger werden. Als ich meinen Eid als Freiheitswächter geschworen habe, hatte ich keine Ahnung, wie weit wir würden gehen müssen, um unser Land und unsere Bürger zu schützen, aber genau um solche Bedrohungen abzuwehren, wurde unsere Organisation gegründet.«

Johann schluckte den Kloß herunter, der ihm im Hals saß. »War Onkel Karl auch eine Bedrohung?«

Die Sekunden verstrichen. Ein verstehender Blick wanderte zwischen ihnen hin und her. Vater wusste, dass er Bescheid wusste. »Er war ein Spion und hat Informationen über unsere Pläne an Gladio weitergegeben.«

»An Gladio?« Johann kannte Karl nur als den liebevollen Onkel, als einen Freund, als jemanden, der immer für ihn da gewesen war. Er konnte nicht glauben, dass er auch noch eine andere Rolle gespielt haben sollte.

»Die Amerikaner und die Briten haben nach dem Zweiten Weltkrieg überall in Europa Organisationen wie die Freiheitswächter aufgebaut. Ursprünglich ging es ihnen darum, die Ausbreitung des Kommunismus aufzuhalten. Der italienische Zweig ist unter dem Namen Gladio bekannt, aber die Organisation wird von Mafiosi, gierigen Priestern und korrupten Politikern geführt.«

Statt von Waffenhändlern und verrückten Wissenschaftlern.

»Aber Onkel Karl …«

»War ein Verräter und hat bekommen, was er verdient hat.«

Johann spielte mit seinem Löffel und schob die Spätzle hin und her. Der Appetit war ihm vollends vergangen.

35

Prospero fragte sich, ob es vielleicht die schlechteste Entscheidung seines Lebens gewesen war, die Piloten zu zwingen, den beschädigten Boeing-Business-Jet wieder in die Luft zu bringen. Ein Hagelsturm, minimale Treibstoffreserven, und jetzt flogen sie auch noch mit nur einem Triebwerk. Rivers und Laverdeen blieben routiniert und ruhig, aber ihre weißen Hemden waren von Schweiß durchnässt. Prospero fluchte bei jeder ruckartigen Bewegung des Flugzeugs.

»Wir sind nur noch einige Kilometer von den angegebenen Koordinaten entfernt!«, rief Laverdeen.

»Machen Sie sich auf eine holprige Landung gefasst!«, rief Rivers Prospero zu.

»Was bedeutet das?« Das klang nicht gut.

»Wir werden bei der Landung zu schnell sein. Es wird etwas unangenehm werden.«

Irgendwie klang das nach einer Untertreibung.

»Wir sind fast da. Machen Sie sich bereit.«

»Die Landeklappen sind ungleichmäßig ausgefahren«, sagte Laverdeen.

»Was?«, fragte Prospero.

»Schwer zu steuern.« Sie brachen durch die Wolken, die Ziffern auf dem Höhenmesser sanken rasant.

»Wir werden Ihre Hilfe beim Bremsen benötigen«, sagte Rivers. »Befolgen Sie einfach meine Anweisungen.«

Prospero murmelte ein paar Ave-Marias. Durch die gesprungene Windschutzscheibe sah er unter ihnen die schwachen Lichter der Landebahn. Lichter, die viel zu schnell auf ihn zurasten. Er hielt sich mit aller Kraft an der Unterseite des Notsitzes fest. Es fühlte sich an, als wären sie in einer Achterbahn und würden in die Tiefe schießen.

Die Räder setzten mit voller Wucht auf, das Flugzeug holperte über die Piste. Sein Oberkörper flog erst vor und dann zurück, sein Hals verspannte sich in dem Versuch, den Kopf oben zu behalten.

»Umkehrschub ist sinnlos. Vollbremsung. Jetzt!« Laverdeen trat voll auf die Bremse. Rivers und Prospero taten es ihm gleich und pressten die Absätze ihrer Schuhe mit aller Kraft nach unten.

Prosperos Oberkörper wurde erst nach links und dann nach rechts geschleudert. Er trat noch fester zu. Seine Brust wurde gegen seinen Sicherheitsgurt gepresst. Das Flugzeug schwankte hin und her.

Dann knallte es laut, und das Flugzeug sackte zu einer Seite hin ab.

»Reifen geplatzt«, sagte Laverdeen.

Das Kreischen von über den Boden schabendem Metall. Das Flugzeug raste die Landepiste entlang, drehte sich, hüpfte schließlich von der Rollbahn und landete auf dem regennassen Randstreifen. Das Fahrgestell bohrte sich in die nasse Erde, der Jet schlingerte und hüpfte, die Unterseite des Flugzeugs grub sich in den Boden und wurde von unten aufgeschlitzt.

Prospero spürte, dass er das Bewusstsein verlor. Seine Augen waren so angespannt, dass sie aus den Augenhöhlen zu flutschen drohten.

36

Als Pilot war Rif schon in unzähligen Hangars gewesen, aber keiner von ihnen hatte ein versengtes Loch in der Größe eines Lkws als Eingang gehabt. Er blickte hinauf zu den Sparren und sah zu, wie Thea sich von dem ausgefransten Strick abseilte. Sie bewegte sich mit Anmut und Leichtigkeit, landete weich und gesellte sich zu ihm.

»Tut mir leid, dass ich deine Party ruiniert habe.« Rif musterte die Einschusslöcher, mit denen die Stahlwände durchsiebt waren.

»Danke für die Rettung.«

»Du hattest die Situation bestimmt auch ohne uns gut im Griff.«

Theas schmutziges, ölverschmiertes Gesicht erinnerte an eine verunglückte Tarnbemalung für einen Nachteinsatz. Er grinste und kämpfte gegen den Drang an, sie an sich zu drücken und ihr zu sagen, dass alles gut werden würde.

»Nicht wirklich. Prospero Salvatore ist gerade eben mit dem entführten Flugzeug gestartet. Mitsamt den Passagieren. Die Jungen sind auch an Bord.« Sie wirkte gleichzeitig erschöpft und total aufgedreht.

»Was treibt ihn dazu, mitten in der Libyschen Wüste eine hochriskante Entführung durchzuziehen?«

»Ich glaube nicht, dass er ins Entführungsgeschäft einsteigen will. Er muss es auf irgendjemanden oder irgendetwas an Bord des Flugzeugs abgesehen haben.«

»Ich habe Hakan über Funk informiert, dass die 737 verschwunden ist.«

»Es dürfte schwierig sein, das Flugzeug zu orten, wenn der Transponder abgestellt ist«, stellte Thea fest.

»Ja, aber Hakan wird schon einen Weg finden. Johansson und Brown durchkämmen gerade die Umgebung, um sicherzugehen, dass wir niemanden übersehen haben.«

»Der Mistkerl hat mir keine andere Wahl gelassen, als aus dem Flugzeug zu steigen. Und dann hat er es direkt vor meiner Nase gekapert.« Er sah, dass sie in ihrer Berufsehre verletzt war, aber da war auch noch etwas anderes. »Ich denke die ganze Zeit an Ayan und Jabari.«

Natürlich. »He, die beiden platzen förmlich vor Kraft und Elan. Ich bin sicher, dass sie das Ganze gut überstehen werden.« Er hoffte, dass er überzeugender klang, als er sich fühlte. »Und damit eins klar ist: Du hast deine Sache super gemacht. Salvatore so lange hinzuhalten, war das Beste, was du machen konntest. Wie lauten seine Forderungen?«

»Das ist wirklich absoluter Wahnsinn.« Sie langte in ihre Tasche und reichte Rif den zerknitterten Umschlag. »Er will, dass wir einen Lkw voller syrischer Flüchtlinge entführen, die versuchen, Budapest zu erreichen. Wir sollen den Lkw in unsere Gewalt bringen und uns mit ihm in Verbindung setzen, sobald wir ihn haben. Dann will er, dass wir ihn an irgendeinen Ort in der Türkei bringen. Der Lkw gegen das Flugzeug.«

Rif war in der Türkei geboren und hatte dort auch seinen einjährigen obligatorischen Militärdienst absolviert, bevor er in den USA auf die Militärakademie West Point gegangen war. Da er inzwischen in der Quantum-Zentrale in London stationiert war, war er seit über einem Jahr nicht in seiner Heimat gewesen. Doch wie es klang, würde er seinem Heimatland bald einen Besuch abstatten.

»Aber warum entführt er das Flugzeug, wenn er hinter dem Lastwagen her ist?«, fragte Rif.

»Er hat es auf einen der Passagiere abgesehen, hat mir aber nicht verraten, auf welchen. Ich glaube, was den Lkw angeht, improvisiert er ein bisschen, und diesen Plan hat er erst ausgeheckt, als er spitzgekriegt hat, dass ich an Bord war. Um das Risiko für seine eigene Organisation zu verringern.«

»Ist dir im Flugzeug irgendjemand besonders aufgefallen?«

»Eigentlich nicht. Aber ich hatte auch nicht viel Zeit, die Leute eingehender zu befragen. Ich nehme an, Hakan hat die Analysten darauf angesetzt, die Hintergründe der Passagiere zu überprüfen.«

»Natürlich. War jemand dabei, der irgendwie hervorgestochen ist?«

»Schwer zu sagen. Die Zielperson hat ihr Ticket vermutlich lange im Voraus gebucht. Prospero hat die Kinder des Piloten gekidnappt, um den Piloten zur Kooperation zu zwingen. Das erfordert einiges an Planung. Außerdem hatte er einen eigenen Mann auf den Flug gebucht.«

»Hast du aus dem irgendwas rausgekriegt?«

»Er hat was davon gefaselt, sie seien ›Gladio‹, was auch immer das zu bedeuten hat.«

»Was? Das ist ja merkwürdig. Gladio war Teil einer multinationalen Operation, bei der nach dem Zweiten Weltkrieg überall in Europa Gruppen von Schläfer-Milizen aufgebaut wurden, die nach einem Einmarsch der Sowjets bewaffneten Widerstand leisten sollten. Ich dachte, die Organisationen wären allesamt aufgelöst worden.«

Thea lachte auf. »WikiRif macht mal wieder schwer Eindruck.«

»Wohl kaum. Aber Militärgeschichte ist nun mal mein Steckenpferd. *Gladio* bedeutet auf Italienisch ›Schwert‹. An der

Gründung der Organisation sollen die NATO, der MI6, die CIA und angeblich sogar der Vatikan beteiligt gewesen sein«, fügte Rif hinzu.

»Klingt so, als hätten die Verschwörungstheoretiker zu viel freie Zeit zur Verfügung.«

»Nein, nein. Es gibt Beweise. Die Existenz der Organisation wurde 1990 in einem großen Fall vor Gericht aufgedeckt, bei dem die Geschichte ins Licht der Öffentlichkeit gezerrt wurde. Die CIA und der MI6 haben natürlich alles abgestritten.«

»Dass die Zeit des Kalten Krieges eine Zeit internationaler Paranoia war, ist mir klar«, entgegnete Thea. »Aber eine moderne Geheimarmee?«

»Präsident Truman hat 1950 persönlich einen streng geheimen Befehl unterzeichnet, der es gestattete, in Italien einzumarschieren, falls das Land in die Hände der Kommunisten fallen sollte. Die westlichen Länder hatten eine Höllenangst vor den Kommunisten. Am Ende waren der italienische Geheimdienst, rechte Milizen, die Mafia und die CIA in die Operation Gladio involviert.«

Thea biss sich auf die Lippe. »Die Angst vor der roten Gefahr hat damals für merkwürdige Verbündete gesorgt, das ist schon klar. Aber heutzutage stellt der Kommunismus doch schon lange keine Bedrohung mehr dar. Überlassen wir es den Analysten, rauszufinden, was zum Teufel Gladio heute im Schilde führen könnte.«

Rif wandte sich ab, um Hakan anzurufen, während Thea über alles nachdachte, was passiert war, seitdem sie mit den Jungen die 737 bestiegen hatte. Was hatten ein entführtes Flugzeug und ein Lastwagen voller syrischer Flüchtlinge mit einer paramilitärischen Organisation aus dem Kalten Krieg zu tun? Und warum war Prospero Salvatore in die Sache involviert? Soweit sie sich erinnerte, ging es dem Mafioso darum, dass das

Ergebnis in der Kasse stimmte. Klar, er war clever, aber kein Ideologe. Was um alles in der Welt konnte diesen Aufwand rechtfertigen? Sie schüttelte den Kopf und versuchte, die Puzzleteile zusammenzufügen.

Rif hatte seinen Anruf beendet. Er langte in seine Hosentasche, holte einen Proteinriegel hervor und gab ihn ihr. »Wie geht es dir?« Er wusste über ihre Diabetes Bescheid, versuchte aber, keine große Sache daraus zu machen, um Thea nicht in Verlegenheit zu bringen. Sie hatte ihre Krankheit die meiste Zeit ihres Lebens vor ihm verborgen. Er war immer darauf bedacht, dass sie auf sich aufpasste und ihren Blutzuckerspiegel stabil hielt. Denn sie hatte die Angewohnheit, das Wohl anderer über ihr eigenes zu stellen.

»Danke, ich bin am Verhungern.«

Das Dröhnen einer einfliegenden Lockheed C-130 machte eine weitere Unterhaltung unmöglich. Das Rollfeld war frei, sodass ihr Flieger landen konnte. Nächster Stopp: Budapest.

37

Ein heftiger Hitzeschwall veranlasste Prospero, sich zu fragen, ob es sich so anfühlte, wenn man in der Hölle ankam. Die intensiven, durch das Schlingern des über die Landebahn rasenden Flugzeugs verursachten g-Kräfte hatten seine Haut straff über sein Gesicht gespannt. Er verspürte Schwindel und Übelkeit. Genau in dem Moment, in dem er glaubte, es nicht mehr länger aushalten zu können, kam das Flugzeug ruckartig zum Stehen, begleitet vom Kreischen von Metall, das gegen Metall reibt.

Dann Stille. Und Hitze. Prospero schüttelte den Kopf und riss sich zusammen. Sein Puls war konstant, pochte in seinen Ohren wie ein Herzschlag unter Wasser. Er checkte seinen Körper auf Verletzungen. Außer dem Schmerz in seiner Hüfte, wo der Sicherheitsgurt in sein Fleisch geschnitten hatte, schien er unversehrt zu sein.

Ein Gefühl von Euphorie überkam ihn. Er hatte wieder einmal dem Tod ins Auge geblickt und ihm gesagt: *»Leck mich.«*

»Bravo, Gentlemen.« Er lachte. »Aber in Zukunft sollten wir solche ›holprigen Landungen‹ lieber vermeiden.«

Beide Piloten legten bereits Schalter um und checkten die Instrumente. Sie hielten inne und sahen Prospero an, aber keiner von ihnen sagte ein Wort.

Prospero öffnete seinen Sicherheitsgurt und stand auf. Seine Beine zitterten von der nervenzerreißenden Landung. »Warum ist es hier drinnen so heiß? Brennt das Flugzeug?«

Laverdeen checkte nochmals die Anzeigen. »Ich glaube nicht. Aber alle Belüftungssysteme sind ausgefallen. Deshalb funktioniert weder die Luftumwälzung noch die Klimaanlage. Wir müssen hier raus.«

Prospero nickte, verließ das Cockpit und wies die Flugbegleiter an, die vordere Tür zu öffnen. Dann warf er einen Blick in die Kabine. Alle Passagiere hatten überlebt, doch ihm blickten entsetzte Gesichter entgegen. Vielleicht war das ein Segen. Die brenzlige Landung würde eine Weile dafür sorgen, dass sie schön gehorsam blieben. Das Geräusch der sich öffnenden Tür hinter ihm zauberte ihm ein Lächeln auf die Lippen.

Prosperos Flugbesatzung hatte die Landung beobachtet und aus einem nahen Hangar eine Treppe herbeigerollt, als das Flugzeug zum Stehen gekommen war. Der beinahe mit einer Bruchlandung zu Boden gegangene Flieger stand in einem schiefen Winkel, und die Tür befand sich ein Stück weit höher als normal, doch Prosperos Besatzung schaffte es, die Treppe in etwa vor der Türöffnung auszurichten. Er ging vorsichtig als Erster die Stufen hinunter. Seine Hüfte tat höllisch weh, aber er war froh, überhaupt noch zu leben.

Che spavento! So einen Hagelsturm hatte er noch nie erlebt, und diese lilafarbenen und grünen Blitze hätte man eigentlich höchstens in einem zweitklassigen Film erwartet. Aber *grazie a Dio* hatten sie es geschafft. Sie hatten überlebt.

Die Wüstenhitze war unerträglich, und sein Magen knurrte. Er konnte es kaum erwarten, in seinem Flugzeug ausgiebig zu duschen und sich eine Gourmetmahlzeit zu genehmigen.

Bassam folgte ihm die Treppe hinunter, wo die Bodencrew sie erwartete. Prospero wies seine Männer an, in das Flugzeug zu gehen und damit zu beginnen, die Passagiere in seinen Gulfstream-Jet zu führen. Währenddessen versuchte Bassam, seine Männer in al-Dschufra zu erreichen, doch sie meldeten sich nicht. Egal, ob Thea es geschafft hatte zu entkommen oder nicht – sie waren wahrscheinlich alle tot. Darüber war Bassam nicht gerade glücklich, aber Prospero machte sich keine Sorgen. Für ihn zählte nur, dass Thea alles tun würde, um das Leben der beiden afrikanischen Jungen zu retten. Der Verlust von Bassams Leuten waren Kosten, die man in diesem Geschäft in Kauf nehmen musste. Wie schon Machiavelli gesagt hatte: »Niemals wurde etwas Großes ohne Gefahr erreicht.«

Die leicht benommenen Passagiere stiegen mit ihrem Handgepäck die Treppe der 737 hinunter. Ocean ging neben Ayan und Jabari. Sie wich Prosperos Blick aus.

Karlsson blieb vor ihm stehen. »Ich brauche meine aufgegebene Tasche.«

»Nur Handgepäck.« *Santo cielo*, das hier war eine Flugzeugentführung, kein Anschlussflug.

»Aber in der Tasche sind Geschenke für meine Enkelkinder.«

»Ihre heile Rückkehr ist das einzige Geschenk, das Sie brauchen. Gehen Sie.«

Karlsson ging weiter, die Augen auf den Boden gerichtet, und murmelte etwas in sich hinein.

Doch Karlssons Wunsch hatte Prospero auf eine Idee gebracht. Er wandte sich Bassam zu. »Die Crew soll sämtliches Gepäck holen, das sich noch in der Kabine befindet.« Er wollte doch zu gerne wissen, was sich in *Liberatas* Handgepäck befand.

Rivers und Laverdeen stiegen die Treppe hinunter, gefolgt von einem von Bassams Männern. Er war der Letzte, der das Flugzeug verließ.

»Ich habe getan, was Sie von mir verlangt haben. Lassen Sie meine Kinder frei.« Der Kapitän hatte tiefe, dunkle Schatten unter den Augen, auf seinem Hemd prangten dunkle Flecken getrockneten Bluts von seiner Schulterverletzung. Er sah übel aus.

»Bleiben Sie nützlich und einsatzbereit, dann werden wir sehen.«

»Was für ein Monster sind Sie?« Rivers' Gesicht lief rot an.

»Halten Sie die Klappe, und steigen Sie ein!«

Rivers stapfte auf den Gulfstream zu.

Laverdeen blieb zurück. »Sie müssen sich den Stress nicht antun, auf all die erschöpften Geiseln aufzupassen. Nehmen Sie mich, und lassen Sie die übrigen Passagiere hier. Sie können ihnen ein Satellitentelefon dalassen, damit sie Hilfe anfordern können, sobald wir weg sind.«

»Und wie wäre es, wenn ich anfangen würde, die Geiseln zu eliminieren? Das würde meinen Stress auch minimieren.«

»Thea Paris wird uns finden.«

Ein einziger Blick in Laverdeens Gesicht sagte Prospero, dass der Pilot mehr als nur flüchtiges Interesse an der Geiselbefreiungsexpertin hatte. »Hoffen Sie lieber, dass sie uns nicht findet.«

»Was soll das denn heißen?«

»Spielen Sie nicht den Helden. Das geht nicht gut aus.«

38

Johann hatte im Unterricht kaum aufpassen können. Seine Gedanken wanderten immer wieder zurück zu dem ungeheuerlichen Plan seines Vaters. Die bloße Anzahl von Menschen, die ausgelöscht werden könnte, war schwindelerregend. Im Gegensatz zu anderen Arten der Pest, die durch Insektenbisse verbreitet wurden, konnte die Lungenpest direkt von Mensch zu Mensch übertragen werden. Wenn sein Vater den Erreger auch nur in einem einzigen der Flüchtlingscamps freisetzte, auf die er es abgesehen hatte, könnten in sehr kurzer Zeit Hunderttausende Menschen infiziert werden.

Er war in dem Schuppen hinter der Schule und hatte keine Lust, nach Hause zu gehen. Vater hatte die Freiheitswächter am Abend zu einem Treffen eingeladen, und Johann war nicht sicher, ob er die Nerven hatte, so zu tun, als ob er einen Genozid befürwortete. Stattdessen hatte er seinen Laptop eingeschaltet, las online über den Zweiten Weltkrieg und starrte auf die grausigen Bilder von Konzentrationslagern. So sah Massenvernichtung aus.

Er würde nie verstehen können, warum Hitler alle Juden, Homosexuellen und andere Minderheiten hatte umbringen wollen. Johann dachte an die genealogischen Tests zur Bestimmung der Abstammung einzelner Menschen. Manchmal waren die Ergebnisse für diejenigen, die die Tests in Auftrag gaben, überraschend. Was hätte Hitler womöglich herausgefunden, wenn seine DNA je analysiert worden wäre?

Ein leises Klopfen an der Tür.

Fatima.

»Störe ich?« Ihre Augen waren verweint und rot.

»Gar nicht. Was ist passiert?« Er klappte seinen Laptop zu, damit sie die furchtbaren Bilder nicht sah.

Sie ließ sich auf einen der ramponierten Holzstühle plumpsen und legte die Arme um die Knie. »Erinnerst du dich an meinen Cousin, Abdul, der zurzeit bei uns wohnt?«

»Hat er dir was angetan?« Sein Beschützerinstinkt war sofort geweckt.

»Nein, nein, nichts dergleichen.« Sie wischte sich die Tränen weg. »Er hat mich gestern Abend zur Seite genommen und mir gesagt, dass ich zu sehr verwestliche.«

»Ist er religiös?«

»Extrem.« Sie biss sich auf die Lippe. »Ich schäme mich, es zu sagen, aber er verachtet Menschen, die keine Moslems sind. Er drängt meinen Vater, mich zurück in die Vereinigten Arabischen Emirate zu schicken. Er ist dabei, Papa zu überzeugen, dass ich im heiratsfähigen Alter bin und einen Ehemann brauche, der mir sagt, wo es langgeht.«

»Was geht ihn das an?«

»In meinem Land haben Frauen bei solchen Dingen kein Mitspracherecht. Die Heirat würde für mich arrangiert werden. Wahrscheinlich mit einem Mann, den ich nicht mal kenne.«

»Das ist ja furchtbar. Kannst du dir vorstellen, dass dein Vater dir oder deinen Schwestern so was antun würde?«

»Ich weiß nicht. Wahrscheinlich ist es dumm von mir, aber das Schlimmste an dem Ganzen wäre für mich, dich verlassen zu müssen.« Sie beugte sich vor und nahm seine Hand.

Er schlang seine Finger um ihre und drückte sie sanft. Ihre Haut zu berühren, raubte ihm den Atem.

»Aber dein Vater findet es doch gut, dass du Ärztin werden

willst, oder? Das wäre doch in den Vereinigten Arabischen Emiraten viel schwieriger.«

»Ja, er unterstützt mich. Aber Papa will auch nicht, dass der Ruf unserer Familie durch irgendeine Schande getrübt wird. Unser Cousin ist bei uns zu Hause sehr einflussreich und könnte dafür sorgen, dass meine Familie Ärger bekommt.«

Der Gedanke daran, dass Fatima Salzburg verlassen könnte, um in eine nicht auf Liebe gegründete Ehe gezwungen zu werden, schnürte ihm die Brust ein. »Aber warum will er dein Leben derart kontrollieren?«

»Das verstehst du nicht, Johann. Frauen haben in den Vereinigten Arabischen Emiraten keine Rechte. Dort werde ich immer tun müssen, was mein Ehemann mir sagt, und so denken müssen, wie er es will. Ich könnte es nicht ertragen, mit jemandem verheiratet zu sein, der mir verbietet, eigene Ansichten zu haben. Aber wenn ich zurückgehe, wird genau das geschehen.«

»Dann geh nicht.«

»Wenn ich nicht gehe, könnte Abdul meine Familie zerstören.«

Die bloße Vorstellung, dass sie mit jemand anderem zusammen war, machte ihn fertig. In dem Moment kam er zu dem Schluss, dass er ihr trauen konnte. Er musste ihr vertrauen. »Ich muss dir was sagen, Fatima. Mein Vater trägt auch Hass im Herzen. Er verkauft auf der ganzen Welt Waffen an Mörderregime und mordlüsterne Leute, ohne sich darüber Gedanken zu machen. Stattdessen gibt er die Schuld an allen Problemen der Welt den Muslimen.«

»Deshalb will er auch nicht, dass wir zusammen sind, stimmt's?«

Johann nickte betreten. »Seit dem Tod meiner Mutter sieht er die Dinge völlig verdreht. Sie kam bei einem Unfall ums Leben, und der Fahrer war Araber. Mein Vater hat sich mit einigen üblen Leuten zusammengetan.« Er konnte es nicht über sich bringen zuzugeben, dass sein Vater in Wahrheit deren Anführer war.

»Willst du damit sagen, dass er gefährlich ist?«

Er zögerte lange. »Ja.«

»Wie gefährlich?«

Sein Magen wurde flau. Er hatte sich seinem Vater gegenüber noch nie so illoyal gefühlt, aber er hatte auch noch nie so ein dringendes Bedürfnis verspürt, sich jemandem anzuvertrauen. »Seine Absichten sind gut. Glaube ich zumindest. Er will den Terrorismus stoppen.«

»Aber?« Sie wartete.

»Er ist blind vor Hass. Anstatt sich auf die Einzelnen zu konzentrieren, die terroristische Anschläge verüben, wirft er alle Araber in einen Topf.«

»Was verschweigst du mir?«, hakte sie nach.

»Ich kann es dir nicht sagen. Ich würde dich nur in Gefahr bringen.«

»Jetzt machst du mir wirklich Angst.«

»Ich kann an nichts anderes mehr denken.«

»Wenn du es mir nicht sagen kannst – warum gehst du nicht zur Polizei?«, fragte sie.

»Niemand würde mir glauben.«

»Gibt es denn niemanden, dem du vertrauen kannst?«

Vor seinem inneren Auge sah er Onkel Karls Leiche. »Ich glaube nicht.«

»Dann musst du es mir sagen. Was auch immer es ist. Ich tue alles, was ich kann, um dir zu helfen.«

Er war unschlüssig und wägte die Vor- und Nachteile ab, die damit verbunden waren, wenn er Fatima einen Teil des Albtraums anvertraute oder ihr sogar die ganze Horrorgeschichte erzählte. Dann dachte er an seinen Vater und daran, in was für Schwierigkeiten er ihn womöglich brächte, wenn er Fatima einweihen würde. Es bestünde das Risiko, dass das einzige Familienmitglied, das Johann noch hatte, für immer hinter Gittern verschwand. Nein. Er musste das Problem alleine angehen.

»Einfach nur zu wissen, dass du da bist, hilft mir schon.« Er schob den Laptop in seinen Rucksack. »Komm, wir sollten nicht zusammen gesehen werden. Geh du zuerst.«

Sie drückte noch einmal seine Hand, bevor sie sie losließ. An der Tür drehte sie sich um und sah ihn an. »Ich bin in einer Kultur aufgewachsen, in der Frauen unterdrückt werden. Das hat mich zu einer Kämpferin gemacht. Und ich weiß, dass du auch ein Kämpfer bist.«

Johann hoffte, dass sie recht hatte. Ihm stand der Kampf seines Lebens bevor.

39

Prospero stieg aus dem Mercedes seines türkischen Kontaktmanns. Die Sonne strahlte hinab auf die schneebedeckten Gipfel des Pontischen Gebirges. Sie waren nach Trabzon geflogen und zum Landhaus seines Freundes Aslan Barak gefahren, das sich südlich von Rize in der Türkei befand, einer ländlichen Gegend unweit der Küste des Schwarzen Meeres. Er freute sich auf eine Tasse des in der Region gereiften Tees.

Während er es sich im Haupthaus bequem machte, trieben Luciano und Bassam die von der Reise erschöpften Passagiere in ein Außengebäude, einen großen Schuppen mit fließendem Wasser. Sie waren dem Mercedes entlang der Küste in einem Kleinbus gefolgt, den Bassam in Trabzon gemietet hatte. Auf Baraks Anwesen sollten die Geiseln Essen, Decken und die Erlaubnis zum Duschen bekommen. Er hoffte, dass sie ihm keinen Ärger bereiten würden, bis er den Lastwagen mit den Syrern in seiner Gewalt hätte. Ab dem Zeitpunkt wären sie das Problem von jemand anderem. Er selber könnte sich dann um die Österreicher kümmern und irgendwann endlich wieder nach Hause fahren, zu Violetta.

Sein Frühstück war ihm durch den Bericht von Bassams Kontaktleuten in Libyen verhagelt worden. Wie er befürchtet hatte, hatte es auf dem kleinen Wüstenflugplatz in al-Dschufra ein Blutbad gegeben. Thea hatte beschlossen, sein Angebot einer persönlichen Eskorte auszuschlagen. Bisher hatte sie keinen Kontakt zu ihm aufgenommen, aber sie würde sich melden. Falls nicht, wäre er gezwungen, einen der Passagiere zu eliminieren, um ihr zu zeigen, dass er es ernst meinte. Und *Liberata* würde alles tun, um die beiden Geiseln, die ihr so viel bedeuteten, zu beschützen.

In seinem Metier war es entscheidend, die Schwächen von Menschen zu erkennen und sich zunutze zu machen. Jeder hatte Schwächen, sogar er. Es kam darauf an, *wie* man damit umging. Bei einem seiner letzten Gespräche mit seinem Vater hatten Stefanos dunkle Augen gefunkelt, als er ihm beschrieben hatte, wie es ist, wenn sich das vegetative Nervensystem einschaltet – wenn der Körper unter Druck anfängt zu schwitzen und zu zittern und das Atmen in Schnaufen übergeht.

Sein Vater hatte ihm erklärt, dass man seine Ängste zu seinem Vorteil nutzen konnte, wenn man es schaffte, sich die physiologischen Symptome der Angst nutzbar zu machen, anstatt sich von ihnen lähmen zu lassen. Identifiziere die Reaktion deines vegetativen Nervensystems, lass dich auf sie ein, und nutze den Adrenalinschub, um deinen Feind zu bekämpfen. Prospero hatte mehr als einmal festgestellt, dass die Methode funktionierte. Stefano hatte ihn viele Lektionen gelehrt, einige unbeabsichtigt, aber eine entscheidende betraf Enzo Spruillis Vater.

Prospero war siebzehn, die Schule langweilte ihn, die Abende vertrieb er sich oft mit seinen Kumpels. Er wusste nicht viel über das »Familiengeschäft«, aber er wusste, dass sein Vater, Stefano, ein »capo di famiglia« war. Prospero redete schon seit Monaten auf Papa ein, ihn die Schule schmeißen und mit in das Geschäft einsteigen zu lassen, um es kennenzulernen. An jenem Abend war Prospero mit Stefano zu Hause, der von seinen »unsinnigen« Plänen, die Schule abzubrechen, nichts mehr hören wollte.

»Schulbildung ist nie verschwendete Zeit. Gedulde dich, mein Sohn.«

»Lass mich von dir lernen – einen besseren Lehrer gibt es nicht.« Schmeicheleien schienen Stefanos harte Ecken und Kanten oft zu mildern, deshalb versuchte Prospero es auf diese Tour, allerdings vorsichtig – sein Vater roch auf hundert Meter Entfernung, wenn man ihn verarschte.

»Willst du wirklich so ein Leben? Wenn du erst einmal dabei bist, gibt es kein Zurück mehr. Ich habe hart gearbeitet, damit du andere Möglichkeiten hast. Du könntest Arzt werden, Rechtsanwalt.«

Es klopfte an der Tür. »Herein.«

Karl Wagner, ein Protegé seines Vaters, betrat den Raum. Er wurde von Marco Spruilli begleitet, einem aufgedunsenen Mann mit rundem Gesicht und rotblondem Haar. Prospero war überrascht, Marco zu sehen. Es kursierten Gerüchte, denen zufolge er das Land mitsamt seiner fetten Frau und seinem weinerlichen Sohn Enzo Hals über Kopf verlassen hatte. Niemand wusste, wohin sie gegangen waren, aber Prospero hatte Enzo seit mindestens sechs Monaten nicht mehr in der Schule gesehen.

»Hast du eine Minute?«, fragte Karl.

»Setz dich.« Stefano bedeutete den beiden, auf den Lederstühlen vor seinem mit Schnitzereien verzierten Schreibtisch Platz zu nehmen.

Karl wirkte so, als wäre ihm ein wenig unbehaglich zumute. »Vielleicht könnte Prospero uns einen Kaffee holen?«

Sein Vater starrte Prospero einen langen Moment an, dann wandte er sich wieder Karl zu.

»Nein«, stellte Stefano klar. »Er kann bleiben.«

»Die Sache ist delikat.« Karl lächelte Prospero an. Die beiden waren gute Freunde – Karl war nur vier Jahre älter als er –, aber sie sprachen natürlich nie über das Geschäft. Stattdessen redeten sie über Bücher, philosophische Themen und Pferde. Karl ließ nie eine unpassende Bemerkung fallen, weshalb er bei Stefano einen dicken Stein im Brett hatte.

»Fahr fort.«

»Marco ist aufgeflogen.« Karl nahm kein Blatt vor den Mund.

Aufgeflogen?

Spruilli starrte auf den Boden, sein Gesicht lief rot an.

»Dietrichs Sohn, Gernot, ist misstrauisch geworden und hat angefangen, ihm nachzuspüren. Marco wird sich auf keinen Fall mehr bei den Freiheitswächtern einschleusen können.«

Einschleusen? Freiheitswächter? Prospero wollte eine Million Fragen stellen, zwang sich jedoch, den Mund zu halten.

Stefano legte seine Hände auf den Schreibtisch und musterte Marco nachdenklich. »Solche Dinge passieren. Dabei hatte ich gedacht, dass du dich mit deiner hellen Hautfarbe unauffällig unter sie mischen könntest.«

»Vielleicht ist Marco besser für andere Aufgaben geeignet?« Karl, der über eine mitfühlende Seite verfügte, fungierte für Marco als Puffer, aber Prospero war erstaunt, dass sein Vater dessen Versagen so locker hinnahm. Er hatte schon erlebt, dass sein Vater wegen sehr viel unbedeutenderer Dinge in die Luft ging.

»Du kennst dich mit Zahlen aus, Marco. Wie wär's, wenn du zurückkommst und dich der Buchführung widmest?« Stefano nahm eine Zigarre aus dem Humidor, zündete sie an und genehmigte sich einen tiefen Zug.

»Sehr gerne.« Spruilli hatte den Blick immer noch auf den Boden gerichtet.

»Hol deine Familie nach Hause. Und bitte deine Frau, mir ein paar von ihren köstlichen Cannellini zuzubereiten.«

Spruilli stand auf. Er wusste, dass er entlassen war. Wahrscheinlich hatte er es eilig zu verschwinden, bevor der Capo seine Meinung änderte. »Selbstverständlich.«

Nachdem Spruilli sich nach draußen gestohlen hatte, beugte Prosperos Vater sich auf seinem Stuhl nach vorne und sah Karl an. »Ich weiß, dass es viel verlangt ist, aber ich muss dich bitten, nach Salzburg zu gehen – für immer.«

Daraus schloss Prospero, dass diese Freiheitswächter, wer oder was auch immer sie waren, sich in Österreich befinden mussten. Auf die Bitte seines Vaters folgte ein langes Schweigen.

»Natürlich«, sagte Karl schließlich.

Und an diesem Tag verlor Prospero seinen besten Freund.

»Das mit Spruilli verstehst du, oder?«, fragte Stefano.

»Ja.« Karl schien nicht erfreut, aber er war ein loyaler Soldat.

»Gladio dankt es dir.«

Damals hatte Prospero keine Ahnung gehabt, worüber sein Vater redete, doch im darauffolgenden Jahr wurde er eingeweiht, was es mit der Organisation Gladio auf sich hatte. Er und sein Vater schlossen einen Deal: Prospero würde etwas über das Geschäft lernen, aber er würde weiter in die Schule gehen. Doch er spürte, dass sein Vater enttäuscht war, dass er sich für »dieses Leben« entschieden hatte, obwohl ihm die Wahl freigestanden hätte, jede akademische Laufbahn einzuschlagen.

Marcos Sohn Enzo kehrte kurz nach diesem Treffen in die Schule zurück, doch zwei Monate später verließ Marco eines Abends seine Familie. Er hinterließ irgendeine schwachsinnige Nachricht, derzufolge er sich in eine andere Frau verliebt habe. Seitdem blieb Marco Spruilli für immer verschwunden.

Jener Tag im Büro seines Vaters war ein entscheidender Moment in Prosperos Leben gewesen.

Drei Männer hatten auf drei Stühlen gesessen, während ihre Schicksale besiegelt wurden: Marco hatte versagt und musste den Preis dafür zahlen; Karl gab seine Freunde und seine Familie auf, um sich beim Feind einzuschleusen; und Stefano hatte seine Macht über sein Imperium gestärkt.

Prospero wusste, auf welchem der Stühle er sitzen wollte, wenn aus ihm ein erwachsener Mann werden würde.

Ein Klopfen an der Haustür riss ihn aus seinen Gedanken. Auf der Schwelle stand Aslan, sein schmales Gesicht war ein willkommener Anblick.

»Du brauchst doch nicht an der Tür deines eigenen Hauses anzuklopfen, mein Freund«, sagte Prospero.

»Es ist viel zu lange her, seit wir uns das letzte Mal gesehen haben«, stellte Aslan fest. Die beiden Männer umarmten sich. »Tut mir leid, dass wir uns unter so schwierigen Umständen wiedertreffen. Aber ich freue mich immer, wenn ich einem Bruder helfen kann. Hier wird dich keiner behelligen.«

Der Ort war ideal für die Unterbringung der Geiseln geeignet. Das Landhaus befand sich auf einem fünfundzwanzig Hektar großen Privatgelände – perfekt, um Fragen nach dem plötzlichen Auftauchen einer Gruppe Fremder zu vermeiden. Und da das Anwesen auf dem Kamm eines steilen Bergrückens lag, konnte man etwaige Besucher schon früh von Weitem orten.

»Ich weiß deine Gastfreundschaft sehr zu schätzen. Komm uns bald in Italien besuchen.« Ihre Väter hatten beide der Organisation Gladio angehört, und inzwischen unterstützten auch die beiden Söhne die Sache mit großem Stolz.

»Ich komme mit der ganzen Familie.«

Prosperos Gesicht verdunkelte sich. »Apropos Familie – wir haben unseren Informanten verloren, den wir bei den Freiheitswächtern eingeschleust hatten. Karl muss tot sein. Es war ein großes persönliches Opfer, sich über all die Jahre bei unserem Feind einzunisten.«

»Er kannte die Risiken, Prospero. Du musst nicht traurig sein. Wir werden uns gut um seine Schwester kümmern.«

»Ich wüsste nur gerne, warum er nach so vielen Jahren auf einmal aufgeflogen ist. Er war ein außergewöhnlich vorsichtiger Mann.« Prospero holte tief Luft.

Bevor Aslan etwas erwidern konnte, kam Luciano in den Raum gestapft, und sie wechselten das Thema und redeten über die Unterbringung der Passagiere. Ein Hausmädchen servierte den Männern Tee und türkisches Gebäck. Die junge Frau trug ein locker sitzendes Hemdkleid und eine Küchenschürze, aber Luciano verfolgte jede ihrer Bewegungen mit lüsternen Blicken. Prospero funkelte seinen Neffen finster an, bis er seine Aufmerksamkeit erregt hatte. Ihre Blicke trafen sich lange genug, um Luciano klar zu verstehen zu geben, dass so etwas nicht infrage kam. Nicht, während sie einen Job erledigten, und niemals im Haus eines Freundes oder Verbündeten. Nur der Hauch einer Errötung auf den Wangen seines Neffen ließ erkennen, dass ihm das ganz und gar nicht passte.

»Hast du die versteckten Kameras installiert?« Prospero nippte an seinem Tee, der genauso gut schmeckte wie in seiner Erinnerung.

»Natürlich. Sie haben k-keine Ahnung, dass wir sie beobachten.« Luciano klappte einen Laptop auf und aktivierte die Liveübertragung. Bassams Männer würden das Außengebäude gut im Auge behalten und an den Grenzen des Anwesens patrouillieren, doch nichts war besser, als seine Augen und Ohren direkt auf die Geiseln zu richten. Es stand zu viel auf dem Spiel, als dass irgendetwas dem Zufall überlassen werden konnte.

Der Bildschirm erwachte zum Leben und bot einen Blick auf das Innere des Außengebäudes. Reality-TV in Reinkultur. Die Geiseln duschten der Reihe nach in dem einzigen Bad und wanden sich vor Unbehagen, weil das Wasser eiskalt war.

Die meisten der Gefangenen scharten sich um die beiden verwitterten Picknicktische, auf denen Decken und Kissen gestapelt waren. Der Betonboden bot wenig Komfort, doch Bassams Männer würden noch Heu aus der Scheune herbeischaffen, um provisorische Bettenlager zu errichten. Einer der Hausbediensteten würde den Wachen und Geiseln regelmäßig Brot und Käse bringen.

Prospero starrte gebannt auf den Bildschirm, erpicht darauf, mehr zu sehen. Ocean half den Jungen beim Anziehen, nachdem sie geduscht hatten. Sie redete leise mit ihnen, als wäre sie ihre Mutter. Michael Dillman koordinierte die Verteilung der Decken und Kissen. Er lächelte und versuchte, seine Mitgeiseln aufzumuntern. Es war Prospero unbegreiflich, wie man auf einen

Zwirbelbart stehen konnte. Viel zu viel Arbeit. Aber vielleicht sah man das in Texas anders. Dort war er noch nie gewesen.

Der Passagier namens Matthias kramte ein Handy aus seiner Tasche hervor. »Ich habe immer ein Ersatzhandy dabei – für den Fall, dass der Akku den Geist aufgibt.«

»Gibt es Empfang?«, fragte Karlsson mit zitternden Händen.

»Nein. Und auch kein WLAN.«

Tatsächlich gab es WLAN, allerdings passwortgeschützt. Prospero würde Bassam anweisen, sämtliche Habseligkeiten der Passagiere zu durchsuchen, um zu sehen, was sie sonst noch alles eingeschmuggelt hatten. Was er in Theas üppigem Handgepäck gefunden hatte, versetzte ihn immer noch ins Grübeln: jede Menge medizinische Utensilien und sonst fast gar nichts.

»Rufen wir Hilfe herbei«, schlug Karlsson vor.

»Reden Sie keinen Unsinn, Mann«, entgegnete Dillman. »Wir haben keinen Empfang und wissen nicht mal, wo wir sind.«

Jabari Kuria rieb sich die Augen. »Thea wird kommen und uns befreien.«

»Bestimmt verhandelt sie um unsere Freilassung«, sagte Matthias. »Aber diese Männer sind abgebrühte Kriminelle. Der Boss sieht wie ein Mafioso aus.«

Und ich dachte, ich gehe als Geschäftsmann durch.

Ayan stieß ins gleiche Horn wie sein Bruder. »Sie wird diesen Typen ein paar Tritte in ihre Ärsche verpassen. Sie werden schon sehen.«

»Hüte deine Zunge, junger Mann«, ermahnte Karlsson ihn mit gebieterischer Stimme.

Jabari verschränkte die Arme vor der Brust. »Kommandieren Sie meinen Bruder nicht herum. Thea wird diese *Scheißkerle* für ihre Tat bezahlen lassen.«

Prospero lächelte. Wie sie sie priesen, hatte *Liberata* die Herzen dieser beiden Jungen definitiv gewonnen.

»Alle bitte mal beruhigen«, schaltete Dillman sich ein. »Am besten überlegen wir erst mal, wo wir alle schlafen. Und wir müssen einen geregelten Tagesablauf festlegen. Außerdem sollten wir uns alle vor Luciano in Acht nehmen. Er hat einen verrückten B-B-Blick.«

Einige der Geiseln lachten. Prospero sah Luciano von der Seite an. Das Kinn seines Neffen war vor Anspannung gekräuselt. Michael Dillman hatte sich gerade einen gefährlichen Mann zum Feind gemacht.

40

Johann verlagerte gelangweilt sein Gewicht auf seinem Stuhl. Die monotone Stimme seines Mathelehrers vernahm er nur als leises Summen im Hintergrund. Selbst wenn die Unterrichtsstunde spannender gewesen wäre, hätte er sich an diesem Tag vermutlich nicht auf den Schulstoff konzentrieren können.

Fatima saß ziemlich weit vorne, sie war immer eine eifrige Schülerin gewesen. Jedes Mal, wenn sie sich zu ihm umdrehte, bewunderte er ihre weiche, reine Haut und ihre vollen Lippen. Omar Kalebs grausamer Tod, der brutale Mord an Onkel Karl, die Rache seines Vaters – Johann brauchte eine Oase, einen sicheren Ort, und Fatima bot ihm diese Zuflucht.

Gleichzeitig wurde er von der Sorge geplagt, sie in Gefahr zu bringen.

Es klingelte. Eine Freistunde, endlich. Er packte schnell seine Bücher zusammen und vermied Blickkontakt mit Fatima. Dann verließ er das Klassenzimmer, eilte nach unten, vorbei an der Bibliothek, in der Fatima viel Zeit verbrachte, und steuerte ein anderes seiner Lieblingsrefugien an, einen meistens ungenutzten Vorratsraum im Keller mit schwacher Beleuchtung und ein paar ramponierten Tischen.

Er rieb sich die Schläfen und stützte den Kopf auf die Hände. Die Informationen, die Leopold ihm anvertraut hatte, und die Ergebnisse seiner eigenen Recherchen ließen ihm das Blut in den Adern gefrieren. Was sollte er tun? Er konnte das Ganze bei der Polizei anzeigen, aber Vater lud oft hochrangige Polizeibeamte zu seinen Partys ein. Nach allem, was Johann wusste, gab es bei der Polizei auch *Freiheitswächter*. Und wollte er wirklich, dass sein Vater ins Gefängnis kam? Johann liebte ihn nach wie vor, und wie würde es mit ihm selber weitergehen, wenn Vater nicht mehr da wäre? Jetzt, da Karl tot war, hatte er sonst niemanden mehr.

Seine Augen brannten, sein ganzer Körper schmerzte. Er befürchtete, aufgrund des Schlafmangels und des Stresses nicht mehr klar denken zu können.

Ein leises Klopfen ließ ihn aufspringen. »Ja?«

Die Tür ging auf. Fatima trat über die Schwelle. »Können wir reden?«

Er wollte ihr sagen, dass sie gehen solle, um sich nicht selber in Gefahr zu bringen, aber sein Bedürfnis, mit ihr zusammen zu sein, sorgte dafür, dass sich seine Entschlossenheit in Luft auflöste. »Wir dürfen nicht zusammen gesehen werden.«

Sie sah sich in dem fensterlosen Raum um und lachte. »Ich glaube, hier sind wir sicher.«

Ein hellrosafarbener Hidschab bedeckte ihr Haar. Er wollte ihn ihr abstreifen und enthüllen, was sich darunter befand. »Verfolgt dich dieser Mann immer noch?«

»Ja. Ich habe gemacht, was du gesagt hast – so getan, als wäre er nicht da.«

»Ein paar Tage noch, dann wird er aufgeben.«

»Was würde denn passieren, wenn er uns zusammen sähe?«

Er runzelte die Stirn. »Lass uns das lieber nicht herausfinden.«

»Ich dachte, Österreich wäre anders. Ich dachte, hier würde Freiheit herrschen. Und was tun wir? Wir drücken uns heimlich herum.«

»Mein Vater ... Es ist schwer zu erklären.«

»In meinem Land ist das Leben ziemlich streng geregelt,

aber zumindest weiß jeder, was er zu tun und zu lassen hat. Ich dachte, in Europa wäre das Leben anders, freier und – ich weiß auch nicht – sicherer.«

»Ich weiß. Es tut mir leid. Eigentlich solltest du gefördert und aufgebaut werden – und nicht verfolgt wie eine gewöhnliche Kriminelle.«

Sie bedachte ihn mit einem traurigen Lächeln. »Ich weiß, dass du so denkst. Deshalb habe ich dir ja von meinem Traum erzählt, Chirurgin zu werden.«

»Du wirst eine sehr gute Chirurgin werden. Ich würde mich von dir operieren lassen.« Kaum waren ihm die Worte über die Lippen gekommen, kam er sich ein bisschen blöd vor, aber ihr Lächeln verriet ihm, dass ihr seine Antwort gefallen hatte.

»Hoffen wir mal, dass du so eine Hilfe nie benötigen wirst. Es ergibt einfach keinen Sinn für mich, dass dein Vater, ein Europäer, dich davon abhalten will, das zu tun, was du willst – wegen eines Vorurteils und aus Ignoranz.« Sie ging ein Stück näher an ihn heran. »Ich akzeptiere das nicht, Johann.«

Ihre Worte hingen in der Luft, eine Herausforderung. Sie waren nur dreißig Zentimeter voneinander entfernt. Er spürte, wie sein Adamsapfel auf- und abhüpfte, betrachtete ihr hübsches Gesicht und zögerte. Sie rückte nicht von ihm weg. Er beugte sich zu ihr herunter, berührte mit seinen Lippen ihren Mund und versuchte, die Berührung aufrechtzuerhalten, aber auch nicht wie ein fummelnder Tollpatsch herüberzukommen. Gleichzeitig strich er mit dem Daumen über ihre weiche Wange. Schließlich verlor er sich in dem Kuss.

Er wollte nicht, dass die Berührung je endete, zwang sich jedoch, sich von ihr zu lösen. Was sie taten, war gefährlich.

»Das war schön.« Sie lächelte.

Noch besser als schön. »Ja, aber wir sollten es nicht wiederholen.«

»Ich dachte, darüber wären wir inzwischen hinaus.«

»Mein Vater ...«

»Er wird sich schon irgendwann einkriegen. Vielleicht, wenn er mich erst mal kennenlernt.«

»Ich weiß nicht. Seit den jüngsten terroristischen Attentaten ist er gegenüber Ausländern ziemlich reserviert. Er hat jeden Maßstab verloren.« Johann holte tief Luft. »Wenn er rausfindet, dass wir uns immer noch treffen, bist du in Gefahr.«

»Dann sind wir eben vorsichtig. Ich lasse es nicht zu, den einzigen Menschen an dieser Schule zu verlieren, dem ich mich verbunden fühle – und das nur wegen der Engstirnigkeit eines anderen.«

Er drückte ihre beiden Hände. »Ich will dich auch nicht verlieren.« Aber er wusste, dass er Fatima in Gefahr brachte, und dieses Wissen machte ihn krank.

41

Thea saß in ihrem Zimmer im Corinthia Hotel Budapest auf einem Sofa und las zum tausendsten Mal die Nachricht, die Prospero ihr in der Küche des Hangars gegeben hatte. Die Deadline für ihren Anruf rückte schnell näher, aber sie würde bis zur letzten Minute warten.

Prospero war es gewohnt, Leuten zu befehlen zu springen und als Reaktion die Frage gestellt zu bekommen: »Wie hoch?« Um sich seinen Respekt zu verdienen, konnte sie nicht auf jede seiner Forderungen eingehen, musste ihm jedoch zugleich das Gefühl geben, Herr der Lage zu sein. Es war eine Gratwanderung.

Warum, zum Teufel, will Prospero diesen Lastwagen?

Ein Klopfen an der Tür riss sie aus ihren Gedanken. Nach einem kurzen Blick durch den Spion öffnete sie den Riegel. Ein achtunddreißig Kilogramm schweres Bündel aus Muskeln und Freude sprang mit der Begeisterung eines Kindes direkt auf sie zu und warf sie beinahe um.

»Aegis!«

Sie streichelte das weizenfarbene Fell des Rhodesian Ridgeback, der sich mit seinem vollen Gewicht gegen ihre Beine lehnte. Er winselte und wedelte mit dem Schwanz, als ob er versuchte, ihn von seinem Körper abzuschütteln. Sie hatte den Hund seit zwei Wochen nicht gesehen, und er wollte das Versäumte eindeutig nachholen. Er lebte die meiste Zeit bei ihrem Vater, aber Thea betrachtete ihn als ihren Hund.

Im Gegensatz zu Aegis zögerte ihr Vater auf der Türschwelle. Seine dunklen Augen glänzten. *Tränen. Ungewöhnlich für ihn.*

»Bin ich froh, dass es dir gut geht.« Schließlich trat er auf sie zu, mit seiner Beinprothese immer noch unbeholfen, und breitete die Arme aus.

Ihre Gefühle fuhren Achterbahn mit ihr, doch sie erwiderte die Umarmung. Sie liebte ihren Vater. Er war seit ihrem fünften Lebensjahr, als ihre Mutter gestorben war, eine Säule in ihrem Leben gewesen. Als er im vergangenen Jahr entführt worden war, hatte sie Himmel und Erde in Bewegung gesetzt, um ihn nach Hause zu bringen, doch der Zwischenfall hatte viele hässliche Geheimnisse ans Licht gebracht, die ihr Vater gehütet hatte. In den Nachwehen des Entführungsdramas war ihr Bruder Nikos von dem reißenden Zambezi River verschluckt worden, und ihr Vater hatte ein Bein verloren. Und Thea war nicht mehr sicher, ob sie ihrem Vater je wieder trauen konnte.

Sie bat ihn in ihre Suite. »Espresso?«

»Als ob du mich das fragen müsstest!«, entgegnete er.

Der Hauch eines Lächelns huschte über ihr Gesicht. Sie teilten ihre Leidenschaft für Kaffee, das Elixier, das selbst in die dunkelsten Stunden ein wenig Licht brachte.

Sie füllte Espresso in das Kaffeesieb, und schon bald erfüllte der berauschende Duft nach frischem Kaffee die Luft. Noch eine Prise Zimt, und der Espresso war fertig.

»Bitte, setz dich doch.« Sie bat ihn ins Wohnzimmer ihrer Suite und stellte die Espressotassen auf den antiken Spiegeltisch. Aegis ließ sich zu ihren Füßen nieder. Sie streichelte seinen Kopf.

»Irgendwas Neues von den Jungen?« Christos hatte sich während eines seiner Besuche in Kanzi mit Ayan und Jabari angefreundet und auch das Adoptionsprogramm finanziert. Die neue Familie der Jungen, die Wavertons, waren Bekannte von ihm.

Thea schüttelte den Kopf. »Ich rufe Prospero Salvatore bald an, damit er mir weitere Informationen zu dem Lastwagen gibt, den wir kapern sollen.«

Ihr Vater neigte den Kopf. »Was ist so Besonderes an diesem Lkw?«

»Genau das ist die 64-Millionen-Euro-Frage. Die Analysten von Quantum prüfen die Sache von allen Seiten, aber bisher haben sie noch keinen Schimmer.«

»Falls du Hilfe brauchst, ob in Form von Geld oder was auch immer, ich bin für dich da.« Papa nippte an seinem Espresso.

»Wir kriegen das schon selber hin, aber danke für dein Angebot.«

»Ich meine es ehrlich. Ich tue alles, damit wir Ayan und Jabari wohlbehalten zurückbekommen.«

»Wir sind dran. Keine Sorge.«

Christos starrte in seine Espressotasse. »Es ist nicht lustig, eine Geisel zu sein.«

Papa musste es wissen. »Irgendwie habe ich das Gefühl, alle im Stich gelassen zu haben.«

»Nach allem, was ich gehört habe, hast du Prosperos Männer so lange wie möglich abgewehrt.«

Sie dachte an den Kampf in dem Hangar, an all die Menschen, die sie umgebracht hatte. *So viele verlorene Menschenleben. Noch mehr Blut an den Händen des Italieners.* »Prospero war mir gegenüber die ganze Zeit im Vorteil.«

Papa schwieg einen langen Moment und musterte sie mit seinen intelligenten Augen. »Warum lässt du das alles nicht einfach hinter dir, wenn du die Jungen erst einmal wohlbehalten nach Hause gebracht hast, und arbeitest mit mir bei Paris Industries?«

Es hatte eine Zeit gegeben, in der sie es unter Umständen in Erwägung gezogen hätte, in das Familienunternehmen einzusteigen. Aber nachdem sie die Geheimnisse kannte, die ihr Vater gehütet hatte, und die Lügen, die er ihr aufgetischt hatte, und nachdem sie wusste, wie viele Leben all das gekostet hatte, würde sie niemals mit ihm zusammenarbeiten können. Er sah hoffnungsvoll aus, und sie wollte ihn nicht verletzen, aber sie wollte ihm auch keine falschen Hoffnungen machen.

»Ich weiß, wie leid dir das mit Nikos tut, Papa. Ich vermisse ihn jeden Tag, egal, wie er am Ende geworden ist. Und ich weiß auch, was für Sorgen du dir um mich machst.«

»Wenn ich die Zeit zurückdrehen könnte, würde ich einiges anders machen.« Ihr Vater setzte einen betrübten Blick auf.

Das kann er jetzt leicht sagen. Sie hasste die Bitterkeit, die immer in ihr aufkam, wenn sie und ihr Vater über Nikos redeten, aber sie konnte nichts dagegen tun. »Aber was Nikos damals passiert ist und wie es ihn verändert hat – das ist der Grund, aus dem ich so hart dafür kämpfe, Geiseln nach Hause zu bringen. Damit das, was unsere Familie durchmachen musste, anderen Familien erspart bleibt.«

»Aber du bist ständig in Gefahr.«

»Ich bin vorsichtig. Und ich habe ein gutes Team.«

»Du bist jetzt mein einziges Kind.«

»Emotionale Erpressung funktioniert bei einer trainierten Geiselbefreiungsexpertin nicht.«

Er lächelte und schüttelte den Kopf. »Tut mir leid. Ich wollte nicht versuchen, dich zu manipulieren.«

»Ich glaube, du kannst gar nicht anders.« Sie wurde ein bisschen milder. Papa liebte sie auf seine eigene, unvollkommene Weise. Er hatte gravierende Fehler gemacht, aber sie auch. Sie hatten noch einen weiten Weg vor sich, wenn sie ihre Beziehung zueinander heilen wollten. Sie musste lernen zu vergeben, und er musste einen Weg finden, damit aufzuhören, sie ständig kontrollieren zu wollen. Sie wusste nicht, ob das gelingen konnte – Christos' Starrköpfigkeit hatte ihm zu großem unternehmerischem Erfolg verholfen, ihn jedoch nicht zu einem guten Vater gemacht –, aber sie mussten es versuchen.

»Ich respektiere, was du tust«, sagte ihr Vater. »Ich mache mir nur Sorgen.«

»Tja, im Moment sollten wir uns wohl eher Sorgen um die Jungen machen. Hast du mit den Wavertons gesprochen? Wissen sie, was passiert ist?«

»Ja, und sie sind sehr beunruhigt und aufgebracht. Aber ich soll dir von ihnen ausrichten, dass sie auf dich setzen.«

Jemand klopfte kurz und kräftig an die Tür. Aegis bellte. Thea stand auf und blickte durch den Spion. Aegis war ihr durch den Raum gefolgt.

Rif. Sie ließ ihn rein. Seine Haare waren noch nass vom Duschen. Groß und breitschultrig, wie er war, sah er in seinem schwarzen Outfit sehr elegant aus. Aegis drängte sich an ihren Beinen vorbei zu Rif – der Hund liebte Christos' Patensohn.

»Tut mir leid, ich wusste nicht, dass ich störe.« Rif blieb zögernd in der Tür stehen und kraulte den großen Hund hinter den Ohren.

»Du störst doch nicht. Ganz und gar nicht.« Christos und Rif hatten sich immer nahegestanden, aber es irritierte Thea ein bisschen, dass ihr Vater plötzlich so tat, als befände er sich in seinem Zimmer und nicht in ihrem.

Rif grinste Christos an und wandte sich Thea zu. »Wir haben einen Plan ausgearbeitet. Ich möchte, dass du ihn dir ansiehst.«

Vielleicht fanden sie einen Weg, alle wohlbehalten nach Hause zu bringen. *Na ja, nicht alle*. Thea ließ ihren Blick durch den Raum zu ihrem Vater schweifen und spürte Nikos' Geist neben sich. Sie erinnerte sich an den Tag, an dem sie Ayan und Jabari zum ersten Mal begegnet war. Es war zwei Jahre her. Sie war mitten in der Nacht in Kanzi angekommen und hatte direkt das Waisenhaus aufgesucht, nachdem sie in Somalia einen Enterungsversuch von Piraten vereitelt hatte.

Sie war hundemüde und hatte gedacht, dass alle längst schliefen. Aber ein einzelnes Licht, das ihr wie ein Leuchtfeuer vorkam, veranlasste sie, den Flur entlangzugehen. Nikos saß in einem Sessel neben einem Einzelbett. In seinen Armen schlief ein afrikanischer Junge. Unter der Bettdecke lag ein etwas älterer Junge, der zusammenhangslos vor sich hin murmelte und auf dessen Stirn Schweißperlen glitzerten.

Ihr Bruder blickte auf, als sie näher kam. Er verlagerte das Kind in seinen Armen, langte nach der Wasserschale auf dem Nachttisch und wrang ein Tuch aus. Dann tupfte er dem älteren Jungen mit seiner freien Hand die Stirn trocken. Der Junge krümmte sich und stöhnte.

»Fieber«, flüsterte Nikos leise.

»Komm, ich helfe dir.« Sie breitete die Arme aus, und ihr Bruder legte ihr den schlafenden Jungen hinein. Das Kind kuschelte sich an ihre Schulter.

Nikos tauchte das Tuch erneut in das kalte Wasser, wrang es aus und kühlte damit den Oberkörper und die Stirn des älteren Jungen. »Seine Temperatur ist vor ein paar Stunden ganz plötzlich nach oben geschossen. Der Doc hat gesagt, wenn er die Nacht überlebt, wird er wieder gesund.«

Der kranke Junge konnte nicht älter als zehn sein. Er konnte kaum erfahren haben, was das Leben zu bieten hatte. Er musste gesund werden.

Sie zog sich einen Stuhl heran und setzte sich neben ihren Bruder. So hielten sie die ganze Nacht bei dem Jungen Wache und redeten dabei leise über ihre eigene Kindheit in Kanzi, über das Waisenhaus und über ihren Vater.

Thea wünschte, dass auch Papa diese Seite von Nikos kennenlernen könnte, aber die beiden Männer gerieten aneinander, wann immer sie sich begegneten. Sie konnten einfach keinen Frieden schließen. Nikos' Entführung hatte am Grundgerüst ihrer Familie gerüttelt und Verwerfungen ent-

hüllt. Wie es schien, hatte Nikos nur in der Gesellschaft der Waisenhauskinder festen Boden unter den Füßen.

Stunden später ließ der Sonnenaufgang die Schönheit Kanzis erstrahlen. Eine riesige Akazie dominierte den Innenhof und warf Schatten auf die Fenster. Der kleinere Junge, der in ihren Armen schlief, regte sich und öffnete erst ein Auge und dann das andere. Er hob eine Hand und zeichnete mit dem Finger die s-förmige Narbe auf ihrer Wange nach. Dann verlagerte er das Gewicht, hob den linken Arm und zeigte ihr seine eigenen zwei gezackten Narben. Sie lächelte.

Er ließ seinen Blick durch den Raum schweifen und sah Nikos neben dem Bett sitzen.

»Wer bist du?«

»Ich bin Nikos' Schwester, Thea.«

»Er hat mir alles über dich erzählt.«

»Du darfst nicht alles glauben, was man dir erzählt.« Sie lächelte.

»Ich bin Ayan, und das ist mein Bruder Jabari. Was ist dir da passiert?« Er zeigte auf die Narbe in ihrem Gesicht.

»Das ist nur eine Kampfverletzung. Und wie ich sehe, hast du auch ein paar.« Sie hatte ihrem Bruder den Zwischenfall, der zu der Narbe geführt hatte, schon lange verziehen.

Eine Bewegung im Bett erregte ihre Aufmerksamkeit. Jabari streckte sich und gähnte. Seine Stirn war trocken, seine Augen klar. Er hatte das Fieber überstanden.

»Ich habe Hunger. Was gibt es zum Frühstück?«, fragte er. »Und wer ist diese schöne Frau?«

Sie lachten alle. Damals hatte Thea es noch nicht gewusst, aber es sollte ihr letzter gemeinsamer fröhlicher Moment mit Nikos gewesen sein.

42

Rif saß neben Thea in dem Konferenzraum, den sie zu ihrer provisorischen Einsatzzentrale gemacht hatten. Die Mitglieder des Quantum-Teams hatten sich um einen Mahagonitisch versammelt, tranken Kaffee und aßen *kifli* und köstliche kleine, *pogácsa* genannte Käseteilchen aus der Konditorei, die sich in der Nähe des Hotels befand. Seitdem sie eingecheckt hatten, richteten sie sämtliche Energie darauf, den Lastwagen aufzuspüren. Alle Mitglieder des operativen Teams arbeiteten pausenlos, diskutierten potenzielle Routen, auf denen der Lkw nach Budapest kommen konnte, und sprachen mögliche Taktiken durch, um den Lkw mitten in einer geschäftigen Stadt in ihre Gewalt zu bringen.

Auf einem großen Bildschirm war eine detaillierte Karte mit den Hauptverkehrsadern Budapests zu sehen. Hellrote Linien markierten die Mautautobahnen. In der Hauptstadt Ungarns, die zugleich ein Verwaltungsbezirk war, lebte ein Drittel der Bevölkerung des Landes. Natürlich waren die Straßen mit Tausenden von Fahrzeugen überfüllt. Das einzig Gute war der Zeitpunkt. Da ein Feiertagswochenende bevorstand, hatten viele Bewohner die Stadt bereits verlassen und besuchten ihre Familien in den Vororten oder unternahmen einen Kurztrip. Somit waren in der Stadt weniger Autos und Fußgänger unterwegs, um die man sich bei der Operation Sorgen machen musste.

Laut Prospero sollte der Lastwagen aus östlicher Richtung kommen, aber darauf konnten sie sich nicht verlassen. Alle

Einfallstraßen nach Budapest mussten abgedeckt werden. Beim Blick auf die Karte verstand Rif, warum der durchtriebene Mafioso wollte, dass sich ein taktisches Team um die Kaperung des Lkws kümmerte. Das Quantum-Team verfügte über die Kommunikationssysteme, den Zugang zu Informationen und die Fertigkeiten, die erforderlich waren, um das Ziel in so einer Umgebung zu orten und zu kapern. Warum sollte der Mafioso seine eigenen Männer darauf ansetzen, mit einer Situation klarzukommen, die so kompliziert war, dass sie das Ganze womöglich vermasselten?

Rif begann mit der Präsentation. »Die farbigen Punkte stehen für die Mitglieder unseres Teams. Wir decken alle Hauptrouten ab – in der Annahme, dass der Lkw aufgrund seiner Größe eine der Hauptverkehrsadern benutzen muss.«

»Wer übernimmt die Überwachung von oben?«, fragte Thea und kam wie immer direkt zum wichtigsten Teil des Plans. Abgesehen von ihren Kampffertigkeiten war es vor allem Theas Stärke, selbst bei der Besprechung der logistischen Details immer das große Ganze im Kopf zu behalten, die dazu beitrug, das Selbstvertrauen des Teams zu beflügeln.

»Ich werde in dem Vogel sitzen«, sagte Rif. »Aus der Luft können wir den Lastwagen besser sichten. Sobald ich das Ziel geortet habe, werden alle Mitglieder des Teams am Boden ihre Positionen verlassen und es ansteuern.«

»Wissen wir inzwischen, was an diesem Lkw so besonders ist?«, fragte Brown.

»Er ist vollgeladen mit selbst gemachter Spaghettisoße von Prosperos Mutter«, scherzte Johansson.

»Danke, du Schlaumeier.« Brown schnipste einen Gebäckkrümel in Johanssons Richtung.

Rif zuckte nicht mal mit den Wimpern. Das Geplänkel war Teil der Dynamik ihres Teams, eine Möglichkeit, Dampf abzulassen. Außerdem trug es dazu bei, die Geschlossenheit des Teams zu festigen. »Wir haben einige Lagerhallen angemietet. Sobald wir den Lkw in unsere Gewalt gebracht haben, bringen wir ihn in die nächstgelegene Halle, nehmen ihn auseinander und finden heraus, warum Salvatore so scharf auf den Wagen ist.«

Thea meldete sich zu Wort, ohne den Blick von der Karte abzuwenden. »Brown, finde raus, welche Telefonate Prospero von der Telefonnummer geführt hat, die er mir gegeben hat. Vielleicht liefert uns das einen Hinweis darauf, wo er die Geiseln gefangen hält.«

»Bin schon dabei.« Brown wandte sich seinem Laptop zu und fuhr ihn hoch.

»Noch weitere Fragen?«, fragte Thea.

»Haben wir noch Zeit für ein Nickerchen?« In Neils Mundwinkel hing eine Zigarette.

»Auf jeden Fall. Ruht euch aus und haltet euch bereit, bis ich euch Bescheid sage.« Rif schaltete den Bildschirm aus. Die Besprechung war beendet.

Alle außer Thea und Rif verließen den Raum. Sie waren voller Tatendrang und vibrierten innerlich wie geschlagene Stimmgabeln. So war es immer vor einem Einsatz: Adrenalin flutete ihre Körper, alle waren leicht nervös und angespannt. Als sie von Theas Entführung gehört hatten, war quasi das ganze Team eingeflogen, sogar diejenigen, die eigentlich freigehabt hatten. Wenn jemand aus dem Quantum-Team Hilfe benötigte, waren alle zur Stelle.

»Wie war deine Begegnung mit Christos?« Rif hatte die Anspannung in ihrem Zimmer gespürt. Er wollte sie nicht drängen, ihr jedoch zu verstehen geben, dass sie auf ihn zählen konnte.

Sie ließ sich wieder auf einen der Lederstühle fallen. »Verwirrend. Schwierig.«

»Tja, Christos hat in der Tat ein paar merkwürdige Entscheidungen getroffen.« Das war die Untertreibung des Jahrhunderts. Diese Entscheidungen hatten das gesamte Quantum-Team in Gefahr gebracht.

»Ich liebe Papa, aber er hat eine Kette schrecklicher Ereignisse ausgelöst. Viele Menschen haben teuer bezahlt, einige mit ihrem Leben. Er selber hatte Glück, dass er nur ein Bein verloren hat. Und Nikos ...« Ihre Stimme brach, und sie musste tief Luft holen, bevor sie weitersprechen konnte. »Manchmal hege ich einen wahnsinnigen Groll gegen ihn. Aber ich sehe auch, wie er von seinen Schuldgefühlen verzehrt wird. Mir ist klar, dass er meine Unterstützung braucht und unbedingt will, dass ich ihm vergebe, aber ich weiß nicht, ob ich das je voll und ganz kann. Andererseits ist er der einzige Vater, den ich habe.«

»Du hast jedes Recht, wütend zu sein. Aber wir wissen ja beide, dass mein Patenonkel gewöhnungsbedürftig ist.« Er rang sich ein Lächeln ab, um die Situation zu entspannen. »Die Frage ist nur, wie ihr einen Weg findet, eure Beziehung zu kitten.«

»Die Arbeit hilft. Seitdem Papa die Reha-Klinik verlassen hat, bin ich immerzu auf Achse gewesen, sodass sich unsere Wege kaum gekreuzt haben.«

»Christos hat bestimmt gemerkt, dass du ihm aus dem Weg gehst – und er versteht auch, warum.« Rif fuhr sich mit der Hand durchs Haar und lächelte. »Nur damit du es weißt: Er war gerade in der Quantum-Zentrale, als er erfahren hat, dass das Flugzeug, in dem du gesessen hast, entführt wurde, und er war am Boden zerstört.«

Thea zuckte mit den Schultern. »Ich weiß, dass er mich liebt, Rif. Es fällt mir nur schwer, ihm seine lebenslange Lügerei zu verzeihen.«

»Vielleicht hat er seine Lektion gelernt. Du hast deinen Bruder verloren, ich weiß, aber vergiss nicht: Er hat seinen Sohn verloren.«

Es folgte ein langes Schweigen, bevor Thea ihm schließlich mit bohrendem Blick direkt in die Augen sah. »Warum hast du mir nicht erzählt, was Nikos durchgemacht hat?«

»Es war nicht an mir, es dir zu erzählen.« Es bereitete ihm immer noch ein schlechtes Gewissen, dass er mehr über Nikos' Entführung gewusst hatte, als er ihr gegenüber preisgegeben hatte, aber die Situation war kompliziert gewesen – nicht zuletzt deshalb, weil er gegenüber ihrem Bruder ziemlich ambivalente Gefühle gehabt hatte.

»Tut mir leid, Rif. Denk bitte nicht, dass ich dich zwingen will, für mich oder Papa Partei zu ergreifen.«

»Natürlich nicht.« Er wollte es nicht laut sagen, aber er würde immer Thea vorziehen, wenn er sich zwischen ihr und jemand anderem entscheiden müsste.

Brown klopfte an die Tür.

Thea setzte sich gerade hin. »Du musst nicht klopfen. Hast du was rausgefunden?«

Der Technik-Guru hielt seinen Laptop in den Händen, fummelte daran herum und blickte nach unten.

»Sag schon.«

»Vielleicht sollten wir unter vier Augen reden.«

»Was auch immer es ist – Rif darf es hören.«

»Prosperos Anrufe. Die meisten sind ganz normale Telefonate, aber zwei stechen hervor. Bei dem ersten auffälligen Anruf handelt es sich um ein Telefonat mit dem gleichen Banker der Falcon Private Bank, mit dem einer der Passagiere, nämlich Matthias Houndsworth, seine Softwaregeschäfte abwickelt.«

»Könnte ein Zufall sein, aber es lohnt sich auf jeden Fall, das zu überprüfen. Gute Arbeit. Und der zweite Anruf?«, fragte sie.

»Tja, hm.«

»Raus damit.« Thea fragte sich, was Brown so ein Unbehagen bereitete.

»Prospero hat gestern auf Christos' Handy angerufen. Das Gespräch dauerte zehn Minuten.«

Rif sah, wie Thea die Kinnlade herunterklappte. *So viel zum Thema Beziehung heilen.*

43

In Prosperos Kopf schwirrten alle möglichen Gedanken durcheinander. Sein Handy, das neben ihm auf dem Nachtschränkchen lag, war ein einziges Ärgernis. Für den Fall, dass Thea ihm eine Nachricht schickte oder anrief, hatte er es nicht auf stumm gestellt. Bis zu der Deadline, die er ihr gesetzt hatte, waren es nur noch zwanzig Minuten, aber sie hatte immer noch nichts von sich hören lassen. An Kühnheit mangelte es ihr nicht, das musste man ihr lassen.

Er legte ein paar Kissen aufeinander, lehnte sich dagegen, nahm seinen Laptop und schaltete die Liveübertragung aus dem Schuppen ein. Das Ganze erinnerte ihn an eine dieser albernen britischen Realityshows, die seine Frau sich immer ansah. *Violetta*. Er fragte sich, ob sie ihn wohl vermisste oder es vorzog, wenn er unterwegs war. Dreiundzwanzig Ehejahre hatten ihre Leidenschaft ermatten lassen, nicht jedoch ihre Liebe zueinander. Sie ermöglichte ihm zu Hause ein normales Leben. Dort konnte er einfach nur er selbst sein: ein Mann in den mittleren Lebensjahren und mit einer kaputten Hüfte. Er konnte sich ein Leben ohne sie nicht vorstellen, aber ihm war sehr wohl bewusst, dass das Zusammenleben mit ihm alles andere als einfach war.

Der Bildschirm erwachte flackernd zum Leben und gestattete ihm zu sehen, was die Geiseln machten. Obwohl es früh am Morgen war, standen die meisten von ihnen bereits in der Nähe der Tür zusammen und tranken von dem abgefüllten

Wasser, das er ihnen zur Verfügung gestellt hatte. Er warf einen Blick auf die Uhr. Noch fünfzehn Minuten. In seinem Plan gab es so viele Variablen, dass er sich fragte, ob er Thea besser hätte mit einbeziehen sollen. *Dafür war es jetzt zu spät.* Egal, *Liberata* war ein Profi. Sie würde anrufen.

Sein Blick schweifte über eine Gruppe Geiseln, die an einem der Fenster standen. Einige von ihnen starrten nach draußen. Sie konnten so lange in die Gegend gaffen, wie sie wollten, aber falls sie versuchen sollten zu fliehen, würden Bassams Männer sie sich vorknöpfen.

Mike Dillman legte seinen kräftigen Arm um Ayan. »Ich hoffe, der Boden war nicht zu hart für dich, mein Junge.«

Der kleinere der beiden Jungen zuckte mit den Schultern. »Nö, wir sind es gewohnt, auf dem Boden zu schlafen. Haben wir doch beim Ablösen während der Nachtwache immer gemacht.«

»Wenn ihr nach Tieren Ausschau gehalten habt?«, fragte der Texaner mit hochgezogenen Augenbrauen.

»Nach Feinden. Manchmal haben sie versucht, unser Lager zu überfallen, aber dann haben ich, Jabari oder ein anderer Junge, der gerade Wache hatte, *peng-peng* gemacht, und sie waren tot.«

»Ihr habt auf Menschen geschossen?« Dillmans Stimme war tiefer geworden.

»In Kanzi gibt es viel Krieg. Boko Haram hat unsere Mama und unseren Papa getötet. Und uns das Schießen beigebracht und uns zu Kämpfern gemacht.« Ayan gähnte. »Aber jetzt fahren wir nach London, in unser neues Zuhause.«

»Kinder sollten nicht kämpfen müssen.«

Da konnte Prospero ihm nur zustimmen. Nur Erwachsene sollten Kriege führen.

»Wenn wir ihnen die Pistolen wegnehmen«, sagte Ayan

und zeigte auf die Wachen vor dem Schuppen, »können wir fliehen.«

»Versprich mir, dass du so was auf keinen Fall versuchst. Wir warten erst mal ab. Vergiss nicht – Thea ist auf dem Weg.«

Ayan lächelte. Seine zwei fehlenden Schneidezähne ließen ihn noch jünger aussehen, als er war. »Ich habe Thea lieb.«

Dillman lächelte. »Sie hat dich auch lieb. Gedulden wir uns also, und warten wir ab, was passiert, okay?«

Ayan runzelte die Stirn. »Diese Männer sind böse.«

»Ja, aber im Moment müssen wir tun, was sie sagen.«

Prospero fragte sich, ob der Mann Kinder oder Enkelkinder hatte. Er und Violetta waren nie mit Kindern gesegnet worden. Angesichts seines Berufs war das wahrscheinlich auch besser so. Dennoch fragte er sich, was er wohl für ein Vater gewesen wäre. Als Stefano gestorben war, hatte er sich sehr verloren gefühlt. Ein Teil von ihm war für immer von ihm gegangen.

Jabari hockte in einer Ecke des Raums. Ocean saß neben ihm. Sie waren in ein Gespräch vertieft, aber Prospero konnte nichts verstehen, weil die Stimmen der anderen Geiseln sie übertönten.

Matthias, Karlsson und zwei Geschäftsmänner durchstöberten die Schränke, die in dem Schuppen standen. Sie würden nichts finden, womit sie etwas anfangen konnten. Einige traten gegen die Hundeklappe, die Luciano zugenagelt hatte. Sein Neffe hatte den Schuppen gründlich auf den Kopf gestellt, bevor sie die Geiseln dort eingesperrt hatten. Sie konnten sich umsehen, soviel sie wollten. Dann hatten sie wenigstens eine Beschäftigung.

Ein Ping seines Handys erweckte seine Aufmerksamkeit.

Endlich.

44

Als Johann vor dem Anwesen seiner Familie die Reihe der geparkten Autos sah, wollte er am liebsten durch die Hintertür hoch in sein Zimmer schleichen und den Abend in Ruhe allein verbringen. Aber wie der Zufall es wollte, war Vater gerade in der Küche und erteilte dem Koch Anweisungen.

»Du bist spät dran. Alles in Ordnung?« Eine weitere unausgesprochene Frage stand seinem Vater in die Augen geschrieben.

»Ich musste mit meinem Englischlehrer über meine Teilnahme an einem Schreibwettbewerb reden.« Seit wann kamen ihm Lügen so einfach über die Lippen?

»Fiktion? Die Dietrichs bewirken etwas in der realen Welt. Wir verschwenden unsere Zeit nicht mit erfundenen Geschichten.«

Sie verließen gemeinsam die Küche, sein Vater steuerte die hintere Treppe an. Johann konnte an nichts anderes denken als an den Tod von Omar Kaleb, die Ermordung von Onkel Karl und den Plan, Menschen arabischer Herkunft auszulöschen. Wenn er all das in einem Roman unterbrächte, würde er seinen Lesern eine Menge abverlangen, doch so, wie die Dinge lagen, waren dies nun Tatsachen, mit denen er in seinem realen Leben konfrontiert war.

»Findet heute Abend ein Treffen der *Freiheitswächter* statt?«, fragte Johann, um ein bisschen Konversation zu betreiben, bereute es aber sofort.

»Wir erwarten einen besonderen Gast aus den USA.«

Das gelobte Land. Vater wollte, dass Johann nach dem Abschluss seines Studiums nach Hause zurückkehrte und das Familienunternehmen führte. Aber das entsprach nicht dem, was Johann selber plante. Er wollte im Bereich Umwelttechnik arbeiten, wo er seine Mathematik- und Computerkenntnisse einsetzen konnte, um in Entwicklungsländern Brücken und Wasseraufbereitungsanlagen zu bauen. Das war etwas, wo er etwas bewirken konnte.

»Komm nach unten, ich stelle dich unserem Gast vor«, sagte Vater.

»Ich muss noch jede Menge Hausaufgaben machen.« Johann ging die ersten Stufen hinauf.

»Unseren Gast kennenzulernen, ist wichtiger.«

Johann machte kehrt, trippelte die Treppen wieder hinunter, stellte seinen Rucksack auf den Tisch in der Diele und folgte seinem Vater in den Keller. Es hatte keinen Zweck, mit ihm zu streiten, wenn er diesen Blick in den Augen hatte.

Die Schar der Gäste hieß Vater willkommen und überschüttete ihn mit Lobhudelei. Vater bahnte sich einen Weg durch den Raum und ließ seinen Blick über die Anwesenden schweifen. Mit seinem Charisma zog er die Menschen jedes Mal in seinen Bann. Johann verdrückte sich unauffällig in den dunkleren Bereich im hinteren Teil des Raums und ließ sich auf das Ledersofa plumpsen. Schuldgefühle und Abscheu überkamen ihn.

Der Keller war mal eine wohlige Höhle für ihn gewesen, in der er auf dem großen Bildschirm Fußballspiele gesehen hatte. Er war Fan des FC Red Bull Salzburg und mochte dessen aggressiven, offensiven Spielstil. Er hätte dem Kampfgeist der Spieler gerne nachgeeifert, aber in Mannschaftssportarten war er nie gut gewesen, und wegen seiner Statur taugte er für Fußball sowieso nicht. Er eignete sich besser zum Skilaufen und für andere Leichtathletik-Einzelsportarten.

Der mit Antiquitäten eingerichtete Kellerraum füllte sich immer mehr, und Johann wollte am liebsten verschwinden. *Alte Welt Österreich trifft neue Weltordnung.* Die *Freiheitswächter* standen in Grüppchen um den Kamin. Überall wurde über eine US-amerikanische Organisation mit drei Buchstaben getuschelt. Vaters Gast musste ein Spion sein, entweder ein ehemaliger oder einer, der noch aktiv war. Und angesichts der geheimnisumwobenen Natur dieser Tätigkeit würde er es wohl sowieso nie herausfinden. Aber was spielte das auch schon für eine Rolle? Unterm Strich lief es darauf hinaus, dass der barbarische Plan also von jemandem unterstützt wurde, der Verbindungen zur CIA hatte. War denn die ganze Welt verrückt geworden?

Johann musterte den ausländischen Gast, als er den Raum betrat. Er war durchschnittlich groß, normal gebaut, hatte braunes Haar und braune Augen und trug eine braune Hose und ein weißes Oberhemd. Johann hatte eine beeindruckendere Gestalt erwartet, aber vielleicht war das genau der Punkt. Dieser Mann, den man schnell wieder vergaß, konnte problemlos in einer Menschenmenge untergehen.

Vater führte den Ausländer in eine hintere Ecke des Raums. Er schien sich nicht dessen bewusst zu sein, dass Johann auf dem Sofa, auf dem er sich niedergelassen hatte, in Hörweite war.

»Das Flugzeug ist verschwunden, Krimm«, sagte Vater. »Unseren Informationen zufolge gehen die Sicherheitsbehörden davon aus, dass es sich um eine Entführung handeln könnte. Ob Gladio dahintersteckt?«

»Vielleicht. Die Frage ist, ob wir sie rechtzeitig zurückbekommen können.«

»Das ist fraglich, aber meine Kontaktleute halten die Ohren

auf. An Bord des Flugzeugs war eine Geiselbefreiungsexpertin von Quantum International. Sie heißt Thea Paris, ist aber entkommen. Quantum wird die Verhandlungen über die Freilassung der Passagiere übernehmen.«

»Finde diese Passagiere, bevor die Verhandler sie finden. Wir haben keine Zeit mehr, um einen anderen Wissenschaftler zu rekrutieren.« Krimm sprach in einem entschiedenen, barschen Ton mit seinem Vater, einem Ton, den Johann noch nie von jemandem gehört hatte, der mit seinem Vater sprach.

»Stimmt. Aber mit der Menge, die wir haben, können wir momentan auch ohne sie mit Phase eins fortfahren«, entgegnete Vater. »Bevor wir zur Angriffsphase zwei übergehen, werden wir natürlich irgendwann auf ihren Sachverstand angewiesen sein, um mit der Massenproduktion beginnen zu können. Wir werden sie uns zurückholen.«

»Gut«, entgegnete Krimm. »Was ist mit dem Maulwurf?«

»Der ist erledigt.«

Johann zitterte. *Onkel Karl.*

»Nur wenige von uns sind in den übergeordneten Plan eingeweiht, und ich bin sicher, dass bei Gladio niemand was von der Biowaffe weiß.« Die Stimme seines Vaters klang abgehackt und intensiv, als ob er versuchte, Krimm zu beruhigen.

»Dann führen wir Phase eins umgehend durch.«

»Die Boten holen die Behälter morgen ab.«

So bald schon? Johann wurde von einer überwältigenden Welle der Angst erfasst.

»Wir fangen mit vier Flüchtlingslagern an, richtig?«, fragte Krimm.

»Ja, und dann erweitern wir das Operationsgebiet. Frankreich, Deutschland, Griechenland. Wir konzentrieren uns auf die Gegenden mit den größten arabischen Bevölkerungsanteilen.«

»Gut gemacht, Gernot. Das gilt für Sie alle.«

»Danke. Uns ist allen bewusst, wie wichtig dieser Kampf für unsere Zukunft ist. Und jetzt halte ich mal Ausschau nach meinem Sohn Johann, damit Sie ihn kennenlernen. Er hat sich unserer Sache vor Kurzem angeschlossen.«

Johann wünschte, der Boden würde sich unter ihm auftun und ihn vollständig verschlucken. Das Letzte, was er auf der Welt wollte, war, eine Galionsfigur für die *Freiheitswächter* zu werden.

45

Thea und Rif schlenderten über den länglichen Platz auf den Eingang der St.-Stephans-Basilika zu, einer prachtvollen, im neoklassischen Stil gehaltene Kirche, die zu Ehren des ersten Königs von Ungarn erbaut worden war. Sie war im Laufe der Jahre mehrmals wiederaufgebaut worden, einmal, weil die ursprüngliche Kuppel eingestürzt war, bevor der Bau überhaupt fertiggestellt gewesen war und den Rest des Gebäudes ebenfalls zerstört hatte, und dann noch einmal nach den Bombenangriffen im Zweiten Weltkrieg. Dieser Tage sah die Kirche beeindruckend aus.

Thea hatte kurz per WhatsApp Kontakt mit Prospero gehabt und sollte in der Basilika einen seiner Männer treffen. Als öffentlicher Ort war die Kirche, in deren Innerem sich immer jede Menge Besucher drängten, für derartige konspirative Treffen bestens geeignet. Die anderen Mitglieder des Teams waren währenddessen ausgeschwärmt und beschafften Fahrzeuge und die sonstige Ausrüstung, die sie für die Operation benötigten.

»Hast du deinen Vater angerufen?«, fragte Rif.

»Ja.« Es haute sie immer noch um, dass ihr Vater und der Mafioso miteinander in Kontakt standen. »Er hat behauptet, Prospero habe ihm angeblich gedroht, den Jungen etwas anzutun, wenn ich ihm nicht diesen verdammten Lastwagen liefere.«

»Glaubst du ihm?«

»Nicht wirklich. Würdest du ihm nach allem, was er getan hat, noch glauben?«

Als sie die Treppe zu dem hohen Eingangsportal der Basilika hinaufstiegen, fiel ihr die Inschrift über dem Bogen ins Auge. Dort standen in großen goldenen Lettern die Worte Jesu: *Ego sum via veritas et vita*: Ich bin der Weg und die Wahrheit und das Leben. *In Anbetracht dessen, wie ihr Vater ständig die Fakten verdrehte, damit sie ihm in den Kram passten, hätte sich Papa diese Worte auch als sein Motto auswählen können.*

Rif riss sie aus ihren Gedanken. »Aus was für einem denkbaren Grund könnte er denn mit Prospero zusammenarbeiten?«

»Es macht keinen Sinn, ich weiß. Aber irgendwas stimmt da nicht.« Sie blieb abrupt stehen, weil ihr plötzlich etwas eingefallen war. »He, tu mir einen Gefallen, und bitte Brown, ob er rausfinden kann, mit wem Prospero während der *Liberata*-Verhandlung telefoniert hat.«

Rif zog eine Augenbraue hoch. »Ich frage ihn, aber das ist verdammt lange her.« Er klang skeptisch. »Du denkst, Christos und Prospero könnten damals miteinander in Kontakt gestanden haben?«

»Vielleicht. Hoffen wir, dass ich mich irre.«

Sie stiegen die nächsten Stufen schweigend hinauf, dann ergriff Rif wieder das Wort. »Da wir gerade von Vätern reden, Hakan hat ein Update geschickt. Über die Flugzeugpassagiere oder den Lastwagen gibt es nichts Neues. Aber halt dich fest – das Motto von Gladio lautet offenbar *Silendo libertatem servo*: ›Durch mein Schweigen diene ich der Freiheit.‹«

»Ich würde gern von Prospero erklärt bekommen, inwiefern eine Flugzeugentführung der Freiheit dient«, murmelte Thea. »Hat Hakan es geschafft, die 737 zu lokalisieren?«

»Noch nicht. Wegen der Schäden an dem Flugzeug müssen sie in einer Höhe von unter dreitausend Metern geflogen sein, und das erschwert es, die Maschine auf dem Radar zu orten«, erklärte Rif. »Weit können sie jedenfalls nicht geflogen sein. Hakan wird das Flugzeug finden.«

Die berühmte Kirche thronte über dem Platz, aus jedem Stein sprach Geschichte. »Noch zwölf Minuten bis zum vereinbarten Zeitpunkt.« Vielleicht hatte sie noch Zeit, ein schnelles Gebet für Ayan, Jabari und die anderen Passagiere zu sprechen.

»Ich behalte dich im Auge.« Rif steckte sich seinen Ohrhörer rein. Theas befand sich bereits in ihrem Ohr.

»Hörst du mich?«, fragte er.

»Ja, klar und deutlich.«

»Das Codewort lautet *gelb*, falls du mich brauchst«, sagte Rif.

Thea war vor zwei Jahren schon mal in der St.-Stephans-Basilika gewesen, als sie auf dem Rückweg von einem Einsatz in Syrien nach London einen Sightseeing-Tag in Budapest eingeschoben hatte. Sie hatte damals ein Einsatzteam geleitet, das einen holländischen Entwicklungshelfer befreit hatte, der im Nordwesten des Landes von al-Nusra-Dschihadisten entführt worden war. Nach der schwierigen Befreiungsaktion war ihr die schöne Kirche wie ein Refugium vorgekommen, doch jetzt empfand sie sie als eine Bedrohung. *Alles eine Frage des Kontexts.*

Rif blieb hinter ihr zurück, sodass sie die Kirche als Erste betreten konnte. Im Inneren war es dunkel und kühl. In dem riesigen Bauwerk konnten mehr als achttausendfünfhundert Menschen Platz finden, was eine Gegenüberwachung zu einer echten Herausforderung machte.

Edle Steine, burgunderroter, schwarzer und weißer Marmor zierten das prachtvolle Innere, und all das wurde durch den Kontrast zu dem glänzenden Blattgold der mit Gemälden verzierten gewölbten Decke noch besonders betont. Der Hauptaltar mit der weltberühmten Statue des heiligen Stephan, die herrlichen Buntglasfenster und die massiven, mit Schnitzereien verzierten Kirchenbänke waren Ehrfurcht einflößend, aber sie ignorierte die Schönheit um sie herum und suchte die Menschenmenge nach jemandem ab, der herausstach oder sich erkennbar bemühte, nicht aufzufallen. *Jemand wie ich.*

Fehlanzeige.

Sie schob einen Geldschein in den Spendenkasten, hielt kurz inne und zündete eine Kerze für ihren Bruder an. Dabei dachte sie an ihre letzten gemeinsamen Momente in Simbabwe – seine Wut, seinen Schmerz. *Ruhe in Frieden, Nikos. Ich vermisse dich.*

Sie ging an den Kirchenbänken entlang und hielt nach irgendetwas Ausschau, das ihr ungewöhnlich vorkam. Sie passierte die kleine Kapelle links neben dem Hauptaltar, in der die »Heilige Rechte« aufbewahrt wurde, König Stephans mumifizierte rechte Hand, die für ihre »Unbestechlichkeit« verehrt wurde. *Ich bezweifle, dass er wirklich unbestechlich war, aber er war vor mehr als einem Jahrtausend König, wer konnte da heute herkommen und den Ruf des Mannes infrage stellen?*

Aus dem Augenwinkel sah sie Rif die Basilika betreten und durch das linke Seitenschiff gehen, von wo aus er gute Blicke in den größten Teil der Kirche hatte. Er flanierte beiläufig durch die Gänge, doch seine Augen waren permanent in Bewegung.

Einige Besucher beteten auf den Kirchenbänken, doch die meisten schoben sich durch die Kirchenschiffe und arbeiteten ihre Sightseeing-Liste ab, bevor sie zur nächsten Sehenswürdigkeit weiterzogen.

Thea bahnte sich ihren Weg durch die Menschenmenge und musste aufpassen, nicht von Selfie-Sticks und den hochgehaltenen Fahnenstangen der Reiseleiter aufgespießt zu werden. Schließlich ließ sie sich auf der letzten Kirchenbank nieder und wählte einen Platz nah am Gang, um die Kirchenbankreihe schnell wieder verlassen zu können. Sie tat so, als würde sie eine Textnachricht verfassen, nahm jedoch unauffällig ihre Umgebung in Augenschein.

Im nächsten Moment ließ sich eine füllige rothaarige Frau in einem Blumenkleid neben ihr auf die Bank fallen und sprach sie mit einem starken britischen Akzent an, der sofort offenbarte, woher sie kam. »Ein hübsches Top, das Sie da tragen.«

»Danke. Ist ein Anne-Fontaine-Top.«

»Einfach atemberaubend diese Kirche. Aber wenn mein Mann mich noch zu einer einzigen weiteren Sehenswürdigkeit schleppt, drehe ich durch. Ich wäre lieber im Hotel. Da könnte ich mir vor dem Dinner noch ein Pimm's-Likörchen genehmigen und Jilly Cooper lesen.«

Zwei Minuten bis zu dem Treffen. Sie musste die Frau loswerden. »Dann gehen Sie gar nicht zu dem Event?«, fragte Thea improvisierend.

»Was für ein Event?« Die Frau beugte sich näher an Thea heran, ihr Gesicht glühte vor Anstrengung.

»In der Buchhandlung ›Bestsellers‹, gleich um die Ecke. Ich habe gehört, dass Martina Cole da heute Bücher signiert.« Thea warf einen Blick auf ihre Uhr. »Genau jetzt.«

»*Die* Martina Cole?« Die Frau sprang auf. »Die wollte ich immer schon mal persönlich kennenlernen. Super, dass sie ausgerechnet gerade hier in Ungarn ist! Vielen Dank für die Information!« Sie eilte davon, zweifelsohne auf der Suche nach ihrem Mann, der ihre Enttäuschung zu spüren bekommen würde, wenn sie herausfand, dass die Schriftstellerin gar nicht da war. Zumindest wäre die Frau dann in einer Buchhandlung, weg von den historischen Sehenswürdigkeiten.

Thea nahm erneut ihre Umgebung in Augenschein und sah Rif am anderen Ende der Basilika. Vielleicht versuchte er gerade, ein Schmunzeln zu unterdrücken. Er hatte ja jedes Wort mitgehört.

Mehrere große Besuchergruppen betraten die St-Stephans-Basilika, falteten ihre Regenschirme zusammen und schüttelten ihre Jacken aus. Es musste angefangen haben zu regnen, weshalb die Touristen in der Kirche Zuflucht suchten.

Ein Mann mit einem spärlichen Bart, der eine Lederjacke trug und eine olivgrüne Kuriertasche bei sich hatte, glitt neben ihr auf die Bank. »*Liberata?*«

Er war trocken, also musste er sich schon eine Weile in der Kirche aufgehalten haben. Sie musste ihm zugestehen, dass er es wirklich gut hinbekommen hatte, sich ihr unbemerkt zu nähern. Sie langte in ihre Tasche und koppelte heimlich ihr Handy mit seinem. »Wie soll ich Sie nennen?«

Er ignorierte die Frage. »Der Lastwagen, der nach Budapest kommt, hat dieses griechische Nummernschild.« Er gab ihr ein Blatt Papier. »Die Flüchtlinge sind hinter der Ladung versteckt. Bringen Sie das Fahrzeug zu den GPS-Koordinaten in der Türkei, die auf dem Blatt stehen.«

»Ich brauche weitere Details. Es kommen jede Stunde Hunderte Lastwagen in die Stadt.«

Er langte in seine Kuriertasche und drückte ihr ein unscharfes Foto von einem großen General-Motors-Lkw in die Hand, der mindestens zwanzig Jahre alt war. »Das ist er.«

»Was ist so besonders an diesem Lastwagen?«

»Erledigen Sie einfach den Job.«

»Zuerst brauche ich eine Bestätigung, dass die Passagiere aus dem Flugzeug unversehrt und in Sicherheit sind, insbesondere die Kuria-Jungen.«

Er zeigte ihr auf seinem Handydisplay eine Liveaufnahme der Geiseln. Sie widmete ihre volle Aufmerksamkeit dem Video und nahm das Stimmengewirr der Kirchenbesucher um sie herum kaum noch wahr. Ayan, Jabari und die anderen Passagiere waren in einem Raum, der wie ein großer Schuppen oder eine Garage aussah. Die Jungen saßen auf dem Boden und spielten Karten. Thea seufzte erleichtert. Sie sahen gesund und unversehrt aus und schienen keine Angst zu haben. In dem Ausschnitt, den die Kamera zeigte, waren keine Fenster zu sehen, sodass sie von der Außenumgebung nichts erkennen konnte. Sie musterte die Gegenstände in dem Raum und suchte nach Hinweisen, die Aufschluss über den Ort gaben.

»Ich möchte Zugang zu der Übertragung haben.«

»Liefern Sie den Lastwagen, dann bekommen Sie die Passagiere zurück.«

»Es schadet doch nicht, wenn ich die Passagiere auch sehen kann.«

Er langte in seine Jacke, holte ein zweites Handy hervor und drückte eine Taste. Auf dem Display erschien die Liveaufnahme einer anderen Kamera. Zu sehen waren zwei von Bassams Wachen, die AK-47-Sturmgewehre auf die beiden Jungen richteten. Zum Glück waren sie so in ihr Kartenspiel vertieft, dass sie davon nichts mitbekamen.

»Sagen Sie ihnen, dass sie sofort die Waffen runternehmen sollen!« Thea ballte die Fäuste.

»Finden Sie diesen Lastwagen.« Der Mann stand auf und verschmolz mit dem Besucherstrom, der sich tiefer ins Innere der Kirche schob.

»Bleib an ihm dran«, wies Thea Rif an. Es wäre hilfreich, wenn sie den Mann zu seiner Arbeitsstelle oder seiner Wohnung verfolgen könnten.

Rifs Körpergröße gestattete es ihm, über die Besuchermenge hinwegblicken zu können. »Ich hab ihn.«

Sie eilte in seine Richtung. »Siehst du ihn immer noch?«

»Er ist in der Nähe des rechten Turms.«

»Ich bin auf dem Weg zu dir«, sagte sie.

»Es ist viel zu voll.«

»Deshalb hat er diesen Ort ja gewählt.«

»Scheiße.«

»Was ist?« Sie beschleunigte ihren Schritt, wich Reisegruppen aus, die in unterschiedlichen Sprachen miteinander redeten.

»Ich hab ihn verloren. Er ist um die Ecke gegangen und verschwunden.«

»Keine Spur von ihm?«

»Nein. Er ist weg.«

Sie schloss zu Rif auf, und sie suchten die Umgebung ab. Keine Spur von dem Mann. Sie hielten nach versteckten Türen Ausschau, konnten jedoch keine entdecken, ohne eine gründlichere Suche durchzuführen, durch die sie Aufmerksamkeit erregen würden.

»Wenigstens geht es den Jungen so weit gut«, sagte Rif.

»Fürs Erste.«

46

Prospero ging auf dem türkischen Teppich in Aslans Wohnzimmer auf und ab und telefonierte mit einem nicht zurückverfolgbaren Prepaidhandy mit seinem Kontaktmann in Budapest. Er hätte die Suche nach dem Lastwagen lieber persönlich überwacht, aber er musste die Geiseln im Auge behalten, sie waren seine Versicherung.

»Sie hatten recht«, sagte der Mann. »Sie haben versucht, mich zu verfolgen, als ich die Kirche verlassen habe.«

»Sie sind Profis. Seien Sie auf alles gefasst.«

»Die Liveaufnahme hat Wirkung gezeigt.«

»Falls dieser Lastwagen das Parlamentsgebäude erreicht …«

»Wir werden ein Team in der Nähe der Kettenbrücke positionieren, das dem Lkw notfalls den Weg blockiert«, erklärte der Mann.

»Bleiben Sie unbedingt unauffällig. Und denken Sie daran: keine Polizei.« Würde der Lastwagen entdeckt werden, würde Gernot Dietrichs Plan in ganz Europa für viel Aufruhr sorgen. Bekäme die Polizei den Lastwagen in die Finger, wären die Folgen unabsehbar. »Wir wollen keine allgemeine Panik auslösen.«

»Meine Männer behalten *Liberatas* Aktivitäten im Auge. Ich melde mich später wieder mit einem Bericht.«

Laute Stimmen lenkten Prospero ab. Im ersten Moment dachte er, sie würden durchs Telefon an sein Ohr dringen, doch dann wurde ihm bewusst, dass auf einem in der Nähe stehenden Computer noch die Liveübertragung aus dem Schuppen lief. Irgendwas war da los.

»Enttäuschen Sie mich nicht.« Er beendete die Verbindung und ging zu dem Computer.

Luciano hatte Ayan Kuria im Schwitzkasten.

»Lassen Sie ihn los!« Mike Dillman war gut einen Meter entfernt und schrie auf Prosperos Neffen ein.

»Er ist doch noch ein Kind«, sagte Laverdeen.

»Er h-h-hat mich g-g-gebissen.« Luciano war wütend.

»Was erwarten Sie denn, wenn Sie ihn die ganze Zeit mit diesem bescheuerten Stock triezen?« Dillman zeigte auf den Schlagstock in Lucianos Hand.

Jabari langte nach Lucianos rechtem Arm und versuchte, seinen Bruder zu befreien. Luciano schlug mit seiner freien Hand nach ihm. Die anderen Geiseln umringten die Kämpfenden, um besser sehen zu können.

Uffa! Che idiota!

Prospero eilte über den Flur zum Hinterausgang. Seine Hüfte tat ihm höllisch weh. Sie mussten sich auf schlechtes Wetter gefasst machen. Angesichts der niedrigen Temperaturen würde es vielleicht sogar schneien. Er stürmte den Pflastersteinweg entlang, der zu dem Schuppen führte, und hoffte, noch rechtzeitig zu kommen und ein Blutvergießen verhindern zu können. Die eisige Bergluft sorgte dafür, dass sich seine Nackenhärchen aufrichteten. Bassam und seine Wachen waren bereits im Schuppen, doch in Anbetracht dessen, dass Luciano mit zwei Kindern rang, schienen sie unschlüssig zu sein, was sie tun sollten. Die anderen Geiseln hatten Luciano und die Jungen umringt und rückten auf sie zu. Die bedrohlichen Gewehre ignorierten sie.

»Sofort aufhören!« Prosperos Stimme übertönte das Chaos.

Im Schuppen wurde es schlagartig still.

»Raus!« Prospero sah Luciano wütend an und zeigte mit dem Daumen in Richtung Tür.

»Der B-B-Bengel hat es nicht b-b-besser verdient.« Der Mund seines Neffen verzog sich vor Anstrengung, die Worte herauszubringen.

Ayan wirkte etwas benommen, seine Brust hob und senkte sich. Er rang nach Luft.

»Ich sage es nicht noch mal. Raus!« Prosperos Rücken versteifte sich.

Luciano starrte Dillman finster an. Der Texaner grinste. Prosperos Neffe schnappte sich seine Zigarettenschachtel und stürmte aus dem Schuppen.

Die Stimmung war angespannt, während die Geiseln sich versammelten. Prospero war mit seiner Geduld am Ende. »Keine weitere Unruhe mehr. Beim nächsten Mal verhänge ich Strafen.«

»Lassen Sie diesen Mistkerl nicht mehr hier rein«, sagte Dillman. »Er quält die Kinder.«

»Sie haben hier keine Befehle zu erteilen.« Prospero ballte die Fäuste.

»Sehen Sie zu, dass Sie ihn in den Griff bekommen«, sagte Laverdeen. »Er ist eine tickende Zeitbombe.«

Prospero musterte die besorgten Gesichter und wusste, dass sie recht hatten. Die Einzige, die von dem Tumult unbeeindruckt zu sein schien, war Ocean. Nur um ihre Augen herum erkannte er einen leichten Hinweis darauf, dass sie auch angespannt war. Eine Bewegung in einer Ecke des Schuppens erregte seine Aufmerksamkeit. Karlsson kauerte auf dem Boden, hatte die Arme um sich geschlungen und schaukelte hin und her.

»Ayan, Jabari, kommt mit.«

»Moment«, sagte Dillman und trat einen Schritt vor. »Wo bringen Sie die beiden hin?«

»Das geht Sie einen Scheißdreck an.«

Bassam hob sein AK-47. Der Texaner wich zurück.

Die Kinder folgten Prospero nach draußen und machten einen Bogen um Luciano, der ihnen den Rücken zugewandt hatte und Rauchringe in die eisige Luft blies.

Prospero steuerte das Haus an und betrat es durch den Hintereingang neben der Küche. Drinnen war eine der Hausangestellten, eine junge Frau, gerade dabei, für den Nachtisch Plätzchen zu backen. Er nahm sich einen Teller, warf ein paar Plätzchen darauf und setzte sich an der Marmortheke auf einen Stuhl. »Nehmt Platz«, wies er die Jungen an.

Ayan und Jabari kletterten auf die hohen Stühle, ihre hungrigen Augen auf das Gebäck gerichtet.

»Greift zu.«

Sie nahmen sich jeder ein Plätzchen und verschlangen es gierig.

»Nehmt euch so viele, wie ihr wollt.«

Er musste sie nicht zweimal bitten. Die Jungen waren ziemlich dünn und drahtig. Prospero wusste noch, wie viel er selber in ihrem Alter gegessen hatte.

Die junge Köchin öffnete den Kühlschrank und nahm eine Milchtüte heraus. Sie schenkte zwei Gläser ein und stellte sie wortlos vor die Jungen. Dann fing sie an, Sandwiches zuzubereiten. Prospero ließ sie gewähren. Vielleicht würde er sich auch eins genehmigen.

»Ihr müsst aufhören, Luciano zu ärgern.«

»Er ist ein böser Mann«, sagte Ayan zwischen zwei Bissen.

Prospero war geneigt, ihm zuzustimmen. »Aber solange ihr hier seid, ist er euer Chef. Tut, was er sagt, dann habt ihr es besser.«

»Er sollte uns lieber in Ruhe lassen, sonst knöpft Thea ihn sich vor«, stellte Jabari klar.

»Ja, das wird sie ganz sicher tun. Wie habt ihr Ms Paris eigentlich kennengelernt?«

»Im Waisenhaus in Kanzi«, erwiderte der Ältere der beiden. »Ihr Bruder Nikos hat uns vor dem Warlord gerettet. Aber dann ist Nikos gestorben. Wie unsere Mama und unser Papa.«

»*Mi dispiace moltissimo.*«

»Was?« Ayan runzelte die Stirn.

»Das sagt man in Italien, wenn jemand einen nahestehenden Menschen verloren hat.« Er erinnerte sich an den Tag der Beerdigung seines Vaters, als so viele hinterhältige Speichellecker ihm gegenüber mit genau diesen Worten ihr »aufrichtiges Beileid« bekundet hatten. Die Münder hatten hervorgebracht, was man bei so einer Gelegenheit sagte, aber ihre Augen hatten ihre wahren Gefühle offenbart.

Das Hausmädchen stellte einen großen Stapel Käse-Schinken-Sandwiches vor den Jungen ab. Sie langten zu, und Prospero nahm sich auch eins.

»Die schmecken besser als die im Flugzeug«, stellte Jabari fest.

»Natürlich. Das Essen im Flugzeug schmeckt furchtbar.« Prospero lächelte.

»Wann können wir nach Hause?«, fragte Ayan und blickte Prospero fragend an.

»Nach Kanzi?«

»Nach London. Da wartet unsere neue Familie auf uns. Die Wavertons.« Ayan wedelte mit beiden Händen.

»Bald.«

»Können wir Thea anrufen?« Jabari trank einen Schluck Milch.

»Sie erledigt was für mich und hat gerade viel zu tun.«

»Lassen Sie uns wirklich gehen?«, fragte Ayan.

Junge, Junge, die beiden waren wirklich scharfsinnig. Oder

man hatte ihnen schon oft genug Dinge versprochen, die dann nicht eingehalten worden waren.

»Ihr werdet bald in London sein.« Das hoffte er zumindest.

»Ich habe kalte Füße. Können wir Stiefel bekommen?«, fragte Jabari.

Prospero nickte dem Hausmädchen zu. »Such ihnen welche raus. Und Jacken auch.« Den Kindern musste in dem Schuppen kalt sein.

»Wollt ihr noch mehr essen?«, fragte Prospero.

»Dürfen wir was für unsere Freunde mitnehmen?«

»Nein. Sie kriegen den Fraß, den die Wachen ihnen geben.«

»Hat Ihre Mutter Ihnen nicht beigebracht, dass man teilen soll?« Jabari verzog missbilligend das Gesicht.

»Sie hat mir viel beigebracht. Sie war eine gute Frau.«

»Ich will zu Thea.« Ayans Wangen waren mit Mayonnaise beschmiert.

Prospero nahm eine Serviette und wischte ihm das Gesicht ab. »Benehmt euch gut, dann werdet ihr sie bald wiedersehen. Und haltet euch von Luciano fern.«

Das Hausmädchen kehrte mit einigen Jacken und zwei Paar Stiefeln zurück. Jabari zog sich zwei Jacken übereinander und strahlte vor Freude. Ayan entschied sich für eine rote Daunenjacke, die einem von Aslans Kindern gehört haben musste. Die Thermostiefel passten einigermaßen. Sie hüpften in ihren neuen Sachen herum und bestaunten sich gegenseitig. *Erstaunlich, wie sehr man sich über Dinge freuen konnte, wenn man sein ganzes Leben lang Entbehrungen erlitten hatte.*

»Zeit zurückzugehen.« Er rief einen von Bassams Männern zu sich und wies ihn an, die Jungen zurück in den Schuppen zu bringen. »Und nicht vergessen: Benehmt euch.«

Ayan und Jabari nickten mit ernsten Mienen.

Prospero ging in die Küche und beschloss, sich noch ein

Sandwich zu genehmigen. Aber die Teller waren leer. Alle Sandwiches und alle Plätzchen waren verschwunden.

Er schüttelte den Kopf und lächelte. »*Quei piccolo banditi!*«

47

Prospero wurde zunehmend ungeduldiger. Dieser Lastwagen musste gefunden werden, und zwar schnell. Um sich abzulenken, klickte er die Liveübertragung aus dem Schuppen an. Menschen faszinierten ihn. Einige erwiesen sich als belastbar und hielten Stress und schwierige Umstände mit Anstand aus, während andere bei dem allerkleinsten bisschen Druck zusammenbrachen.

Karlssons seelische Verfassung hatte sich seit der Entführung schnell verschlechtert. Er murmelte ständig irgendwas vor sich hin, seine Haare standen wirr zu Berge. Bernard gab ihm Wasser und versuchte, ihn dazu zu bringen, etwas zu essen, aber er war zu der Überzeugung gelangt, dass das Essen vergiftet war. Einige der Geiseln klagten darüber, dass er die ganze Nacht gewimmert hatte und sie kein Auge zugemacht hatten. *Pazzu*, aber wenn er gezwungen sein sollte, eine Geisel zu töten, war Karlsson gerade auf dem besten Weg, auf der Liste der Kandidaten ganz nach oben zu rücken.

Ocean steuerte die Ecke an, in der der hoffnungslose Fall kauerte, und setzte sich im Schneidersitz neben ihn. Ihre Lippen bewegten sich, aber über die Stimmen der anderen hinweg konnte Prospero nicht verstehen, was sie sagte.

Schritte stapften über den Hartholzboden im Wohnzimmer. Er drehte sich um. *Luciano*.

»Diese Jungen sind Bestien.«

Prospero war versucht zu antworten, dass man selber eine

sein musste, um seinesgleichen zu erkennen, biss sich aber auf die Zunge. »Es sind Kinder, die sind nun mal ausgelassen.«

»Nein. Ich habe den Blick in ihren Augen gesehen. Sie haben Leute umgebracht. Sie wollen mich töten.«

»Du klingst noch paranoider als Karlsson.«

»Ist dir klar, dass sie ehemalige Kindersoldaten sind?« Luciano bemühte sich, jedes einzelne Wort deutlich zu artikulieren und nicht zu stottern.

»Und das ist eine Tragödie, die wir alle schlimm finden sollten. Kein Kind sollte so einen Irrsinn durchmachen müssen.« Prospero widmete seine Aufmerksamkeit wieder dem Bildschirm.

»Sie machen nur Ärger.«

»Thea ist die Schlüsselperson für den Erfolg unserer Mission. Sie will die Jungen unbedingt zurückhaben, und das treibt sie an. Sie werden dir nicht mehr lange auf die Nerven gehen.«

»Ich traue ihnen nicht.«

»*Basta, niputi!* Du lässt dich grundlos von zwei Kindern aus dem Konzept bringen. Sie sind klug und irgendwie sogar ganz witzig.«

»Wenn sie mich noch mal attackieren, bin ich nicht dafür verantwortlich, was dann passiert.«

»O doch, das bist du sehr wohl.«

Prosperos Handy klingelte. Sein Mann in Budapest. Er schickte Luciano weg und nahm das Gespräch an. »*Cheffai?*«

»Sie haben sich Ausrüstung besorgt und sogar ein Flugzeug gemietet.«

»Wie groß ist das Team?«

»Schwer zu sagen – vielleicht zehn Leute, höchstens. Ich hatte mit mehr gerechnet.«

»Taktische Teams arbeiten besser in kleinen Gruppen.« *Das hoffe ich zumindest.*

»Wir haben ausgeklügelt, welche Route der Lkw am wahrscheinlichsten nehmen wird, und überall in der Stadt Leute, die die Augen aufhalten.«

»Es ist mir egal, wer diesen Lastwagen zuerst aufspürt, aber irgendjemand muss ihn finden. Und zwar *pronto*.«

48

Rif und Thea gingen durch das Budapester Burgviertel. Am Horizont versank bereits die Sonne. Als sie eine Straße überquerten, erhaschte Rif einen Blick auf ihre Verfolger. Zwei bewaffnete Männer, die sich abwechselnd an sie hefteten wie Kletten, seitdem sie die Basilika verlassen hatten.

»Wie's aussieht, hast du zwei neue Verehrer. Wie willst du dich bloß zwischen ihnen entscheiden?« Rif lächelte Thea mit leicht hochgezogenen Augenbrauen an.

»Das ist einfach: Ich nehme den mit dem schwarzen Hut. Wenn ich den Kleinen nehmen würde, könnte ich meine Louboutins nicht tragen.«

»Dann nehme *ich* besser den mit dem schwarzen Hut. Damit du nicht auf dumme Gedanken kommst.« Er versuchte, nicht zu lachen. »He, wie wär's, wenn ich dir einen meiner Lieblingsorte in dieser Stadt zeige?«

Sie sah auf die Uhr. »Wenn wir uns beeilen, schaffen wir das noch.«

Rifs Eltern waren beide gebürtig aus Istanbul. Und da Budapest einer der wenigen Orte auf der Welt war, an dem es richtige türkische Badehäuser gab, deren Geschichte bei einigen sogar bis ins 16. Jahrhundert zurückreichte, hatte seine Familie etliche Wochenenden und Urlaube in der Stadt verbracht. An vielen Abenden waren sie nach dem Essen an der Donau entlangspaziert.

»Wenn wir in Budapest waren, ist meine Mutter immer mit

mir ins Labyrinth gegangen«, sagte er. »Und es ist gerade noch rechtzeitig für die Abendbesichtigung.« Er führte sie über die Straße zum Eingang.

»Haben deine Eltern immer noch vor, wieder zu heiraten?«, fragte sie.

»Ja. Es gibt noch keinen festen Termin, aber ich habe das Angebot meines Vaters akzeptiert, Trauzeuge zu sein.« Seine Eltern hatten sich vor etlichen Jahren scheiden lassen, als Hakan noch an vorderster Front als Verhandler und Geiselbefreier gearbeitet und mehr Zeit fern von seiner Familie als bei ihr verbracht hatte, doch seine Mutter und sein Vater hatten nie aufgehört, sich zu lieben. Drei Jahre nach der Scheidung hatten sie wieder zueinandergefunden.

»Das ist eine Hochzeit, auf die ich mich freue«, sagte sie.

»Du könntest als meine Begleiterin gehen.«

»Das klingt verlockend, aber ich habe schon einen Begleiter. Der Typ mit dem schwarzen Hut hat seinen Smoking schon ausgewählt.«

»Wenn ich mit ihm fertig bin, kann er aber nicht mehr tanzen.«

Sie lächelte. »Wer hat denn was von Tanzen gesagt?«

Wie es schien, hatte sich ihr Verhältnis zueinander in letzter Zeit verändert, und Rif hoffte, dass Thea anfing, ihn in einem neuen Licht zu sehen. Thea war ein besonderer Mensch, anders als jede Frau, die er bisher kennengelernt hatte – und nicht nur, weil sie eine erfahrene Kämpferin war und sieben Sprachen sprach. Sie hatte einen Sinn für trockenen Humor, der selbst unter den gefährlichsten Umständen noch durchschimmerte, und er empfand ihre Gegenwart immer als anregend. Sie hatten sich schon als Kinder gekannt, doch inzwischen waren sie Kollegen. Erst in allerletzter Zeit empfand Rif anders für sie, und er ertappte sich oft dabei, sich zu fragen, ob es ihr genauso ging. Aber er wusste nicht, wie er sie fragen sollte oder ob es überhaupt eine gute Idee war, der Sache auf den Grund zu gehen. *Wahrscheinlich nicht.*

Rif führte Thea die Stufen hinunter zu dem Eingang des Höhlensystems unter dem Burgberg. Er bezahlte den Eintritt für das Labyrinth und musterte die Spiegelung auf der Scheibe des Kassenhäuschens. Der Typ mit dem schwarzen Hut und der Kleine hatten sich ein Stück weit hinter ihnen in die Besucherschlange gestellt. Sie erledigten ihren Observationsjob durchaus gut, aber wenn sie unerkannt hätten bleiben wollen, hätten sie ein größeres Team benötigt. Die beiden verfügten eindeutig nicht über Geheimdiensterfahrungen oder einen militärischen Hintergrund. Jetzt, da er sie aus der Nähe betrachten konnte, studierte Rif ihre Gesichter und prägte sie sich ein. Sein gutes Gesichtergedächtnis hatte ihm schon mehr als einmal das Leben gerettet.

Als er die Tickets hatte, nahm er eine Öllaterne und betrat die Höhlen. Im Labyrinth gab es eine spezielle Abendtour, bei der Öllampen die einzige Lichtquelle waren. Die ihm entgegenschlagende Feuchtigkeit sandte ihm einen kalten Schauer die Arme hinunter, und er bekam eine Gänsehaut. Als Kind hatte er gruselige Orte wie diesen geliebt. Einige Leute bekamen in dem Labyrinth Platzangst und fanden es furchterregend, aber wie er Thea kannte, würde sie nicht seine Hand nehmen, um sich sicherer zu fühlen. *Zu schade aber auch.*

Ein stechender Geruch nach Schimmel und Petroleum stieg ihm in die Nase. Wachsfiguren in schmuddeliger Operntracht standen in Grüften, die aussahen wie Gefängniszellen, Ausschnitte aus Verdi-Opern hallten von den Travertinwänden. Von der Decke tropfte Wasser und sammelte sich auf dem Boden zu kleinen Pfützen.

Ein Privatführer führte eine Gruppe von acht Marokkanern

durch das Labyrinth. Rif und Thea schlossen sich der Gruppe an und lauschten der Geschichtsstunde.

Der Führer sprach Spanisch, deshalb hatten sie kein Problem, seinen Erklärungen zu folgen. »Diese Höhlen dienten dem prähistorischen Menschen vor einer halben Million Jahre als Schutz- und Jagdgebiet. In späteren Zeiten wurden sie als Weinkeller, Folterkammer, Gefängnis und Schatzkammer genutzt.«

Vor der Felsenkrankenhaus-Ausstellung blieb der Führer stehen. »Während des Zweiten Weltkrieges und des Ungarischen Volksaufstands 1956 wurden die Höhlen als medizinische Einrichtung genutzt, und für den Fall eines Atomkrieges war hier unten eine Kommandozentrale vorgesehen. In dem kompletten Höhlensystem konnten etwa zehntausend Menschen untergebracht werden.«

Rif konnte sich nicht vorstellen, wie so viele Menschen in diesen feuchten, dunklen Höhlen kauerten. Auf der Suche nach Schutz würden sie wie Ratten in den Gängen umherhuschen.

Ihre Verfolger schlossen zu ihnen auf, ermutigt durch das gedämpfte Licht. Nebelmaschinen stießen Wolken aus, die die Sicht noch weiter verringerten. Rif nickte Thea kurz zu. Sie verlangsamten ihren Schritt und ließen die Gruppe Marokkaner vorgehen. Hinter ihnen befanden sich im Moment nur ihre Verfolger.

Sie gingen auf die Graf-Dracula-Kammer zu, den schaurigsten Bereich der Höhlen. In der Kammer herrschte absolute Finsternis, Besucher konnten sich nur an einem Handgeländer durch die tiefe Schwärze tasten.

»Jetzt.« Rif nickte Thea zu. Sie betraten den tintenschwarzen Raum, stellten sich jeweils an eine Seite des Eingangs und warteten auf ihre Verfolger. Ihre Augen gewöhnten sich an die Dunkelheit.

In dem schwachen Licht in der Nähe des Eingangs sahen sie die sich nähernden Schatten. Der Kleine und der Typ mit dem schwarzen Hut gingen raschen Schrittes nebeneinander. Wahrscheinlich befürchteten sie, die Zielpersonen, hinter denen sie her waren, in dem Labyrinth zu verlieren.

In der Verdi-Oper wurde ein hoher Ton angeschlagen. Schritte. Bewegung. Die Männer betraten die dunkle Kammer. Der größere Umriss des Kerls mit dem schwarzen Hut war näher an Rif. Thea würde sich den Kleinen vorknöpfen.

Rif verlagerte sein Gewicht und ging zum Angriff über. Er verpasste dem Kerl mit dem schwarzen Hut einen schnellen Tritt und schlug ihm die Beine unter dem Leib weg. Der Typ stürzte mit ausgebreiteten Armen und Beinen zu Boden. Bevor er sein Gleichgewicht wiederfand, zog Rif ihm die Arme über den Kopf, tastete seinen Oberkörper ab, fand die Waffe, die in einem Holster steckte, und warf sie weg.

Neben ihm ertönte ein Ächzen und Stöhnen. Thea hatte sich den Kleinen vorgeknöpft. Rif konnte nichts sehen, aber er würde immer auf sie setzen. Thea fluchte leise. Der Kleine musste einen Treffer gelandet haben.

Ein dumpfer Aufprall. Das Klappern von Metall auf Stein. Dann Stille.

»Er ist erledigt.« Thea sprach mit kratzender Stimme.

Der Typ mit dem schwarzen Hut wand sich unter ihm, aber Rif hielt ihn fest. »Für wen arbeitet ihr?«

»Fick dich, *baccala*.«

»Lass mich raten. Für Salvatore.«

Der Typ spuckte ihm ins Gesicht. Rif wischte sich den Speichel mit dem Handrücken ab, ballte die Finger zur Faust und rammte sie dem Mann mit voller Wucht auf die Nase. Dem Knirschen von zermalmendem Knorpelgewebe folgte ein weiterer Schwall italienischer Flüche.

»Wenn du auch nur einen Zahn behalten willst, rede.«

»Fick dich.«

Rif rammte ihm das Knie in die Weichteile.

Ein lautes Stöhnen.

»Letzte Chance.«

»*Vaffanculo!*«, schrie der Mann.

Rif legte dem Mann die Hände um den Hals und drückte zu. »Warum will Salvatore den Lastwagen?« Harte Burschen wie dieser Kerl spielten oft den großen Macker – bis sie keine Luft mehr bekamen. Der Typ mit dem schwarzen Hut röchelte, rang verzweifelt nach Luft, trat panisch um sich.

Rif lockerte den Griff. »Rede.«

»Die Österreicher müssen aufgehalten werden.« Die Worte waren kaum mehr als ein Flüstern.

»Welche Österreicher?«

»Die Freiheitswächter.«

Auf dem Gang waren Stimmen zu hören. Im nächsten Moment würden ahnungslose Touristen die dunkle Kammer betreten. Rif verpasste dem Kerl einen Schlag in den Solarplexus. Der Mann rollte sich zusammen und krümmte sich.

»Gehen wir.«

»Der Kleine ist bewusstlos. Und ich kann absolut nichts sehen.« Thea war direkt neben ihm.

Rif nahm ihre Hand und genoss den Hautkontakt. Dann führte er sie am Handgeländer entlang durch den Raum.

Als sie sich dem Ausgang der dunklen Kammer näherten, wurden die Stimmen in der Ferne deutlicher. Es hörte sich an, als wären es Schulkinder. Eines der Kinder schaltete seine Handytaschenlampe an. »He, da liegen zwei Männer. Ich glaube, sie sind in der Dunkelheit gestürzt. Ich hab euch ja gesagt, dass es hier gefährlich ist.«

Thea musterte die blutenden Knöchel ihrer linken, bereits

anschwellenden Hand, mit der sie dem kleinen Mann einen Haken verpasst und ihn k.o. geschlagen hatte, und musste dem Kind recht geben.

49

Ein schabendes Geräusch weckte Prospero. Metall auf Stein. *Was zur Hölle …?* Er stieg aus dem Bett, ging schnell ans Fenster und spähte nach draußen. Einer der Wächter schaufelte frisch gefallenen Schnee von dem gepflasterten Weg. Während er geschlafen hatte, waren mindestens dreißig Zentimeter Schnee gefallen. Der Morgen dämmerte heran, sanftes Licht badete die Berge, der Blick auf die mit frischen weißen Schneekuppen bedeckten Gipfel war atemberaubend.

Er zog sich einen schwarzen Strickpullover über, schaltete seinen Computer an und holte sich die Liveübertragung aus dem Schuppen auf den Monitor. Die Geiseln durften in Vierergruppen nach draußen, um sich ein wenig die Füße zu vertreten. Prospero hatte eingewilligt, ihnen dies zu gestatten, weil er wusste, dass es dazu beitragen würde, dass sie ruhig blieben. In Anbetracht der Spannung, die zwischen Luciano und den Jungen herrschte, war es gut, wenn sie alle ein wenig Dampf abließen.

Karlsson, Matthias und die beiden Flugbegleiter kehrten gerade von ihrem Ausflug an die frische Luft zurück. Karlsson schien ein bisschen besser beieinander zu sein, seitdem Ocean mit ihm geredet hatte, aber er wirkte immer noch angeschlagen.

Prospero rief Violetta an, wünschte ihr einen guten Morgen und erzählte ihr, dass seine Geschäftsreise in Osteuropa gut verlaufe. Wenn das alles vorbei war, würde er mit ihr Urlaub machen. Vielleicht in Mailand. Sie liebte die Läden am Quadrilatero d'Oro, jenes goldenen Vierecks, das der Himmel aller Kaufsüchtigen war und wo seine Kreditkarte ziemlich stark beansprucht werden würde. Er lächelte. Er konnte sich das leisten. Und wenn es sie glücklich machte – warum nicht?

Der Schnee hatte seine Stimmung aufgehellt und, wie es schien, auch die Moral der Geiseln gehoben. Die Jungen waren als Nächste dran, ein wenig an die frische Luft zu gehen. Sie hatten sich bereits ihre neuen Jacken angezogen. Dillman und Captain Rivers waren die anderen beiden Geiseln in ihrer Gruppe.

»Das ist der erste Schnee unseres Lebens«, sagte Jabari. »Was machen wir damit?«

Dillman lachte. »Ich zeige euch, wie man einen Schneemann baut. Und wie man Schneeengel macht.«

Rivers grinste. »Oder wir machen eine Schneeballschlacht.«

»Ich werfe mich sofort rein in den Schnee.« Ayan sprang aufgeregt herum.

Prospero verließ sein Zimmer, nahm sich in der Küche einen *caffè* und ging nach draußen. Er dachte, dass es vielleicht lustig wäre, den Jungen dabei zuzusehen, wie sie zum ersten Mal in ihrem Leben Bekanntschaft mit Schnee machten. Als er nach draußen trat, schmerzte seine Hüfte noch mehr, doch er ignorierte den Schmerz. Er wischte den Schnee von einer in der Nähe stehenden Bank und setzte sich, um sich die Show anzusehen.

Ayan rannte auf einen großen Haufen flauschigen Schnees zu und sprang jauchzend mit dem Kopf zuerst hinein. Jabari lag auf dem Rücken und formte unter Dillmans Anleitung Schneeengel. Immer, wenn er eine Engelsfigur in den Schnee gedrückt hatte, sprang er auf, bewunderte sein Werk kurz, suchte eine noch unberührte Schneefläche und formte einen weiteren Schneeengel. Selbst Bassam und die Wächter sahen amüsiert zu. Etwas Neues durch die Augen eines Kindes zu sehen, war immer eine wunderbare Erfahrung. Und Ayan Kuria erst – der Junge drehte durch wie ein Aufziehspielzeug. Er war einfach nicht zu stoppen.

Dillman kniete neben Jabari und brachte ihm bei, wie man einen Schneemann baute. Der ältere Junge schaufelte sich eine Ladung Schnee in die Hand und streute dem Mann das weiche weiße Pulver auf seinen Schnurrbart. Dann lachten sie beide.

Rivers bückte sich, hob etwas Schnee auf und formte einen Schneeball. Einer von Bassams Männern hatte ihm die Schulter verbunden. Wie es aussah, litt er nicht mehr unter so schlimmen Schmerzen. Rivers' Schneeball flog auf den ahnungslosen Ayan zu. *Patsch*. Genau ins Gesicht.

Im ersten Moment befürchtete Prospero, dass der Treffer Ayan wehtat oder ihn zumindest ziemlich erschrak, aber der Junge fasste sich sofort, und Gelächter hallte durch die Schneelandschaft. Ayan formte ebenfalls einen Schneeball und schleuderte ihn Rivers entgegen.

Der Kapitän duckte sich, und der Schneeball flog über ihn hinweg. Aber Ayan machte schon den nächsten und nahm Rivers erneut unter Beschuss. Und dann flog auch schon die nächste weiße Kugel. Prospero lächelte. Rivers hatte ja keine Ahnung, was er da begonnen hatte.

Eine Schlacht.

Jabari und Dillman machten auch mit, und im nächsten Moment flogen die Schneebälle hin und her. Ayan suchte hinter einer großen Mülltonne Schutz und schleuderte weitere Schneebälle in ihre Richtung. Jabari und Dillman hatten sich Rivers angeschlossen, sodass Ayan es nun mit drei Gegnern zu tun hatte.

Von seiner Unterlegenheit keineswegs abgeschreckt, warf

der kleine Junge einen Schneeball nach dem anderen in die Richtung des gegnerischen Teams und deckte es mit einem Hagel an weißen Kugeln ein. Die anderen rückten auf Ayan vor, deshalb nutzte er eine kurze Angriffspause und rannte hinter der Tonne weg, um eine bessere Deckung zu finden. Er rannte, so schnell er konnte, warf im Laufen einen Schneeball über seine Schulter und stolperte im tiefen Schnee. Prospero wollte ihn noch warnen, aber die Worte blieben ihm im Hals stecken. Ayan krachte mit voller Wucht gegen den Rücken von Luciano, der eine Zigarette rauchte und woandershin blickte. Prosperos Neffe fiel auf die Knie und landete mit dem Gesicht zuerst im Schnee. Seine Zigarette flog ihm aus dem Mund. Rivers, Dillman, Jabari und Ayan lachten.

Luciano rappelte sich hoch und wischte sich den Schnee aus dem Gesicht. Es war wutverzerrt. Dann stürzte er auf Ayan zu, rutschte jedoch auf den glatten Sohlen seiner Slipper aus und fiel wieder hin. Schallendes Gelächter hallte durch die Morgenluft. Sogar einige der Wächter kicherten. Doch anstatt mitzulachen, stürmte Luciano auf Ayan zu.

Bevor Prospero sich von seiner Bank erheben konnte, hatte sein Neffe dem Jungen auch schon mit der flachen Hand einen kräftigen Schlag gegen die Schläfe verpasst. Der Junge schwankte kurz, von dem Schlag leicht benommen. Dann fasste er sich, stürmte auf Luciano zu und boxte ihm mit voller Wucht in die Weichteile.

Prospero sprang von der Bank auf. Er wusste, dass er zu weit von dem Geschehen entfernt war, um eingreifen zu können. Und dann lief alles wie in Zeitlupe ab, wie eine Folge einzelner Schnappschüsse. Ein Mündungsblitz von Lucianos Glock. Ayan, der entsetzt aufblickte. Dillman, der sich vorbeugte, auf Luciano zustürmte und Ayan aus dem Weg stieß.

Peng. Peng. Peng.

Als Prospero beinahe bei ihnen war, kippte der Texaner in den Schnee.

Alle drei Kugeln hatten Dillman im Gesicht getroffen. Sein für ihn so charakteristischer Zwirbelbart war nicht mehr zu erkennen. Der Texaner lag mit gespreizten Armen und Beinen auf einem von Jabaris Schneeengeln, die Arme absurd ausgestreckt, als wollte er den Abdruck nachempfinden. Blut spritzte auf die unberührte weiße Schneedecke, während das Herz des Mannes seine letzten Schläge machte.

Zwei Wächter hoben ihre Gewehre, hüteten sich jedoch davor, auf Luciano zu schießen. Prospero riss seinem Neffen die Glock aus der Hand. Ayan und Jabari liefen zu dem im Schnee liegenden Mann. Ihm quoll schäumender roter Speichel aus dem Mund. Er gurgelte noch einmal, es war ein leises, wimmerndes Geräusch. Dann gab er keinen Laut mehr von sich.

Die Pistole fühlte sich in Prosperos Hand kalt an.

Luciano hatte einen triumphierenden Blick aufgesetzt.

Eine gespenstische Stille senkte sich herab, und in dem Moment wurden sie sich alle auf einmal der eisigen Brise bewusst, die über den Platz vor dem Schuppen fegte. Ayans und Jabaris dunkle Augen füllten sich mit Tränen. Sie hatten zu Mark Dillman eine Beziehung aufgebaut und sich mit ihm angefreundet. Jetzt mussten sie damit klarkommen, einen weiteren Erwachsenen verloren zu haben, der nett zu ihnen gewesen war.

Und Prospero hatte eine Geisel weniger. Er wandte sich seinem Neffen zu und schlug dem jungen Mann mit voller Wucht die Pistole ins Gesicht. Luciano stürzte erneut in den Schnee.

50

Johann zog sich an seinen Zufluchtsort im Keller der Schule zurück. Unschlüssig, was er tun sollte, trommelte er mit den Fingern auf dem ramponierten Tisch herum und rang mit sich um eine Entscheidung. Die Zeit lief ab. Wenn er nichts unternahm, würden Tausende unschuldige Menschen auf entsetzliche Weise sterben. Er musste einen Weg finden, seinen Vater daran zu hindern, den Erreger freizusetzen.

Sich an die örtliche Polizei zu wenden, kam wegen der Verbindungen seines Vaters nicht infrage, aber vielleicht konnte er Interpol anrufen. Doch wahrscheinlich verfügte Vater dort auch über einflussreiche Kontakte. Johann konnte es nicht darauf ankommen lassen. Und er war nicht einmal sicher, ob ihm überhaupt jemand diese komplett irre Geschichte glauben würde. Was war, wenn derjenige, an den er sich wandte, seinen Vater anriefe und ihn fragte, was sein Sohn denn da für einen Unsinn verzapfe?

Bei dem Gedanken drehte sich ihm der Magen um. Er hatte keine Angst um sich selbst. Vater ging nie den direkten Weg, um Vergeltung zu üben. Stattdessen zielte er auf die Schwächen seiner Gegner und nutzte diese aus. Und Johanns Achillesferse war Fatima.

Vater hatte sich mit Krimm über Thea Paris unterhalten, so viel hatte Johann mitbekommen. Dass die Entführer sie aus dem Flugzeug hätten aussteigen lassen und sie nun über die Freilassung der Geiseln verhandelte. Vielleicht wusste sie schon etwas über den Plan der Freiheitswächter, wenn die Entführung des Flugzeugs etwas damit zu tun hatte. Er googelte sie und las Artikel über die Firma, für die sie arbeitete. Wie er erfuhr, operierte die Firma weltweit und war darauf spezialisiert, Opfer von Entführungen wieder nach Hause zu bringen. Thea hatte absolut nichts mit den Geschäften ihres Vaters zu tun.

Und ihr stand ein spezialisiertes Einsatzteam zur Verfügung.

Er klickte die Website von Quantum International Security an. Jede Menge Informationen über Entführungen, eine Liste der zehn Länder, in denen es am wahrscheinlichsten war, Opfer einer Entführung zu werden, und Verhaltensregeln für Geiseln mit einer Liste von Dingen, die man tun beziehungsweise unterlassen sollte. Er las einen Abschnitt mit Reisewarnungen, in dem Länder aufgeführt waren, von deren Besuch Quantum Touristen abriet. Momentan standen auf der Liste unter anderem Nordkorea, Syrien, Afghanistan und der Irak. Wenn er nichts unternahm, würde die Liste noch länger werden.

Er suchte auf der Website nach Fotos von Thea, doch es gab von keinem der Quantum-Mitarbeiter ein Foto. Das ergab Sinn. Verhandler bei Geiselnahmen würden darauf bedacht sein, sich bedeckt zu halten, damit sie reisen konnten, ohne erkannt oder selber entführt zu werden. Er suchte weiter und trug so viele Informationen über die Geiselbefreiungsexpertin zusammen, wie er fand.

Während er das nicht zurückverfolgbare Prepaidhandy aktivierte, das er sich gekauft hatte, dachte er darüber nach, welche Folgen sein nächster Schritt haben würde. Vater würde wahrscheinlich ins Gefängnis kommen. Johann würde den einzigen Menschen verraten, der immer für ihn da gewesen war. Er schloss die Augen und dachte an Omar Kalebs furchtbaren Tod. Und an die Leiche von Onkel Karl. Wenn er zuließ, dass sein Vater seinen Plan in die Tat umsetzte, würden viele weitere Menschen sterben. *Das kann ich nicht zulassen.*

Bevor er den Mut verlor, wählte er die Nummer von Quantum. Beim ersten Klingeln meldete sich eine Frau. »Quantum International Security.«

»Könnte ich bitte mit Thea Paris sprechen?« Seine Stimme bebte ein wenig.

»Tut mir leid, sie kann gerade nicht drangehen. Soll ich ihr etwas ausrichten?«

»Ich muss wirklich mit ihr sprechen. Es ist dringend.«

»Bleiben Sie bitte am Apparat.«

Johann holte tief Luft. Ein Mann meldete sich.

»Hier spricht Hakan Asker. Ich bin der Inhaber und Chef von Quantum. Wie kann ich Ihnen helfen?«

»Ich muss mit Thea Paris sprechen. Es geht um das Flugzeug, in dem sie war. Das Flugzeug, das entführt wurde.«

»Haben Sie Informationen darüber, wo die Passagiere festgehalten werden?«

»Nein«, erwiderte Johann. »Wann wird Thea wieder da sein?«

»Sie können ruhig mit mir reden. Ich bin ihr Chef.«

»Ich rede nur mit ihr. Ich weiß, auf welchen Passagier die Entführer des Flugzeugs es abgesehen haben.«

»Geben Sie mir Ihre Telefonnummer. Ich richte ihr aus, dass sie Sie so schnell wie möglich anrufen soll.«

»Können Sie mich nicht einfach jetzt zu ihr durchstellen?«

»Rufen Sie in ein paar Stunden noch mal an. Dann verbinde ich Sie mit ihr. Kann ich ihr sagen, wer sie anrufen wird?«

»Dann bis später.« Johann beendete die Verbindung. Seine Hand zitterte. Wenn er seine Information erst einmal weitergegeben hatte, gab es kein Zurück mehr. Seine Zukunft würde sich unabwendbar für immer geändert haben.

Im Flur waren Schritte zu hören. Ein leises Klopfen. *Fatima.*

Sie kam herein, ein trauriges Lächeln auf dem Gesicht. Ihr Blick fiel auf die beiden Handys, die auf dem Tisch lagen. »Dieser Mann folgt mir immer noch. Was glaubst du, wie lange das noch so weitergeht?«

»Setz dich, bitte.«

Sie ließ sich auf der vorderen Kante eines Stuhls nieder und saß da wie ein scheuer Vogel. Er glaubte, sie beschützen zu müssen, und fühlte sich irgendwie stärker. Seitdem er beschlossen hatte, sich an Thea Paris zu wenden, hatte sich bereits etwas in ihm verändert. Und mit seiner Loyalität verhielt es sich wie bei einem Affen, der sich von Baum zu Baum schwingt und immer erst dann einen Ast loslässt, wenn er bereits den nächsten umfasst hat. Er gab seine Loyalität gegenüber seinem Vater auf und übertrug sie auf Fatima.

»Wir müssen reden.« Und das taten sie. Johann vertraute ihr all die furchtbaren Dinge an, die er in den vergangenen Tagen erlebt hatte – von Omar Kalebs Tod, seiner Entdeckung von Onkel Karls Leiche bis hin zu dem Plan, einen tödlichen Erreger freizusetzen, der nur Menschen arabischer Abstammung befiel, und seiner Entscheidung, Thea Paris anzurufen. Fatima hörte gebannt zu, über ihr Gesicht huschte ein Ausdruck von Erschütterung und Entsetzen.

Sie packte ihn am Arm und sah ihn an. In ihren Augen funkelte wilde Entschlossenheit. »Du hast die richtige Entscheidung getroffen. Ich will dir helfen.«

»Das ist zu gefährlich.«

»Du kannst nicht alleine versuchen, sie aufzuhalten«, stellte Fatima klar.

»Heute Nacht werde ich die Erreger stehlen und sie dann Thea Paris übergeben. Wenn du nichts von mir hörst, ruf Interpol an und erzähl ihnen, was du weißt.«

»Lass mich dir helfen. Ich habe einen Cousin in Istanbul. Er heißt Marush und ist Biologe. Da können wir hin.«

Einen Plan B zu haben, hatte etwas für sich. Aber er wollte Fatima trotzdem nicht mit in die Sache hineinziehen. »Wenn dir etwas zustößt, würde ich mir das nie verzeihen.«

»Marush wird wissen, was zu tun ist.« Sie versuchte, ihn zu beruhigen.

»Aber wenn die Behälter nicht richtig dicht sind, könntest du sterben.«

»Und wenn du scheiterst, sterbe ich sowieso«, wandte sie ein. »Nach allem, was du erzählt hast, ist Leopold ein hervorragender Wissenschaftler. Er wird doch wohl dafür gesorgt haben, dass die Behälter transportsicher sind. Er wird schließlich nicht wollen, dass der Erreger freigesetzt wird, bevor er mit allen Vorbereitungen fertig ist. Wir ziehen das zusammen durch.« Sie drückte ihm die Hand.

»Was ist mit deinen Eltern?«

»Ich hinterlasse ihnen eine Nachricht. Ich sage ihnen, dass ich meine Tante in Wien besuche.«

»Und wenn du da nicht aufkreuzt?«

»Das ist egal. Wenn ich nicht versuche, diesen Plan zu vereiteln, werden wir alle sterben. Ich bin verpflichtet, etwas zu tun.« Ihr Gesicht errötete.

»Und wenn ich nichts unternehme, bin ich ein Komplize«, sagte Johann. »Ein Mörder. Ich bin auch verpflichtet, sie aufzuhalten.«

51

Prospero war zwar nicht abergläubisch, aber er wurde das Gefühl nicht los, dass Michael Dillmans Tod ein schlechtes Omen war, das schlimme Dinge voraussagte, die noch passieren würden. Er war es gewohnt, seinen Feinden immer einen Schritt voraus zu sein, doch er wurde zusehends von dem unguten Gefühl beschlichen, dass die größte Bedrohung womöglich innerhalb seiner eigenen Organisation lauerte. Den Kontakt zu Karl Wagner verloren zu haben, war ein niederschmetternder Schlag gewesen; er war ein lebenslanger Freund und wichtige Quelle aus dem inneren Kreis von Dietrichs Organisation.

Luciano, dessen linke Gesichtshälfte mit etlichen Prellungen übersät und dessen linkes Auge komplett zugeschwollen war, war in die Villa verfrachtet worden und hatte die strikte Anweisung erhalten, sich von den Geiseln fernzuhalten. Prospero musste die Situation deeskalieren und zumindest den Anschein erwecken, dass alles wieder in ruhige Bahnen gelenkt war. In der Zwischenzeit musste er die Liveübertragung aus dem Schuppen genau im Auge behalten und auf jegliche Anzeichen achten, die darauf hinwiesen, dass die Geiseln Ärger machten.

Seit dem Zwischenfall hatte keine der Geiseln mehr nach draußen gedurft. Bassams Männer hatten zusätzliche Decken verteilt und einen Heizlüfter zum Schutz vor der Kälte bereitgestellt. Ocean und die beiden Jungen hockten in einer Ecke des Raums und spielten Karten. Der Co-Pilot, Laverdeen, schien

Dillmans Anführerrolle übernommen zu haben. Karlsson lag in Embryonalstellung zusammengerollt in der Nähe des Heizlüfters und starrte in die Ferne. Dillmans Tod hatte ihn schwer mitgenommen.

Rivers saß im Schneidersitz zwischen Laverdeen und Matthias. Sein Gesicht war in Schweiß gebadet. Prospero hoffte, dass die Schulter des Kapitäns sich nicht infiziert hatte, aber er wollte nicht schon jetzt einen Arzt auf das Anwesen kommen lassen.

»Nachdem der Psycho nicht mehr hier rumlungert, sind unsere Chancen gestiegen, von hier abzuhauen«, sagte Matthias. »Ich glaube nicht, dass sie uns gehen lassen werden.«

»Sie haben meine Kinder«, wandte Rivers ein. »Bevor ich nicht weiß, ob es ihnen gut geht, werde ich nirgendwohin gehen.«

»Als wir draußen waren, habe ich mir die Gegend mal etwas genauer angesehen. Wir sind mitten im Nichts, und nur wenige von uns haben warme Kleidung. Wenn es uns gelänge zu fliehen, würden wir nicht weit kommen, weil wir erfrieren würden.«

»Also sollen wir einfach warten?«, fragte Matthias und rückte seine Brille zurecht. »Worauf denn?«

»Thea Paris wird unsere Freilassung aushandeln«, sagte Laverdeen.

»Ihre schuljungenhafte Verknalltheit vernebelt Ihnen das Hirn«, entgegnete Rivers. »Sie hat uns in Libyen einfach sitzen lassen, ohne groß zu überlegen.«

»Sagt der Pilot, der sein eigenes Flugzeug entführt hat. Haben Sie den Part verpasst, als die Entführer das Hilfstriebwerk ausgeschaltet und Sie gezwungen haben auszusteigen?« Laverdeens Stimme hatte eine gewisse Schärfe.

»Und wenn es einer von uns schaffen würde, ins Haupthaus

zu kommen und das Telefon zu benutzen, um einen Hilferuf abzusetzen?«, fragte Matthias.

»Die Kinder waren schon mal da drin«, sagte Rivers. »Vielleicht könnten sie es schaffen, noch mal in das Haus zu kommen.«

»Wollen wir von den Jungen wirklich verlangen, so ein Risiko einzugehen?« Laverdeen atmete laut aus. »Wenn Luciano sie erwischt, knallt er sie ab. Wir haben ja gesehen, was mit Dillman passiert ist.«

»Rivers hat recht«, sagte Matthias. »Die Jungen wollen genauso gerne nach London wie wir. Vielleicht sind sie bereit zu helfen.« Er rief Ayan und Jabari zu ihnen.

Prospero lehnte sich in seinem Stuhl zurück und schüttelte den Kopf. Vielleicht sollte er an einem der Anführer ein Exempel statuieren, um die Gruppe zur Räson zu bringen. Aber er musste vorsichtig sein. Er wollte nicht, dass sie wussten, dass er rund um die Uhr sah und hörte, was sie taten und sagten.

Ayan und Jabari gingen zu den Männern. Man sah ihnen an, dass sie ihr Kartenspiel mit Ocean nur sehr ungern unterbrochen hatten.

»Alles klar mit euch, Jungs?«, fragte Laverdeen.

»Ich denke schon.« Jabari sah müde aus.

»Ich weiß, dass das alles ziemlich viel für euch ist, aber wir könnten eure Hilfe gebrauchen. Habt ihr zufällig irgendwelche Telefone gesehen, als ihr in dem Haus wart?« Rivers legte Jabari eine Hand auf die Schulter.

»Der Boss hat eins«, sagte Ayan.

»Ein Handy?«

»Ja.«

»Was habt ihr überhaupt da drinnen gemacht?«, fragte Rivers.

»Gegessen.« Ayan zuckte mit den Schultern.

»Vielleicht könnt ihr den Boss morgen noch mal in dem Haus besuchen«, sagte Matthias. »Prospero scheint euch zu mögen.«

»Kennt ihr Theas Handynummer?«

»Ja. Wir haben sie aus dem Waisenhaus jeden Sonntag angerufen«, sagte Jabari.

»Könnte einer von euch den Boss ablenken, und der andere versucht dann anzurufen?«, fragte Rivers.

»Wenn sie dabei erwischt werden, könnte das ziemlich böse Folgen für sie haben«, wandte Laverdeen ein. »Wir können sie nicht darum bitten, so ein Risiko einzugehen.«

»Ich mache es«, sagte Ayan.

Prospero bewunderte den Mut des Kindes. Er wünschte, mehr von seinen Männern hätten so viel Mumm in den Knochen wie dieser kleine Junge.

52

Johann versuchte, ein paar Happen von dem Abendessen herunterzubringen, das Rudy, der Koch, zubereitet hatte: Schnitzel mit Kartoffelgratin und Erbsen. Doch er schob das Essen überwiegend nur auf dem Teller hin und her. Es konnte das letzte Mal in seinem Leben sein, dass er gemeinsam mit seinem Vater zu Abend aß. Wenn er die Pläne der Freiheitswächter erst einmal enthüllt hätte, würde sein Vater wahrscheinlich den Rest seines Lebens im Gefängnis verbringen.

»Du wirst doch wohl nicht krank, oder?«, fragte Vater und nippte an seinem Weinglas. »Ich könnte Dr. Kaufmann herkommen lassen.«

Johanns Hand verkrampfte sich um seine Gabel. »Nein, mir geht es gut.«

»Geh morgen lieber nicht in die Schule – nur für den Fall, dass du doch was ausbrütest. Außerdem hätte ich dich gerne an meiner Seite, wenn die Behälter abgeholt werden.« Vater schob sich genüsslich ein Stück Schnitzel in den Mund.

»Wir schreiben morgen eine Klausur in Geschichte.«

»Du bekommst eine Entschuldigung. Wir *beide schreiben* Geschichte. Europa wird ein sehr viel sicherer Ort werden.«

»Machst du dir gar keine Sorgen wegen einer möglichen Vergeltung?«

»Wenn sie tot sind, können sie nicht mehr zurückschlagen.«

»Aber was ist mit den Frauen und den Kindern?« Denen würde Vater doch sicher nichts antun wollen.

»Wenn wir mal ein bisschen Zeit haben, zeige ich dir Videoaufnahmen von Selbstmordattentätern an Orten wie Falludscha und Mossul. Diese Missgeburten haben Frauen und Kinder dazu gebracht, sich überall verstreut auf die Straße zu legen und so zu tun, als wären sie verletzt. Auf diese Weise haben sie Soldaten angelockt und sich dann in die Luft gesprengt.«

»Ich hasse die Terroristen auch. Aber was ist mit all den guten Menschen, die im Nahen Osten leben?«

»Solche Menschen gibt es nicht. Genau in diesem Moment werden Millionen von ihnen in unzähligen Madrasas einer Gehirnwäsche unterzogen und darauf vorbereitet, in den Dschihad zu ziehen. Und diejenigen, die von sich behaupten, ›anständig‹ zu sein, warten nur auf den Moment, in dem der Dschihad gewonnen ist, um dann auf den Plan zu treten und dabei zu helfen, in den bezwungenen Gesellschaften die Macht zu übernehmen. Wir befinden uns schlicht und einfach im Krieg.« Er schenkte sich Wein nach.

Johann musterte seinen Vater verwundert. *Er ist ein Fanatiker. Genau wie die islamistischen Extremisten, die er so hasst.*

»Darf ich aufstehen? Ich muss noch Hausaufgaben machen.«

»Natürlich. Bist du sicher, dass dir nichts fehlt?«

»Ja. Mir geht's gut.« Bevor er das Esszimmer verließ, hielt er noch mal inne. »Ich liebe dich, Vater.« Das war die Wahrheit – trotz allem.

Sein Vater schwieg kurz. »Ich liebe dich auch, Johann«, sagte er schließlich. »Ich tue das alles nur, damit du und deine Kinder in Sicherheit leben könnt. Okay?« In jedem einzelnen Wort schwang Überzeugung mit.

»Ja. Danke, Vater. Schlaf gut.«

Stunden vergingen. Johann hatte noch eine Weile mit weiteren Recherchen und Vorbereitungen verbracht und war dann ins Bett gegangen, wo er sich hin- und herwälzte und darauf wartete, dass sein Vater sich zum Schlafen zurückzog. Er lag voll bekleidet in einem dunklen Kapuzenpulli und einer Jeans unter der Decke. Neben der Tür seines Zimmers standen zwei Rucksäcke bereit, in die die dicht verschlossenen Sicherheitsbehälter, die Leopold ihm gezeigt hatte, problemlos hineinpassen würden.

Um 2:38 Uhr hörte er schließlich eine Bewegung auf der Treppe. Die schweren, stapfenden Schritte verrieten ihm, dass Vater ordentlich Wein getankt hatte. Hoffentlich würde er für den Rest der Nacht tief und fest schlafen. Es fiel ihm schwer, noch eine ganze weitere Stunde zu warten. Die Sekunden strichen langsam dahin, doch er zwang sich, geduldig zu sein, bevor er nach unten eilen, sich die Behälter schnappen und den Hauptbahnhof ansteuern würde.

Er hatte mit Fatima verabredet, sich um 5:00 Uhr mit ihr zu treffen, sodass sie den ersten Zug nach Budapest nehmen konnten. Dort würden sie den Zug wechseln und weiter nach Istanbul fahren. Es würde eine lange Reise werden, länger als vierundzwanzig Stunden, aber er und Fatima hatten bereits einen Zeitplan aufgestellt, nach dem immer nur einer von ihnen schlafen würde, während der andere die Behälter bewachte.

Er ging auf Zehenspitzen in seinem Zimmer umher, stellte das Handy, das er normalerweise benutzte, aus und versteckte es unter der Matratze. Während der Reise würde er nur das nicht zurückverfolgbare Prepaidhandy benutzen, das er sich besorgt hatte. In seinem Portemonnaie befanden sich ausreichend Euro, um nach Istanbul und wieder zurück zu kommen, ohne eine Kreditkarte benutzen zu müssen.

Er hatte vor, drei verschiedene Zugtickets zu kaufen, um potenziellen Verfolgern ihre Arbeit zu erschweren. Außerdem würden er und Fatima erst miteinander reden, wenn der Zug den Bahnhof verlassen hatte und schon ein gutes Stück weit gefahren war. Wenn Vater entdeckte, dass Johann mitsamt den Behältern verschwunden war, würde er seine Männer anweisen, die Stadt zu durchkämmen und nach ihm zu suchen. Sie würden Aufnahmen aus Überwachungskameras an Bahnhöfen und Flughäfen sichten, und wenn sie ihn sahen, sollte sein Vater denken, dass er alleine unterwegs war, damit Fatima oder ihre Familie keine Folgen zu befürchten hätte.

Er hängte sich beide Rucksäcke über die Schulter, zog sich seine Turnschuhe an, setzte sich eine Baseballkappe auf und öffnete leise die Tür seines Zimmers. Dann wartete er und lauschte. Das leise Schnarchen seines Vaters drang über den Flur. Schwacher Mondschein fiel durch die Fenster und erleichterte es ihm, die Treppe hinunterzusteigen. Als er das Erdgeschoss erreichte, blieb er stehen und lauschte erneut. Alles ruhig. Er steuerte den Keller an.

Am unteren Absatz der Kellertreppe schaltete er die Taschenlampe seines Prepaidhandys an. Da unten war es stockdunkel, und er wollte nicht irgendwo gegenstoßen und Krach machen. Er fürchtete, dass Leopold dem Labor womöglich einen seiner nächtlichen Besuche abstattete. Oder dass es eine Alarmanlage gab, von der er nichts wusste.

Er tippte den Sicherheitscode ein, und die Regale glitten langsam auseinander. Das Knarren des verborgenen Mechanismus dröhnte in seinen hochnervösen Ohren wie ein tosender Ozean. Er hielt die Luft an und hoffte, dass Vater nach wie vor tief und fest schlief. Dann betrat er den Tunnel, huschte zur nächsten Geheimtür und gab mit zitternden Fingern den Code ein.

Ein leises Summen empfing ihn. Es stammte von den Maschinen, die dafür sorgten, dass in dem Labor immer Unterdruck herrschte. Begleitet vom Zischen der Luftschleuse, betrat er den Hochsicherheitsbereich. Sämtliche Instinkte rieten ihm, sofort wieder zu verschwinden, doch die Erinnerung an Omar Kalebs entsetzlichen Tod trieb ihn weiter. Was Johann vorhatte, war für ihn persönlich gefährlich, aber die Alternative – den Erreger in den Händen seines Vaters zu lassen – war undenkbar.

Mit unsicheren Fingern öffnete er den Kühlschrank. Ein eisiger Nebel schlug ihm entgegen. Er öffnete den ersten Rucksack und ließ einen Behälter hineingleiten. Den anderen Behälter schob er in den zweiten Rucksack, in dem sich bereits etwas Wechselkleidung und eine Zahnbürste befanden. Er zog die Riemen der Verschlüsse fest und hängte sich beide Rucksäcke über die rechte Schulter.

Dann ging er den gleichen Weg zurück, den er gekommen war, schloss die Tür des Labors und den geheimen Zugang hinter sich und ging aus dem Westflügel des Hauses nach draußen, sodass er das Anwesen durch das Gewächshaus verlassen konnte. Er hatte sein Mountainbike vor der Außentür des Gewächshauses versteckt, um das Gelände ungesehen über den von Bäumen gesäumten Weg verlassen zu können, der zu einem nahe gelegenen Wald führte. Er stellte die Rucksäcke vorsichtig auf dem Boden ab und vergewisserte sich, dass die Luft rein war. Als er sich der Tür zuwandte, um sie wieder zu verschließen, fiel ihm ein rotes Lämpchen ins Auge, das auf einem Bedienfeld neben der Tür blinkte.

Scheiße. Er hatte vergessen, die Hausalarmanlage zu deaktivieren, bevor er das Gewächshaus betreten hatte. Er tippte schnell den Code ein und hoffte, dass die Sicherheitsfirma das Ganze für falschen Alarm halten würde. Dann schnappte er sich die Rucksäcke, verschloss die Gewächshaustür, stieg auf sein Fahrrad und radelte in Richtung Wald.

53

Johann trat mit aller Kraft in die Pedale. Das einzige Geräusch war das Surren der Reifen auf dem Asphalt. Er atmete keuchend, sein Gesicht fühlte sich in der kalten Nachtluft taub an. Er hatte am Lenker ein Licht angebracht, um auch im Dunkeln mit dem Fahrrad unterwegs sein zu können, doch er hatte sich nicht im Traum vorgestellt, jemals eine Tour wie diese zu unternehmen.

Am Hauptbahnhof schloss er das Rad an einen der Fahrradständer an. Es war eine automatische Handlung, da sein Vater ihn bestrafen würde, wenn das Rad geklaut werden würde. Als ihm bewusst wurde, wie lächerlich das war, schüttelte er den Kopf und musste beinahe lachen. Darauf zu achten, dass sein Fahrrad ordnungsgemäß abgeschlossen war, war nun wirklich das geringste seiner Probleme.

Auf dem Bahnhof war es ruhig, nur ein paar Pendler warteten auf den ersten Zug des Tages. Zu so früher Stunde hatte das Informationszentrum noch nicht geöffnet, aber in den Fast-Food-Restaurants trafen bereits die Angestellten ein, um die Vorbereitungen für einen neuen hektischen Tag an dem viel frequentierten Verkehrsknotenpunkt zu treffen.

Das Bahnhofsgebäude war im Jahr 1860 errichtet und im Zweiten Weltkrieg schwer beschädigt worden. Vater hatte ihm erzählt, dass es Jahrzehnte gedauert hatte, bis städtische Beamte und die Bewohner der Stadt eine Idee entwickelt hatten, um den Bahnhof und die Gegend um ihn herum neu zu gestalten. Inzwischen wurden Reisende von einem großen Bahnhofsvorplatz begrüßt, und es gab unterirdische Bahnsteige für die Nahverkehrszüge. Im Laufe der Zeit hatte der Kapitalismus mit aller Kraft in Salzburg Einzug gehalten, und inzwischen war der Bahnhof von Konsumtempeln umgeben: glänzenden Bürogebäuden, Einkaufszentren und Restaurants.

Ein obdachloser Mann, ein paar Punker im Teenageralter und einige ziemlich abgewrackt aussehende Betrunkene lungerten in der Gegend um den Bahnhof herum. Johann mied jegliche Begegnung mit einem von ihnen, ging zielstrebig in das Bahnhofsgebäude und steuerte den Fahrkartenschalter an. Er hatte sich seine Baseballkappe bis tief über die Augen gezogen, die Kapuze seines Kapuzenpullis noch darüber gesetzt und hoffte, auf diese Weise auf den Aufnahmen der Überwachungskameras nicht erkannt zu werden. Er kaufte Fahrkarten nach Berlin, Budapest und Rom.

Die Fahrkarte nach Istanbul würde er erst in Budapest kaufen. Vielleicht war er übervorsichtig, vermutlich aber nicht. Vater war sehr einfallsreich und derart besessen von seinem Vernichtungsplan, dass er vor nichts zurückschrecken würde, um die Behälter mit den Erregern wieder in seinen Besitz zu bringen, wenn er erst einmal mitbekommen hätte, dass sie verschwunden waren.

Johann suchte zu allen Seiten den Bahnhof ab und hielt nach Fatima Ausschau. Sie war nirgends zu sehen. Ob sie ihre Meinung geändert hatte? Er würde es ihr nicht übel nehmen, aber in seinem Herzen machte sich ein Gefühl von Enttäuschung breit. Vielleicht hatte sie es nicht geschafft, sich unbemerkt aus dem Haus zu stehlen. Sie hatte drei Schwestern und teilte sich mit einer von ihnen das Zimmer. Das konnte die Sache für sie verkompliziert haben. Vielleicht stand sie auch immer noch unter Beobachtung des Mannes, den Vater auf sie angesetzt hatte.

Er ging zu den Rolltreppen, fuhr zu den Bahnsteigen der oberen Ebene hinauf und hielt weiter nach Fatima Ausschau, immer noch hoffnungsvoll. Auf der großen Anzeigetafel mit den Abfahrtszeiten war zu sehen, dass es bis zur Abfahrt ihres Zugs nur noch fünfzehn Minuten waren.

Ein Stück weit vor ihm erblickte er eine vertraute Gestalt, die direkt auf ihn zukam. Ihm brach kalter Schweiß aus. *Falco, der in der Kammer des Labors gewesen war, als Omar Kaleb so jämmerlich krepiert war. Könnte er wissen, dass ich hier bin?*

Johann wandte den Blick ab, ging unbeirrt weiter bis zum nächsten Pfeiler und glitt dahinter. Er war ein Experte darin, sich unsichtbar zu machen, eine Fähigkeit, in der er es vor allem in der Schule zu wahrer Meisterschaft gebracht hatte. Nach einigen Sekunden wagte er, hinter dem Pfeiler hervorzulinsen. Falco ging den Bahnsteig entlang und war inzwischen ziemlich weit weg. Offenbar hatte er vor, einen anderen Zug zu nehmen. Johann atmete tief aus. *Das war knapp.*

Ein Licht in der Ferne zerrte an seinen Nerven. Ihr Zug. Wenn Fatima nicht innerhalb der nächsten fünf Minuten einträfe, würde er diese Reise durch mehrere Länder alleine antreten müssen. Die Lichter des Zugs wurden immer größer und greller. Dann fuhr der vordere Teil des Zugs an ihm vorbei. Die rotweißen Waggons rollten in den Bahnhof ein, das Kreischen der Bremsen war das lauteste Geräusch, das er je gehört hatte. Die Türen öffneten sich mit einem hydraulischen Zischen.

Eine kleine, ganz in Schwarz gekleidete Gestalt mit einem ebenfalls schwarzen Kopftuch tauchte am anderen Ende des Bahnsteigs aus dem Schatten und stieg schnell in den Zug. Er erkannte sie sofort. Fatima. *Sie war doch gekommen.*

Er stieg ebenfalls in den Zug und war zum ersten Mal hoffnungsvoll. Vielleicht gelang es ihnen, das schreckliche Unheil, das sein Vater plante, zu verhindern. Wie es klang, schien Fatimas Cousin Marush jemand zu sein, der wusste, wie man eine Biowaffe unschädlich machte. Oder vielleicht konnte Thea Paris helfen. Er hatte zu viel Angst gehabt, noch einmal bei Quantum von zu Hause aus anzurufen. Allein das Wissen, dass sein Vater in der Nähe war, ließ alles so viel realer erscheinen. Er würde aus dem Zug erneut versuchen, Thea zu erreichen.

Er rückte die Rucksäcke auf seiner Schulter zurecht und suchte sich einen Platz. Ein Pfiff ertönte, der Zug setzte sich in Bewegung und rollte aus dem Bahnhof.

54

Prospero duschte und rasierte sich und bereitete sich darauf vor, den Tag anzugehen. Nach Mike Dillmans Tod sorgte er sich um die Moral der Geiseln. Wenn die erste Geisel starb, machte sich unter den anderen normalerweise Angst breit. Sie wurden von der bangen Frage beherrscht: Wer wird der Nächste sein?

Aber den beiden Jungen hatte der Zwischenfall keinesfalls den Mut geraubt. Am Abend zuvor hatten die beiden Plätzchenräuber vorgeschlagen, dass sie ihn doch noch mal im Haupthaus besuchen könnten, aber er hatte abgelehnt.

Luciano war in der Küche, inmitten einer Rauchwolke.

»Diese Zigaretten bringen dich noch um – wenn ich ihnen nicht zuvorkomme.«

»Der Zwirbelbart hat es nicht besser verdient. Er hat sich über mich lustig gemacht.« Luciano schluckte seinen *caffè* herunter.

Das Stottern war für seinen Neffen schon in jungen Jahren ein schweres Handicap gewesen, aber es war trotzdem keine Entschuldigung für seine gewalttätigen Ausbrüche.

»Reiß dich zusammen. Wir brauchen diese Geiseln lebend.«

»Und wenn es eine weniger ist – wen kümmert das schon?«

Prospero beugte sich näher an seinen Neffen heran und legte Intensität in seine Stimme.

»Als du die Schüsse abgefeuert hast, hätte alles Mögliche passieren können. Du hättest die Jungen töten können – oder unsere Zielperson. Ich warne dich: Mach das nicht noch mal.« Er zog sich eine Daunenjacke an und setzte sich eine Strickmütze auf.

»Ich habe nicht mit dem Theater angefangen.«

Bei diesem Kerl ist immer jemand anders schuld. »Wie ist die Nacht verlaufen?« Er hatte Luciano die Nachtschicht zur Überwachung der Liveübertragung aus dem Schuppen zugewiesen.

Sein Neffe zuckte mit den Schultern. »Langweilig. Sie haben alle geschlafen.«

»Du bleibst hier. Heute Morgen sehe ich nach ihnen.« Luciano konnte nicht ohne Aufsicht in die Nähe der Jungen gelassen werden.

In der Nacht hatte es erneut geschneit, der Wind frischte auf und wehte den Neuschnee auf dem Anwesen zu weißen Wirbeln auf. Es war so kalt, dass er eine Gänsehaut bekam. Bassam nickte ihm zu und wünschte ihm einen guten Morgen.

»Ein bisschen kälter hier als in Libyen, was?«, stellte Prospero fest und lächelte.

»Das Wetter macht mir nichts aus.« Zum Schutz vor der Kälte hatte Bassam sich ein tarnfarbenes Tuch um den Kopf geschlungen.

Angesichts der beträchtlichen Summe, die Prospero ihm und seinen Männern für diesen Einsatz gezahlt hatte, sollte es ihm auch nichts ausmachen. Bassam wies den Wächter vor dem Schuppen an, die Tür zu öffnen. Prospero betrat das Gebäude und fand die Geiseln um den Heizlüfter versammelt vor. Er war überrascht, so früh am Morgen schon das Geräusch der laufenden Dusche zu hören. Es war ein bisschen zu kalt, um nass zu werden, erst recht, da das Wasser um diese Zeit wahrscheinlich noch nicht einmal warm war.

Laverdeen stapfte auf ihn zu. »Wir frieren uns hier drinnen den Arsch ab. Können wir noch einen Heizlüfter haben?«

»Mal sehen, was ich tun kann.« Er konnte es ihnen nicht verübeln, dass sie sich beschwerten. Nachdem es geschneit hatte, war es verdammt kalt geworden. Prospero hielt nach Ayan und Jabari Ausschau. *Müssen unter der Dusche sein.*

»Kann ich mit meinen Mädchen reden?«, fragte Rivers.

»Vielleicht später«, erwiderte Prospero zerstreut.

Wie es aussah, gab Matthias gerade eine Yoga-Stunde, die meisten der Geiseln machten einen tiefen Ausfallschritt und streckten die Arme nach oben zur Decke. Nicht dumm. Es war einfacher, warm zu bleiben, wenn man sich bewegte. Nur Karlsson macht nicht mit. Er bibberte in einer Ecke des Raums und wirkte völlig apathisch.

Moment mal. Ocean sah er auch nicht. Ob sie den Jungen beim Duschen half? Er ging zur Badezimmertür und stieß sie auf. Nur das Geräusch des prasselnden Wassers schlug ihm entgegen. Niemand war zu sehen. Er riss den Duschvorhang zur Seite. Die Duschkabine war leer, das Wasser prasselte auf niemanden herab.

Che diavolo?

Er stürmte in den kleinen Abstellraum an der Rückseite des Schuppens. Auf dem Boden lagen ein paar weggeworfene Teppiche, auf einem Holztisch stand eine kaputte Lampe. Bei ihrer Ankunft hatte Luciano Aslans Hundeklappe zugenagelt, doch jetzt hing sie lose an ihren Scharnieren. Sie war wieder aufgebrochen worden.

Er hob die Klappe hoch und musterte die Öffnung. Sie war vielleicht groß genug für die Jungen und für die gertenschlanke Ocean, um hindurchzukommen. Von den anderen Erwachsenen hätte sich niemand durch die kleine Öffnung zwängen können.

Er ging zurück in den Hauptbereich des Schuppens, langte hinter sich und zog seine Glock aus dem hinteren Hosenbund.

Im Raum wurde es schlagartig mucksmäuschenstill. Er stapfte entschlossenen Schrittes zu Rivers, legte ihm die Finger um die Kehle und stieß ihn mit dem Rücken gegen die Wand. Dann rammte er ihm den Lauf der Pistole gegen die Schläfe und beugte sich zu ihm vor. »Sie haben zehn Sekunden, um mir alles zu erzählen. Wenn Sie auch nur eine Kleinigkeit auslassen, lasse ich Ihre Töchter auf der Stelle töten.«

»Ich habe nichts damit zu tun! Ich habe sogar versucht, sie davon abzuhalten.«

»Beantworten Sie einfach die Frage.« Prospero drückte ihm den Lauf der Glock noch fester gegen die Haut. »Wann sind sie abgehauen?«

»Vor etlichen Stunden. Als es noch dunkel war.« Die Augen des Kapitäns quollen hervor, er atmete rasselnd.

»Was ist der Plan?«

»Ein anderes Haus zu finden und Hilfe zu holen.«

»In der Nähe gibt es keine weiteren Häuser.« Sie hatten Aslans Haus ja genau deshalb ausgewählt, weil es so abgelegen war und sich inmitten einer so unwirtlichen Gegend befand. »Wer hat den Plan ausgeheckt?«

»Es war Oceans Idee.«

Hätte ich mir ja denken können.

Die Jungen, sein Druckmittel, das er gegenüber Thea in der Hand hatte. Und Ocean, die Geisel, wegen der er das Flugzeug entführt hatte.

Alle drei verschwunden.

55

In Prosperos Kopf rangen Wut und Sorge miteinander um die Vorherrschaft. Er zwang sich, logisch zu denken. Selbst wenn Ocean und die Jungen vor sechs Stunden geflohen waren, konnten sie zu Fuß nicht weit gekommen sein. Das unwegsame Gelände und der tiefe Schnee würden ihnen das Vorankommen zusätzlich erschweren. Im Moment war seine größte Sorge nicht, dass sie ihm entkämen, sondern dass sie in den Bergen erfrieren könnten, bevor er sie fand. Die Jungen waren sein Druckmittel, um den Lkw in seine Gewalt zu bringen – und was Ocean anging, musste unter allen Umständen verhindert werden, dass sie wieder mit den Freiheitswächtern zusammenkam.

»Hat noch jemand irgendwelche Informationen?« Er hielt den Lauf seiner Glock weiter gegen Rivers' Schläfe gedrückt und wandte sich zu den anderen um.

Laverdeen ergriff das Wort. »Nachdem Luciano Dillman erschossen hat, haben die Jungen befürchtet, dass ihnen das gleiche Schicksal beschieden wäre.«

»Ihnen droht keinerlei Gefahr.«

»Woher sollten sie das wissen?«, entgegnete Laverdeen. »Sie hatten wahrscheinlich mehr Angst vor diesem Psycho als davor, was ihnen da draußen in der einsamen Schneewüste zustoßen könnte.«

»Hoffen Sie darauf, dass sie da draußen nicht sterben.« Prospero sah einen nach dem anderen an und wandte sich dann Bassam zu. »Na los, suchen Sie nach Spuren.«

Prospero schob sich die Glock wieder unter den Hosenbund und dachte daran, wie Ayan und Jabari bei ihrem Besuch im Haupthaus jegliche Essensvorräte hatten mitgehen lassen, die sie in die Finger bekommen hatten. Und wie sie um Stiefel und warme Jacken gebeten hatten. *Sie haben die Flucht von Anfang an geplant und mich die ganze Zeit an der Nase herumgeführt.* Ein heißer Schauer durchlief ihn. Er würde sie nicht noch mal unterschätzen.

»Sie haben ein plattes Stück Blech, das sie gefunden haben, als Schlitten benutzt.« Matthias zeigte aus dem Fenster auf einen Haufen Baumaterialien. Offenbar wollte er sich bei Prospero einschmeicheln, indem er ihm Informationen über die Flucht lieferte.

Mutig. Sie würden schneller vorankommen, wenn sie den Berg hinunterglitten, statt zu Fuß zu gehen, aber im Dunkeln waren sie ein gewaltiges Risiko eingegangen. Möglicherweise würde er sie bewusstlos oder tot am Fuß eines Baums oder eines Felsblocks finden.

Er sah einen von Bassams Männern an. »Heute gibt es kein Essen für sie. Nur Wasser.«

Bestürzte Gesichter blickten ihm entgegen, aber niemand sagte etwas. Vielleicht überlegten sie es sich in Zukunft lieber zweimal, ob sie noch mal zulassen würden, dass einer von ihnen abhaute.

Er schob sich an den Geiseln vorbei und stürmte aus dem Schuppen. Draußen blies ihm eine weiße Wolke ins Gesicht, die Kälte traktierte seine Haut wie eisige Nadeln. Es schneite immer noch heftig, große flauschige Flocken stoben umher. Seine Hüfte tat höllisch weh. *Scheiße, ich hasse den Winter.*

Bassam eilte zu ihm. »Der Wind und der Neuschnee haben die Spuren verwischt. Ich habe keine Ahnung, in welche Richtung sie geflohen sind.«

Prospero half ihm dabei, den Platz vor dem Schuppen und dem Haus genau unter die Lupe zu nehmen und nach irgendwelchen Hinweisen abzusuchen, die Aufschluss darüber geben konnten, in welche Richtung sie geflohen waren, doch der Schnee hatte sämtliche Spuren der drei Flüchtigen zugedeckt.

»Sind Sie schon mal mit einem Schneemobil gefahren?«, fragte Prospero.

Bassam schüttelte den Kopf.

»Natürlich nicht.« Prospero seufzte. »Es ist kinderleicht. Weisen Sie Ihre Männer an, die Hundeklappe in dem Abstellraum wieder zuzunageln. Außerdem sollen sie die Geiseln jede Stunde durchzählen.« Er wollte kein weiteres Risiko eingehen. »Ich bin sofort wieder da.«

Er stürmte durch die Haustür und ging direkt in die Küche, wo Luciano sich gierig Spiegeleier mit Speck hineinschaufelte. Prospero verpasste ihm von hinten einen heftigen Schlag auf den Kopf. Der Teller mit dem Essen und diverse Küchenutensilien flogen über die Küchentheke.

»He!«

»*Sei uno stronzo*. Ich habe dir nur eine einzige Aufgabe zugewiesen, und du fauler, dämlicher Sack bist nicht mal imstande, diese eine Aufgabe zu erledigen.«

Sein Neffe triefte regelrecht vor Unverfrorenheit. Prospero war versucht, sie aus ihm herauszuprügeln.

»W-w-was zum Teufel ist denn in dich gefahren?«

»Die Jungen und die Geisel, auf die wir es abgesehen hatten, sind geflohen. Das ist in mich gefahren. Und sie sind abgehauen, während du den Auftrag hattest, die Übertragung aus dem Schuppen zu überwachen.«

»Es w-w-war dunkel. Ich habe niemanden abhauen sehen.«

»Halt den Mund! Ich weiß genau, dass du nicht aufgepasst hast.«

»Wir finden sie.«

»Da hast du verdammt noch mal recht. Das werden wir. Zieh dir deine Stiefel und deinen Mantel an. Wir machen uns sofort auf den Weg.«

»Was ist denn an dieser Frau überhaupt so besonders?«

»Sie hier unter Bewachung zu haben, könnte dazu beitragen, einen nuklearen Holocaust zu verhindern. Reicht das als Grund für dich, sie zu etwas Besonderem zu machen?«

Im Aufstehen schob sich sein Neffe noch ein Stück Toast in den Mund. »D-d-die Jungen können sich auf was gefasst machen, wenn wir sie finden.«

»Du wirst ihnen kein Haar krümmen. Dein Ausraster hat uns überhaupt erst in diese Situation gebracht.«

»Aber ...«

»Ich will kein verdammtes Wort mehr hören!«

Prospero eilte in sein Zimmer und holte sich einen Schal, Daunenhandschuhe und eine Schneebrille. Auf dem Weg nach draußen füllte er sich in der Küche noch eine Feldflasche mit Wasser, packte ein paar Proteinriegel ein und gesellte sich zu Bassam, der neben den beiden Schneemobilen auf ihn wartete. Eins war kanariengelb, das andere weiß. Er startete das erste Mobil, der Motor erwachte dröhnend zum Leben.

Er zeigte auf die Bedienelemente. »Einfach lenken und den Gasgriff vor- oder zurückdrehen, um zu beschleunigen oder langsamer zu fahren. Aber immer bremsbereit sein. Der Hang ist steil, und diese Schneemobile sind schnell.«

»Soll ich hinter Ihnen herfahren?«

»Es ist besser, wenn wir uns aufteilen. Dann können wir ein größeres Gebiet abdecken. Sie fahren an der Westseite herunter und halten nach Spuren Ausschau. Wir nehmen uns die Ostseite vor. Wir bleiben per Satellitentelefon miteinander in Verbindung.«

Bassam stieg auf das erste Schneemobil, drehte den Gasgriff und fuhr einmal langsam um den Schuppen herum, um die Maschine zu testen. Einige der Geiseln drückten ihre Nasen von innen gegen die Fensterscheiben.

Luciano kam aus dem Haus geeilt und knöpfte sich den Mantel zu. Er setzte sich hinter seinen Onkel auf das zweite Schneemobil. Auf diese Weise musste Prospero den Idioten wenigstens nicht sehen.

Bassam hielt mit laufendem Motor neben ihnen. »Alles klar, ich hab den Bogen raus.«

»Fahren Sie da lang.« Prospero zeigte nach Westen. »Und achten Sie auf das steile Gefälle.«

»Alles klar.« Bassam gab Gas und sauste den Berg hinab.

Prospero wandte sich zu Luciano um. »Halt nach Spuren Ausschau.«

Er nickte den draußen postierten Männern von Bassam kurz zu und fuhr den Weg zwischen dem Haus und dem Schuppen entlang.

Als sie den Hang hinabfuhren, suchte er zu allen Seiten die sich nach unten ziehende weiße Schneedecke ab. In der Ferne ragten drei gezackte Felsgipfel gen Himmel. Unter anderen Umständen wäre es ein spektakulärer Anblick gewesen. Seine Augen tränten selbst unter der Schneebrille. Es war bitterkalt. Er musste die Flüchtigen finden, bevor sie erfroren.

Sein Satellitentelefon vibrierte an seiner Brust. Ob Bassam etwas entdeckt hatte? Er bremste und hielt seitlich zum Hang an, damit das Schneemobil nicht herunterrutschte. Dann langte er in seine Jackentasche und nahm das Telefon heraus.

Er blickte auf das Display.

Es war nicht Bassam. *Liberata.*

56

Prospero schaltete den Motor aus und schob Luciano vom Rücksitz. Dann stapfte er durch die Schneeverwehungen um das Schneemobil herum und entfernte sich ein Stück weit von seinem Neffen. Seine Gedanken rasten. Er holte tief Luft und nahm den Anruf an. »Haben Sie den Lastwagen?«

»Wir sind ihm auf den Fersen. Aber als Erstes will ich die Jungen sehen.«

»Wir haben gerade technische Probleme mit der Übertragung«, entgegnete Prospero.

Luciano ging zu einer Baumgruppe in der Nähe und urinierte.

»Dann holen Sie sie ans Telefon«, verlangte sie. »Ich muss mich vergewissern, dass es ihnen gut geht.«

»Ich bin gerade nicht bei ihnen.«

»Stellen Sie mich zu Ihren Leuten durch. Dann können sie mich mit den Jungen verbinden.«

»Haben Sie vergessen, wer hier das Sagen hat? Erledigen Sie den Job. Dann bekommen Sie die Jungen zurück.«

»Dann lassen Sie mich mit Laverdeen oder Dillman reden.«

Der Texaner würde nie mehr mit irgendjemandem reden. »Damit Sie sie aushorchen können?«

»Sie müssen etwas geben, wenn Sie etwas haben wollen.«

»Schicken Sie mir einen Beweis, dass Sie den Lastwagen lokalisiert haben. Dann können Sie mit den Jungen reden.« Sie müssten die Jungen bald wiederhaben.

Ein weiterer Anruf ging ein. Bassam. *Vielleicht hat er Ocean und die Jungen gefunden.*

»Ayan und Jabari bedeuten mir etwas. Wenn ich sie nicht sehen oder nicht mit ihnen reden kann, kriegen Sie nichts«, stellte Thea klar.

»Keine Sorge. Sie verputzen so viele Plätzchen, wie sie selber an Gewicht auf die Waage bringen, und sind im siebten Zuckerhimmel.« Das stimmte sogar. Sie hatten den ganzen Teller leer geräumt und alle Plätzchen mitgehen lassen. »Erledigen Sie den Job, dann reden wir über den Austausch.« Er beendete das Gespräch mit Thea und nahm den Anruf von Bassam an. »Sagen Sie mir, dass Sie sie haben.«

»Ich habe frische Spuren gefunden. Die GPS-Koordinaten kommen gleich per WhatsApp. Ich folge den Spuren.« Bassam war über das Dröhnen seines Schneemobils hinweg nur schwer zu verstehen.

»Sind schon unterwegs«, entgegnete Prospero und warf einen Blick auf die Koordinaten. Luciano kam zurück zum Schneemobil. »Bassam hat was gefunden. Fahren wir.«

Er startete den Motor wieder, das dröhnende Jaulen hallte über den Hang. Als Luciano sich wieder hinter ihn gesetzt hatte, gab er sofort Gas. Die ganze Mission würde scheitern, wenn er die drei Flüchtigen nicht wieder einfinge.

57

Das Schneemobil bretterte durch den frischen Pulverschnee und wirbelte eine weiße Wolke hinter sich auf. Bassam hatte Spuren der Flüchtigen entdeckt, und Prospero wollte dabei sein, wenn sie wieder eingefangen wurden. Er war unvorsichtig gewesen und hatte sich von den Jungen täuschen lassen, aber von jetzt an würden sie hinter Schloss und Riegel gehalten werden. Er hätte wissen müssen, dass die ehemaligen Kindersoldaten nicht bereit sein würden, ihre Freiheit so einfach aufzugeben. Aber er bewunderte die Jungen für ihre Gerissenheit. Sie hatten sich Nahrungsvorräte angelegt, sich warme Kleidung beschafft und eine Komplizin gefunden, die ihnen bei der Flucht half.

Prospero erreichte den Gipfel und bretterte mit der starken Maschine über ihn hinweg. Ein heller Sonnenstrahl fiel durch die dichte Wolkendecke und verwandelte einen Teil der schneebedeckten Hänge in blendende weiße Flächen. Unter ihnen bretterte Bassam den Hang hinab.

Prospero folgte ihm und konzentrierte sich bei der Abfahrt darauf, das Schneemobil in dem frischen Pulverschnee aufrecht zu halten, indem er den Körper nach Bedarf nach rechts oder nach links beugte. Luciano vollzog seine Bewegungen nach. Bassams Schneemobil verschwand für einen Moment zwischen Bäumen, dann tauchte es auf einem offenen, unbewachsenen Teil des Hangs wieder auf, und Bassam beschleunigte.

Prospero suchte den Hang zu allen Seiten ab, entdeckte jedoch, abgesehen von Bassam, kein Lebenszeichen.

Dann blinzelte er und sah noch mal genauer hin. *Was zur Hölle …?* Der Libyer schoss auf einen Haufen Zweige zu, doch das dichte Gestrüpp verdeckte eine steile Felswand, die an der Seite des Bergs abfiel. Prospero verlangsamte das Tempo und langte nach seinem Telefon. Es klingelte und klingelte, aber Bassam ging nicht dran. Stattdessen raste sein Schneemobil auf die Felswand zu, während Prospero hilflos zusehen musste und nichts unternehmen konnte, um ihn zu stoppen.

Sekunden später musste Bassam sich dessen bewusst geworden sein, dass er in Schwierigkeiten war, denn er machte eine Vollbremsung. Sein Schneemobil schlingerte erst nach links und dann nach rechts, doch er war zu schnell und rutschte weiter. Die Welt verlangsamte sich, die Ereignisse schienen sich in Zeitlupe abzuspulen. Das Schneemobil krachte in die heruntergefallenen Zweige hinein, schoss über die Kante der Felswand und überschlug sich einmal. Der schreiende Passagier wurde abgeworfen, und im nächsten Moment landeten die Maschine und Bassam in den schneebedeckten Bäumen weit unter der Kante.

Luciano klammerte sich an Prosperos Taille fest. Prospero hatte das Gefühl, von einer Boa constrictor umschlungen zu werden. Er schlängelte sich zwischen den Bäumen hindurch und fuhr vorsichtig auf die Stelle zu, an der Bassam über die Kante geflogen war. Beim Näherkommen dämmerte ihm, was passiert war. Kleine Stiefelabdrücke – in der Größe von Ocean oder der Jungen – führten direkt zu der Stelle, an der die Zweige den Abgrund verdeckt hatten.

Eine Falle. Und Bassam, der in diesen Bergen nicht in seinem Element war, hatte es erst gemerkt, als es zu spät war.

Auf einmal nahm Prospero knapp hundert Meter weiter

den Hang hinunter vage eine Bewegung wahr. Irgendetwas in einem dichten Stück Wald. Er sah genau hin, und dann sah er es wieder. Ein kurzes Aufzucken von etwas Rotem. Ayans Daunenjacke. Sie waren den Flüchtigen dicht auf den Fersen.

58

Indem Thea ihr Handy in der St.-Stephans-Basilika mit dem von Prosperos Mann gekoppelt hatte, hatte sie sich eine Aufnahme der Liveübertragung aus dem Raum sichern können, in dem die Geiseln festgehalten wurden. Der Italiener hatte darauf geachtet, dass keine der Überwachungskameras Blicke auf den Außenbereich aufnahm, da jeder Hinweis auf das Gelände der Umgebung als Hinweis darauf dienen konnte, in welcher Gegend sich das Versteck befand. Dennoch konnten die kleinsten Details einem eine Geschichte erzählen, wenn man wusste, worauf man achten musste.

Thea sah sich das Video immer wieder an und holte sich jedes einzelne Bild als Standbild auf den Schirm. Der schwarze Pfeil, der auf den Boden gemalt worden war, diente zweifellos dem Zweck, die Richtung anzuzeigen, in der sich Mekka befand. Wenn sie dann noch die fein gearbeiteten Keramikgegenstände hinzunahm, die in einer Ecke Staub ansetzten, und das Design eines kleinen Teppichs, vermutete sie, dass sich das Versteck irgendwo in der Türkei befand, was ja auch Sinn ergab, da dies das Land war, in das sie den Lastwagen bringen sollten, wenn sie ihn in ihre Gewalt gebracht hatten. Aber die Türkei war ein riesiges Land.

Thea ging zu Rif, der gerade dabei war, vor dem Einsatz die Waffen zu reinigen, und unterbrach ihn bei seiner Tätigkeit. »Hast du eine Ahnung, in welcher Gegend der Türkei das sein könnte?«

»Du machst wohl Witze.« Er schüttelte den Kopf. »Aber Hakan hat die Analysten darauf angesetzt, jegliche Verbindungen aufzuspüren, die Prospero dort womöglich hat – Freunde, Geschäfte, Immobilien. Hoffen wir, dass er einen Treffer landet.« In solchen Dingen war Hakan ein Experte. Seine beeindruckenden Fähigkeiten auf diesem Gebiet hatten ihnen im Lauf der Jahre dabei geholfen, unzählige Geiseln aufzuspüren. Jeder hinterließ im Internet Spuren, selbst wenn man darauf bedacht war, dies zu vermeiden. Thea hatte Kunden von Quantum schon oft geraten, ihren gegenwärtigen Aufenthaltsort oder ihre Reisepläne nicht in sozialen Medien zu posten. Dieser Tage kundschafteten Entführer ihre potenziellen Opfer online aus, und zu wissen, wo und wann sie zu finden waren, erleichterte es ihnen sehr, ihre Taten zu planen.

»Ayan und Jabari sind ziemlich kluge Köpfchen«, sagte Rif. »Sie werden geduldig ausharren, bis wir sie finden.«

»Du brauchst gar nicht zu versuchen, mich aufzumuntern«, entgegnete Thea. »Du weißt genauso gut wie ich, dass sie bei jeder Gelegenheit, die sich ihnen bietet, Unruhe stiften. So sind sie nun mal.«

Er lächelte, und in seinem Lächeln zeichnete sich aufrichtige Zuneigung ab. »Stimmt. Vor allem Ayan.«

»Prospero dürfte seine liebe Not mit ihnen haben, und er ist nicht gerade einer der geduldigsten Männer.« Tief in ihrem Inneren wusste sie, dass er den Jungen wahrscheinlich nichts antun würde, aber das war nur ein schwacher Trost, solange sie sie nicht selber in Augenschein nehmen konnte. Darüber hinaus fragte sie sich, wie es wohl Laverdeen, Dillman und den anderen Geiseln ging.

»Hast du die medizinischen Berichte über die Geiseln gesehen?« Rif sah von dem M4-Karabiner auf, den er gerade wieder zusammensetzte.

»Zwei der Geiseln benötigen Medikamente. Matthias nimmt Digoxin für sein Herz, und Karlsson nimmt Risperidon, ein Neuroleptikum der zweiten Generation zur Behandlung von Schizophrenie.« Von zehn Menschen benötigte mindestens einer regelmäßig Medikamente, und Entführer waren oft gezwungen, solche Geiseln medizinisch zu versorgen – nicht aus Fürsorglichkeit, sondern um dafür zu sorgen, dass ihre »Handelsware« am Leben und wohlauf blieb. Und Medikamente konnte man zurückverfolgen.

»Ich denke mal, Prospero wird sich darum kümmern.«

»Das wäre zu hoffen. Aber vielleicht hat er keinen Zugang zu Medikamenten, wenn sie sich in einer abgelegenen Gegend befinden. Und vielleicht schert es ihn auch nicht.«

Theas Handy piepte. Es war Hakan mit weiteren Informationen über die Passagiere. »Ocean«, sagte sie, nachdem sie das Gespräch beendet hatte.

»Die Frau mit nur einem Namen«, entgegnete Rif.

»Das hat es zu einer wahren Herausforderung gemacht, sie zu identifizieren«, stellte Thea fest. »Aber Hakan hat es geschafft.«

»Und?«

»Sie könnte die Geisel sein, auf die die Entführer es abgesehen haben.« Thea war einen Moment lang in Gedanken verloren. »Ihr Geburtsname war Akira Nakamura. Sie hat ihn vor zwei Jahren offiziell geändert.«

»Es ist kein Verbrechen, seinen Namen zu ändern.«

»Natürlich nicht«, entgegnete Thea und schüttelte den Kopf. »Erinnerst du dich an die Enthauptung von Haruna Yukawa und Kenji Goto durch Jihadi John?«

Thea war in Syrien mit einem anderen Fall befasst gewesen, als das passiert war. Yukawa war ein gescheiterter japanischer Geschäftsmann, der versucht hatte, sich in Syrien als privater

Militärunternehmer ein neues Leben aufzubauen. Nachdem er von der Terrormiliz Islamischer Staat entführt worden war, hatte sich Kenji Goto, ein mit Yukawa befreundeter freier Journalist, in den Nahen Osten begeben, um sich um die Freilassung Yukawas zu bemühen, war jedoch selber in Gefangenschaft des IS geraten und schließlich genauso enthauptet worden wie der Mann, den er zu finden versucht hatte.

»Wie sollte ich das vergessen?« Rif lud 5.56 × 45-mm-Nato-Patronen in ein Ersatzmagazin.

Viele Menschen machten Entführungsopfer für ihre missliche Lage mitverantwortlich. *Sie hätte nicht freiwillig in so eine gefährliche Region gehen sollen, um dort Hilfsdienst zu leisten. Warum mussten die Leute auch an so einem entlegenen Ort wandern? Er wusste doch, wie gefährlich es ist, im Irak zu arbeiten.* Doch all diese Menschen – Angestellte von Nichtregierungsorganisationen, abenteuerlustige Reisende, ambitionierte Bürger, die im Ausland lebten und arbeiteten, überzeugte Missionare – *wollten* nicht entführt werden. Sie waren nur zufällig zur falschen Zeit am falschen Ort und trafen auf die falschen Leute.

Und genau das war Yukawa und Goto passiert. Während der Lösegeldverhandlungen hatten viele Japaner das Gefühl gehabt, dass die japanische Regierung den beiden Männern nichts schuldig war, und ganz bestimmt nicht die zweihundert Millionen Dollar Lösegeld, die die Entführer für ihre Freilassung verlangten. Japan hatte im März 2012, als der Bürgerkrieg eskalierte, sämtliche Diplomaten aus Syrien abgezogen, und die Regierung hatte eine Reisewarnung für das Land herausgegeben. Wenn Yukawa und Goto beschlossen hatten, die Warnung zu ignorieren, so die vorherrschende Auffassung, waren sie selber schuld an ihrem Schicksal. Und während die Angehörigen der enthaupteten Geiseln versuchten, die brutale Ermordung ihrer Lieben zu betrauern und darüber hinwegzukommen, sorgte die allgemeine Schuldzuweisung, die darauf hinauslief, die Opfer für ihr Schicksal mitverantwortlich zu machen, nur dafür, dass die sowieso schon am Boden zerstörten Angehörigen noch schlimmer litten.

»Es gibt da eine Verbindung.«

»Willst du damit sagen, dass Ocean einen der beiden Männer kannte?«, fragte Rif.

»Nein, aber sie hat das Gleiche durchgemacht. Vor drei Jahren wurde ihr Vater während einer Friedensmission vom IS gefangen genommen.«

»Orange?« Die Farbe der berüchtigten Overalls, die die Opfer in den Enthauptungsvideos der terroristischen Miliz trugen.

Thea nickte. »Gedemütigt, gefoltert und dann enthauptet und dabei gefilmt. Oceans Mutter konnte die harsche Kritik in der Presse und den sozialen Medien, die ihren Mann für seinen Tod mitverantwortlich machte, nicht ertragen. Sie hat sich das Leben genommen.«

»Und Ocean als Waise zurückgelassen«, überlegte Rif laut. »Kein Wunder, dass sie sich den beiden Jungen verbunden fühlt.« Er schob die vollen Magazine und ein paar Handgranaten in die Taschen der Einsatzwesten.

»Aber es geht noch weiter«, sagte Thea. »Ocean war eine der besten Nuklearingenieurinnen im Atomkraftwerk Sendai, bevor sie Japan vor zwei Jahren verlassen hat. Wie es aussieht, hat sie der Atomindustrie komplett den Rücken gekehrt und fortan für ein pharmazeutisches Labor in Johannesburg gearbeitet.«

»Moment mal. Pharmazie? Ich dachte, sie ist Atomwissenschaftlerin?«

»Offenbar hat sie auch einen akademischen Abschluss in Biotechnik.«

»Und du glaubst, aufgrund ihrer wissenschaftlichen Kenntnisse ist sie die Zielperson der Entführer?«

»Vielleicht. Ich weiß nur eins ganz sicher: Wir wissen noch nicht genau, worum es bei dem Ganzen eigentlich geht. Warum riskiert ein sizilianischer Gangster die Entführung eines Flugzeugs während eines internationalen Flugs? Was will er mit einem Lastwagen voller syrischer Flüchtlinge? Und was ist die Verbindung zu dieser Japanerin, die zufällig Atomwissenschaftlerin ist – wenn es denn überhaupt eine Verbindung gibt?« Thea fuhr sich mit der Hand durchs Haar.

»Vielleicht liefert uns der Lkw Antworten.«

»Oder er wirft weitere Fragen auf.« Das Leben der Geiseln – auch das von Ayan und Jabari – hing davon ab, dass sie Antworten auf diese Fragen fanden. Diese Jungen waren ihre letzte Verbindung zu Nikos. Sie zurückzubekommen, hatte für sie oberste Priorität – nicht nur um der Jungen willen, sondern auch um ihrer selbst willen.

Thea hatte sich bei Quantum eine Auszeit genommen, nachdem ihr Bruder im Sambesi verschwunden war, um bei der Suche nach seiner Leiche zu helfen. Sie hatten den Fluss und die nähere Umgebung vier Wochen lang abgesucht, jedoch vergeblich, und die Suche schließlich aufgegeben. Nikos' Leiche wurde nie gefunden. Die Experten aus der Gegend hatten ihr behutsam erklärt, dass die zahllosen Krokodile, die den Fluss bevölkerten, wahrscheinlich die Ursache dafür waren.

Von der zermürbenden Suche geistig und körperlich erschöpft und ohne die Möglichkeit zu telefonieren, weil der Akku ihres Handys leer gewesen war, hatte sie sich auf direktem Weg nach Kanzi begeben und das Waisenhaus besucht, das Nikos als sein Zuhause betrachtet hatte. Sie war es den Jungen schuldig, ihnen persönlich mitzuteilen, was mit Nikos passiert war, auch wenn es ihr davor graute. Ayan und Jabari hatten schon ihre Eltern verloren, und für viele andere galt das auch.

Die Mittagssonne brannte gnadenlos auf die rote Erde hinab, die in ihr enthaltenen Minerale funkelten wie winzige Diamanten. Als Thea schwitzend und mit einem leichten Übelkeitsgefühl im Magen im Waisenhaus ankam, standen Ayan und Jabari gerade zusammen mit anderen Kindern in einer Schlange, um sich impfen zu lassen.

»Thea!« Jabari verließ die Schlange, umarmte sie und drückte sie mit seinen drahtigen Armen fest an sich.

Ayan blieb in der Schlange stehen und grinste breit. »Pikstag.« Als ob das alles erklärte.

Sie ging zu dem kleinen Jungen und drückte ihn ebenfalls fest an sich.

»Soweit ich mich erinnere, ist es nicht so toll, sich piksen zu lassen.« Ihre Hände zitterten, ihr Herz schlug schneller als sonst. Sie schob es auf den besonders heißen Tag.

»Wir bekommen Schokolade, wenn wir uns mit der Nadel piksen lassen.«

Sie lachte, fühlte sich jedoch etwas benommen. »Das erklärt natürlich, warum du die Schlange nicht verlassen hast.«

»Ich habe gefragt, ob ich nicht zweimal gepikst werden kann und zwei Stücke Schokolade kriege, aber sie haben Nein gesagt.« Ayan schien ein wenig enttäuscht.

»Da ist aber jemand ein Schleckermaul.« Beide Brüder bedachten diese Feststellung mit einem Nicken.

»Hört mal, Jungs, ich muss mit euch reden. Vielleicht können wir nach der Impfung einen Spaziergang machen.«

»Kommt Nikos auch mit?«, fragte Jabari.

»Nein, nur wir drei.« Ihre Sicht verschwamm leicht.

»Geht es dir nicht gut? Du bist ganz weiß im Gesicht.« Jabari trat näher an sie heran.

Die Welt begann sich zu drehen. Sie streckte einen Arm aus, um sich abzustützen, aber da war nichts, und sie sank auf die Knie.

»He, Thea, was hast du denn?« Jabaris Stimme klang fern.

Ihr Mund bewegte sich, aber es kamen keine Worte heraus.

»Hol Orangensaft!«, wies der ältere Junge seinen kleinen Bruder an.

Sie schüttelte den Kopf und versuchte, ihre Gedanken zu sammeln, doch in ihrem Kopf herrschte ein wildes Durcheinander, und er fühlte sich so verdammt schwer an. Eine Bewegung zu ihrer Rechten ließ sie ihren verschwommenen Blick heben. Ayan rannte zur Waisenhausküche. Sekunden verstrichen. Sie fühlten sich an wie Jahrhunderte.

In der Ferne stand eine Gestalt, die ihr irgendwie bekannt vorkam. Sie blinzelte. Nikos. Nein, das bildete sie sich ein. Nikos war tot.

Ihr wurde ein Becher hingehalten. Ayan und Jabari halfen ihr, den Orangensaft zu schlürfen, und ermunterten sie, mehr zu trinken. Ihre Stimmen waren wohltuend, nett.

Die Welt um sie herum wurde langsam wieder klar und stabilisierte sich. Ihre Hände hörten auf zu zittern, und sie konnte wieder klar denken. Sie war beinahe wieder normal.

Sie langte in ihre Hosentasche und nahm ihr Handy heraus, doch dann fiel ihr ein, dass der Akku ja leer war. Deshalb hatte ihre Dexcom-App kein Alarmsignal gegeben, um sie darauf hinzuweisen, dass ihr Blutzuckerwert zu niedrig war. Die Anstrengungen der Suche und die Angst davor, den Jungen erzählen zu müssen, was mit Nikos passiert war, hatten dazu geführt, dass sie ihre Diabetes nicht so sorgfältig im Auge behalten hatte wie sonst.

»Woher wusstet ihr das?« Sie hatte ihre Krankheit immer geheim gehalten. Nur ihre engsten Familienangehörigen, Rif, Hakan, und das Quantum-Team wussten Bescheid.

»Was wussten wir?«, fragte Ayan.

»Das mit dem Orangensaft.«

»Nikos hat gesagt, dass wir dir Orangensaft geben sollen, wenn du dich irgendwie komisch verhältst. Er hat nicht gesagt, warum, aber wir mussten es ihm versprechen.«

Ihr Bruder, der von seinen Erlebnissen ein Trauma davongetragen hatte, war so weitsichtig gewesen, sie sogar in seiner Abwesenheit zu schützen. Ihre Augen füllten sich mit Tränen.

»Vielen Dank, ihr beiden. Ich leide unter einer Krankheit, und Orangensaft hilft.« Die anstehenden Kinder waren inzwischen vorgerückt, und

Ayan hatte seinen Platz in der Schlange verloren. »Ich schulde euch beiden Schokolade.«

»Ach was.« Ayan umarmte sie.

Sie drückte ihre Wange an seine und hoffte, dass ein weiterer Schluck Orangensaft ihr dabei helfen würde, wieder richtigen Gebrauch von ihrer Sprache machen zu können. Sich von einem Zuckertief zu erholen, dauerte verdammt lange, aber sie musste es jetzt hinter sich bringen. »Ich muss euch etwas sagen. Nikos ist von uns gegangen.«

»Wohin denn?«, fragte Jabari.

»Wir haben ihn in einem Fluss verloren. Er ist jetzt bei den Engeln.«

»Er ist tot?« Jabaris Stimme wurde schrill. Die Kinder hatten in ihrem kurzen Leben viel zu viele Menschen sterben sehen, um sich mit Euphemismen abspeisen zu lassen.

»Ja.«

»Nein.« Ayan legte sich die Hände auf die Hüften.

»Es tut mir leid, Ayan.«

»Nein, er ist nicht tot. Ich kann spüren, wenn jemand tot ist.« Er berührte die linke Seite seiner Brust.

Thea hatte gewusst, dass es für die Jungen schwer sein würde, Nikos' Tod zu akzeptieren – sie hatten ihm sehr nahegestanden –, aber der Blick in Ayans Augen machte sie völlig fertig.

59

Rif studierte in ihrer provisorischen Einsatzzentrale in Budapest auf dem großen Monitor den detaillierten Stadtplan von Budapest. Thea, Johansson, Jean-Luc, Brown, Neil und Stewart saßen um den Konferenztisch herum. In Kürze würden sie alle an den ihnen zugewiesenen Orten in Position gehen. Die Stadt breitete sich auf einer Fläche von fünfhundertfünfundzwanzig Quadratkilometern aus und erstreckte sich an beiden Seiten der Donau, seitdem die beiden Städte Buda und Pest im Jahr 1873 zusammengelegt worden waren. In der Stadt lebten fast drei Millionen Menschen. Und sie suchten einen einzelnen Lastwagen.

»Noch mal zur Erinnerung: Acht Haupteinfallstraßen führen nach Budapest hinein, vier davon sind Autobahnen«, sagte Rif und zeigte auf die jeweiligen Routen.

»Der Lkw kommt aus dem Osten?«, fragte Stewart.

»Wahrscheinlich, aber wir müssen alle Einfallstraßen abdecken.«

»Es wäre am besten, den Wagen zu lokalisieren, bevor er die Mo erreicht, den Autobahnring, der um Budapest herumführt«, stellte Thea klar und nippte an ihrer Wasserflasche.

»Kennen wir das Ziel des Lkws?«, fragte Johansson.

»Laut Prospero ist es das Parlamentsgebäude«, erwiderte Thea. »Und ihm zufolge sind die Fahrer bewaffnet und gefährlich. Wir müssen den Lastwagen aufhalten, bevor er dort ankommt – um jeden Preis.«

Alle sahen sich schweigend an. Ein Ziel wie dies deutete auf ein Bombenattentat hin. Und einen Lkw zu kapern, in dem eine Bombe transportiert wurde, würde nicht einfach sein.

»Ich werde in dem Flieger über der Stadt kreisen«, sagte Rif und brach das Schweigen. »Und Hakan hat jemanden darauf angesetzt, sich in die lokalen Verkehrskameras einzuhacken.«

»Ein Lkw voller illegaler Flüchtlinge?«, fragte Stewart.

»Wahrscheinlich. Unseren Informationen zufolge verbergen sie sich hinter der Fracht.« Rif trommelte mit den Fingern auf den Tisch. »Aber die Flüchtlinge sind nicht das Ziel, sondern der Lkw.«

»Prospero wird auf jeden Fall noch ein anderes Team auf den Lkw angesetzt haben, um auf Nummer sicher zu gehen. Wir müssen ihn vor den anderen finden, damit wir ein Druckmittel in der Hand haben, um die Geiseln lebend nach Hause zu bringen.« Thea klang ruhig, doch ihr angespannter Mund ließ vermuten, dass sie alles andere als ruhig war.

»Sind die Fahrzeuge bereit?«, fragte Brown.

»Ja«, erwiderte Thea. »Zwei Motorräder und ein Audi S8. Ihr wollt lieber nicht wissen, was der an Miete gekostet hat. Außerdem haben wir einen geliehenen Müllwagen, mehrere Lieferwagen und eine Kunstflugmaschine. Wir haben an alles gedacht.«

Mit den Motorrädern würden sie in schmale Gassen fahren und Abkürzungen nehmen können, wenn sie den Lkw aufgespürt hatten. Die größeren Fahrzeuge waren geeignet, um Straßen zu blockieren oder das Zielfahrzeug von der Straße zu drängen. Sämtliche Gefährte waren mit e-Vignetten ausgestattet, damit sie die mautpflichtigen Straßen benutzen konnten.

»Die Flüchtlinge in dem Lkw werden sich wahrscheinlich ziemlich erschrecken, wenn sie entdeckt werden«, stellte Brown fest.

»Und sie werden Angst vor uns haben«, fügte Johansson hinzu. »Aus ihrer Sicht könnten wir ein Schlägertrupp sein.«

»Neil und Stewart werden sie in Sicherheit bringen, wenn wir die Fahrer und die Bewacher neutralisiert haben«, sagte Rif. »Sie sprechen beide Arabisch und können ihnen erklären, was los ist, und sie hoffentlich beruhigen und dazu bringen, ohne großes Theater in die Lieferwagen zu steigen.«

Rifs Handy pingte. »Zeit zum Aufbruch.« Er ging zu seiner Reisetasche und verteilte die Waffen, die er mitgebracht hatte: M4-Karabiner, MP5-Maschinenpistolen, Glock-Pistolen und Handgranaten. »Denkt daran: Wir können es uns nicht erlauben, mit den örtlichen Sicherheitskräften aneinanderzugeraten. Also immer schön unter dem Radar bleiben.«

»Wo bleibt denn da der Spaß?«, fragte Brown ansatzweise grinsend und stopfte sich eine Glock und zwei Handgranaten in die Taschen seiner Einsatzweste. Wahrscheinlich dachte er an die Überraschungen, die er und Johansson entlang des Donau-Ufers an strategischen Punkten versteckt hatten.

»*Sacrebleu!*«, meldete sich Jean-Luc erstmals zu Wort. »Donnerwetter!«

Brown lachte schallend.

Die Situation war alles andere als ideal, und was die Entführung anging, standen sie diesmal auf der falschen Seite, aber niemand beauftragte Quantum, wenn es darum ging, leichte Jobs zu erledigen.

60

Prospero näherte sich der Stelle, an der Bassam über die Kante des Hangs katapultiert worden war. Er ging vom Gas und brachte das Schneemobil zum Stehen. Luciano stieg vom Rücksitz ab und eilte zu der Felswand. Prospero folgte ihm, der eisige Wind brannte auf seiner ungeschützten Haut. Er stellte sich neben Luciano und spähte über die Kante. Bassam lag weit unter ihnen in der Schlucht, sein Genick war so verdreht, dass er nur tot sein konnte, eine Blutlache tauchte die weiße Schneedecke, die die Felsen überzog, in leuchtendes Rot. Das Schneemobil war in Stücke zerfetzt.

»*Sfigato*«, sagte Luciano verächtlich. »Loser.«

Schwere, nasse Schneeflocken landeten auf Prosperos Wimpern. Er wischte sie weg, nahm das nahe Waldstück ins Visier, in dem er einen Blick auf Ayans rote Jacke erhascht hatte, zielte mit seiner Pistole in die Luft und feuerte einen Schuss ab.

»Kommt sofort da raus! Dann wird niemandem etwas passieren.« Seine tiefe Stimme hallte durch das Tal. »Ihr erfriert hier draußen.«

Er wartete dreißig Sekunden, eine Minute. Nichts. Die eisige Luft brannte in seinen Augen und ließ sie tränen.

»Fahr mit dem Schneemobil auf die andere Seite des Waldstücks – für den Fall, dass sie versuchen, in diese Richtung zu fliehen. Ich gehe zu Fuß.«

»Gib mir meine Pistole«, verlangte Luciano.

»Du kommst ohne klar. In dem tiefen Schnee können sie

nicht schnell vorankommen.« Er hatte Luciano seine SIG Sauer abgenommen, nachdem er Dillman erschossen hatte.

»Der Kleine hat mich gebissen.«

»Mensch, reiß dich am Riemen!« Die Jungen waren zäh und gerissen, aber es waren trotzdem nur Kinder. Und Ocean wog wahrscheinlich gerade mal fünfzig Kilo, wenn überhaupt. Prospero stapfte durch den Schnee auf das Waldstück zu.

Luciano startete den Motor des Schneemobils und steuerte den Waldrand an. Die Kiefern standen zu dicht beieinander, um sich mit dem Schneemobil zwischen ihnen hindurchmanövrieren zu können. Das Dröhnen des Motors verblasste zu einem leisen Hintergrundsummen, als sein Neffe das Waldstück umrundete.

Während Prospero auf die Bäume zuging, staunte er im Stillen, wie weit die Flüchtigen gekommen waren. Der improvisierte Schlitten hatte ihnen gute Dienste geleistet. Er suchte zu allen Seiten die Bäume ab, die Glock in der rechten Hand. Je dichter das Dach aus Nadelzweigen wurde, desto mehr verblasste das Morgenlicht, das durch sie hindurchfiel. In dem vom Wind geschützten Wäldchen waren ihre Fußspuren gut zu erkennen. Nach ein paar Schritten fielen ihm ein paar umgeknickte Lorbeerkirschsprösslinge und auf dem Boden verstreute Plätzchenkrümel ins Auge. Er folgte der richtigen Spur. Bei dem Gedanken an Essen knurrte ihm der Magen. Die *hamsi*-Pfanne und die Kohlsuppe, die Aslans Koch zubereitet hatte, standen auf dem Ofen und warteten auf ihn.

Ein Geräusch. Das leise Knacken von Fußtritten im Gestrüpp.

Er hatte sie in die Enge getrieben. Er ging langsam weiter und richtete die Glock vor sich aus, darauf bedacht, möglichst nicht an irgendwelche Zweige zu stoßen. Ein Rascheln. Sein Blick schoss nach rechts.

Eine wilde Ziege jagte durch den Wald, als ob ihr der Teufel persönlich im Nacken säße. *Porca miseria.*

Zu seiner Rechten erregte etwas kurz aufleuchtendes Rotes seine Aufmerksamkeit. Er stürmte gebückt zwischen den Bäumen hindurch darauf zu. Es musste Ayans Jacke sein – dieser Rotton kam in der Natur nicht vor. Er beschleunigte seinen Schritt. Fast da. Er eilte weiter, seine Hüfte schrie förmlich vor Schmerz.

Dann blieb er wie angewurzelt stehen.

Die Flüchtigen hatten ein Stück Stoff aus der Jacke gerissen und an einem Zweig festgebunden. Es flatterte im Wind. Er musterte die Spuren in der Nähe des Baums. Sie führten in alle Richtungen, weshalb es unmöglich war zu wissen, in welche Richtung sie weitergeflohen waren. Wahrscheinlich waren sie ein Stück weit gegangen, dann rückwärts zu dem Baum zurückgekehrt und hatten die Prozedur mehrfach wiederholt. *Gerissene kleine Burschen.* Er würde allen Spuren folgen müssen, bis er die fand, die weiterführte.

Er rief Luciano auf dem Satellitentelefon an.

»Hast du sie?«

»Noch nicht. Gibt es auf deiner Seite des Waldstücks Spuren?«

Ein kurzes Zögern. »Schwer zu sagen. Der Wind hat ziemlich aufgefrischt und weht alles mit Schnee zu.«

»Fahr einmal um das komplette Wäldchen herum, und halt nach irgendeiner Spur von ihnen Ausschau. Ich suche hier weiter.«

Er beendete die Verbindung, musterte die Fußspuren und wählte die erste Fährte aus, der er folgen wollte.

61

Rif rollte in einer tschechischen Aero L-39 Albatros die Startbahn entlang. Er war kurz davor abzuheben. Da Schnelligkeit und gute Manövrierfähigkeit erforderlich sein würden und er keine Ahnung hatte, wie lange er in der Luft sein würde, reichte ein Hubschrauber mit seinem begrenzten Treibstoffvorrat nicht aus. Nachdem sie das Hotel verlassen hatten, hatten sich alle Mitglieder des Teams mit den Motorrädern, dem Audi, den Lieferwagen und dem Müllwagen zu den ihnen zugewiesenen Positionen aufgemacht, während es seine Aufgabe war, das Zielfahrzeug von oben ausfindig zu machen.

Er hatte Glück gehabt, so kurzfristig so ein schnelles und manövrierfähiges Flugzeug auftreiben zu können. Der ehemalige Kampfjet war in den Farben der einstigen sowjetischen Luftstreitkräfte angemalt – Tarnfarbe und leuchtend gelbe Markierungen an der Spitze und der Heckflosse. Die tschechischen Streitkräfte hatten das Schulflugzeug wahrscheinlich nach dem Zusammenbruch der Sowjetunion gekauft, als das finanziell angeschlagene Land seine L-39-Jets zu einem Bruchteil der ursprünglichen, extrem hohen Preise verschleudert hatte. Es kostete dennoch ein hübsches Sümmchen, sich so einen Flieger für einen Tag zu leihen. *Mal sehen, was Hakan sagt, wenn er die Kostenabrechnung sieht.*

Die Albatros verfügte über ein frei schwenkbares Bugrad. Um die L-39 auf dem Boden zu steuern, musste er am Steuerknüppel nur einen Griff ziehen, der aussah wie die Handbremse eines Motorrads, und die Seitenruder positionieren, um unterschiedlichen Bremsdruck auf die Haupträder zu leiten. Die L-39 war ein zuverlässiges, robustes Flugzeug und erreichte Fluggeschwindigkeiten bis zu achthundert Stundenkilometern. Das Beste war, dass er trotz seiner Größe in dem geräumigen Cockpit nicht eingepfercht war. Er saß auf dem vorderen Sitz des von beiden Plätzen zu steuernden Zweisitzers, der hintere Sitz war leer.

Der Umgang mit dem metrischen Einheitensystem und dem Stickstoff war ein wenig gewöhnungsbedürftig, aber er war vor einigen Jahren schon mal mit einer L-39 in der Ukraine geflogen, deshalb brauchte er nicht lange, um sich zurechtzufinden. Er plante, während der Suche nach dem Lkw in niedriger Höhe zu fliegen. Die L-39 war so konstruiert, dass sie eine Druckdifferenz zwischen innen und außen in einem Höhenbereich von 2745 Metern aushielt. Deshalb benötigte er bei einer Höhe von unter 5500 Metern keine Sauerstoffmaske. Wenn er nicht zu schnell flog, reichte der Treibstoff zwei Stunden.

Er drückte die Sprechtaste des Funkgeräts und bat die Flugsicherung um Starterlaubnis. Er stellte die Landeklappen auf die Starteinstellung, löste die Bremsen und stellte die Trimmung auf neutral.

Volle Beschleunigung. Der Jet raste die Startbahn entlang und hob ab. Er brachte das Flugzeug in eine steile Querlage, um die hohe Geschwindigkeit auszugleichen.

Die kühle Luft gestattete es ihm, 1370 Meter pro Minute zu steigen, sodass er in null Komma nichts auf 3352 Metern war. Um sich mit dem Kunstflug-Flugzeug vertraut zu machen, vollzog er ein paar Fassrollen, ein paar Loopings und eine Looping-Acht, bevor er in den Beobachtungsmodus überging. Die g-Kräfte beflügelten und adrenalisierten ihn. Es gab kein vergleichbares Gefühl. Er rief sich die L-39-Szene aus dem James-

Bond-Film *Der Morgen stirbt nie* in Erinnerung und lächelte. Leider funktionierten die Waffensysteme in dem Flugzeug nicht, deshalb war er nicht ganz im 007-Modus.

Er rief Thea auf dem Satellitentelefon an. Sie hatte die Ohrhörer bereits eingesteckt und nahm das Gespräch beim ersten Klingeln an. »Schöne Kunststücke, die du da oben machst.« Sie sprach kurz und knapp, fokussiert.

»Ich dachte, du hättest vielleicht Lust auf eine kleine Flugschau. Wenn die Jungen und die anderen Geiseln zu Hause in Sicherheit sind, nehme ich dich mal eine Runde mit.«

»Das kannst du vergessen«, erwiderte sie trocken. »Sei vorsichtig da oben.«

»Solange ich die Hände von den roten Griffen in der Mitte fernhalte, sollte alles gut sein.«

»Rote Griffe?«

»Um die Schleudersitze auszulösen.« Er bereute sofort, dass er sie erwähnt hatte. In Anbetracht dessen, dass Thea nicht mal an ihren besten Tagen gerne flog, würde sie sich nicht mal vorstellen wollen, mitten in der Luft aus dem Flugzeug geschleudert zu werden. »Ich halte als Erstes auf den nach Westen führenden Einfallstraßen nach dem Lkw Ausschau und mache dann im Uhrzeigersinn weiter.«

»Alle sind auf ihren Positionen. Hakan behält die Überwachungskameras im Auge.«

Die Zeit hatte nicht gereicht, sich über diplomatische Kanäle Zugang zu den Aufnahmen zu verschaffen, deshalb hatten sich drei Technikexperten von Quantum in das Videoverkehrsüberwachungssystem eingehackt und hielten jetzt auf sämtlichen in die Stadt führenden Straßen nach GMC-Lastwagen Ausschau.

»Die Stadt sieht super aus von hier oben.« Jedes Mal, wenn er flog, staunte er, wie schön die Erde aus der Vogelperspektive aussah. Und dieser Flug war keine Ausnahme. Sein Blick schweifte über die Donau, die historischen Gebäude und die grasbewachsenen Ebenen unter ihm.

»Hier unten ist es auch ganz interessant. Auf einem Motorrad kommt einem alles ziemlich rasant vor.«

Sie fuhr auf seinem Lieblingsmotorrad, einer BMW R 1200 GS. Er wäre auch lieber am Boden gewesen, wo er eine größere Hilfe sein könnte, wenn etwas schieflief, aber er war das einzige Mitglied des Teams, das über einen Pilotenschein verfügte, also war die Überwachung aus der Luft sein Job.

Johansson verbrachte einen großen Teil seiner Freizeit auf der Rennstrecke, deshalb saß er hinter dem Lenkrad eines brutal starken, aber harmlos aussehenden Audi S8. Wenn sie den Lkw ausfindig gemacht hätten, würden sie alle von ihren jeweiligen Positionen auf ihn zufahren und dabei darauf achten, keine Aufmerksamkeit der örtlichen Sicherheitskräfte zu erregen.

»Ich verbinde dich jetzt mit den anderen«, sagte Thea. »Bleib auf Empfang.«

Ein Summen, dann dröhnten Stimmen aus seinen Ohrhörern.

»Bringt euch nicht in Schwierigkeiten, Jungs«, sagte Rif und lächelte. »Fahrt nicht zu schnell.«

Jean-Lucs von seinem schweren Akzent gekennzeichnete Stimme drang aus dem Funkgerät. »Selbst wenn ich wollte, könnte ich das mit meinem Müllwagen vergessen.«

Der ehemalige Fremdenlegionär saß hinter dem Steuer eines schwerfälligen Wagens, den sie sich von der städtischen Abfallentsorgung »geliehen« hatten. Falls erforderlich, konnte er eingesetzt werden, um eine zweispurige Straße zu blockieren.

»Soll die *rendörség* doch versuchen, mich anzuhalten«, sagte Brown und meinte die örtliche Polizei. Er fuhr eine leistungsstarke Ducati 959 Panigale, die es auf eine Höchstgeschwindigkeit von 215 Stundenkilometern brachte.

»Stewart und ich sind bereit.« Die beiden Brüder hatten sich jeweils einen weißen Lieferwagen gemietet, und ihre Aufgabe war es, die Flüchtlinge zu einer örtlichen Betreuungseinrichtung zu bringen, wo sie etwas zu essen und ein Dach über dem Kopf bekommen würden.

Rif rückte seine Sonnenbrille zurecht und machte es sich in seinem Sitz bequem. Die mechanische Flugsteuerung der L-39 funktionierte reibungslos und gestattete es ihm, den Boden unter sich in Augenschein zu nehmen und sich nur darauf zu konzentrieren, das Zielfahrzeug zu finden. Wie viele große Lastwagen mochten an einem Samstagmorgen um diese Zeit nach Budapest hereinfahren?

Dem gewaltigen Stau auf der M0 nach zu urteilen, den er unter sich sah, als er die Ringautobahn auf seinem Bogen gen Osten überflog, offenbar ziemlich viele.

62

Thea saß nach vorne geneigt auf der BMW und überholte einen älteren Fahrer, der langsamer als erlaubt die Straße entlangzuckelte. Sie ignorierte den Schmerz in ihrer linken Hand, die von dem Kampf in dem Labyrinth noch pochte, und konzentrierte sich auf die Straße. Nachdem sie auf der Autobahn M4 nach Osten gefahren war, fuhr sie nun wieder zurück in die Stadt und hoffte, dass Rif oder Hakan den Lkw bald entdecken würden. Die anderen Mitglieder des Teams drehten in den ihnen zugewiesenen Quadranten ähnliche Schleifen und warteten auf die Mitteilung, dass der Lkw identifiziert worden war.

Alle Fahrzeuge waren mit GPS-Trackern ausgestattet, sodass Hakan sie im Lagezentrum in London auf einer digitalen Karte sehen konnte. Er würde sie alle zu dem Lkw dirigieren, sobald er aufgespürt war.

Sie beugte sich noch weiter nach vorne, um ihren Körper hinter der Windschutzscheibe vor dem Fahrtwind abzuschirmen. Die Lederkombi war nicht dick genug, um ihre Knochen an diesem kalten Tag zu wärmen, aber es war ihr lieber, auf dem Motorrad die Autobahn entlangzubrettern, als oben bei Rif in der Luft zu sein. Die Kunstflugmanöver, auf die er so stand, würden sie ruck, zuck nach der Spucktüte langen lassen. Sie fühlte sich auf festem Boden und sogar auf dem Wasser wohler. Die Luft war seine Domäne.

Hakans Stimme krächzte in ihrem Ohrhörer. »Vielleicht habe ich was. Ein Lkw mit Planenaufbau auf der M3, aus dem

Osten in Richtung Westen fahrend. Er nähert sich dem Autobahnkreuz bei Sikátorpuszta, an dem es von der M3 auf die Mo geht. Ich habe ihn gerade auf den Mautkameras entdeckt.«

»Ich suche ihn«, erwiderte Rif.

»Johansson, nimm die nächste Abfahrt, und fahr auf der M3 in Richtung Westen«, sagte Hakan. »Du näherst dich gerade dem Autobahnkreuz.«

»Verstanden.« Johansson war auf der Mo, unterwegs in Richtung Norden kurz vor der Kreuzung mit der Verbindung zur M3.

Währenddessen ging Rif mit seinem Flieger weiter runter, um den Lkw besser in Augenschein nehmen zu können. »Ich hab ihn. Der Fahrer fährt aggressiv und wechselt ständig die Spur.«

»Johansson müsste gleich da sein. Haltet euch alle bereit«, sagte Hakan.

Thea fuhr weiter die Autobahn entlang und wartete auf weitere Instruktionen von ihrem Boss. Alle Mitglieder des Teams würden auf ihren Routen bleiben, bis bestätigt wurde, dass es sich bei dem Lkw tatsächlich um das Zielfahrzeug handelte. Sie mussten Gewissheit haben, bevor sie ihre Positionen verließen.

Minuten voller erwartungsvoller Anspannung verstrichen. Sie konzentrierte sich auf die Straße und die Fahrzeuge um sie herum. In einer Stadt mit drei Millionen Einwohnern glich die Suche nach einem einzelnen Lkw der Suche nach einer Stecknadel im Heuhaufen. Sie hatten eine größere Chance, den Wagen zu finden, als Prosperos Team, aber Glück konnte immer eine Rolle spielen. Sie betete, dass sie ihn als Erste fanden.

Während sie auf weitere Informationen wartete, dachte sie an Ayan und Jabari und fragte sich, wie die beiden Jungen die Situation wohl bewältigten. Sie nahm sich vor, am Abend die

Wavertons anzurufen und sie auf den neuesten Stand zu bringen. Mit ein bisschen Glück würde sie die Jungen bald zurückhaben. Der ursprüngliche Plan war gewesen, dass Ayan und Jabari zunächst eine Nacht bei ihr und Christos verbrachten, bevor sie in ihr neues Zuhause in London zogen. Ein Anfall von Scham überkam sie. Sie hatte dies unter anderem deshalb so geplant, damit die Jungen als Puffer zwischen ihr und ihrem Vater fungierten. Sie musste eine aufrichtigere Art und Weise finden, mit Christos umzugehen. Andernfalls würden sie nie mehr eine ungezwungene Beziehung zueinander haben können. Aber was verbarg er vor ihr?

»Ich nähere mich dem Lkw jetzt von hinten.« Johanssons Stimme riss sie zurück in die Gegenwart.

»Der Fahrer benimmt sich immer noch wie ein Arschloch«, sagte Rif. »Aber da ist er nicht der Einzige.«

»Die Hinterachsen hängen tief durch. Sieht aus, als wäre er schwer beladen.« Johanssons Stimme dröhnte in ihr Ohr.

»Bleib dicht an ihm dran und beobachte ihn«, wies Hakan ihn an. »Kennzeichen?«

»YRE-9912.«

»Nicht das, wonach wir Ausschau halten, aber sie könnten das Nummernschild ausgetauscht haben«, stellte Thea fest.

»Ich überprüfe das Kennzeichen sofort«, sagte Hakan.

»In der rechten Seite der hinteren Stoßstange ist eine große Delle. Die Farbe ist abgeschabt. Die Seiten der Einlassschlitze für die Lüftung sind mit Matsch vollgespritzt.« Johansson war ein exzellenter Beobachter mit einem guten Auge für Details. »Ich überhole den Lkw jetzt und sehe mir den Fahrer an.«

»Aber erschreck ihn nicht, Jo«, sagte Thea.

»Mit meinem hübschen Gesicht? Unmöglich.«

»Schätz dich glücklich, dass deine Kinder eher nach deiner Frau gekommen sind«, stellte Rif fest.

Jo lachte kurz auf.

Die Sekunden verstrichen. Kein Update von Hakan, nichts von Johansson. Stille.

Thea wartete.

»Verpiss dich!«, rief Johansson.

»Was ist los?« Thea war drauf und dran, Gas zu geben und Johansson zu Hilfe zu eilen.

»Der Fahrer hat seinen Kaffee auf meinen S8 geworfen – genau in dem Moment, in dem ich ihn überholt habe. Sieht aus wie ein Einheimischer, ohne Respekt für die Umwelt und die anderen Verkehrsteilnehmer.«

»In fünfhundert Metern kommt die Abfahrt auf die A2«, sagte Rif. Der Lkw, hinter dem sie her waren, müsste auf der M3 bleiben und das Stadtzentrum ansteuern. Wenn dies das Zielfahrzeug war, nahmen sie ihn sich besser bald vor.

»Er hat den Blinker gesetzt. Soll ich ihm folgen?«, fragte Johansson.

Hakans Stimme meldete sich. »Ich habe gerade das Kennzeichen überprüft. Der Wagen ist auf eine angesehene Lederwarenfirma zugelassen.«

»Er fährt ab auf die A2 in Richtung Norden«, meldete Johansson.

Weg vom Stadtzentrum.

»Es ist nicht unser Zielfahrzeug.« Hakan klang ungehalten. Sie hatten sich zehn Minuten lang auf den falschen Lkw konzentriert. Thea hoffte nur, dass ihnen dabei nicht der richtige entwischt war. Sie schaltete in einen niedrigeren Gang, drosselte das Tempo, um eine Baustelle zu passieren, und wechselte auf die rechte Fahrspur. In dem Moment bemerkte sie vor sich ein Stück schwarzen Stoffes.

63

Das schwarze Segeltuch, das Thea ins Auge gefallen war, gehörte nicht zu dem Lkw, sondern es handelte sich um die Abdeckplane eines Boston-Whaler-Motorboots auf einem Anhänger hinter einem Geländewagen. Es vergingen weitere dreißig Minuten, während denen sie weiter die Straßen absuchten. Rif hielt aus der Luft Ausschau nach dem Lkw, Hakan behielt die Mautkameras im Auge. Sie mussten weitersuchen, aber Rif konnte nicht ewig in der Luft bleiben, ohne aufzutanken.

In ihrem Ohrhörer summte es. Rif. »Ich habe was gesehen.«

»Was denn?«

»Einen großen Militär-Lkw mit Planenaufbau. Er fährt auf der 51 und ist schon ziemlich nahe am Stadtzentrum.« Sie hatten sich alle die in die Innenstadt führenden Hauptverkehrsstraßen eingeprägt, deshalb wusste Thea mehr oder weniger, wovon er sprach. »Er muss über die Nebenstraßen aus dem Süden gekommen sein, während ich den nördlichen Bereich der Stadt überflogen habe. Ich gehe runter und sehe ihn mir näher an.«

»Die Koordinaten?«, fragte Thea.

»Schicke ich sofort. Sieht so aus, als ob er in Richtung Kettenbrücke fährt. Könnte der Lkw sein, den wir suchen.«

Hakans ruhige Stimme meldete sich an ihrem Ohr. »Jean-Luc und Thea sind am nächsten dran. Sie werden als Erste da sein. Alle anderen begeben sich sofort zu den übermittelten Koordinaten. Wenn es unser Lkw ist, müssen wir ihn sofort kapern, bevor er das Parlamentsgebäude erreicht. Wenn er es nicht ist, verstreut ihr euch wieder.«

Thea steuerte die BMW auf den Randstreifen, hielt die Maschine im Gleichgewicht, als die Reifen auf dem losen Kies durchdrehten, und bretterte an den auf der verstopften M3 nur im Stop-and-go-Tempo vorankommenden Autos vorbei. Sie gab Gas, jagte die Autobahn entlang und hielt nach der Polizei Ausschau, die ihre Methode der Stauumgehung vielleicht nicht so toll finden würde.

»Ich bin auch nicht weit weg«, sagte Johansson.

»Ich komme.« Das Dröhnen des italienischen Rennmotorrads, mit dem Brown unterwegs war, bestätigte seine Worte.

»Wir sind auf dem Weg«, sagte Stewart.

»Welche Querstraße soll ich nehmen?«, fragte Thea.

Hakan dirigierte sie mithilfe digitaler Karten, auf denen die Verkehrslage in Echtzeit dargestellt wurde, auf der schnellsten Route durch die Innenstadt.

»Das Zielfahrzeug fährt in Richtung Norden an der Donau entlang«, sagte Rif.

»Jean-Luc, geh in der Nähe der Kettenbrücke auf der Buda-Seite in Position«, wies Hakan ihn an.

»Ich stehe schon auf dem Parkplatz der Standseilbahn.« Damit befand er sich unmittelbar neben dem Kreisverkehr an der Ostseite der Brücke, genau da, wo er sein musste, wenn der Fahrer des Lastwagens versuchen würde, die Brücke zu überqueren.

»Ich bin gleich da«, sagte Thea.

Während Thea dem Lkw immer näher kam, donnerte die L-39 über sie hinweg. Sie wechselte ständig die Gänge, schlängelte sich zwischen Autos hindurch und brach so ziemlich jede Verkehrsregel, um das schwere Fahrzeug einzuholen. Einige Fahrer reckten die Faust oder zeigten ihr den Stinkefinger. Sie konnte sie durchaus verstehen – sie fuhr wie eine Verrückte –, aber sie hatten ja keine Ahnung, was auf dem Spiel stand.

»Sichtkontakt zum Zielfahrzeug«, sagte sie. »Es ist ein GMC CCKW, einer dieser Zweieinhalbtonner-Militärtransporter mit Planenaufbau.«

Johanssons Stimme meldete sich in ihrem Ohrhörer. »Ich bin jetzt auf der Buda-Seite der Kettenbrücke. Stehe direkt an der Auffahrt auf der Straße, die an der Donau entlangführt.«

Sie drosselte das Tempo, um nicht die Aufmerksamkeit des Fahrers zu erregen. Als sie den Abstand zu dem Lkw bis auf fünfzig Meter verkürzt hatte, konnte sie schließlich das Kennzeichen erkennen. »Es ist unser Zielfahrzeug.«

»Thea, du näherst dich der Kettenbrücke«, sagte Hakan. »Bleib an dem Lkw dran. Gleich gibt es eine laute Ablenkung. Eine kleine Aufmerksamkeit von Brown und Johansson.«

Sie gab ein bisschen mehr Gas und verringerte die Distanz zu dem Lkw auf zwanzig Meter, dann auf zehn. Sie musste direkt hinter dem Wagen sein. Sie fuhren an einigen vertäuten Booten vorbei, die auf der Donau dümpelten. Bei dem Gedanken daran, wie kalt es an diesem Tag auf dem Fluss sein musste, schauderte sie.

»Jean-Luc, du blockierst die Brücke von der Pest-Seite aus.« Hakan war der Großmeister, der die Figuren auf dem Schachbrett bewegte und einen Überraschungsangriff auf den gegnerischen König plante. »Johansson, sobald Thea die Brücke erreicht, blockier sie von der Buda-Seite aus.«

»Verstanden.«

»Rif, halt nach Polizei Ausschau. Wir haben nur ein kleines Zeitfenster, bis wir Gesellschaft bekommen. Wir wollen wieder weg sein, bevor sie eintrifft.« Hakans Stimme war ruhig, bedächtig. Es fühlte sich an, als ob er direkt bei ihnen wäre und nicht in London.

Sie schaltete herunter und bereitete sich darauf vor, hinter dem Lkw auf die Brücke zu biegen. Das Zielfahrzeug rollte mit der erlaubten Höchstgeschwindigkeit die Straße entlang. Soweit sie es beurteilen konnte, hatte der Fahrer keine Ahnung, dass er verfolgt wurde. Es war nicht einfach, ein Motorrad im Rückspiegel zu sehen, erst recht nicht, wenn man bedachte, wie dicht sie auffuhr.

Der Knall einer Explosion hallte in ihren Ohren nach. In der Ferne stieg eine dichte schwarze Rauchwolke über der Donau auf. Sie lächelte. Einer der harmlosen Sprengsätze, die Brown und Johansson an verschiedenen Stellen entlang der Ufer versteckt hatten, war soeben detoniert. Hoffentlich würde das die Polizei so lange beschäftigen, bis das Quantum-Team den Einsatz beendet hatte und sich alle wieder unauffällig in den Budapester Verkehr eingereiht hatten.

»Brown, stell dein Motorrad ab, und mach dich bereit, den Lkw zum Standort Gamma zu fahren«, sagte Hakan.

Sie hatten vier Lagerhäuser gemietet, die quer über die Stadt verstreut lagen, und hatten jedes mit einem der ersten vier Buchstaben des griechischen Alphabets als Codewort versehen. Das Ziel war, den Lkw so schnell wie möglich an einem verborgenen Ort abzustellen, damit sie ihn durchsuchen konnten, und an einem nicht öffentlichen Ort mit den Flüchtlingen zu reden. Prosperos Leute suchten zweifellos ebenfalls nach dem Lkw, und das Quantum-Team wollte ihn unbedingt vor ihnen in ihre Gewalt bringen.

Brown war von Haus aus Maschinenbauingenieur, und Johansson wusste mehr über Autos, Lkws und Motorräder als jeder andere im Team. Falls erforderlich, würden sie den Lkw in sämtliche Einzelteile zerlegen, um herauszufinden, warum Prospero ein Charterflugzeug voller Passagiere entführt hatte, um den Wagen in seine Gewalt zu bringen.

Der Fahrer des Lkws setzte den rechten Blinker und wartete darauf, dass die vor ihm wartenden Autos sich in Bewegung setzten. Thea tat es ihm gleich. »Jetzt.«

»Alles klar«, erwiderte Jean-Luc. Die Kettenbrücke war nicht sehr breit, und er hatte die Zufahrt von der Pest-Seite blockiert, indem er den Müllwagen schräg über die Fahrspuren gestellt hatte. Er hatte die Motorhaube aufgeklappt, damit es so aussah, als hätte er eine Panne.

Der Lkw bog auf die Brücke. Thea folgte ihm. Sie warf einen Blick in den Rückspiegel und sah, dass Johansson direkt hinter ihr auf seiner Fahrspur stehen blieb, sodass von dieser Seite aus auch niemand mehr auf die Brücke fahren konnte. Die Fahrer zweier Wagen, die hinter dem S8 standen, hupten. Johansson schaltete das Warnblinklicht an, hob die Hände und tat so, als könnte er auch nichts dafür. *Was soll ich tun?*

Die Autos hinter dem S8 bogen ab und steuerten die nächste Brücke an. In dem Moment leuchteten die Bremslichter des Lkws auf. Der Fahrer hatte gesehen, dass ein Müllwagen die Brücke blockierte.

Thea riss das Motorrad zum Bordstein, machte eine Vollbremsung und klappte den Ständer aus. Dann stieg sie schnell ab, holte ihre Glock unter ihrer Lederjacke hervor, stürmte zur Rückseite des Lkws, umfasste ihre Pistole mit beiden Händen und zielte auf das Beifahrerfenster. Zwei Kugeln surrten an ihrem Ohr vorbei und prallten hinter ihr vom Asphalt ab.

64

Rif ging mit der L-39 tiefer, um das Geschehen auf der Kettenbrücke besser in Augenschein nehmen zu können. Jean-Luc und Johansson hatten den Lkw von vorne und hinten in die Zange genommen. Etliche Fahrer versuchten, auf die Brücke zu biegen, gaben jedoch auf, als sie sahen, dass die Zufahrt blockiert war. Trotz der hilfreichen Ablenkungsmanöver flussabwärts würde die örtliche Polizei binnen Minuten über die Sperrung der Brücke informiert sein und dort auftauchen.

Er flog über die Brücke hinweg, machte eine Hundertachtzig-Grad-Wende und blickte hinab auf die Donau. Am Pest-Ufer waren einige Schiffe vertäut. Später am Tag würde irgendeine Bootsschau stattfinden.

Dieser Einsatz war nicht strikt durchgeplant, sondern darauf angelegt, auf die sich entwickelnden Ereignisse zu reagieren. Rif zog Einsätze mit strikten Parametern vor, aber manchmal musste man sich darauf einlassen, mit dem klarzukommen, was man vorfand, und das Beste daraus machen. Das Team bereitete immer Ersatzpläne vor und darüber hinaus Ersatzpläne für die Ersatzpläne, außerdem hatten sie alle möglichen Szenarien durchgespielt, aber keines bis ins letzte Detail. Der ideale Ort für die Kaperung des Lastwagens wäre eine ruhige Straße außerhalb der Stadt gewesen, doch jetzt mussten sie den Einsatz an einem alles andere als idealen Ort durchziehen und darauf setzen, mit ihrer Erfahrung den dadurch entstandenen Nachteil wettmachen zu können.

Viele der Szenarien, die sie durchgespielt hatten – in einem kaperten Thea und Brown den Lkw von ihren Motorrädern aus –, bargen ein hohes Risiko, in die Hose zu gehen, insofern war die Tatsache, dass das Ganze nun auf der Brücke stattfand, sogar in gewisser Hinsicht von Vorteil. Doch die Blockade, die sie errichtet hatten, erhöhte die Wahrscheinlichkeit, dass es zu einer Schießerei kommen würde. Da sie in der Falle saßen, konnten ihre Gegner nirgendwohin fliehen, und das würde sie verzweifelt und damit gefährlich machen. Darüber hinaus konnte die lokale Polizei oder Prosperos Team jeden Augenblick eintreffen, womit sich noch mehr Bewaffnete auf dem Schlachtfeld tummeln würden. Rif suchte die Gegend unter sich ab und hielt nach irgendeinem Hinweis Ausschau, dass sich die Polizei oder andere Akteure der Brücke näherten. Doch dafür, dass der Samstagmorgen sich als ziemlich ereignisreich erwies, sahen die Straßen unter ihm ganz normal aus.

»Die Lieferwagen stehen am Buda-Ufer in Position«, sagte Neil. »Wir sind bereit, die Fracht entgegenzunehmen.«

Rif nahm die weißen Lieferwagen zur Kenntnis. Dann sah er Theas Motorrad, das auf der Brücke abgestellt war. Sie dürfte gerade im Begriff sein, sich die Schlepper vorzuknöpfen.

»Los!«, sagte Hakan.

Im nächsten Augenblick dröhnten laute Rufe aus dem Funkgerät. *Jetzt geht's los.* Wie erwartet, hatten die Zielpersonen kein Interesse daran, sich kampflos zu ergeben. Rif wünschte, er wäre da unten und könnte Thea zur Seite stehen.

65

Thea kauerte hinter dem Lkw und suchte Schutz vor dem Mann auf der Beifahrerseite, der die Tür aufgestoßen und mit seinem Revolver auf sie geschossen hatte. Die Kugel war an der Straßenseite vom Asphalt abgeprallt, hatte dann die Fahrzeuge hinter ihr gestreift und war als harmloser Querschläger von der Brücke in die Donau geflogen, aber das war pures Glück gewesen. Wenn er weiterschoss, war es unvermeidlich, dass ein unbeteiligter Zivilist verletzt oder gar getötet werden würde.

Sie linste kurz um die Ecke des Lkws herum, schussbereit, aber der Schütze hatte sich ins Innere der Fahrerkabine zurückgezogen und die Tür einen Spalt weit offen gelassen. Johansson rannte geduckt im Zickzack, um ein schwereres Ziel abzugeben, zu ihrer Linken die Brücke entlang. Genau in dem Moment, in dem er an der anderen hinteren Eckes des Lkws in Position gegangen war, wurde die Plane von innen zur Seite geschlagen, und zu Tode erschrockene Flüchtlinge stiegen von der Ladefläche.

Thea erklärte ihnen auf Arabisch, dass ihnen nichts passieren würde, aber dass sie sofort in die beiden bereitstehenden Lieferwagen steigen müssten, wenn sie sich in Sicherheit bringen wollten. Verängstigt, aber nicht wissend, was sie sonst tun sollten, gehorchten sie.

Ihr Funkgerät krächzte, und sie hörte Jean-Lucs Stimme. »Zwei Zielpersonen in der Fahrerkabine. Der Fahrer hat sich unter das Armaturenbrett geduckt, aber ich habe den Beifahrer im Visier.« Er befand sich in der Fahrerkabine des Müllwagens, sein M4-Karabiner mit Schalldämpfer lag auf dem Fensterrahmen der geöffneten Tür.

»Erledige ihn«, sagte sie und vertraute auf die Zielfähigkeit ihres Teamkollegen. Ihr gefiel die Idee nicht, die Schlepper zu töten, die bei diesem Komplott wahrscheinlich auch nur Opfer waren, aber sie mussten die Gegner schnell ausschalten, um eine größere Anzahl potenzieller Opfer zu vermeiden.

Selbst mit Schalldämpfer war der Knall des Sturmgewehrs ziemlich laut. Die Kugel durchschlug die Windschutzscheibe des Lkws, hinterließ ein ausgefranstes sternförmiges Loch im Glas und traf ihr Ziel. Der Beifahrer sackte zusammen, drückte die Tür auf und fiel aus der Kabine auf den Asphalt. *Einer erledigt.*

»Der Fahrer ist immer noch nicht zu sehen«, sagte Jean Luc.

»Wir knöpfen ihn uns von hier vor«, erwiderte Thea. »Gib uns Deckung.« Thea blickte hinter sich zur Pest-Seite der Brücke. Neil und Stewart führten die verwirrten Flüchtlinge zu den Lieferwagen. Die Brüder würden sie einer eingehenden Befragung unterziehen und sie dann in die nächste Unterkunft bringen, wo sie fürs Erste untergebracht werden würden. Einige der Flüchtlinge wirkten zunächst etwas zögerlich, doch was auch immer Theas Teamkollegen ihnen erzählten, sorgte dafür, dass sie ruhig blieben und sich kooperationsbereit zeigten.

Sie gab Johansson ein Zeichen. Er erwiderte es, und sie setzten sich an den beiden Seiten des Lkws in Bewegung, um beide möglichen Fluchtwege aus der Fahrerkabine abzudecken. Von der Ladefläche stiegen immer noch Flüchtlinge, einer nach dem anderen. Thea konnte kaum glauben, wie viele Menschen da hineingezwängt worden waren.

Sie näherte sich vorsichtig der Beifahrertür, während Johansson, den Rücken gegen die Seite der Ladefläche gedrückt, zur Fahrertür vorrückte. Er machte sich den toten Winkel zunutze und hatte vor, den Fahrer durch einen Überraschungsangriff auszuschalten.

Er bewegte sich leise und schnell. Als er in Position war, richtete er seine Glock mit beiden Händen vor sich aus und trat so weit von der Fahrerkabine zurück, bis er sein Ziel im Visier hatte. Der Fahrer, der sich geduckt hatte, kam hoch, beugte sich aus dem Fenster und richtete seine Waffe auf Johansson, doch bevor er abdrücken konnte, langte Johansson nach vorne und riss die Tür auf. Mit vor Überraschung weit aufgerissenen Augen versuchte der Mann, sein Gleichgewicht wiederzufinden, doch er hatte sich zu weit herausgebeugt. Johansson verpasste ihm mit der linken Hand mit voller Wucht einen Schlag gegen den Kehlkopf. Ihm entwich ein furchtbares würgendes Geräusch, und er ließ seine Waffe fallen. Johansson stieß den Mann mit einer Hand nach drinnen und hielt nach weiteren Insassen Ausschau, die Glock in der anderen Hand schussbereit.

»Sauber!«, rief er.

»Auf der Buda-Seite ist die Polizei im Anmarsch«, verkündete Rifs tiefe Stimme in Theas Ohrhörer.

In dem Moment rollte Brown auf seinem Motorrad auf die Brücke. Er war das letzte Mitglied des Teams, das den Ort des Geschehens erreichte. Er schlängelte sich zwischen den fliehenden Flüchtlingen hindurch und stellte seine Maschine am Rand ab.

Sirenen heulten, aber noch waren keine Streifenwagen zu sehen. Brown half Thea, den Beifahrer wieder in den Lkw zu verfrachten, dann rannte sie nach hinten zum Laderaum, aus dem die letzten Flüchtlinge auf die Straße sprangen. Einer der Männer, der ein schwarz-weiß kariertes *Shemagh* um den Hals trug, rempelte sie in seiner Eile wegzukommen an der Schulter. Irgendetwas an ihm erweckte ihre Aufmerksamkeit, aber sie hatte keine Zeit, dem näher nachzugehen.

»Verschwindet jetzt!«, dröhnte Hakans drängende Stimme aus ihren Ohrhörern.

Jean-Luc gesellte sich zu ihnen. Er stieg auf den Fahrerplatz des ehemaligen Militärtransporters und stieß die beiden Leichen aus dem Weg. Er hatte den Schlüssel im Zündschloss des Müllwagens gelassen, sodass die Polizei ihn wegfahren konnte. Alle Mitglieder des Teams trugen Latexhandschuhe, um an keinem der Fahrzeuge Fingerabdrücke zu hinterlassen.

Johansson sprintete zurück zu seinem S8, stellte das Warnblinklicht aus, vollzog eine Wende in drei Zügen, raste auf der Gegenspur davon und machte den Weg für den Lkw frei. Brown stieg auf sein Motorrad und raste von der Brücke. Der Plan sah vor, dass Thea dem Zielfahrzeug bis zur Lagerhalle »Delta« folgen würde, um sicherzustellen, dass der Lkw auch sicher dort ankam.

Sie half einer verschreckt dreinblickenden Mutter, die ein Kind im Arm hielt, von der Ladefläche zu steigen. Die beiden waren unter den letzten Flüchtlingen, die den Lkw verließen. Thea sagte auf Arabisch: »Wir sind hier, um Ihnen zu helfen. Diese Männer bringen Sie an einen sicheren Ort.« Sie zeigte auf Neil und Stewart, die neben den Lieferwagen standen.

Die Mutter zeigte auf den Mann mit dem *Shemagh*, der schnellen Schrittes hinter den zuletzt ausgestiegenen Flüchtlingen herging. »Der ist einer von ihnen«, flüsterte sie.

»Danke«, erwiderte Thea. Die Mutter eilte zu den Lieferwagen. »Wir haben einen Lebenden«, sagte Thea in ihr Mikrofon. »Ich verfolge ihn.«

»Verstanden«, entgegnete Hakan. »Die Polizei ist in weniger als fünf Minuten da, beeil dich also.«

Thea umfasste ihre Glock mit beiden Händen und ging hinter dem Mann her. Als letztes lebendes Mitglied des Teams, das den Lkw gefahren hatte, verfügte er vielleicht über wichtige

Informationen. Da er einen ordentlichen Vorsprung hatte, begann sie zu rennen. Er warf einen Blick über seine Schulter, sah, dass sie ihn verfolgte, drehte sich um und richtete eine Pistole auf sie. Sie warf sich auf den Boden und rollte zur Seite. Er schoss zweimal und rannte los.

Sie sprang wieder auf und ärgerte sich, dass sie das Feuer wegen der vielen anwesenden Zivilisten nicht erwidern konnte. Der Mann stürmte von der Brücke und wandte sich nach links auf die Straße, die an der Donau entlangführte. Thea rannte hinter ihm her und versuchte, ihn einzuholen.

Am Flussufer waren einige Boote festgemacht, vor denen die Eigentümer standen. Als sie noch gut dreißig Meter hinter ihm war, richtete er seine Pistole auf die Männer und schrie auf sie ein. Im nächsten Augenblick sprang er auf ein schnittiges Schnellboot der Marke Cigarette und startete den Motor. Er löste die Taue, gab Gas und pflügte genau in dem Moment, in dem sie das Ufer erreichte, durchs Wasser in Richtung Norden davon.

Thea begrüßte die Bootseigentümer auf Ungarisch. Sie sprach die Sprache nicht fließend, aber angesichts der Pistole in ihrer Hand und ihrer sich von dem Sprint hebenden und senkenden Brust, war ziemlich klar, was sie wollte. »Ich muss hinter diesem Mann her. Ich bringe das Boot zurück.«

Einer der Männer musterte die Pistole in ihrer Hand und warf ihr seine Schlüssel zu. Sie fing sie auf, und er deutete auf eine rot-weiße Donzi.

»*Köszönöm*«, bedankte sie sich auf Ungarisch.

Sie sprang auf das Schnellboot, holte die Fender ein und startete den dröhnenden Motor. Dann löste sie das Boot von den Befestigungsringen und stieß sich vom Steg ab. Die Männer sahen ihr in eisigem Schweigen zu. Als sie die Mitte des Flusses erreicht hatte, gab sie Vollgas und raste hinter dem Cigarette her. In Anbetracht der niedrigen Temperaturen herrschte auf der Donau nicht viel Verkehr, aber der Mann vor ihr schien ein wenig unsicher am Steuer. Vielleicht war er nicht damit vertraut, so ein leistungsstarkes Schnellboot zu manövrieren.

Aber so schnell die Donzi auch sein mochte, der Typ mit dem *Shemagh* hatte ein noch schnelleres Boot.

66

Rif checkte die Treibstoffanzeige und stellte fest, dass der Tank fast leer war. Unter ihm zuckten blau-weiße Lichter auf. Auf der Kettenbrücke waren inzwischen jede Menge Polizeiwagen eingetroffen, aber das Team war rechtzeitig entkommen.

»Der Adler ist gelandet.« Jean-Lucs raue Stimme dröhnte krächzend aus dem Funkgerät.

Der Lkw war sicher in der Lagerhalle angekommen. Das Team würde ihn in sämtliche Einzelteile zerlegen und herausfinden, was Prospero Salvatore veranlasst hatte, so einen Aufwand zu betreiben, um ihn in seinen Besitz zu bringen. Es würde von großem Vorteil sein zu wissen, was genau sie ihm aushändigen würden.

Währenddessen jagte Thea einen der Männer mit einem Schnellboot, und aus seiner Vogelperspektive sah es so aus, als ob sie hinter dem leistungsstärkeren Cigarette-Boot zurückfiel.

Theas Stimme krächzte, vom Wind gedämpft, aus dem Funkgerät. »Rif, gibt es vor mir irgendwelche Hindernisse?«

Er blickte in Richtung Norden die Donau entlang. Auf dem Fluss musste es eiskalt sein. »Freie Fahrt, aber du fällst hinter ihm zurück.«

»Ich gebe Vollgas, mehr ist aus dem Motor nicht rauszuholen.« Ihre Stimme klang abgehackt.

»Überlass ihn mir. Fall noch ein bisschen weiter zurück.«

»Verstanden. Ende.«

Thea drosselte das Tempo und ließ zu, dass der Vorsprung des Cigarette-Boots sich vergrößerte. Der Mann mit dem *Shemagh* würde sicher ein Triumphgefühl verspüren, so nah davor zu sein, zu entkommen. Er würde nie und nimmer erwarten, von oben attackiert zu werden.

Rif ging in einen steilen Sinkflug und zog die Maschine scharf nach rechts, die Ziffern auf der Anzeige des Höhenmessers rasten rückwärts. Er betätigte mit dem linken Daumen die Luftbremsen und achtete darauf, dass die Albatros unter einer Geschwindigkeit von vierhundertsechzig Stundenkilometern blieb, als er unter dreitausend Meter kam.

Das Cigarette-Boot schoss unter der Margaretenbrücke her und wirbelte eine gewaltige Kielwelle hinter sich auf. Theas Donzi war zurückgefallen, sodass Rif ausreichend Raum zum Manövrieren hatte. Er ging weiter nach unten und flog unter der Brücke her, das Seitenruder berührte beinahe die Stahlstreben. Er war nervenaufreibend nah über dem dunklen Wasser, aber die Albatros war wendig.

Rif näherte sich dem Schnellboot, die Sekunden schienen wie in Zeitlupe zu vergehen. Der Mann auf dem Boot sah nach oben, sein Gesichtsausdruck war von Fassungslosigkeit gezeichnet. Die gewaltigen Kräfte des Düsentriebwerks sandten Schockwellen über das Wasser, die schneller waren als das Boot. Im nächsten Moment erfassten die von der L-39 erzeugten Turbulenzen das Cigarette-Boot und hoben den Bug an. Es überschlug sich, der Mann wurde in das eisige Wasser geschleudert, die Motoren gingen im Wasser unter.

Rif zog die Nase des Flugzeugs hoch, beschleunigte und steuerte den Flughafen an. Seine Treibstoffreserve war beängstigend niedrig. Er musste den Flieger dringend auf den Boden bringen.

Er drückte die Sprechtaste und teilte Thea mit: »Du kannst deinen Mann aus dem Wasser fischen.«

67

Thea war von Rifs Einlage immer noch hin und weg. Die L-39 so atemberaubend nah über dem Wasser unter der Brücke herjagen zu sehen, war schon ziemlich beeindruckend gewesen. Aber der Anblick des wie eine Spielkarte im Wind durch die Luft fliegenden Schnellboots und des ebenfalls durch die Luft geschleuderten Mannes war noch faszinierender gewesen. Sie gab Gas und war froh, weit weg gewesen zu sein, als das große Schnellboot gekentert war.

Als sie die Stelle erreichte, drosselte sie das Tempo des Donzi und suchte das Wasser ab. Sie brauchte nicht lange, um den Mann zu finden. Er hatte immer noch sein Tuch um den Hals und schwamm mit schwachen Zügen auf das Ufer zu. Seine Augenlider flatterten, und er klapperte so laut mit den Zähnen, dass sie das Klappern beinahe über das Brummen des Bootsmotors hören konnte. Das Wasser musste unter fünf Grad kalt sein, weshalb er bald erfrieren würde, wenn er nicht schleunigst da rauskam. Sie schaltete den Motor aus und warf ihm einen der Fender zu. Er langte danach und versuchte verzweifelt, sich daran festzuhalten. Sie zog ihn heran und dirigierte ihn nach hinten, wo er die Leiter benutzen konnte, um an Bord zu klettern.

Doch er zitterte am ganzen Leib, und seine Hände waren so schwach, dass sie ihn mehr oder weniger an Bord des Donzi ziehen musste. Ihr kam in den Sinn, dass er von dem Aufprall auf das Wasser womöglich eine Gehirnerschütterung erlitten hatte. Sie tastete ihn ab, um sich zu vergewissern, dass er nicht bewaffnet war. Seine Pistole lag wahrscheinlich auf dem Grund der Donau. Sie führte ihn zum Beifahrersitz und setzte ihn hin.

Nach kurzer Suche fand sie einen Erste-Hilfe-Kasten und hüllte ihn in eine Mylar-Rettungsdecke, um seine Körpertemperatur zu stabilisieren. Durchnässt und benommen, wie er war, schien er kein großes Risiko darzustellen, aber sie hatte schon vor Langem gelernt, es lieber nicht darauf ankommen zu lassen. Sie holte einen Kabelbinder aus ihrer Hosentasche und fesselte seine Handgelenke in seinem Schoß.

Der Typ mit dem *Shemagh* zeigte mit den Händen zum Himmel, wo die L-39 in der Ferne verschwunden war. »*Majnoon.*« *Verrückt.*

Das war Rif in der Tat, allerdings in positiver Weise. Statt den Mann in dem schnellen Cigarette-Powerboot entkommen zu lassen, hatte er ihn aufgehalten, und jetzt verfügten sie über eine potenzielle Informationsquelle. Sie würde ihn in die Lagerhalle bringen, ihn in warme, trockene Kleidung stecken, und dann konnte der *majnoon* Pilot ihn verhören.

Thea machte eine Hundertachtzig-Grad-Wende und steuerte das Donzi flussabwärts zurück. Mit ihrem Satellitentelefon rief sie Rif an. »Ich habe den Fisch gefangen.«

Sein herzliches Lachen drang an ihr Ohr. »Ist schon ziemlich lange her, seit ich das letzte Mal so eine Flugeinlage hinlegen konnte.«

»Sah nach einem ziemlich gewagten Manöver aus.«

»War die einzige Möglichkeit. Ich lande jetzt. Wir sehen uns dann in der Lagerhalle.«

»Verstanden. Was soll ich dem Besitzer des Cigarette sagen?« Das Boot, das der Typ mit dem *Shemagh* sich unter den Nagel gerissen hatte, hatte einen Totalschaden.

»Dass du hoffst, dass er versichert ist?«

»Haha.« Hakan würde den Besitzer ausfindig machen und dafür sorgen, dass er den Schaden ersetzt bekam. Wenn es nach ihr ginge, würde Prospero dem Mann ein neues Rennboot kaufen müssen.

Sie konnte es kaum erwarten zurückzukommen, um Prospero mitzuteilen, dass sie den Lkw in ihrer Gewalt hatten, und ein Übergabetreffen zu vereinbaren. Ayan, Jabari und die anderen Passagiere konnten endlich nach Hause.

68

Jean-Luc las Thea und ihren Gefangenen mit einem gemieteten Peugeot auf und brachte sie in die Lagerhalle. Dort war das Team gerade dabei, den Lkw in seine Einzelteile zu zerlegen. Neil und Stewart waren unter der Motorhaube zugange, Rif saß mit einem Knarrensatz Steckschlüssel vor dem rechten Vorderrad, Brown und Johansson waren hinten auf der Ladefläche und nahmen dort alles auseinander. Jeder Zentimeter des Fahrzeugs würde unter die Lupe genommen werden, bevor sie sich mit Prospero zu der Übergabe trafen.

Sie hatte ihrem Gast trockene Kleidung und etwas zu essen gegeben und ihm dann wieder die Hände zusammengebunden und ihn an einen Stuhl gefesselt.

Mit ein wenig Glück konnte das, was Prospero haben wollte – was auch immer es war –, aus dem Lkw herausgeholt und mit einem anderen Fahrzeug transportiert werden, da jeder Polizist in Budapest jetzt Ausschau nach dem ehemaligen Militärtransporter halten würde. Wenn es nicht möglich wäre, würden sie den Lkw überlackieren und die Nummernschilder austauschen, bevor sie zur Übergabe in die Türkei fuhren.

»Wie geht es den Flüchtlingen?«, fragte Thea. Sie stand neben dem Motorblock und sah den Schotten über die Schulter.

»Sind sicher versteckt bei uns wohlgesonnenen Einheimischen«, erwiderte Neil.

Quantum verfügte überall auf der Welt über verborgene Kontakte, auf die man in Notfällen zurückgreifen konnte. Gegen die Zusage der Erweisung künftiger Gefälligkeiten, hatte Hakan die ungarischen Kontakte mobilisiert, um dafür zu sorgen, dass die Flüchtlinge wohlbehalten zu verschiedenen Flüchtlingsaufnahmezentren in ganz Osteuropa gebracht werden würden. Die meisten würden nicht in Ungarn bleiben. Das Land galt in Europa als eines der Länder, in denen Asylsuchende am schlechtesten behandelt wurden. Fürs Erste waren die Flüchtlinge in Sicherheit, doch die Herausforderung, sich in ihren neuen Aufenthaltsländern zu integrieren, würde sich für sie als eine schwierige und in mancherlei Hinsicht noch beschwerlichere Reise erweisen als die Odyssee, die sie gerade hinter sich hatten.

Thea ging zu Rif, der gerade dabei war, das vordere linke Rad abzunehmen, um die Felge und den Radkasten einer eingehenden Inspektion zu unterziehen. »Was hältst du davon, die ehrenvolle Aufgabe zu übernehmen, mit unserem neuen Freund zu reden? Er hat deine Kunstflugmanöver vorhin bewundert.«

Rif lächelte, stand auf und wischte sich die Hände ab. »Mit größtem Vergnügen.«

Thea ging in den Bürobereich der Lagerhalle, schloss die Tür hinter sich und sank auf einen Lederstuhl. Sie hatte nicht viel geschlafen. Mehr als ein kurzes Nickerchen während des Flugs mit dem Team nach Budapest war nicht drin gewesen. Schlaf war in ihrem Geschäft ein wertvolles Gut – man gönnte ihn sich, wenn man Gelegenheit dazu hatte. Doch bevor sie versuchen konnte, ein wenig zu schlafen, brauchte sie etwas zu essen und Insulin. Mit ihrer Krankheit umgehen zu müssen, war ziemlich nervig, aber ihr blieb nichts anderes übrig.

Sie öffnete die Schachtel mit den Diabetes-Utensilien. Ihr letzter Wechsel der Injektionsstelle lag drei Tage zurück, und sie achtete streng darauf, im Rhythmus zu bleiben. Sie konnte es sich nicht leisten, dass ihre Insulinpumpe während eines Einsatzes nicht richtig funktionierte.

Sie riss das Klebeband ab, mit dem der Sensor an ihrem Körper befestigt war, und zuckte leicht zusammen, als dabei ein paar Härchen mit herausgerissen wurden. Die Haut darunter war rot und gereizt, was angesichts des Dauerschwitzens in Libyen kein Wunder war. Das kleine Loch in der Mitte der gereizten Stelle war geschwollen. Sie schmierte etwas Neosporin-Salbe darauf und klebte ein Pflaster darüber.

Mit geübten Fingern vollzog sie die Prozedur, um den Sensor und den Katheter an einer anderen Stelle zu platzieren. Dies regelmäßig zu tun, war erforderlich, um Infektionen zu vermeiden. Sie hatte über die Jahre hinweg gelernt, ihre Krankheit zu kontrollieren, aber seitdem sie im Alter von zwölf Jahren die Diagnose erhalten hatte, dass sie unter Diabetes litt, hatte sich die Technologie geändert. Den Schlauch entfernen, die Pumpe zurücklaufen lassen, das Reservoir neu auffüllen, die Pumpe wieder einsatzbereit machen. Sie sagte sich gerne, dass ihre Diabetes-Prozedur sich nicht groß davon unterschied, eine Waffe auseinanderzunehmen und wieder zusammenzusetzen.

Als sie fertig war, warf sie die leere Insulinpatrone und den benutzten Katheter in den Mülleimer, der an der anderen Seite des Raums stand. In zwei Stunden würde der Sensor wieder einsatzbereit sein.

Sie nahm das neue Satellitentelefon, das Hakan geschickt hatte, und wählte Prosperos Nummer. Es klingelte und klingelte. Schließlich hörte sie ein Klicken.

»Salvatore.« Er klang leicht außer Atem.

»Wir haben den Lkw.«

»Das habe ich schon gehört. Ich sende Ihnen die Koordinaten des Übergabeorts in der Türkei.«

»Nicht so schnell. Ich will mit den Jungen reden.«

»Ich bin unterwegs. Ich rufe dann zurück, wenn ich wieder bei ihnen bin.«

»Mit dieser Ausrede kommen Sie nicht ein zweites Mal durch. Holen Sie sie ans Telefon! Jetzt!«

»In zwei Stunden.« Er beendete die Verbindung, bevor sie antworten konnte.

Sie umklammerte das Telefon. Warum holte er die Jungen nicht ans Telefon? Sie hatte, was er wollte, und er hatte, was sie wollte. *Irgendetwas stimmte da nicht.*

69

Rif stellte einen Metallstuhl vor den Syrer, setzte sich rittlings darauf und starrte den Gefangenen an. »Erkennen Sie mich wieder?«, fragte er auf Arabisch. »Ich war der in dem Flugzeug.«

Das schmale Gesicht des Mannes wurde blass. Rif konnte nur erahnen, was für einen Stress es ihm bereitet haben musste, dem dröhnenden Flugzeug so nah gewesen und anschließend in die Donau katapultiert worden zu sein. Dieses Erlebnis würde er nicht so schnell vergessen.

»Reden wir über den Lkw. Wo haben Sie ihn übernommen?«

Rif spürte, dass der Mann seine Optionen abwägte und zu dem Schluss kam, dass er keine hatte. Seine Komplizen hatten auf der Brücke versucht, sich den Weg freizuschießen, und waren gescheitert. Er war der einzige Überlebende, der etwas über das Fahrzeug wusste, und hatte somit etwas zu bieten, um einen Deal auszuhandeln.

»Ich will in Europa bleiben.«

»Sie sind nicht in einer Position, um Forderungen stellen zu können. Helfen Sie mir, dann helfe ich Ihnen vielleicht.«

Es verstrichen einige Sekunden. »Sie haben mir gesagt, wenn ich ins Gefängnis gehe, würde meine Familie sicher sein und reich werden.«

»Wer hat Ihnen den Auftrag gegeben, den Lkw hierherzubringen?«

»Der Mann hat mit einem deutschen Akzent gesprochen.«

»Name?«

»Keine Namen, nur ein Bankkonto. Ich habe es für meine Familie getan.«

»Der Mann hat Ihnen Geld überwiesen?«

»Nicht mir. Meinem Kollegen, Mohammed Amir. Über Western Union.«

Vielleicht konnte Hakan die Überweisung zurückverfolgen. Rif schickte seinem Vater eine Textnachricht mit den Informationen und bat ihn, mehr herauszufinden.

»Wohin sollten Sie den Lkw bringen?« Er kannte die Antwort bereits, wollte jedoch wissen, ob der Kerl mit offenen Karten spielte.

»Zum Parlamentsgebäude.«

»Warum?«

»Weil da viel Polizei ist.« Der Mann zitterte immer wieder – wahrscheinlich noch eine Nachwirkung seines unfreiwilligen Bads in dem eiskalten Wasser.

»Dann *wollten* sie also geschnappt werden?« Das ergab keinen Sinn.

»Wir wären ins Gefängnis gekommen, aber unsere Familien sollten dafür Geld bekommen. Aber wir mussten das Parlamentsgebäude erreichen. Andernfalls wäre der Deal geplatzt.«

Rifs Gedanken rasten, während er krampfhaft versuchte, den Plan zu entschlüsseln. *Worum zum Teufel geht es bei dem Ganzen?*

»Rif, das musst du dir ansehen.« Thea war aus dem Büro gekommen und stand neben den anderen Mitgliedern des Teams an dem Lkw. Sie klang fassungslos.

Er ging zu dem ehemaligen Militärtransporter. Brown und Johansson hatten im Ladebereich eine falsche Verkleidung abgerissen. Im Inneren der hinteren Bordwand befanden sich zwei Metallzylinder. Er las die Großbuchstaben auf den Zylindern: USAF – United States Air Force. Doch es war das bekannte schwarz-gelbe Symbol, das ihm das Blut in den Adern gefrieren ließ: das Warnzeichen für radioaktives Material.

Er und Thea sahen einander fest in die Augen. Worauf waren sie da gestoßen?

70

Thea wählte die Nummer von Gabrielle Farrah. Die beiden Frauen hatten sich während Christos' Entführung miteinander angefreundet. Die ehemalige CIA-Agentin, die bei der Hostage Recovery Fusion Cell arbeitete, war in Washington, D.C. stationiert, verfügte jedoch weltweit über gute Kontakte. Das Quantum-Team benötigte Informationen und Rat – und zwar schnell. Waffenfähiges Kernmaterial war in einem Lkw voller syrischer Flüchtlinge zum ungarischen Parlamentsgebäude geschickt worden. Und jemand wollte, dass es entdeckt wurde. Warum? Um einen Krieg anzuzetteln? Und welche Rolle spielte der Sizilianer dabei?

Gabrielle ging dran. »Nach meinen letzten Informationen saßen Sie in einem entführten Flugzeug. Haben Sie die Entführer in einer Höhe von neuntausend Metern aus dem Flugzeug geworfen?« Sie gab sich scherzhaft, aber Thea spürte die Anspannung in ihrer Stimme.

»Ich war diejenige, die aus dem Flugzeug befördert wurde.«

»Haben Sie schon mal daran gedacht, ganz normal Urlaub zu machen, wie wir alle?«

Thea musste ungewollt lächeln. »Die Entführung dieses Flugzeugs hat Prospero Salvatore in Auftrag gegeben, ein Capo der sizilianischen Mafia. Er wollte, dass ich einen Lkw voller syrischer Flüchtlinge von den Straßen Budapests entführe, um diesen dann gegen die entführten Flugzeugpassagiere auszutauschen. Die Übergabe soll in der Türkei stattfinden. Wir haben den Lkw. Das Problem ist nur: Wir haben in dem Wagen zwei US-amerikanische Zylinder mit waffenfähigem Kernmaterial gefunden. Was sollen wir jetzt tun?«

Schweigen. Thea wartete.

»Geben Sie mir die Seriennummern. Ich mache mich schlau, was es mit diesen Zylindern auf sich hat, und melde mich dann sofort wieder bei Ihnen.«

»Danke. Ich stecke in einer ziemlichen Zwickmühle. Ich kann das Kernmaterial wohl kaum einem Mafioso übergeben, aber ich muss die Geiseln zurückhaben.«

»Sie machen ja bekanntlich nie halbe Sachen«, entgegnete Gabrielle. »Haben Sie eine Ahnung, wo die Geiseln festgehalten werden?«

»Nein. Meine Kollegen von Quantum suchen noch nach dem Flugzeug. Wir vermuten, dass es Afrika nie verlassen hat, aber selbst wenn sie es finden, führt uns das womöglich auch nicht zu dem Versteck, an dem die Geiseln festgehalten werden, bevor wir den Lkw übergeben müssen.«

Gabrielle stieß einen langen Seufzer aus, als ob sie die Luft angehalten hätte. »Okay. Sobald ich etwas habe, rufe ich zurück. Versuchen Sie in der Zwischenzeit, die Übergabe hinauszuzögern, bis wir mehr wissen.«

»Sie haben was bei mir gut.« Thea beendete die Verbindung.

Rif stand neben ihr. »Du wolltest ihr nichts von deiner Vermutung sagen, dass die Geiseln sich in der Türkei befinden?«

»Ich vertraue Gabrielle voll und ganz. Aber man weiß nie, wer sonst noch mithört. Fürs Erste will ich den Ball lieber flach halten. Wir wollen Prospero und die anderen Mitspieler schließlich nicht misstrauisch machen.«

»Hast du mit Ayan und Jabari gesprochen?«

»Nein. Prospero hat mir zugesagt, mich in zwei Stunden zurückzurufen.«

Rif runzelte die Stirn. »Er weiß, dass wir den Lkw haben?«

»Ja.«

Ihr Satellitentelefon klingelte. Hakan.

»Ist Rif bei dir?«

»Ja.« Sie stellte Hakan laut.

»Das Geld an den Syrer wurde aus Salzburg überwiesen.«

»Aus Österreich? Ob es da möglicherweise eine Verbindung zu dem Terroranschlag im Schloss Schönbrunn gibt.«

»Versteifen wir uns auf nichts, und bleiben wir für alle Szenarien offen.«

»Hat Rif dir erzählt, was wir gefunden haben?«, fragte sie.

»Ja«, erwiderte Hakan und versuchte, dem Ganzen noch etwas Gutes abzugewinnen. »Wenigstens ist es keine Bombe.«

»Aber wenn sich in diesen Zylindern spaltbares Material befindet, das zur Herstellung von Atomwaffen verwendet werden kann, braucht man nur noch eine Produktionsstätte und einen qualifizierten Ingenieur«, sagte Rif. »Oder eine Ingenieurin – wie Ocean. Ich frage mich, ob Prospero etwas mit diesem Plan zu tun hat oder ob er versucht, ihn zu vereiteln.«

»Wer auch immer den Lkw beladen hat, wollte, dass die Flüchtlinge zusammen mit dem Kernmaterial erwischt werden. Warum sollte es jemand darauf anlegen, einem Haufen Asylsuchender so etwas anzuhängen?«, fragte Thea und schüttelte den Kopf. »Wir haben Gabrielle Farrah die Seriennummern gegeben und hoffen, dass sie uns weitere Informationen über diese Zylinder liefern kann. Gibt es irgendwas Neues über Prosperos Verbindungen in der Türkei?« Sie konnte ihm das Kernmaterial nicht einfach übergeben, so dringend sie auch wollte, dass die Passagiere freigelassen wurden.

»Noch nichts Konkretes, aber wir arbeiten daran«, entgegnete Hakan. »Prospero hat in der Türkei Verbindungen zu dreiundvierzig Personen. Ach, und noch was: Ein sehr nervöser junger Mann mit einem deutschen Akzent hat hier angerufen und gesagt, dass er Informationen für dich hat. Wir haben versucht, aus ihm herauszukitzeln, worum es geht, aber er hat nichts gesagt. Er wollte noch mal anrufen, aber ich habe nichts mehr von ihm gehört. Er hat von einem nicht zurückverfolgbaren Prepaidhandy angerufen.«

»Stell ihn auf mein Satellitentelefon durch, wenn er sich noch mal meldet.« Sie hatten ein paar Mietwagen bereitstehen, um mit ihnen zur Übergabe in die Türkei zu fahren, andere Wagen als die, die sie verwendet hatten, um den Lkw aufzuspüren. »Kann sich eine unserer lokalen Kontaktpersonen um unseren Gast kümmern?« Sie wandte ihren Blick dem Gefangenen zu, der am anderen Ende der Lagerhalle gefesselt auf dem Stuhl saß.

Er war nur ein Bauer auf dem Schachbrett. Genau wie die beiden Schlepper. Aber wer waren die Spieler?

71

Prospero folgte den Fußstapfen der drei Flüchtigen und schwitzte, obwohl es wieder schneite. Er redete sich ein, dass das an der Anstrengung lag, die es ihn kostete, durch die winterliche Märchenlandschaft zu stapfen, aber die tickende Uhr spielte auf jeden Fall auch eine Rolle. Jetzt, da Thea den Lkw hatte, würde er nicht zulassen, dass die Flüchtigen seine Pläne durchkreuzten.

Nachdem er mehreren falschen Fährten gefolgt war, fand er schließlich die richtige. Widerwillig zollte er ihrer taktischen Gerissenheit Respekt. Das Labyrinth aus falschen Spuren verfolgen zu müssen, hatte ihn wertvolle Zeit gekostet, doch jetzt wusste er, dass er sie finden würde.

Er eilte zu der Stelle, an der Luciano auf ihn wartete. Das Schneemobil parkte unmittelbar südlich hinter dem Waldstück. Sein Neffe ging im Schnee auf und ab und rauchte eine seiner übel riechenden türkischen Zigaretten.

»Ich habe hier alles überprüft. Keine Spur von ihnen.« Luciano sog einen weiteren Zug Rauch ein.

»Ich weiß, in welche Richtung sie gegangen sind. Fahren wir.« Er stieg auf das Schneemobil und startete den Motor.

Luciano schnippte den Zigarettenstummel in den Schnee und stieg hinter ihm auf. Prospero jagte die Hänge hinunter und folgte den schon wieder teilweise mit Schnee bedeckten Spuren. Im nächsten Tal befand sich ein kleines Dorf. Dort wohnten Bauern, die Tee und Kiwis anbauten, abgeschnitten vom Rest der Welt durch die umgebenden Berge. Wenn Ocean und die Jungen so weit gekommen waren, hatten sie es womöglich geschafft, sich eine Fahrgelegenheit zu organisieren, um die Gegend zu verlassen. Aber die Spuren am Dorfrand waren noch ganz frisch und kaum mit Schnee bedeckt, sodass er das bezweifelte.

Im Dorf parkte Prospero das Schneemobil an der Seite der Hauptstraße in der Nähe der einzigen Tankstelle. Er schaltete den Motor aus und trieb Luciano zur Eile an. Am liebsten hätte er seinen Neffen im Auge behalten, aber die Zeit drängte. Sie mussten sich aufteilen, um bei der Suche ein größeres Gebiet abdecken zu können.

Er nahm Lucianos SIG aus seiner Jackentasche und reichte ihm die Pistole. »Die benutzt du nur, um sie dazu zu bringen, dir Folge zu leisten. Niemand wird erschossen.«

»W-was ist, wenn sie abhauen?«

»Wenn du sie siehst, ruf mich an. Mach bloß nichts Dummes. Ich brauche alle Geiseln lebend und wohlauf.«

Luciano zuckte mit den Achseln.

Prospero packte ihn an seiner Jacke und zog ihn zu sich heran. »Was auch immer du ihnen antust, wirst auch du am eigenen Leib spüren. Hast du mich verstanden?«

»Ja, ich hab's kapiert.«

Er ließ Luciano los. »Nimm du dir die Ostseite des Dorfes vor. Ich gehe nach Westen.« Er stapfte die Hauptstraße des Dorfes entlang und erinnerte sich an einen trägen Sommernachmittag, an dem er sich in der Dorfkneipe mit Aslan hatte volllaufen lassen. Verschneit sah das Dorf ganz anders aus. Kaum jemand war auf den Straßen, die Bewohner zogen es vor, in ihren Steinhäusern zu bleiben. Die malerische Straße war von schmiedeeisernen Straßenlaternen gesäumt. In einer Ecke befand sich eine Metzgerei, in einer anderen ein Bäcker.

Der Schneesturm wurde heftiger und blies ihm Flocken ins Gesicht. Seine Wangen waren inzwischen taub vor Kälte. Zum Glück hatte er die Schneebrille, die seine Augen schützte. Er überquerte die Straße und blickte die Gassen zwischen den Häusern entlang, wo die Flüchtigen Zuflucht suchen konnten – vor ihm und vor dem Unwetter.

Nichts.

Er ging an der Dorfkneipe vorbei und wünschte, er hätte Zeit, sich einen Grappa zu genehmigen, um sich von innen aufzuwärmen. Er warf einen Blick durch die zur Straße hin ausgerichteten Fenster. Außer dem Kneipenwirt war nur ein Gast anwesend, eine Person nicht zu bestimmenden Geschlechts, die mit gebeugtem Kopf an der Theke saß. Bei dem üblen Wetter blieben alle zu Hause. Prospero sehnte sich nach dem Sonnenschein Siziliens.

Er überquerte eine Gasse und erreichte die Moschee des Dorfes, ein riesiges Gebäude mit einem beeindruckenden Minarett. Die Scharniere der großen Stahltür quietschten, als er die Moschee betrat. Drinnen klopfte er sich den Schnee von seiner Jacke. Kein Zeichen von dem Imam oder sonst irgendjemandem. Er ging nach vorne und hielt Ausschau nach einer Bewegung.

Nichts.

Missmutig verließ er den begrenzten Schutz wieder, den die Moschee vor dem unwirtlichen Wetter bot, und stapfte die Straße entlang. Der schwache Schein der Straßenlaternen wies ihm den Weg durch die herumwirbelnden Schneeflocken.

Sein Handy summte. »Hast du sie gefunden?«

»Ich bin einem Typen mit einem Schneepflug begegnet«, erwiderte Luciano. »Er hat vor zehn Minuten Fremde in deine Richtung rennen sehen. Er hat gesagt, dass er es gar nicht glauben konnte, dass bei diesem Wetter jemand draußen unterwegs ist.«

»Ich kann es auch nicht glauben, dass wir uns hier draußen rumtreiben«, entgegnete Prospero. »Bitte den Fahrer des Schneepflugs, dich ein Stück mitzunehmen. Kommt hierher zu mir. Sie können nicht weit sein.« Auf den Straßen waren keine Autos und keine Fußgänger unterwegs, also waren die Chancen, dass sie eine Mitfahrgelegenheit fanden oder jemanden, der ihnen half, minimal. Es sei denn, sie hatten ein Auto gestohlen.

»Wo bist du?«, fragte Luciano.

Prospero musterte die Schaufenster um ihn herum. »In der Nähe des Käsegeschäfts.«

»Bin auf dem Weg zu dir.«

Prospero beendete die Verbindung, steckte sein Handy wieder in seine Tasche und stapfte mit neuem Elan weiter. Vor ihm erregte eine Bewegung seine Aufmerksamkeit. Er blinzelte und sah nochmals hin. Vielleicht spielte der Schnee ihm im Licht der Straßenlaternen einen Streich. Nein. Er hatte definitiv etwas gesehen und beschleunigte seinen Schritt. An der Straßenecke stand eine blau-weiße Telefonzelle, deren dem Wind zugewandte Seite mit einer immer dicker werdenden Schneeschicht bedeckt wurde. In der Telefonzelle war jemand.

Prospero ging langsam auf die Telefonzelle zu und behielt sie genau im Auge. Zwei Gestalten, beide klein. Etwas Rotes leuchtete kurz auf. Ayans Jacke. Das mussten die Jungen sein. Er suchte die nähere Umgebung ab und hielt nach Ocean Ausschau. Keine Spur von ihr.

Jetzt, da er näher an der Telefonzelle war, sah es so aus, als ob sie telefonierten.

Er rannte die letzten sechs Meter und ignorierte den Schmerz in seiner Hüfte.

Jabari redete mit jemandem.

Prospero riss die mit Schnee bedeckte Tür der Zelle auf und stürmte hinein.

72

Prospero hob seine Glock und zielte auf die beiden zitternden Jungen in der Telefonzelle. Die Pistole war nicht geladen, denn er würde auf keinen Fall riskieren, Ayan und Jabari zu verletzen, aber das wussten die beiden nicht. Das Haar und die Kleidung der Jungen waren mit Schnee bedeckt, auch an ihren Wimpern hafteten weiße Klümpchen. Sie klapperten mit den Zähnen. Prospero langte mit der linken Hand in die Zelle, riss Jabari den Hörer aus den Händen, knallte ihn auf die Gabel und beendete das Gespräch.

»Wie geht es Thea?«

Die Gesichtsausdrücke der Jungen sprachen Bände. Sie hatten mit der Geiselbefreiungsexpertin telefoniert. Er schenkte es sich, sie zu fragen, was sie ihr erzählt hatten. Sie würden ihn sowieso anlügen.

»Wo ist Ocean?«, fragte er. Sie konnte nicht weit weg sein.

Jabari zuckte mit den Schultern.

»Das ist keine Antwort.«

Obwohl die Jungen in der Telefonzelle in der Falle saßen und eine Waffe auf sie gerichtet war, waren sie immer noch trotzig. Prosperos Geduld ging langsam zu Ende. »Ich möchte die hier nicht benutzen müssen.« Er richtete die Glock nach oben in die Luft.

»Sie hat uns sitzen gelassen«, platzte Ayan heraus. Doch das schien ihm nichts auszumachen.

Während Prospero dämmerte, was das bedeutete, kroch ihm

ein Kribbeln vom Nacken den Kopf hinauf. Er war die ganze Zeit davon ausgegangen, dass er hinter drei Entflohenen her war, aber Ocean war alleine unterwegs, vielleicht schon seit Stunden. Ihm schauderte bei dem Gedanken, was für Komplikationen das verursachen könnte.

»In welche Richtung ist sie gegangen?«

»Es war dunkel. Wir konnten nichts sehen.« Jabari schlang seine Arme um Ayan und versuchte, sie beide zu wärmen.

Dann war es doch noch nicht so lange her. Ein Kleinlaster mit einer großen Fahrerkabine und einem vorne angebrachten Schneepflug rumpelte die Straße entlang auf sie zu. Die Beifahrertür ging auf, und Luciano stieg aus und ging zu ihnen. Als sie ihn sahen, zuckten die Jungen erschrocken zusammen.

»Ocean hat die Jungen alleine gelassen«, informierte Prospero seinen Neffen. »Wir müssen einen Suchtrupp zusammenstellen, der sie findet. Fahren wir.«

Er wies Ayan und Jabari an, auf der Rückbank des Kleinlasters Platz zu nehmen, setzte sich neben sie und überließ Luciano den Beifahrersitz vorne. Er wollte weiteren Ärger vermeiden. Der Fahrer manövrierte den Wagen mit der Geschicklichkeit eines Einheimischen, der sein ganzes Leben in der Region verbracht hatte, die kurvigen Straßen entlang und fuhr gemäß Lucianos Anweisungen zurück zu dem Landhaus. Die Jungen kuschelten sich in der warmen Kabine aneinander.

Prospero rief seinen türkischen Gastgeber an. »Wir haben die Kinder, aber Ocean ist entkommen.«

»Hast du eine Ahnung, in welche Richtung?«, fragte Aslan.

»Nein.«

»In fünfzehn Minuten ist ein Suchtrupp bereit.«

»Danke. Wir müssen sofort mit den Passagieren verschwinden. Die Jungen haben *Liberata* angerufen.« Aslans Männer würden das Schneemobil zurückholen, die Suche nach Ocean in die Hand nehmen und Bassams Leiche bergen. Da sie diese Berge besser kannten als irgendjemand sonst, war das sicher die beste Lösung.

»Das ist wirklich schade, mein Freund. Es war schön, dich als Gast in meinem Haus zu haben.«

Prospero beendete das Gespräch und ärgerte sich aufs Neue darüber, dass die Jungen Thea angerufen hatten. Selbst wenn sie ihr nicht den Namen des Dorfes hatten nennen können, würde Thea den Anruf zurückverfolgen. Sie mussten umgehend einen neuen Unterschlupf finden.

Prospero hatte diese Operation akribisch geplant und für alle möglichen Eventualitäten Vorsorge getroffen, doch jetzt liefen die Dinge aus dem Ruder. Eine Geisel war tot, und er würde Bassam vermissen, einen sehr fähigen Mann. Als sich die Gelegenheit geboten hatte, Thea und ihr Team zu nötigen, den Lastwagen zu kapern, war ihm dies als eine bessere Möglichkeit erschienen als sein ursprünglicher Plan, aber inzwischen sah es immer stärker danach aus, als wäre das ein Fehler gewesen. Aber egal. Er konnte das, was er haben wollte, immer noch in die Finger bekommen.

Sein Handy summte. Thea. Er ignorierte den Anruf. Sollte sie ruhig noch ein bisschen schmoren, bevor er ihr seine neuen Forderungen nannte.

73

Thea konnte die Spannung kaum ertragen. Die Jungen waren geflohen. Aber sie hatten das Gespräch mitten im Satz abgebrochen. Da es in ihrem Job oft hilfreich war, sich Gespräche mehrfach anzuhören, Stimmen und Änderungen des Tonfalls zu analysieren und Umgebungsgeräusche zu erkennen, die einem helfen konnten, einen Ort zu identifizieren, nahm sie grundsätzlich alle Telefonate auf.

»Hallo, Thea, ich bin's, Jabari. Wir sind abgehauen! Ocean ist auch weg, aber sie hat einen anderen Weg genommen.«

»Wo seid ihr jetzt?«

»In einer Telefonzelle.«

»Such nach irgendeinem Hinweis. Namen. Sag mir, was du siehst.«

»Es schneit. Es gibt viele Berge.«

»Okay, das ist gut. Irgendwelche Straßennamen, Namen von Geschäften?«

»Die Buchstaben sehen komisch aus. Ich kann sie nicht lesen.«

»Was ist mit Nummernschildern? Sind Autos in der Nähe?«

»Nein. Es schneit so doll. Ich kann keine sehen.«

»Siehst du eine Nummer an dem Münztelefon?«

Ein Poltern. *Klick.*

»Jabari! Bist du noch dran?«

Schweigen.

»Sprich mit mir, Jabari!«

Die Aufnahme endete.

Was war den Jungen passiert? Sie versuchte Prospero zu erreichen, aber er ging nicht dran. Wenigstens wusste sie jetzt, warum er sie hingehalten hatte und sie nicht mit den Jungen hatte sprechen lassen. *Sie waren ausgebüxt.* Hatte Prospero Ayan und Jabari gerade erst aufgespürt? Für den Fall, dass sie noch mal anriefen, hielt sie die Leitung frei, damit sie das Gespräch von der Quantum-Zentrale aus zurückverfolgen könnten.

Sie hatten die Anzahl der möglichen Orte, an denen Prospero die Geiseln versteckt hielt, von fünfundvierzig auf dreizehn reduziert und konzentrierten sich nun auf die bekannten Komplizen des Italieners in der Türkei. Aufgrund der Anhaltspunkte, die sie in dem Livevideo gesehen hatte, und angesichts der Tatsache, dass Jabari Buchstaben erwähnt hatte, die im lateinischen Alphabet nicht vorkamen, war sie sicher, dass sie mit der Türkei richtiglagen. Doch selbst wenn sie den geheimen Unterschlupf fänden, würden sie natürlich große Vorsicht walten lassen müssen. Geiselbefreiungsaktionen waren riskant, nur eine von fünf verlief erfolgreich. Und in diesem Fall waren Kinder unter den Geiseln.

Jede Information, die sie zusammentrugen, lieferte ihnen potenzielle Hinweise auf Prosperos finales Ziel, aber am dringendsten wollte sie wissen, was das spaltbare Material mit seinem Plan zu tun hatte.

Ihr Handy summte. Gabrielle.

»Bitte sagen Sie mir, dass ich mir keine Sorgen machen muss. Dass das alles nur blinder Alarm ist und diese Zylinder kein spaltbares Material enthalten«, sagte Thea.

»Tja, da kann ich Sie leider nicht beruhigen.«

»Wie schlimm ist es?«

»Gedulden Sie sich einen Moment, wir machen einen kleinen historischen Exkurs. Am 10. März 1956 sind von der Mac-

Dill Air Force Base in Florida vier B-47-Bomber gestartet. An Bord jedes Flugzeugs befanden sich zwei Zylinder mit Uran 235. Das spaltbare Material in jedem dieser Zylinder verfügte über eine potenzielle Sprengkraft von vier Megatonnen und war dazu bestimmt, in MK-21-Sprengköpfen Verwendung zu finden. Über dem Mittelmeer sind die vier Flugzeuge in der Nähe von Marokko für eine Betankung in der Luft auf etwa 4300 Meter runtergegangen. Die Sicht war schlecht.«

»O nein.«

»Eines der Flugzeuge, das mit der Seriennummer 52–534, verschwand. Das Wrack wurde nie gefunden. Genauso wenig die beiden Zylinder mit dem kernwaffenfähigen Material …«

»Bis jetzt«, beendete Thea Gabrielles Satz.

»Genau. Sie haben spaltbares Material gefunden, das bei einem Broken-Arrow-Zwischenfall verschwunden ist.«

Thea holte tief Luft. Na gut. Das Kernwaffenmaterial stammte aus den USA. Vermisst seit 1956. *Aber welche Rolle spielte es in Prosperos Plänen?* »Haben Sie eine Ahnung, wo das Material die ganze Zeit gewesen ist?«

»Nein. Earl Johnson, der Kapitän eines der anderen B-47er der Viererformation, hat zeit seines Lebens weiter nach dem vermissten Flugzeug gesucht, weil der Pilot, der es geflogen hat, sein bester Freund war, aber er hat es nie gefunden. Und Earl ist vor einigen Jahren gestorben.«

»Wie kann ein Flugzeug einfach verschwinden?«

»Das ist bedauerlicherweise nicht so ungewöhnlich. Ich treffe mich in ein paar Stunden mit einem CIA-Kontaktmann, der auf verloren gegangenes, extrem wirkungsvolles waffenfähiges Material wie dieses spezialisiert ist. Ich lasse Sie wissen, was dabei herauskommt.«

»Und was soll in der Zwischenzeit aus dem Deal mit Prospero Salvatore werden?«

»Halten Sie ihn hin, versuchen Sie, Zeit zu gewinnen«, entgegnete Gabrielle.

»Ich tue, was ich kann, aber am besten beeilen Sie sich. Ich muss die Geiseln zurückhaben.«

»Das ist mir klar«, sagte Gabrielle und hielt kurz inne. »Warum, um alles in der Welt, will ein Mafioso spaltbares Material in die Hände bekommen? Die ganze Operation ist doch unglaublich kostspielig, hochriskant und hat nichts mit den Geschäften zu tun, denen er sich normalerweise widmet.«

»So ist es«, stimmte Thea ihr zu. »Es gibt da noch ein interessantes Detail, das vielleicht wichtig ist: Salvatore gehört dem Überbleibsel einer Miliz-Organisation namens *Gladio* an, die nach dem Ende des Zweiten Weltkriegs gegründet wurde und zumindest teilweise von Ihren Freunden bei der CIA finanziert wurde.«

»Noch ein geschichtlicher Exkurs also«, sagte Gabrielle. »Ich wühle ein bisschen herum. Mal sehen, ob es da eine Verbindung zu dem gibt, was mir mein CIA-Kontakt zu erzählen hat. Sonst noch was?«

»Das war's fürs Erste. Lassen Sie mich wissen, was das Gespräch mit Ihrem Agenten ergeben hat.« Sie verabschiedeten sich, und Thea beendete die Verbindung.

Die Situation der Geiseln hatte sich ernsthaft verschlechtert. Inzwischen ging es nicht mehr nur einfach um einen Tausch des Lastwagens gegen die Flugzeugpassagiere. Wie sollte sie guten Gewissens kernwaffenfähiges Material gegen die Leben der Passagiere eintauschen? Es wäre falsch. Aber sie musste die Geiseln trotzdem auf jeden Fall zurückbekommen.

Niedergeschlagen berichtete sie Rif von dem lange zurückliegenden Zwischenfall und dem verschwundenen kernwaffenfähigen Material.

»Das verkompliziert die Dinge noch mehr«, stellte Rif fest.

»Vielleicht sollten wir doch eine Befreiungsaktion durchführen. Vorausgesetzt, wir finden heraus, wo sie sind.«

»Ich hoffe, so weit kommt es nicht.« Thea grübelte und dachte ein weiteres Mal daran, welchem Risiko die Geiseln bei einer Befreiungsaktion ausgesetzt wären.

»Und was dieses Zeug angeht«, Rif deutete mit der Hand auf die Zylinder mit dem kernwaffenfähigen Material, »muss Ocean die Zielperson gewesen sein, auf die Prospero es abgesehen hatte.«

»Wahrscheinlich. Sie ist mit den Jungen geflohen, hat sie dann aber verlassen. Also ist sie wahrscheinlich noch im Spiel. Hakan überprüft gerade intensiv ihren Hintergrund.«

»Vielleicht wollte Prospero nur verhindern, dass die Flüchtlinge zusammen mit dem spaltbaren Material entdeckt werden«, sagte Rif mit nachdenklicher Miene. »Vielleicht ist die finale Absicht, die hinter seinem Plan steckt, gar nicht so unheilvoll?«

»Durchaus denkbar, aber er ist trotzdem bestimmt nicht die Art Partner, die ich mir aussuchen würde. Außerdem hat er mit Sicherheit vor, das Material zu verkaufen.«

»Wenigstens war es keine scharfe Bombe.«

»Deshalb könnte ich mir vorstellen, dass die Operation in Wahrheit darauf angelegt war, Aversionen gegen die Flüchtlinge heraufzubeschwören.«

»Wahrscheinlich hast du recht«, entgegnete Rif. »Zurzeit ist Ungarn für Flüchtlinge einer der unwirtlichsten Orte in Europa, vor allem für solche aus dem Nahen Osten. Es wundert mich, dass sie es überhaupt geschafft haben, mit so einer großen menschlichen Fracht über die Grenze zu kommen. Die Frage ist, warum zum Teufel ...«

Sie wurden vom Summen von Theas Handy unterbrochen. Hakan. »Was gibt's?«

»Der junge Mann, der schon mal angerufen hat. Er ist am Apparat und will unbedingt mit dir sprechen. Er ist Österreicher, glaube ich, nachdem ich ihn jetzt zum zweiten Mal sprechen gehört habe.«

»Hast du eine Ahnung, was er will?«

»Nein. Er will nur mit dir sprechen.«

»Stell ihn durch. Rif kann dich über mein Gespräch mit Gabrielle informieren.«

»Klingt gut. Wir reden später.«

Thea starrte auf das schwarz-gelbe Symbol auf den Zylindern und wartete darauf, dass der Anruf an sie weitergeleitet wurde. Es passierte nicht jeden Tag, dass sie sich in einem Raum befand, in dem sich ausreichend kernwaffenfähiges Material befand, um einen dritten Weltkrieg zu beginnen.

74

Prospero stieg am unteren Ende der Zufahrt zu Aslans Landhaus aus dem Kleinlaster mit dem Schneepflug und drückte dem Fahrer einen dicken Stapel Türkischer-Lira-Scheine in die Hand. Das Geld müsste dafür sorgen, dass er zumindest so lange dichthielt, bis sie sich aus dem Staub gemacht hatten.

Luciano führte die Jungen in den Schuppen, in dem die anderen Geiseln bereits beieinanderstanden und in der Kälte zitterten. Prospero hatte Bassams Männer telefonisch angewiesen, die Passagiere auf einen umgehenden Aufbruch vorzubereiten. Er hatte keine Ahnung, wie viel Jabari Thea hatte erzählen können. Aber er konnte kein Risiko eingehen und durfte die Geiselbefreiungsexpertin nicht unterschätzen. Deshalb war eine sofortige Evakuierung unvermeidlich.

Wenn Aslans Männer Ocean fänden, würden sie sie nach Bosnien fliegen, wohin Prospero die Geiseln bringen wollte. Ein Geschäftsfreund hatte dort ein Haus, das abgeschieden genug lag, um die Passagiere dort unterbringen und verbergen zu können, bis der Austausch arrangiert werden konnte.

Bosnien hatte noch weitere Vorteile zu bieten, unter anderem gierige Beamte, die es gewohnt waren, eng mit den zahlreichen dort operierenden Schmugglern, Schiebern und Verbrechersyndikaten zusammenzuarbeiten. Das abgelegene Anwesen seines Geschäftsfreundes befand sich unmittelbar außerhalb von Mostar, unweit der Stari Most, der »alten Brücke«, die nach den mittelalterlichen Wärtern – den *mostari* – benannt war, die

die Brücke über die Neretva kontrolliert hatten. Die Stari Most war im 16. Jahrhundert gebaut worden, als das Land unter osmanischer Herrschaft gestanden hatte.

Sein Geschäftsfreund besaß ein Bergbauunternehmen und hatte Millionen damit verdient, weltweit Stahl an Automobilindustrie und Hersteller von Soda zu verkaufen. Vedad hatte auch den Bürgermeister von Mostar geschmiert, sodass keine unbequemen Fragen gestellt werden würden, warum eine Gruppe von Ausländern unter strengen Sicherheitsvorkehrungen in die Stadt eingeflogen wurde.

»Dürfen wir jetzt nach Hause?«, fragte Karlsson.

»Bald. Rein in den Transporter!« Normalerweise hätte Prospero dem Irren irgendetwas erzählt, damit er in die Gänge kam, aber allmählich ging ihm die Geduld aus. Der Wahnsinn der Freiheitswächter und die immense Bedeutung dieser Operation, die sich als äußerst kompliziert entpuppt hatte, hatten ihn reizbar gemacht.

Laverdeen begrüßte die Jungen mit einer herzlichen Umarmung. »Tut mir leid, Jungs, ich habe so gehofft, dass ihr es schaffen würdet.«

»Wir haben Thea angerufen«, platzte Ayan heraus. »Sie kommt und holt uns, und dann kriegen diese Männer einen Tritt in ihre Ärsche.«

Jabari verpasste seinem Bruder einen Stoß gegen die Schulter. »Sei still.«

»Und was ist mit Ocean?«, fragte Laverdeen. »Haben sie die auch wieder eingefangen?«

»Simsalabim! Sie hat sich in Luft aufgelöst.« Ayan breitete schwungvoll die Hände aus.

»Wenigstens hat sie es geschafft«, sagte Jabari.

Prospero fand sich erneut dabei wieder, den Kampfgeist der Jungen zu bewundern, obwohl sie ihm nur Ärger bereiteten.

Warum waren diese jungen Kriegswaisen so einfallsreich und liebenswürdig, wohingegen sein Neffe, der immerhin im Kreis seiner Familie aufgewachsen war, in seiner Entwicklung stehen geblieben zu sein schien?

Rivers näherte sich Prospero. Er sah verzweifelt aus. »Geht es meinen Mädchen gut?«

»Ihre Kinder sind wieder bei ihrer Mutter. Ihnen wird nichts passieren, wenn Sie tun, was man Ihnen sagt.«

»Lassen Sie mich mit ihnen telefonieren.«

»Später. Wir müssen jetzt los.«

Rivers öffnete den Mund, um etwas zu erwidern, aber Prospero bedeutete ihm, zu schweigen. »Tun Sie, was Ihnen gesagt wird, und alles wird gut.«

Der Flugkapitän stieg in den Transporter und schlug mit der Faust gegen die Seitenwand. Prospero war froh, dass er sich seinen Lebensunterhalt nicht mit Entführungen verdiente. Es war viel zu anstrengend, sich mit den Schwächen anderer Menschen herumzuschlagen. Zum Glück gab es viele einfachere Möglichkeiten, um an Geld zu kommen.

Laverdeen blieb stehen, um mit ihm zu sprechen. »Warum lassen Sie nicht einige der Passagiere frei? Als Zeichen des guten Willens.«

»Für wen zum Teufel halten Sie sich eigentlich?«

»Sie brauchen uns doch nicht alle, und …«

»Wenn Sie so weitermachen, können Sie bald Dillman Gesellschaft leisten«, stellte Prospero klar.

Laverdeen zögerte einen Moment. »Das glaube ich nicht. Sie sind anders als dieser Hitzkopf.«

»Sie wissen gar nichts über mich, aber so viel verrate ich Ihnen: Was ich will, setze ich durch, und dabei dulde ich nicht, dass mir irgendwas in die Quere kommt. Und jetzt steigen Sie ein.« Prospero zeigte auf den Transporter.

Laverdeen funkelte ihn einen Moment lang wütend an, dann fügte er sich.

Ayan und Jabari stiegen als Letzte ein. Prospero hatte die Köchin angewiesen, den beiden heiße Suppe in Pappbechern mitzugeben, damit sie wieder warm wurden. Die Jungen waren kurz davor gewesen zu erfrieren.

»Zeit zum Aufbruch.«

Ayan stand mit in die Hüften gestemmten Händen da. »Die Wavertons warten in London auf uns. Warum können wir nicht einfach nach London fliegen? Das ist unfair.«

»So ist das Leben – eine Aneinanderreihung von Ungerechtigkeiten. Ich dachte, dass gerade ihr diese Lektion inzwischen aus eigener Erfahrung gelernt hättet.« Prospero musste auf einmal an die Familie denken, die die Jungen adoptierte, und fragte sich, wie es wohl wäre, die beiden immer um sich zu haben. Zumindest unterhaltsam. »Rein mit euch.«

Er dachte an seinen einstigen besten Freund Karl und die Opfer, die er für die Organisation Gladio gebracht hatte, indem er sich bei den Freiheitswächtern eingeschleust hatte. Nur durch Karl hatte er von den wahnsinnigen Plänen der Österreicher erfahren. Und jetzt war er verschwunden und wahrscheinlich tot. So viele Verluste.

Luciano ließ den Motor des großen Transporters mit Trennwand an. Sie würden zum Flughafen in Trabzon fahren und dann mit Prosperos Flugzeug nach Bosnien fliegen. Als er an ihr Ziel dachte, gingen ihm Erinnerungen an seine letzte Begegnung mit Vedad durch den Kopf.

Prosperos Lieferant in der Ukraine hatte aufgrund des Bürgerkriegs, der das Land zerriss, etliche Waffenlieferungen verloren, und die Waffenknappheit gefährdete Prosperos Geschäfte. Deshalb hatte er sich Hilfe suchend an Vedad gewandt. Vedad betrieb seine Geschäfte zwar in einem legalen

Rahmen, kannte jedoch viele Unternehmer, die bei Weitem nicht so wählerisch waren.

Nachdem Vedad einige Anrufe getätigt und ein paar Leute geschmiert hatte, lud er Prospero auf ein paar Gläschen Rakia, den heimischen Obstbrand, und die Abwicklung eines kleinen Geschäfts in sein Landhaus nach Bosnien ein. Vedad hatte ihn gewarnt, dass der Mann, mit dem er ihn zusammenbringen wolle, Mirsad, ein ungeschliffener Kerl sei, aber er hatte auch erwähnt, dass er über ein weitverzweigtes Waffenhändlernetz in Afrika, China und Russland verfüge, das den Mangel an Manieren wettmache.

Als ehemaliger Söldner, der zum Waffenhändler mutiert war, war Mirsad ein regelrechter Krisenherdfetischist. Nach allem, was Vedad über ihn erzählte, hörte es sich so an, als hätte der Waffenhändler ein paar Schrauben locker, aber was spielte das schon für eine Rolle, wenn er liefern konnte, was Prospero benötigte? Er hatte Luciano nach Bosnien mitgenommen, weil er seinen Neffen mit der subtileren Seite des Geschäfts vertraut machen wollte, bei der die Dinge nicht mit Fäusten geregelt wurden, sondern einfach Geld den Besitzer wechselte.

Sie saßen im Wohnzimmer des Landhauses, einem riesigen Raum mit einer Wand, die komplett aus Fenstern bestand, durch die man hinausblickte auf saftig grüne Gärten. Eine gut bestückte Zimmerbar aus Mahagoni, die dunkle Holzvertäfelung und die zahlreichen präparierten Trophäen von Vedads Jagdausflügen bildeten einen Kontrast zu der Helligkeit draußen.

Mirsad verspätete sich natürlich, also übernahm Vedad die Rolle des Unterhalters. Der Bosnier, der dichtes weißes Haar hatte, das zu einer unbändigen Tolle frisiert war, schenkte den Brandy großzügig ein. Während sie miteinander plauderten, beugte Vedad sich immer wieder mit der Flasche vor und sagte: »Ich lass mal die Luft aus Ihrem Glas.«

»Wo bleibt Ihr Mann?«, fragte Prospero schließlich, allmählich ungeduldig werdend. Eigentlich hatten sie zusammen zu Abend essen wollen, aber nun würde Mirsad auch dafür zu spät kommen.

»Wahrscheinlich schneidet er gerade in einer Hintergasse jemandem die Eier ab.« Vedad lachte. Eins musste man ihm lassen: Er war ein fröhlicher Betrunkener.

Eigentlich zog Prospero es vor, beim Abschluss von Geschäften keinen Alkohol zu trinken, aber bei den Bosniern gehörte das zum Ritual. Er selber konnte einiges ab, aber Luciano war gereizt und rauchte wie ein Schlot. Sein Neffe stand nicht auf Small Talk, die Gefahr, dass sein Stottern offenbar wurde, war viel zu groß.

Als Mirsad schließlich aufkreuzte, war es fast Mitternacht. Luciano hatte sehr zu Vedads Enttäuschung aufgehört zu trinken, und Prospero hatte seine letzten beiden Gläser heimlich in den Blumentopf einer in der Nähe stehenden Zimmerpflanze gegossen, als sein inzwischen völlig betrunkener Gastgeber nicht hingesehen hatte.

Der ehemalige Söldner machte keinen guten ersten Eindruck. Er hatte eine schroffe Art und berechnende Augen, seine rasierte, schwitzende Glatze glänzte. Eine reflektierende stoppelige Kugel auf einer kleinen muskulösen Gestalt mit der Figur eines Hydranten. Prospero fiel eine große Kerbe an der rechten Seite von Vedads Schädels ins Auge. Ein wenig Haar hätte die Spalte verdecken können, aber vielleicht wollte Mirsad gerade, dass man sie sah. Prospero spürte, dass Mirsad jeden, mit dem er zu tun hatte, wissen lassen wollte, dass mit ihm in keinerlei Hinsicht zu spaßen war.

Prospero musste die verworrene Geschichte über sich ergehen lassen, wie Vedad und Mirsad sich in Afrika kennengelernt hatten. Vedad hatte mit einer südafrikanischen Firma um Eisenerzabbaurechte für sein Stahlunternehmen verhandelt. Der Waffenhändler hatte die Südafrikaner mit Söldnern und Waffen versorgt, die diese einsetzten, um ihre Interessen zu sichern. Doch als Vedad und Mirsad festgestellt hatten, dass sie beide Bosnier waren, hatten sie sich verbündet und falsches Spiel mit den Südafrikanern gespielt, woraufhin diese am Ende ohne Waffen und ohne einen Vertrag über den Abbau des Eisenerzes dagestanden hatten. Prospero verstand die Geschichte als eine Warnung.

Vedad ließ sich mit seinem Glas in der Hand aufs Sofa fallen und begann das Gespräch. »Hör zu, mein Freund, mein italienischer Gast braucht Waffen.«

»Wie viele?«, krächzte Mirsad.

»Ziemlich viele. Pistolen. Kistenweise.«

»Pistolen sind für Pussys.«

Luciano zuckte zusammen. Prospero bedeutete seinem Neffen mit einem einzigen Kopfschütteln, bloß keine Dummheit zu begehen. »Wir leben nicht alle in vom Krieg zerstörten Jauchegruben.« Seine Männer konnten die wöchentlichen Schutzgelder wohl kaum mit M60-Maschinengewehren eintreiben.

»Soll ich Ihnen vielleicht Männer besorgen, die wissen, wie man Waffen benutzt, die für Kerle gemacht sind?«

»Nein, danke, nur die Pistolen.« Prospero konnte sich vorstellen, was für Schlägertypen Mirsad bereitstellen würde.

Sie hatten die ganze Nacht durchverhandelt. Lange bevor Prospero und Mirsad die letzten Details des Deals festgeklopft hatten, war Vedad betrunken auf dem Sofa eingeschlafen. Prospero hatte einen weitaus besseren Preis ausgehandelt, als er von den Ukrainern bekommen hätte, wollte aber dennoch lieber kein Stammkunde von Mirsad werden. Der Bosnier hatte eine unangenehme Art. In Prosperos Welt galt ein Ehrenkodex. In Mirsads Welt herrschte Brutalität. Und solange Prospero über einen ausreichend dicken Schädel verfügte, bevorzugte er es, das sich darin befindliche Gehirn einzusetzen, anstatt seinen Kopf als ein stumpfes Werkzeug zu benutzen.

75

Johann war zu Thea Paris durchgestellt worden, doch die Verbindung war abgebrochen, bevor er mit ihr hatte sprechen können. Im Zug ließ der Empfang oft zu wünschen übrig, erst recht, wenn er durch ländliche Gegenden fuhr. Zwischen Panik und Frust hin- und hergerissen, beschloss er, es erneut zu versuchen, wenn sie in eine Stadt kamen.

Fatima und er waren in Budapest umgestiegen. Er hatte ihnen ein Zwei-Bett-Schlafwagenabteil für den EuroNight Ister nach Bukarest gebucht. Die Reise nach Istanbul war lang, und sie legten die Fahrt in Etappen zurück. Dass sie angesichts der zwischen ihnen befindlichen Biowaffen ein deutliches Gefühl der Dringlichkeit verspürten, machte das Ganze nicht gerade einfacher.

Sie machten es sich auf der unteren Pritsche des Hochbetts bequem, waren jedoch so nervös, dass sie nicht einschlafen konnten. In Fatimas Anwesenheit fühlte er sich willensstark, zu allem imstande, machte sich jedoch wegen der Erreger gleichzeitig Sorgen um sie. Er konnte sich nicht vorstellen, was er tun würde, wenn seiner Freundin etwas zustieße. Und so betrachtete er sie inzwischen: als seine Freundin. Er hatte sich von der Dominanz seines Vaters befreit und fühlte sich stark genug, um seine eigenen Entscheidungen zu treffen.

Er sah auf die Uhr. Vater musste schon vor Stunden gemerkt haben, dass Johann mitsamt den sicher verschlossenen Behältern verschwunden war. Er mochte jetzt zwar seine eigenen

Entscheidungen treffen, hatte dafür jedoch die Gunst seines Vaters geopfert – und das könnte sich für ihn und Fatima als ziemlich gefährlich erweisen.

»Du denkst an deinen Vater, stimmt's?« Fatima hatte sich näher an ihn herangerollt und strich ihm über die Stirn.

»Er wird mich suchen.« Ihre Berührung beruhigte ihn.

»Wir haben einen Vorsprung, und es war eine super Idee, mehrere verschiedene Zugtickets zu kaufen.«

»Das wird ihn nur ein bisschen aufhalten. Er wird sich Zugang zu den Aufnahmen aus den Überwachungskameras im Hauptbahnhof verschaffen und schnell rauskriegen, welchen Zug ich genommen habe.«

»Aber wir sind in Budapest umgestiegen.«

»Wenn Vater mir eins beigebracht hat, dann, dass man mit Geld und den entsprechenden Verbindungen so ziemlich alles kaufen kann. Als ich es einmal knapp nicht geschafft hatte, in die Ski-Nationalmannschaft aufgenommen zu werden, hat er einen Privatdetektiv engagiert, der den Auftrag hatte, im Leben des Trainers herumzuschnüffeln. Eine Woche später hat mein Vater an die Presse durchsickern lassen, dass der Nationaltrainer auf deutlich jüngere Frauen stand. Auf minderjährige Mädchen, um genau zu sein. Jedenfalls wurde der Trainer durch einen anderen ersetzt, der aufgeschlossener war, mich in sein Team aufzunehmen.«

»Du warst in der Ski-Nationalmannschaft?«

»Ich habe eine Knieverletzung vorgetäuscht und bin nicht beigetreten. Es schien mir nicht richtig, einen Platz einzunehmen, den ich nicht verdient hatte. Aber die Erfahrung hat mich gelehrt, dass mein Vater immer kriegt, was er will.«

»Vielleicht sollten wir uns aufteilen. Ich könnte mit den Behältern zu meinem Cousin fahren, während du eine falsche Spur legst.«

Dass sie ihre Familie mitten in der Nacht verlassen hatte und sich auf diese gefährliche Reise begeben hatte, zeugte von einem hohen Maß an Opfer- und Hingabebereitschaft. Die Idee, dass sie sich trennen könnten, war ihm noch gar nicht in den Sinn gekommen. Sollten sie das tun? Nein, zusammen waren sie stärker. »Als Paar zu reisen, dient uns besser als Tarnung. Wenn wir Glück haben, denkt Vater, dass ich allein unterwegs bin.«

»Sind wir das? Ein Paar?«

»Definitiv.« Er rückte näher an sie heran, küsste sie auf die Lippen, ertastete mit geschlossenen Augen ihr Gesicht und prägte sich wie ein Blinder sämtliche Konturen ein. All das sog er in sein Gedächtnis auf, um dieses Gefühl nie mehr zu vergessen.

Sie redeten noch stundenlang weiter, kuschelten sich eng aneinander und schliefen schließlich Arm in Arm auf der schmalen Pritsche ein.

76

Am Morgen hatte Johann das Gefühl, wieder klarer denken zu können. Nach dem Wahnsinn der zurückliegenden Tage war er müde bis auf die Knochen gewesen und hatte geschlafen wie ein Murmeltier. Mit ein wenig Glück würde er die Biowaffe bald einem verantwortungsvollen Erwachsenen übergeben und sich von der gewaltigen Bürde befreien, die auf ihm lastete. Er sah auf die Uhr. Gleich nach dem Frühstück würde er Thea Paris anrufen.

Das leichte Abbremsen des Zugs kündigte an, dass sie in Kürze den nächsten Bahnhof erreichten. Fatima lächelte ihn an, als sein Magen laut knurrte.

»Wie wär's, wenn ich uns was zu essen besorge? Dann kannst du dich in der Zwischenzeit frisch machen.« Seine Hand lag auf der Türklinke. Er wollte ihr ein bisschen Privatsphäre geben.

»Danke, wie aufmerksam von dir.«

»Ich denke eher an mich selber. Ich bin am Verhungern.«

Fatima musterte sein Gesicht. »Alles okay?«

Die zurückliegende Nacht war eine regelrechte Entspannungskur gewesen. Er hatte all die Herausforderungen, denen er sich gegenübersah, ein paar Stunden lang vergessen können, aber ihre Frage riss ihn zurück in die Realität. »Jetzt gibt es kein Zurück mehr.«

»Vielleicht ist unsere Aktion eine Art Weckruf für deinen Vater.«

»Vater bereut seine Entscheidungen nie«, entgegnete Johann

und nahm die Hand von der Türklinke. »Und egal, was auch passiert, ich bereue meine Entscheidung auch nicht. Es ist ja so schon alles schlimm genug – die Flüchtlingslager, die Umstände, unter denen diese Menschen leiden, die einfach nur auf der Suche nach einem besseren Leben sind. Und jetzt auch noch diese Erreger.«

Fatima strahlte ihn an. »Ich bewundere dich und dein warmes Herz, Johann Dietrich.«

Er spürte, dass er rot wurde. »Wenn du mir weiter Honig um den Bart schmierst, serviere ich dir liebend gerne jeden Tag das Frühstück.«

Sie lachte. »Fangen wir erst mal mit dem heutigen Morgen an. Na los, ich habe Hunger.«

»Schließ die Tür hinter mir ab.«

»Jawohl, Sir.«

Johann trat auf den Gang, zog die Tür hinter sich zu und steuerte den Speisewagen an. Der Zug bremste spürbar ab, der Lokführer kündigte den nächsten Halt an. Johann bestellte vier Croissants mit Butter und Marmelade und zwei Becher Kaffee. Während er auf seine Bestellung wartete, sah er aus dem Fenster und bewunderte die schneebedeckte Landschaft. *Wie malerisch. Schade, dass dies keine Urlaubsreise ist.*

Die Bremsen quietschten schrill, während der Zug im Bahnhof zum Stehen kam. Auf dem Bahnsteig warteten ein paar vereinzelte Menschen. Teenager, Geschäftsleute, junge Mütter, einige ältere Männer und Frauen. Johann musterte die Fahrgäste, die in den Zug stiegen. Keiner von ihnen erschien ihm auffällig oder fehl am Platz.

Der Speisewagenkellner füllte die beiden Kaffeebecher. In dem Moment fiel Johann der Mann ins Auge, der den Speisewagen am anderen Ende betrat. In seinem dunkelgrauen Anzug und seinem frischen weißen Hemd sah er aus wie ein ganz normaler Geschäftsmann. Er hatte ein markantes, aber alltägliches Gesicht, doch als er sich umdrehte, um einen anderen Fahrgast vorbeizulassen, erkannte Johann ihn als einen der Gefolgsleute seines Vaters wieder, der bei den Treffen der *Freiheitswächter* anwesend gewesen war. Was wiederum bedeutete, dass der Mann Johann ebenfalls wiedererkennen würde.

Johann ließ die Kaffeebecher und die Croissants auf dem Tresen stehen und eilte zurück zu ihrem Abteil, bevor der Mann in dem grauen Anzug ihn entdeckte.

77

Johann klopfte in dem Rhythmus, den sie zuvor vereinbart hatten, an die Tür ihres Schlafwagenabteils. Fatima ließ ihn hinein. Sie war vollständig angezogen, hatte ihr Kopftuch umgebunden und lächelte ihn an. »Wo ist das Frühstück?«

»Gerade ist einer der Freiheitswächter eingestiegen. Wir müssen sofort raus aus dem Zug.«

Auf ihrem Gesicht zeichnete sich Panik ab. »Jemand, den du kennst? Hat er dich auch erkannt?«

»Ich bin sicher, ihn schon mal mit meinem Vater zusammen gesehen zu haben. Und ich glaube, er hat auch so eins getragen.« Er langte in seine Hosentasche, in der er das Medaillon aufbewahrte, das sein Vater ihm geschenkt hatte.

»Hübsches Teil, wenn man nicht weiß, wofür es steht.« Fatima packte ihre Sachen in ihre große Stofftasche und setzte sich einen der Rucksäcke auf. »Ich bin fertig.«

Johann nahm sich den anderen Rucksack. Das Zughorn ertönte. Sie hatten die Chance verpasst auszusteigen, bevor der Zug den Bahnhof verließ. Er öffnete die Tür einen Spalt weit und spähte in den Gang. Der Mann im Anzug zeigte dem Schaffner ein Foto. Er konnte nicht verstehen, was er sagte, hoffte aber, dass der Freiheitswächter nur nach ihm suchte und nicht nach Fatima.

Er reichte ihr seinen Rucksack. Es war ein bisschen unheimlich, die Behälter zu tragen, aber sie waren nicht besonders schwer. »Der Mann ist rechts von uns. Wir müssen uns aufteilen. Nimm du die Behälter und geh in Richtung Zuganfang. Wenn er dir folgt, versteck dich im Gepäckwagen. Ich bin direkt hinter dir.«

»Das gefällt mir nicht, Johann.«

Er nahm sanft ihr Gesicht in die Hände und küsste sie behutsam. »Ich könnte es mir nie verzeihen, wenn dir etwas zustößt. Wir müssen unbedingt dafür sorgen, dass dieses Zeug in sicheren Händen landet. Du hast doch Thea Paris' Nummer – nur für alle Fälle?«

Der Zug ruckelte los.

»Ja.«

»Ich komme gleich nach. Beeil dich.«

»Sei vorsichtig.«

»Keine Sorge. Vater hat ihn mit Sicherheit angewiesen, mir nichts anzutun.«

Fatima zog die Augenbrauen hoch und sah ihn skeptisch an. »Bist du dir da sicher? Immerhin durchkreuzt du den großen Plan deines Vaters, an dem er Jahre gearbeitet hat.«

Johann fragte sich, ob Fatima vielleicht recht hatte. Er brauchte nur daran zu denken, was Onkel Karl widerfahren war.

78

Johann blickte durch den Türspion, nachdem Fatima das Abteil verlassen hatte. Der Zug hatte sich wieder in Bewegung gesetzt. Wenn die Freiheitswächter hinter Fatima her waren, würde er dem Mann folgen und ihn irgendwie ablenken. Doch in den folgenden zehn Minuten ging niemand an ihrem Schlafwagenabteil vorbei. In Anbetracht dessen, dass der Mann mit dem Schaffner gesprochen hatte, konnte Johann jedoch nicht bleiben, wo er war. Und da der Zug sich seiner Höchstgeschwindigkeit näherte, konnte er auch schlecht einfach aus dem Fenster springen.

Er öffnete die Tür und blickte nach rechts. Der Mann in dem dunkelgrauen Anzug war längst verschwunden. Der Schaffner auch. Er blickte nach links. Niemand. Er verließ das Abteil und ging durch den Waggon. Da der Wagen hin und her gerüttelt wurde und unter seinen Füßen schwankte, hielt er sich nah an der Wand.

Die Tür des nächsten Waggons wurde geöffnet. Er holte tief Luft. Eine ältere Frau in einem Tweedkostüm kam ihm entgegen. Sie lächelte. Johann erwiderte ihr Lächeln und atmete erleichtert aus. Er würde mindestens durch zehn Waggons gehen müssen, um den Gepäckwagen zu erreichen. Als er gerade die Tür zum nächsten Wagen aufdrücken wollte, fiel ihm kurz etwas Graues ins Auge. Der Freiheitswächter war im nächsten Wagen.

Verdammt. Wie ist er an mir vorbeigekommen, ohne dass ich ihn gesehen habe?

Er trat vom Fenster zurück und schickte Fatima eine WhatsApp: *Ich komme, so schnell ich kann.*

Sie antwortete sofort. *Habe mich im Gepäckwagen versteckt. Alles klar.*

Gott sei Dank hatte sie es geschafft. Er streifte sich die Lederhandschuhe über und setzte sich die Wollmütze auf, die er sich vorsichtshalber in die Jackentasche gesteckt hatte. Dann sah er sich zu allen Seiten um. *Jetzt oder nie.* Er drückte den roten Knopf, mit dem sich die Tür zum nächsten Waggon öffnen ließ. Ein leises Piepen ertönte. Er trat schnell durch die Tür, damit das Warnsignal verstummte.

Im Übergang zwischen den Waggons blies ihm kalter Wind entgegen. Er umfasste mit seinen behandschuhten Fingern den oberen Rand des seitlichen Scherengitters und hielt sich mit aller Kraft daran fest. Der Zug raste auf den Schienen durch die verschneite Landschaft, die niedrige Temperatur trieb ihm Tränen in die Augen. Und oben würde es noch kälter werden.

Er holte tief Luft und schwang seinen schlaksigen Körper von der Plattform zwischen den Wagen auf die Wartungsleiter, die auf das Dach des Waggons führte. Dann stieg er langsam die Sprossen hinauf, sämtliche Armmuskeln voll angespannt. Ein starker Windstoß drohte, ihn mit sich zu reißen. Sein rechtes Bein rutschte von der Sprosse und flatterte vor dem Fenster des Waggons. Er versuchte panisch, wieder Halt zu finden, und machte eine kurze Pause, als er wieder mit beiden Füßen auf der Sprosse stand.

Er fragte sich voller Sorge, ob in dem Wagen jemand sein flatterndes Bein vor dem Fenster gesehen hatte. Aber selbst wenn – er musste weiter. Er stieg die letzten beiden Sprossen hinauf und ließ sich flach auf das Dach des Waggons fallen, um sich so weit wie möglich unter dem ihm konstant entgegenschlagenden Fahrtwind zu halten. Er robbte auf dem Bauch vorwärts, um besseren Halt zu haben. Dann machte er eine kurze Verschnaufpause.

Den schwersten Part hatte er hinter sich – dachte er zumindest. Bis er aufblickte und die elektrischen Leitungen sah, die parallel zu beiden Seiten des Waggons verliefen. Er hatte vergessen, dass diese Art Zug elektrisch angetrieben wurde. Um Kontakt mit den Leitungen zu vermeiden, würde er in der Mitte des Waggondachs bleiben müssen.

Wird schon schiefgehen. Er schob seine Knie vor und bereitete sich darauf vor aufzustehen, doch bevor er sich aufrichten konnte, erweckte ein leises Geräusch seine Aufmerksamkeit. Er blickte hinter sich über den Rand des Waggons.

Der Mann in dem grauen Anzug stieg die Leiter hinauf.

Scheiße. Johann richtete sich auf und balancierte sich aus. Der Wind blähte seine Kleidung um seinen Körper auf, der Stoff flatterte heftig. Er achtete darauf, genau in der Mitte zu stehen, um jeglichen Kontakt mit den Leitungen zu vermeiden, und bekam langsam ein Gefühl für den Windwiderstand. Als er sein Gleichgewicht gefunden hatte, rannte er zum vorderen Ende des Wagens, sprang und landete auf dem nächsten Waggon. Vor ihm erstreckten sich noch mindestens zehn weitere Waggons.

Er warf kurz einen Blick hinter sich. Der Freiheitswächter hatte bereits die Leiter erklommen. Der gedrungene, muskulöse Mann im Anzug sah so aus, als ob es ihm keine Probleme bereiten dürfte, ihn einzuholen, bevor er den Anfang des Zugs erreichte. Johann blickte nach vorne und hielt Ausschau nach dem Gepäckwagen, in dem Fatima auf ihn wartete.

Ein kalter Schauer durchfuhr ihn: Gut eineinhalb Kilometer vor ihm gähnte ein Tunnel wie ein großes, hungriges Maul und raste mit großer Geschwindigkeit auf ihn zu.

79

Johann rannte, so schnell er konnte, über das Dach des Zugs und sprang von einem Waggon zum nächsten. Er warf einen kurzen Blick über seine Schulter. Der Abstand zwischen ihm und seinem Verfolger wurde immer geringer.

Der Zug raste auf den Tunnel zu.

Noch dreißig Meter.

Noch fünfzehn und jede Sekunde weniger.

Jeder Tunnel hatte eine andere Höhe, aber vorgeschrieben war eine Mindesthöhe von 2,75 Metern. In dem Moment, in dem der Zug in die klaffende schwarze Öffnung hineinraste, warf Johann sich auf den Bauch. Er wusste, dass der Freiheitswächter ihn in der Dunkelheit nicht sehen konnte.

Die überwältigende Schwärze des Tunnels verschluckte ihn vollkommen, das Tosen des Windes wurde durch das ohrenbetäubende Rattern des Zugs in dem umschlossenen Raum ersetzt. Feuchte, nasskalte Luft stieg ihm in die Nase. Unter ihm drang die Kälte des stählernen Zugdachs durch seine Jacke. Er rollte auf den Rücken und hob die Beine, sodass die Sohlen seiner Schuhe in die Richtung seines Verfolgers zeigten. Dann zog er die Knie bis zu seinem Bauch an und wartete.

Das Geräusch stapfender Schritte näherte sich. Und kam noch näher. Der Schatten war beinahe über ihm. In dem Moment trat Johann zu, seine Füße krachten gegen harte Muskeln. *Bum.* Die Wucht des Aufpralls sorgte dafür, dass Johann auf dem Dach nach hinten rutschte, aber dank des niedrigen Schwerpunkts seines Körpers und des massiven Dachs, auf dem er lag, nur ein kleines Stück.

Von Johanns Tritt völlig überrascht, taumelte der Freiheitswächter nach hinten und zur Seite und ruderte wild mit den Armen, um das Gleichgewicht wiederzufinden. Dann stolperte er in die Kabel des Dachstromabnehmers. Gewaltige aufzuckende elektrische Blitze erhellten den Tunnel, Funken sprühten, als der Mann von dem Stromschlag herumgewirbelt wurde. Das Ganze sah aus wie ein grelles Feuerwerk.

Dunkelheit wurde zu Licht, als die stromführenden Leitungen den Torso des Mannes berührten und sich der Stromkreis zwischen dem Zug und den Leitungen schloss. Jeder Muskel im Körper des Fremden verkrampfte. Dann wurde er zum Rand des Waggons geschleudert, rang noch einen Moment und stürzte herunter. Jeglicher Laut, den er von sich gab, ging im dröhnenden Rattern des Tunnels unter.

Johann lag da, total aufgewühlt. Er hatte gerade einen Mann getötet.

Im nächsten Moment raste der Zug wieder ins Tageslicht und ließ den Tunnel hinter sich. Mit zitternden Händen rappelte Johann sich hoch und eilte weiter in Richtung Gepäckwagen. Er hatte es geschafft, die unmittelbare Bedrohung zu neutralisieren, aber der Mann hatte seinen Vater bestimmt informiert, dass er in dem Zug war. Und war er der einzige Freiheitswächter an Bord des Zugs gewesen?

In der Ferne näherte sich der nächste Bahnhof. Er musste Fatima finden, und sie mussten den Zug verlassen. Sie würden eine andere Möglichkeit finden müssen, um nach Istanbul zu kommen.

80

Thea tippte auf ihrer Laptop-Tastatur und checkte, ob sie neue E-Mails bekommen hatte. Ayan und Jabari hatten sich nicht noch mal gemeldet. Wahrscheinlich hatte Prospero sie wieder eingefangen, und Prospero würde sie, so befürchtete Thea, für ihren Fluchtversuch bestrafen. Wenn mehrere Geiseln gefangen gehalten wurden und jemand bei einem Fluchtversuch erwischt wurde, wurde dieser oft vor den Augen der anderen zusammengeschlagen oder sogar exekutiert – als wirksame Lektion für die übrigen Geiseln.

In diesem Fall war Thea sich jedoch ziemlich sicher, dass Prospero die Jungen am Leben lassen würde. Er wusste schließlich, dass sie sein größtes Druckmittel waren. Trotzdem würde er Maßnahmen ergreifen müssen, um die Situation nach dem Fluchtversuch wieder unter Kontrolle zu bringen, und die einfachste Möglichkeit, dies zu erreichen, war, den Geiseln Angst einzujagen.

Ihr Handy klingelte und riss sie aus ihren Gedanken.

»Paris.«

»Ich habe diesen jungen Mann wieder in der Leitung.« Hakan klang erschöpft. Thea vermutete, dass er seit der Entführung nicht mehr als ein paar Stunden geschlafen hatte.

»Okay, stell ihn durch.« Sie holte tief Luft und wartete, dass Hakan sie mit dem ihnen allen unbekannten, hartnäckigen jungen Mann verband. Es klickte, als der Anruf zu ihr weitergeleitet wurde.

»Thea Paris am Apparat.«

»Wie lautet der Name Ihres Hundes?«

»Mit wem spreche ich?«, fragte sie zurück.

»Bitte beantworten Sie meine Frage.«

»Aegis.« Das war kein Staatsgeheimnis.

»Und der Name Ihrer Mutter?«

»Tatiana. Was soll der Unsinn?« Der Bursche hatte wohl zu viele Spionageromane gelesen.

»Ich will ganz sicher sein, dass ich mit der *richtigen* Thea Paris rede.«

»Wenn ich mich nur als sie ausgeben wollte und dabei nicht absolut tollpatschig vorgehen würde, hätte mich keine dieser Fragen ins Schwitzen gebracht. Aber jetzt bin ich dran, eine Frage zu stellen. Mit wem spreche ich?«

»Ich heiße Johann Dietrich und komme aus Salzburg in Österreich.«

»Wie alt bist du, Johann?«

»Siebzehn.« Seine Stimme überschlug sich.

»Hakan Asker, der Mann, den du in der Quantum-Zentrale angerufen hast, hat mir gesagt, dass du etwas über die Flugzeugentführung in Libyen weißt.«

»Ich weiß, dass mein Vater sauer war, dass das Flugzeug entführt wurde.«

»Dein Vater?«

»Gernot Dietrich. Ihm gehört die Rüstungsfirma ›Dietrich Arms Manufacturing‹.«

Thea hatte von der Firma gehört, ein erfolgreiches Waffenproduktionsunternehmen, das unter anderem die US-Armee belieferte. Der Laden war Teil von Nikos' Welt gewesen.

»Ich habe zufällig mitbekommen, dass mein Vater gesagt hat, dass die Italiener das Flugzeug entführt haben müssen.«

Interessant. »Was hat dein Vater mit der Sache zu tun?«

»Er kennt eine Frau, die an Bord des Flugzeugs war.«

»Ocean?«

»Ich glaube, ja. Ich habe gehört, wie sie darüber geredet haben, dass sie wichtig ist. Sie ist irgendeine Wissenschaftlerin.«

Die ernste Stimme, die fundierten Informationen – er war ehrlich zu ihr, das konnte sie spüren. »Weißt du noch mehr über die Entführung?«

»Nein. Deshalb rufe ich auch nicht an.« Sie hörte, dass er tief Luft holte. »Ich brauche Ihre Hilfe.«

»Verstehe. Welche Art von Hilfe denn?«

»Könnten Sie sich mit mir in Istanbul treffen? Es ist wichtig.«

»In Anbetracht dessen, dass wir gerade zum ersten Mal in meinem Leben ein paar Worte gewechselt habe, ist das ganz schön viel verlangt«, entgegnete Thea und lachte leise. »Ich stecke gerade mitten in den Verhandlungen über die Freilassung der Geiseln aus diesem Flugzeug. Aber ich kann jemand anderen aus unserem Team schicken. Jemanden, dem ich vertraue.«

»Und wenn ich Ihnen verrate, dass es um ein Attentat mit einer Biowaffe geht?«

Theas Nackenhärchen richteten sich auf. »Wie bitte?«

»Am Telefon will ich lieber nicht ins Detail gehen.«

»Dies ist eine sichere Verbindung«, sagte Thea. Ihre Gedanken rasten. »Wenn du wirklich meine Hilfe willst, musst du mir mehr erzählen.«

Die Worte kamen dem Jungen in einem Schwall über die Lippen. »Mein Vater will in mehreren Flüchtlingslagern in ganz Europa gentechnisch veränderte Erreger freisetzen.«

Theas Puls fing an zu rasen. »Was für Erreger?«

»Lungenpesterreger, die so verändert wurden, dass sie nur Menschen arabischer Herkunft befallen.«

In ihrem Kopf drehte sich alles. *Die Erreger würden sich in den überfüllten Lagern und unter den dort herrschenden Bedingungen rasend schnell verbreiten.* »Weißt du, in welchen Lagern sie die Erreger freisetzen wollen? Wir können Leute dorthin schicken, um die Attentate zu unterbinden.«

»Ich habe die Pesterreger in meinem Rucksack.«

»*Wie bitte?*«

»In sicher verschlossenen Behältern. Ich habe sie meinem Vater gestohlen.«

»Wo bist du jetzt?«

»Auf dem Weg nach Istanbul. Zusammen mit meiner Freundin, Fatima Abboud. Dort wohnt ein Cousin von ihr, der Wissenschaftler ist.«

»Du kannst doch nicht mit einer biologischen Waffe in der Gegend herumspazieren. Was ist, wenn sie in die falschen Hände gerät?«

»Deshalb rufe ich Sie ja an. Ich gebe die Behälter entweder Ihnen oder Fatimas Cousin. Sonst niemandem.«

»Wann kommt ihr in Istanbul an?«

»Morgen früh.«

»Okay, ich werde da sein. Gib mir deine Nummer. Ich rufe dich an, sobald ich vor Ort bin, dann besprechen wir, wo wir uns treffen.«

»Gut.« Er rasselte die Ziffern der Nummer seines nicht zurückverfolgbaren Handys herunter.

»Und schick mir ein Foto von dir, damit ich weiß, wie du aussiehst.« Hakan könnte den Hintergrund des Jungen und seines Vaters vor dem Treffen gründlich überprüfen.

»Ich bin dünn und groß wie eine Bohnenstange, also unverkennbar.« Er hielt kurz inne und fügte verlegen hinzu: »Ich leide unter dem Marfan-Syndrom.«

Thea hatte sofort Mitleid mit dem Jungen. »Ich weiß, wovon du redest. Ich hänge an einer Insulinpumpe.«

»Diabetes?«

»Typ 1.« Es war ein gutes Gefühl, so offen über ihre Krankheit sprechen zu können.

»Vermissen Sie Schokolade? Ich weiß nicht, ob ich ohne überleben könnte.«

»Ab und zu darf ich mir ein kleines Stückchen genehmigen«, entgegnete sie lächelnd. »Johann?«

»Ja.«

»Sei vorsichtig.«

»Versprochen, Thea. Danke. Bis bald.«

81

Johann fühlte sich besser, nachdem er mit Thea gesprochen hatte, aber das Gefühl hielt nicht lange an. Vater hatte sie beinahe geschnappt, und der nächste Versuch würde nicht lange auf sich warten lassen. Der Anblick des Mannes in dem grauen Anzug, der im schwachen Licht des Tunnels vom Dach des Zugs gestürzt war, verfolgte ihn immer noch.

Er und Fatima waren mehr als fünf Kilometer marschiert, nachdem sie den Zug in Rumänien verlassen hatten. Mithilfe von Google Maps hatten sie ihre Position lokalisiert und in der Nähe eine Fernfahrer-Raststätte gefunden. Sie hatten vor, sich dort eine Mitfahrgelegenheit zu organisieren, um ihren Geldbeutel zu schonen und es ihren Verfolgern schwerer zu machen, sie aufzuspüren.

Johann verlagerte das Gewicht der beiden Rucksäcke, die er sich über die Schulter geschlungen hatte. Die Riemen, die sich in seine Muskeln gruben, erinnerten ihn ständig und schmerzhaft daran, in was für einer ernsten Lage sie sich befanden.

»Ist wirklich alles okay mit dir?«

»Ich denke nur gerade über unsere nächsten Schritte nach.« Er hatte Fatima von der Verfolgungsjagd auf dem Zugdach erzählt, ihr jedoch die Details erspart, wie der Mann zu Tode gekommen war. Johann wollte sie von all den furchtbaren Dingen, deren Zeuge er geworden war, verschonen. Sie hatte etwas Argloses an sich, das er liebte. Er wollte nicht, dass sie sich änderte und so zynisch wurde wie er. Die jahrelange Erfahrung, gemobbt zu werden, hatte seine finstere Sicht der Dinge geschärft.

»Was ist, wenn uns keiner der Fernfahrer mitnimmt?«, fragte sie.

»Wir werden einen finden. Immerhin sind wir zahlende Passagiere.« Das Bündel Geldscheine in seiner Tasche beruhigte ihn einerseits, bereitete ihm aber auch ein unbehagliches Gefühl. Sie hatten mehr als genug Geld, aber sie konnten jederzeit ausgeraubt werden. Der Wechsel von der Schiene auf die Straße bedeutete, dass sie sehr viel unsicherer reisten.

Die Sonne war untergegangen, die Abenddämmerung senkte sich herab. Vor ihnen leuchtete das Neonschild der Fernfahrer-Raststätte. Auf dem großen Parkplatz standen dicht nebeneinander mehrere Sattelschlepper, der Geruch von Diesel machte ihn leicht schwindelig. Er wusste nicht, wann es passiert war, aber er und Fatima hielten Händchen, als sie den Parkplatz überquerten.

Am Fenster des Restaurants wurde auf Fotos eine Auswahl von Kuchen und Pasteten präsentiert. Johann dachte an den Kaffee und die Croissants, die sie im Zug zum Frühstück hatten zu sich nehmen wollen, wozu sie jedoch nicht mehr gekommen waren. Sein Magen knurrte laut.

Fatima lächelte und sah ihn an. »Ich könnte auch einen Happen vertragen.«

Johann hielt die Tür für sie auf und sah sich im Restaurant um. Etliche Fernfahrer saßen an schäbigen Resopaltischen. Viele sahen aus, als hätten sie ein hartes Leben hinter sich, in ihre Gesichter hatten sich tiefe Falten eingegraben. Ein Typ in einem ölverschmierten Overall bedachte ihn und Fatima mit einem langen starren Blick. Einige der Männer schlangen ihr Essen herunter, um schnell wieder auf die Straße zu kommen, andere ließen sich etwas Zeit und saßen vor einem Kaffee.

In der Nähe der Toiletten lungerten zwei spärlich bekleidete Frauen herum. Sie unterhielten sich miteinander und musterten hin und wieder die Gäste. Johann spürte das Gewicht der Behälter in den Rucksäcken, sie schienen bei jedem Schritt schwerer zu werden.

Am Tresen gab es etliche freie Plätze, von denen aus man den besten Blick auf den Innenraum des Restaurants hatte. »Setzen wir uns da hin.«

Sie gingen zum Tresen und ließen sich jeder auf einem der Drehhocker nieder. Im nächsten Moment stellte ihnen eine Kellnerin auch schon zwei leere Tassen hin. »Was möchten Sie?«, fragte sie auf Deutsch mit schwerem Akzent.

»Für mich Pfannkuchen und Kaffee«, erwiderte Fatima.

»Für mich das Gleiche«, sagte Johann. »Und dazu ein Würstchen.«

Die Kellnerin nahm die Kaffeekanne, goss beide Tassen bis zum Rand voll und verschüttete ein wenig von dem heißen Getränk auf dem Tresen. Dann verschwand sie in der Küche. Johann wischte den verschütteten Kaffee mit einer Serviette weg. »Ist was anderes als der Edelschuppen, in den ich dich das letzte Mal geführt habe«, stellte er fest.

»Im Moment würde ich sogar einen Ersatzreifen essen.« Sie schob eine widerspenstige Haarsträhne unter ihr Kopftuch.

»Von denen dürfte es hier jede Menge geben.«

Ein Mann, der zwei Barhocker weiter neben ihnen saß, lächelte sie an. Er hatte dunkle Haut und ein breites Gesicht mit aufgeweckten Augen. »*Marhaba*«, sagte er an Fatima gewandt.

Sie erwiderte seinen Gruß auf Arabisch und unterhielt sich mit ihm. Johann hatte keine Ahnung, was sie ihm sagte, aber er hörte das Wort *Istanbul* heraus, also nahm er an, dass sie ihn fragte, wohin er fuhr.

Die Kellnerin stellte ihnen ihre Teller hin und schob die Rechnung unter Johanns Tasse. Er verzichtete lieber darauf, sie darum zu bitten, ihm noch mal nachzuschenken.

Sie schlangen beide gierig ihre Pfannkuchen herunter. Währenddessen redete Fatima weiter mit dem Mann. Sie lächelten beide und nickten, woraus er schloss, dass es ganz gut laufen musste. Plötzlich spürte Johann, dass jemand hinter ihm stand. Er drehte sich um und sah, dass der Mann in dem ölverschmierten Overall sich hinter ihnen aufgebaut hatte.

»Ihr Wüstenschweine fallt in unser Land ein, nehmt uns unsere Jobs weg und sabbelt in eurem dämlichen Kauderwelsch herum«, sagte er auf Englisch mit Akzent. »Halt sofort dein verdammtes Maul!«

Bevor Johann einschreiten konnte, hob ihr neuer Freund beschwichtigend die Hand. »Es tut mir leid, wenn ich Sie beleidigt habe, Sir. Ich wollte sowieso gerade gehen.« Er schob ein paar Geldscheine unter seinen Teller, nickte Johann und Fatima zu und verließ den Tresen.

Der Kerl im Overall sah ihm auf dem Weg nach draußen mit Argusaugen hinterher. »Und komm nicht auf die Idee, dich noch mal hier blicken zu lassen. Du bist hier nicht erwünscht.«

Fatima sah Johann an und schüttelte einmal kurz den Kopf. Er verstand. Jeder Zentimeter von ihm wollte den Mann zurechtweisen, doch er biss sich auf die Zunge – Fatima zuliebe. Sie konnten es sich nicht leisten, in Streitigkeiten verwickelt zu werden. Stattdessen hinterließen sie ebenfalls Geld auf dem Tresen und steuerten die Tür an. Vielleicht fanden sie auf dem Parkplatz einen Fernfahrer, der bereit war, zwei zahlende Passagiere mit in die Türkei zu nehmen.

Als sie aus der Tür waren, wandte Fatima sich sofort nach links und steuerte den Parkplatz an.

»Tut mir leid, was da gerade vorgefallen ist. Aber keine

Sorge, wir finden jemanden, der uns mitnimmt.« Fatima und der Fahrer taten ihm leid.

Auf ihrem Gesicht zeichnete sich ein Lächeln ab. »Wir haben schon einen gefunden. Mohammed fährt nach Süden, und Istanbul liegt auf seinem Weg.«

»Wie viel will er dafür haben?« Er hoffte, dass ihnen noch etwas Bargeld übrig blieb.

»Nichts. Er will einfach nur helfen. Ich habe ihm gesagt, dass ein Verwandter von mir in Istanbul sich in einer Notlage befindet. Das ist zumindest nah an der Wahrheit.«

»Das ist ja super, Fatima!« *Vielleicht schaffen wir es, die Sache durchzuziehen.*

Sie erreichten Mohammeds Lkw, einen Piterbilt-Sattelschlepper, der schon bessere Tage gesehen hatte. Die königsblaue Farbe der Fahrerkabine blätterte ab und war zerkratzt. Mohammed öffnete die Tür und lächelte breit.

»Macht es euch bequem.« Er sprach Englisch, sodass sie ihn beide verstehen konnten. »Wenn ihr müde seid – hinter den Sitzen gibt es ein kleines Bett.«

Das Innere der Kabine war perfekt aufgeräumt, wenn auch ein bisschen abgenutzt. Auf dem Armaturenbrett stand ein Foto von Mohammeds Familie.

»Sie haben drei Kinder?«, fragte Johann.

»Und ein viertes ist unterwegs. Wir haben ein volles Haus.« Er lachte.

»Hübsche Familie.« Fatima klang sehnsüchtig. Sie musste ihre Familie vermissen. Ein plötzlicher Anfall von Neid überfiel Johann. In ihm wetteiferte ein starkes Verlustgefühl mit einem Gefühl von Schuld.

82

Johann wachte nach einem langen Nickerchen in dem Bett hinter den Sitzen in Mohammeds Fahrerkabine auf. Das sanfte Hin-und-Her-Schütteln des Lastwagens hatte seine angespannten Nerven beruhigt und ihm erlaubt zu schlafen. Er konnte wieder klarer denken, fühlte sich fokussierter. Fatima hatte vor ihm ein paar Stunden gedöst, doch jetzt saß sie vorne bei Mohammed. Johann strampelte die Decke weg, stieg nach vorne in die Fahrerkabine und gesellte sich zu den beiden.

»Ich wollte dich gerade wecken. In fünf Minuten passieren wir die türkische Grenzkontrolle.« Fatimas Stimme bebte. Offenbar bereitete der Grenzübertritt ihr Unbehagen. Mohammed hatte keine Ahnung, was seine beiden jugendlichen Passagiere in ihrem Gepäck hatten.

Johann verspürte die gleiche Nervosität, wollte sie jedoch nicht zeigen. »Nochmals vielen Dank, dass Sie uns mitgenommen haben, Mohammed.«

»Gesellschaft tut mir gut. Die Spätabendprogramme im Radio können irgendwann ganz schön langweilig werden.« Der Lkw-Fahrer lachte, was ihm leichtzufallen schien, denn er lachte oft.

»Wie lange sind Sie normalerweise von Ihrer Familie getrennt?«, fragte Fatima.

»Mindestens zwei Wochen im Monat, manchmal auch länger.«

»Das muss auf Dauer ziemlich einsam sein«, sagte sie und

zeigte auf das Foto seiner Familie, das auf dem Armaturenbrett stand.

»Auf jeden Fall. Im Jemen war ich Maschinenbauingenieur, aber hier wurde meine Ausbildung nicht anerkannt. Deshalb habe ich diesen Job angenommen, meine Kinder sollen auf die Universität gehen können.«

»Sie sind ein guter Mann«, stellte Fatima fest.

Johann errötete. Die Dietrich-Familie war seit Generationen wohlhabend, und er hatte sich nie Gedanken darüber machen müssen, was er sich leisten konnte und was nicht.

Mohammed schaltete ein paar Gänge herunter. »Noch zwei Kilometer bis zur Grenze.«

Johann langte nach hinten und bedeckte die beiden Rucksäcke mit einer Decke. »Was transportieren Sie?«

»Düngemittel. Die Türkei importiert davon jede Menge.«

In Johanns Magen machte sich ein ungutes Gefühl breit. Vielleicht hatten sie die falsche Mitfahrgelegenheit gewählt. Er fragte sich, ob Mohammed an der Grenze schon mal Probleme gehabt hatte. Als Sohn eines Waffenhändlers wusste er, dass Kunstdünger oft zum Bau von Bomben verwendet wurde.

»Ich würde gerne noch was mit euch essen gehen, wenn wir durch den Zoll sind.« Mohammed drosselte das Tempo weiter und reihte sich in die Schlange der wartenden Autos und Lkws ein, deren Fahrer darauf warteten, die Grenze zu überqueren.

»Das wäre super«, entgegnete Johann. »Aber wir zahlen.«

»In dem Fall verspreche ich, kein Filet Mignon zu bestellen.« Mohammed lächelte.

»Darf ich Sie etwas fragen? Warum haben Sie diesem Vollidioten in dem Restaurant nicht die Meinung gesagt?« Während des Schweigens, das seiner Frage folgte, fragte Johann sich, ob er vielleicht besser den Mund gehalten hätte.

»Gute Frage«, sagte Mohammed schließlich und seufzte.

»Europa ist für Leute wie mich ein schwieriges Terrain geworden. Alle haben wegen der vereinzelten furchtbaren Anschläge, die von Moslems verübt wurden, eine Höllenangst. Die Anschläge wurden in den Zeitungen und im Fernsehen aufgebauscht und vereinfacht rübergebracht, ohne Erklärungen zu liefern. Die Wut von Leuten wie diesem Mann in dem Restaurant ist Ausdruck dieser Angst.«

»Aber Sie haben sich doch nichts zuschulden kommen lassen«, wandte Johann ein.

»Das stimmt, aber er wurde durch sein soziales Umfeld beeinflusst. Meine Hautfarbe und meine Sprache haben ausgereicht, um ihn zu provozieren.« Er hielt inne. »Statt auf die Beleidigung in negativer Weise zu reagieren – was das Problem nur noch verschlimmert hätte –, habe ich mich entschieden, mit Respekt zu reagieren. Vielleicht wird der Mann sich das nächste Mal in einer ähnlichen Situation an unseren heutigen Wortwechsel erinnern und nicht gleich wieder ausrasten.«

Johann rief sich den schmierigen Rüpel aus dem Restaurant in Erinnerung. Der würde sich bestimmt nie ändern. Genauso wenig wie sein Vater, dachte er. Im ersten Moment klang Mohammeds Ansicht in Johanns Ohren naiv, doch wenn er genauer darüber nachdachte, sah er ein, dass so eine Herangehensweise im Laufe der Zeit vielleicht zu einer Veränderung führen konnte. Er schüttelte den Kopf. Zeit war ein Luxus, über den sie im Moment nicht verfügten.

Fatima stiegen Tränen in die Augen. »Es ist nicht leicht, nach deinem Aussehen oder deiner Religion beurteilt zu werden. Der Islam predigt Frieden und macht sich dafür stark, anderen zu helfen. Die Extremisten auf beiden Seiten befeuern sich gegenseitig, und die Toten und die Zerstörungen, die auf ihr Konto gehen, schaden uns allen.«

»Was wäre, wenn wahre Moslems die Extremisten bekämpfen würden?« Angesichts ihrer zahlenmäßigen Überlegenheit würden sie diesen Kampf doch bestimmt gewinnen, dachte Johann.

»Mit Gewalt? Dann wären wir ja genauso wie sie«, wandte Fatima ein. »Die einzige Möglichkeit ist, selber ein Zeichen für den Frieden zu setzen.«

Aber irgendjemand musste den Terrorismus ausmerzen. Johann dachte an die unschuldigen Menschen und an die Kinder, die bei dem Attentat in Schloss Schönbrunn ums Leben gekommen waren. Er war überzeugt, dass Omar Kaleb es verdient hatte, bestraft zu werden. Fing er etwa schon an, so zu denken wie sein Vater und wie der Mann in dem schmierigen Overall?

Mohammed fuhr auf die rechte Spur. Zwei türkische Polizisten, die mit MP5-Maschinenpistolen bewaffnet waren, standen an der einen Seite des Sattelschleppers, während die Grenzbeamten zum Fahrerfenster gingen. Mohammed gab dem Beamten die drei Pässe. Der Grenzbeamte blätterte die Pässe durch und studierte sie genau. Johann versuchte, ruhig zu wirken, obwohl er innerlich zitterte. Als er sich auf diese Reise vorbereitet hatte, hatte er in Erfahrung gebracht, dass Grenzbeamte nach physiologischen Anzeichen von Stress Ausschau hielten, zum Beispiel nach hin- und herschießenden Augen oder schwitzenden, nervös herumfummelnden Händen. Er hatte mit Fatima darüber gesprochen, und sie schafften es beide, offensichtliche Anzeichen von Anspannung zu überspielen – bis der Beamte nach ihrem Gepäck fragte.

83

Johann verspannte sich, als der Beamte sich nach ihren Habseligkeiten erkundigte. Er hatte zwar zwei Garnituren Unterwäsche und ein frisches Hemd neben die Behälter gestopft, konnte dem Beamten jedoch auf keinen Fall seine Rucksäcke zeigen. Bevor er etwas sagen konnte, antwortete Fatima.

»Wir wurden im Zug ausgeraubt«, sagte sie mit gesenktem Blick. »Der Dieb hat uns alles gestohlen.«

Der Grenzbeamte musterte ihre Gesichter. Johann wagte nicht zu atmen.

»Es ist in Bukarest passiert. Die Zigeuner. Wenn dieser nette Mann nicht vorbeigekommen wäre«, sie zeigte auf Mohammed, »wären wir gestrandet.«

Der Beamte studierte erneut erst Fatimas Gesicht und dann seins. *Ja, diese verdammten Zigeuner.*

»Sie besuchen ihre kranke Tante in Istanbul«, sagte Mohammed.

Die Sekunden verstrichen. Johann wurde regelrecht schlecht, er fühlte sich in die Enge getrieben.

»Fahren Sie weiter.« Der Grenzbeamte winkte sie forsch durch.

Ein starkes Gefühl der Erleichterung beflügelte Johann. Mohammed legte den ersten Gang ein und fuhr den Sattelschlepper in die Türkei. Wahrscheinlich fragte er sich, warum Fatima gelogen hatte, aber er hatte mitgespielt, ohne Fragen zu stellen.

Nach einem beschwingten gemeinsamen Essen setzte Mohammed sie in der Nähe des Istanbuler Stadtzentrums ab. Johann gefiel es gar nicht, sich von ihm zu verabschieden. Es war ein Segen gewesen, dass sie diesen Mann getroffen hatten, und er war ihm überaus dankbar, erst recht nach ihrem furchtbaren Erlebnis in dem Zug. Das Beste war: Er hatte sie wegen Fatimas Ausrede an der Grenze nicht zur Rede gestellt.

Johann war versucht gewesen, Mohammed einzuweihen, wollte jedoch nicht noch eine unbeteiligte Person mit in die Sache hineinziehen. Mohammed sah betrübt aus, als sie sich voneinander verabschiedeten. Fernfahrer zu sein, war ein einsamer Job. Mit Fatima Arabisch gesprochen zu haben, hatte wahrscheinlich einen Hauch von Zuhause in ihm aufkommen lassen.

Jetzt waren sie wieder alleine, aber Johann hoffte, dass das nicht lange so bleiben würde. Sie würden mit Thea Paris Kontakt aufnehmen und sich mit Fatimas Cousin treffen. Doch als Erstes würde er noch einen wichtigen Zwischenstopp einlegen.

Während Fatima in einem nahen Kaffeehaus wartete, ging Johann in das ausschließlich Männern vorbehaltene türkische Bad. Der durchdringende Geruch nach Eukalyptus rief in ihm Erinnerungen an seinen letzten Aufenthalt in Istanbul wach, bei dem ihn Onkel Karl begleitet hatte. Ein starkes Gefühl von Traurigkeit erfasste ihn, als er an diese magische Woche dachte. Sie hatten einen ganzen Nachmittag auf dem Großen Basar verbracht, um nach einem Geschenk für Vater zu suchen, und sich schließlich für einen grünen Jagdmantel entschieden, der einem Lord gerecht wurde.

Während dieser Reise hatten er und Onkel Karl viele der beeindruckenden, exotischen Sehenswürdigkeiten Istanbuls besichtigt, und er erinnerte sich daran, wie überwältigt er von der

Architektur, den Anblicken und den Gerüchen der zahlreichen Straßenbasare gewesen war, insbesondere von den mehrmals täglich ertönenden Gebetsrufen der Muezzins. Der *Azān*, der aus den Lautsprechern der Blauen Moschee gesungen worden war, hatte sie fasziniert, als sie draußen zwischen den Bänken gestanden hatten, ein Gebetsruf an die Gläubigen, der laut, schön und ergreifend war. Mit ihren riesigen gestuften Kuppeln und den hohen Minaretten war die Blaue Moschee eines der schönsten Gebäude, die Johann je gesehen hatte, und das war nur das Äußere. Als sie es schließlich geschafft hatten, das Innere zu erkunden, war Johann von den aufwendigen gefliesten Mosaiken beeindruckt gewesen, ein Beweis dafür, dass Mathematik und Kunst ein und dasselbe sein konnten.

Als Antwort auf den Gebetsruf aus den Lautsprechern der Blauen Moschee ertönte die Übertragung aus der Hagia Sophia, die sich genau gegenüber dem Platz befand, an dem sie gestanden hatten. Ursprünglich im 6. Jahrhundert als griechisch-orthodoxe christliche Kirche gebaut, diente sie später als katholische Kirche und wurde schließlich als Moschee genutzt. Inzwischen war sie ein Museum voller zu bewundernder Objekte.

Jener Besuch lag nur zwei Jahre zurück, aber es fühlte sich an, als wäre seitdem ein ganzes Leben vergangen. Und Karl war für immer gegangen.

Johann verlagerte das Gewicht der Rucksäcke auf seiner Schulter, bezahlte den Eintritt für die Bäder und fragte nach einem der größeren Schließfächer. In der Umkleide waren gerade zwei Männer dabei, sich zu entkleiden. Sie gestikulierten wild mit Händen und Füßen und waren offenbar in eine angeregte Diskussion über Fußball vertieft. Johann löste seine Schnürsenkel und band sie wieder zusammen, um Zeit zu gewinnen. Er wartete darauf, dass die Männer die Umkleide verließen, und wünschte, er könnte die heilenden Bäder genießen und seine Probleme für ein paar Stunden vergessen. Aber deshalb war er nicht da.

Er und Fatima waren zu dem Schluss gekommen, dass es eine schlechte Idee war, die Erreger in der Stadt herumzutragen. Wenn Vater wusste, in welchem Zug sie gewesen waren, konnte er das Ziel ihrer Reise leicht herausfinden und sie aufspüren. Stattdessen würden sie die Behälter in dem Umkleideraum des türkischen Bades verstecken. Das war sicherer als ein Schließfach an einem Bahnhof oder Busbahnhof, da es dort von Überwachungskameras wimmelte.

Schließlich verließen die beiden Männer die Umkleide, ohne ihn eines zweiten Blickes zu würdigen, und schlenderten den Flur entlang zu den Bädern. Johann deponierte die Rucksäcke in einem großen Schließfach und vergewisserte sich drei Mal, dass es fest verschlossen war.

Er steckte den Schlüssel in die Innentasche seiner Jacke, zog den Reißverschluss zu und verließ das Bad. Dann gesellte er sich zu Fatima, die in dem Kaffeehaus auf ihn wartete, und genehmigte sich einen kleinen Imbiss und einen türkischen Kaffee. Anschließend gingen sie zu Fuß die zwei Kilometer zu der Wohnung von Fatimas Cousin. Die frische Luft und das Koffein hatten eine belebende Wirkung auf ihn – oder vielleicht fühlte er sich ohne die beiden Rucksäcke auch einfach nur etwas befreiter.

»Wie ist dein Cousin denn so?« Johann freute sich darauf, ein Mitglied von Fatimas Familie kennenzulernen, doch zugleich bereitete es ihm Unbehagen, jemandem, den er noch nie gesehen hatte, so eine Bürde aufzuladen.

»Klug, nett und rechtschaffen.« Fatima sah ihn an. »Keine Sorge, Marush wird uns helfen.«

»Meinst du, er ruft deine Eltern an?«

»Ich bitte ihn, damit zu warten, bis er sich um die Behälter gekümmert hat.«

Johann wusste nicht, wie Marush reagieren würde, wenn er erfuhr, dass Johanns Vater einen Völkermord begehen und alle Araber auslöschen wollte. *Was würde ich an seiner Stelle tun?*

Fatima führte sie einen Weg entlang, der vor einem großen Wohnhaus endete. Sie betraten das Foyer des Gebäudes, und sie drückte auf den Klingelknopf von Wohnung Nummer 4A. Es vergingen einige Sekunden. Vielleicht war niemand zu Hause. Schließlich ertönte ein kratziges Summen, gefolgt von einer gutturalen Frauenstimme.

»Hallo, Yamen, ich bin's, Fatima«, sagte Fatima.

Es folgte ein Redeschwall auf Arabisch. Dann summte es, und die Tür klickte auf.

Johann sah Fatima an. Sie war leicht erblasst. »Meine Eltern haben angerufen und gefragt, ob sie was von mir gehört haben. Wer weiß, was Yamen ihnen gesagt hat. Vielleicht hätte ich es erwähnen sollen – die Frau meines Cousins ist leicht reizbar.«

»Was meinst du damit?«

»Du wirst schon sehen.« Fatima setzte sich in Bewegung und stieg die Treppe hoch.

Als sie die obere Wohnung erreichten, stand die Tür bereits offen. Eine korpulente Frau mittleren Alters mit wettergegerbtem Gesicht kam in den Flur und umarmte Fatima herzlich.

Es folgte ein Wortwechsel auf Arabisch. Johann verstand kein Wort, aber dem skeptischen Gesichtsausdruck nach zu urteilen, mit dem Yamen ihn von Kopf bis Fuß in Augenschein nahm, war sie nicht gut auf ihn zu sprechen.

Yamen zog Fatima in die Wohnung. Er folgte ihr.

»Ich möchte dir meinen Freund Johann vorstellen«, sagte Fatima auf Englisch.

»Freut mich, Sie kennenzulernen«, sagte er.

»Was fällt dir ein, meine Nichte dazu zu bringen, von zu Hause abzuhauen? Von ihrer Familie?«

»Bitte, Yamen, Johann hilft mir bei etwas sehr Wichtigem. Wir müssen mit Marush reden. Ist er bei der Arbeit?«, fragte Fatima.

Panik verdunkelte Yamens Gesicht.

»Was ist los?«, fragte Fatima.

»Marush wurde letzte Woche von der türkischen Polizei mitgenommen.«

»Was? Warum hast du das Mama und Papa und uns allen nicht erzählt?« Jetzt war es an Fatima, aufgebracht zu sein.

»Die Polizei behauptet, dass er in den gescheiterten Putschversuch gegen den Präsidenten verwickelt war.«

Johanns Hoffnungen lösten sich in Luft auf. Der Wissenschaftler hatte seine eigenen Probleme. Es tat ihm leid für Fatima und ihre Tante, aber dass er Marush als Verbündeten verloren hatte, sorgte dafür, dass ihm übel wurde.

»Das tut mir so leid.« Fatima legte ihre Hand auf die von Yamen.

»Ich habe Angst, dass ich ihn nie wiedersehe«, sagte Yamen und brach in Tränen aus.

»So was darfst du nicht denken. Wir engagieren einen Anwalt und helfen euch. Das hättest du uns erzählen müssen. Wir sind doch deine Familie.«

»Du meinst, so, wie du deiner Familie von deinen Plänen erzählt hast, von zu Hause abzuhauen?«, fragte Yamen und wischte sich die Tränen ab.

Fatima wurde rot, und Yamen hakte nach. »Was willst du von Marush?«

»Nur seinen Rat in einer wissenschaftlichen Angelegenheit.«

»Dann werde ich dir keine große Hilfe sein können.«

»Ist schon gut. Ich freue mich trotzdem, dich zu sehen, auch wenn es unter so furchtbaren Umständen ist.« Fatima drückte Yamens Hand.

»Deine Eltern machen sich große Sorgen. Du hättest nicht einfach abhauen dürfen.«

»Sagst du ihnen, dass ich bei dir war?«

»Das sollte ich.«

»Aber du wirst es nicht tun?«, fragte Fatima flehend. »Wir brauchen noch ein bisschen mehr Zeit.«

Yamen zögerte. »Ich gebe euch einen Tag, aber dann musst du dich bei ihnen melden. Oder ich tue es.«

»Danke. Vielen Dank!« Fatima umarmte die mollige Frau. »Das mit Marush tut mir sehr leid. Er ist ein guter Mann.«

»Er hat sich gegen die Regierung ausgesprochen. Das mag mutig sein, ist aber ziemlich dumm.«

Da sein Verstand vor Angst gelähmt war, nahm Johann die Unterhaltung nur halb wahr. Jetzt hatten sie nur noch eine Hoffnung.

Thea Paris.

84

Nachdem sie die gewölbte Brücke überquert hatten, die über die Neretva führte, dirigierte Prospero Bassams Fahrer zu Vedads Anwesen, das sich in einer ländlichen Gegend in Bosnien befand. Während Prospero überwachte, wie die Geiseln in ihre neuen Unterkünfte geführt wurden, ging Luciano mit zwei Wächtern auf den lokalen Markt, um Lebensmittel und andere Vorräte zu kaufen.

Bassams Leute hatten sich sofort Prospero untergeordnet, nachdem sie die Nachricht vom Tod ihres Anführers erhalten hatten. Kaum einer von ihnen hatte auch nur eine geflüsterte Trauerbekundung von sich gegeben. Schließlich bezahlte Prospero den Einsatz, und sie hatten alle die Absicht, nicht mit leeren Taschen heimzukehren. Zudem genoss Prospero den Ruf, gut zu zahlen. Das hatte er von seinem Vater, der ihm beigebracht hatte, dass Einsatzbereitschaft und Überstunden immer großzügig entlohnt werden sollten. Insbesondere in ihrem Geschäft.

Wieder in dem Landhaus zu sein, erweckte in Prospero lebhafte Erinnerungen an seinen letzten Besuch. Die Glock, die er bei sich hatte, stammte aus einem Deal, den er dort in jener Nacht mit dem Waffenhändler Mirsad ausgehandelt hatte.

Die Tatsache, dass alle Passagiere hungrig und erschöpft waren, aber auch Angst hatten, führte dazu, dass sie zum einen reizbarer, zugleich aber auch fügsamer waren. Ihnen war versprochen worden, dass sie etwas zu essen bekämen und sich ausruhen könnten, wenn sie erst einmal sicher an ihrem neuen Aufenthaltsort untergebracht wären. Deshalb trotteten sie in einer ordentlichen Reihe in das ansehnliche Haus, wenn auch mit hängenden Schultern und missmutigen Blicken. Ayan und Jabari waren die einzigen Geiseln, denen ihr Martyrium nichts anzuhaben schien. Sie knufften sich in die Rippen, als sie aus dem Transporter stiegen, und lachten und scherzten miteinander.

Obwohl es ihn danach drängte, so schnell wie möglich wieder in den Genuss von Violettas *cucina* zu kommen, hatte er Theas Anruf nicht entgegengenommen und die Übergabe und seine Rückkehr nach Hause hinausgezögert. Es war keinesfalls unwahrscheinlich, dass *Liberata* ihr Versteck in der Türkei aufspürte, und er konnte auf keinen Fall riskieren, dass der Geiselbefreiungsexpertin irgendwelche Informationen in die Hände fielen, die ihr dabei helfen könnten, ihre Spur bis nach Bosnien zu verfolgen. Er brauchte dieses spaltbare Material, sonst würde sein Deal mit Enzo Spruilli platzen. Und er wollte, dass Ocean gefunden und zu ihm zurückgebracht wurde. Thea konnte das Ganze so weit herunterspielen, wie sie wollte, aber sie wollte diese Jungen unbedingt zurückhaben. Es war unmöglich, eine Sache zu hart anzugehen, wenn das Leben von Menschen auf dem Spiel stand, die einem etwas bedeuteten.

Er musterte das imposante Anwesen. Der Bosnier hatte bei der Herrichtung seines Zufluchtsorts keine Kosten gescheut. Eine schön gearbeitete Steinmauer schützte die Villa vor neugierigen Blicken. Hoch aufragende Eichen säumten die Zufahrt wie Spalier stehende Soldaten. Die Skulptur eines Löwenkopfes zierte den großen Brunnen, der von Gitterwerk und Blattgold gesäumt wurde.

Vedad war gerade zum Abschluss eines Deals in Singapur, deshalb würde Prospero diesmal keine Gelegenheit haben, seinen Bekannten persönlich zu treffen, damit sie einander auf den neuesten Stand bringen konnten. Aber dafür, dass Vedad ihm sein Anwesen überließ, war er es seinem abwesenden Gastgeber schuldig, ihn einen Abend gediegen auszuführen.

Das Küchenpersonal war angewiesen worden, ausreichend Essen für zwei Dutzend hungrige Mäuler vorzubereiten, und er hoffte, dass es bald fertig war, denn ihm knurrte der Magen genauso wie seinen Gefangenen. Bassams Männer führten die Geiseln in den großen Raum. Es handelte sich um einen riesigen Saal mit Fenstern von der Decke bis zum Boden, durch die man auf die Gärten hinausblickte. Sie wurden von gewölbten Decken, einem großen Kamin und drei separaten Sitzbereichen begrüßt – und natürlich den zahlreichen ausgestopften Tierköpfen, an die er sich von seinem letzten Besuch erinnerte. Der Tierpräparator hatte so lebensechte Trophäen erschaffen, dass Prospero immer das Gefühl hatte, die glänzenden Augen würden ihn beobachten, ganz egal, wo in dem Raum er stand.

Der riesige rechteckige Saal bot ausreichend Platz für alle Geiseln. Definitiv eine Verbesserung im Vergleich zu dem Schuppen in der Türkei. Um weitere Fluchtversuche zu unterbinden, positionierte Prospero an jedem der beiden Eingänge zu dem Raum eine Wache. Keine Liveaufnahmen aus Überwachungskameras mehr. Er wollte lieber alle direkt im Auge behalten. Auf der anderen Seite des Flurs gab es ein riesiges Bad, in das die Wachen die Geiseln begleiten konnten, wenn sie zur Toilette mussten.

Prospero lehnte sich gegen die mit Schnitzereien verzierte Theke der Bar, vor der sieben lederne Barhocker standen. Wenn die Geiseln sich für die Nacht zurechtgemacht hatten, würde er sich einen Single Malt genehmigen. Die beneidenswerte Hausbar des Bosniers war mit außerordentlichen Spirituosen aus aller Welt ausgestattet, und die Reise hatte Prospero durstig gemacht. Er nahm sein Handy aus seiner Tasche und legte es auf den Tresen. In einigen Stunden würde er Thea anrufen und ihr mitteilen, wann und wo der Austausch stattfinden würde.

Laverdeen gab Prospero zu verstehen, dass er ihn zu sprechen wünsche. Prospero winkte ihn zu sich. Der Co-Pilot sagte ihm leise, was er loswerden wollte: »Karlsson geht es nicht gut. Er führt die ganze Zeit Selbstgespräche, und das in einem wütenden Ton. Ich mache mir Sorgen, dass er sich selbst oder jemand anderem etwas antun könnte. Könnten Sie ihn nicht nach London bringen oder ihn zumindest von uns anderen isolieren? Oder ihm vielleicht von einem Arzt ein Beruhigungsmittel verschreiben lassen?«

»Niemand verlässt dieses Haus, außerdem werden wir gar nicht mehr lange genug hierbleiben, um noch ein Rezept einlösen zu können.« Er dachte kurz nach. Dann nahm er eine Flasche von dem nicht ganz so teuren Scotch und drückte sie Laverdeen in die Hand. »Ein paar Schlückchen hiervon werden ihn aufmuntern.«

»Ich bin nicht sicher, ob Alkohol die beste Lösung ist.« Laverdeen rührte sich nicht von der Stelle.

»Dann trinken Sie ihn selber. Wenn Karlsson gebändigt werden muss, lassen Sie es eine der Wachen wissen. Sie werden ihn sicher gerne fesseln.«

»Haben Sie denn gar kein Mitgefühl? Der Mann ist psychisch krank.«

Prospero starrte ihn eindringlich an. »Sie sind nicht für ihn verantwortlich.«

»Nein. Ich bin einfach nur ein anteilnehmender Mensch. Haben Sie sich noch nie nach Linderung gesehnt, wenn es Ihnen schlecht ging?«

Bevor Prospero antworten konnte, knallte es dreimal laut in der Diele. Er langte nach seiner Glock, aber es war zu spät. Vier

Männer, die Sturmhauben trugen und mit AK-47-Sturmgewehren bewaffnet waren, stürmten in den großen Raum.

Che diavolo! Die Männer, die draußen postiert waren, mussten neutralisiert worden sein. Und sie hatten nichts davon gehört.

Einer der schwarz gekleideten Eindringlinge – ein kleiner, stämmiger Kerl – drückte einem der Wächter die Mündung einer SIG Sauer gegen die Schläfe. Prosperos Männer hoben ihre Waffen. Einige der Geiseln schrien, andere kauerten sich hinter die Sofas. Karlsson ließ sich auf den Boden fallen, umarmte sich selbst und rollte hin und her.

»Pfeifen Sie Ihre Männer zurück, oder sie werden sterben«, sagte der stämmige Eindringling.

Prospero bedeutete seinen Männern, ihre Waffen herunterzunehmen. Eine Schießerei auf so engem Raum würde in einem Blutbad enden. Die Leben der Geiseln, insbesondere der Jungen, standen an erster Stelle.

»Was kann ich für Sie tun, Gentlemen?«, fragte Prospero, die vornehme Anrede locker verwendend. Tattoos – überwiegend Sterne – zogen sich die Hälse der bosnischen Gangster hoch. Ein Stern für jeden Mord. Seine Organisation würde so eine öffentliche Zurschaustellung niemals dulden. Ein Killer brauchte keine Geschäftswerbung.

Der kleine Kerl nahm seine Sturmhaube ab.

Prospero erkannte das Gesicht des Mannes – und die Delle in seinem Kopf. *Der verdammte Mirsad.*

»So treffen wir uns also wieder«, sagte der Bosnier.

»So ist es.« Prospero studierte die Positionen seiner Männer und der Männer von Mirsad. Die Geiseln waren überall im Raum verstreut. Seine Männer konnten die Eindringlinge nicht in eine Schießerei verwickeln, ohne Leben zu riskieren. »Und ich dachte, wir wären Freunde.«

»Das sind wir auch. Übergeben Sie mir die Geiseln, und Sie und Ihre Männer können gehen.«

Irgendjemand hatte geplappert. Nicht Vedad. Er war ein viel zu vorsichtiger Geschäftsmann, um Prospero zu hintergehen, und schon gar nicht für Geld, das er nicht brauchte. Wahrscheinlich hatte jemand von seinen eigenen Leuten die Information über ihren unvorhergesehenen Aufenthalt in Vedads Villa ausposaunt.

»Lass uns was trinken und das Ganze in Ruhe ausdiskutieren.«

»Es gibt nichts zu verhandeln.« Mirsad ging auf ihn zu.

Er konnte ihm die Geiseln auf keinen Fall übergeben. Nicht in Anbetracht dessen, was auf dem Spiel stand. Er langte in seine Jacke und drückte heimlich einen Knopf auf seinem Handy.

85

»Mein Gott, Mirsad, für einen Drink reicht die Zeit immer.« Prospero langte nach einer Flasche ganz besonderen Wodkas, der wahrscheinlich so viel gekostet hatte wie mehrere Kisten M4-Karabiner. Vedad würde es ihm sicherlich übel nehmen, dass er die Flasche geöffnet hatte, aber darüber machte Prospero sich im Moment keine Gedanken. Er stellte zwei Gläser auf den Tresen, schenkte großzügig ein und winkte den Bosnier zu sich.

»Weisen Sie Ihre Männer an, ihre Waffen herunterzunehmen.« Mirsad näherte sich ihm.

Prospero nickte. Seine Männer legten ihre Waffen widerwillig auf den Boden und schoben sie mit einem Tritt in die Mitte des Raums.

»Und jetzt alle da rüber.« Mirsad zeigte auf die andere Seite des Raums, an der sich der größte Sitzbereich befand. Die Geiseln und Prosperos Wachen begaben sich in die Ecke. In ihren Augen zeichnete sich Skepsis ab. Ayan und Jabari standen hinter einem Sessel. Sie waren ruhig und ernst.

Karlsson blieb in Prosperos Nähe auf dem Teppich liegen und führte murmelnd Selbstgespräche.

»He, das gilt auch für Sie.« Einer der Bosnier verpasste Karlsson einen Tritt, aber das sorgte nur dafür, dass er noch lauter stöhnte und noch rastloser wurde. Laverdeen hatte recht: Der Mann benötigte dringend Hilfe.

Mirsad wirkte angesichts der Unruhe ungehalten. Prospero

erinnerte sich daran, wie reizbar der Bosnier bei ihrer letzten Begegnung gewesen war.

Das kann ruck, zuck danebengehen.

»Lassen Sie mich mal mit ihm reden.« Prospero hob die Hände, damit der Bosnier sah, dass er keine Spielchen spielte. Er ging zu Karlsson. Der Mann war total neben der Spur. Prospero beugte sich nach unten und legte den rechten Arm um den Kopf der Geisel, unmittelbar im Bereich der Kieferpartie. Er packte fester zu, legte die linke Hand hinter Karlssons Kopf und riss beide Arme ruckartig in einer Vierteldrehung herum. Es ertönte ein lautes schnappendes Geräusch, dann herrschte Stille.

»So, jetzt lassen Sie uns diesen Drink einnehmen«, sagte Prospero, richtete sich wieder auf und ignorierte den Schmerz in seiner Hüfte und die entsetzten Blicke der anderen Geiseln. *Scheiß auf sie.* Er hatte gerade ihrer aller Leben gerettet, indem er Karlsson geopfert hatte.

Prospero ging zurück zum Tresen und hob sein Glas. »Živjeli«, sagte er auf Bosnisch und prostete Mirsad zu.

Mirsad setzte sich auf den Barhocker neben ihm und legte sein Sturmgewehr außerhalb von Prosperos Reichweite auf den Tresen. »Ich akzeptiere diesen Drink, aber wir haben nichts zu besprechen. Die Geiseln gehören mir.«

Prospero kippte seinen Wodka herunter. »Nicht so vorschnell. Informationen können immer nützlich sein.«

»Was für Informationen?«

»Die Gesamtdeckungssumme der Lösegeldversicherungen aller Geiseln.«

»Woher sollten Sie diese Summe kennen?«

»Ich habe diese Entführung ziemlich lange geplant.« Das entsprach sogar der Wahrheit, aber nicht aus dem Grund, von dem der Bosnier ausging. Prospero hatte kein Interesse daran, irgendeine der Geiseln gegen Lösegeld freizulassen. Ihm ging es um einen sehr viel größeren Gewinn. »Ich kenne den Nettowert sämtlicher Geiseln und weiß, wer flüssige Mittel hat.«

Mirsad war kein begnadeter Denker, aber gerissen wie ein Fuchs. Ohne diese Eigenschaft überlebte man in diesem Geschäft nicht. Aber Gier war eine Schwäche, die selbst die durchtriebensten Männer zu Fall brachte.

»Ich könnte diese Information aus Ihnen rausprügeln.« Der kahle Mann kippte sich den Wodka herunter und knallte das Glas auf den Tresen.

»Das könnten Sie versuchen.« Prospero schenkte ihm nach. »Aber wie erfahren sind Sie darin, mit Geiselbefreiungsexperten zu verhandeln? Ich kenne die Verhandlerin, die auf diesen Fall angesetzt ist. Sie heißt Thea Paris. Wir können sie jetzt anrufen. Allerdings kann ich mir vorstellen, dass sie nicht mit jemandem verhandeln will, den sie nicht kennt. Thea Paris und ich haben Vertrauen zueinander aufgebaut.«

»Ich schicke die Geiseln einfach in die Ukraine und kassiere in Cash.«

»Es ist natürlich Ihre Wahl, aber auf diese Weise kriegen Sie nicht mal ein Zehntel dessen, was Sie einstreichen könnten.« Prospero machte eine Pause. »Überlegen Sie doch mal: Ich habe die Möglichkeit organisiert, nicht zurückverfolgbare Online-Überweisungen auf Konten auf den Kaimaninseln zu tätigen. Mein Banker kann dort in zehn Minuten auch für Sie ein Konto eröffnen und Sie zu einem sehr reichen Mann machen. Wir haben ja schon mal Geschäfte miteinander gemacht, und ich würde mich freuen, wenn wir auch bei dieser Sache Geschäftspartner werden würden.«

Das Räderwerk in Mirsads Kopf setzte sich in Bewegung und begann zu arbeiten.

Prospero senkte die Stimme. »Vergessen Sie die Trottel da drüben, und steigen Sie bei mir mit ein. Dann brauchen Sie

Ihren Anteil nicht zu teilen. Sie könnten nächste Woche an einem Strand liegen, sich von zehn der bestaussehenden Nutten, die man für Geld kaufen kann, verwöhnen lassen und warten, bis sich der Sturm, den diese Nummer aufgewirbelt hat, gelegt hat.«

Mirsads Augenlider zuckten. *Vorhersehbarerweise.* Prospero fragte sich, ob es das Geld oder die Prostituierten waren, die Mirsad überzeugten.

»Wie viel springt für mich raus?«

»Dreißig Prozent der Einnahmen. Ganze sechs Millionen US-Dollar.«

»Ich sollte siebzig Prozent kriegen.« Der Bosnier beförderte aus seiner Vordertasche ein Feuerzeug und eine Zigarette zutage, zündete sie an und sog den Rauch ein.

»Ohne meine Informationen und meine Verbindungen würden Sie nicht mal einen Bruchteil dieses Betrags kriegen. Lassen Sie mich die Einzelheiten mit der Verhandlerin klären – und Sie kassieren sechs Millionen, während Sie hier sitzen und Wodka trinken.«

»Fünfzig Prozent.« Mirsad blies eine große Rauchwolke aus.

»Tut mir leid. Ich habe ziemlich viel in diese Entführung investiert.«

Der Mund des Mannes verspannte sich leicht. »Fünfundvierzig Prozent.«

»Vierzig.« Prospero schenkte Mirsad Wodka nach. Sosehr er auch mundete, er würde lieber Scotch trinken.

»Wie lange?«

»Weniger als vierundzwanzig Stunden.«

»Sie könnten mich reinlegen.« Mirsad beugte sich näher an ihn heran, sein heißer Atem roch nach Wodka.

»Sobald wir das Konto eröffnet haben, können Sie das Geld an Ihre eigene Bank überweisen.«

Prospero wartete. Er wusste, wann ein Verkaufsgespräch beendet war. Mirsad hatte schnell Beute machen und die Geiseln an eine lokale Terroristenorganisation verkaufen wollen. Doch jetzt lockte dickes Geld.

»Rufen Sie diese Verhandlerin an. Sagen Sie ihr, dass Sie das Geld sofort haben wollen und dass andernfalls eine Geisel stirbt.«

»Nicht so schnell, nicht so schnell. Geiseln sind nur wertvoll, solange sie leben.«

»Sie haben gerade eigenhändig eine getötet.« Mirsad kippte sich noch einen Wodka herunter. »Rufen Sie sie an. Für sie lebt der Mann noch.«

»Sie haben absolut recht.« Vor den großen Fenstern fiel Prospero im Garten etwas Glänzendes ins Auge, das das Sonnenlicht reflektierte. *Das wurde aber auch verdammt noch mal Zeit.* »Noch ein Drink, dann rufe ich sie an. Und von mir aus können wir auch sagen: dreiundvierzig Prozent für Sie.«

Der kahle Mann lächelte und entblößte seine schiefen Schneidezähne. Prospero lehnte sich auf seinem Barhocker zurück und wartete geduldig darauf, dass Luciano in Aktion trat.

86

Prospero schenkte noch eine Runde Wodka ein und hob sein Glas. »Auf unsere Partnerschaft.«

»Sie hüten sich besser davor, mich reinzulegen.« Mirsads Stimme war rau.

Die Geiseln hatten sich in der hintersten Ecke des Raums zusammengedrängt, die AK-47-Gewehre der Bosnier waren auf sie gerichtet. *Perfekt.*

Mit Mirsads Erlaubnis holte Prospero sein Handy hervor, um ihm ein Foto zu zeigen, bevor er Thea anrief. Er besaß tatsächlich ein Konto auf den Cayman Islands, auf dem sich ein beträchtlicher Betrag befand. »Das habe ich bei meiner letzten Entführung eingenommen.« Eine absolute Lügengeschichte, aber das konnte der Bosnier ja nicht wissen. Er tippte noch etwas in sein Handy ein und blickte auf, als er fertig war. »Mein Banker eröffnet jetzt ein Konto für Sie.«

Prospero erhaschte einen Blick auf eine Bewegung unmittelbar vor den großen Fenstern. Mirsad konzentrierte sich so auf das Handy, dass er nichts davon mitbekam.

Draußen knallte ein lauter Schuss, die Kugel schlug durch eines der Fenster zum Garten. Einer von Mirsads Männern sackte auf den Boden. Luciano feuerte erneut von draußen. Ein Scherbenregen rieselte in den Raum. Der Tumult, der Winkel, die Scherben – es waren keine gezielten Schüsse. Die Bosnier erwiderten das Feuer, die Fensterfront zerbarst in tausend Scherben.

Die Geiseln warfen sich hinter die im Raum befindlichen Möbel und suchten Deckung. Schreie durchrissen die Luft. Prosperos Wachen robbten über den Boden, um ihre Waffen wieder an sich zu nehmen.

Luciano und die beiden Männer, die er mitgenommen hatte, stürmten in den Raum. Die Bosnier waren erfahrene Kämpfer und reagierten instinktiv auf den Angriff. Eine Salve nach der anderen zerstörte den großen Raum und sein Mobiliar. Einer von Bassams Männern brach zusammen, gefolgt von zwei Bosniern.

Als der Angriff begann, hatte Prospero sich auf Mirsads Waffe gestürzt, aber der Bosnier war schneller gewesen und saß auch näher an seinem AK-47. Er packte den Schaft und hob das Gewehr, doch Prospero umfasste das Ende des Laufs und versuchte, es ihm zu entwinden.

Die beiden Männer stürzten von den Barhockern auf den Boden. Prospero landete auf seiner schlimmen Hüfte, der Schmerz schoss ihm bis ins Mark. Er rang mit Mirsad um die Kontrolle der Waffe, der beißende Schießpulvergeruch stieg ihm in die Nase. Prospero verpasste dem Bosnier einen Kopfstoß, der jedoch kaum Wirkung zeigte. Mirsad, der enorm stark war und dessen Körperschwerpunkt tief lag, gewann langsam die Oberhand.

Ein weiterer Bosnier, der durch die Haustür gekommen war, stürzte sich ins Gefecht und feuerte Kugeln quer durch den Raum. Doch Prospero konzentrierte sich ganz auf Mirsad und kämpfte mit ihm weiter um die Kontrolle der Waffe. Er verdankte es allein seinem verbissenen Durchhaltevermögen, dass er noch nicht bezwungen war, aber der Bosnier hatte die Oberhand. Die Mündung des Laufs des Sturmgewehrs rückte Zentimeter für Zentimeter auf Prosperos Gesicht zu. Schweiß tropfte ihm von der Stirn, er rang nach Luft.

Ein Schuss knallte, unglaublich nah. Ihm klangen die Ohren von der Explosion.

Mirsad brach auf ihm zusammen und ließ das AK-47 los. Die Augen des kahlen Mannes waren leer, leblos. Prospero holte tief Luft und stieß den reglosen Körper von sich.

Über ihm stand Jabari, in der Hand ein AK-47 einer der Wachen. Ein Ausdruck von Entschlossenheit verfinsterte sein Gesicht.

Prospero blinzelte und schüttelte den Kopf. »Gute Arbeit, *bambino*. Bin ich froh, dass du zu unserem Team gehörst.«

»Sie bringen uns zurück zu Thea. Er hätte das nicht getan.«

Seine zweitjüngste Geisel hatte ihm soeben das Leben gerettet. Eines der Kinder, die Luciano so hasste, hatte sich ein Herz gefasst und war ein gewaltiges Risiko eingegangen. Jabari hatte die Optionen abgewägt und war zu dem Schluss gekommen, dass die Chancen für ihn und seinen kleinen Bruder besser standen, wenn Prospero die Schlacht gewann. Er verstand, warum diese Jungen Thea so viel bedeuteten, und kam sich auf einmal wie ein Arschloch vor, weil er sie all das durchmachen ließ.

Aber Jabari senkte das Gewehr nicht.

Stattdessen hielt er es direkt auf ihn gerichtet.

Prospero ließ seinen Blick durch den großen Raum schweifen. Mirsads Männer waren allesamt ausgeschaltet. Zwei von Prosperos Wachen hielten die völlig verstörten Geiseln in einer Ecke des Raums in Schach, während Luciano die anderen anwies, das Anwesen nach weiteren Eindringlingen zu durchkämmen.

Schließlich wandte Prospero sich wieder dem Jungen zu. »Du kannst die Waffe jetzt runternehmen.«

Jabari schüttelte den Kopf. »Bringen Sie uns zu Thea.«

»Das werde ich, aber es wird ein bisschen dauern, bis sie hier ist. Warum essen wir nicht erst mal alle zusammen eine Kleinigkeit?«

»Sie halten Ihre Versprechen nie.«

Da hatte der Junge nicht ganz unrecht. Die ganze Operation zeichnete sich durch einen Fehlschlag nach dem anderen aus. »Thea soll mir etwas bringen, das ich haben will. Wenn sie das tut, könnt ihr nach London fahren, und die anderen können auch alle nach Hause.«

Luciano kam zu ihnen. »Der Kerl hat sich bewegt, bevor ich ihn erschießen konnte.« Sein Neffe richtete seine MP5 aufgebracht auf Jabari.

»Nimm die Waffe runter, Luciano.« Prospero sah den Jungen an.

»Wenn du ihn erschießt, bist du auch tot.« Luciano hielt seine Maschinenpistole auf Jabari gerichtet.

Immer wieder Luciano. »Alle sollten sich jetzt erst mal beruhigen. Wir sind doch alle Freunde. Eine Familie.«

Ayan stürmte zu ihnen und berührte seinen Bruder am Arm. »Keinen Krieg mehr.«

Jabari ließ seinen Blick zwischen Prospero und Ayan hin- und herwandern. Sekunden verstrichen. Schließlich legte er sein AK auf den Boden. »Sie sollten lieber nicht lügen. Und Sie sind nicht unser Freund.«

»Ich rufe Thea jetzt an.« Für Prospero war klar: je schneller, desto besser. Entführungen lohnten den Aufwand nicht. Überhaupt nicht.

87

Johann und Fatima gingen am Bosporus entlang zurück zu dem türkischen Bad, doch die beeindruckenden Blicke auf die Meerenge trugen kaum dazu bei, ihre Stimmung aufzuhellen. Was sollten sie tun? Aus dem Gefängnis konnte Marush ihnen nicht helfen.

Die Luft war ziemlich frisch, die kühle Brise am Wasser noch ausgeprägter, und auf den Straßen waren nur wenige Menschen unterwegs. Johanns Wangen waren von der Kälte taub. Er betrachtete Fatima und sah, dass sie die Schultern bis zu den Ohren hochgezogen hatte.

Als sie seinen Gesichtsausdruck sah, drückte sie ihm die Hand. »Es tut mir so leid. Ich hätte vorher anrufen und mich vergewissern sollen, ob Marush uns helfen kann.«

»Ich bin derjenige, dem es leidtun sollte, dass ich dich überhaupt in diesen ganzen Schlamassel mit reingezogen habe.« Eine Straßenbahn fuhr vorbei, aber es fühlte sich trotz der Kälte gut an, zu Fuß zu gehen. »Ich hoffe, Yamen kann irgendwas unternehmen, um ihn aus dem Gefängnis zu holen.«

»Das wird nicht einfach sein und bestimmt nicht schnell passieren. Er hält mit seinen politischen Ansichten nicht hinterm Berg. Ich weiß ja nicht, aber manchmal ist es besser, den Mund zu halten.«

Johann lag es auf der Zunge zu sagen, dass es immer richtig war, sich gegen Ungerechtigkeit einzusetzen, aber er verkniff es sich. »Selbst Österreich hat sich in dieser Hinsicht verändert.«

Sie gingen einige Momente schweigend weiter.

»Was hat deinen Vater dazu getrieben, so etwas Furchtbares zu inszenieren? Reicht die Verzweiflung über den Verlust deiner Mutter wirklich als Erklärung aus?«

Johann wünschte, es wäre so einfach. Vielleicht könnte er es dann verstehen und seinem Vater dabei helfen, einen besseren Weg zu finden, mit seinem Schmerz umzugehen. »Sein Hass hat sich schon lange vor dem Tod meiner Mutter in ihm aufgebaut, aber durch den Unfall ist es noch schlimmer geworden. Seine Geschäfte haben dafür gesorgt, dass er von vielen Ländern ein ziemlich verzerrtes Bild hat.« Er dachte kurz nach. »Im Grunde genommen war er nie besonders tolerant gegenüber Menschen, die nicht seiner Meinung sind.«

»Aber du bist überhaupt nicht so.«

»Vermutlich gilt für mich weder die Theorie, nach der man durch die Veranlagung geprägt wird, noch die, nach der man durch die Umwelt geprägt wird.« Er legte ihre ineinander verschränkten Hände an seine Brust. »Vielleicht hat meine Krankheit, die mich so anders macht, mir dabei geholfen, Menschen zu akzeptieren, die anders sind als ich.«

Sie lächelte. »Das ist einer deiner größten Vorzüge.«

Sie gingen um eine Ecke und steuerten das Bad an. Er fühlte sich erschöpft. »Anders ist gut. Meine eigene Kultur kenne ich ja bereits«, sagte er und beschrieb mit der Hand einen Bogen über die Skyline von Istanbul. »Warum nicht etwas anderes erkunden? Es gibt so viel über die Welt zu lernen.«

Fatima lachte. »Vielleicht solltest du Diplomat oder Politiker werden. Die Welt könnte durchaus mehr unvoreingenommene Menschen gebrauchen.«

»Mal sehen.« Die Zukunft schien weit weg. Als Johann die Behälter entwendet hatte, hatte er gewusst, dass dies sein Verhältnis zu seinem Vater für immer verändern würde. Und ohne die Unterstützung seiner Familie schien auch seine Zukunft ungewiss. *Aber wenn Vaters Liebe davon abhängig ist, dass ich anderen etwas antue, werde ich einen Weg finden, ohne sein Vermögen und ohne seine Liebe zurechtzukommen.* Er hatte jetzt Fatima, die ihn so mochte, wie er war, und nicht so, wie sie ihn gerne hätte.

Aber all das spielte leider keine Rolle, wenn es ihnen nicht gelänge, die Behälter mit den Erregern in sichere Hände zu übergeben. Er hoffte inständig, dass Thea Paris es nach Istanbul schaffte. Sie war ihre letzte Chance, um diese Sache zu einem guten Ende zu bringen. Er blickte auf. Sie hatten das Badehaus fast erreicht.

»Dir ist kalt. Trink doch noch einen Kaffee, und ich gehe allein rein.« Er zeigte auf ein Restaurant auf der anderen Seite der Straße.

Fatima schauderte. »Ich nehme lieber einen Tee, glaube ich.«

»Perfekt. Ich brauche nicht lange.«

Er küsste Fatima auf die Wange. Sie vermittelte ihm das Gefühl, als wäre alles möglich. Er betrat das Badehaus. Nach der klaren Kälte draußen bereitete ihm die dicke, feuchte Luft, die ihm entgegenschlug, ein Gefühl von Beengtheit. Der Kassierer nickte ihm kurz zu. Im Umkleideraum steuerte Johann sofort das Schließfach Nummer 101 an.

Er fummelte mit seinen kalten Fingern an dem Schloss herum und versuchte vergeblich, den Schlüssel in den Schlitz zu schieben. Beim zweiten Versuch hatte er Erfolg. Er drehte den Schlüssel, und das Schloss klickte auf. Er nahm es ab, öffnete die Tür und blickte in das Schließfach.

Er blinzelte verwirrt und sah erneut hin.

Dann überprüfte er die Nummer: 101. Er starrte den Schlüssel an und sah, dass auf dem Anhänger die gleiche Nummer stand.

Aber das Schließfach war leer. Die Behälter waren verschwunden.

88

Thea beendete ein Telefonat mit dem Team in Ungarn, das auf das spaltbare Material aufpasste. Bis zum Austausch war das atomwaffenfähige Material in dem Lagerhaus sicher. Sie ging in ihrer Suite im Four Seasons im Istanbuler Stadtteil Sultanahmet auf dem edlen Teppich auf und ab und wartete auf das Klopfen an der Tür. Johann Dietrich sollte in fünfzehn Minuten eintreffen. Das große Fenster des Wohnzimmers ging auf den gepflegten Vorhof hinaus und bot einen Blick auf einen Kräutergarten, in dem bei wärmerem Wetter normalerweise jede Menge Vögel zwitscherten.

Sie war dankbar, dass das Team die letzten vier freien Zimmer hatte buchen können, aber die Spesenrechnung würde gewaltig ausfallen. Hakan würde das nicht unkommentiert lassen, aber sie hatten Glück gehabt, diese Zimmer überhaupt noch bekommen zu haben. An diesem Tag fand in Istanbul eine riesige kulturelle Veranstaltung statt, weshalb sämtliche Hotels in der Nähe ausgebucht waren.

Zu warten war normalerweise Theas Stärke, denn Geduld war eine Tugend, die bei Verhandlungen bei Geiselnahmen unverzichtbar war. Doch im Moment stand sie mächtig unter Druck, da zwei drohende Krisen auf einmal an ihren Nerven zerrten. Vor einer Stunde hatte sie Prospero angerufen, aber er hatte den Anruf nicht entgegengenommen. Er wusste, dass sie den Lkw hatte. Warum bereitete er also nicht den Austausch vor? War den Geiseln etwas passiert? Oder den Jungen?

Rif telefonierte im Zimmer nebenan mit Hakan. Sie zwang sich, sich hinzusetzen, und las noch einmal das Dossier über Gernot Dietrich, das sie erhalten hatte. Er war Witwer und hatte einen Sohn, Johann. Als Vorstandsvorsitzender von Dietrich Arms Manufacturing leitete er die Firma, die sich seit vier Generationen im Besitz der Familie befand. Die Welt der Waffenproduktion und des Waffenhandels war oft eine Schattenwelt, wie sie nur allzu gut wusste, da ihr Bruder dort ebenfalls heimisch gewesen war. Doch Gernot Dietrich schien legal im Geschäft zu sein und schloss Verträge mit allen möglichen Partnern, von der CIA bis hin zu politischen Führern rund um die Welt. Er war unglaublich reich und besaß in fünf verschiedenen Ländern ein beträchtliches Immobilienvermögen.

Dietrichs Frau war vor fünf Jahren bei einem Verkehrsunfall ums Leben gekommen. In den österreichischen Klatschkolumnen wurde von der einen oder anderen Affäre mit Damen aus seinen Gesellschaftskreisen berichtet, aber ansonsten schien er ein hart arbeitender Geschäftsmann zu sein, der sehr viel reiste und alle nur erdenklichen Waffen verkaufte, von Handfeuerwaffen bis hin zu entsprechend den Kundenwünschen speziell angefertigten komplexen Waffensystemen. Und jetzt war er seinem Sohn zufolge in ein Komplott verwickelt, dessen Ziel es war, Millionen von Menschen mit einem zu einer biologischen Waffe umfunktionierten tödlichen Erreger zu infizieren. *Bizarr.*

Apropos Familie – sie musste mit ihrem Vater reden. Brown war es nicht gelungen, Prosperos Verbindungsdaten der vergangenen Jahre zu bekommen, weil sie schlicht und einfach nicht mehr existierten. Doch das würde sie nicht davon abhalten, weiterzugraben. Sie tippte auf dem Display ihres Handys auf das FaceTime-Symbol und stellte eine Verbindung zu Christos her.

Er ging beim ersten Klingeln dran. »Irgendwelche Neuigkeiten?«

»Noch nicht. Aber vielleicht könnte ich dir die gleiche Frage stellen.«

Er runzelte die Stirn. »Ich verstehe nicht ganz.«

»Na ja, was Prospero angeht, scheinst du über Insiderinformationen zu verfügen. Wie ich gehört habe, war dein jüngster Anruf bei ihm keine einmalige Sache. Du standest auch während des *Liberata*-Falls mit ihm in Kontakt.«

Ihr Vater hatte ein beeindruckendes Pokerface, aber er hob die linke Hand und strich sich in einer Weise über den Hals, die für ihn untypisch war. Er wusste sehr genau, dass er ertappt worden war und in Schwierigkeiten steckte. Ein erfahrener Profi wie ihr Vater, ein Veteran, der auf der ganzen Welt zahllose Verhandlungen über Ölbohrrechte und Landpachtverträge geführt hatte, konnte dank seiner Übung Gesichtsausdrücke überspielen, aber der Körper hatte viele Möglichkeiten, sich zu verraten.

»Wie kommst du darauf?« Er versuchte, empört zu klingen, doch sein Ton war eher gereizt.

»Die Verbindungsdaten deines Telefons.« *Mal sehen, wie er sich da jetzt herauszuwinden versucht.*

Ihr Vater atmete tief ein. Sie hörte beinahe, wie das Getriebe in seinem Gehirn mahlte. »Der Mistkerl wollte mich dafür gewinnen, in ein Immobilienprojekt zu investieren, das er damals gerade plante. Aber ich habe Nein gesagt.«

»Dann hat er also jemanden angerufen, den er überhaupt nicht kannte, um ihn um Geld anzuzapfen?« Prospero hatte diverse wohlhabende Geschäftspartner, an die er sich hätte wenden können, um sie als Investoren zu gewinnen.

»Er wollte *sauberes* Geld, und ich bin ein bekannter, international tätiger Unternehmer. Ich wollte nicht in ein Vorhaben verwickelt werden, das wahrscheinlich nur dem Zweck der Geldwäsche dienen sollte.«

»Und er ruft dich genau in dem Moment an, in dem er und ich miteinander zu tun haben?« Sie glaubte nicht an Zufälle.

»Vielleicht ist er genau dadurch darauf gekommen, sich an mich zu wenden. Dass ich dein Vater bin, ist ja öffentlich bekannt.«

»Und das soll ich dir glauben?«

»Er war ziemlich hartnäckig und ließ sich nicht abwimmeln.«

Das glaubte sie ihm. Aber Prospero hatte ihn bestimmt nicht um Geld für eine Investition gebeten. Es musste etwas anderes dahintergesteckt haben.

Sie hörte, dass sich im Nebenzimmer etwas regte. Rif hatte sein Telefonat beendet. »Ich muss los. Aber mit diesem Thema sind wir noch nicht durch. Ganz egal, worum es auch geht – ich würde es vorziehen, die Wahrheit zu erfahren. Unser ›Verhältnis‹, wie du es nennst, hängt davon ab, dass wir einander ein Mindestmaß an Vertrauen entgegenbringen, und genau das misslingt uns bisher.«

»Glaubst du nicht, ich hätte dir eine bessere Geschichte aufgetischt, wenn ich dich anlügen würde?«

»Nutze diese Gelegenheit, um das Richtige zu tun, Papa. Wenn hier noch was anderes läuft, muss ich es wissen. Das Leben der beiden Jungen könnte davon abhängen.« Sie beendete die Verbindung.

Rif kam ins Zimmer, nahm sich von den Vorräten, die sie gekauft hatten, eine Flasche Wasser und ließ sich auf eines der Samtsofas fallen. »Christos?«

»Er behauptet, dass Prospero ihn damals dazu bringen wollte, in ein Immobilienprojekt zu investieren.«

Rif schüttelte den Kopf. »Welches denn? Die Brooklyn Bridge?«

»Genau.« Sie seufzte. »Irgendwelche Neuigkeiten von deinem liebenswürdigen Vater?«

»Hakan hat bestätigt, dass die Geiseln in Rize in der Türkei festgehalten wurden, aber da sind sie nicht mehr.«

Sie waren so nah dran gewesen, den Aufenthaltsort der Geiseln ausfindig zu machen, aber mit ihrem Fluchtversuch hatten die Jungen alles durcheinandergebracht.

»Du hättest Ayan und Jabari mal hören sollen. Sie waren so stolz, entkommen zu sein. Ich könnte Prospero dafür erwürgen, dass er ihnen das antut.«

»Da wäre ich dabei«, sagte Rif. Sie wusste, dass es für ihn genauso wichtig war wie für sie, die Jungen zu befreien. Nach Nikos' Tod hatte er sich freiwillig angeboten, ihr dabei zu helfen, den Betrieb des Waisenhauses aufrechtzuerhalten. Es war das Großmütigste, was er bisher für sie getan hatte, und infolgedessen hatte sich ihr Verhältnis zueinander in positiver Hinsicht verändert.

Sie lächelte. »Wir sind wie Mama Bär und Papa Bär, die ihre Jungen behüten.«

»So ist es«, bestätigte er. »Jedenfalls ist der nächste Flughafen von dem Ort aus, an dem sie festgehalten wurden, in Trabzon. Und der zweitnächste in Batumi. Hakan nimmt sich gerade sämtliche Privatflieger vor, die in den vergangenen Tagen von diesen beiden Flughäfen gestartet sind, und versucht rauszufinden, wohin sie geflogen sind. Vielleicht haben wir Glück.«

Ein zaghaftes Klopfen an der Tür unterbrach sie. Sie ging durch das Foyer und spähte durch den Türspion. Vor der Tür standen zwei Teenager, ein großer, schlaksiger junger Mann mit blondem Haar und eine zierliche junge Frau, die ein Kopftuch trug. Sie sahen beide sehr nervös aus.

Sie öffnete die Tür. »Johann?«

»Ja. Und das ist Fatima.« Die Art und Weise, in der er die

junge Frau ansah, verriet Thea, dass zwischen ihnen mehr lief, als dass sie einfach nur miteinander befreundet waren.

»Kommt rein.« Thea sprach Fatima auf Arabisch an, und ihr hübsches Gesicht hellte sich auf, als sie ihre Muttersprache hörte. »Ich möchte euch gerne Rif Asker vorstellen. Er arbeitet mit mir bei Quantum. Ihr könnt ihm voll und ganz vertrauen.«

Rif schüttelte den beiden die Hände, und sie setzten sich um den Tisch vor dem großen Panoramafenster mit dem Blick auf den Garten.

»Wir haben ein ernsthaftes Problem.« Johanns Gesicht wirkte abgespannt, seine intelligenten Augen strahlten Besorgnis aus. »Die Behälter sind verschwunden. Ich habe sie in einem Schließfach in einem türkischen Bad abgestellt, und als ich sie wieder abholen wollte, waren sie nicht mehr da.«

Thea bekam ein flaues Gefühl im Magen, doch sie redete mit ruhiger Stimme. »Fangt ganz von vorne an. Erzählt uns alles.«

Als Johann zwanzig Minuten später mit seiner Geschichte fertig war, fragte Thea sich, ob sie so blass war wie er. »Und du bist sicher, dass dir niemand in das türkische Bad gefolgt ist?«

»Sie können uns nicht gefolgt sein. Nachdem wir den Zug verlassen haben, waren wir total vorsichtig. Ich habe nur dieses Prepaidhandy«, er zeigte es ihr, »und mein Vater kann die Nummer dieses Handys unmöglich herausgefunden haben.«

»Leert eure Taschen. Rif gibt euch was anderes zum Anziehen. Dein Vater muss über eine Möglichkeit verfügen, immer zu wissen, wo du bist.«

Johann zog seine Jacke aus, langte in die Tasche seiner Jeans und beförderte ein bisschen Kleingeld, sein Portemonnaie und ein paar Papiertaschentücher zutage.

»Noch was?« War es denkbar, dass Dietrich seinem Sohn einen Peilsender unter die Haut implantiert hatte? Einige ihrer Kunden, die häufig an Krisenherde reisten, entschieden sich für subkutane Peilsender, damit die Mitarbeiter von Quantum sie jederzeit finden konnten. Konnte Johanns Vater tatsächlich so paranoid sein?

»Was ist mit dir, Fatima? Hast du dein Handy weggeworfen?«, fragte Rif.

»Ich habe alles zu Hause gelassen.«

Johann langte in seine Hemdtasche und nahm ein Medaillon an einer Kette heraus. »Und dann habe ich noch das hier. Das tragen alle Freiheitswächter.« Er legte die Kette auf den Tisch.

Rif nahm sie in die Hand und musterte das Medaillon. Dann ging er zu seiner Reisetasche und nahm ein Gerät zum Aufspüren von Wanzen heraus. Ein leises Piepen ertönte. »Es ist mit einem GPS-Sender ausgestattet.«

»Ich hatte keine Ahnung.« Johann blickte zu Boden und ließ die Schultern hängen.

»Du konntest es nicht wissen.« Thea hatte Mitleid mit ihm. Da hatte er so große Anstrengungen unternommen, seine Spur zu verwischen, und sein Vater hatte die ganze Zeit gewusst, wo er war.

»Der Mann im Zug, das türkische Bad. Ich habe Vater auf direktem Weg zu den Behältern geführt.« Er streckte den Arm aus und drückte Fatimas Hand.

»Trägt dein Vater auch so ein Medaillon?«, fragte Rif.

»Alle Freiheitswächter tragen eins.«

»Setzen wir darauf, dass es wirklich so ist.« Rif wählte eine Nummer auf seinem Handy. »Brown, kannst du mal kurz in Theas Suite kommen?« Er beendete das Gespräch.

»Ist es an der Zeit, dass die Maus die Katze jagt?«, fragte Thea.

»Genau.«

Johann und Fatima sahen verwirrt aus.

»Wir haben ein Elektronik-Genie in unserem Team. Mit seinem Tracker gelingt es ihm vielleicht, deinen Vater und seine Männer mithilfe der gleichen Satellitenverbindung zu orten, die er benutzt.«

Johanns Miene hellte sich auf. »Dann können wir sie zur Strecke bringen.«

»Außerdem müssen wir eine Liste potenzieller Anschlagsziele erstellen.«

»Sie wollen die Menschen in den Flüchtlingslagern infizieren«, sagte Fatima.

»Das war der ursprüngliche Plan. Aber nachdem er nun durch Johanns mutige Aktion aufgeflogen ist, dürfte sein Vater nicht daran festhalten. Stattdessen wird er den Erreger wahrscheinlich hier in Istanbul freisetzen.«

Fatima erbleichte. »Wo?«

»Höchstwahrscheinlich an irgendeiner berühmten Sehenswürdigkeit oder an einem Verkehrsknotenpunkt«, vermutete Rif. »An irgendeinem Ort, an dem viele Menschen zusammenkommen.«

»So, wie es die Terroristen gemacht haben, die den Anschlag in Schloss Schönbrunn verübt haben«, sagte Johann.

»Genau. Die Metro, der Große Basar, die Blaue Moschee – das wären alles bestens geeignete Orte.« Rifs Ausdruck war angespannt. »In einer Stadt wie Istanbul gibt es unzählige potenzielle Anschlagsziele.«

Es klopfte an der Tür. *Brown*. Hoffentlich konnte er seine magischen elektronischen Kräfte zum Einsatz bringen – und zwar schnell.

89

Rif und Brown verbrachten die nächsten zwei Stunden damit zu versuchen, die GPS-Verbindung zwischen dem Peilsender in den Medaillons der Freiheitswächter und der Quelle umzudrehen. Wie erwartet, waren die Medaillons mit einem Netz verbunden, und zwar mit dem Ziel, den Aufenthaltsort jedes Mitglieds der Organisation von einem Knotenpunkt aus kontrollieren zu können. Das ergab Sinn, wenn Gernot Dietrich die einzige Person war, die Zugang zu den Informationen hatte, weil das Netz in dem Fall relativ klein wäre, aber die Art und Weise, wie so ein Netz aufgebaut war, machte das System auch anfällig. Gernot Dietrich lief Gefahr, dass sich das Nervensystem seiner Organisation gegen ihn selbst richtete.

Thea hatte für alle etwas zu essen bestellt, und jetzt ruhten sich die beiden Teenager in einem der Schlafzimmer aus. Sie hatten eine lange Reise hinter sich, seit sie in Salzburg gestartet waren, und waren über den Verlust der Behälter am Boden zerstört. Es war bemerkenswert, dass sie es überhaupt geschafft hatten, sie heil den weiten Weg von Salzburg nach Istanbul zu transportieren. Aus Rifs Sicht war das, was sie da vollbracht hatten, eine Heldentat.

Rif geriet manchmal mit Hakan aneinander, aber sein Vater wollte immer das Beste für ihn und die Welt im Allgemeinen. Selbst Thea hatte ein besseres Verhältnis zu ihrem Vater als dieser Junge. Mit gerade mal siebzehn musste Johann damit klarkommen, dass er einen Vater hatte, der einen Völkermord plant und es darauf anlegt, dass sein Sohn sich aktiv daran beteiligt. Das Wort *zerrüttet* beschrieb dieses Verhältnis nicht mal im Ansatz.

»Gibt's was Neues?«, fragte Thea und riss Rif aus seinen Gedanken.

»Brown ist kurz davor, die Verschlüsselung zu knacken.«

»Sehr kurz davor«, stellte Brown klar. Er saß am Tisch, vor ihm standen zwei Laptops.

»Unsere Leute sind überall in der Stadt an den wahrscheinlichsten Anschlagszielen in Position«, sagte Thea. »Wir sind einsatzbereit.«

»Solange Dietrich und seine Anhänger ihre Medaillons tragen, können wir sie orten.« Rifs Zuversicht passte nicht ganz zu der Anspannung im Zimmer. »Irgendwas Neues über die Geiseln?«

»Im passenden Zeitfenster haben drei Privatflieger die Gegend um Rize verlassen«, erwiderte Thea. »Keiner von ihnen ist in Italien registriert, aber das muss nicht unbedingt etwas bedeuten. Hakan müsste die Flugpläne dieser Flieger ziemlich bald haben.«

»Ich bin drin!« Browns triumphierende Stimme dröhnte durch das Zimmer. »Ich hab die Verschlüsselung dieses Scheißkerls geknackt.«

Thea und Rif gingen zu ihm an den Tisch. Vor sich hatte er zwei miteinander verbundene Laptops aufgebaut. Seine Finger tanzten über die Tasten wie die eines Konzertpianisten. Auf dem Display war eine Art Radaraufnahme über einer Karte von Europa und Asien zu sehen. Überall verstreut leuchteten rote Punkte.

Die Tür zum Schlafzimmer wurde aufgerissen. Vermutlich hatte Browns Triumphschrei die Teenager geweckt.

Johann kam in den Raum, er sah verschlafen aus. »Sind das die Freiheitswächter?«

»Genau.« Brown zoomte Istanbul heran, die einzige Stadt der Welt, deren Gebiet sich auf zwei Kontinente erstreckte. »In Istanbul sind sechs von ihnen unterwegs. Wie es aussieht, sind sie alle auf dem Weg zur Blauen Moschee. Nein, Moment, sie scheinen an der Moschee vorbeizuziehen.«

»Das Ereignis, das für diesen Ansturm auf die Istanbuler Hotels geführt hat – was war das noch mal?«, fragte Rif.

»Ach ja, stimmt ja.« Brown gab eine Suchanfrage bei Google ein. »Irgendeine Massenveranstaltung zur Unterstützung der Frauenrechte in arabischen Ländern. Sie findet in der Hagia Sophia statt.«

Rif sah Thea an. Ihnen wurde gleichzeitig bewusst, was das zu bedeuten hatte. An der Veranstaltung nahmen Menschen aus dem gesamten Nahen Osten teil. Wenn der Erreger in der Hagia Sophia freigesetzt wurde, konnte er Tausende befallen – und Millionen, wenn diese in ihre Heimatländer zurückreisten, ohne zu wissen, dass sie den extrem ansteckenden Erreger in sich trugen.

»Die Veranstaltung wird live auf Facebook übertragen«, sagte Fatima. »Es ist die arabische Version des Women's March.«

Brown tippte auf ein paar Tasten. Auf einem der Bildschirme erschien eine Liveübertragung aus dem Inneren der Hagia Sophia. Rif erkannte die byzantinischen Mosaike. Der Sprechgesang eines Muezzins, der zum Gebet rief, übertönte den Lärm der Menge weitgehend. Die Kamera bot einen Blick auf die Szenerie. Tausende Menschen drängten sich im riesigen Inneren der Hagia Sophia, die einmal das größte überdachte frei stehende Gebäude der Welt gewesen war. Bei den meisten Besuchern der Veranstaltung handelte es sich um Frauen. Viele trugen Kopftücher, man sah ihnen an, wie aufgeregt sie waren.

»Das muss das Anschlagsziel sein.« Rifs Gedanken rasten, während er ihre Optionen abwägte. »Brown, Thea, gehen wir!

Kontaktiere die anderen. Sag ihnen, sie sollen sich, so schnell sie können, mit uns an der Hagia Sophia treffen.«

»Ich komme mit«, sagte Johann.

»Unter keinen Umständen«, stellte Thea klar. »Das ist viel zu gefährlich.«

»Aber ich weiß, wie sie aussehen. Zumindest kenne ich die meisten von ihnen.«

»Tut mir leid, Johann«, meldete sich Rif zu Wort. Er respektierte den Mut des Jungen, aber sie konnten ihn unter keinen Umständen dieser Gefahr aussetzen. »Es ist genauso wahrscheinlich, dass sie dich erkennen. Und wenn du von der Bildfläche verschwunden bleibst, ist das ein gutes Ablenkungsmanöver.«

»Ich will aber helfen. Mein Vater ist für das Desaster verantwortlich.«

»Bleib hier und sieh dir die Liveübertragung auf Facebook an«, sagte Thea. »Und informiere uns, wenn du einen der Freiheitswächter erkennst. Wir müssen Brown mitnehmen, aber einer muss den Bildschirm im Auge behalten und uns laufend informieren.«

Johann schien weitere Einwände erheben zu wollen, doch Fatima legte ihm eine Hand auf den Arm, und zwischen ihnen fand eine wortlose Kommunikation statt. Der schlaksige Teenager nickte Thea zu.

Rifs Handy summte. *Hakan.*

»Ich bin von Rize unterwegs.« Im Hintergrund war das vertraute Rattern von Rotorblättern zu hören.

»Mit einem Hubschrauber?«

»Ja.«

»Sag dem Piloten, er soll sich bereithalten. Schick mir deine exakten Positionsdaten.«

»Was ist los?«

»Ich informiere dich, bevor du ankommst.« Er beendete das Gespräch.

Brown nahm sein Handy und tippte etwas ein. »Ich habe uns alle miteinander verbunden, auch Hakan und Johann, sodass wir alle miteinander kommunizieren können. Ihr habt das Programm, mit dem ihr die Freiheitswächter orten könnt, gleich auf euren Handys.«

Rif vergewisserte sich zweimal, dass die beiden M110-SASS-Scharfschützengewehre in seiner Reisetasche waren, eins für ihn, das andere für Jean-Luc. Thea reichte ihm Rauchgranaten, zusätzliche Munition und noch ein paar andere Utensilien aus ihrem taktischen Überlebenssicherungsbeutel. Bei diesem Einsatz konnten nur Rif und Jean-Luc bewaffnet sein, da sie sich vom Dach aus Zutritt zu dem Gebäude verschaffen würden.

Rif und Jean-Luc steuerten die Tür der Suite an. Ein Piepen auf allen Handys verkündete den Eingang einer Gruppennachricht. Johansson, Neil und Stewart waren auf dem Weg zur Hagia Sophia.

An der Tür drehte Rif sich noch einmal um und bedachte das Team mit einem letzten Blick. Sie würden bei diesem Einsatz, bei dem sie sechs rot blinkende Punkte in einer riesigen Menschenmenge suchten, ziemlich stark improvisieren müssen. Ihre Kommunikationszentrale war mit einem zivilen Teenager besetzt, und sie schickten ein unzureichendes Team mit begrenzten Mitteln aufs Feld. Was sollte da schon schieflaufen?

90

Johann steckte sich einen Ohrhörer ins Ohr, sodass er mit Thea und den anderen Mitgliedern des Teams kommunizieren konnte. Fatima setzte sich zu ihm und sah sich mit ihm gemeinsam auf Facebook die Liveübertragung aus der Hagia Sophia an. In ihm stiegen Erinnerungen an seine Besichtigung der weltbekannten Sehenswürdigkeit mit Onkel Karl auf, und das machte ihn traurig. Karl hatte ihm erklärt, dass alle früheren Dekorationen und Mosaike, auf denen Menschen abgebildet waren, während der Zeit, in der die Hagia Sophia eine Moschee gewesen war, mit Putz verdeckt worden waren, weil gläubige Moslems die Darstellung menschlicher Gestalten an Orten religiöser Verehrung missbilligen. Die Idee, die dahintersteckte, war, die Gläubigen in ihrer Anbetung Allahs nicht abzulenken. Doch letztendlich hatte der Putz dafür gesorgt, die kostbaren christlichen Kunstwerke zu erhalten.

Fatima riss ihn aus seinen Gedanken. »Es ist unglaublich. So viele Menschen aus aller Welt sind hier zusammengekommen, um sich für die Rechte von Frauen in muslimischen Ländern einzusetzen.«

»Warst du schon mal auf so einer Veranstaltung?«

»Nein«, sagte sie, »aber ich wollte schon immer mal an einer teilnehmen.«

Auf dem Bildschirm waren zwei Frauen zu sehen, die in die Kamera strahlten und Kinder hochhielten. Johann wurde übel. »Kinder.«

»Erkennst du jemanden?« Fatima hatte seinen Vater kennengelernt, jedoch nie einen der anderen Freiheitswächter gesehen.

»Es ist noch zu früh. Sie sind noch nicht da.« Er blickte auf den Bildschirm und sah, dass die roten Punkte sich von diversen Seiten der Hagia Sophia näherten. Der Haupteingang musste von den Menschenmassen verstopft sein. Er hoffte, das würde Thea und ihrem Team ausreichend Zeit verschaffen, zur Stelle zu sein, bevor die Männer seines Vaters den Erreger freisetzen konnten. Gegen sie arbeitete die Tatsache, dass die Freiheitswächter den Erreger jederzeit loslassen konnten, ohne sich darüber Sorgen machen zu müssen, sich selber anzustecken. *Feiglinge.* In ihm brodelte Wut – Wut auf sich selbst. Er hatte die Behälter entwendet, um andere zu schützen, nur um sie dann wieder zu verlieren. Wenn die Erreger freigesetzt wurden, würde er sich dafür persönlich verantwortlich machen.

Die Kamera bot einen Panoramablick auf den Hauptraum der Hagia Sophia. Ein Menschenmeer stand vor der nach Mekka hin ausgerichteten islamischen Gebetsnische. Ein kurz aufzuckendes Jägergrün erweckte Johanns Aufmerksamkeit. Es war der gleiche Farbton wie der des Mantels, den er und Karl vor zwei Jahren seinem Vater geschenkt hatten. Er beugte sich näher an den Bildschirm heran, um besser sehen zu können. Ja, es war Vater. Mit seiner Größe und seinem blonden Haar stach er aus der Menge heraus.

»Ist das dein Vater?« Fatima hatte ihn auch erblickt.

Er errötete vor Abscheu. »Ich gehe.«

»Was? Wohin denn?«

»Zur Hagia Sophia. Vielleicht kann ich Vater zur Vernunft bringen. So ist er eigentlich nicht. Ich habe keine Ahnung, was in ihn gefahren ist, aber ich muss das Ganze stoppen.« Er küsste Fatima auf die Wange.

»Ich komme mit.«

»Nein.«

»Du kannst mich nicht daran hindern«, entgegnete sie.

»Wenn sie den Erreger freilassen, wirst du sterben.«

»Dann beeilen wir uns lieber.«

»Bitte, Fatima. Ich flehe dich an, komm nicht mit.« Er konnte den Gedanken nicht ertragen, dass dieser hübschen, liebenswürdigen jungen Frau etwas zustieß. »Bitte, bleib hier und behalte die Übertragung im Auge. Pass auf, wo mein Vater hingeht.«

Sie zögerte. »Na gut, aber ich bin ganz in der Nähe, wenn du mich brauchst.«

Er würde sie immer brauchen.

91

Rif parkte den gemieteten Audi A3 vor dem Hubschrauberlandeplatz und ging nach hinten, wo Hakan ihn an dem Hubschrauber erwartete. Jean-Luc beugte sich aus der Tür und winkte ihm zu. Auf dem Helikopter, einem Hughes 500, prangte ein greller Schriftzug in auffallenden leuchtenden Farben. Das Gute war, dass es sich bei dem Hughes 500 um einen zuverlässigen Hubschrauber handelte, der als sehr leistungsfähig und sicher galt. Nicht so gut war der grelle Slogan auf beiden Seiten: *Türkei Exkursionen – Istanbuls bester Tourenanbieter.*

Sein Vater sah, dass er den Hubschrauber musterte, und zuckte mit den Schultern. »Was anderes konnte ich auf die Schnelle nicht auftreiben. Der Hubschrauber, den ich in Rize gemietet habe, musste zurückfliegen.«

»Der wird es schon tun.« *Wenn er genau darüber nachdachte, war der Slogan vielleicht sogar von Vorteil.* Die Freiheitswächter würden sich nichts dabei denken, wenn sie diesen harmlos aussehenden Hubschrauber in der Luft sähen.

Im nächsten Moment kam der Pilot auf sie zu. Er hatte einen Becher Kaffee in der Hand, eine rote Baseballkappe auf dem Kopf und sah in seinem abgetragenen T-Shirt und seiner zerschlissenen Jeans aus wie die türkische Version eines US-amerikanischen Buschpiloten. Rif hoffte, dass der Mann fliegen konnte.

»Haben Sie eine ruhige Hand?«, fragte er ihn auf Türkisch.

»Ich bin der Beste«, stellte der Pilot vollmundig klar und legte sich seine freie Hand aufs Herz.

Gegen ein gesundes Selbstbewusstsein hatte Rif nichts einzuwenden. Zumal es wahrscheinlich gerechtfertigt war. Wenn der Typ das ganze Jahr Touristen über der Stadt herumflog, musste er Tausende Flugstunden auf dem Buckel haben.

Rif und Jean-Luc gingen schnell zu Werke und befestigten die Seile, an denen sie sich herunterlassen würden, an den Kufen. Währenddessen startete der Pilot den Motor des Hughes. Die Mitglieder des Quantum-Teams hatten immer Sicherungsgurte, Gurtzeug, Haltestricke und L4-Nylonseile in ihren Reisetaschen, um jederzeit auf alle Eventualitäten vorbereitet zu sein. Improvisation im Einsatz war Teil ihres Lebens.

Die sich drehenden Rotoren erzeugten das typische Teppichklopfer-Geräusch. Rif checkte ein letztes Mal den Lasthaken, das Abseilgeschirr und die sonstige Ausrüstung und zog an dem Seil, um sich zu vergewissern, dass es korrekt befestigt war. Der Rotorenwirbel drückte ihn fast nieder bis auf den Asphalt. Er und Jean-Luc rückten ihre Helme zurecht, setzten sich ihre Schutzbrillen auf und streiften sich Lederhandschuhe mit verstärkten Handflächen und Fingern über, die extra dick gepolstert waren, um ihre Hände beim Abseilen vor der Reibung zu schützen.

Rif stieg in den Hughes, winkte Hakan noch einmal kurz zu, und im nächsten Moment stieg der Hubschrauber auch schon in die Luft. Der glatte Start bestätigte das Selbstvertrauen, das der Pilot im Hinblick auf seine Flugkünste an den Tag gelegt hatte.

Die Blicke von oben auf Istanbul waren atemberaubend. Schiffe fädelten sich den Bosporus entlang und durchschnitten das glitzernde, saphirblaue Wasser. Das Goldene Horn trennte die neue Stadt von der alten. Die vielfarbigen Dächer der historischen Gebäude ließen das Ganze aussehen wie einen Flickenteppich. Die dünnen, wie Bleistifte geformten Minarette der zahlreichen Moscheen der Stadt ragten in den tiefblauen Himmel. Von oben wirkte alles gelassen und heiter, die Menschen in Istanbul hatten keine Ahnung von der drohenden Gefahr.

Rif warf einen Blick auf sein Handy. Die roten Punkte waren an der Hagia Sophia angekommen. Er schickte Thea eine Nachricht und informierte sie, dass sie über der Blauen Moschee waren und zu sinken begannen. Als Nächstes überflogen sie den Sultan-Ahmed-Platz. Dann hatten sie auch schon die Absetzzone erreicht.

Jean-Luc nickte Rif zu und rief, um sich über den Motorenlärm hinweg verständlich zu machen: »Nach dir!«

Der Pilot steuerte den Hughes über die östliche Seite der riesigen zentralen Kuppel der Hagia Sophia und wich bewusst den vier Minaretten aus, die sechzig Meter hoch in die Luft ragten. Wenn sie sich dort auf die unteren Dächer abseilten, würden sie sich Zutritt zur oberen Etage des Museums verschaffen können. Sie würden über dem Hauptraum der Hagia Sophia in Position gehen und von da aus die Menge unter ihnen überblicken können.

Rif gab dem Piloten ein kurzes Signal und warf seine Tasche mit den Utensilien aus dem Hubschrauber. Das Gewicht der Tasche sorgte dafür, das Seil ruhig zu halten. Er vergewisserte sich mit der Führhand, dass das Seil ausreichend Spielraum hatte.

Als das untere Ende des Seils das Dach berührte, saß Rif bereits am Ausstieg und blickte nach draußen. Er drehte sich um hundertachtzig Grad, sodass er in Richtung Hubschrauber blickte, beugte sich von der Hüfte aufwärts nach innen und ließ die Beine herunter, bis seine Fußballen die Kufen berührten, die Füße schulterbreit auseinander und die Knie zusammengedrückt. Seine Bremshand hatte er sich ins Kreuz gelegt.

Jean-Luc reckte ihm den aufgerichteten Daumen entgegen. Rif spannte die Knie an, stieß sich vom Kufengestell ab und ließ das Seil durch seine Hände gleiten. Als er die halbe Seillänge zurückgelegt hatte, leitete er – bei einer Geschwindigkeit von 2,5 Metern pro Sekunde – das Bremsmanöver ein. Er lockerte die Spannung und streckte seine Bremshand in einem Winkel von fünfundvierzig Grad aus, um seine Fallgeschwindigkeit abzubremsen.

Mit einem leisen Rums landete er auf dem Dach, zog das Seil durch den Seilring und sah sich zu allen Seiten um. Die Luft schien rein zu sein. Jean-Luc landete nur wenige Sekunden später hinter ihm.

Sie rafften ihre Ausrüstung zusammen und eilten zum nächsten Eingang. Rif holte seinen Pickel hervor und machte sich an dem Schloss zu schaffen, während Jean-Luc aufpasste.

Nachdem es einmal leise geklickt hatte, nickte Rif Jean-Luc zu und drehte langsam den Knauf der Dachtür. Ein Schwall warmer Luft schlug ihnen entgegen, als sie das Gebäude betraten. Er blickte sich um und sah mehrere Wischmopps, Reinigungsutensilien und einen großen Kanister Bodenreiniger. Sie waren in einem Wartungsraum gelandet. Auf der anderen Seite gab es eine weitere Tür, die ins Hauptgebäude führte.

Sie bewegten sich leise, zogen die Tür hinter sich zu, hielten sich geduckt und setzten ihre Scharfschützengewehre zusammen. Als sie fertig waren, standen sie auf und checkten ein letztes Mal ihre Ausrüstung. Rif zog den Reißverschluss der Tasche zu, schnallte sie sich auf den Rücken und schickte Thea eine Nachricht.

Wir sind drinnen. Warten auf dein Signal.

92

Thea war um die immer weiter anwachsende Menge herumgegangen, die darauf wartete, in die Hagia Sophia gelassen zu werden, und hatte sich ziemlich weit vorne in die Schlange gemogelt. Einige der Wartenden grummelten, aber alle waren so aufgeregt, bei dem Event dabei zu sein, dass nicht einmal die Anwesenheit einer unverschämten Westlerin ihre Stimmung trüben konnte. Sie eilte durch das Metalldetektor-Tor und an der Sicherheitskontrolle vorbei, die nicht gerade besonders streng war. Sie konnte sich gut vorstellen, wie es den Freiheitswächtern gelungen war, die Keramikbehälter ins Innere zu schmuggeln. Sie konnten beinahe als Thermoskannen durchgehen.

Sie band sich ein Tuch so um den Kopf, dass es wie ein Hidschab aussah, um sich nicht von der Menge abzuheben, ging an dem Mosaik von Maria und Jesus vorbei, auf dem ihnen Geschenke dargeboten werden, und schlängelte sich durch die Menschenmenge in die innere Kirchenvorhalle. Um sie herum herrschte ein heilloses Gedränge.

Sie warf einen Blick auf die blinkenden roten Punkte auf dem Display ihres Handys. Alle sechs Mitglieder der Freiheitskämpfer waren bereits im Inneren der Hagia Sophia.

Vor ihr ragte das Kaisertor auf, durch das sie das atemberaubende Hauptschiff betrat. Die Decken befanden sich in einer beeindruckenden Höhe von fünfundfünfzig Metern, von den Mosaiken reflektierte goldenes Licht ins Innere des Gebäudes.

Sie zwängte sich durch die drängenden Besucher und steuerte die Sultansloge an, da den roten Punkten auf ihrem Handy zufolge in dem Bereich einer der Freiheitswächter lauerte.

Brown, Johansson, Neil und Stewart waren ebenfalls alle im Inneren des Gebäudes. Sie hatten erwogen, die türkische Polizei über die drohende Gefahr zu informieren, sich jedoch dagegen entschieden. Jede Sekunde zählte, und der Polizei zu erklären, was los war, hätte wertvolle Zeit gekostet, die sie besser dazu nutzten, die Freiheitswächter ausfindig zu machen. Außerdem würde Dietrich seine Männer wahrscheinlich anweisen, die Erreger sofort freizusetzen, wenn die Polizei aufkreuzte und anfing, das Gebäude zu evakuieren.

Glänzende Mosaike und außergewöhnliche Marmorverzierungen bestimmten das Bild unter der prachtvollen Kuppel. Der riesige Raum war von bewunderndem Gemurmel erfüllt, alle blickten nach oben und bestaunten den Anblick. Eine Gruppe Besucher rückte immer näher auf den Mimbar zu, eine ungewöhnliche Kanzel mit einer Treppe in der Mitte des Schiffs. Der Imam stand auf halber Höhe der Treppe, wenn er seine Predigt hielt, denn höher zu stehen, würde als Respektlosigkeit gegenüber dem Propheten Mohammed erachtet werden.

An diesem Tag würde der beliebte und allseits respektierte Imam Mayali zu der Menge sprechen, und alle wollten die Gelegenheit nutzen, ihn zu hören oder, noch besser, ihm persönlich zu begegnen. Thea ging näher an die Wand, wo sie es einfacher fand, sich durch die Menge zu schieben, und rückte tiefer ins Innere vor.

Durch die vierzig gewölbten Fenster in der Kuppel drangen Sonnenlicht – und vielleicht auch Gott oder Allah – ins Innere der Hagia Sophia. Sie ließ ihren Blick zu den oberen Galerien wandern, die aus Anlass der Veranstaltung an diesem Tag für Besucher gesperrt waren. Alles war ruhig, doch sie wusste, dass Rif und Jean-Luc sich irgendwo da oben verbargen und auf ihr Signal warteten.

Sie redete leise, wusste jedoch, dass die anderen sie hören konnten. »Ich habe nichts, Brown, siehst du einen von ihnen?«

93

Um nur möglichst kurz auf der offenen Galerie exponiert zu sein, die die obere Etage des Innenraums der Hagia Sophia umgab, warteten Rif und Jean-Luc in dem Wartungsraum darauf, dass die anderen Mitglieder des Teams die Freiheitswächter ausfindig machten. Angesichts der unterhalb der Galerie drängenden Menschenmasse war die Sicherheitslage angespannt, und zwei Männer mit Scharfschützengewehren in den Händen würden nicht lange unbemerkt bleiben.

In vergangenen Zeiten saßen die Bürger der oberen Gesellschaftsschichten auf der oberen Etage, während sich die Massen unten drängten. Doch momentan war die Rampe, die zu dem Galeriebereich hinaufführte, wegen laufender Bauarbeiten abgesperrt, was ihnen sehr entgegenkam.

Durch eine Entlüftung wurde heiße Luft in den Raum geblasen. Rifs Haut war in Schweiß gebadet. Jean-Luc saß neben ihm, auch ihm rann Schweiß übers Gesicht. Rif warf einen Blick auf seine Uhr. Der Imam würde in Kürze mit seiner Begrüßungsansprache beginnen und die zahlreichen Rednerinnen vorstellen, Frauenrechtlerinnen aus allen möglichen Ländern des Nahen Ostens.

Sie hatten ihre M110-SASS-Scharfschützengewehre mit Unterschallmunition geladen. Statt der üblichen 7,62-mm-NATO-Patronen verwendeten sie 180-Gramm-Hohlspitzgeschosse, die sich beim Eindringen pilzförmig vergrößerten und in der getroffenen Zielperson stecken blieben, anstatt durch sie hindurchzudringen und möglicherweise auch noch andere Menschen zu verletzen. Sie wollten versehentlich getroffene Opfer um jeden Preis vermeiden. Rif hatte bei der Delta Force eine Scharfschützenausbildung absolviert, und Jean-Luc war bei der französischen Fremdenlegion Scharfschütze gewesen. Somit stand außer Frage, dass sie für diesen Einsatz qualifiziert waren, aber in eine Menschenmenge zu schießen, war selbst für die geübtesten Präzisionsschützen mit zusätzlichen Risiken verbunden.

Rif wollte unbedingt vermeiden, dass eine Panik ausbrach. Das war ein weiterer Grund, aus dem sie Unterschallmunition verwendeten. Wenn diese Geschosse abgefeuert wurden, verursachten sie nur einen Knall, der nicht viel lauter war als ein Händeklatschen. In der lauten Umgebung müssten die Schüsse unbemerkt bleiben. *Aber ob es auch unbemerkt bleibt, wenn der eine oder andere Anwesende aufgrund eines Kopfschusses zu Boden geht, ist eine andere Frage.*

Rif holte sich die Liveübertragung auf Facebook auf das Display seines Handys. Die Aufnahme zeigte, dass die Menge im Inneren der Hagia Sophia immer weiter anschwoll. Die Menschen standen Schulter an Schulter, um dem historischen Ereignis beizuwohnen.

Noch drei Minuten bis zur Begrüßungsansprache des Imams.

»Hätte ich mir bloß nicht diese verdammten Klamotten angezogen«, sagte der Franzose.

»Ich hoffe nur, dass du ein Deo benutzt hast.« Rif wischte sich Schweiß vom Hals.

Der ältere Jean-Luc lachte, sein grau melierter Stoppelbart war mindestens drei Tage alt. »Du stehst also auf mich?«

»Nein, du bist nicht mein Typ.«

»Na gut, dann hast du jemand anderen im Kopf.«

»Was soll das denn heißen?«

»Du wirst nicht so alt wie ich, ohne das eine oder andere mitzukriegen«, sagte Jean-Luc. »Die Frage ist nur, was du in dieser Hinsicht zu tun gedenkst.«

Theas Stimme meldete sich in ihren Ohrhörern. Sie fragte Brown, ob er einen Freiheitswächter ausfindig gemacht habe. Ihr Timing war perfekt und bewahrte ihn davor, auf Jean-Lucs neugierige Frage eingehen zu müssen.

Bevor Brown antwortete, war auf dem harten Marmorboden vor dem Wartungsraum das Stapfen von Schritten zu hören. Rif legte sich den Zeigefinger an die Lippen und nickte Jean-Luc zu.

Sie schlichen jeder zu einer Seite der Tür, pressten sich mit dem Rücken an die Wand und warteten. Vielleicht ein Wachmann, der noch mal eine Runde drehte, bevor der Imam zu reden begann?

Das Stapfen verstummte auf der anderen Seite der Tür.

94

Johann sprintete zur Hagia Sophia. Er drängte sich nach vorne in die Warteschlange, passierte die Sicherheitskontrolle und hielt nach der hoch aufragenden Gestalt seines Vaters Ausschau. Inzwischen konnte er überall sein. Johann blieb an der Rampe, die zur oberen Etage hinaufführte, stehen und musterte das wogende Menschenmeer. Tausende waren in dem Kirchenschiff versammelt und strahlten vor Freude. Er fühlte sich überwältigt, entmutigt – und wütend. Wie konnte sein Vater es wagen, Menschen aufgrund ihrer ethnischen Zugehörigkeit oder ihrer Kultur anzugreifen?

Fatimas Kultur.

Er rief sie auf ihrem nicht zurückverfolgbaren Prepaidhandy an.

Sie ging sofort dran. Ihre Stimme war angespannt. »Alles in Ordnung?«

»Hier ist es rammelvoll. Ich kann meinen Vater nirgendwo sehen.«

»Ich habe ihn auf der Übertragung auch aus den Augen verloren. Vielleicht solltest du versuchen, ihn anzurufen.«

»Gute Idee.« Er hielt kurz inne. »Das tut mir alles sehr leid.«

»Muss es nicht. Es ist ja nicht deine Schuld.« Sie klang besorgt. »Ich wünschte, ich wäre bei dir.«

»Ich bin froh, dass du in Sicherheit bist.« Die Menge schwoll weiter an, Menschen drängten sich an ihn. »Fatima?«

»Ja, ich bin noch dran.«

»Fatima, ich liebe dich.« Es war das erste Mal, dass er diese Worte laut aussprach, aber sie fühlten sich richtig an.

»Ich liebe dich auch. Ruf mich wieder an, sobald du kannst.«

»Versprochen.«

Er beendete das Gespräch und wählte die Nummer seines Vaters.

Es klingelte und klingelte.

Schließlich nahm Vater das Gespräch an.

»Dietrich.«

»Vater.«

Ein langes Schweigen.

»Wo bist du?«, fragte sein Vater schließlich.

»An der Rampe.«

»Du bist hier?« Sein Vater klang, als könnte er es nicht glauben. »Ich hoffe, du bist zur Vernunft gekommen.«

»Ich hoffe, *du* bist zur Vernunft gekommen.« Der unverkennbare Grünton fiel ihm ins Auge. Er blickte durch das Schiff und sah den unübersehbaren Umriss seines Vaters. Auf die Entfernung konnte Johann seinen Gesichtsausdruck nicht erkennen, aber er konnte sich seinen missbilligenden finsteren Blick gut vorstellen.

»Tu diesen unschuldigen Menschen nichts an«, flehte Johann ihn an.

»Deine neue Freundin hat dir den Verstand geraubt. Du bist einer von uns.«

»Nein, bin ich nicht.«

»Diese Leute terrorisieren uns. Das sind nicht mal richtige Menschen. Wir befinden uns in einem Krieg, um unsere Zivilisation zu retten.«

»Ist dir gar nicht klar, wie paranoid das klingt?«

Theas Stimme meldete sich in seinem Ohrhörer. Sie fragte

Brown, ob er einen der Männer seines Vaters ausfindig gemacht habe.

»Du bist unserem Feind auf den Leim gegangen, Johann. Der es auf mich abgesehen hat. Zum Glück bin ich immer wachsam.«

»Bitte, Vater, sag das Attentat ab.«

»Irgendwann wirst du mir dankbar sein.«

In der Nähe des Ständers mit dem Absperrseil vor der Rampe zur oberen Etage redete jemand erhitzt auf den dort positionierten Wachmann ein. Jemand stieß Johann von hinten an, duckte sich unter dem Absperrseil durch und verschaffte sich Zutritt zur Rampe. Irgendetwas an der Figur des Mannes kam Johann bekannt vor. Als er sich ein wenig zur Seite drehte, gefror Johann das Blut in den Adern. Leopold. Und er hatte eine schwarze Nylontasche bei sich.

»Mama hätte nie gewollt, dass du so was tust.« Es war das einzige Argument, das seinen Vater vielleicht dazu bringen konnte, seine Meinung zu ändern. Johann beendete das Gespräch. Als er sah, dass der Wachmann immer noch abgelenkt war, trat er über das Absperrband hinweg und stürmte hinter Leopold her die Rampe hinauf.

95

Thea wartete auf Browns Antwort. Sie lauschte angestrengt, um über den Lärm der Menschenmenge hinweg etwas verstehen zu können. Die roten Punkte würden sie zu Dietrichs Männern führen, doch angesichts des Gedränges, das in der Kirche herrschte, mussten sie äußerst sorgfältig vorgehen, um absolut sicher zu sein, auch die richtigen Ziele geortet zu haben.

»Feind im Visier. Fußball negativ«, dröhnte Browns Stimme in ihrem Ohrhörer.

Der erste Freiheitswächter war lokalisiert, aber keine Spur von einem Behälter.

»Bleib an ihm dran. Johansson, hast du was?«

»Bin noch auf der Suche«, erwiderte Johansson.

Thea ging auf die Apsis zu, doch die hereinströmenden Menschenscharen machten es ihr nicht leicht. Um eine maximale Wirkung zu erzielen, würden die Freiheitswächter vermutlich warten, bis sich die Hagia Sophia vollständig gefüllt hatte, bevor sie Erreger freisetzten.

»Feind lokalisiert«, ertönte Neils Stimme in ihrem Ohrhörer. »Kein Gepäck. Bin an ihm dran.«

Sie spürte Panik in sich aufsteigen. »Bleib dran.«

Zwei haben wir, bleiben noch vier.

Eine ältere Frau mit Kopftuch stieg die Stufen zum Mimbar hinauf und hielt sich das Mikrofon vor den Mund. Sie sprach Arabisch, dankte den Anwesenden für ihr Kommen, wies auf die Wichtigkeit der Veranstaltung hin und kündigte an, dass der Imam in Kürze zu ihnen sprechen werde.

Die Menschenmenge jubelte und freute sich auf die Rede des Imams.

»Feind geortet. Positiv.« Stewarts Stimme klang rau.

Der Jubel der Masse übertönte Stewarts Stimme in ihrem Ohrhörer. »Wiederhole. Hast du ›positiv‹ gesagt?«

»Ja. Er hat Johanns Rucksack mit dem Emblem des FC Red Bull Salzburg dabei.«

In der Hagia Sophia waren an diesem Tag jede Menge Gepäckstücke zu sehen – Wickeltaschen, Rucksäcke, Stofftaschen, aber dieser Rucksack stach hervor.

»Foto.«

»Unterwegs.«

Ihr Handy summte, ein Gruppentext mit einer Bilddatei.

Sie starrte auf das Bild. »Johann, kennst du den?«

Keine Antwort.

»Johann, hörst du mich?«

»Ja, ich sehe es mir gerade an.« Er klang außer Atem.

»Alles in Ordnung?«, fragte sie ihn.

»Das ist Hencler Raab, einer der Männer meines Vaters.«

Ein elektrisierender Stoß durchzuckte sie. »Rif, seid ihr bereit?«

Sie wartete eine gefühlte Ewigkeit, aber es kam keine Antwort.

96

Theas Frage hallte in seinem Ohrhörer nach, doch Rif blieb absolut stumm und regungslos. Der Türknauf drehte sich. Jean-Luc stand an der einen Seite der Tür, Rif an der anderen. Die Tür schwang langsam auf. Ein Mann trat über die Schwelle.

Rif schlang einen Arm um den Hals des Mannes, hielt ihm mit der Hand des anderen Arms den Mund zu und brachte den Hereinkommenden zu Boden, während Jean-Luc die Tür wieder zumachte. Eine schnelle Inaugenscheinnahme seiner Uniform ergab, dass er kein Wachmann war, sondern dem Wartungstrupp angehörte.

Rif erklärte ihm auf Türkisch, dass sie da seien, um etwas Furchtbares zu verhindern. Doch für den Fall, dass ihr neuer Freund nicht geneigt war, ihnen zu glauben, waren sie lieber übervorsichtig. Jean-Luc fesselte die Hände und die Knöchel des Mannes mit Klebeband. Dann noch ein Streifen über den Mund, und ihr Gefangener war außer Gefecht gesetzt. Rif sagte ihm, dass er sich keine Sorgen machen müsse, doch der entsetzte Blick des Mannes ließ darauf schließen, dass die Botschaft nicht ankam.

»Rif, hörst du mich?« Theas Stimme meldete sich wieder in seinem Ohrhörer. Sie klang dringlich.

»Entschuldigung für die Verzögerung. Ein unerwarteter Besucher. Jetzt haben wir grünes Licht.« Rif öffnete die Tür des Wartungsraums. Das laute Gemurmel der Besuchermenge schlug ihm umgehend entgegen. Er suchte die obere Ebene nach Wächtern ab. Nichts. Wahrscheinlich waren sie alle unten und versuchten, die Menschenmenge unter Kontrolle zu halten.

»Ein Ziel bestätigt. Geht in Position.«

»Sind auf dem Weg.« Er gab Jean-Luc ein Zeichen.

Sie schlichen aus dem kleinen Raum und ließen den Mann vom Wartungstrupp gefesselt zurück. Vielleicht dehydrierte er, weil er schwitzte, aber er würde überleben. Jean-Luc ging auf der Südseite der Galerie in der Nähe des enormen Deësis-Mosaiks in Stellung, Rif steuerte die Seite gegenüber an. Er drückte sich an die Wand und hielt nach Eindringlingen auf der Galerie Ausschau. Die leisen Sohlen seiner Stiefel verursachten auf dem Marmorboden kein Geräusch. Er bewegte sich schnell und steuerte ebenfalls seine Position an.

Er huschte geduckt zur Brüstung, verbarg sich hinter einem Pfosten und atmete langsam und gleichmäßig ein und aus. Das Gewehr fest in den Händen, starrte er hinunter in die Besuchermenge. Auf den ersten Blick erschien es ihm unmöglich, ein Ziel auszumachen, aber Stewart richtete einen Laserstrahl nach oben, sodass Rif den Freiheitswächter problemlos erkennen konnte.

Neils Stimme ertönte. »Positiv. Feind im Visier.«

Ein anderer Laserstrahl in der Menschenmenge sprang ihm ins Auge.

»Foto?«, fragte Thea.

»Schon geschickt.«

»Johann, kannst du bestätigen?«

Keine Antwort.

»Feind öffnet den Rucksack«, sagte Neil.

»Alle in Position. Wir müssen jetzt zuschlagen.« Theas Stimme war entschlossen, kontrolliert. »Jean-Luc, bitte bestätige, dass du das Ziel im Visier hast.«

»Rote Baseballkappe, Segeltuchrucksack«, dröhnte Jean-Lucs tiefe und raue Stimme in ihrem Ohr.

»Korrekt. Klare Sichtlinie?«, fragte Thea.

»Ja.« Falls sich etwas änderte, würde Jean-Luc es sie wissen lassen. Ansonsten war die Operation im Gang.

Rifs Welt schrumpfte zu einer kleinen Blase zusammen, sämtliche Hintergrundgeräusche und -aktivitäten verblassten. Es existierten nur noch er und das Ziel. Er sah durch das Zielfernrohr auf sein Opfer: ein Mann mittleren Alters mit rotblondem Haar und einer ausgeprägten Nase in einem Hemd mit Button-down-Kragen. Er sah aus wie ein Büroangestellter, nicht wie ein Terrorist, der im Begriff war, eine tödliche biologische Waffe freizusetzen.

Ein anderer Mann in der Menschenmenge verlagerte sein Gewicht und versperrte Rif den Blick auf die Zielperson.

»Keine klare Sicht mehr.« *Scheiße.* »Mann mit braunem Jackett versperrt den Blick auf die Zielperson.«

»Stewart, kümmere dich darum«, wies Thea ihn an.

Rif sah durch das Zielfernrohr, dass Stewart den Mann vorsichtig am Arm berührte und ihm eine Frage stellte. Der Mann zeigte zur Tür. Fragte Stewart ihn, in welcher Richtung die nächste Kneipe war, oder was? *Schieb ihn einfach nur aus dem Weg.*

Jean-Lucs Stimme lenkte ihn von seinem Ziel ab. »Zielperson hat den Behälter in der Hand. Sofortiger Schuss erforderlich.«

»Operation im Tandem. Rif?«, fragte Thea.

Sie mussten die Schüsse koordinieren, aber er hatte keine klare Sicht. Die von Jean-Luc ins Visier genommene Person war im Begriff, die Biowaffe freizusetzen. Musste er also erst den Mann mit dem Jackett außer Gefecht setzen und sofort danach einen zweiten Schuss auf sein Ziel abfeuern?

Die Sekunden vergingen quälend langsam.

Der Mann mit dem braunen Jackett lächelte Stewart an und

trat zur Seite. Rif atmete aus. Jetzt hatte er klare Sicht. Sein Ziel öffnete ebenfalls seinen Rucksack.

»Bereit.« Rif nahm das Gesicht des Mannes ins Fadenkreuz.

»Operation läuft. Drei, zwei, eins …« Thea startete den Countdown.

Ein tiefer Atemzug. *Luft anhalten.*

Rifs Finger drückte den Abzug.

97

Der Imam stand auf halber Höhe des Mimbars und sprach zu der begeisterten Besuchermenge. Er redete von der Unerschütterlichkeit des Friedens und der wichtigen Rolle der Frauen. Währenddessen hielt Thea die Luft an und wartete darauf, dass die Kugeln die Zielpersonen außer Gefecht setzten. In Anbetracht der eng beieinanderstehenden Menschen konnte die kleinste Bewegung einen Fehlschuss zur Folge haben. Doch sie glaubte an Rif und Jean-Luc. Sie waren beide Meisterschützen und auch unter Druck unbeirrbar.

Zwei Ploppgeräusche ertönten, in dem Gewimmel waren sie kaum zu hören.

»Ziel getroffen.« Rifs Stimme klang angespannt, konzentriert.

»Erledigt«, bestätigte Jean-Luc.

»Paket sichergestellt«, ertönte Neils Stimme in Theas Ohrhörer. Er hatte es geschafft, der Zielperson, die Jean-Luc getroffen hatte, den ersten Behälter abzunehmen.

Thea, die keine zwanzig Meter von Stewart entfernt war, drängte sich zu ihm vor, um ihm zu helfen, den zweiten Behälter zu sichern. Der Freiheitswächter, auf den Rif gezielt hatte, brach zusammen.

Stewart beugte sich herunter, um den zweiten Behälter zu sichern, doch in dem Moment schlug ihm eine Frau, die einen Hidschab trug, mit voller Wucht einen Gehstock auf den Kopf. Die Frau schnappte sich den Rucksack und stürmte in Richtung

Mimbar. Ein paar in der Nähe stehende Besucher schienen angesichts des Tumults überrascht, aber die meisten bekamen kaum etwas mit, weil sie gebannt der Rede des Imams lauschten.

Thea sprintete los und verfolgte die Frau. »Stewart außer Gefecht gesetzt.« Sie musterte die schlanke Gestalt. »Frau mit blauem Hidschab hat den Behälter. Bin an ihr dran.«

Neil und Brown würden sich um Stewart kümmern, während sie der Frau nachjagte. Sie durfte auf keinen Fall riskieren, sie in der Menschenmenge zu verlieren. Thea schubste und drängelte sich durch das Gewimmel, wich einigen Besuchergruppen aus und stieß andere beiseite. Sie holte auf, doch die Menge wurde immer dichter und bremste sie aus. Sie blickte nach vorn. Kalte Angst kroch ihr bis in die Knochen. Die Frau steuerte direkt den Mimbar an, auf dem der Imam stand und zu der Menge sprach.

Ein Mann des Sicherheitsdienstes versuchte, die Frau daran zu hindern, die Stufen zum Mimbar hinaufzusteigen, aber sie setzte ihn irgendwie außer Gefecht. Mit dem Stock? Einem Messer? Thea hatte keine Ahnung. Der Sicherheitsmann brach in der Nähe der Treppe zusammen.

Die Frau stürmte die Treppe hinauf, immer zwei Stufen auf einmal nehmend. Im ersten Moment lächelte der Imam, vielleicht war er übertrieben ausgelassene Zuhörer und Zuhörerinnen seiner Predigten gewöhnt, doch sein Lächeln verblasste schnell. Die aufdringliche Frau stieß ihn beiseite und rannte die restlichen Stufen hinauf, womit sie die Besuchermenge schockierte, denn der Platz ganz oben auf dem Mimbar war dem Propheten Mohammed vorbehalten.

Thea erreichte den Fuß des Mimbars. Die Frau blickte auf die Besuchermenge hinab und zog den Behälter aus dem Rucksack. Als Thea zu ihr hochsah, fuhr sie schockiert zusammen.

Moment mal.

Sie erkannte das Gesicht der Frau.

Ocean.

Die rätselhafte Passagierin aus dem Flugzeug. Der eigentliche Grund, aus dem Prospero die 737 entführt hatte. *Die Frau, die Ayan und Jabari mitten in einem Schneesturm im Stich gelassen hatte, um selber zu entkommen.*

Von rasender Wut erfasst, stürmte Thea die Treppe hinauf.

98

Johann stürmte die Rampe hoch, die zur oberen Galerie führte. Er wollte unbedingt versuchen, Leopold zu erwischen. Obwohl er keuchte und flach atmete, beschleunigte er seinen Schritt. An der obersten Stelle der Rampe angekommen, hielt er nach Leopold Ausschau und entdeckte ihn. Der Wissenschaftler stürmte auf die Galerie und streifte sich die Tasche von der Schulter.

Johann versuchte zu erkennen, was sich in der schwarzen Nylontasche befand, aber ihm verschwamm alles vor Augen. Er schüttelte den Kopf und verfluchte sein Marfan-Syndrom. Hatte Leopold einen der Behälter? »Thea Paris und ihr Team haben die anderen gestoppt«, rief er ihm zu.

Leopold hob die Tasche hoch. »Das ist mir egal. Weißt du noch, wie effektiv die Charge war, mit der ich Kaleb infiziert habe?«

Johann stürmte auf ihn zu. »Die Menschen da unten haben Ihnen nichts getan.«

Leopold langte in die Nylontasche und nahm einen dritten Behälter heraus, von dessen Existenz Johann nichts gewusst hatte. »Genau diese Einstellung hat zu dem Massaker im Schloss Schönbrunn geführt.«

»Hass gebiert Hass. Sie werden nur eine Gegenreaktion auslösen.« Johann verlangsamte seinen Schritt. Er war nicht mehr weit von dem kleineren Mann entfernt.

Leopold zeigte auf die Menge unter ihnen. »Es gibt inzwischen mehr als eine Milliarde Muslime weltweit – aber das können wir ändern.«

Die Drohung ließ Johann erstarren.

Doch dann fielen ein paar Sonnenstrahlen durch die gewölbten Fenster der Kuppel, reflektierten vom Drahtgestell von Leopolds Brille und rissen Johann aus seiner Trance.

»Leopold hat noch mehr Pesterreger«, informierte er das gesamte Quantum-Team. »Obere Galerie.«

99

Thea stürmte die Stufen des Mimbars hoch. Ocean stand höher, das verschaffte ihr einen Vorteil. Thea machte sich kampfbereit. Sie duckte sich, damit ihr Körperschwerpunkt sich tiefer befand und ihre Zielfläche geringer wurde.

Ocean stellte den Behälter auf die oberste Stufe, um die Hände frei zu haben. Dann drehte sie sich blitzschnell um, holte mit dem rechten Bein aus und trat zu. Thea packte ihre Wade mitten in der Luft und drückte das Bein gegen das Geländer des Mimbars, damit Ocean nicht noch einmal ausholen und zutreten konnte.

Sie nutzte die kostbaren Sekunden, stürmte zwei weitere Stufen hoch und befand sich nur noch dreißig Zentimeter unter ihrer Gegnerin. Doch Ocean war gelenkig und schnell. Sie bog ihr Bein, ging in die Hocke und packte eine Handvoll von Theas Haar.

Theas Kopfhaut tat höllisch weh. Sie sah alles nur noch verschwommen.

Sie reckte den Hals, hob den Kopf in die Richtung, in die Ocean an ihrem Haar zerrte, und verpasste ihr einen Schlag in den Solarplexus. Es folgte ein Ächzen, und der Griff, mit dem die andere Frau ihr Haar gepackt hatte, lockerte sich.

Thea nutzte die Gelegenheit, umfasste mit ihrer linken Hand Oceans rechtes Handgelenk, drehte und drückte es zur Mitte ihres Körpers hin, stieß den Ellbogen ihrer Gegnerin nach oben und nahm sie in den Polizeigriff. Ocean schrie schrill auf und ließ Theas Haar los. Doch bevor Thea sie auf den Boden drücken konnte, verpasste Ocean ihr schnell einen Tritt ins Gesicht. Der Geschmack von Kupfer füllte Theas Mund, und sie taumelte rückwärts. Sie hielt sich mit beiden Händen am Geländer fest, stolperte jedoch ein paar Stufen nach unten.

Sie stürmte die Stufen wieder hoch, doch Ocean hatte den Behälter bereits aufgehoben, hielt ihn in beiden Händen und versuchte, den Verschluss zu öffnen. Thea warf sich nach vorne und rammte Ocean. Sie landete hart auf dem Rücken, hielt den Behälter jedoch immer noch in den Händen, holte damit aus, schlug zu und zielte auf Theas Kopf.

Thea wich zur Seite aus und verpasste der Frau einen heftigen Faustschlag gegen die Schläfe. Ocean taumelte von dem Schlag, trat um sich und drehte sich. Thea schlug ihr mit der Faust gegen die Kehle. Es folgte ein knirschendes Geräusch. Ocean ließ den Behälter los, langte nach ihrem Hals und rang nach Luft. Thea fischte zwei Kabelbinder aus ihrer Tasche und fesselte schnell Oceans Fußknöchel und Handgelenke.

Dann schnappte sie sich den Behälter und inspizierte ihn genau. Er war noch fest verschlossen. Sie atmete ein paarmal tief ein und sagte: »Das zweite Paket ist gesichert. Was ist mit Stewart?«

»Er wird eine hässliche Beule kriegen, uns aber weiter mit seinem etwas eigenen Humor auf die Nerven gehen«, erwiderte Brown.

Sie hatten beide Behälter.

Doch Johanns Stimme in ihrem Ohrhörer spannte ihre Nerven aufs Neue zum Zerreißen an. »Leopold hat noch mehr Pesterreger. Obere Galerie.«

100

Johann sah Rif auf ihn zustürmen, aber er würde nicht rechtzeitig da sein. Er wandte sich wieder Leopold zu. »Tun Sie das nicht. Bitte.«

»Du bist ein Kind und naiv.« Leopold wich einen Schritt zurück, den Behälter in den Händen. Johann machte einen Satz auf den Wissenschaftler zu, aber der Mann drehte sich weg, sodass er nur in die Luft langte.

Hinter ihm erschien sein Vater am oberen Ende der Rampe und rief seinen Namen. Ihre Blicke trafen sich. Sie sahen einander in die Augen, und es kam Johann vor wie ein langer, schwerer Moment. Er suchte nach dem Mann, der zu seinen Fußballspielen gekommen war, nach dem Mann, der sich um ihn gekümmert hatte, wenn er krank gewesen war, nach dem Mann, der zwischen Gut und Böse unterscheiden konnte.

Doch er sah nur Verrücktheit, Fanatismus und Entschlossenheit.

Er wandte seine Aufmerksamkeit wieder Leopold zu, stürzte sich auf den Wissenschaftler und schlang die Arme fest um ihn. Das fühlte sich zwar peinlich an, war jedoch effektiv. Leopold wand sich, warf sich gegen das Geländer der Galerie und trat Johann mit voller Wucht auf den linken Fuß. Johann strauchelte kurz und taumelte nach hinten. Sein Fuß tat höllisch weh.

Er ignorierte den Schmerz, machte erst einen Schritt, dann noch einen und noch einen, beschleunigte und stürmte, jeden Funken Energie aus sich herausholend, auf Leopold zu. Er rammte ihn mit voller Wucht und schlang erneut seine Arme um die des Wissenschaftlers und um dessen Oberkörper. Durch die Wucht des Aufpralls krachten sie beide gegen das Geländer.

Johann spürte, dass er das Gleichgewicht verlor, sein Oberkörper hing über dem Geländer. Leopold versuchte mit aller Kraft, sich der Umarmung zu entwinden, doch Johann ließ nicht los. Der Behälter fiel auf den Boden der Galerie. Er war immer noch verschlossen.

Johann krümmte den Rücken, um seinen Oberkörper nach vorne zu bekommen und wieder fest auf dem sicheren Boden der Galerie zu stehen, doch Leopold wand sich immer noch und hinderte ihn daran. Johanns Füße hoben sich vom Boden, und sein eigenes Gewicht zog ihn noch weiter über das Geländer. Er umklammerte Leopold immer noch, fest entschlossen, den kleineren Mann auf keinen Fall entkommen zu lassen. Sie kippten beide über das Geländer.

Die Zeit verlangsamte sich, jede einzelne Sekunde erstarrte zu einem klaren Schnappschuss. Johann hing einen langen Moment in der Luft und nahm die Schönheit der Hagia Sophia in sich auf, die sich um ihn herum zu drehen begann. Aus seiner Perspektive in der Luft wirkten die Architektur und die Anlage des Baus wie aus einer anderen Welt. Ein Kaleidoskop aus Erinnerungen drehte sich in seinem Kopf, während er fiel: Onkel Karl, Mama, glücklichere Zeiten, seine neu entdeckte Liebe.

Die Menge unter ihm summte regelrecht vor Begeisterung. So viele hoffnungsvolle Gesichter. Er wollte Fatimas Gesicht noch einmal sehen, in der Freundlichkeit und der Liebe baden, die in ihren Augen glänzten. Aber es sollte nicht sein. Die Schwerkraft setzte sich durch. Er stürzte nach unten. Entsetzen und Absolution rangen miteinander, während der Boden auf ihn zuraste.

101

Thea hörte über sich einen Tumult. Sie blickte nach oben zur Galerie und musste zweimal hinsehen. Zwei Gestalten stürzten hinab und überschlugen sich in der Luft. Als sie Johanns blau kariertes Hemd sah, bekam sie ein flaues Gefühl im Magen. *O nein. Was macht der denn hier?* Der andere Mann, der durch die Luft flog, musste Leopold sein. Ein markerschütternder Schrei des Wissenschaftlers übertönte das Gemurmel der Menge und wurde von unten mit Rufen des Entsetzens beantwortet. Sie sah hilflos zu, wie die beiden in das Schiff hinabstürzten. Die Menge stob auseinander, um aus dem Weg zu kommen. Die beiden Körper schlugen mit einem lauten, dumpfen Klatschen auf dem Boden auf.

Die Menge im Schiff geriet in Panik und drängte zu den Ausgängen. Thea blickte wieder nach oben zur Galerie. Am Geländer stand ein großer Mann, bei dem es sich nur um Gernot Dietrich handeln konnte. Er hatte die Arme nach unten ausgestreckt, als ob er seinen Sohn durch den Raum wieder hochziehen wollte. Aus der Entfernung konnte sie sein Gesicht nicht erkennen, aber sie konnte sich vorstellen, dass sich Entsetzen darin abzeichnete. Er war gekommen, um anderen Unheil anzutun, aber er hatte nicht damit gerechnet, dass es seinen Sohn träfe.

Neben Gernot erschien ein großer Umriss. Rif. Er hatte seine Waffe auf den Freiheitswächter gerichtet.

»Das dritte Paket ist gesichert«, sagte Rif mit matter Stimme.

Johann Dietrich hatte soeben unzählige Leben gerettet.

Der Imam stand unter ihr auf der Treppe und richtete sich auf Arabisch an die Menge. »Es ist Allahs Wille, dass wir nach draußen gehen, um diesen großartigen Tag zu feiern. Kommt mit mir.«

Der weise Mann versuchte, die Hagia Sophia zu evakuieren, ohne dass es zu einer Panik kam. Die Menge strömte langsam aus dem Gebäude, während gleichzeitig Sicherheitskräfte versuchten, sich einen Weg nach drinnen zu bahnen.

Innerlich taub, reckte Thea den Hals, um zu sehen, ob Johann sich nach seinem Sturz bewegte. Aber die vielen Menschen versperrten ihr die Sicht.

Unter ihr auf der Treppe nahm sie eine Bewegung wahr. Brown und Johansson waren gekommen, um ihr zur Hand zu gehen. Ocean war bei Bewusstsein, hatte sich jedoch ihrem Schicksal ergeben. Sie litt erkennbar noch unter dem Schmerz von dem Schlag gegen ihre Luftröhre. Thea reichte Brown den Behälter. »Bring das in Sicherheit.«

Sie eilte mit wackligen Beinen die Stufen hinab und drängte sich durch die Menge zu der Stelle, an der Johann und Leopold aufgeschlagen waren. In ihr rang Hoffnung mit der Kenntnis der Fakten. Die beiden mussten beinahe sechzig Meter tief gestürzt sein, und der harte Boden unter ihren Stiefeln war unerbittlich. Sie fädelte sich durch eine Gruppe nach draußen strömender Menschen, dann durch noch eine und versuchte, zu Johann zu gelangen.

Sie erreichte zuerst Leopold. Der Freiheitswächter lag auf dem Bauch, sein Kopf war furchtbar verdreht, das Gesicht bis zur Unkenntlichkeit zerschmettert. Sie brauchte ihn nicht umzudrehen, um zu wissen, dass er tot war.

Ein Stück weit von ihm entfernt lag der Körper des Teenagers. Auf den ersten Blick sah Johann beinahe unverletzt aus, als ob er auf dem Boden läge und ein Nickerchen machte. Doch aus seinen Ohren rann Blut und sammelte sich auf dem Marmorboden zu einer Lache, ein Arm war unter seinem Körper in einem unnatürlichen Winkel verdreht.

Sie beugte sich zu ihm herab und hoffte, seinen Atem zu spüren. Kein Hauch. Sie wollte ihn schütteln und aufwecken. Aber nichts und niemand würde ihn je wieder wecken. Johann war so mutig gewesen. Er hatte sich seinem eigenen Vater entgegengestellt und letztendlich sein Leben geopfert, um das Leben anderer Menschen zu retten.

Warum war er nicht im Hotel geblieben?

Aber sie konnte ihn verstehen. Er hatte sich dafür verantwortlich gefühlt, die Behälter verloren zu haben. Aber es war nicht seine Schuld gewesen. Sondern die seines Vaters. Eine Welle der Wut erfasste sie. All die Planung, all der Hass, und jetzt war der Anführer der Freiheitswächter mit seinem Plan gescheitert und hatte bei dem Ganzen seinen Sohn verloren, seinen letzten Angehörigen. *Was für ein Idiot.*

In ihrem Ohrhörer meldete sich eine Stimme. »Johann, melde dich. Alles in Ordnung mit dir?« Sanft, weiblich, besorgt. Fatima. »Ich bin auf dem Weg.«

Neil erschien neben Thea. Er war ebenso erschüttert wie Thea. »Geh«, sagte er.

Obwohl jegliche Energie aus ihrem Körper gewichen war, richtete Thea sich taumelnd auf. Die Menge strömte zum Ausgang. Einige hatten den Sturz mit angesehen, andere spürten, dass irgendetwas nicht stimmte, doch die meisten befolgten einfach nur die Anweisung des Imams.

»Fatima, wo bist du?«

Thea hielt sich nah an der Wand und eilte zum Ausgang. Sie musste die junge Frau abfangen. Es gab ein paar Dinge, die junge Menschen nicht sehen sollten. Johann hatte zu viel gesehen, und die Erinnerungen an den furchtbaren Tod des Terroristen hatten ihn verfolgt.

»Fast bei der Hagia Sophia. Was ist passiert? Haben sie den Erreger freigesetzt?« Fatimas Stimme klang dünn und verängstigt.

Thea eilte weiter. »Nein, das Team hat die Behälter gesichert.« Die Worte kamen ihr schwer über die Lippen, als ob sie mit belegter Zunge spräche. »Wir treffen uns am Eingang.«

»Gott sei Dank bin ich jetzt da. Wo ist Johann?«

Thea trat ins Sonnenlicht, die hellen Strahlen bildeten einen starken Kontrast zu der Traurigkeit, die sie innerlich verspürte. Sie schirmte sich die Augen mit der Hand vor dem grellen Licht ab und sah Fatima. Sie stand mit auf Herzhöhe gefalteten Händen links neben dem Eingang.

Als Fatima Thea erblickte, hellte sich ihre Miene auf, doch als sie das Blut auf Theas Kleidung und ihre Miene sah, verdüsterten sich ihre Gesichtszüge, und sie sah erschrocken aus.

»Nein«, sagte Fatima.

»Er war ein Held.« Die Worte kamen Thea kaum über die Lippen. Sie nahm das zitternde Mädchen in die Arme.

»Nein, nein, nein.« Fatima trommelte mit den Fäusten gegen Theas Brust. Tränen strömten ihr über das Gesicht. Der Junge, den sie geliebt hatte, lebte nicht mehr.

Thea drückte die schluchzende Fatima an sich. Johann hatte die Sünden seines Vaters mit dem Leben bezahlt. Das war ein Muster, das Thea nur allzu vertraut war. Sie dachte an Nikos und Christos, an durch Liebe zusammengeschweißte Familien, die sich dennoch selbst zerstörten – besiegt von Kräften, die die Menschen trotz ihrer Jahrtausende währenden Existenz nicht zu bezwingen vermochten.

Und jetzt war ein weiterer Mann viel zu jung gestorben.

Sie schloss die Augen und drückte Fatima fest an sich.

102

Der Anruf von Prospero, um die Details der Übergabe zu klären, war unmittelbar nach den Ereignissen in der Hagia Sophia erfolgt. Thea war das Timing geradezu unheimlich erschienen.

Das Quantum-Team war vor Anbruch der Morgendämmerung nach Italien geflogen, um die Gegend zu erkunden. Prospero hatte die Scaligerburg von Sirmione am Gardasee aus dem 13. Jahrhundert für die Übergabe der Geiseln gewählt, eine mittelalterliche Festung in strategisch guter Lage am Ende einer langen, schmalen Landzunge, die am Südufer in nördlicher Richtung in den See hinausragte.

Die Scaligerburg war eine beeindruckende mittelalterliche Festungsanlage mit hoch über dem Wasser aufragenden, mit Zinnen versehenen Türmen und einer den Hafen der Burg umgebenden hohen Festungsmauer, die einst dafür hatte sorgen sollen, Angreifer davon abzuschrecken, die Burg vom Wasser aus anzugreifen. Jean-Luc, der die Umgebung durch ein Fernglas inspiziert hatte, hatte festgestellt, dass die Anlage aussehe wie ein raubtierhafter steinerner Frosch auf einer Landzunge. Die Wasserburg sah abweisend aus. Strategisch auf dem Ende der Landzunge gelegen, war sie von einem Burggraben umgeben und nur über zwei Zugbrücken zugänglich. Dieser Tage beherbergte sie ein Museum, in dem Fundstücke zur regionalen Geschichte ausgestellt wurden, und war von farbenfroh angestrichenen Häusern umgeben. Prospero war eindeutig darauf bedacht, Heimvorteil zu genießen, obwohl es Thea überraschte, dass er nicht einen Ort weiter im Süden gewählt hatte, näher an seiner Heimat.

Thea, die von den albtraumhaften Ereignissen in Istanbul immer noch ganz mitgenommen war, hatte Schwierigkeiten damit, dass der Dreh- und Angelpunkt des Geschehens sich nach Italien verlagerte. Das war absolut untypisch für sie, aber der Tod von Johann Dietrich war ihr unerwartet nahegegangen. Die Ironie der Tatsache, dass sich Prospero bei ihr gemeldet hatte, noch bevor sie etwas von Christos gehört hatte, war ihr nicht entgangen, und das hatte sie auf der Reise von Istanbul nach Italien auch Rif mitgeteilt.

Rifs Stimme in ihrem Ohrhörer riss sie wieder in die Gegenwart. »Auf ein Uhr nähern sich zwei Boote.«

Sie hielt sich ihr Fernglas vor die Augen, blickte nach Norden und stellte die Linsen scharf. Die aufgehende Sonne ließ das Wasser orange glitzern. Tatsächlich kamen zwei Schiffe in Sicht – ein Rennboot mit tiefem Rumpf und eine Fähre mittlerer Größe.

Auf dem Weg zum Gardasee hatte Thea Gabrielle angerufen. Die Agentin der Hostage Recovery Fusion Cell hatte in Erfahrung gebracht, dass Prospero einen Deal mit der CIA ausgehandelt hatte, das waffenfähige Kernmaterial an den US-amerikanischen Geheimdienst zu übergeben. Deshalb hatte sie Thea grünes Licht gegeben, ihm die Zylinder auszuhändigen. Es fühlte sich nicht richtig an, spaltbares Material an einen Mafioso zu übergeben, aber sie hatte keine Wahl. Prospero Salvatores Machenschaften erstaunten sie immer wieder. Er hatte seine Finger überall drin und schien immer zu profitieren, ohne mehr als ein Knöllchen für falsches Parken zu riskieren.

Das vorausgeschickt, hatte Prospero sich als ein beeindruckender Gegner erwiesen. Es wäre unklug, ihn zu unterschätzen, auch wenn dieser Austausch in trockenen Tüchern zu sein schien. Sie musterte die sich nähernden Schiffe durch ihr Fernglas. Vom Wasser aus zu kommen, bot Prospero die Möglichkeit, das Ganze abzublasen, wenn er das Gefühl haben sollte, dass ihm eine Falle gestellt worden war.

Sie kniff die Augen zusammen und versuchte zu erkennen, ob sich die Jungen auf dem Deck der Fähre befanden, aber die Schiffe waren noch zu weit entfernt, um irgendwelche Details ausmachen zu können. Neil und Stewart saßen ein Stück weiter nördlich am Ufer des Gardasees in einem Nor-Tech-Rennboot bereit. Dort würden sie auch bleiben, solange es nicht erforderlich war, die Verfolgung aufzunehmen. Es machte keinen Sinn, Prospero in Unruhe zu versetzen, nachdem sie nun so nah dran waren, die Geiseln ausgehändigt zu bekommen.

Thea stand am nördlichen Ende der Zinnen der Burg. Rif war an der südlichen Mauer positioniert und starrte durch sein Fernglas über das funkelnde Wasser. Das Grand Hotel Terme befand sich unmittelbar hinter ihm.

»Sie sind noch gut eineinhalb Kilometer vom Ufer entfernt.« Rifs dunkle Stimme in den Ohrhörern zu hören, war wohltuend, erst recht nach den Turbulenzen der vergangenen Tage.

In Anbetracht dessen, dass Ocean in einem türkischen Gefängnis saß und Mike Dillman tot war, müssten sich neun Geiseln an Bord der Fähre befinden, unter ihnen Ayan und Jabari. Die Frau war nicht bereit oder nicht in der Lage gewesen, viel über die Freiheitswächter zu enthüllen. Sie war so versessen darauf gewesen, sich für den Verlust der Ehre ihrer Familie zu rächen, dass sie die Gelegenheit, sich an dem Völkermord zu beteiligen, sofort beim Schopf ergriffen hatte und sich in ihrer Wut von ihrem kurzsichtigen Rachedurst hatte leiten lassen, statt ihre gedeihende Karriere als Wissenschaftlerin weiterzuverfolgen.

Theas Schultern verspannten sich, während sie darauf wartete, Ayan und Jabari zu sehen. Um Dillman tat es ihr leid. Ocean zufolge hatte er sich, wie versprochen, gut um die Jungen gekümmert.

Ihr Handy summte. Prospero.

»Sind Sie bereit, *bella donna?*«, fragte er.

»Als Erstes müssen die Geiseln freigelassen werden.« *Einen Versuch war es wert.*

Prospero lachte. »Soll ich die Schiffe wieder umkehren lassen?«

»Ich möchte alle an Deck haben, sodass ich sie sehen kann. Diese Forderung ist nicht verhandelbar.«

Schweigen.

Sie wartete.

»Sie können die Jungen sehen.«

»Alle Geiseln.«

»Ich rufe wieder an.«

Rifs Stimme meldete sich erneut in ihrem Ohrhörer. »Noch achthundert Meter.«

Sie starrte durch ihr Fernglas. Die beiden Schiffe pflügten durch das Wasser auf die Burg zu. In dem kleineren, schnelleren befanden sich nur ein Mann am Steuer und ein einziger Passagier. Sie waren beide bewaffnet. Das größere Schiff verfügte über ein Oberdeck, doch sie sah dort nur eine Gestalt – einen von Prosperos Männern. Er hielt ein Sturmgewehr in der Hand.

In Vorbereitung auf den Austausch hatte das Quantum-Team alle möglichen Szenarien diskutiert. Sie hatten erwogen, Taucher im Wasser zu positionieren, doch dies so kurzfristig zu bewerkstelligen, wäre eine gewaltige logistische Herausforderung gewesen, und zudem wollten sie Prospero nicht dadurch verschrecken, dass sie sich wie Seeungeheuer aus dem Wasser erhoben. Bei Verhandlungen über Geiselbefreiungen war es von entscheidender Bedeutung, dass die Verhandler gegenüber den Geiselnehmern Wort hielten und ehrlich und aufrichtig agierten. Jedes Anzeichen von Verrat oder irgendwelchen Tricks konnte dazu führen, dass die Geiseln litten – oder starben.

Das Rennboot wurde langsamer und blieb hinter der Fähre zurück. Jean-Luc kam an die Zinnen und stellte sich neben Thea. Er hatte die Passagierliste und einen Stift in der Hand, seine M5-Maschinenpistole baumelte an einem Schultergurt. Theas Handy vibrierte.

Prospero stand inzwischen auf dem Deck, im Schatten des überstehenden Dachs. »Ich zeige Ihnen die Geiseln. Dann nehmen meine Männer die Zylinder entgegen. Nachdem das Rennboot abgefahren ist, lassen wir die Geiseln von Bord.«

Die Muskeln in ihrem Nacken spannten sich an. Die Situation war alles andere als ideal, aber ihr blieb nichts anderes übrig, als darauf zu vertrauen, dass er Wort hielt. Ocean war nicht mehr da, und an den anderen Geiseln hatte er kein wirkliches Interesse.

Die Fähre wurde langsamer, bis sie etwa hundert Meter vom Ufer entfernt nur noch im Wasser dümpelte. Luciano führte die Geiseln auf das Deck. Sie stellte ihr Handy auf stumm, hielt sich das Fernglas vor die Augen und arbeitete sich von links nach rechts vor. »Laverdeen, Rivers, Matthias.« Sie nannte die Namen laut, und Jean-Luc hakte sie auf seiner Liste ab. Sie hatte die Jungen sofort erblickt. Die beiden waren auf eine Sitzbank gestiegen und winkten wie verrückt. Thea winkte zurück.

Sie beendete das Ausrufen der Namen der zu sehenden Geiseln. Sie hatte nur acht gezählt. »Jean-Luc?«

»Karlsson fehlt.«

Sie stellte die Stummschaltung aus, sodass sie wieder mit Prospero reden konnte.

»Karlsson muss ich auch sehen.«

»Das ist nicht möglich.«

»Warum nicht?«

»Wir hatten einige unvermeidliche Zwischenfälle. Einer ist für Karlsson tödlich ausgegangen.«

Damit gab es bereits zwei getötete Geiseln: Karlsson, der mental anfällige ehemalige MI6-Agent, und Dillman. Der Texaner war ein Guter gewesen, ein wahrer Verlust. Sie zwang sich, ruhig zu bleiben. Es lag nun in der Verantwortung des Teams, dafür zu sorgen, dass die verbliebenen acht Geiseln wohlbehalten nach Hause kamen.

Aber sie wollte Prospero bezahlen lassen.

»Sind Sie noch dran?« Seine Stimme riss sie aus ihren Gedanken.

»Lassen Sie das Rennboot am südlichen Pier anlegen. Meine Teamkollegen übergeben Ihren Männern die Zylinder mit dem spaltbaren Material, während wir gleichzeitig die Geiseln entgegennehmen.«

»Das entspricht nicht der Vorgehensweise, die ich gerade genannt habe.«

»Sie haben zwei Geiseln zu wenig. Ocean hat uns erzählt, was mit Dillman passiert ist. Mein guter Wille ist mir gerade ausgegangen.« Sie sprach mit freundlicher, jedoch fester Stimme. Leise zu sprechen wirkte oft besser als herumzubrüllen.

Keine Antwort. Die Sekunden verstrichen.

»Die Jungen gehen als Letzte vom Schiff. Nachdem meine Männer bestätigt haben, dass das Material übergeben wurde.«

Sie stellte ihr Handy auf stumm. »Rif?«

»Ich stelle sicher, dass das funktioniert.«

Sie stellte die Stummschaltung wieder aus. »Einverstanden. Die Schiffe können jetzt anlegen.«

Die Fähre setzte sich wieder in Bewegung und schwenkte zur Seite, sodass die Backbordseite zur Burgmauer hin ausgerichtet war. Prospero stand auf dem Deck, neben ihm einer seiner Männer, das AK-47 in der Hand. Die Fähre kam näher. Sie sah, wie entschlossen er war und dass er genauso dringend wie sie wollte, dass der Austausch reibungslos über die Bühne ging.

Aber irgendwas stimmte nicht.

Sie ließ ihren Blick über das klare Wasser des Gardasees schweifen. Ein schrilles Dröhnen in der Ferne deutete darauf hin, dass sich weitere Boote näherten. Wer war denn, abgesehen von Prospero und seinen Leuten, schon so früh auf dem Wasser unterwegs?

Sie wandte sich über Funk an die anderen Mitglieder des Teams. »Wer kommt da?«

Neil und Stewart meldeten sich von ihrer Position ein Stück weiter nördlich am Seeufer. »Das checken wir sofort.« Vor dem geplanten Austausch hatte das Quantum-Team die Seeufer abgesucht und nach allem Ausschau gehalten, was ungewöhnlich schien, doch es gab unzählige Möglichkeiten, an den Rändern des Sees ein Boot zu verbergen.

Eine Bewegung in der Nähe der Außenmauer des Hafens erweckte Theas Aufmerksamkeit. Blasen. *Was zum Teufel?* Eine dunkle Gestalt mit Tauchausrüstung brach durch die Oberfläche.

»Ein Taucher auf drei Uhr.« Sie nahm ihren M4-Karabiner und eilte zum Hafenbecken. Jean-Luc folgte ihr.

Die Fähre war nur noch wenige Meter von der Burgmauer entfernt. In dem Moment warf der Taucher ein kleines Objekt in ihre Richtung. Es landete auf einer Felsnase ganz in ihrer Nähe. Sie sah sofort, worum es sich bei dem kleinen Metallobjekt handelte.

»Granate!« Sie stürmte zu der Metallkugel und verpasste ihr einen Tritt.

Die Granate purzelte vom Felsen zurück ins Wasser, ganz

in der Nähe des Tauchers. Einige Sekunden verstrichen. Dann brachte eine Unterwasserexplosion das Wasser zum Erbeben, sandte Druckwellen aus und ließ das Wasser aufspritzen. Im nächsten Moment tauchte der reglose Körper des Tauchers auf und trieb im See.

Thea stürmte zum Anleger. Die Fähre war inzwischen bis auf Armlänge herangekommen. Seinem Ausdruck nach zu urteilen war Prospero von dem Angriff genauso überrascht wie sie.

Das dröhnende Röhren leistungsstarker Bootsmotoren wurde lauter.

»Drei Boote im Anmarsch. Besatzung bewaffnet«, warnte Neils Stimme in ihrem Ohrhörer.

Sie nahm Anlauf und sprang auf die Fähre, Jean-Luc tat es ihr gleich. Ihre Priorität war, die Geiseln zu schützen.

»Haben Sie Besuch erwartet?«, fragte sie Prospero.

»Überhaupt nicht.«

»Alle wieder nach drinnen.« Thea schickte die Geiseln in die Innenkabine der Fähre. Währenddessen steuerte Jean-Luc das Oberdeck an.

»Ich wusste, dass du uns holen würdest.« Jabari lächelte.

»Natürlich. Aber wir sind noch nicht in Sicherheit. Nimm Ayan mit nach drinnen. Versteckt euch unter Deck.«

»Wir können helfen und auch kämpfen«, sagte Ayan.

»Diesmal nicht. Na los, rein mit euch!«

Die Jungen eilten durch die Tür zu den anderen Geiseln.

Sie beugte sich zu Prospero vor. »Sorgen Sie dafür, dass ihnen nichts passiert. Ich gehe aufs Oberdeck.«

Prospero wies seine Männer an, Theas Anweisungen zu befolgen. Dann steuerte er die Innenkabine an, blieb jedoch an der Tür noch einmal stehen und drehte sich zu ihr um. »*Buona fortuna, Liberta.*«

»*Grazie mille*, Prospero. Und jetzt rein mit Ihnen.«

103

Zwei der einlaufenden Glasstream-Boote steuerten die südliche Mauer an, an der Rif positioniert war. Schüsse zerrissen die Luft. Der Angelplatz im Bug des Boots, das normalerweise gerne für Angelausflüge genutzt wurde, eignete sich hervorragend als Schießstand. Und die Boote waren mit massiver Feuerkraft ausgestattet. Auf jedem befand sich ein schweres .50-Kaliber-Maschinengewehr. Prosperos Männer an Bord des Rennboots waren gerade dabei, hastig die beiden Zylinder mit dem spaltbaren Material an der hinteren Bank festzubinden, als um sie herum das Chaos ausbrach.

»Geht in Deckung!«, wies Rif Johannson und Brown an, die neben ihm standen. »Die Sicherung der Zylinder hat für uns Priorität.«

Die beiden Männer gingen hinter den Zinnen in Deckung und warteten auf eine Gelegenheit, die Angreifer unter Beschuss zu nehmen.

Die beiden Männer Prosperos, die die Zylinder mit dem waffenfähigen Material auf das Boot luden, befanden sich unter ihnen. Das Boot war noch am Anleger vertäut, sodass sie auf dem Präsentierteller saßen. Der Mann, der das Boot gefahren hatte, startete den Motor, der andere wollte die Leine einholen, doch die Glasstream-Boote schnitten ihnen den Fluchtweg ab. Dutzende Luftabwehrgeschosse durchsiebten die Italiener und die Fiberglashülle ihres Boots. Die beiden Männer waren auf der Stelle tot.

Rif spähte zwischen den Zinnen hindurch, die sich auf der Mauer entlangzogen. Die Boote waren in Schussweite. »Zerfetzen wir sie!«

Die Mitglieder des Quantum-Teams eröffneten mit ihren Maschinengewehren das Feuer auf die Glasstream-Boote. Die 9-Millimeter-Geschosse durchsiebten die Hüllen der beiden Boote und zerschmetterten die Windschutzscheiben. Einige Kugeln verfehlten ihr Ziel und schlugen ins Wasser, doch mindestens eine traf den Maschinengewehrschützen auf dem ersten Boot. Er brach zusammen. Ein anderes Besatzungsmitglied eilte in den Bug, um seinen Platz einzunehmen.

Rif, Johansson und Brown duckten sich wieder hinter die Zinnen und suchten Schutz vor den um sie herum in das alte Mauerwerk einschlagenden Kugeln. Die Männer auf den Booten ballerten einfach drauflos, ohne sich Gedanken um irgendwelche Schäden zu machen, die sie an dem historischen Monument anrichteten. Die Boote fuhren am Ufer vorbei, bogen ab und bretterten wieder hinaus auf den See. Das gewährte den drei Mitgliedern des Quantum-Teams eine kurze Atempause.

Rif rammte ein neues Magazin in seinen M4-Karabiner, Brown und Johansson taten es ihm gleich. Er blickte hinunter auf das Rennboot, das immer noch am Anleger vertäut war. Im Inneren des Boots bildete sich eine Blutlache, beide Leichen waren von Kugeln durchsiebt. Die Zylinder mit dem spaltbaren Material waren noch an der Rückbank befestigt und intakt.

»Bereit für die nächste Runde?« Rif holte tief Luft.

Die Glasstream-Boote bogen scharf ab, wühlten eine Wand aus Wasser auf und bretterten wieder direkt auf sie zu.

104

Thea stieg auf der Fähre die Metallleiter zum Oberdeck hinauf. Der Wind war frisch und blies in Böen. Sie robbte zum hinteren Teil des Decks hin zu Jean-Luc und Prosperos Mann mit dem Sturmgewehr. Von ihrem Standort aus hatten sie einen freien Blick auf das Glasstream-Boot hinter ihnen.

Der Mann am Steuer der Fähre gab Vollgas, doch das Schiff war nicht darauf ausgerichtet, besonders schnell zu fahren. Hinter ihnen kamen die Angreifer schnell näher. Prosperos Männer feuerten ein paar Kugeln ab, jedoch verfrüht. Sie hatten sich mit der Reichweite verschätzt, die Geschosse landeten im Wasser.

»Zwei Boote haben es auf die Zylinder mit dem spaltbaren Material abgesehen.« Jean-Luc lag neben ihr flach auf dem Deck.

»Darum kümmern sich Rif und seine Leute.« Thea robbte neben ihn, ihren M4-Karabiner schussbereit.

Sie warteten geduldig darauf, dass das Boot näher an sie herankam. Das richtige Timing war von entscheidender Bedeutung. Die Fähre gab zwar ein gutes Ziel ab, doch das größere Schiff bot bessere Deckung und das Deck eine gute Position für eine Schießerei. Der leichte Wellengang auf dem See schreckte die Besatzung des Glasstream-Boots nicht ab. Der tiefe v-förmige Bug des Boots glitt durchs Wasser, das .50-Kaliber-Maschinengewehr im Bug wirkte wirklich bedrohlich.

Kugeln hämmerten auf die Fähre ein, rissen Löcher in den

Stahl und zerfetzten Fenster auf dem Hauptdeck. Über die Schüsse hinweg waren Schreie zu hören.

»Ich nehme mir den Mann am Steuer vor und du den Schützen«, sagte Thea. »Jetzt.«

105

Rif musterte die beiden Boote, die ein zweites Mal auf sie zukamen. Er, Brown und Johansson konnten ihre Deckung unter keinen Umständen verlassen, um die beiden Zylinder mit dem spaltbaren Material von dem Rennboot unter ihnen zu bergen. Das Boot trieb bereits auf den See hinaus. Sie würden die Belagerung durchstehen und die Feinde einen nach dem anderen ausschalten müssen. Die Angreifer mochten über erheblich mehr Feuerkraft verfügen, aber das Quantum-Team hatte zwei Vorteile: Es verfügte über eine bessere Deckung und befand sich in einer erhöhten Position.

Und sie hatten noch eine kleine Überraschung im Ärmel.

»Wir kommen«, meldete sich Stewart über Funk.

»Wir sind bereit«, erwiderte Rif.

Neil und Stewart näherten sich dem Feind in ihrem NorTech-Rennboot von hinten und nahmen ihn zwischen ihrem Boot und der Wasserburg in die Zange. Das Dröhnen der Motoren der Glasstream-Boote und der hartnäckige Widerstand der Verteidiger auf der Burgmauer hatten bisher dafür gesorgt, dass die Angreifer das dröhnende Röhren des Rennboots hinter ihnen nicht bemerkt hatten.

Rif, Brown und Johansson nahmen die beiden Boote unter Beschuss. Die ausgespuckten Patronenhülsen brannten an Rifs Wange. Ihm dröhnten die Ohren von dem Dauerfeuer, alle drei Männer wurden von Steinbrocken eingedeckt, die die einschlagenden .50-Kugeln aus den Burgmauern rissen. Das Rennboot mit den an der Rückbank befestigten Zylindern unter ihnen wurde etliche Male getroffen, in den hinteren Teil drang Wasser ein, und es sank langsam. Wenigstens trieb das Boot nicht weiter auf den See hinaus. Aber unter Wasser waren die Zylinder mit dem waffenfähigen spaltbaren Material sowieso sicherer aufgehoben.

Die Glasstream-Boote wurden langsamer, als sie sich der Burg näherten. Die Schützen nahmen die Zinnen unter Dauerbeschuss. Die Kugeln, die über Rif, Brown und Johansson hinwegsurrten, klangen wie wütende Bienen.

Rif zog sich kurz zurück und überließ es Johansson und Brown, das Feuer zu erwidern.

»Jetzt!«, rief er in sein Funkgerät.

Die Männer in den Glasstream-Booten waren so auf ihre Gegner auf der Mauer fixiert, dass sie nicht mitbekamen, was hinter ihnen passierte – bis es zu spät war.

Rif lud ein frisches Magazin in seinen M4-Karabiner und nahm die Boote wieder unter Beschuss, während Neil und Stewart das Feuer von hinten eröffneten. Eins der Boote vollzog eine abrupte Drehung, kippte beinahe um, richtete sich wieder auf und dümpelte im Wasser. Der Bootsführer und die anderen beiden Männer an Bord waren tot.

Der Bootsführer des anderen Boots wurde sich dessen bewusst, dass sie von hinten angegriffen wurden, und drehte scharf ab, um den Kugeln, die von dem Nor-Tech-Rennboot abgefeuert wurden, auszuweichen, während der Maschinengewehrschütze seine Gegner auf der Burg weiter unter Beschuss nahm.

Hinter Rif ertönte ein Stöhnen. Er drehte sich um. Brown war hinter einer Zinne auf den Boden gesunken. Er war von einer Kugel in die Brust getroffen worden. *Scheiße.* Es war undenkbar, dass seine kugelsichere Weste ein Geschoss im Kaliber .50 vollständig abgehalten hatte.

»Ich kümmere mich um ihn.« Johansson nahm einen Quik-Clot-Verband aus seinem Erste-Hilfe-Kasten und riss Brown die Weste vom Leib, um die Wunde zu versorgen.

Rif feuerte weiter und erwischte den Bootsführer. Das Glasstream-Boot wurde immer schneller und raste auf die Burg zu. Der Maschinengewehrschütze feuerte weiter. Er hatte nicht mitbekommen, dass sein Bootsführer getroffen worden und gegen den Gashebel gesackt war. Es kam näher und näher.

Das Boot raste gegen den Anlegesteg, flog über ihn hinweg und krachte mit voller Wucht gegen die Burgmauer. Rif warf sich auf den Boden. Die Befestigungsmauer erbebte. Gegen das antike Mauerwerk konnte das Glasstream-Boot nichts ausrichten. Rif schob den Kopf über den Rand. Unter ihm prangten zwei Blutflecken, wo der Schütze und der Bootsführer gegen die Mauer geklatscht waren. Das Boot war völlig zertrümmert, aus dem Wrack lief eine schillernde Flüssigkeit in den See.

Neil und Stewart legten an dem Steg an, sprangen hinauf und inspizierten die Gegend um den Aufprall.

»Sauber«, sagte Stewart.

»Brown wurde getroffen!«, rief Rif nach unten. »Wir bringen ihn in ein Krankenhaus! Unterstützt ihr Thea!«

»Verstanden!« Das Boot drehte ab, und die beiden Schotten fuhren wieder auf den See hinaus. Im gleichen Moment ertönten in der Ferne die Martinshörner der örtlichen Polizei und hallten am Ufer entlang.

106

Prosperos Ohren dröhnten von dem Lärm der gegen die Fähre hämmernden Kugeln. Gegen Metall krachendes Metall, berstendes Glas, eine einzige Kakofonie. Luciano und die übrig gebliebenen Männer Bassams erwiderten das Feuer durch die scheibenlosen Fensterrahmen des unteren Decks, während Thea, Jean-Luc und sein Mann auf dem Oberdeck ihr Bestes gaben. Der schwefelhaltige Geruch nach Schießpulver erfüllte das Schiff, doch Prospero roch nur eines: einen Verräter. Nur drei Menschen hatten gewusst, dass der Austausch am Gardasee stattfinden würde: Prospero, Bassams oberster Leutnant und Luciano.

Bassams Mann hatte durch eine Vereitelung des Austausches nichts zu gewinnen. Er würde das spaltbare Material nie und nimmer verhökern können.

Luciano hingegen hatte sehr viel zu gewinnen.

Natürlich.

Die Unverschämtheit seines Neffen, sein trotziges Verhalten, der Überraschungsangriff von Mirsad in Bosnien – all das ergab auf einmal Sinn. Doch dann ging ihm noch etwas anderes durch den Kopf: Luciano konnte das alles nicht alleine organisiert haben. Er verfügte weder über die Ressourcen, noch war er clever genug, um so einen Angriff durchzuziehen. Er musste mit jemandem zusammenarbeiten.

Enzo Spruilli.

Es musste Rache für Marcos Tod sein. Der CIA-Agent hatte

Jahre gewartet, um es der Familie Salvatore heimzuzahlen, dass sein Vater getötet worden war – ein beeindruckender Ausdruck von Geduld und Gerissenheit. Und dies war die perfekte Gelegenheit: das spaltbare Material zu stehlen, den Deal zu vereiteln und Stefanos Sohn auszuschalten, damit Luciano das Geschäft übernehmen konnte. Aber die Männer in dem Glasstream-Boot feuerten auf die Fähre, auf der sich auch sein Neffe befand. War Luciano reingelegt worden? Hinterging Enzo auch ihn? Aber das spielte nicht wirklich eine Rolle. Enzo wusste genauso gut wie Prospero, dass es ein Dutzend Menschen gab, die nur zu gerne an seine Stelle treten würden, wenn Luciano nicht überlebte.

Prospero ließ seinen Blick über das Passagierdeck der Fähre schweifen und sah Luciano. Er war hinter einer der Türen zum Frachtraum in Deckung gegangen. Während das Trommelfeuer anhielt, robbte der alte Mann langsam über das Deck auf seinen Neffen zu.

Der Maschinengewehrschütze feuerte eine weitere Salve auf die Fähre ab, dann drehte der Bootsführer ab, bevor Thea und die anderen ihn erledigen konnten. Prospero richtete sich auf, stürmte auf seinen Neffen zu und ignorierte den stechenden Schmerz in seiner Hüfte. Luciano sah, dass er Bescheid wusste. Er riss seine SIG Sauer herum und richtete sie auf seinen Onkel.

Doch Prospero war zu nah an ihm. Er packte die Hand, in der sein Neffe die Waffe hielt, und bog ihm ruckartig zwei Finger nach hinten. *Knack*. Die Pistole fiel scheppernd aufs Deck.

Luciano schrie vor Schmerz auf und verpasste Prosperos schlimmer Hüfte einen brutalen Tritt. Prospero taumelte nach hinten, Schmerz schoss in Wellen durch ihn hindurch. Die Hüfte tat nicht nur höllisch weh, sie fühlte sich irgendwie instabil an, als ob sie sich gelockert hätte. Ihm wurde schwindelig. Er taumelte nach vorne und packte mit der rechten Hand das

Revers von Lucianos Jackett. Wenn das verräterische kleine Arschloch ihm übel mitspielen wollte, war er zu allem in der Lage, egal, ob seine Hüfte im Eimer war oder nicht.

Luciano versuchte, sich loszureißen, doch Prospero packte noch fester zu und drehte ihn leicht zur Seite. Ein Würgegriff würde jedes weitere Stottern unterbinden. Er legte die linke Hand auf die Rückseite von Lucianos Jackett und schnappte sich eine Handvoll von dem *superfino* Stoff. Dann ließ er die rechte Hand unter Lucianos anderem Arm hergleiten und umfasste die linke Seite von Lucianos Revers. Er zog noch mal kurz zu und spannte den Griff weiter an. Jetzt hatte er ihn in der Gewalt.

Er legte seinen Kopf gegen den von Luciano, um Gegendruck zu erzeugen, und drehte die Handgelenke, als ob er ein Motorrad beschleunigte. Sein Neffe kämpfte gegen den Würgegriff an, holte mit den Ellbogen aus und rammte ihn seinem Onkel gegen den Brustkorb, doch aus dieser geringen Distanz fehlte es den Schlägen an Kraft. Prospero dachte an seinen Vater, dem die Familie mehr bedeutet hatte als alles andere, und dann an seine Schwester, Lucianos Mutter. Sollte er loslassen?

Er hob den Kopf und starrte in die blutunterlaufenen Augen seines Neffen.

Der Mann war ein Soziopath, niemandem gegenüber loyal. *Scheiß drauf.* Er würde der Welt einen Gefallen tun. Prospero drehte die Handgelenke noch weiter und schnürte Luciano die Halsschlagader zu. Die Sekunden verstrichen, und Luciano sackte bewusstlos zu Boden. Prospero ließ sich mit ihm hinabsinken. Seine Hüfte schrie vor Schmerz. Doch er drückte weiter zu, bis der Körper seines Neffen noch einmal erbebte und dann reglos dalag.

Er blickte auf. Die Geiseln und die angeheuerten Männer

starrten auf sie hinab, wie sie da in ihrer tödlichen Umarmung auf dem Boden lagen. Einer seiner Fußsoldaten nickte und sagte: »*Bene.*« Dann wandte er seinen Blick wieder dem sich nähernden Glasstream-Boot zu. Sonst sagte niemand etwas. Wie erwartet würde niemand Luciano vermissen.

107

Thea bereitete sich auf die nächste Salve vor. Das Maschinengewehr auf dem Glasstream-Boot schwenkte hin und her, ein beständiger Hagel großkalibriger Kugeln hämmerte auf die Fähre ein. Sie erwiderte das Feuer und traf einen der Männer ins Bein.

Als das Boot in Richtung des hinteren Teils des Schiffs abdrehte, überquerte sie in geduckter Stellung das Deck, um eine bessere Schussposition zu finden. Jean-Luc war direkt neben ihr. Der Lärm war ohrenbetäubend. Kugeln hämmerten gegen Metall und durchschlugen Glas. Vom unteren Deck drangen weitere Schreie zu ihnen hoch.

Sie hörte einen lauten Rums. Blut spritzte auf ihre Wange. Prosperos Mann war getroffen worden, die Kugel hatte seinen Schädel zerschmettert.

Einen Augenblick zuvor hatte Rifs Stimme in ihrem Ohrhörer sie erschüttert. Brown war von einer großkalibrigen Kugel in die Brust getroffen worden, und sie waren dabei, ihn in ein Krankenhaus zu schaffen. Doch dann folgte auch noch eine gute Nachricht.

»Wir sind auf dem Weg«, sagte Stewart. Sein schottischer Akzent hatte in ihren Ohren noch nie besser geklungen.

In der Ferne sah sie das Nor-Tech-Rennboot schnell näher kommen. In Anbetracht des Dauerfeuers, unter dem sie standen, war die Verstärkung höchst willkommen. Sie lud ein neues Magazin nach, während Jean-Luc weiterfeuerte. Eine seiner

Kugeln traf den Maschinengewehrschützen, und der Mann sackte zusammen.

Der Bootsführer geriet in Panik, nachdem der Mann, der ihm Feuerschutz gegeben hatte, tot war. Er drehte von der Fähre ab, war jedoch immer noch in Reichweite ihrer M4-Karabiner. Thea und Jean-Luc feuerten im Vollautomatikmodus und deckten das Boot mit Kugeln ein, bis der Bootsführer zusammenbrach. Die Fähre tuckerte an dem Powerboot vorbei, das nur noch vor sich hin trieb.

Sie holte tief Luft und suchte den See nach weiteren Angreifern ab.

Neil und Stewart fuhren um das Boot herum. »Neutralisiert«, meldete Stewart über Funk von dem Nor-Tech-Rennboot. Thea und Jean-Luc sahen sich an, und er wusste, was in ihrem Kopf vorging.

»Geh und sieh nach den Jungen«, sagte er und nickte in Richtung Unterdeck. »Aber nimm als Erstes das hier. Soweit ich das beurteilen kann, sind deine Reserven schon lange erschöpft, und das kann nicht gut sein.«

Sie sah ihn dankbar an, nahm den Energieriegel entgegen, den er ihr hinhielt, und fragte sich, warum sie die Tatsache, dass sie unter Diabetes litt, so lange vor den Mitgliedern ihres Teams geheim gehalten hatte. Sie hatte befürchtet, in ihrer Achtung zu sinken, wenn sie es wüssten, doch diese Sorge hatte sich als unbegründet erwiesen. Sie betrachteten die Krankheit einfach nur als einen Teil von ihr, wie ihre Haarfarbe. Und anstatt sie für eine Schwäche zu halten, achteten sie einfach nur darauf, immer ein paar zusätzliche Snacks einzupacken.

Sie stürmte die Treppe hinunter und verschlang den Nussriegel im Gehen. Die Scherben, die überall auf dem Deck verstreut waren, knirschten unter ihren Stiefeln.

»Nette Schießerei.« Prospero saß auf dem Boden, ein Bein in einem unnatürlichen Winkel vor sich ausgestreckt.

»Schwein gehabt«, erwiderte sie und stürmte an ihm vorbei.

Alle Geiseln lagen mit dem Gesicht nach unten auf dem Boden hinter dem großen Schott der Fähre. Der verstärkte Stahl hatte guten Schutz gewährt.

»Ist jemand verletzt?«

Die am Boden Liegenden rappelten sich hoch. Sie wirkten verstört und wacklig auf den Beinen. Der Einzige, der sich nicht bewegte, war Luciano. Sie zählte durch. Die Geiseln waren vollzählig. Noch während sie zählte, rannten ihr zwei von ihnen in die Arme. Ayan und Jabari klammerten sich an sie wie Schiffbrüchige, die sich an einem Rettungsfloß festhalten. Sie kniete sich hin und nahm sie beide in die Arme.

»Alles klar mit euch?«

Sie zuckten mit den Schultern. »Wir haben Hunger. Sie haben uns nichts zum Frühstück gegeben«, sagte Ayan.

Sie lachte. »Dafür können wir sorgen.«

Prospero gesellte sich humpelnd zu ihnen. Er litt sichtlich unter Schmerzen. »Sind alle wohlauf?«

»Alle außer Ihrem Neffen.« Prospero blickte hinab auf Lucianos Leiche und schüttelte den Kopf. Er nahm die Nachricht vom Tod seines Neffen bemerkenswert unbekümmert auf. »Wer waren diese Typen, Prospero?«

»Sie würden es mir nicht glauben, wenn ich es Ihnen sagen würde.«

»Versuchen Sie es.«

»Sie waren von der CIA.«

108

Seit der Entführung und den Nachwehen waren einige Wochen vergangen. Zum Glück hatte Browns kugelsichere Kevlarweste ihm das Leben gerettet. Er hatte zehn Tage im Krankenhaus gelegen, arbeitete jedoch schon wieder im Büro, bis er ganz wiederhergestellt sein würde.

Einige Dinge konnten wieder in Ordnung gebracht werden, andere nicht.

Der Tod von Johann Dietrich verfolgte Thea jeden Tag. Gernot Dietrich und die Freiheitswächter, die an dem geplanten Attentat in der Hagia Sophia beteiligt gewesen waren und überlebt hatten, saßen in der Türkei im Gefängnis und warteten auf ihren Prozess. Die Strafen würden hart ausfallen, und es würde Thea nicht überraschen, wenn der Fall in der laufenden Debatte über die Wiedereinführung der Todesstrafe eine Rolle spielen würde. Unabhängig davon, wie das Urteil ausfiele, hatte Dietrich bereits verloren, was ihm am meisten bedeutet hatte. Man brauchte nur ihren eigenen Vater zu fragen.

Papas Machenschaften hatten seine Familie ins Unglück gestürzt, ihr Bruder und ihre Stiefmutter hatten letztendlich den Höchstpreis für seine Ränkespielchen bezahlt. Thea brannte darauf zu erfahren, worüber ihr Vater vor all den Jahren wirklich mit Prospero Salvatore geredet hatte, doch er blieb bei der Geschichte über einen angeblichen Immobilien-Deal. Sie wusste, dass das eine Lüge war, und schwor sich, die Wahrheit eines Tages herauszufinden.

Thea hatte mehrfach mit Fatima Abboud gesprochen und war beeindruckt von dem Mut und der Zähigkeit der jungen Frau. Obwohl sie wegen Johanns Tod untröstlich war, hatte sie sich von den furchtbaren Ereignissen nicht jegliche Lebensfreude nehmen lassen. Stattdessen war sie entschlossener denn je, Ärztin zu werden und Leben zu retten. Johann wäre stolz auf sie gewesen.

Die Identifizierung der Angreifer vom Gardasee hatte ein paar interessante Erkenntnisse zutage gebracht. Enzo Spruilli hatte zusammen mit Luciano ein falsches Spiel gespielt, dessen Ziel es gewesen war, das spaltbare Material zu stehlen und Prospero zu eliminieren. Gerüchten zufolge hatte Prosperos Vater vor vielen Jahren dafür gesorgt, dass Enzos Vater verschwunden war, doch der CIA-Agent hatte das nie beweisen können. Offenbar war Enzo vor Jahren eine geschäftliche Partnerschaft mit Prospero eingegangen, um nah genug an den Mafioso heranzukommen und eines Tages Rache üben zu können. Die gemeinsame Verbindung durch Gladio und die Rivalität der Organisation mit den Freiheitswächtern hatte Enzo dabei geholfen, seine wahren Ziele zu verschleiern. Sein Fehler war gewesen, Luciano als Komplizen gewählt zu haben, der selbst in seinen besten Momenten unbeherrscht und hitzköpfig war.

Prospero hatte Thea das Wesentliche dieser Geschichte erzählt, als die Fähre am Anleger der Scaligerburg festgemacht hatte, und die Passagiere aus dem entführten Flugzeug waren endlich freigelassen worden. Wie zu erwarten, hatte Prospero sich in Luft aufgelöst, bevor die lokale Polizei ihn hatte vernehmen können. Und als Thea Gabrielle Farrah und durch sie die CIA informiert hatte, war Enzo ebenfalls bereits von der Bildfläche verschwunden gewesen. Dies sollte er auch bleiben. Prospero würde ihm das Ganze nicht vergeben, wenn er ihn je in die Finger kriegen sollte.

Selbst der Broken-Arrow-Zwischenfall hatte seine eigene geheimnisvolle Geschichte. Im Jahr 1956 hatte die CIA den Plan ausgeheckt, ein auf dem Weg nach Marokko befindliches Flugzeug verschwinden zu lassen, das mit zwei Zylindern mit atomwaffenfähigem, spaltbarem Material beladen war, und diese dem Vater von Gernot Dietrich zukommen zu lassen, dem ursprünglichen Anführer der Freiheitswächter, damit er sie, für den Fall einer kommunistischen Invasion Europas, in seinem Keller aufbewahren konnte. Dort hatten die Zylinder mit dem spaltbaren Material jahrelang gelagert, bis Gernot den verrückten Plan ausgeheckt hatte, durch einen vorgetäuschten, angeblich geplanten Atomangriff auf das ungarische Parlament die ganze Welt gegen die Araber aufzubringen. Er war davon ausgegangen, dass dies die allgemeine Öffentlichkeit dazu bringen würde, mehr Verständnis für die Freisetzung einer Biowaffe aufzubringen, die nur bei Menschen arabischer Abstammung wirkte. Auf Leopolds Empfehlung hatte er Ocean auserwählt, ihm bei der Umsetzung seines Plans zu helfen. Wie sich herausstellte, hatte sie nicht nur einen Abschluss in Atomphysik, sondern auch in Biogenetik – und einen persönlichen Groll auf den Nahen Osten. Sie hatte ihre Karriere als Atomwissenschaftlerin in Japan vor zwei Jahren aufgegeben, um in einem Labor in Afrika zu arbeiten, in dem gentechnische Medikamente entwickelt wurden, und als Gernot Dietrich sie angerufen hatte, hatte sie der Versuchung, Vergeltung zu üben, nicht widerstehen können.

Thea dachte an Earl Johnson, den Piloten, der nie aufgehört hatte, nach seinem vermissten Freund »Slow Joe« zu suchen, und das Gefühl nie losgeworden war, dabei versagt zu haben, sein Team zusammenzuhalten. Und wie schwer musste es für Joe und die anderen Besatzungsmitglieder des vermissten Flugzeugs gewesen sein, ihre Angehörigen und ihre Lieben hinter sich zu lassen und für die geheimen Pläne ihres Landes, überall in Europa verborgene Miliz-Zellen aufzubauen, alles aufzugeben. Offenbar waren die Männer mit neuen Identitäten ausgestattet worden, und man hatte ihnen strikt verboten, jemals wieder Kontakt zu ihren ehemaligen Angehörigen, Freunden und Bekannten aufzunehmen.

Doch genug davon – an diesem Abend sollte gefeiert werden. Papa hatte für Ayan und Jabari eine Überraschungsparty organisiert, um den Beginn ihres neuen Lebens im Vereinigten Königreich zu feiern. Thea, Rif, Hakan und Christos standen am Eingang des Restaurants und warteten auf die Ankunft der Jungen und der Wavertons.

Der Oberkellner und das sonstige Personal des Restaurants eilten hin und her und trafen letzte Vorbereitungen. Die meisten Partygäste drängten sich an der Theke und warteten auf das Eintreffen der Ehrengäste. Das komplette Einsatzteam von Quantum war natürlich auch anwesend.

Ihr Vater hatte seit der Beendigung der Entführung versucht, wieder ein engeres Verhältnis zu ihr aufzubauen, aber sie hatte ihn auf Abstand gehalten, da sie das Labyrinth aus Geheimnissen und Lügen leid war, an denen er immer noch festhielt. Es schien so, als ob er sich bemühte, sich zu ändern, und übertrug immer mehr Verantwortung für das Tagesgeschäft an seinen Geschäftsführer Ahmed Khali, um sich mehr um seine wohltätigen Anliegen kümmern zu können. Aber das konnte genauso gut nur Show sein. Sie hasste es, zynisch zu sein, aber sie fürchtete, dass sie und ihr Vater nie miteinander ins Reine kommen würden – jedenfalls ganz bestimmt nicht, solange er nicht darüber auspackte, was er mit Prospero zu tun gehabt hatte und was er sonst noch für Leichen im Keller hatte.

Christos spähte aus dem Fenster. Er brannte darauf, die Jungen zu sehen. Das Interesse an ihnen war zumindest aufrichtig und etwas, das sie miteinander teilten.

»Sind sie bald da?«, fragte Hakan.

»Jeden Moment«, erwiderte Christos. »Mrs Waverton hat mir gerade eine WhatsApp geschrieben. Sie hat gefragt, wer alles eingeladen ist.«

»Wir hätten Prospero Salvatore einladen sollen«, sagte Rif und grinste breit.

»Ayan und Jabari schienen ein gewisses Verhältnis zu ihm aufgebaut zu haben«, sagte Thea und lächelte Rif an, der in seinem dunkelblauen Anzug richtig gut aussah. »Ich wüsste zu gerne, wie es dazu gekommen ist.«

»Stockholm-Syndrom«, sagte Rif.

Sie lachte laut auf. »Das glaube ich nicht. Prospero schien durchaus etwas für die Jungen übrigzuhaben. Wusstest du, dass er mich auf der Fähre gefragt hat, was ich davon halten würde, wenn er ihnen ein Stipendium für ihre Ausbildung stiftet?«

»Wir werden jedenfalls erst wieder von ihm hören, wenn er will, dass wir etwas von ihm hören«, stellte Rif abfällig fest.

»Außerdem brauchen wir seine Hilfe nicht«, stellte Christos klar. »Alles ist bestens geregelt.«

Thea sah ihren Vater an. Warum fühlte er sich auf den Schlips getreten? Ging es nur darum, dass er Anerkennung dafür wollte, was er alles für die Jungen getan hatte? Oder hatte es etwas damit zu tun, was zwischen ihm und Prospero lief, was auch immer das war? Sie schüttelte den Kopf, um ihn klar zu bekommen. *Nicht heute Abend.*

»Ich kann es immer noch nicht fassen, dass der Kerl ungeschoren davongekommen ist«, sagte Hakan.

»Ist eben immer von Vorteil, etwas gegen die CIA in der Hand zu haben.« Thea missfiel es ebenfalls, dass Prospero einfach so davonspaziert war. Dillman und Karlsson waren unter seiner Verantwortung gestorben, wem auch immer er das sonst in die Schuhe schob. Und er hatte definitiv Luciano umgebracht. Dafür gab es Zeugen. Aber er wusste, wer wo die sprichwörtlichen Leichen im Keller hatte, und Gabrielle zufolge war die CIA gerne bereit, Prospero zu helfen, nachdem sie mithilfe seiner Informationen in ihrer Außenstelle in Italien gründlich aufgeräumt hatten.

Andererseits hatte Prospero sich wirklich um die Jungen gekümmert, und nicht nur, weil sie ihm als Druckmittel gegenüber Thea gedient hatten. Er mochte sie tatsächlich, und Kindern etwas anzutun, war keine seiner Methoden. Man brauchte nur Captain Rivers zu fragen. Seine Töchter waren ihm, wie versprochen, unversehrt zurückgegeben worden. Sie schüttelte den Kopf. »Weitgehend unversehrt« traf es wohl besser. Entführt worden zu sein, hinterließ immer eine Narbe, ganz egal, wie das Ganze auch ausging. Doch trotz all der Sünden, die Prospero begangen hatte – und es waren viele –, hatte er durchaus seinen Charme.

»Sie sind da.« Ihr Vater gab dem Oberkellner ein Zeichen, woraufhin die Lichter gedimmt wurden. Im Raum wurde es ruhig, alle Anwesenden versammelten sich am Eingang und warteten auf die Ankunft der Jungen. Ihnen war gesagt worden, dass sie und die Wavertons nur mit Christos zu Abend äßen.

Ayan und Jabari stiegen aus dem Wagen und rannten zur Tür. Die Wavertons erlaubten ihnen vorzueilen.

Die versammelten Gäste wurden mucksmäuschenstill.

Die Tür wurde geöffnet.

»Überraschung!«, rief die Menge.

Ayan und Jabari stürmten ins Restaurant. Die Jungen strahlten über das ganze Gesicht und klatschten mit allen Anwesenden ab. Dann drückten sie beide Thea fest an sich.

Jabari zupfte Christos am Jackett. »Vielen, vielen Dank. Die

Wavertons sind so nett.« Die Freude in den Augen ihres Vaters ließ eine der Eisschichten schmelzen, die sich um Theas Herz gelegt hatten. Aber es gab noch viele weitere.

Jabari wandte sich Thea und Rif zu und hüpfte vor Aufregung. »Wir lieben die Wavertons und ihre Pferde. Wir werden reiten lernen.«

»Soll ich dir was verraten?«, fragte Thea. »Rif ist ein guter Reiter. Er bringt euch das Reiten sicher gerne bei.«

»Machst du das?« Jabari blickte zu Rif auf.

»Wir können anfangen, wann immer ihr wollt. Von mir aus schon morgen.« Rif tätschelte dem Jungen die Schulter und sah Thea an. »Ich glaube, ich habe mir ein paar freie Tage verdient.«

»Das hast du auf jeden Fall.« Thea ging in die Hocke und umarmte Jabari. »Frag doch einfach die Wavertons, wann es ihnen passen würde, dass ihr mit eurem Reitunterricht beginnt.«

Jabari stürmte davon, um seinen Bruder zu suchen und mit seinen neuen Eltern zu reden.

Rif nickte Thea zu. »Wenn ich es mir recht überlege, hast du auch ein paar freie Tage verdient.«

»Stimmt. Vielleicht sollten wir uns endlich mal zu dem Abendessen verabreden, von dem wir nun schon seit – lass mich überlegen – mindestens zwei Monaten reden.« Kurz nach ihrer Rückkehr aus Istanbul hatte Thea nach Bolivien eilen müssen, um sich um einen Entführungsfall zu kümmern, sodass sie bisher nicht dazu gekommen waren.

»Eine Superidee. Wir wär's mit italienisch?«

»Kennst du denn ein gutes italienisches Restaurant?« Sie ging in London nicht oft auswärts essen.

»O ja – in Venedig.«

Venedig. Sie wurde rot und lachte, um zu überspielen, wie aufregend sie die bloße Vorstellung fand, mit ihm nach Venedig zu reisen. »Da müsste es in der Tat ein paar gute italienische Restaurants geben.«

»Sollte man meinen.« Rif lächelte.

DANK

Wenn ich Opfer einer Flugzeugentführung werden sollte, würde ich das Flugzeug mit Leuten füllen, die über verrückte Fähigkeiten verfügen – und um Hilfe derjenigen Freunde bitten, die mich aus Schwierigkeiten heraus*schreiben* oder es im wahrsten Sinne des Wortes mit den Entführern aufnehmen und sie bezwingen können. Mein Dank gilt all denjenigen talentierten Menschen, die dabei geholfen haben, jede Turbulenz, die bei der Entstehung von *Das falsche Spiel* aufgetreten ist, zu überwinden.

Ohne den Scharfsinn zweier Menschen, die die Fliegerei im Blut haben, wäre dieses Buch nur ein Schatten seiner selbst. Der Flugtestingenieur und ehemalige Leiter des Rocky-Mountain-Büros der Zeitschrift *Aviation Week & Space Technology* hat mir entscheidend dabei geholfen zu verstehen, wie man Kunstflugmanöver durchführt, das elektrische System eines Flugzeugs lahmlegt, einen Jet unter extremen Bedingungen landet und mit allen möglichen anderen Komplikationen klarkommt, die eintreten können. Der ehemalige Tarnkappenbomberpilot und ehemalige Kapitän eines Passagierflugzeugs James Hannibal hat mir die Unwetterdurchfluggeschwindigkeit erklärt, mir das dramatische Schauspiel des Elmsfeuers auf einer Cockpitscheibe und das ohrenbetäubende Trommeln gegen einen Flugzeugrumpf prasselnder Hagelkörner beschrieben und mir alle möglichen wichtigen Details über Flugdynamik nähergebracht. Die beiden Luftfahrt-Gurus haben all ihr Wissen, ihren

Rat und ihren Enthusiasmus mit mir geteilt, und ich kann ihnen gar nicht genug danken. Alle Fehler gehen allein auf meine Kappe.

Thea Paris hat Typ-1-Diabetes, und ich möchte alle Diabetikerinnen und Diabetiker – sowie alle Menschen, die unter anderen Krankheiten leiden – ermuntern, sich nicht unterkriegen zu lassen, motiviert zu bleiben und nach den Sternen zu greifen. Unser Mumm und unsere Entschlossenheit können uns an erstaunliche Orte führen. Mein Dank gilt Bethanne Strasser, dynamische Mutter von sechs Kindern, Autorin und Läuferin – Ihre Geduld und Ihre Sorgfalt, mit der Sie meine endlosen Fragen beantwortet haben, weiß ich zutiefst zu schätzen, und Ihr Feedback zu den Diabetes-Szenen war überaus hilfreich. Dr. Hertzel Gerstein, vielen Dank für all das, was Sie für Menschen, die unter Diabetes leiden, tun. Ich weiß es sehr zu schätzen, dass Sie Ihr Wissen, Ihre Zeit und Ihre kreativen Ideen mit mir geteilt haben. Thea kann sich glücklich schätzen, einen Arzt wie Sie in ihrem Team zu haben! Bekah Hata von der gemeinnützigen Organisation TD1 Mod Squad und Devin Abraham von der Buchhandlung *Once Upon a Crime* – vielen Dank für Ihre herzliche Unterstützung.

Als eine Action-Heldin benutzt Thea diverse Waffen, verwendet hin und wieder Sprengstoff, setzt immer wieder auf improvisierte Lösungen, wird in Frau-gegen-Frau- und Frau-gegen-Mann-Kämpfe verwickelt und ist vor allem dadurch gut, dass sie alle möglichen Einsatz- und Kampftaktiken beherrscht. Um diese Fähigkeiten korrekt darstellen zu können, bin ich auf sachkundige Hilfe angewiesen. Christopher Schneider von 5.11 Tactical, mit Ihren persönlichen Lernvideos und Ihren ausgefallenen Demonstrationen haben Sie das Lernen zu einem tollen Erlebnis gemacht. Ihre Unterstützung und Ihr Charme haben mich immer vorangebracht. Rigo Durazo, diese Kampfszenen auf der Treppe durchzuspielen, war unglaublich hilfreich – und Thea folgt Ihrer weisen Philosophie. Adam Hamon, Mr SAS, ich weiß Ihre Bereitschaft, mir bei einem Gläschen Tito's Vodka taktische Lösungen vorzuschlagen, sehr zu schätzen. Ihre Geschichten haben mich immer gefesselt. Ken Perry, du bist so eine positive Kraft in meinem Leben, voll weiser Ratschläge und der beste Fotograf meiner Bücher in anderen Ländern – ich freue mich auf Buch Nummer drei, aber Killian kann sich schon mal darauf vorbereiten, seine Enttäuschung in Guinness zu ertränken.

Als Geiselbefreiungsexpertin reist Thea weltweit an Krisenherde, um Geiseln nach Hause zu holen. Ich habe die Ehre gehabt, einige Geiselbefreiungsexperten, die im wirklichen Leben Heldentaten vollbringen, kennenzulernen, und kann nur hoffen, dass Thea deren Heldentum anschaulich rüberbringt. Mein Dank gebührt Dr. Francis Grimm für seine immer wieder gewährten Einblicke in sein Metier, seine Ratschläge und die besten Steaks zum Abendessen. Mark Harris, die Versuchung ist groß, Thea darauf anzusetzen, Sie zu entführen, um mehr von Ihren Erlebnissen und Ihren brillanten Vorschlägen zu hören. Gary Noesner, Sie bereichern Theas Welt um eine einzigartige Perspektive, da Sie sowohl für das FBI als auch privat um die Freilassung von Geiseln verhandeln, und viele Szenen sind dank Ihrer Einblicke besser geworden. Und Hut ab vor Sue Williams, meiner Lieblingsverhandlerin bei Geiselnahmen, einer Frau, die ich aufrichtig bewundere. Es war mir die allergrößte Ehre, Peter Moore kennengelernt zu haben, einen wunderbaren Freund, der im Irak beinahe tausend Tage als Geisel festgehalten wurde und mir anvertraut hat, was er während seiner Gefangenschaft erlebte. Nichts macht mich glücklicher, als zusammen mit ihm bei Harrods Käse zu kaufen. Und vielen Dank an den brillanten Lieutenant Colonal Dave Grossman – dafür, dass Sie sich die Zeit genommen haben, *Das falsche Spiel* zu lesen und mir so ein begeistertes Feedback zu geben.

Die Gemeinschaft der Krimiautorinnen und -autoren ist eine unschätzbare Hilfe. Es erstaunt mich, wie viele Leute keine Mühen scheuen, um andere zu unterstützen, und ich bin zutiefst dankbar dafür, wie viele Menschen mir Rat angeboten haben. ITW ist wirklich meine Familie geworden. The Great One, Steve Berry, hat mich für die Position der Executive Director des ThrillerFest empfohlen, und für diese Ehre bin ich sehr dankbar, denn sie hat mich in eine einzigartige Gemeinschaft eingeführt. Steve war auch immer da, um mir bei dieser neuen Aufgabe zur Seite zu stehen. Für ihre sensationelle Unterstützung bei ThrillerFest möchte ich mich auch bei Liz Berry bedanken. Es ist eine absolute Ehre, mit so einer begabten Mentorin und Freundin zusammenzuarbeiten. Jessica Johns, Ihre standhafte Unterstützung und Ihr unerschütterliches Engagement sind inspirierend.

Karin Slaughter, danke dafür, dass du mich mit der Victoria Sanders Agency zusammengebracht hast. Das war ein Moment, der mein Leben verändert hat. Peter James, du und Lara seid ganz besonders für mich. Simon Gervais, lass uns eine Lesereise auf den Bahamas organisieren. A. J. Tata, danke dafür, dass du Kim Jung Howe erschaffen hast. Mein Dank gilt auch Lee Child, Jenny Milchman, Dawn Ius, Bryan Robinson (ich liebe diese Cookies!), Nancy Bilyeau, James Rollins, Linwood Barclay, Neal Griffin, Joseph Finder, Linda Stasi, Anthony Franze, Jennifer Hughes, Barry Lancet, Karen Dionne, Chris Graham, Heather Graham, Amanda Kelly, Kathleen Antrim, Terry Rodgers, Dennis Kennett, Shirley Kennett, Taylor Antrim, Jillian Stein, Roan Chapin, Shannon und John Rab, Lisa Gardner, Lissa Price und so vielen anderen. Ihr wisst, wer ihr seid, ihr verschönert mir mit eurer Liebenswürdigkeit den Tag. Ein

Hoch auf die Rogue Women Writers, die künftigen Heldinnen den Weg bereiten: Gayle Lynds, Francine Mathews, Jamie Freveletti, Karna Bodman, Sonja Stone, Chris Goff und S. L. Manning. Und vielen Dank meinen Freunden im Grand Hyatt in New York City: dem K. J. Nummer eins, dem phänomenalen K. J. Birch, Alison Wied, Wan Yi Tang und all den anderen unglaublichen Menschen, die dazu beitragen, dass das Hyatt für mich mein zweites Zuhause geworden ist. Dank an Peter Hildick-Smith, einen der klügsten und nettesten Menschen, die ich kenne.

Für Krimiautorinnen und -autoren spielen Rezensenten und Krimiliebhaber eine entscheidende Rolle, denn sie machen deren Bücher bei den Lesern bekannt. Jeff Ayers, Jon Land, Mystery Mike Bursaw, George Easter, Don Longmuir, Barbara Peters, Jacques Filippi, Ali Karim, Mike Stotter, Noelle Holten, Sarah Hardy, Pam Stack, Fran Lewis, Dave Simms, Keith Katsikas – danke für die großartige Unterstützung. Überlegt, zu Thea eine Kurzwahltaste einzurichten. Michael Dillman, es hat mir eine Riesenfreude bereitet, Ihren unverkennbaren Zwirbelbart zu verwenden und Sie in meinem Buch zu »ermorden«! Vielen Dank auch an Ryan Steck von Real Book Spy und an seine entzückende Frau Melissa (meine Lieblings-Thea-ologin) und ihre phänomenalen Kinder, einschließlich dem kleinen »Mitch Rapp« – ihr wart überaus großzügig. Eure aufrichtige Begeisterung für Thea Paris und ihre Abenteuer berührt mich.

Ein ehrliches Feedback von kritischen Geistern zu bekommen, ist ein Geschenk, und dafür bin ich Larry Gandle zu großem Dank verpflichtet. Seine Analysen von *Die falsche Geisel* und *Das falsche Spiel* haben zu signifikanten Änderungen geführt, die beide Bücher besser gemacht haben. Eins steht fest: Wenn Larry dir ein Kompliment macht, kannst du wirklich feiern, denn jedes Wort aus seinem Mund ist geradeheraus und ehrlich.

Herzlichsten Dank an Donna Scher, deren brillante psychologische Analyse und deren Adleraugen dabei geholfen haben, das Buch auf dem Weg vom ersten Entwurf bis zum endgültigen Manuskript in Form zu bringen. Und Dank an Wendy Chan, die so eine leidenschaftliche Cheerleaderin ist. Susan Jenkins, Beherrscherin der Sprache in jeder Hinsicht. Sie sind eine Inspiration (und eine hervorragende Lektorin), die immer hart arbeitet und noch mehr herauszuholen versucht. Gabi Fockter, Ihre Unterstützung war wirklich unglaublich. Mein Dank gilt Marsha Mann, Angela Trevivian, Suzanna Zeigler, Linda Crank, Robyn Strassguertl und all meinen phänomenalen Tennisfreundinnen, die mir dabei geholfen haben, den Kopf vom Ausbrüten finsterer Handlungsabläufe freizubekommen. Dank an Russ und Pauline Howe für Ihre nette Unterstützung. Und Dank an Anne und Chuck Jones dafür, dass Ihr meine Reise- und Abenteuerlust entfacht habt. Ich bin dankbar für Frank Gombergs scharfe Augen und für die großzügige Unterstützung von Jim Vigmond, Sharon Vigmond, Tim Boland und Erin Farrell. Und herzlichen Dank an Janet Zucker, Katie Zucker und Jamie Napolie – dafür, dass Sie glauben, dass Thea Paris das Potenzial für einen Film hat.

Mein Team bei Quercus ist einfach außergewöhnlich. Jeder Einzelne scheut keine Mühen und gibt alles, um Unterstützung und fachkundigen Rat anzubieten. Amanda Harkness und Elyse Gregov, danke dafür, mit mir zu brainstormen und innovative und lustige Ideen zu entwickeln, um Thea bekannt zu machen. Ihre harte Arbeit bei der Vorbereitung von Leserreisen weiß ich sehr zu schätzen. Jason Bartholomew, danke dafür, dass Sie mir diese wunderbare Gelegenheit gegeben haben, Theas Abenteuer zu verbreiten. Amelia Ayrelan Iuvino, Ihr brillantes Lektorat, Ihre aufschlussreichen Fragen und Ihre bemerkenswerte Detailfreudigkeit weiß ich sehr zu schätzen. Ein ganz besonderes Dankeschön geht an meinen Verleger Nathaniel Marunas für seine endlosen Bemühungen, die Figuren und den Hintergrund noch weiter zu vertiefen und in den Weiten des Internets zu recherchieren, um die faszinierendsten Details auszugraben. *Das falsche Spiel* ist besser und gelungener, als ich es je alleine hinbekommen hätte. Und dann haben wir immer noch Robbie, britisch mit Doppel-b.

Es ist wirklich ein Privileg, im Vereinigten Königreich verlegt zu werden, und ich möchte meinem brillanten Team bei Headline für seine Bemühungen danken, Thea in der Nähe der Zentrale von Quantum International Security eine Leserschaft aufzubauen. Allen voran möchte ich mich bei der unerschrockenen Jennifer Doyle bedanken und bei Pimm's Dream Team, Jo Liddiard, Millie Seaward und Kitty Stogdon – und nicht zuletzt gilt mein aufrichtiger Dank der Sachertorte. Und vielen Dank an Emma Horton für das gute Lektorat. Ihr bereitet mir alle große Freude. Ich bedanke mich zudem für die Bemühungen des Midas-Teams, das sich immer voll ins Zeug gelegt hat: Tony Mulliken, Sophie Ransom, Fiona Marsh und Rachel Kennedy. Außerdem möchte ich mich bei Donna Nopper von Hachette Canada für ihre freundlichen Bemühungen, bei Mickey Mikkelson von Creative Edge für seine unermüdliche Begeisterung und bei Kim Dower von Kom-from-L.A für ihren Optimismus bedanken.

Thea hat Quantum International Security als Rückendeckung, und ich bin stolz darauf, die dynamische Victoria Sanders Agency an meiner Seite zu haben. Victoria Sanders, danke, dass Sie an mich und an Thea glauben. Gern würde ich Sie an jedem Tag der Woche besuchen und mich mit Ihnen in Ihrem Swimmingpool an Chips und Champagner gütlich tun. Bernadette Baker-Vaughn, ich weiß Ihre herzliche Unterstützung und Ihren wunderbaren Sinn für Humor sehr zu schätzen. Jessica Spivey, Sie sind so optimistisch und hilfsbereit, es ist immer eine Freude, von Ihnen zu hören.

Mein ganz besonderer Dank gilt David Morrell, dem dieses Buch gewidmet ist. Als ich vor vielen Jahren seine Spionage-Trilogie gelesen habe, hat mich dies dazu inspiriert, Thriller-Autorin zu werden. Es hat ein bisschen gedauert, aber hier bin ich. Jeder kann sich sicher vorstellen, wie aufgeregt ich war, als ich David an der Seton Hill University zum ersten Mal getroffen habe, während ich meinen Master in kreativem Schreiben gemacht habe. Er hat mich mit seinem weisen Rat begleitet, und ich habe sorgfältig an meinem schriftstellerischen Können gefeilt. Als ich beim ThrillerFest wieder mit ihm zu tun hatte, hatte ich das Vergnügen, eine Kurzbiografie über ihn zu schreiben, die inzwischen einen Platz auf seiner Website gefunden hat. An dem Tag, an dem er mir angeboten hat, mich zu betreuen und zu beraten, hatte ich das Gefühl, dass sich der Kreislauf meines Lebens geschlossen hatte. Ich fühle mich sehr geehrt, David einen Freund nennen zu dürfen, und empfinde tiefsten Respekt für seinen unglaublichen Tatendrang und für sein umfassendes Werk. Seit er in *First Blood* die Figur Rambo erschaffen hat, ist er in unserem Metier ein Wegbereiter, der sich immer wieder selbst erfindet und nach Perfektion strebt und dabei immer noch Zeit findet, anderen zu helfen.

Ein tief empfundenes Dankeschön an RJH, der immer da ist, mir beisteht, wenn es mal nicht so gut läuft, mit mir feiert, wenn es gut läuft, und mir dabei hilft, immer meinen Sinn für Humor zu bewahren. Zusammen mit dir ist mein Leben so viel besser.